TIMO
LEIBIG

NANOS

Sie bestimmen,
was du denkst

TIMO
LEIBIG

NANOS

Sie bestimmen
was du denkst

THRILLER

penhaligon

MIX
Papier aus verantwortungsvollen Quellen
FSC® C014496

Verlagsgruppe Random House FSC® N001967

1. Auflage

Dieses Werk wurde vermittelt durch die Literarische Agentur
Michael Gaeb

Neumarkter Str. 28, 81673 München
Redaktion: Hanka Jobke
Umschlaggestaltung: www.buerosued.de
Umschlagmotiv: plainpicture/Axel Killian
KW · Herstellung: sam
Satz: Uhl + Massopust, Aalen
Druck und Bindung: GGP Media GmbH, Pößneck
Printed in Germany
ISBN 978-3-7645-3190-4

www.penhaligon-verlag.de

Für Arne Burkert

Kapitel 1

Bei München, Forschungslabor von SmartBrain, 26. Februar 2021, Testreihe CY

»Erzählen Sie mir, wie das Obduktionsergebnis Ihrer Mutter ausfiel.«

»Natürlicher Tod. Sie erlitt einen plötzlichen Herzstillstand.«

»Was haben Sie bei diesem Bericht empfunden?«

»Ich dachte, sauber und fundiert obduziert.«

»Haben Sie jemals den Verdacht gehegt, dass das Ergebnis gefälscht sein könnte?«

»Nein, niemals. Warum auch?«

»Sie waren weder bei dem Tod Ihrer Mutter noch bei der Obduktion anwesend. Sie haben nur den rechtsmedizinischen Bericht gelesen. Berichte können gefälscht sein.« *Oder frei erfunden*, doch diese Möglichkeit erwähnte Carl Oskar Fossey nicht.

»So wie Statistiken?« Der Proband mit der Registrierungsnummer CY173 versuchte den Kopf zu schütteln, doch die Vorrichtung, die seinen Kopf für die Elektroden in Position hielt, hinderte ihn daran. »Wussten Sie, dass ich früher als Controller in der Schadensregulierung eines großen Autokonzerns gearbeitet habe? Unser Motto war: Traue nie einer Statistik, die du nicht selbst gefälscht hast.«

»Bitte schweifen Sie nicht ab. Wir waren bei der Obduktion Ihrer Mutter.«

»Und was wollten Sie noch mal wissen?«

Carl mahnte sich zur Ruhe und wiederholte stoisch: »Ob Sie dem Bericht glauben, obwohl Sie nicht anwesend waren und offenbar wissen, wie leicht Berichte und Statistiken zu fälschen sind.«

CY173 zuckte mit den Achseln. »Ich sehe keinen Grund, den Bericht infrage zu stellen, egal ob ich nun dabei war oder nicht. Was hätte ich auch dort sollen?«

»Sich überzeugen, dass alles mit rechten Dingen zugeht.«

»Sie mögen Andeutungen, oder?« Der Proband wollte den Arm heben, vielleicht um sich zu kratzen, doch der war am Probandenstuhl fixiert. So konnte er nicht aus Versehen die Schläuche und Manschetten abreißen, die seine Vitalfunktionen und Blutwerte maßen.

»Ich möchte nur wissen, ob alles mit rechten Dingen zuging«, erläuterte Carl. »Haben Sie dieses Gefühl?«

»Ja, absolut.«

Carl Oskar Fossey blickte dem Probanden lange in die Augen. Keinerlei Zweifel. Er wandte sich ab und musterte auf dem Monitor dessen Vitalfunktionen und das Elektroenzephalogramm. Letzteres war das Spannende. Ein Netz aus hexagonförmigen Elektroden war auf der Kopfhaut von CY173 befestigt und maß während des Gesprächs dessen Hirnstromwellen, die in Echtzeit als gezackte Linien angezeigt wurden. Die Ergebnisse waren niederschmetternd. Die Deltawellen wiesen eindeutig auf Gehirnschädigungen hin.

CY173 saß seelenruhig da. »Haben Sie noch Fragen?«

»Zwei. Sagen Sie mir bitte, was Sie fühlen, wenn Sie an den Tod Ihrer Mutter denken?«

Der Proband lächelte. »Sie haben es ganz schön mit meiner Mutter, nicht? Was möchten Sie hören? Dass sie eine tolle

Frau war? Dass sie mich an ihre warme Brust drückte, wenn ich Angst hatte? Suchen Sie sich etwas aus. Entscheidend ist doch, dass sie jetzt unter der Erde ist.«

Carl hob eine Augenbraue. Ausdrucksweise und Aussage des Probanden passten überhaupt nicht zur Verlaufsdynamik des EEG; die abgebildeten Gehirnfunktionen implizierten starken Ärger und Aggression, keine Trauer, keine Freude, keine Angst. Allerdings kamen Ärger und Aggression offenbar nicht im Verarbeitungszentrum des Probanden an, sodass er sie selbst nicht verspürte. Das war nicht gewollt. An sich ein negatives, aber zugleich ein positives Resultat, denn der heutige Proband war der letzte einer Testserie, und alle Ergebnisse waren deckungsgleich. Sie hatten die Angstbeseitigung geschafft. Carl fühlte sich allerdings eher, als wäre er wie Ikarus mit seinen Flügeln aus Federn und Bienenwachs zu nah an die Sonne geflogen und herabgestürzt.

Er blickte auf das Datenblatt des Probanden und fragte: »Zuletzt noch als Verifizierung: Ihre Registrierungsnummer und Lieblingsfarbe ist …?«

»C Y eins sieben drei und braun.«

Carl nickte, erhob sich wortlos, gab per Handzeichen den beiden Laborassistenten zu verstehen, dass sie den Probanden noch fixiert lassen sollten, und verließ das Labor.

Im Nebenraum roch es nach Desinfektionsmittel. Die Lüftung rauschte, und nur ein Mann war anwesend. Carls Chef Johann Kehlis sah aus wie immer – leger, gepflegt, einnehmend. Er stand, gekleidet in einen schwarzen Rollkragenpullover und schwarze Jeans, neben einer Glasscheibe, die Hände locker in den Hosentaschen, und hatte von dort aus die Testfragen verfolgt. Die EEG-Ergebnisse waren auf einem separaten Monitor abgebildet. Jetzt sahen beide durch die Scheibe den Probanden, der den Blick durch den Raum schweifen ließ. Sein Gesicht war völlig ausdruckslos.

»Ebenfalls Gehirnschädigungen vorhanden«, sagte Carl müde, obwohl sein Chef selbst das EEG interpretieren konnte. »Der Zufall ist als Faktor ausgeschlossen. Alle Probanden aus der Testreihe sind gleichermaßen betroffen.«

»Und alle sind angstfrei«, fügte Johann hinzu. »Du hast es geschafft, Carl! Du hast sie geheilt.«

Carl schnaubte. »Ich habe ihre Gehirne geschädigt.«

»Sie wussten um die gesundheitlichen Risiken der Studienteilnahme. Sie gaben ihre Einwilligung freiwillig und bei vollem Bewusstsein.«

»Trotzdem. Bleibt zu hoffen, dass die Schädigungen nicht irreversibel sind. Vermutlich ist die Funktionsweise der Amygdala überreizt oder sogar zerstört. Der da drin produziert nur noch Aggression gegenüber seiner Mutter, doch weiß er es selbst nicht. Er ist völlig emotionslos. Wir müssen herausfinden, wie groß das Ausmaß der Schädigungen ist.«

»Das sind Nebenwirkungen, die wir in den Griff bekommen«, versicherte Johann. »Viel wichtiger ist, dass wir die Informationen ins Gehirn einspeisen konnten. Proband CY173 weiß nicht mehr, dass seine Mutter einem grausamen Gewaltverbrechen zum Opfer gefallen ist. Er glaubt, sie sei eines natürlichen Todes gestorben. Er bekommt keine Panikattacken mehr, wenn er an ihren Tod denkt. Das ist es, worauf wir hingearbeitet haben!«

»Aber die Eisennanopartikel und deren Interferenzen mit den Amygdalae sind …«

»Carl! Lass doch mal die Schwarzseherei. Das Ergebnis dieser Testreihe ist *der* Durchbruch für SmartBrain und Hunderttausende Angstpatienten weltweit! All deine Forschungsbemühungen und all die geopferten Jahre werden endlich Früchte tragen! Du wirst sehen. Zusammen werden wir Großes leisten.« Johann fasste Carl an der rechten Schulter und nickte ihm aufmunternd zu. Dann machte er Anstalten, den Raum zu verlassen.

»Wo willst du hin?«

»Ich möchte selbst noch mit dem Probanden reden.«

Carl folgte Johann hinaus in den Flur. »Worüber?«

Johann zwinkerte ihm zu. »Warte ab. Ich erkläre dir meine Theorie danach.«

Gemeinsam betraten sie den Besprechungsraum. CY173 sah zu ihnen auf. »Hallo«, grüßte er.

»Guten Tag.« Johann und Carl nahmen ihm gegenüber am Tisch Platz. Zu den Laborassistenten sagte Johann: »Könnten Sie bitte den Herrn aus der Fixierung befreien, das EEG aber lassen?« Und dem Probanden zugewandt fügte er hinzu: »Wären Sie so freundlich, mir auch noch ein paar Minuten Ihrer Zeit zu schenken?«

»Sehr gern. Was kann ich für Sie tun?«

Das fragte sich Carl auch, doch er schwieg. Sein Chef hatte meist andere Gedankengänge als er, einer der Gründe, warum Johann Kehlis einer der erfolgreichsten Chemiker und Unternehmer der Welt war, während Carl selbst mit SmartBrain herumkrebste wie ein Bettler.

Johann wartete, bis man dem Probanden die Messmanschetten und die Armfixierung abgenommen hatte. Dann zog er aus der Hosentasche einen orangen Gegenstand und legte ihn auf den Tisch. Zwischen Plastik glänzte im kühlen Licht des Besprechungsraums Metall.

Carl riss die Augen auf, doch Johann legte ihm sanft die Hand auf den Unterarm und signalisierte, dass er sich zurückhalten sollte.

Der Proband betrachtete das Teppichmesser ausdruckslos.

»Können Sie damit umgehen?«, fragte Johann.

Der Proband nickte, die Lippen geschürzt. »Möchten Sie, dass ich Ihnen einen Teppich verlege?«

»Nein.« Johann lehnte sich zurück, verschränkte die Hände vor dem flachen Bauch wie zum Gebet und schlug die Beine übereinander. »Ich wollte Sie fragen, ob Sie etwas dagegen hätten, sich den kleinen Finger abzuschneiden.«

Ein Moment der Stille folgte, und zu Carls Entsetzen sagte CY173: »Klar, kann ich schon tun.« Er griff nach dem Teppichmesser. Die Klinge glitt ratschend aus dem Plastikgriff.

»Nein!«, flüsterte Carl, doch Johann gab dem Probanden mit einer auffordernden Geste zu verstehen, dass er fortfahren sollte.

CY173 betrachtete seine Hände. »Ich bin Rechtshänder«, sagte er. »Ist der kleine Finger der linken Hand in Ordnung?«

»Sie entscheiden«, gab Johann zurück.

Der Proband setzte das Messer auf der Handinnenseite an der Hautfalte des Fingeransatzes an und schnitt.

Blut spritzte über den Tisch. Der kleine Finger fiel auf die Holzplatte. Carl schrie vor Entsetzen. Und Johann sagte, den Blick auf die Gehirnstromwellen gerichtet: »Tatsächlich kein Empfinden. Das ist ja höchst interessant.«

TEIL 1

Oktober 2028

Kapitel 2

Nahe Grauach

Seit Stunden trommelte Regen auf das Wellblechdach, ein nicht enden wollendes rostiges Prasseln, wogegen das Rauschen des Waldes keine Chance hatte.

Malek stand unter dem Vorzeltersatz des Wohnwagens im Trockenen und hielt einen emaillierten Metallbecher, ein ramponiertes Teil in Weiß und Blau mit roten Herzen, in den Regen, der wie ein Vorhang dicker Wasserschnüre von der Wellblechdachkante auf die aufgeweichte Erde stürzte. Als das Regenwasser überquoll, führte Malek den Becher an die Lippen und trank in tiefen Schlucken. Er wischte sich Tropfen aus dem Bart und füllte den Becher erneut. Sein Blick streifte durch den Regen, über das Dickicht und die Bäume, die wie finstere Soldaten die Lichtung umringten.

In seinem Rücken hustete Tymon. Die Wohnwagentür war verbogen und schloss nicht mehr richtig, also stand sie immer offen. Und sie sollte auch gar nicht geschlossen sein, diese Tür.

Das Husten wiederholte sich, und es klang, als würde sich Tymon jeden Augenblick erbrechen.

Malek wandte sich vom Wald ab, der so düster wirkte, als wäre die Nacht schon hereingebrochen, obwohl es gerade einmal Mittag sein musste, und trat zu einem Klapptisch, der zusammen mit einem Liegestuhl vor dem Wohnwagen stand. Plastiktüten hingen unter dem Wellblechdach, gefüllt mit Rehinnereien. Das ausgeweidete Tier baumelte daneben, aufgehängt mit zwei Drahtschlaufen, die Augen voller Unschuld, wie sie nur Rehe in den Augen haben. Blut tropfte aus dem geöffneten Körper in einen Eimer. Dampf stieg davon auf, der Blutgeruch mischte sich mit der regenschweren Luft.

Das Husten ging in ein Keuchen über, verstummte, dann stieß Tymon hervor: »Malek! Malek, du Sohn eines räudigen Hundes! *Ha! Haaa!* Komm her! Komm endlich … komm! Wo bist du?« Eine flache Hand schlug auf Holz. Noch einmal. Ein Husten folgte, dann ein Wimmern, ein hilfloses Weinen wie von einem Kleinkind. »Wo bist du, Malek? Malek! So komm doch!«

Malek stellte den Becher auf den Tisch, schnappte sich einen Lappen, der dort lag, trottete zurück und hielt ihn in den Regen. Das eisig kalte Wasser rann ihm über die Hand, durchtränkte den Lappen in Sekunden. Er wrang ihn aus, atmete tief durch und ging damit zum Wohnwagen. Der umgedrehte Bierkasten, der als Tritt diente, knarzte unter seinen Füßen.

Drinnen war es kalt – es gab weder Strom noch Gas, womit man den Innenraum hätte heizen können –, und es stank nach Schweiß, Eiter und Kot. Das Leben reduziert auf Gerüche.

Tymon stieß ein würgendes Bellen aus und rollte sich wie ein Baby auf einem der beiden zerwühlten Betten zusammen. Tränen liefen über seine Wangen, verschwanden in dem Gestrüpp von Bart. Die Haut war blass und mit Schweiß bedeckt.

Malek trat neben ihn, ließ sich auf die fleckige Matratze nieder und legte ihm den Lappen auf die heiße Stirn.

»Malek«, flüsterte Tymon, öffnete die Augen und grinste

schief. »Du bist gekommen und bringst mir etwas zu essen. Oder zu trinken? Ein wenig Mineralwasser, ja? Nur ein bisschen?«

Malek hingegen schüttelte den Kopf. Er griff nach einer Tasse, die neben dem Kranken auf einer Ablage stand und genauso aussah wie seine – nur mit gelben statt roten Herzen –, und hielt sie ihm hin.

Der Kranke verzog das Gesicht zu einer Grimasse und schlug ihm den Becher aus der Hand. Ein Schwall Regenwasser spritzte von innen gegen die trübe Wohnwagenscheibe. Mit einem Scheppern verschwand der Becher irgendwo.

»Arschloch!«, kreischte Tymon. »Die Götterpisse kannst du selbst saufen! Genauso wie dein scheiß Wildblut! Ich will Wasser. *Echtes* Wasser! Oder ein Schnitzel mit Pommes!« Er brach in Tränen aus, krümmte sich wie ein Embryo auf dem Bett zusammen, barg den Kopf in den zitternden Händen.

Malek blickte auf ihn hinab, regungslos und still, dann bemerkte er einen rötlich braunen Fleck auf dem Pullover des Kranken, oberhalb des Hüftknochens. Seine Finger wurden feucht und rot, als er Tymons Bauch berührte.

Maleks Augenbrauen rückten zusammen, als er den Pullover vorsichtig lupfte. Tymons Wimmern ignorierte er, doch ihm entfuhr ein Stöhnen, als er den Verband darunter sah, den er Tymon um die Nierengegend angelegt hatte. Der Stoff war vollgesogen mit Blut, fast schwarz, durchzogen mit gelben Flecken. Die Wunde hatte sich erneut entzündet.

Malek erhob sich. Er öffnete Einbauschränke, schaute in Schubladen und Ablagen, wühlte sich durch den Plunder und das wenige Hab und Gut, das in diesem gottverlassenen, verranzten Wohnwagen zurückgeblieben war, bis er endlich einen Verbandskasten fand. Das Ablaufdatum mahnte das Jahr 2018, doch Mull und Pflaster waren auch ein Jahrzehnt später bereit, Blut aufzusaugen.

Als die Verschlüsse klickten, erklang ein Schrei. Draußen. Im Wald. Zart und zerbrechlich.

Malek trat zur Tür.

»Der Pizzabote! Der Pizzabote!« Tymon lachte gackernd und richtete sich auf, sank jedoch vor Schmerzen zurück in die Laken und hustete hart. »Er bringt mir meine Drei-S-Pizza! Salami, Sardellen, Speck. Hoffentlich mit ganz viel Knob…«

»Psst!«, zischte Malek.

Abermals ertönte ein Schrei im Wald. Es klang nach einer Frau. Oder einem Mädchen?

Malek setzte den Verbandskasten ab und verließ geräuschlos den Wohnwagen. Am Rand des Wellblechdachs blieb er stehen, beobachtete die Lichtung, lauschte. Nur das Trommeln des Regens, kein Schrei, keine Wortfetzen oder andere menschlichen Geräusche. Nichts. Gar nichts. Aber die Schreie waren da gewesen. Die hatte er sich nicht eingebildet. Tymon hatte sie auch gehört.

»Dance, dance, dance, dance, *dance!*«, sang Tymon unvermittelt im Wohnwagen. »Hellooo? Wooosa! Wo bleibt mein verfucktes Essen, Malek!«

Malek musterte unbeirrt das Unterholz und die dunklen Schatten zwischen den Bäumen.

»Maaaleeek!«

Malek wandte sich grimmig um, da erschien in seinem Augenwinkel zwischen all dem farblosen Grün und Grau etwas Postgelbes.

Es hüpfte auf und ab, kam näher.

Eine Mütze.

Die junge Frau, die sie auf dem Kopf trug, war kaum zu erkennen, so dreckverschmiert und abgerissen sah sie aus. Sie brach aus dem Wald auf die Lichtung und schien den Wohnwagen zu entdecken, denn sie schlug einen Haken und kam direkt auf Malek zu. Angst und nacktes Entsetzen lagen auf ihrem Gesicht.

Malek spannte die Muskeln, blickte ihr entgegen und erkannte, wovor sie solche Angst hatte: Ein weißer Teufel verfolgte sie.

Das ließ auch Maleks Puls steigen.

Die Argentinische Dogge, mindestens fünfzig Kilo pure Muskelmasse und noch viel mehr Aggression bei entsprechendem Drill, preschte heran. Die Frau musste einen enormen Vorsprung gehabt haben.

Malek würde es nicht schaffen, eine Waffe aus dem Wohnwagen zu holen. Entweder er handelte jetzt und ging ein hohes Risiko ein, oder er überließ die Frau dem Teufel auf vier Beinen. Läge Tymon nicht halb wahnsinnig und mit einer eiternden Bauchwunde im Wohnwagen, dann …

Der Blick der Frau fand den seinen, und Malek stürzte vorwärts. Das hohe Gras peitschte ihm um die Beine, der Regen klatschte ihm hart und kalt ins Gesicht.

Tymon sang *Knocking on heaven's door*.

Der Argentino setzte zum Sprung an.

Malek ebenfalls.

Und auch die Frau.

Als sie alle drei in der Luft hingen, nahm Malek alle Details gestochen scharf wahr: die feine flammenartige Struktur ihrer braunen Augen, eingerahmt von nassen Haarsträhnen. Ein Hauch von Sommersprossen, ein Pickel an der Augenbraue. Ein mit schwarzem Faden eingestickter Smiley auf der quietschgelben Mütze … und gleich daneben die aufgerissene Schnauze des Hundes, ein Kranz blitzender Zähne in blassrotem Zahnfleisch, darüber die zu Schlitzen verengten Augen.

Die Fänge des Argentinos klappten zusammen wie Baggerschaufeln, gruben sich in den Oberarm der Frau. Sie stieß einen spitzen Schrei aus, und Maleks Hände schlangen sich um den Hals des Hundes. Das Fell war glatt und nass, doch Maleks Rechte bekam ein Halsband zu fassen, ein feingliedriges Metallband, knapp drei Zentimeter breit.

Er riss den Hund mit sich hinab. Die Frau schrie lauter. Zusammen stürzten sie ins Gras.

Die kantigen Kiefer ließen Fleisch und Stoff los, schnappten sofort nach Malek. Speichel sprühte ihm ins Gesicht, gepaart mit scharfem Mundgeruch. Die Vorderläufe stießen gegen seine Brust, doch er drückte den Hund zu Boden, damit der Argentino ihm nicht die Kehle zerfetzte und er selbst die gesamte Faust unter das Milanaise-Halsband bekam.

Mit einem Ruck drehte er die Faust um neunzig Grad. Das Metallband grub sich tief ins Fleisch des weißen Teufels.

Der Hund schnappte nach ihm, grollte, gebärdete sich wie verrückt. Malek presste sein Knie in die Weichteile des Rüden, setzte sein ganzes Körpergewicht ein. Die Bewegungen des Hundes wurden fahrig. Die Augen zuckten, das Weiß quoll hervor, doch die blutnassen Fänge stießen weiter nach seinem Gesicht.

Tief in Maleks Brustkorb begann ein Schrei, versetzte seine Brust in Schwingungen und brach hervor, erst leise, dann immer lauter, während seine Muskeln vor Anstrengung zitterten. Er brüllte der Dogge seinen Zorn entgegen, hob den Schädel an und wuchtete ihn zurück auf die Erde, die Faust immer noch seitlich unter dem Halsband quergestellt.

Wie ein Irrer schrie er, schrie und schrie und knallte den Schädel des Hundes in den Schlamm, hinterließ eine Kuhle, in der sich Regenwasser sammelte.

Dann war es vorbei.

Malek sank keuchend in sich zusammen, rollte auf den Rücken, den erdrosselten Hund neben sich. Sein Atem kam stoßweise, der Regen prasselte auf ihn ein, doch die Berührung hatte etwas Beruhigendes.

Schließlich richtete Malek sich auf, stemmte sich auf die Knie und besah sich das Milanaise-Halsband. Er öffnete den wuchtigen Verschluss. Wie flüssiges Silber glitt das Band durch seine Finger, bis ein rechteckiger Anhänger in der Größe einer Visitenkarte zwischen ihnen hängen blieb. Eine Ziffern-und-Zahlen-Kombination war zusammen mit einem Strichcode eingraviert. Daneben ein Symbol: ein Parallelogramm mit einem angeschnittenen J. Das Parteilogo der JKP. Kein Zweifel; es war eine Identifikationsmarke.

Als er sich mit dem Halsband erhob, war die Frau bereits unter das Wellblechdach getaumelt. Sie hatte Schlagseite und hielt sich den Oberarm, aus dem Blut quoll. Ihr Gesicht war so weiß wie das Fell des toten Teufels.

Malek stapfte zu ihr, streckte ihr das Halsband entgegen, deutete auf den Anhänger und die Gravur.

»Warum?« Das Wort kam rau wie Splitt auf Eis.

»Keine Ahnung!«, wimmerte sie. »Es waren drei Männer!«

Maleks Finger schlossen sich um das Metallstück, so fest, dass das Band daran zitterte, als stünde es unter Strom. Er ließ es auf den Klapptisch fallen, schob sich wortlos an ihr vorbei in den Wohnwagen und kam mit dem Jagdmesser wieder heraus.

Tymon hustete, lachte und sang: »*Bang bang!* Und? Von wem ist es? *Bang bang!*«

Die Frau wich bis zur Wohnwagenwand zurück. Ihr Blick flatterte zwischen dem Messer, Maleks Gesicht und der Wohnwagentür hin und her. »Wer seid ihr?« Ihre Stimme überschlug sich.

Wortlos verließ Malek den Schutz des Wellblechdachs und die Klinge den Schutz der Lederhülle.

Vor dem Kadaver des Hundes ging er in die Knie. Seine Finger glitten über den muskulösen Hals des Teufels, strichen systematisch darüber wie die eines erfahrenen Physiotherapeuten. Er ertastete, was er befürchtet hatte: eine runde Verhärtung in Form einer Patrone.

Malek setzte das Messer an. Ein präziser Schnitt ließ Fell und Fleisch aufklaffen. Er wischte das Messer am Gras sauber, steckte es weg. Dann schob er Zeigefinger und Daumen in den roten Schnitt, pulte herum, bis er die silberne Kapsel fand.

Als er zurückkehrte, hing der Blick der Frau – Malek schätzte sie auf Mitte zwanzig – an seinen blutigen Fingern, die die Kapsel wie eine Patronenhülse hielten.

»Was ist das?«, stieß sie hervor. »Was zum Teufel ist das?«

Sie hatte noch weniger Ahnung als er.

Malek kehrte ihr den Rücken zu, wandte sich dem Wald und den Regenwolken entgegen. Er schätzte den Stand der Sonne anhand des hellen Schimmers in all dem Grau. Das Verhängnis war von Süden gekommen.

Er sagte: »Ein Galileo-Sender.«

Dann trat er zum dritten Mal hinaus in den Regen. Ohne sich umzudrehen, fügte er hinzu: »Mein Kumpel ist harmlos. Verbandszeug steht auf dem Herd.« Dann verfiel er in Laufschritt und eilte auf den Waldrand zu – Richtung Osten.

Götz Nowak blieb stehen und hob die Hand. Seine beiden Begleiter stoppten ebenfalls.

»Zerberus bewegt sich wieder«, sagte er. Durch die Glasses sah er vor den Bäumen in feinen, leuchtenden Linien die stilisierte Draufsicht der Umgebung und das blinkende Dreieck, das sich laut der danebenschwebenden Zahlen mit 12,3 Kilometern pro Stunde bewegte. Seine ausgestreckte Hand deutete nach Osten. »In diese Richtung.«

»Seltsam«, meinte Yannic, der eine weiße, daumendicke Hundeleine lässig in Händen hielt. »Er müsste sie längst erwischt haben. Kein Mensch hält so lange durch.«

»Vielleicht hat er eine Wildsau gewittert«, warf Moritz ein, grinste und schob die Maschinenpistole, die an einer Trageleine über seiner Schulter baumelte, in eine bequemere Position. »Dafür sind die Biester schließlich mal in Argentinien gezüchtet worden.«

Yannic schüttelte den Kopf. »Zerberus würde neben ihrer Leiche warten, bis ich ihm einen anderen Befehl erteile. Und selbst wenn er verdursten müsste, er würde ausharren. Wenn er sich bewegt, hat er sie noch nicht gefasst.«

»Vielleicht spielt er mit ihr?« Moritz setzte sich gen Osten in Bewegung. »Auch wir wollten doch mit ihr ein wenig spielen, oder nicht? Ich habe schon ein paar nette Ideen.« Er kratzte sich im Schritt. »Hoffen wir nur, dass dein Schoßhündchen etwas von ihr übrig lässt.«

Götz rief ihn barsch zurück. »Wir gehen erst nach Norden«, befahl er. »Und gespielt wird hier überhaupt nichts. Wir haben Befehle und werden diese zügig ausführen.«

»Ach, komm schon! Diese Befehle sind so langweilig und unattraktiv wie die ganzen haarigen Ärsche in der Kaserne. Und ob wir ein, zwei oder drei Stunden unterwegs sind, interessiert doch keine Sau. Hat halt gedauert. Also: Macht euch locker. Endlich kommen wir mal raus aus dem Kabuff.«

Das Grinsen auf Moritz' Gesicht verschwand, als er Götz' grimmigen Blick hinter den Glasses bemerkte.

»Du willst wirklich sofort zurück? Ohne ein bisschen Spaß ...« Moritz hob beschwichtigend die Hände. »Okay, okay! *In Kehlis!* Dann los, Cheffe.«

Götz sah in den Augen des jungen Mannes kein Verständnis, sondern nur lahmen Gehorsam. Im Geiste vermerkte er das. Das Schlimme an Grünschnäbeln wie Moritz Rösner war, dass sie ihre Aufgaben nicht allzu ernst nahmen, und das Leben noch weniger. Alles war ein großes Spiel. Sie lechzten immer nur nach Vergnügung und Entertainment, und sei es beim Ausheben der Latrinen. Diese Haltung widerte Götz an. Er war knapp dreißig Jahre Soldat mit Leib und Seele gewesen, unter anderem Hauptfeldwebel bei der Bundeswehr, bevor man ihn outgesourced hatte. Unter der flirrenden Sonne in Kundus hatte er gedient und bei Straßenschlachten in Afghanistan Truppen geführt – er kannte das wahre Leben und den Tod; im Gegensatz zu seinen beiden Begleitern, die nichts anderes gesehen hatten als Übungsplätze und Trainingscamps – bessere Pfadfinderlager. Yannic war von der härteren Sorte, aber für Burschen wie Moritz war ein Einsatz wie der heutige das reinste Vergnügen, ein Highlight im langweiligen Garde-Alltag.

Wortlos ging Götz vorneweg, Moritz und Yannic folgten ihm leicht versetzt.

Nach einem knapp zehnminütigen Marsch in völligem Schweigen standen die Bäume dichter, und das Unterholz bildete dornige Wälle, doch dahinter schimmerte das Licht einer baumfreien Stelle. Dort hatte sich Zerberus laut dem Galileo-Signal für ein paar Minuten aufgehalten.

Vorsichtig schoben sich die drei auf ein Handzeichen von Götz durch Büsche, kahle Ranken und Stockausschläge, die sie ins Stolpern brachten, und blieben im Schutz der Schatten stehen.

Vor ihnen öffnete sich der Wald zu einer mittelgroßen Lichtung, vermutlich früher einmal ein Jagdplatz, in dessen Mitte ein einzelner Wohnwagen stand. Die Gräser direkt davor waren platt gedrückt – und zwar nicht vom Regen.

»Niemand zu sehen«, stellte Yannic leise fest. Er hatte sich die Hundeleine um Brust und Schulter gewickelt, damit er die Hände frei hatte. Mit zusammengekniffenen Augen musterte er die offenbar verlassene Unterkunft. »Irgendwie gefällt mir das nicht.«

Götz teilte sein Unbehagen. Etwas erfüllte die Luft dieser

Lichtung mit einer Schärfe, die nicht sein sollte. Doch konnte Götz weder etwas Eigenartiges riechen noch sehen. Er deutete auf den offen stehenden Wohnwageneingang und das ausgeweidete Reh, das dort hing. »Jemand lebt hier.«

»Da schau an! Ein Öko!« Moritz' Wangen waren gerötet, seine Augen leuchteten vor Begeisterung. Er schien keinerlei Gefahr wahrzunehmen.

»Still!«, zischte Götz. »Wir sehen nach, was es damit auf sich hat.« Er schaltete die Glasses ab, damit ihn die Informationsüberlagerungen nicht störten, und wandte sich an Yannic. »Du von der Seite, ich von der. Und du, Moritz, sicherst uns von hier aus. Liegender Anschlag.«

Moritz öffnete den Mund zu einem Protest, doch dann weiteten sich seine Augen, und sein Arm schoss in die Höhe.

Götz' Blick folgte dem ausgestreckten Finger, doch er konnte nichts Auffälliges vor dem Wohnwagen erkennen. Yannic stieß allerdings geräuschvoll die Luft aus und sprintete los.

Dann sah auch Götz den blassen Schemen am Boden liegen.

»Scheiße!«, fauchte er und drehte sich zu Moritz. »Du sicherst uns! Keine Widerrede!«

Dann zückte er seine Pistole und rannte geduckt hinter Yannic her.

Dieser hatte Zerberus erreicht, ging in die Knie und beugte sich mit einem erstickten Schrei über den toten Hund. Der Schnitt am Hals ließ keine Spekulationen darüber zu, warum sich Zerberus angeblich nach Osten bewegte. Sein Ziel Sarah Engelhart würde sich wohl kaum mit dem Galileo-Sender entfernen, wenn sie die Möglichkeit hatte, unbemerkt zu entkommen. Blieb also nur jemand, der Engelhart vor dem Hund gerettet hatte und ihre Verfolger an dem Wohnwagen vorbeilotsen wollte. Warum wohl?

Götz sah sich um. Vor dem Wohnwagen gewahrte er einen einzigen Liegestuhl, und auch der Wohnwagen selbst war nicht allzu geräumig. Womöglich lebte hier nur ein Mensch.

Er wandte sich Richtung Wald, signalisierte Moritz, dass er aufmerksam und an Ort und Stelle bleiben solle, dann riss er Yannic an der Schulter in die Höhe.

»Wohnwagen!«, zischte er und zeichnete mit dem Finger ein Rechteck in die Luft, wobei er den unteren Strich wegließ. Eigentlich hätte die Geste, die *Zur Tür* bedeutete, reichen müssen, aber Yannic schien völlig neben sich zu stehen. Er starrte Götz nur an, während ihm Regen – *und sind das verdammt noch mal Tränen?* – übers Gesicht rann.

»Okay. Du sicherst von hier! Aber achte auf die Umgebung, es könnten mehrere Leute hier sein. Verstanden?«

Yannic nickte, die Augen aufgerissen, und fummelte sein Gewehr vom Rücken.

Götz signalisierte derweil Moritz, dass er herankommen sollte. Seine erhobene Faust pumpte auf und ab. Das Zeichen für *Beeilung!*

Dann huschte er selbst die paar Meter zum Wohnwagen hinüber. Das Gras flüsterte feucht unter seinen Sohlen, das Trommeln des Regens auf dem Wellblechdach übertönte die Geräusche.

Zwischen der offen stehenden Eingangstür und einem Fenster bezog Götz Stellung, die Pistole erhoben. Er wagte einen Blick. Das Fenster war so matt und von innen angelaufen, dass er nichts erkannte. Also wartete er, bis Moritz aufgeschlossen und auf der anderen Seite der Eingangstür Posten bezogen hatte.

Yannic lag derweil im Gras, sein Sturmgewehr im Anschlag.

Götz und Moritz blickten sich an. Die Feuerprobe für den

Jungspund war gekommen. Götz nickte in Richtung Tür. Daraus ertönte ein Poltern, ein Husten, dann ein Fluch.

»Ja Scheiße!«, stieß ein Mann hervor. »Einfach ohnmächtig geworden.« Er kicherte. »Aber 'nen geilen Arsch hat die Kleine. Vielleicht« – die Männerstimme wurde schrill – »hat sie auch was zu essen!«

Götz deutete abermals auf die Tür, signalisierte, dass er Feuerschutz gab und direkt folgen würde.

Moritz nickte und trat zügig über den provisorischen Tritt in den Wohnwagen.

Kaum war er drin, krachte ein Schuss in die prasselnde Stille.

Moritz taumelte rückwärts wieder heraus, verfehlte die umgedrehte Bierkiste und stürzte wie ein gefällter Baumstamm auf die Erde. Götz konnte seinem Kameraden gerade noch ausweichen und unterdrückte einen Fluch. Moritz' linkes Auge fehlte, dort war nur noch eine blutige Höhle. Seine Hände zuckten unkontrolliert.

Schnell sprang Götz aus dem möglichen Schussbereich der Tür und richtete die Waffe darauf. Er hatte die Order, Sarah Engelhart zu fassen – lebend oder tot. Und auch wenn er überzeugt davon war, dass ein Menschenleben das höchste Gut auf Erden darstellte und nur im Notfall ausgelöscht werden sollte, feuerte er nun seinerseits die gesamten zwölf Schuss des Magazins schräg auf den Wohnwagen, etwa dorthin, wo der Schütze sich aufhalten musste. Er würde keinen Orden erhalten, wenn er auch noch sein oder Yannics Leben gefährdete. Und der Typ da drinnen hatte kaltblütig in Moritz' Gesicht geschossen.

Die Patronen durchschlugen mühelos die Außenwand, durchsiebten die Isolierung und die Holzverkleidung dahinter.

Aus dem Inneren war ein Schmerzensschrei zu vernehmen, dann herrschte Stille.

Götz' Brustkorb hob und senkte sich wie nach einem Dauerlauf. Schweiß trat ihm aus den Poren – die Wirkung des ausgeschütteten Adrenalins. Er hatte das Magazin bereits gewechselt, als er Yannic das Signal gab, weiterhin aus der Distanz zu sichern und auf der Hut zu sein. Irgendwo musste sich noch jemand aufhalten, es sei denn, Sarah Engelhart rannte tatsächlich selbst mit dem Galileo-Sender nach Osten.

Ganz vorsichtig näherte er sich der offen stehenden Tür. Ohne den Blick abzuwenden und mit einem Kilo Druck auf dem Drei-Kilo-Abzug, stieg er über den regungslosen Moritz hinweg.

Dann schnell rein in den Wohnwagen, die Pistole nach rechts schwenken, nach links, die Situation mit einem Blick erfassen. Auf dem Bett lag rücklings ein Mann, die Augen blickten starr zur Decke, eine Pistole in den verkrampften Fingern. Überall um ihn herum Blut. Zu seinen Füßen lag das Ziel ihrer Mission, Sarah Engelhart, eindeutig zu erkennen an der gelben Mütze. Schwer verletzt oder sogar tot. Die größer werdende Blutlache unter ihr sprach für Letzteres.

»Yannic!«, schrie er, die Pistole sicherheitshalber auf den Mann auf dem Bett gerichtet. »Da draußen ist noch einer. Aufrücken! Schnell!«

Keine Antwort.

»Yannic! Was ist dort draußen los?«

Wieder keine Antwort.

Götz beschlich ein ungutes Gefühl. Er löste die Stützhand von der Pistole und schaltete die Glasses per Druck auf den Seitenbügel ein. Sofort flammte die lokale Geografie des Waldes auf. Das Dreieck, das repräsentativ für Zerberus' Peilsender stand, blinkte immer noch, bewegte sich nun mit 0,72 Kilometern pro Stunde nach Südosten. Es folgte exakt einem gestrichelten Bachverlauf – mit Fließgeschwindigkeit.

»Scheiße!«, wisperte er. »*Yannic! Der kann schon da sein!*«

Noch bevor er die Tür erreichte, hörte er hinter sich ein unterdrücktes Husten.

Götz riss die Pistole herum.

Der Mann auf dem Bett hatte den Kopf gehoben, das Gesicht zu einer Grimasse verzogen und sang: »Bang bang!"

Die Mündung seiner Pistole verwandelte sich zweimal in eine gelborange Sonne. Dann ein drittes und viertes Mal.

Alle Schüsse trafen Götz in Brust und Gesicht. Dieser sank im Eingangsbereich in sich zusammen, glitt an der Wand entlang zu Boden, hinterließ eine breite blutige Schmiererei.

Wieder ein Husten, die Stimme setzte zitternd an: »Bang bang, I…«, und brach weg.

Eine drückende Stille legte sich über die Lichtung. Nur der Regen fiel und fiel und fiel.

Yannic schniefte. Als würde sein Hund noch leben, spürte er dessen Präsenz hinter sich. Jeden Augenblick müsste er neben ihm erscheinen, schnuppernd, die blassrosa Zunge heraushängend, die ihm warm und rau übers Gesicht leckte.

Doch nur der Regen leckte ihm über das Gesicht, kalt und lieblos.

Warum hatte es ausgerechnet Zerberus erwischt, *seinen* Zerberus? Er war ein guter Hund gewesen, der beste Freund, den man sich wünschen konnte, mit verspieltem Gemüt und unerschütterlicher Loyalität.

Rotz tropfte Yannic aus der Nase, und gern hätte er ihn weggewischt, doch er durfte die Hände nicht vom Gewehr nehmen. Er musste Götz sichern, der in den Wohnwagen eindrang.

Yannic schnaubte durch die Nase, doch der Rotz blieb an Ort und Stelle, behinderte seine Atmung. Yannic zögerte, dann nahm er doch die Hand vom Abzug. Es dauerte nur einen Augenblick, doch in dem spürte er das diffuse Gefühl von Gefahr.

Die Finger voller Schleim, die Augen von Tränen verquollen, fuhr er herum.

Ein Mann ragte über ihm auf, presste die Hand auf seinen Mund, erstickte den Schrei.

Aus dem Wohnwagen drang: »Yannic! Da draußen ist noch einer. Aufrücken! Schnell!«

Das Messer des Mannes stieß herab.

Yannic versuchte, den Kopf zur Seite zu werfen, doch der Mann hielt ihn erbarmungslos fest. Die Klinge drang mit einem ekelhaften Schmatzen durch sein Auge.

»Yannic! Was ist dort draußen los?«

Yannic entwich ein zitternder Atemzug. Das Letzte, was er mit seinem unverletzten Auge sah, waren verfilzte Haare, ein struppiger Bart, eine silbrige Narbe parallel zur Nase und dunkelbraune Augen, in denen sich sein eigenes bleiches Gesicht spiegelte … und das Messer, riesengroß, als es aus seiner Augenhöhle fuhr.

Malek erhob sich. Er entriss dem Toten das Sturmgewehr.

Der letzte Soldat erschien zur Hälfte in der Tür des Wohnwagens – und sank in sich zusammen, als vier Schüsse peitschten.

Malek blieb wie angewurzelt stehen.

Für einen Moment hoffte er. »Tymon!«

Im Wohnwagen roch es nach Blut. Es war überall; die Wände gesprenkelt, der Boden glitschig, die Laken feucht.

Das Sturmgewehr klapperte, als Malek es achtlos auf die Spüle warf. Er legte der Frau zu seinen Füßen die Finger an den Hals. Da war nichts. Ein Querschläger musste sie erwischt haben.

Dann wandte er sich seinem Gefährten zu. Vier frische

Löcher zierten Tymons Oberkörper, und Malek wusste sofort, dass die neuen Verletzungen tödlich waren.

Und doch öffnete Tymon die Augen und lächelte, als Malek an seine Seite trat und sich niederließ. Ein Husten schüttelte seinen Körper. Die Einschusslöcher glänzten wie Rosen im Regen.

Mit brüchiger Stimme sagte er: »Malek! Gut, dass du lebst.« Er schluckte, stöhnte. »Malek! Du versprichst es mir jetzt!« Ihre Hände fanden sich – Maleks warm, Tymons kalt. »Versprich mir, dass du Maria rausholst!« Er hustete Blut, atmete mehrmals heftig und schien sich nicht mehr zu erholen, doch dann wurde er wieder ruhig und fand genügend Luft. Der Fieberwahn der letzten Tage war verschwunden, vielleicht ausgetreten durch die Einschusslöcher.

»Ich hätte es sowieso nicht geschafft«, flüsterte Tymon. »Also: Bring meine Schwester aus diesem verdammten Deutschland raus ...« Er musste wieder husten. Seine Hände krampften sich zusammen.

Malek erwiderte den Druck der zitternden Finger. Tränen rannen über seine Wangen. »Wir hatten das doch geklärt. Sie ist seit acht Jahren untergetaucht. Wenn ich sie aufsuche, bringe ich sie in Gefahr.«

»Scheiß drauf, Malek! Das ganze Leben ist eine einzige Gefahr! Lieber will ich sie in guten Händen wissen. In deinen Händen!«

Malek schluckte schwer.

»Versprich es!«, wisperte Tymon.

»Ich ...«

»Versprich es, *du Arschloch!*«

Die Worte wollten nicht über Maleks Lippen kommen, taten es aber trotzdem: »Ich verspreche es.«

Ein zufriedener Gesichtsausdruck breitete sich auf Tymons Zügen aus. »Gut. Das ist gut. Hör zu: Du brauchst die Zeitungen. Von ihrem jährlichen Todestag. Wo sie beerdigt ist! Die Todesanzeigen! Dann wirst du sie finden. Old-school. Verstanden?«

Malek nickte, worauf sich Tymons Körper zu entspannen schien, doch die Muskeln am Hals zuckten, als er sagte: »Schade, dass die Grillen bei diesem Scheißwetter nicht zirpen.« Er hustete abermals, dann sang er: »A cricket sings on the wayside, I try to poise on the white lines. Lying down, the sky is full of shimmer, then light, a shout, and a happy dying sinner.«

Danach verstummte Tymon Król. Auf seinen Lippen schimmerte Blut, doch es dauerte noch eine gute halbe Stunde, bis sein Brustkorb aufhörte, sich zu bewegen.

Ganz still saß Malek neben dem Verstorbenen, die Hände mit Tymons verschränkt.

Schließlich löste er seine Finger.

Es dauerte nicht lange, bis er die zwei Sturmgewehre und vier Pistolen – drei der Soldaten und eine von ihm und Tymon – zusammengesammelt und neben dem toten Soldaten aufgetürmt hatte. Das Jagdmesser steckte wieder an seinem Gürtel. Seine restlichen Habseligkeiten packte er in einen zerschlissenen Rucksack. Wer mit nichts außer seinem Leben unterwegs war, brauchte kein großes Gepäck.

Malek stellte den Rucksack, an den er seine zusammengerollte Bettdecke – eingeschlagen in eine Plastiktüte – gebunden hatte, neben den toten Soldaten an die Tür.

Er betrachtete ein letztes Mal seinen langjährigen Weggefährten, seinen Freund, seinen Mentor; die blasse Haut, den grau melierten Bart, die Narbenflecken von Akne aus längst vergangenen Tagen. Er kannte es so gut wie das Gesicht seines Bruders Dominik. *Dominik… alle sind tot.*

Er konnte Tymon so nicht zurücklassen, nicht nachdem er Dominik schon nicht beerdigt hatte. Eine anständige letzte

Ruhestätte war er seinem Freund schuldig, irgendwo unter freiem Himmel, wo er die Grillen zirpen hören konnte. Noch besser wäre ein Feuer – Flammen, Funken und Asche, so hätte Tymon es gewollt. Aber Feuer hatte er nicht.

Abermals öffnete Malek Schränke und Klappen, doch die ehemaligen Besitzer des Wohnwagens hatten keinen Spaten oder überhaupt irgendetwas zum Graben zurückgelassen. Schließlich nahm er das Bettlaken, breitete es aus und bedeckte damit Tymons Leichnam.

Der Anblick hatte etwas Endgültiges. *Da ist kein Leben mehr,* flüsterte das Bettlaken.

Als sich Malek mit einem Ruck abwandte, sah er eine Armbanduhr am Handgelenk des toten Soldaten glänzen. Er ließ sich auf ein Knie sinken und streifte sie dem Toten ab. Es war eine klassische Analoguhr mit Zeigern aus silbernem Metall. Sie zeigte 14.13 Uhr. Nach Maleks Schätzung waren knapp zwei Stunden vergangen, seit der weiße Teufel aus dem Wald aufgetaucht war. Zwei Stunden, die sein Leben völlig verändert hatten. Mit einem Knack rastete der Uhrverschluss an seinem Handgelenk ein.

Malek musste los. Drei Soldaten, die nicht von ihrem Einsatz zurückkehrten, würden bemerkt werden. Man würde nach ihnen suchen und sie früher oder später finden. Glasses. Galileo. Eher früher als später.

Ein letztes Mal sah er sich im Wohnwagen um. Zu seiner Überraschung verspürte er eine Welle des Bedauerns. Er hatte in den letzten Tagen hier seit langer Zeit wieder so etwas wie Glück verspürt, trotz Tymons Verletzung, trotz der Aussichtslosigkeit ihrer Situation. Als er das Chaos um sich herum betrachtete, hörte er in Gedanken Tymon sagen: *Das Dumme mit dem Glück ist, dass man es erst bemerkt, wenn es vorüber ist.* Malek war versucht, Tymon recht zu geben.

»Tymon…«

Mit einem Mal brach all die Wut aus ihm heraus. Er wischte die Gläser und Becher von der Spüle, er riss Schubladen mit Plastikgeschirr und Campingutensilien heraus und warf sie um sich. Er zertrümmerte die Tür zu der winzigen Waschkabine, aus deren Wasserhahn kein Wasser kam. Er wütete wie ein zorniges Kind in einem Puppenhaus.

Als die Federn eines zerplatzten Kopfkissens durch die Luft wirbelten und der Regen durch ein gesprungenes Fenster prasselte, sank Malek schluchzend neben den toten Soldaten. Seine breiten Schultern bebten.

»Und jetzt, Kumpel?«, fragte er den Toten und gab ihm mit dem Ellbogen einen Stoß in die Rippen. »Jetzt bist du tot, und Tymon ist tot, und die beiden da draußen sind tot, und die Frau ist auch tot. Ahh … und den Hund nicht zu vergessen. Tot, tot, tot. Und wofür?«

Er strich sich seine strähnigen Haare aus dem Gesicht. Sie blieben an seinem Kopf kleben.

»Weißt du, Kumpel«, fuhr er fort, »ich scheine verhext zu sein. Egal was ich anpacke, es geht schief. Ich bin wie ein Magnet. Ich ziehe das Unglück und den Tod an wie ihr bald die Fliegen.«

Malek blickte hinaus in den Regen.

Mehrere Gestalten schlichen durch das hohe Gras auf den Wohnwagen zu. Er zählte zwei, drei, vier, fünf geduckte Frauen und Männer. Sie trugen nicht die weiß-grauen Uniformen der Kehlianer wie die drei Toten und auch keine Sondereinsatzkommandorüstungen, wie er sie jeden Tag erwartete, sondern braune Mäntel und schwarze Hüte. Die Frau in der Mitte hatte sich einen Fransenponcho übergeworfen, von dessen Kordeln Regenwasser herabtropfte.

Und sie trugen Gewehre.

Abgesägte Schrotflinten.

Elektroschockpistolen.

Für die Dauer von drei Herzschlägen konnte Malek den Anblick nicht glauben, für zwei weitere überlegte er, einfach sitzen zu bleiben und zu warten, doch dann dachte er an Tymon und das Versprechen, das er ihm gegeben hatte, und fasste hinter sich zum Waffenstapel.

Er bekam ein Sturmgewehr in die Finger.

Kapitel 3

Nahe Grauach

»Keinen Schritt weiter!«

Die Drohung flog Jannah Sterling entgegen wie eine wütende Wespe und wurde vom unverkennbaren Knacken eines Sturmgewehr-Ladehebels begleitet.

Ihr Handzeichen ließ den Trupp stoppen.

Kurz hatte sie den Kerl in der Wohnwagentür gesehen, bevor er im Inneren verschwunden war; finster, grimmig, mit Blut besudelt und irgendwie müde. Er schien die drei Soldaten samt Hund niedergemetzelt zu haben. Ein Argentino zählte wie ein Mann, also vier gegen einen? Unwahrscheinlich. Hatte er Freunde? Und wenn ja, wo waren sie?

Alle hatten den Wohnwagen im Visier. Hendrik und Jan scherten an den Flanken aus, um ihn vorsichtig zu umrunden. Michael blieb bei Jannah, während Sabine sich zurückzog, um zu sichern.

Jannah rief: »Wenn der Köter und die Kehlianer auf deine Kappe gehen, könnten wir Freunde sein!«

Vielleicht, vielleicht, vielleicht, wisperte der Regen.

»Hast du gehört? Wir scheinen denselben Feind zu haben.«

Vielleicht, vielleicht, vielleicht, antwortete das Wellblechdach.

»Was uns nicht automatisch zu Freunden macht«, erklang

es aus dem Wohnwagen. »Deine beiden Flanken lassen mich etwas anderes glauben!«

Jan und Hendrik erstarrten. Hendriks Lippen formten ein Wort, und Jannah hörte ihn über das Headset in ihrem Ohr: »Weiter?«

Jannah schüttelte den Kopf. »Wir suchen keinen Streit«, rief sie, »sondern eine Frau.«

Ein Moment des Schweigens, dann: »Mit gelber Mütze?«

»Genau die. Wenn sie bei dir da drin ist: Lass sie frei, und wir sind nur noch eine Erinnerung. Wie gesagt: Wir suchen keinen Streit!«

»Wer seid ihr?«

»Frauen und Männer auf einer Mission.«

»Und ihr wollt die Frau? Warum? Um sie zu töten?«

Ohne Informationen preiszugeben, richtete Jannah möglicherweise ein Blutbad an. Doch wie viel durfte sie verraten? Unbestimmt sagte sie: »Um sie zu schützen. Vor den Kehlianern.«

Diesmal dauerte es länger, bis der Kerl voll Bitterkeit rief: »Dann habt ihr versagt.«

Jannah wischte sich den Regen aus dem Gesicht. »Was ist passiert?«

Die gelbe Mütze flog in einem spitzen Winkel aus der offenen Tür, landete unter dem Wellblechdach im Trockenen; ein postgelber Fleck in all dem Matsch, die eine Seite dunkelrot verfärbt.

»Sie haben sie erwischt«, erklärte der Kerl. »Vermutlich ein Querschläger.«

Jannah blickte die Mütze an. Der aufgestickte Smiley grinste höhnisch. *Zu spät, Lady.* Dann sah sie die Reihe von Einschusslöchern in der Außenhülle des Wohnwagens. *Seine Geschichte könnte stimmen.* Dennoch fragte sie: »Warum sollte ich dir glauben?«

»Warum sollte ich lügen?«

Darauf fiel ihr keine Antwort ein. Sie an seiner Stelle hätte gelogen und Sarahs vermeintliches Leben als Druckmittel benutzt, um Zeit zu schinden, außer … er hatte keine Freunde, die irgendwo in der Nähe waren und ihm helfen konnten.

Ihr Blick fand den toten Gardisten zu ihren Füßen. Ein Auge starrte zu ihr auf, das andere war ein Krater voller Blut. *Ein toter Kehlianer.*

Jannah tat das, wofür ihre Mutter sie immer schimpfte: Sie hörte auf ihr Bauchgefühl und reichte ihr Gewehr an Michael, der neben ihr stand und verständnislos dreinblickte, als er die Waffe an sich nahm.

Jannah rief: »Ich komme jetzt in den Wohnwagen. Allein und unbewaffnet. Ich muss wissen, ob du die Wahrheit sagst. Wenn ja, verschwinden wir wieder. Wenn nicht, haben wir beide ein Problem.« Ohne eine Erwiderung abzuwarten, setzte sie sich mit erhobenen Armen in Bewegung. Der vom Regen schwere Poncho zerrte an ihr, die Fransen wippten hin und her, doch Jannah straffte die Muskeln und hob die Arme noch ein wenig höher.

Der Lautsprecher knackte in ihrem Ohr. Hendriks Stimme war heiser vor Aufregung: »Das ist Wahnsinn! Du weißt nicht, was dich da drin erwartet!«

»Deswegen werde ich es herausfinden.«

»Aber doch nicht so! Deine Mutter lyncht dich, wenn sie davon erfährt! Und uns auch!«

»Hast du hier das Kommando oder ich?«, fragte Jannah scharf und beendete damit die Diskussion. Den Rest des Wegs schwieg der Ohrhörer, und als Jannah unter das Wellblechdach trat, hörte sie das Trommeln ihres Herzens und das Rauschen ihres Blutes so laut wie den Regen.

»Ich stehe jetzt genau vor der Tür«, rief sie. »Ich komme langsam rein, in Ordnung?«

Das Plastik der Bierkiste knarzte und bog sich ein wenig durch, als sie einen Fuß darauf setzte. Ihre Finger fanden am Türrahmen Halt. Die Außenhülle des Wohnwagens war kalt und klamm von der regenschweren Luft.

»Ob das *in Ordnung* ist?«, wiederholte sie, und ihre Stimme zitterte ein wenig.

»Die Hände zuerst! Ausgestreckt und Handflächen nach oben!«

»Okay.« Ganz langsam schob Jannah ihre Hände durch die Türöffnung, bis er »Weiter!« rief und sie vollständig eintrat.

Der Lauf einer Pistole deutete auf ihre Stirn, hinter ihm lag ein Sturmgewehr der Kehlianer griffbereit. Er hielt nicht zum ersten Mal eine Waffe in Händen, und seine lauernde Haltung erinnerte sie unweigerlich an den Dreckshund, der draußen lag. Und doch waren es seine Augen in der Farbe feuchten Bärenfells, die ihr einen Schauder die Wirbelsäule hinabjagten.

Wortlos standen sie sich gegenüber und musterten sich.

»Hi!«, sagte sie schließlich. »Ich heiße Jannah.«

Er hob eine Augenbraue. »Was soll das werden?«

»Macht man das nicht so? Man begrüßt sich, stellt sich vor, redet über das Wetter. Smalltalk eben.«

Er musterte sie durchdringend, senkte den Blick Richtung Boden und sah sie dann wieder an. »Erledige deine Pflicht und verschwinde.«

Jannah zögerte. Ihr Mund wollte Wörter formulieren, aber die Buchstaben fanden nicht zusammen. Also kam sie ihrer Aufgabe nach und ging neben der Frau auf die Knie.

Er hatte die Wahrheit gesagt: Sarah Engelhart war tot.

Als sich Jannah wieder erhob, tropfte Blut von den Fransen ihres Ponchos, die den Boden berührt hatten.

»Wer bist du?«, fragte sie.

Sein Kehlkopf, halb unter dem Bart zu sehen, hüpfte nach oben. »Malek«, antwortete er. »Ich heiße Malek.«

Sie versuchte es mit einem grüßenden Nicken. »Und was tust du hier alleine im Wald, Malek? Warum hast du die Wichser alle umgebracht?«

»Geh jetzt!« Seine Kopfbewegung wies zur Tür.

»Nein«, sagte sie entschieden. »Vielleicht stehen wir auf derselben Seite. Auf der *richtigen* Seite.« Möglicherweise beging sie eine riesige Dummheit, doch ohne Risiko kamen sie nicht vorwärts, also fügte sie hinzu: »Auf der Seite *gegen* Kehlis.«

In seinen Augen lag Unverständnis und Abneigung, und diese Erkenntnis ging ihr durch und durch. Die feinen Härchen an ihren Armen richteten sich auf. Die Worte kamen ganz von selbst: »Du bist *free!*«

Die Mündung des Pistolenlaufs rückte näher. »Was schwafelst du da?«

Jannah wich nicht zurück. Sie dachte an das ausgeweidete Reh neben der Tür, an den platten Reifen seitlich der Bierkiste, an die Lage des Wohnwagens tief im Wald, ohne Strom und fließend Wasser. Konnte es möglich sein, dass er all die Jahre nichts mitbekommen hatte? Ein kampferprobter Mann, der drei Kehlianer und einen abgerichteten Argentino niedermachte, wäre in ihren spärlichen Idealistenreihen Gold wert. »Wie lange lebst du schon hier?«

»Spielt keine Rolle. Unsere gemeinsame Zeit ist um. Dort ist die Tür.«

Bestimmt schüttelte Jannah den Kopf. »Es spielt eine sehr große Rolle, Malek! Du bist *free* und weißt es nicht einmal! Du könntest mit uns kommen. Wir könnten dir helfen! Du hast ja keine Ahnung, was für ein Glück du hast!«

»*Glück?*«

Jannah nickte. »Es muss dein Glückstag sein.«

Noch bevor sie begriff, was das Flackern in seinen Augen bedeutete, glänzte in seiner anderen Hand ein Messer. Im selben Atemzug war er bei ihr, stieß sie herum, und dann streichelte die Klinge ihren Hals.

»Glück?«, knurrte er ihr ins Ohr, und ein Hauch von Wildkräutern strich ihr über die Nase. »Weißt du, was das dahinten ist?« Die Pistole ruckte herum, deutete in den hinteren Wohnwagenteil. Erst jetzt bemerkte Jannah die menschliche Silhouette unter dem blutbespritzten Bettlaken.

»Keine Ahnung«, flüsterte sie.

»Das ist mein bester Kumpel! Von diesen Wichsern erschossen! Er ist noch warm, und du redest von Glück!« Er stieß die Luft aus und drängte sie zur Ausgangstür, das Messer blieb an ihrer Kehle.

In Jannahs Ohr ertönte Hendrik. »Scheiße! Scheiße! *Verdammte Scheiße!* Jannah! Tu was er sagt! Lock ihn raus! Ich schalte ihn dann aus.«

Malek schien Hendriks Stimme vernommen, aber nicht verstanden zu haben, denn er zischte: »Was hat er gesagt?«

»Dass sie dich draußen … ausschalten.«

»Wirklich? Dich nehme ich aber mit!«

Gemeinsam traten sie aus dem Wohnwagen, wobei das Messer Jannah ein wenig ritzte, als er direkt hinter ihr die Bierkiste herunterstieg. Es musste verdammt scharf sein.

Nur drei ihrer Truppe blickten grimmig herüber: Hendrik, Jan und Michael. Sabine hatte sich irgendwohin zurückgezogen.

»Keiner schaltet ihn aus!«, rief Jannah. »Er will mir nichts tun!«

»Das sieht verdammt nach dem Gegenteil aus«, entgegnete Hendrik und hob sein Gewehr höher. Er war ein guter Schütze, aber einen finalen Rettungsschuss traute sie dem ehemaligen Systemadministrator nicht unbedingt zu.

Und plötzlich wusste Jannah, was in Maleks Augen geflackert hatte. Sie schluckte ihre Furcht hinunter und rief: »Er hat einen Freund gegen die Kehlianer verloren! Er ist blind vor Trauer und Wut! Es war mein Fehler!« Und leiser sagte sie: »Das wollte ich nicht, Malek.«

Sein Atem kam hart und stoßweise. Der Druck der Klinge ließ ein wenig nach, verharrte aber an ihrem Hals. »Wir werden jetzt ganz langsam verschwinden«, rief er Hendrik entgegen. Der grollende Zorn war aus seiner Stimme verschwunden, stattdessen klang er unendlich müde. »Und wenn wir außer Schussweite sind, lasse ich sie frei. Verstanden?«

»Das wird er!«, fügte Jannah hinzu.

Hendrik rang sichtlich mit sich, doch er nickte. »Abgemacht. Aber solltest du ihr etwas antun, finden wir dich!«

»Fairer Deal!« Malek führte Jannah mit kleinen Schritten am Wohnwagen entlang zur Seite.

Jan bekam riesengroße Augen. »H-H-H-Hendrik!«, stammelte er. *»Hendrik!«*

»Was denn?«

»D-d-das … das ist einer der W-W-Wutkowski-Brüder! Ja! Stell ihn dir ohne Bart vor! Er ist es!«

Wutkowski. Der Name rief in Jannah eine blasse Erinnerung wach. Sie war sich sicher, den Namen schon gehört, vielleicht in der Zeitung gelesen oder in den Nachrichten vernommen zu haben. Irgendwann vor langer Zeit, als die Welt noch in Ordnung gewesen war.

Sie traten unter dem Wellblechdach hervor in den Regen. Einen halben Meter weiter erreichten sie das Ende des Wohnwagens und die Wiese daneben. Hinter ihnen raschelte das Gras, und ein Pistolenabzug knackte.

Panik packte Jannahs Eingeweide. Das hörte sich nach dem Distanz-Taser an. Sabine hatte sich angeschlichen und dabei *das Messer an meinem Hals übersehen!*

»Nicht!«

Ihr Schrei kam zu spät.

Malek wurde getroffen. 50 000 Volt jagten über die Nadelelektroden durch seinen Körper. Seine Muskeln kontrahierten, krampften sich zusammen, besonders in den Regionen nahe der beiden Projektile. Sein rechter Arm zuckte. Die Klinge tauchte knapp über Jannahs Schlüsselbein ins Fleisch ein.

Roter Regen erfüllte die Luft, während sie mit Malek Wutkowski zu Boden ging.

Kapitel 4

Berlin

Maria Müller, geborene Król, kauerte auf dem Fahrersitz und beobachtete durch die Frontscheibe des SUV den Kindergarten ihres Sohns Paul. Das einstöckige Gebäude mit dem Zeltdach aus rostbraunen Frankfurter Pfannen lag hinter einem Gitterzaun und kahlen Sträuchern am Rand des Stadtparks. Im Inneren brannte Licht, weiß und grell, das den gebastelten Fensterschmuck von außen schwarz erscheinen ließ.

Auf dem Parkplatz standen neben Marias Wagen noch zwei weitere: der Kombi von Frau Petri-Holden in der reservierten Parkbucht für die Kindergartenleiterin und daneben der Familienschlitten von Emmas Mutter. Leider war der in die Jahre gekommene Golf von Caro, der Mutter von Pauls bestem Freund Finn, nicht zu sehen. Wäre auch zu schön gewesen. Caro holte Finn wegen ihres frühen Feierabends fast immer als Erste ab, während Maria häufig die Letzte war. Falls sie sich doch einmal hier trafen, quatschten sie so lange, bis sie die Letzten waren.

Maria blickte sich noch mal um, und als sie sicher war, nicht beobachtet zu werden, massierte sie sich den Bauch. Ihr war übel, und ihre linke Seite fühlte sich an, als hätte sie faustgroße Kieselsteine verschluckt. Die Massage brachte kaum Linderung, und Maria brach sie ab, als sie Emma mit ihrer Mutter Nora den Gehweg vom Kindergarten zum Parkplatz entlangkommen sah.

Emma lief brav neben Nora her, die Maria hinterm Steuer bemerkte, ihr flüchtig zunickte und einen Schritt zulegte. Keine Minute später waren sie am Wagen, eingestiegen und davongefahren. Die Rücklichter wurden in der hereinbrechenden Dämmerung kleiner und kleiner.

Marias Blick richtete sich wieder auf die erleuchteten Fenster hinter dem mannshohen Gitterzaun. Sie atmete tief durch, schloss den obersten Knopf ihrer Jeans und stieg aus.

Der Asphalt glänzte nass vom Regen am Mittag, war übersät mit braunen Flecken von welkem Laub. Der Weg führte knapp dreißig Meter um das Gebäude herum zum Eingang. Hier hatten die Kinder den Metallzaun mit bunten Schnüren verziert, an denen Scherenschnitte von Blumen, Sternen und dem ABC baumelten, die heute jedoch regenfeucht und farblos herabhingen.

Das Eingangstor des Grundstücks quietschte und fiel mit lautem Krachen hinter Maria ins Schloss. Liegengelassenes Spielzeug säumte ihren Weg.

Sie öffnete die Tür aus Chrom und Glas und betrat die geräumige Diele. An den Kleiderhaken, die sich auf Hüfthöhe über die gesamte Länge des Flurs erstreckten, hingen vereinzelte Schals. Ein vergessener Handschuh steckte auf einem der Haken, ein erhobener Zeigefinger aus rosa Stoff.

»Paul!«, rief sie. »Ich bin da!« Ihre Stimme hallte laut in die Stille hinein – genauso wie ihr Schnaufen. Maria atmete zu schnell und nur flach in die Brust. Der Druck in ihrer Magengegend hatte sich durch die Bewegung verlagert und schmerzte, ließ sie jeden Herzschlag überdeutlich fühlen, und doch sank sie lachend in die Hocke, als ihr Sohn aus einem der Zimmer stürmte, bereits aufbruchsbereit angezogen. »Na, mein Großer!«

Paul brachte den Geruch von Kakao mit sich, drückte sich an ihre Schulter, vergrub sein Gesicht in ihrem wollenen Mantel.

Frau Petri-Holden, die Kindergartenleiterin, trat aus derselben Tür wie Paul. Mit vor der Brust verschränkten Armen lehnte sie sich gegen den Rahmen. Beobachtete. Die Augen auf Maria gerichtet.

Sie schenkte der Erzieherin ein flüchtiges Lächeln, schob dann Paul sanft von sich. Ihre Hände ruhten auf seinen Schultern. »Und wie war dein Tag? Habt ihr etwas Tolles gebastelt?«

Zu ihrer Verwunderung stiegen Tränen in seine Augen, die nun wie feuchte Inseln in seinem blassen Gesicht schimmerten. »Finn und … und seine Mama sind geholt worden«, stieß er heiser hervor.

Schon hing er wieder an ihrer Schulter. Die Wolle ihres Mantels sog seine Schluchzer auf.

Maria drückte ihn fest an sich, strich ihm über den Rücken. Das Lächeln auf ihrem Gesicht war verschwunden, und ihr Blick fand den von Frau Petri-Holden, die wortlos das Geschehen betrachtete.

Die blonde Frau löste sich vom Türrahmen und kam auf sie zu. »Finn hat heute Morgen gebeichtet«, erklärte sie so nüchtern, als ob sie den Regenschauer vom Morgen erwähnen würde. »Ich musste die Garde informieren.«

Es dauerte einen Moment, bis Maria den plötzlich entstandenen Kloß in ihrem Hals hinuntergeschluckt hatte. »Das war gut«, sagte sie. »Am Ende hätte er Paul noch verdorben.«

Eine Augenbraue von Petri-Holden wanderte nach oben. »Finn hat nicht für sich gebeichtet. Er hat für seine Mutter gebeichtet.«

Diesmal dauerte es länger, bis Maria reagieren konnte. Caro war eine herzensgute Frau, ein fröhlicher Lockenkopf mit schwarzen, dicken Augenbrauen, roten Lippen und der

Intelligenz einer Professorin. Leider auch gesegnet mit dem Mundwerk einer Straßenhure. Das war ihr sicher zum Verhängnis geworden, zusammen mit ihrer kritischen Betrachtung des aktuellen Tagesgeschehens. Sie hatte sich viel für Politik interessiert und kein Blatt vor den Mund genommen, wie schlecht sie diese fand. Eigentlich war es nur eine Frage der Zeit gewesen, bis jemand sie beichtete. Oder hatte Finn lediglich über die chronischen Magenbeschwerden gesprochen, an denen auch Caro litt? Sie war bereits die Dritte aus dem Bekanntenkreis, die diffuse Magenprobleme hatte und von einem Familienangehörigen gebeichtet worden war.

Wie zur Antwort gurgelte und gluckerte ihr Magen geräuschvoll.

Maria übertönte es mit einem Husten. Sie stemmte sich hoch, wobei sie Paul auf den Arm nahm. Sie wischte ihm eine Träne von den bläulichen Schatten der winzigen Augenringe.

»Das haben Sie sehr gut gemacht, Frau Petri-Holden. Ich bin froh, dass mein Sohn eine so vorbildlich geführte Institution besucht. Nicht auszudenken, was Caroline alles hätte anrichten können, wenn Sie das nicht gemeldet hätten. Herzlichen Dank!«

Die Leiterin lächelte, doch ihre Augen blieben ausdruckslos. »Danken Sie dem Herrn und Kehlis, nicht mir. Ich tue nur meine Pflicht, wie Sie auch.« Die Blonde kam auf Armeslänge heran. »Und ein Ratschlag unter uns: Paul wirkt in letzter Zeit ein wenig angeschlagen. Vielleicht brütet er eine Grippe aus. Sie sollten einen Arzt aufsuchen, der ihn gründlich untersucht.«

»Ich will nicht zum Arzt!« Paul löste sich von Marias Schulter und sah sie erschrocken an. »Das letzte Mal hat er gesagt, es tut überhaupt nicht weh, und es hat aber wehgetan!«

»Das letzte Mal hast du auch eine Zecken-Impfung bekommen.« Maria strich ihrem Sohn eine widerspenstige Haarsträhne aus der Stirn. »Wenn er dich wegen einer Grippe untersucht, schaut er dir nur in den Hals und hört dich mit einem Stethoskop ab. Du weißt schon: Dieser Schlauch, den der Onkel Doktor immer um seinen Hals hängen hat. Das tut überhaupt nicht weh. Du darfst ihm sogar deine Zunge rausstrecken.«

»So?« Paul zeigte seine vom Kakao belegte Zunge.

Maria lachte. »Genau so, mein Schatz.«

»Dabei können Sie ihn auch gleich auf diesen unaussprechlichen Wahnsinn testen lassen«, schlug die Leiterin vor. »Nicht dass er ebenfalls irgendwann beichten muss.«

Marias Kopf ruckte herum. »Mein Sohn muss nicht beichten!« Die Worte kamen ein wenig zu scharf. »Er ist in dieser Hinsicht kerngesund! Haben wir uns verstanden?«

In den Augen der Blonden spiegelte sich die Deckenlampe als verzerrtes Lichtquadrat wieder. »Entschuldigen Sie, Frau Müller. Ich wollte Sie nicht brüskieren und schon gar nicht verdächtigen, nichts läge mir ferner aber es täte mir im Herzen weh, wenn wir den lieben Paul oder sogar Sie nicht wiedersehen würden. Heutzutage muss man ja jederzeit damit rechnen, dass irgendjemand aus dem Umfeld abgeholt wird. Ich habe gehört, dass immer häufiger Menschen mit Magenbeschwerden betroffen sind, und das in allen Bildungsschichten. Treffen kann es also jeden. Hoffen wir, dass dies nur eine kurze Phase ist.«

Frau Petri-Holden nickte zum Abschied und stupste Paul sanft gegen die Schulter, auf der ein silberner Aufnäher in Form eines Parallelogramms mit einem stilisierten J angebracht war. »*In Kehlis*, kleiner Mann!« Dann machte Frau Petri-Holden auf dem Absatz kehrt. Das Klappern ihrer halbhohen Absätze hallte durch den Flur.

»Na!«, zischte Maria ihrem Sohn ins Ohr.

»*In Kehlis*!«, rief er Frau Petri-Holden hinterher.

Diese warf ihnen einen kurzen Blick über die Schulter zu und verschwand dann in einem der angrenzenden Räume. Die Tür fiel leise hinter ihr ins Schloss.

Abermals gurgelte Marias Magen, so schmerzhaft, dass ihre Beine zitterten. Da sie jetzt allein mit ihrem Sohn war, stieß sie ein Seufzen aus.

»Das hast du sehr gut gemacht«, lobte sie ihn leise. »Komm, wir fahren nach Hause.«

»Aber wirklich nach Hause! Ich will nicht zum Doktor.«

»Musst du auch nicht.«

»Nein?«

»Nein. Du bist kerngesund, mein Engel.«

»Und mein Bauch? Der hat heute wieder gegrummelt.«

»Psst!«, flüsterte Maria und legte Paul den Zeigefinger über die Lippen. »Du weißt, dass man das nicht sagt. Der Bauch arbeitet nur. Der räumt dein Essen auf! Das gehört sich so.«

Paul sah sie müde an, dann nickte er.

Auf dem Weg zum Auto lief er so brav neben ihr her wie Emma neben ihrer Mutter. Maria war stolz auf ihn, und gleichzeitig hätte sie in Tränen ausbrechen können. Verstohlen strich sie mit dem Handballen unterhalb des Rippenbogens entlang, um den heftigen Druck im Inneren ein wenig zu lindern. Umsonst. Er würde noch schlimmer werden. Es wurde immer im Laufe des Abends schlimmer.

Kapitel 5

Nahe Grauach

Bleigrau war der Himmel an diesem trüben, kalten Tag. Am Morgen noch hatte Konfessor Nummer Elf gedacht, dass es ein stiller Tag werden würde, wie so viele, die in diesen Farbtönen begannen. Wenn die Wolken tief hingen und der Dunst von langen Regenschauern die Luft erfüllte, fehlte den Geräuschen einfach der Raum. Wenn es allerdings zu viele Geräusche gleichzeitig gab, wurde es hektisch, und danach hörte es sich an.

Es musste nicht völlig still um Nummer Elf sein, aber diese Hektik konnte er nicht leiden, sie lenkte ihn ab, sie brachte die klaren Ströme von Bildern, Geräuschen, Gerüchen und Geschmäckern durcheinander, die auf ihn einwirkten. Beim Jagen konnte er keine Störungen gebrauchen.

Um diese zu eliminieren, folgte Nummer Elfs Geist einer imaginären Entspannungsmusik zur bilateralen Gehirnstimulation. Wie ein Pendel schwangen die melodischen Klangschalentöne durch seine Gedankenwelt, von links nach rechts nach links nach rechts nach links nach rechts …

Durch den Takt und den Wald hindurch drangen die mürrischen Unterhaltungen von Männern und Frauen und das zornige Knattern von Absperrbändern im Wind an seine Ohren. Soldaten bellten Befehle, die zackig bestätigt wurden. Zweige knackten unter Stiefelsohlen. Und über allem lag das hohe Surren von Drohnenmotoren.

Nach links nach rechts nach links nach rechts.

Der Trubel widerte Nummer Elf an, doch führte kein Weg daran vorbei. Er lief direkt auf das abgesperrte Gelände zu. Zwei Gardisten standen Wache, wandten sich ihm zu, als er sich näherte. Da sein anthrazitfarbenes Kollar unter dem schwarzen Stoffschal versteckt lag, den er sich wegen der feuchten Kälte erlaubt hatte, hob er wortlos seinen rechten Arm und strich das schwarze Leinensakko am Handgelenk ein wenig zurück, damit die mattierte Lifewatch aus Titan mit der eingravierten 11 sichtbar wurde.

Die beiden Gardisten strafften sich und hoben das Absperrband, damit er ungehindert passieren konnte.

»Frau Oberleutnant Marietta Hauche finden Sie am Wohnwagen, Konfessor«, beeilte sich einer der beiden zu sagen. »Sie führt das Kommando.«

Nummer Elf quittierte die Information mit einem knappen Nicken, ohne seine Geschwindigkeit zu drosseln.

Wildheidelbeersträucher bedeckten den Boden in diesem Teil des Waldes, strichen um seine Knöchel und zerrten an der schwarzen Anzughose. Beim Anblick der vom Regen glänzenden Blätter blitzte eine Erinnerung in ihm auf: Mürbeteig auf einem Backblech, darauf eine dicke Schicht wilder Schwarzbeeren, dazu Sahne. Das Lächeln seiner Mutter … eine Ewigkeit her, und sie längst tot.

Der Weg führte zwischen zwei Bäumen hindurch auf die Lichtung. Dort blieb Nummer Elf stehen.

Die Informationsströme waren gewaltig.

Die Geräusche vermischten sich zu einem wirren Brei, genauso wie die Gerüche. Nummer Elf nahm einen Hauch von koaguliertem Blut wahr, Schweiß, feuchtes Moos, Humus, Gras, Regen, diverse Deodorants, Urin, Ärger.

Dann die Bilder: Zwei Mann hoben einen toten Dogo Argentino in einen Zinksarg. Unweit daneben standen drei weitere Särge im Gras, die Deckel bereits geschlossen. Sechs Gardisten hatten sich darum positioniert, je zwei pro Sarg, die Gesichter grimmig oder verschlossen. Auf das Kommando eines der Männer hin hoben sie die drei Särge hoch und marschierten auf ein weiteres Kommando los. Das Unterholz verschluckte die schweigende Prozession. Ein fünfter Zinksarg stand offen neben dem Wohnwageneingang bereit, *hungrig*, wie es Nummer Elf in den Sinn kam, doch musste der Sarg sich noch gedulden. Der letzte Leichnam würde erst auf seine Order hin für den Abtransport in die Rechtsmedizin freigegeben werden.

Eine Soldatin hatte ihn entdeckt und stapfte ihm entgegen. Auf ihrer Brust prangte ein Namensschild. M. HAUCHE. Die einsatzleitende Offizierin.

»Da sind Sie ja endlich, Nummer …?«

»Elf.«

Sie reichte ihm die Hand, doch Nummer Elf ignorierte den Gruß. Sie wartete noch einen Atemzug, dann verschränkte sie die Hände wieder hinter dem Rücken. »Wünschen Sie eine Lagebesprechung, Konfessor Nummer Elf?«

»Im Moment nicht.«

»Auch gut.« Sie senkte das Haupt. »Wenn Sie Hilfe benötigen, stehe ich Ihnen selbstverständlich zur Verfügung.«

Nummer Elf kniff die Augen zusammen, legte den Kopf schief, beugte sich vor, als würde er so besser hören. »War das ein unzufriedener Unterton in Ihrer Stimme?«

Ihre Kiefermuskulatur spannte sich. »Ja.«

Nummer Elf gab mit einem Wink der Finger zu verstehen, dass er den Grund dafür wissen wollte.

Hauche hob den Kopf, zögerte. »Darf ich offen reden?«

»Sie stehen einem Konfessor gegenüber.«

»Ja … sicher … also …« Sie atmete tief durch. »Hören Sie, der Wichser da drin hat drei Männer und einen Dogo auf dem Gewissen. Drei *meiner* Männer! Einer von ihnen, Nowak, war ein guter Freund. Und soll ich Ihnen noch etwas sagen? Das hat der Arsch nicht allein geschafft. Er hatte Hilfe. Und die Hilfe ist nirgends zu sehen, also auf der Flucht!«

Die Worte hingen zwischen ihnen in der regenschweren Luft, stiegen empor und wurden von den Rotoren der Kameradrohnen verwirbelt, die in gut vier Metern Höhe über die Lichtung sausten und Aufnahmen anfertigten.

Nummer Elf fragte: »Sie verspüren also den Wunsch nach Rache? Sie würden am liebsten selbst auf die Suche nach der *Hilfe* gehen?«

»Wenn Sie es so formulieren wollen: Ja. Aber mir ist klar, dass dafür Sie da sind. Wenn Sie mir jedoch verraten, mit wem wir es zu tun haben, verspreche ich Ihnen schnelle, unbürokratische Unterstützung. Kurzer Dienstweg, sozusagen.« Marietta Hauche klopfte sich gegen die Pistole, die an ihrem Gürtel in einem Holster steckte.

»Töten kann ich selbst«, erwiderte Nummer Elf und ließ sie stehen. Ohne den Kopf zu drehen und die Stimme zu heben, sagte er noch: »Machen Sie Ihre Arbeit, Frau Oberleutnant, und ich mache meine. Dann kommen wir uns am wenigsten in die Quere. Und arbeiten Sie an Ihren Emotionen. Sie sind im Dienst, da gehören Gefühle nicht hin.«

Grashalme wisperten um Nummer Elfs Knöchel, streiften wie zuvor die Heidelbeersträucher die Anzughose, hinterließen auf den polierten Lederschuhen feuchte Streifen.

Zwei Frauen und ein Mann – er konnte es aufgrund der Tyvek-Anzüge und Gesichtsmasken nur vermuten – nahmen an der Wohnwagentür, dem Tisch und dem Stuhl Fingerabdrücke, eine vierte Gestalt trat mit mehreren Plastiktüten und -röhrchen aus dem Wohnwagen. In den Tüten steckten diverse Gegenstände; Projektile, Stofffetzen, ein Rosenkranz, Glassplitter. In den Röhrchen ruhten blutige Stäbchen mit Zellstoff-Spitzen.

»In Kehlis!«, grüßte der Mitarbeiter der Spurensicherung, der sich die Maske vom Kopf zog. Ein verschwitztes und rotwangiges Bubengesicht kam zum Vorschein. Der Kerl konnte nicht älter als Anfang zwanzig sein. »Dürfte ich Sie kurz sprechen, Konfessor? Ich denke, ich habe eine interessante Entdeckung gemacht.«

Nummer Elf trat an dem jungen Mann vorbei in den Wohnwagen.

»Mister«, sagte der Junge irritiert und folgte ihm. »Wenn Sie …«

Nummer Elfs Blick ließ ihn verstummen.

»Entschuldigen Sie. Ich werde natürlich draußen auf Sie warten.«

Nummer Elf beobachtete, wie der Junge zurück unter das Wellblechdach trat, dann konzentrierte er sich auf den verwüsteten Innenraum und die Leiche.

An der Identität des Toten bestand kein Zweifel. Er hatte Tymon Król schon auf dem Foto erkannt, das man ihm aufs Handy geschickt hatte, doch wollte er ihn mit eigenen Augen sehen. Und da lag er, als würde er schlafen. *Fast friedlich*, dachte er, und dann: *Fünfzig Prozent erledigt.*

Drei Monate, zwei Tage, siebzehn Stunden und acht Minuten fahndete er nun nach Tymon Król und Malek Wutkowski, und er verspürte angesichts des Teilerfolgs … nichts.

Nummer Elf korrigierte sich. Es war nicht einmal ein Teilerfolg. Die Hälfte seiner Aufgabe hatte sich von selbst erledigt, und er hatte absolut nichts dazu beigetragen. Wäre es hier nicht zu irgendeinem zufälligen Zusammentreffen gekommen, würde er in einem Jahr noch nach den beiden fahnden. Inmitten der bayerischen Wälder hätte er sie nie entdeckt, außer sie wären im bevorstehenden Winter von Hunger getrieben aus ihrem Versteck gekrochen.

Einige Minuten lang betrachtete Nummer Elf den Toten. Die Gesichtszüge waren ihm so vertraut wie seine eigenen. Er informierte sich immer akribisch über seine Beute und war nicht umsonst auf diesen Fall angesetzt worden. Er zählte fünf Einschusslöcher, verteilt auf den Oberkörper; vier waren geschätzt einen Tag alt, das fünfte deutlich älter – noch von der Flucht aus der JVA Grauach. Jemand von der Spurensicherung hatte den Verband entfernt. Das Gewebe war dunkelrot verfärbt, die Wundränder geschwollen, aber auch vernarbt. Es sah fast so aus, als wäre die Wunde erst kürzlich frisch aufgebrochen, vielleicht durch eine dumme Bewegung oder die harten Lebensumstände hier im Wald. Vermutlich hatte Tymon die Schussverletzung anfänglich aufgrund seiner guten Wundheilung passabel weggesteckt, aber dann hatte sie sich frisch entzündet und war ihm doch noch zum Verhängnis geworden. Vermutlich wäre er eh in wenigen Tagen an einer Sepsis gestorben.

Nummer Elf durchsuchte Tymons Hosentaschen. Leer. Dann ging er in die Hocke, berührte das speckige Sitzpolster neben dem Toten. Der Stoff war rau und verkrustet, interessanter war die Weichheit des Schaumstoffs darunter. Ja, ganz deutlich. Hier hatte häufig jemand gesessen. Genau in dieser Kuhle. An der Seite des Toten – Korrektur – an der Seite des Verletzten.

Nummer Elf wandte sich dem zweiten Bett zu. Schweißflecken zierten das Bettlaken. Auch der Geruch war da, unter dem Gestank von Blut und Kot. Tymon Króls Darm hatte sich nach dem Tod entleert, als sich seine Muskulatur entspannte.

Er bückte sich, hob ein aufgerissenes Kopfkissen vom Boden auf. Der Überzug war dreckig, aber nicht blutbefleckt. Er schnippte eine der grauen Federn der Füllung beiseite, führte den Überzug an die Nase, schloss die Augen, blähte seine Nasenflügel auf und ließ den Geruch einströmen.

Nach links nach rechts nach links nach rechts.

Eindeutig Malek Wutkowskis Schweißgeruch, herb und doch leicht süßlich. Genauso hatten das Kissen und seine Arbeitskleidung in der JVA gerochen, nicht ganz so intensiv, aber identisch. Wer sollte auch sonst mit Tymon Król gecampt haben?

Nummer Elf ließ den zerrissenen Kissenbezug fallen. Ohne Hast nahm er den Rest des Wohnwagens in Augenschein. An der Ausgangstür neben den Blutschmierern beendete er schließlich seine Untersuchung und aktivierte die Sprachaufzeichnungsfunktion seiner Lifewatch.

»Aktenzeichen TK-MW-241028. Autorisierung: Elf, Konfessor erster Generation. Flüchtiger Tymon Król verstorben. Geschätzter Todeszeitpunkt: Zeitpunkt der Aufnahme minus vierundzwanzig Stunden. Flüchtiger Malek Wutkowski weiterhin auf der Flucht. Keine konkreten Hinweise auf Aufenthaltsort oder Verbleiben. Vorsprung entsprechend circa vierundzwanzig Stunden. Umkreissuche mit Radius von zwanzig Kilometern veranlassen. Zusätzlich Drohnenteppich mit Wärmebildkameras. Mittelpunkt der Suche« – er drückte abermals auf seiner Lifewatch herum – »Breitengrad 49.103656 Nord, Längengrad 10.980902 Ost.«

Er trat aus dem Wohnwagen. Der umgedrehte Bierkasten knarzte. Der Junge von der Spurensicherung wartete geduldig auf ihn.

»Jetzt dürfen Sie reden«, sagte Nummer Elf.

»Danke. Also … die Blutuntersuchungen werden zwar einige Zeit dauern, aber ich vermute, dass dort drinnen das Blut einer weiteren Person vorhanden ist.«

»Im Mittelgang auf dem Boden?« Die große Lache war nicht zu übersehen.

»Genau. Es könnte zwar von dem Toten stammen, wenn er bereits verletzt aufs Bett verlagert wurde, aber das halte ich für unwahrscheinlich. Es sind keine eindeutigen Spuren dafür vorhanden. Außerdem passen rein vom Eindruck her die Blutmengenverhältnisse nicht, wobei ich noch nicht sagen kann, wie viel in die Matratze gesickert ist.«

»Stellen Sie mir bitte die DNS-Ergebnisse zusammen. Ich erhalte sie unverzüglich auf meinen virtuellen Schreibtisch.« Nummer Elf würde bald wissen, ob das Blut von Sarah Engelhart stammte, die den Gardisten durch die Finger gerutscht war. Irgendwo musste sie ja stecken. Sie zu finden war zwar nicht seine Aufgabe, aber vielleicht ergab sich dank ihr ein Hinweis auf Malek Wutkowskis Aufenthaltsort. Oder stammte das Blut von ihm? Taumelte er schwer verletzt durch die Gegend?

Der Spurensicherer machte keine Anstalten, sich zu trollen.

Nummer Elf sah ihn an. »Haben Sie noch etwas?«

»Ja. Es geht um die gefundenen Projektile. Die stammen aus zwei verschiedenen Waffen. Außerdem wurde einer der Gardisten mit einem Messerstich ins Auge getötet. Wir haben aber weder ein Messer noch die passenden Pistolen gefunden. Laut Frau Oberleutnant Hauche müssten auch zwei Sturmgewehre vorhanden sein, was nicht der Fall ist. Es ist also jemand damit verschwunden.«

Das war für Nummer Elf nicht überraschend. »Die Projektilanalysen werden mir ebenfalls umgehend zugeschickt«, wies er an. »Ich will Ihren Bericht spätestens heute Abend erhalten.«

Der junge Mann salutierte zackig.

Nummer Elf wusste das zu schätzen. Er wandte sich ab, schickte sein Memo direkt an die Zentrale, damit die Suche per Drohnenteppich in die Wege geleitet wurde. Dabei fiel sein Blick seitlich neben den Wohnwagen. Das Gras war platt gedrückt. *Interessant.* Er trat zum Rand des Wellblechdachs, folgte der Spur, bis er knapp drei Meter neben dem Wohnwagen inmitten der Lichtung stand. Dort war ein kleiner, kreisrunder Bereich Gras niedergedrückt. Die Grashalme glänzten vom vorangegangenen Regen, etliche waren geknickt.

Nummer Elf rief den jungen Mann von der Spurensicherung zu sich. »Wurde der Bereich hier ebenfalls untersucht?« Er deutete auf die freie Fläche.

»Jep. Wir haben hauptsächlich die paar platt gedrückten Gräser gefunden. Aber das sehen Sie ja selbst.«

»Hauptsächlich? Also noch etwas?«

»Na ja … Schlamm, Erde, möglicherweise Reste von Fäkalien, aber kein Blut oder eindeutige Spuren. Allerdings waren die letzten Regenschauer so heftig, dass damit auch nicht zu rechnen war.«

»Was halten Sie davon?«

Der Junge verzog das Gesicht, zuckte mit den Achseln. »Es sieht so aus, als wären häufiger Leute zwischen dem Wohnwagen und der Stelle hier hin- und hergelaufen.«

»Das ist das Offensichtliche. Haben Sie dafür auch eine Erklärung? Assoziieren Sie frei. Keine Bewertung der Gedanken, nur Mund und Zunge bewegen und Wörter formulieren.«

Der Junge blähte die Wangen auf, bevor er die Luft entweichen ließ. Er roch nach Pfefferminzkaugummi. »Also, ehrlich gesagt sieht das für mich wie ein Freiluft-Scheißhaus aus.«

Nummer Elf gestattete sich das Heben der Augenbraue.

»Na, sehen Sie, der Typ im Wohnwagen, der Tote, der hat drei Gardisten und einen Argentino geplättet. Außer er hatte Hilfe, wofür ein paar Dinge wie das Blut und die verschwundenen Waffen sprechen. Aber sei's drum. Der gehörte zu den Harten. Das war noch ein richtiger Rambo. Und haben Sie seine Unterwäsche gesehen? Der Bund vom Slip? Wenn mich nicht alles täuscht, ist das Wäsche einer Justizvollzugsanstalt. Ein Exknacki oder – noch wahrscheinlicher – ein kranker Flüchtiger, wenn Sie hier sind.«

»Und was hat das mit einem Scheißhaus zu tun?«

Der Junge deutete mit dem Daumen über die Schulter. »Na, würden Sie sich in eine so winzige Waschkabine im Wohnwagen quetschen, wenn Sie aufs Klo müssten? Oder unter einen Baum? Ich nicht. Wenn ich mir vorstelle, im Gefängnis gesessen zu haben, in einer Zelle mit der Porzellanschüssel neben dem Bett, würde ich hier kacken, mitten im Freien, unter den Sternen, kalt an den Eiern, aber frei.«

Nummer Elf musterte den Jungen einige Zeit, dann ging er bis zur Mitte der freien Fläche. Jeder Schritt schmatzte, die feuchte Erde federte unter seinem Gewicht. Er blickte hinab, sah jedoch nichts, außer noch mehr geknickte Halme. »Haben Sie die Fäkalienreste eingetütet?«

»Nee. In dem aufgeweichten Matsch zwischen den Gräsern könnte es auch nur Schlamm gewesen sein, so sicher bin ich mir da nicht. Um Gewissheit zu haben, müssten wir kiloweise Zeugs mitnehmen, dazu Bodenproben entnehmen und im Labor entsprechend analysieren.« Der Junge stockte, kniff die Augen zusammen. »Soll ich das machen?«

Nummer Elf schüttelte den Kopf.

»Worauf wollen Sie dann hinaus?«

»Auf mögliche Szenarien. Wie Sie richtig kombiniert haben, muss noch jemand hier gewesen sein, und derjenige ist folglich mit den Waffen verschwunden. Wie? Wohin?« Er hob den Blick zum grauen Himmel. Die Wolken waren regenschwer und hingen tief. Er hatte fast den Eindruck, als könnte er sie mit den Fingerspitzen berühren, wenn er nur ein paar Zentimeter größer wäre als seine ein Meter und neunundsiebzig Zentimeter. »Vielleicht mit einem Hubschrauber.«

Wieder blähte der Junge die Backen. »Puh … dafür bin ich

der falsche Ansprechpartner. Darüber müssten Sie mit der Frau Oberleutnant sprechen.«

»Warten Sie hier, bitte.« Dann rief er Oberleutnant Marietta Hauche zu ihnen.

Sie kam prompt angestapft. »Was brauchen Sie?«

»Auskünfte.«

»Was wollen Sie wissen?«

Missbilligend kniff Nummer Elf die Augen zusammen. »Sie klingen schon wieder unzufrieden.«

»Ja, was erwarten Sie denn? Meine Männer sind immer noch tot. Ich bin stinksauer. Es waren meine Leute, nicht Ihre.«

»Wollen Sie damit irgendetwas andeuten?«

Ein Zähneknirschen. »Nein.«

»Warum sind Sie dann so aufgebracht? Ihre Männer waren Gardisten, da ist der Tod bei jedem Einsatz mit von der Partie. Oder wollen Sie indirekt Ihre Order infrage stellen?«

»Natürlich nicht!« Ihr Kehlkopf sprach allerdings eine andere Sprache, was Nummer Elf registrierte und was wiederum sie bemerkte.

»Wer ist Ihr Stellvertreter?«, fragte Nummer Elf.

»Fähnrich Thorsten Meier«, kam die Antwort, ein wenig zittrig und deutlich leiser.

»Leiden Sie in letzter Zeit an Magenbeschwerden, Frau Hauche?«

Sie wurde blass. Ihr war offenbar nicht entgangen, dass Nummer Elf den Dienstgrad durch die Anrede *Frau* ersetzt hatte.

»Beantworten Sie bitte meine Frage.«

»Ja!«, stieß sie hervor. »Ich habe Probleme. Seit ein paar Wochen, verdammt!«

»Zweifeln Sie an Ihrer Arbeit oder an unserem Tun?«

Sie nickte nach einem kurzen Zögern.

»Haben Sie in der Konsequenz an eine Beichte gedacht?«

Ihr Kinn sank hinab zur Brust. Nur ein unverständliches Murmeln war zu hören.

»Ich kann Sie leider nicht verstehen.«

Ihr Kopf kam wieder hoch, die Wangen gerötet. »Ja, verdammt! Ich habe an eine Beichte gedacht!«

Für einen Moment herrschte Schweigen.

»Die nehme ich Ihnen ab.« Nummer Elf schlug sein Leinensakko zurück, zog seine Dienstwaffe aus dem Schulterholster und schoss ihr mitten in die Stirn.

Der Knall hallte nach, hing auf der Lichtung, wo Hauches Leichnam fast lautlos ins Gras sank. Die Unterhaltungen im Wald verstummten, nur die Drohnen flitzten surrend hin und her, machten ihre Aufnahmen.

»Fähnrich Thorsten Meier!«, rief Nummer Elf in die Stille hinein und steckte seine Pistole zurück ins Holster. »Gesellen Sie sich bitte zu uns.«

Ein Mann kam zu ihnen gesprintet. »Zu Ihren Diensten, Konfessor!«

Nummer Elf deutete auf die Lichtung. »Können Sie mir erläutern, ob es möglich ist, dass hier ein Hubschrauber gelandet ist?«

Der Stellvertreter sah sich um, spähte zu seiner toten Vorgesetzten hinab, auf das rot befleckte Gras hinter der Toten, schluckte, strich sich über den Mund. »Ja, also … es ist zwar verdammt eng mit den Bäumen und Ästen, aber theoretisch ja. Kufenabdrücke kann ich nicht entdecken, aber wegen dem Regen und dem hohen Gras bleiben nicht zwangsweise welche zurück. Der Pilot müsste aber ein ganz schöner Hund sein. Normalerweise ist ein Abstand von einem Meter fürs Rotorblatt und den Heckrotor nötig. Wenn's den erwischt, ist's aus. Und so wenig Platz, wie hier ist … ein heikles Manöver. Aber auch abhängig von der Maschine. Mit 'ner

Militärbrumme wäre es wohl kein Ding, denn die säbelt die Äste einfach weg.« Er zeigte auf die umstehenden Baumkronen und das Unterholz. »Aber da ist alles intakt. Also wenn, dann war das eine kleinere Maschine und ein guter Pilot am Steuer.«

»Aber möglich?«

»Ja, Sir!«

»Dann rufen Sie bitte die Luftüberwachung an. Jetzt. Ich will wissen, ob in den letzten achtundvierzig Stunden hier ein Hubschrauber oder irgendetwas anderes runterging.«

»Wird gemacht!« Der Fähnrich zog sein Handy aus der Jacke und entfernte sich ein wenig.

Nummer Elf versuchte, das folgende Gespräch des Gardisten auszublenden, der mit hektischer Stimme ins Telefon plärrte.

Von links nach rechts nach links nach rechts.

Es klappte suboptimal. Er seufzte und wandte sich an den Jungen von der Spurensicherung. Der war blass um die Nase, hatte Schweißperlen auf der Stirn, verbarg jedoch tapfer seine zitternden Hände. Nummer Elf roch trotzdem den Ziegenstallgeruch der Angst. Konfessoren verursachten diese Reaktion hin und wieder, auch bei kerngesunden Menschen.

»Wie heißen Sie?«

»Thomas.«

»Wie noch?«

»Borchert.«

Nummer Elf schlug abermals sein Sakko zurück, und Thomas Borchert zuckte zusammen.

»Hier«, sagte Nummer Elf, holte eine Visitenkarte aus der Innentasche und drückte sie Thomas in die zitternde Hand. »Sie sind ein kluger Kopf, denken quer. Das gefällt Herrn Kehlis. Falls Sie in Erwägung ziehen, Konfessor zu werden, melden Sie sich bei mir.«

Bevor Thomas Borchert eine Reaktion hervorbrachte, trat Hauches Stellvertreter wieder zu ihnen.

»Also die Jungs von der Luftraumüberwachung melden keinerlei Flugaktivitäten für die Gegend hier in den letzten zwei Tagen. Allerdings meinten sie, dass sie das nicht mit letzter Gewissheit ausschließen können. Transponder wären zwar Pflicht, aber könnten deaktiviert werden. Und fürs Radar ist eine quasi-optische Sichtverbindung nötig. Wenn hier jemand im Tiefflug über den Wald geht, die Unebenheiten des Geländes ausnutzt, unten bleibt, nicht erfasst werden will, kann er das schaffen. Ein guter Pilot auf jeden Fall. Einer, der hier landet, sowieso. Dann geht das der Luftüberwachung unterm Radar durch, im wahrsten Sinne des Wortes.«

Nummer Elf kratzte sich das akkurat rasierte Kinn, nickte schließlich, wandte sich ab und ließ Thomas Borchert und den Fähnrich auf der Lichtung zurück, zusammen mit der toten Soldatin, deren Gehirn aus ihrem weggesprengten Hinterkopf ins Gras tropfte.

Kapitel 6

Berlin

Laut der Anzeige des Radioweckers war es 23.33 Uhr. Die schlimmste Zeit des Tages. Und Konstantin war auch heute Nacht fordernd wie immer. Wo nahm er nur nach einem Dreizehnstundentag in der Spedition noch so viel Energie für Sex her?

Normalerweise mochte Maria dieses süße Ziehen in ihrem Becken, doch als er heute auf ihr lag, meinte sie, ihr Magen würde unter seinem Gewicht platzen wie ein Luftballon.

Außerdem stand ihr die Übelkeit im Hals, doch an Konstantins schneller werdendem Tempo wusste sie, dass er bald kam. Also tat sie, was ihn noch schneller kommen ließ: Sie stöhnte ihm heftig ins Ohr. Aufgrund der Schmerzen hörte es sich recht glaubhaft an.

Sie musste auch nicht oft stöhnen. Bereits beim vierten Mal ergoss er sich in sie. Dann rollte Konstantin ächzend von ihr herunter. Sein Atem kam stoßweise. Ihrer ebenfalls, wegen der höllischen Bauchschmerzen.

Ein Wort darüber zu verlieren kam nicht infrage. Frau Petri-Holden hatte heute ihre Vermutung bekräftigt: Offenbar bestand ein Zusammenhang zwischen den Beichten und den Magenbeschwerden. Ihre Beobachtungen waren also richtig gewesen und ihr intuitives Verschweigen der

Probleme ebenfalls. Auch vor Konstantin. Geduldig wartete sie, dass ihr Mann einschlief und sie sich ins Bad verziehen konnte, um sich den Bauch zu massieren und noch eine magenentkrampfende Tablette aus ihrem geheimen Vorrat zu nehmen – ganz unten in ihrer Schmuckdose, die im Spiegelschrank stand.

Den Gefallen einzuschlafen tat er ihr allerdings nicht. Stattdessen fragte er: »Und? Wie war dein Tag? Du hast kaum etwas erzählt.«

»Hmmm …« Maria blickte zur Decke empor, während sich ihr Atem langsam beruhigte.

»Was *hmmm …?*«

Sie musste es ihm sagen. Spätestens beim Frühstück würde Paul es sowieso erzählen. »Sie haben Finn und Caro geholt.«

»Wirklich?« Der Lattenrost knarrte, als Konstantin auf die Seite rollte und den Kopf auf den angewinkelten Arm stützte. »Dachte ich's mir doch. Diese Caro war mir noch nie ganz geheuer. Die hat mehr Quatsch verzapft als meine Oma, und das soll was heißen.« Er nickte sich selbst zu, als hätte er diese Wahrheit schon immer gewusst.

Maria nahm das nur aus dem Augenwinkel wahr. Sie wagte keinen Blick zur Seite und zählte die Bretter der Deckenverkleidung.

»Was ist?«, fragte Konstantin, und in seiner Stimme lag ein Unterton, der Maria eine Heidenangst machte. »Siehst du das etwa anders?«

»Nein, gar nicht.« Sie griff nach der Bettdecke und zog sie über ihre nackte Haut. »Es ist nur … Finn hat für seine Mutter gebeichtet. Nicht für sich.«

»Und?«

»Sie haben auch ihn mitgenommen.«

Sie spürte seinen fragenden Blick und musterte weiterhin die Decke. Sechzehn Randleisten, davon acht sauber auf Gehrung geschnitten.

»Na, mit Recht. Soll er alleine ohne Eltern aufwachsen?«

»Nein, aber er war … gesund.«

»Trotzdem, ein Fünfjähriger. Es ist doch nur gut, wenn sich Vater Staat um die alleingelassenen Kinder kümmert.«

Oh ja – alleingelassen, dachte sie bitter. *Weil Caro mit Freudenschreien ihren Sohn zurückgelassen hat und den Männern in den weiß-grauen Uniformen gefolgt ist. Überhaupt ist es ja reine Nächstenliebe, wenn der Staat die Eltern verschleppt, um sich dann um die Kinder zu kümmern.* Sie sparte sich die Widerworte. *Schweigen ist klüger als eine scharfe Zunge,* hatte ihr Bruder gesagt. Ihr Bruder …

Maria drehte sich zur Seite, zeigte Konstantin den Rücken, damit er nicht die verräterische Träne in ihrem Augenwinkel sah.

»Hey!«, rief Konstantin. »Was wird das? Du wirst doch nicht …«

»Nichts werde ich, Schatz. Ich will nur, dass du mich noch mal nimmst.« Sie zog die Bettdecke von ihren Hüften, spürte die Kühle des ungeheizten Schlafzimmers, drehte sich auf den Bauch, hob ihr Becken einladend an und vergrub ihr Gesicht zwischen den Armen in den Kissen.

Diese Aufforderung ließ sich Konstantin Müller nicht entgehen. Er konnte fast die ganze Nacht über durchhalten, und genau das hatte sie vor einigen Jahren an ihm zu schätzen gewusst. Er sprach meist wenig, und er stellte noch weniger Fragen. Dafür war er ausgesprochen gut im Bett und hatte mit seiner sexuellen Ausdauer Marias Gedanken vertrieben.

Jetzt jedoch waren die Gedanken wieder da, und mit ihnen die Erinnerungen und all die Sorgen und Ängste. Sie musste auf der Hut sein, mehr noch als bisher. Und Paul? Den musste sie ganz vorsichtig beeinflussen, damit er nicht die falschen

Worte zu den falschen Leuten sagte. Doch wie brachte man einem Kind bei, was richtig und falsch war, wenn man selbst nicht mehr sicher war, was richtig und falsch war?

Bei diesem Gedanken griff die Furcht vor der Zukunft mit aller Macht nach ihr, und nicht einmal Konstantin konnte sie davon ablenken.

Kapitel 7

Unbekannter Ort

Die Tür besaß keinen von außen verschraubten Weitwinkelspion.

Die Tür besaß keine flächenbündig öffnende Durchgabeklappe.

Die Tür besaß kein Sichtfenster aus Mono-Panzerglas.

Die Tür besaß nicht einmal drei Bänder und wahrscheinlich auch keinen selbsttragenden gitterartigen Kern aus Stahlprofilen, der dank rund zweihundert Schweißpunkten mit dem Stahlblech der Oberfläche verbunden war.

Aber sie war stabil und verschlossen.

Und Malek starrte sie an.

Die Tür.

Er sah nichts anderes als dieses Rechteck aus hellgrauem, matt lackiertem Metall, das wie eine Bürotür daherkam. Es sah so dünn und windig aus, und doch hielt es ihn effektiv davon ab, hinauszuspazieren und zu tun, was er zu tun hatte.

Ich will sie in guten Händen wissen. In deinen Händen! Tymons krächzende, schwache Stimme hallte noch immer in seinem Kopf. Und dann die der Frau: *Du bist free und weißt es nicht einmal!* Ihr Blick, das Funkeln in ihren Augen …

Er hatte das mit dem Messer nicht gewollt.

Malek ballte eine Hand zur Faust und umschloss sie mit

der anderen, um das Zittern zu unterbinden. Es gelang nicht, und so blieb er auf der Pritsche sitzen, die Tür im Blick.

Nur seine Atemzüge waren zu hören, schneller als gewohnt, dazu das Ticken der Armbanduhr, die er dem Soldaten abgenommen und die man ihm gelassen hatte.

Tick tick.

Tick tick.

Ein flüchtiger Blick auf das silbrige Ziffernblatt mit Datumsanzeige verriet ihm, was er ihm schon vor einer Stunde und der Stunde davor und der Stunde davor verraten hatte: Tymons Tod lag vier Tage zurück, und drei Tage war es her, dass er in dieser Zelle erwacht war – mit ausgedörrter Kehle, wirren Gedanken, pochenden Kopfschmerzen und einer Plastikflasche stillen Wassers neben der Pritsche. Man hatte ihn höchstwahrscheinlich sediert, da er volle vierundzwanzig Stunden nicht bei Bewusstsein gewesen war. Dafür war dieser Arzt verantwortlich. Er hatte ihm irgendein Narkotikum gespritzt. Malek erinnerte sich noch an die Schmerzen in der Schulter, an die höllischen Muskelkrämpfe, an das Knattern von Rotorblättern, den fauchenden Wind gespickt mit kieselsteingroßen Regentropfen und an ebenjenen hageren Arzt im weißen Kittel mit hoher Stirn, grauen Locken, dem Schatten eines Bartes und halbkreisförmigen Brillengläsern. Er hatte sich über Malek gebeugt, mit ernster Miene, aber Freundlichkeit in den Augen, etwas zu ihm gesagt, das jedoch im Dröhnen des Helikopters untergegangen war, dann ein kurzer Stich – und Dunkelheit. Die hellgraue Tür war das Nächste, an das er sich erinnerte.

Die Tür.

Sie war das einzig wirklich Wichtige an der Zelle. Sonst gab es neben kahlen Betonwänden ohne Fenster und einem grauen Fliesenboden noch einen weiß lackierten Holztisch mit einem Stuhl, eine Pritsche mit Bettzeug, eine Kloschüssel und ein Waschbecken. An der Decke leuchteten drei eingefasste LED-Strahler, die um Punkt zweiundzwanzig Uhr auf Nachtbeleuchtung gedimmt und um sieben Uhr morgens wieder heller geschaltet wurden. Zwischen den drei Lichtspots hing neben einem handtellergroßen Lüftungsgitter die geschwärzte Kuppel eines Rauchmelders, in der alle siebzig Sekunden eine rote LED aufblitzte. Das war alles, und die Tür der einzige Ausgang, solange Malek nicht die Kunst erlernte, sich durch ein Abflussrohr oder ein Lüftungsgitter zu quetschen.

Die Tür.

Malek starrte sie an, als könne er sie allein kraft seiner Gedanken aus den Angeln reißen. Er presste die Lippen aufeinander und drehte den Kopf zur Seite. *Denk nach, Junge,* hätte Tymon in dieser Situation geraten. *Schalt deinen Verstand ein. Von uns dreien hast du am meisten abbekommen.* Malek war sich da nicht so sicher. Tymon war zwar in ihrem Trio der Mann fürs Grobe gewesen, aber Dominik hatte mindestens so viel Verstand besessen wie Malek, wenn nicht sogar mehr. Dominik hatte sich nur nicht unter Kontrolle gehabt, war zu sprunghaft gewesen, unstet. Deshalb war er damals in dieser Lagerhalle im Kugelhagel als Erster gestorben. Malek vermochte nicht zu sagen, ob sein Schicksal das bessere war.

Schnell verbannte er die Erinnerungen an seinen Bruder und die gute alte Zeit. Erinnerungen führten zu nichts. Jetzt war er hier, musste einen Weg finden, um abermals zu fliehen. Nur: Woraus? Und: Vor wem? Es musste Jannahs Trupp sein, aber wer waren sie? Er konnte sich zusammenreimen, dass er nicht in die Hände der Polizei oder dieser neuen Regierung gefallen war. *Auf der Seite gegen Kehlis.* Nein, er war in überhaupt keine Hände einer offiziellen Organisation gefallen, denn dort trug man keine Fransenponchos oder flog mit mattschwarzen Hubschraubern ohne jeglichen Aufdruck durch die Gegend. Das tat nur, wer verborgen bleiben wollte. Damit kannte sich Malek aus. Er war vermutlich in irgendeinem kriminellen Untergrund gelandet. *Wo du herkommst und wo du hingehörst.*

Tick tick, machte die Armbanduhr.

Tick tick.

Bald stand wieder eine Mahlzeit bevor. Die Riegel würden zur Seite geschoben werden, und entweder der Bulle oder der Angsthase – so hatte er sie getauft – würde mit einem Tablett hereinkommen, während der jeweils andere mit einer Waffe im Anschlag an der Tür Wache stand.

Er hatte bisher nur diese zwei Wärter gesehen, da sie sich um ihn kümmerten. Der Bulle war stiernackig, hatte breitere Schultern und kräftigere Arme als Malek. Er trug schlichte schwarze Kleidung ohne Falten und Abzeichen und brachte ihm morgens und mittags das Essen. Morgens Haferflocken in Milch, dazu eine Banane, in Scheiben geschnitten, und mittags Brot mit Butter, gekochtem Schinken und Käse samt einer Tomate. Das Brot war gut, wie festes Bauernbrot mit harter Rinde, nicht das weiche Dreckszeug, das es in der JVA gegeben hatte und das sich im Mund sofort in Brei verwandelte.

Der andere Wärter, der Angsthase, war jünger, wohl Anfang dreißig, hatte kurze blonde Haare und eine durchschnittliche Figur. Und er hatte Angst oder zumindest gehörigen Respekt, wenn er ihm das Essen brachte. Malek sah es deutlich in seinen blauen Augen, die bei jedem Besuch ein wenig zu weit geöffnet waren, und an den Händen, die zum Gürtel zucken wollten, an dem eine Elektroschockpistole steckte. Der Angsthase war bei der Aktion am Wohnwagen dabei gewesen und hatte ihn als einen der Wutkowski-Brüder erkannt. Er brachte seit drei Tagen das Abendessen; immer eine warme Mahlzeit bestehend aus Fleisch, kohlenhydratlastiger Beilage und Gemüse oder Obst. An sich war das Essen ähnlich wie in der JVA – einfach, ausgewogen und nahrhaft –, doch es schmeckte vorzüglich und wirkte fast ein wenig rustikal und altmodisch. *Handgemacht.* Das irritierte Malek ein wenig, doch beschweren würde er sich nicht.

Im Gegenteil. Er würde sich auch jetzt wieder den Bauch vollschlagen. Die drei Monate Flucht hatten ihre Spuren hinterlassen. Eine gebratene Putenbrust mit Curry-Soße, Reis und gebackenen Bananen erschienen ihm wie eine Halluzination, aber er hatte das wirklich gestern zu essen bekommen. Das war bisher das einzig Positive an seiner erneuten Gefangennahme: Er kam wieder zu Kräften, und sein Körper erholte sich.

Halt. Er musste fair bleiben. Es gab noch mehr Positives: Er steckte in sauberen Klamotten, die aus echter Baumwolle gefertigt waren. In der Zelle war es angenehm warm, und das Wasser aus dem Hahn war ebenfalls warm, wenn er die Mischbatterie entsprechend einstellte. Und es gab Toilettenpapier! Im Gegensatz zum Wohnwagen der reinste Luxus. Wäre da nur nicht diese Tür gewesen.

Die Tür.

Es war an der Zeit, Fragen zu stellen.

Bisher hatte er vor Wut und Trauer geschwiegen. Seine beiden Wächter hatten ebenfalls nichts gesagt. Doch so kam er nicht an Informationen. Wenn er fliehen wollte, waren die beiden wie in jedem System der Knackpunkt. Der Mensch war immer das schwächste Glied. *Der Geist,* präzisierte er sich. Das Fleisch war oft stärker als erwartet, aber der Geist war schwach. Seiner durfte nicht schwach sein. Ohne ihn kam er hier nicht raus. *Also denke nach, Hurensohn!,* krächzte ihm Tymon rau ins Ohr. *Ich will sie in deinen Händen wissen!*

Tick tick, machte die Armbanduhr.

Tick tick.

Malek starrte auf die Tür und wartete.

Sieben Minuten später glitten die Riegel zur Seite. Wie erwartet positionierte sich der Bulle im Türrahmen, während der Angsthase ein Tablett mit dem Abendessen hereinbalancierte, es auf dem Tisch neben der Pritsche abstellte und Malek dabei nicht aus den Augen ließ.

»Schnitzel mit Pommes und Salat«, stellte dieser fest und nickte anerkennend. »Richte dem Koch meine Grüße aus. Er hat's drauf.«

Der Angsthase zuckte zusammen, als er Maleks Stimme hörte, und wich einen Schritt zurück. Seine Hand glitt zur Elektroschockpistole am Gürtel, doch als Malek sich nicht rührte, nur still dasaß, verharrte auch seine Hand. »D-D-Das werde ich machen.«

Malek ließ den Augenkontakt nicht abreißen. »Hat sie es überlebt?«

»Jannah?« Der Angsthase nickte. »Der Doktor hat sie wieder zusammengeflickt. Hat wohl schlimmer ausgesehen, als es war. Aber Jannah ist auch zäh. Eine Kämpferin.« Der Anflug eines Lächelns huschte über sein Gesicht.

»War wohl ihr Glückstag«, murmelte Malek in seinen Bart, und lauter frage er: »Und was meinte sie damit, ich sei free?«

Der Angsthase zögerte. Er hatte sicherlich seine Kompetenz mit dem ersten Wort überschritten, das über seine Lippen gekommen war.

»Jan!«, warnte der Bulle.

Das schwächste Glied sagte: »Dass deine Gedanken noch dir gehören. Du bist nicht mental beeinflusst. Höchstwahrscheinlich.«

Malek legte fragend den Kopf zur Seite.

»Schluss jetzt!« Der Bulle hob seine Elektroschockpistole. »Es reicht!«

»Ja, findest du?« Jan wandte sich an seinen Kollegen. »Findest du es nicht auch unfair, dass sie ihn hier im Unklaren lassen? Scheiße, Mann! Er könnte einer von uns sein.«

»Von euch?«, hakte Malek nach.

Der Angsthase schwieg und trat zur Tür. Der Bulle blickte grimmig drein.

»Wen meinst du mit *sie*?«, fragte Malek.

Jan blieb stehen, blickte noch einmal zu ihm zurück, die Augen voller – Mitleid? »Die Obersten natürlich«, erklärte er. »Das Quartett. Und falls sie mit dir reden, nimm dich vor der Majorin in Acht. Sie ist ... Jannahs Mutter.«

Schritte polterten im Flur, schnelle Schritte, und schon schob sich ein weiterer Mann mit zornesrotem Gesicht an dem Bullen vorbei in den Türrahmen. Es war der andere Kerl von der Wohnwagenaktion; der Angsthase hatte ihn Hendrik genannt.

»Halt endlich den Mund!«, stieß Hendrik hervor und zerrte seinen Kumpan aus der Zelle. »Du bringst uns in Teufels Küche! Und du auch, wenn du nicht dazwischengehst, Ole! Wofür seid ihr zu zweit, Herrgott!«

Die Tür krachte hinter den dreien ins Schloss, die Riegel wurden vorgeschoben, und weiteres Geschrei drang dumpf herein. Malek verstand leider nichts mehr davon.

Er erhob sich und setzte sich an den Tisch. Das Schnitzel war goldbraun und kross und roch nach Butter. Die Pommes waren handgeschnitten.

Malek schloss für einen Moment die Augen und genoss den Geruch des Essens, wobei sein Ärger deutlich schrumpfte. Er spürte wieder einen Hauch seiner sonstigen Ruhe in seinem Inneren. Er hatte etwas erreicht, tappte nicht mehr völlig im Dunkeln. Das war gut. Fortschritt war immer gut, und doch war da noch Trauer. Wie hätte Tymon sich über das Schnitzel gefreut ...

Mit gemischten Gefühlen machte er sich über das Essen

her. Er dachte dabei über die gewonnenen Informationen nach – schlau wurde er zwar nicht aus ihnen, aber es war ein Anfang. Klar war, dass man dank des Angsthasen wusste, wer er war, und dass man ihn trotzdem nicht umgebracht hatte. Das gute Essen ließ darauf schließen, dass sie es auch weiterhin nicht vorhatten. *Er könnte einer von uns sein.* Von wem? Und warum ausgerechnet *er*, Malek Wutkowski, ehemaliger Söldner und flüchtiger Strafgefangener? Brauchten sie jemanden wie ihn? Dann war er tiefer im Untergrund als gedacht. *Aber wenigstens geht es dieser Jannah gut.*

Ohne Hektik aß Malek das Essen bis auf den letzten Krümel, trank die Apfelschorle aus dem Pappbecher. Wie auf Kommando begann sein Magen zu gluckern. So große Portionen war er nicht mehr gewohnt.

Als Malek sich wenig später auf der Kloschüssel niederließ, fiel sein Blick auf den Rauchmelder in der Mitte der Zimmerdecke. Als das rote Licht aufblitzte, blitzte auch ein Gedanke in ihm auf. Wie hatte dieser Hendrik vorhin eigentlich mitbekommen, dass sie sich unterhalten hatten? Sicher, die Tür war offen gewesen, aber sie hatten relativ leise gesprochen. Hatte dieser Hendrik im Flur gelauert? Nein, er war den Gang entlanggerannt gekommen. Waren die Wärter mit Mikrofonen ausgestattet? Schon eher. Oder die Zelle? Hörte man mit? Sah man vielleicht sogar zu?

Malek musterte noch einen Lidschlag lang den Rauchmelder, dann spähte er zwischen seinen Knien hinunter auf die Unterhose, die um seine Knöchel hing. Höchstwahrscheinlich sah man ihm gerade beim Kacken zu – aber eine Kamera war eine Option auf Kommunikation, wenn auch nur in eine Richtung.

Ihm fiel ein Lied aus Tymons Repertoire ein. *A One Way Ticket* von Bret King and The Sons of the Storm. Er hörte seinen alten Freund klar und deutlich in seinem Kopf losbluesen: »I bought a ticket for me, baby. A one way ticket, maybe. But for sure, out of the door.« *Out of the door. Wie treffend*. Nur wofür stand diese Tür? Für die Tür dort drüben oder das Leben an sich? Dominik und Tymon waren schon vorausgegangen. Blieb die berechtigte Frage, wann Malek folgen würde.

Kapitel 8

Berlin

»Meine lieben Mitbürgerinnen und Mitbürger«, tönte die sonore Stimme von Bundeskanzler Johann Kehlis aus Marias Autoradio, »ich kann Sie aufgrund unserer neuesten Forschungserkenntnisse beruhigen. Das vermehrte Auftreten geistiger Verwirrung und die damit verbundene Steigerung des Aggressionspotenzials gegenüber der Allgemeinheit, welche in letzter Zeit zu einer Welle von Beichten führte, ist unseren neuesten Forschungen nach auf einen mutierten Grippevirus zurückzuführen, der entzündliche Prozesse in der Amygdala verursacht. In der Konsequenz sprechen wir also nur von einer temporären Infektionswelle. Wir tun alles, was im Rahmen des Möglichen liegt, um diese einzudämmen, inklusive der Bereitstellung medizinischer Aufklärungsteams. Die Lage ist ernst zu nehmen, aber nicht bedrohlich. Wir haben alles im Griff. Mehrere unabhängige Forscherteams arbeiten an Lösungen, die geistige Irritation zu heilen und die Infizierten zu reintegrieren. Solange jedoch noch keine Lösung gefunden ist, sehen wir uns gezwungen, Betroffene zu isolieren, um Übergriffe zu vermeiden. Sicher ist auch: Eine Übertragung von Mensch zu Mensch ist ausgeschlossen. Ich wiederhole: Eine Übertragung von Mensch zu Mensch ist ausgeschlossen. Nehmen Sie also bitte uneingeschränkt am gesellschaftlichen Leben teil. Da uns bewusst ist, dass trotz unserer Aufklärung eine Verunsicherung bleibt, richten wir derzeit mobile Gesundheitsstationen ein. Diese werden zu Ihrer Sicherheit von der Garde unterstützt, um das Risiko von Gewalttaten auf ein Minimum zu reduzieren. Suchen Sie bei Verdacht auf eine Infektion diese Stationen auf, liebe Mitbürgerinnen und Mitbürger. Die Beratung ist selbstverständlich kostenlos und dient ausschließlich Ihrem persönlichen Wohl, und somit dem Wohl Deutschlands. Suchen Sie die Stationen auf, und unterziehen Sie sich dem Gesundheitscheck, damit wir …«

Maria schaltete das Radio ab. Sie konnte den Mist nicht länger hören. *Neuartige Virusinfektion, Irritation und Gewaltbereitschaft gegenüber der Allgemeinheit – wer's glaubt* … Als ob Finns Mutter krank oder sogar gewaltbereit gewesen wäre. Sie war genauso wie Maria: eine Mutter, voller Sorgen und mit eigenen Problemen. Wobei – ganz so wie Maria war Caro sicher nicht. Doch die Vergangenheit war vergangen, es zählte das Jetzt. Und Caro hatte einfach nur kritisch gedacht und ihre Bedenken laut geäußert. Zu laut.

Seit Johann Kehlis' Partei vor drei Jahren famos mit absoluter Mehrheit die Bundestagswahl gewonnen hatte, war kritisches Denken nach und nach verstummt. Zu Beginn war Maria das nicht aufgefallen, aber mittlerweile war es unübersehbar. Egal was von Kehlis verkündet wurde, die Masse nahm es bereitwillig und ohne zu murren auf. Nicht dass es viel zu murren gab; Kehlis machte eine kompromisslose, erfolgreiche, auf den Menschen bezogene Politik. Nicht mehr die Wirtschaft und der Kapitalismus standen im Mittelpunkt, sondern das Wohl jedes einzelnen Bürgers. Kehlis hatte viel bewegt, war ein Macher, und doch war Maria die Entwicklung nicht geheuer. Ihr Mann Konstantin hingegen war voll des Lobes für den Bundeskanzler. Konstantin, der sich nie für

Politik interessiert hatte, verfolgte nun täglich die Nachrichten, sprach oft davon und lobte die Entscheidungen und Entwicklungen innerhalb Deutschlands. Das schien überall so zu sein. In allen Schichten.

Irgendetwas veränderte sich gravierend innerhalb der Gesellschaft oder hatte sich schon verändert, ohne dass die Menschen es bemerkten, und Maria blieb nur das bedrückende, drohende Gefühl von Gefahr in der Magengegend und die Überzeugung, anders zu sein.

In einiger Entfernung tauchten die dunkelgrünen, flatternden Fahnen des Supermarktparkplatzes über den Hausdächern auf. Maria gab ein wenig mehr Gas, um den Einkauf hinter sich zu bringen. Konstantin war heute früher als erwartet nach Hause gekommen, und Paul hatte unter diesen Umständen natürlich nicht mit zum Einkaufen gewollt. Maria versuchte die Zeiten, in denen die beiden allein zu Hause waren, so gering wie möglich zu halten. Nicht dass Paul sich verplapperte und Konstantin auf eine Entzündung von Pauls Amygdala tippte und mit ihm zum nächstbesten Arzt rannte.

Als das langgestreckte Gebäude in Sicht kam, sah sie ihre Befürchtungen allerdings wahr werden; die Hölle war los. Der Einkauf würde wesentlich länger dauern als erhofft. Jede Parkzeile des Parkplatzes war belegt, eine gewaltige Masse aus Blech, Kunststoff und Glas. Innen würde es genauso voll sein.

Trotzdem steuerte Maria ihren SUV in den Wahnsinn, an herumhastenden Menschen vorbei, bog in den erstbesten Seitenweg ein und fuhr im Schritttempo bis an dessen Ende. Meist konnte man dort – am weitesten vom Supermarkt entfernt – noch die ein oder andere Parklücke ergattern. Sie hatte Glück. Jemand parkte gerade aus, und zwischen einem Motorrad und einem Kleinwagen wurde genügend Platz für ihren SUV frei.

Sie holte einen Einkaufswagen aus einem der Häuschen, pinnte ihren Einkaufszettel an die Halterung zwischen den Griffen und begab sich zum gläsernen Eingangsportal.

Eine Menschentraube hatte sich direkt daneben vor den riesigen Monitoren eingefunden, die die Seitenwand des Supermarkts verkleideten, und verstellte ihr den Weg – nicht jedoch die Sicht.

Auch hier war Kehlis präsent. Er flimmerte über die Displays, drei Meter groß, von Scheinwerfern vor einer Wand mit dem Parteilogo illuminiert, leger gekleidet in einen weißen Rollkragenpullover, über dem er ein dunkelgraues Sakko trug. Er selbst schien zu leuchten, von einem astralen Glanz umgeben zu sein. Ein gut gemachter Effekt der Beleuchter. Er war überirdisch inszeniert, obwohl er ein Mann direkt aus dem Volk war. Er hatte sich als Sohn einer Verkäuferin und eines Polizisten erst an die Spitze der Lebensmittelindustrie und dann an die Spitze der deutschen Politik hochgearbeitet. Diesen Kampfgeist sah man ihm an. Er wirkte kräftig, gesund, unbeugsam, so, wie ein Staatsoberhaupt aussehen sollte.

Heute lag allerdings ein ungewohnt besorgter Zug auf seinem Gesicht. *Klar. Wegen der angeblichen Infektionswelle.*

»… und deswegen kann ich Ihnen allen nur wiederholt ans Herz legen«, dröhnte es aus den Außenlautsprechern, »suchen Sie die mobilen Aufklärungsteams auf! Lassen Sie sich dort untersuchen! Gesundheit ist das höchste Gut auf Erden. Ohne unsere Gesundheit sind wir …«

Maria dachte wieder an Caro, an diese vor Leben sprühende Frau, und hätte beinahe geschnaubt, doch sie unterdrückte den Drang. Pro forma blieb sie noch einen Moment am Rand der Menschentraube stehen, blickte auf die Monitore und beobachtete aus dem Augenwinkel die anderen Menschen, die mit einem Glitzern in den Augen der Ansprache folgten, als spräche nicht der Bundeskanzler zu ihnen, sondern Gott persönlich. Und irgendwie war Johann Kehlis ja auch der neue Gott.

Als die Menge auf irgendeinen Satz hin applaudierte und in Jubel ausbrach, riss Maria sich vom Geschehen los, bahnte sich unter entschuldigenden Worten einen Weg durch die Menge und betrat die heiligen Hallen. Jedes Mal staunte sie über die Veränderungen. Die einst grauen Betonböden waren verschwunden; jetzt schob man die Einkaufswagen über Holz mit schicker Maserung. Die Wände waren in Erdtönen gestrichen, die Regale hell und warm erleuchtet. Aus Lautsprechern tönten angenehme Stimmen, von Wald- und Wiesengeräuschen im Hintergrund begleitet, die Angebote verkündeten. Die ganze Atmosphäre lud zum Verweilen ein, doch Maria huschte eilig durch die Gänge, suchte ihre Einkäufe zusammen, bis ihr Mobiltelefon klingelte.

Es war Konstantin.

»Bringst du bitte noch Ketchup mit?«, fragte er nach einer knappen Begrüßung.

»Kann ich machen. Stehe sogar schon im richtigen Gang. Dann geht's ab nach Hause.«

»Keinen Stress, Baby«, entgegnete er gelassen. »Paul und ich sind ein Superteam, nicht wahr, Großer?« Paul brummte im Hintergrund. Es hörte sich an, als simuliere er den Lkw, mit dem Konstantin heute nach Hause gekommen war.

Maria biss sich auf die Unterlippe. »Das ist lieb von dir«, sagte sie. »Ich bin trotzdem fast durch mit dem Einkauf. Halt. Bei Frau Zeiler muss ich noch kurz reinschauen. Der soll ich Milch mitbringen.«

»Alles klar. Sag ihr Grüße von mir.«

»Werd ich machen.«

Maria steckte ihr Mobiltelefon in die Jackentasche und schob den Einkaufswagen zügig den Gang entlang.

Zu ihrer Linken erstreckten sich im warmen Licht der Regalbeleuchtung Reihen mit beigefarbenen Tetrapaks. Der dezent gehaltene Aufdruck in gediegenem Blattgrün verriet den Inhalt: PASSIERTE TOMATEN. Zu ihrer Rechten standen Ketchup-Flaschen in den Regalen wie Orgelpfeifen in der Kirche. Darunter gab es Hot-Chili-Ketchup, Curry-Ketchup, Tomaten-Ketchup light, Mexican-Salsa-Ketchup, Gewürz-Ketchup, Kinder-Ketchup, veganes Ketchup und zuckerfreies Ketchup. Es gab Glasflaschen, Plastikflaschen, auf dem Kopf stehende Flaschen, Spendertuben, Eimer, Squeezer und Kanister. Jeden einzelnen Gegenstand zierte dasselbe Logo in Gold, Grün und Braun. Je nach Preiskategorie entweder geprägt, glänzend lackiert, teillackiert, als Hologramm oder nur aufgedruckt. Und doch war es nur ein einziges Logo: *JK's.*

Was sonst. Johann Kehlis. Überall. Omnipräsent. Der Papst gesunder Ernährung.

Maria legte zwei Tetrapaks passierte Tomaten und eine Glasflasche Ketchup in den Einkaufswagen und spähte auf ihre Einkaufsliste. Sie hatte jetzt alles bis auf einen Posten. Mit krakeliger Schrift stand ganz unten in der Ecke des Zettels: *Speciale!!!*

Maria musste nach all den Jahren immer noch über Konstantins Handschrift lächeln. Wie man als Chef einer Spedition nur so eine Sauklaue haben konnte, war ihr schleierhaft. Allerdings lief der Laden, Konstantin war viel unterwegs, und der Rest war ihr mittlerweile egal. Wäre da nicht die Entwicklung der letzten zwei Jahre gewesen, hätte es sogar eine gute Ehe bleiben können. So aber …

Sie steuerte den Wagen weiter durch das Labyrinth aus säuberlich bestückten Regalen, handbeschriebenen Kundenstoppern aus Holz und dezenten Werbeschildern. Überall kündeten Hinweise von Angeboten, nur nicht mehr so aufdringlich wie früher: als ausgestreckte Finger, gedruckt auf neonfarbenes Papier. Der Werbeaufwand war nach wie vor gigantisch, nur eben neu gestylt; erdig, grün und Gesundheit suggerierend. Selbst das Gesäusel aus den Lautsprechern pries die gleichen Angebote an, nur in akustischer Form. Wie Killer-Loops der Old-School-DJs, Endlosschleifen in Vinyl; nur soft, ohne Beats.

Maria ließ diese Berieselung kalt. Der Lebensmitteleinkauf überhaupt ließ sie kalt, war nur ein lästiges Alltagsmuss. Sie verstand nicht, warum Supermärkte immer populärer wurden. Für Jugendliche und Penner waren sie die neuen Bahnhofsvorplätze, für die Schickeria die neuen Szenetreffs, für die Alten die neuen Gotteshäuser. Es gab *Öko-JK-Latte-macchiato mit Bio-Karamell-Topping* in den JK-Cafés direkt hinter den Kassen. *Flavored Banana-Chai-Latte. Iced Mango-Ananas-Smoothie*. Überall vor und in den Supermärkten lungerten die Leute in ihrer Freizeit herum, genossen die Bio-Spezialitäten, sahen sich politische Übertragungen oder Infomercials an und kauften ein. Einzig *JK's*. Aber was auch sonst?

Maria erreichte das Tiefkühlregal und blieb abrupt stehen. »Nicht wirklich, oder?!«

Sie tigerte an den Kühltruhen entlang und spähte durch die Glasdeckel wie in einen Teich, um einen Fisch zu schnappen, der sich versteckte. Auf der anderen Seite lief sie zurück, den Blick weiterhin auf die Massen an bunten Papierverpackungen gerichtet. Zurück bei ihrem Einkaufswagen blieb sie stehen, musterte einen Moment die langen Reihen von Neonröhren über ihrem Kopf und atmete tief durch.

Hoffnungsvoll blickte sie nochmals hinab.

Das Fach mit den Steinofenpizzen der Sorte *Speciale* gähnte ihr leer entgegen. Genauso gähnte der Angestellte des Supermarkts, der gerade den Gang entlangkam.

»Sie da!«, rief Maria und winkte den Kerl zu sich. »Die *Speciale* ist ausverkauft. Wie wärs mit Auffüllen?«

Der Kerl schlurfte unbeeindruckt heran, musterte ausgiebig die leere Kühltruhe, dann zuckte er mit den Achseln. »Die wird nicht mehr aufgefüllt.«

»Wie …? Was soll das heißen?« Ärger stieg in ihr hoch, und sie straffte die Schultern.

Er erklärte gelassen: »Das heißt, dass die bisherige *Speciale* aus dem Sortiment genommen wurde. Endgültig. Hat mich eh gewundert, dass die sich so lange hielt. Aber keine Sorge, spätestens morgen wird die neue *Speciale* von *JK's* geliefert. Die ist üppiger belegt und hochwertiger bei gleichem Preis. Bio-Qualität. Sie werden sie lieben.«

Maria stand der Mund offen, doch die barsche Antwort kam ihr nicht über die Lippen. *JK's* stand für Qualität. *JK's* stand für gesundheitsbewusste und natürliche Produkte. *JK's* nahm die Wünsche und Sorgen seiner Kunden ernst. Und das Zeug schmeckte tatsächlich. Nicht umsonst beherrschten *JK's*-Produkte die Regale und hatten die Konkurrenz vertrieben. Die Menschen liebten *JK's*. Es war ja auch von Kehlis. Damit war er bekannt geworden.

»Na dann …«, sagte Maria, »… komme ich morgen wieder.«

Der Supermarktangestellte lächelte, tippte sich an die Schläfe, sagte: »In Kehlis!«, und verschwand zwischen zwei turmhohen Regalen; Sauerkrautdosen links, Chipstüten rechts.

Maria sah ihm hinterher. Ihr Magen meldete sich geräuschvoll zu Wort, was sie zusammenzucken ließ.

Neben ihr hielt ein Einkaufswagen. Der Schiebedeckel der Tiefkühltruhe klapperte zur Seite. Jemand hielt ihr ein Fertigbaguette belegt mit Schinken und Champignons entgegen. »Die schmecken fast genauso wie die alte *Speciale*.«

Maria fuhr herum.

»Frau Petri-Holden«, sagte sie überrascht. »Ich … guten Tag.«

Die blonden Haare der Kindergartenleiterin waren so fest zu einem Pferdeschwanz nach hinten gestrichen, dass die Haaransätze vor Schmerzen zu schreien schienen. Die Frau lächelte ein wenig und wedelte mit dem Baguette.

»Mein Sohn war auch in die *Speciale* vernarrt«, erklärte sie. »Normalerweise kaufe ich hier nicht ein, aber der Supermarkt in der Goethestraße wird saniert und vergrößert. Da gibt es die *Speciale* schon seit Monaten nicht mehr, daher weiß ich das.«

Maria nahm die Packung entgegen, spürte das kühle, leicht feuchte Papier zwischen ihren Fingern und legte sie dann in ihren Einkaufswagen. »Danke für den Tipp. Ich bin gespannt, was mein Mann sagen wird. Ich werde berichten.«

In die folgende Stille hinein gluckerte ihr Magen so laut, dass der ganze Supermarkt es hören musste.

Petri-Holden schaute sie unverwandt an.

Maria senkte den Blick nicht, doch ihre Lippen pressten sich zu einem schmalen Strich zusammen. Sie versuchte, sich zu entspannen.

»Und, wie geht es Paul?«, fragte Petri-Holden. »Waren Sie mit ihm schon beim Arzt? Sie haben sicher von dieser neuen Infektionswelle gehört. Entzündung der Mandelkerne. Schlimm. Wussten Sie, dass die Amygdala wesentlich an der Entstehung von Angst beteiligt ist?« Frau Petri-Holden deutete in ihren Einkaufswagen, in dem ein Aufklärungsflyer lag. *Mobile Aufklärungsteams für Ihr Wohl!*, stand dort. »Holen Sie sich eine dieser Broschüren. Da werden die Zusammenhänge wirklich fantastisch erklärt und illustriert. Höchst interessant, wenn man informiert sein will. Liegt seit heute Morgen am Eingang aus. Haben Sie sie nicht gesehen?«

Maria schüttelte den Kopf. »Wegen der Übertragung war so viel los.«

»Verstehe. Aber Sie sollten sich wirklich einlesen oder ein

Aufklärungsteam aufsuchen. Soweit ich gehört habe, wird direkt auf dem Parkplatz draußen eines Stellung beziehen.«

Maria hob die Augenbrauen. Ihre Stimme vibrierte ein wenig, als sie sagte: »Das … ist ja super. Dann kann man gleich den Einkauf mit einem Gesundheitscheck verbinden. Zum Glück braucht Paul das aber nicht. Ihm geht es wieder besser. War wohl nur eine ordinäre Erkältung. Sie wissen ja, wie das ist. Einmal die Jacke nicht richtig zugemacht, und schon hat sich das Kind verkühlt.«

Petri-Holden nickte wissend. »Freut mich zu hören, dass es ihm besser geht. Dann kann er ja am Montag wieder richtig durchstarten. Wir werden Parallelogramme zeichnen. Früh übt sich. Sagen Sie ihm meine besten Grüße.«

»Das werde ich machen.« Maria sah vor ihrem inneren Auge zwanzig Fünfjährige – *neunzehn! Finn ist nicht mehr dabei* –, die bewaffnete mit Stift und Papier um einen runden Tisch saßen und in Rot, Blau, Grün oder Gelb Parteilogos zeichneten. Sie erschauerte.

»Geht es Ihnen gut?« Die Kindergartenleiterin sah besorgt aus.

»Klar«, beeilte sich Maria zu sagen. »Es ist nichts.«

»Das ist gut. Trotzdem bete ich für Sie, Frau Müller, so wie für alle anderen Menschen auch. Nicht dass Sie sich bei Paul angesteckt haben oder am Ende noch diese Infektion ausbrüten.«

Maria sah Richtung Kasse.

»Oh, ich halte Sie auf.« Die Kindergartenleiterin umfasste die Griffstange ihres Einkaufswagens. »Das tut mir leid. Ich muss auch weiter. Brauche noch Frischmilch. Ein schönes Wochenende wünsche ich.« Petri-Holden setzte sich in Bewegung, schob ihren Einkaufswagen einen halben Meter, bevor sie innehielt. »Übrigens: Die Zäpfchen von Medivit helfen am besten bei Regelschmerzen.«

Maria drehte langsam den Kopf. »Wie bitte?«

Die Blonde lächelte. »Auf Wiedersehen.« Dann war sie samt Einkaufswagen Richtung Milchprodukte verschwunden.

Erst als ein weiterer Kunde sich räusperte, weil er an die Baguettes wollte, erwachte Maria aus ihrer Starre.

»Entschuldigung«, murmelte sie und eilte mit gesenktem Kopf Richtung Kasse.

Dort waren sieben der acht Kassen belegt. Die Bänder quollen über, die Schlangen waren lang und die Gesichter der Kunden noch länger, doch warteten sie alle geduldig.

Früher hätte sie sich jetzt beschwert. Hätte den Chef verlangt. Doch Maria konnte nur an Petri-Holdens Worte denken. *Die Zäpfchen von Medivit helfen am besten bei Regelschmerzen.*

Regelschmerzen.

Maria litt nicht an Regelschmerzen. Aber warum hatte die Kindergartenleiterin das gesagt? Hatte Frau Petri-Holden ins Blaue interpretiert oder durch die Blume gesprochen? Regelschmerzen synonym zu Magenschmerzen? Nein, das konnte nicht sein, nicht bei der überkorrekten Frau Petri-Holden. Oder doch?

Stimmen wurden laut. Ein älteres Ehepaar stand zwei Positionen weiter vorn an der Kasse. Er war etwa Ende achtzig, die Schultern herabgesunken, der dunkelbraune Strickpullover mit Zopfmuster viel zu weit und ausgebeult von der Bauchtragetasche, die er darunter umgeschnallt hatte. Ein heller Hemdkragen stand aus dem Pullover hervor, auf seinem Kopf saß eine ausgeblichene Kappe. Die Frau war in ähnlichem Alter, klein, zierlich und vom Leben noch gebeugter als er. Ihre dunkelblaue Wolljacke war an den Armen jedoch energisch hochgekrempelt, sodass die sehnigen Unterarme zum Vorschein kamen. Ihr gefiel ganz offensichtlich nicht, in welcher Reihenfolge er die Einkäufe aufs Band legte.

»Doch nicht die Tomaten vorne hin!«, schimpfte sie und klopfte ihm mit dem Gehstock an die Wade. »Willst du sie mit Druckstellen noch essen?« Sie schnaufte. »Das nächste Mal lass ich dich gleich daheim, damit du es weißt! Hilfe sieht anders aus!« Sie drückte sich an ihm vorbei zu den Tomaten, um sie mit zitternder Hand hinten auf dem Band zu deponieren.

Er verfolgte schweigend ihr Tun, den Mund halb geöffnet, doch dann zuckten seine Lippen zu einem Lächeln, er griff erneut in den Einkaufswagen und beförderte Weintrauben daraus hervor. Sie wanderten an den Platz, wo vorher die Tomaten gelegen hatten.

Sie bemerkte es und hielt mitten in der Bewegung inne. Ihr Kopf schaukelte hin und her, während sie die Lippen fest aufeinanderpresste, das Kinn nach vorn geschoben. »Das machst du mit Absicht! Da überzeugt man dich einmal zu einem Spaziergang und reißt dich von diesem vermaledeiten Fernsehquatsch los, und du hast nichts Besseres zu tun, als mich zu ärgern!«

Marias Nackenhaare richteten sich auf. *Vermaledeiter Fernsehquatsch.*

Der Mann schien die Worte ebenfalls registriert zu haben, denn unter seiner Kappe ruckten die buschigen Augenbrauen zusammen. Der Hauch eines Lächelns war verschwunden. Und auch die Umstehenden hatten die Worte vernommen. Plötzlich wurde die alte Frau argwöhnisch von allen Seiten gemustert.

»Was ist?«, keifte sie und blickte sich in alle Richtungen um, wobei ihre Hand auf dem Gehstock bebte. »Gefällt euch nicht, was ich gesagt hab? Mögt ihr den Quatsch wohl, ha?« Ihr Gehstock schwang sich in die Höhe, deutete auf den Supermarktbesucher in der Schlange hinter ihr, einen Mann in den Dreißigern. »Du etwa! Gefällt dir das ständige Gerede von diesem Kehlis?« Der Stock fuhr unbeirrt weiter, deutete auf Maria. »Und du? Willst am liebsten mit ihm ins Bett, ha?« In den Augen der Alten funkelte es. Angriffslustig wandte sie sich wieder ihrem Mann zu, schlug ihm mit dem Stock gegen das Knie. »Und du bist mir der Schönste. Seit sechzig Jahren teilen wir ein Bett, aber du hast nichts anderes mehr im Sinn als diesen dummen Bundeskanzler. Ja, da schaust du! Und jetzt? Willst mich beichten? Dann mach's! Ruf die Garde! *Ruf sie!* Die Nummer ist: elf, elf, elf! Und nenn es beim richtigen Namen: Es ist nicht beichten, sondern *denunzieren*! Aber lieber werde ich verpetzt, als dass ich mir das noch länger antue. Jeden Tag die gleichen Parolen und dein Gegröle. *In Kehlis! In Kehlis! In Kehlis verbunden!* Es ist nicht auszuhalten, das dumpfe Geschwätz von diesem Rattenfänger aus deinem Mund zu hören!«

Die Alte schlug ihrem Mann abermals ans Bein, fester jetzt, sodass er stöhnend zurückwich. Sie drängte nach vorn, schob sich an ihm und der Kasse samt Kassiererin vorbei, doch da wurden schon schwere Stiefelschritte zwischen den Regalreihen laut.

Maria sah, dass die Kassiererin ein tragbares Telefon sinken ließ. Sie hatte nicht lange gefackelt.

Die Alte stocherte derweil mit ihrem Gehstock vorwärts, bewegte sich zielstrebig auf die großen Glastüren des Haupteingangs zu, doch war klar, dass sie nicht entkommen konnte. Die Gardisten kamen im Eilschritt auf sie zu. Offenbar war ein Team gerade vor Ort – oder sogar hier stationiert.

»Ergreift sie!«, rief ihr Ehemann in das Poltern der Stiefel mit dünner, heiserer Stimme hinein und deutete anklagend auf seine flüchtende Frau. »Sie hat Kehlis beleidigt! Sie ist krank! *Sie ist krank!*«

Und so sah Maria mit an, wie die beiden Gardisten die Alte erreichten und umstellten. Unerwartet ließ diese ihren

Stock sausen und traf einen der Männer in die Weichteile. Er keuchte auf, presste die Knie gegeneinander und taumelte rückwärts. Der andere schien die Situation neu zu bewerten und ging sofort in den Angriff über, kickte der Alten gezielt den Gehstock aus den Händen und holte sie mit einem zweiten Tritt von den Füßen.

Maria zuckte zusammen, als das Geräusch brechender Knochen die Luft erfüllte. Die Alte schrie markerschütternd, wälzte sich über den Boden, dann traf die Stiefelspitze des Gardisten sie mitten ins Gesicht. Der Schrei erstarb, Blut spritzte und etwas klackerte über den Boden, wie kleine Steinchen.

Ihre Zähne, dachte Maria entsetzt, *er hat ihre Zähne …*

Die Kassiererin zog die Tomaten des Ehepaars über den Scanner und sagte zu dem Ehemann in seinem dunkelbraunen Strickpullover: »Macht sechzehn neunundneunzig, bitte. Zahlen Sie bar oder mit Karte?«

Kapitel 9

Hauptquartier

Streifen aus Neonlicht huschten über verspiegeltes Glas, als die Schwingtür automatisch nach innen aufging, um Vitus Wendlands Fahrt nicht zu unterbrechen.

Die beiden Antriebsräder glitten unter seinen Fingern hinweg, während er den Rollstuhl den Gang entlangsteuerte, vorbei an hellgrauen Türen, schlichten Wandleuchten aus Edelstahl und den Schatten von Lüftungsschlitzen.

Ein Schweißfilm stand ihm auf der Stirn, und das war gut so. Er hatte absichtlich auf den motorbetriebenen Rollstuhl verzichtet, um seinen Kreislauf in Schwung zu bringen, da er vermutete, dass das bevorstehende Meeting ein Patt hervorbringen würde. Er spürte es in seinem knochigen Hintern, und er hasste es, wenn die Kälte aus den Betonmauern kroch und ihm in den Körper. Überhaupt hasste er Besprechungen, doch an ihnen führte kein Weg vorbei. An der heutigen schon gar nicht. Sie war gleichbedeutend mit einer Fahrt auf eine Kreuzung zu, von der alle Abzweigungen ins Ungewisse führten. Doch mussten sie einen Weg einschlagen, und am besten nicht den, der in einem Abgrund endete.

Neben der vorletzten Tür des Gangs hielt Vitus an, drehte den Rollstuhl an Ort und Stelle um neunzig Grad. Die Gummireifen quietschten über die betongrauen Fliesen, und die

Tür vor ihm öffnete sich, noch bevor er seinen Daumen zur Autorisierung auf die kleine Aluminium-Platte, die ein biometrisches Erkennungssystem war, gelegt hatte.

Es war Jörg, der ihm die Tür aufhielt.

Es war Jörg, der durch die halbkreisförmigen Brillengläser zu ihm herabzwinkerte – trotz der Situation.

Und es war Jörg, der die hohe Stirn runzelte, als er die beiden Aktenmappen aus Recyclingpapier auf Vitus' Schoß bemerkte. Auf der oberen stand in sauberen Großbuchstaben: WUTKOWSKI, MALEK.

Im Besprechungsraum Q4 roch es nach Ärger. Vitus roch ihn unter dem rauen Parfüm der Majorin Barbara Sterling, unter Jörgs Old Spice und unter Seans Essensdünsten, die den ehemaligen Unternehmensberater den ganzen Tag umgaben und in seinem zeltähnlichen Anzug hingen wie Efeuranken in Hausmauern. Heute schien es etwas mit Zwiebeln und Kraut zum Mittag gegeben zu haben.

»Es war nicht einfach, diese Informationen zu beschaffen«, sagte Vitus und rollte an die Stirnseite des quadratischen Tisches, an der kein Stuhl stand. Die beiden Aktenmappen klatschten auf die weiß lackierte Tischoberfläche und rutschten auseinander. Auf der unteren stand: KRÓL, TYMON.

»Wie alt sind die bitte?« Seans Augenbraue kletterte in die Höhe. »Die sind ja noch handgeschrieben.«

»Was dem Informationsgehalt keinen Abbruch tut. Die stammen aus dem Zentralarchiv der Staatsanwaltschaft und wurden vor gut zwei Jahren eingelagert. Darin ist alles über Wutkowski und Król vermerkt, abgesehen vom Ausbruch aus der JVA Grauach. Neuere Aufzeichnungen habe ich nicht bekommen, und es sieht auch nicht danach aus, als würde sich das ändern, denn die Unterlagen aus Grauach haben seit knapp drei Monaten den Sperrvermerk eines Konfessors.«

»Eines Konfessors?« Auch Seans zweite Augenbraue wanderte in die Höhe.

»Dass man nach ihm fahnden würde, war doch klar, oder?«

»Aber nicht, dass ein Konfessor persönlich hinter ihm her ist. Das ist eine andere Hausnummer.«

»Und keine gute«, fügte die Majorin grimmig hinzu.

Vitus zuckte mit den Schultern. »Die Dinge sind, wie sie sind.«

»Nur wegen ihm da.« Barbara nickte in Jörgs Richtung. »Er musste ja diesen Kerl hierherschleppen.«

»Schieb mir nur den Schwarzen Peter zu, Barbara, kein Problem. Mir ist schon klar, dass du ihn nicht gerettet hättest. Du würdest lieber die ganz harte Linie fahren, aber ich bin und bleibe Idealist!« Jörg wollte sich die oberste Mappe nehmen, doch die Majorin beugte sich schnell nach vorn und schnappte sie ihm weg. Er sagte nichts dazu und nahm stattdessen die untere, schlug sie auf.

»Tymon Król«, las er vor. »Jahrgang 1979, gebürtiger Pole, mittlerer Schulabschluss, Mitglied des polnischen Heeres bis 2008, Auswanderung nach Deutschland. Anschließend Gründung der Sicherheitsfirma *Król Security* in München.«

»Die er als Deckmantel benutzte, um sich als Söldner für verbrecherische Organisationen zu verdingen«, erklärte Vitus. »Ich habe die Akten bereits gelesen und kann das abkürzen. Tymon galt in der Szene als höchst zuverlässig und übernahm hauptsächlich heikle Aufgaben: Waffenschmuggel, Drogenlieferungen, sogar Entführungen und Erpressungen. 2014 traf er auf Malek und Dominik Wutkowski. Da waren die Brüder zwanzig und einundzwanzig Jahre jung und schlitterten in die Kriminalität ab. Die Umstände passten; Tymon selbst hatte sich kurz davor von Mitarbeitern getrennt – man fand zwei tote Polen in der Isar – und benötigte neue. Und die Wutkowski-Brüder suchten Arbeit. Irgendwie schien die Wellenlänge zwischen den dreien zu stimmen, und statt nur eines Angestelltenverhältnisses bildete sich eine Freundschaft und daraus das Król-Wutkowski-Trio, bis 2020 der Staatsschutz ihnen bei einem Deal mit einer dubiosen Organisation namens *Chimära* auf die Schliche kam und sie verhaftete.«

»Der jüngere Wutkowski starb bei der Verhaftung«, sagte Jörg und tippte auf eine Textpassage in der Akte. »Kam bei einem Schusswechsel mit einem Sondereinsatzkommando ums Leben.«

»War damals groß in den Medien.« Vitus lehnte sich in seinem Rollstuhl zurück. »Tymon und Malek wurden schließlich überwältigt und rückten ein.«

»Herzzerreißend.« Die Majorin klappte ihre Mappe zu und warf sie zurück auf den Tisch. Ihr brauner Blazer raschelte bei der Bewegung. »Und jetzt hat dieser Wutkowski auch noch seinen langjährigen Freund und Mentor verloren und ist ganz alleine in dieser grausamen Welt.«

»Er ist free, Barbara. Er ist nicht alleine.«

Die Majorin schnaubte. »Willst du ihn auch noch bei uns integrieren?«

»Genau das ist mein Vorschlag.« Jörg löste den Blick keine Sekunde von ihr. »Wir können einen Mann wie ihn gebrauchen. Er war im Untergrund tätig, sehr erfolgreich sogar. Seine Fähigkeiten wären für uns Gold wert. Denk nur an die Fossey-Mission. Sicher, wir können das schaffen, aber im Endeffekt sind wir vom Schicksal bunt zusammengewürfelte, ganz normale Bürger, die nichts mit militärischen oder gewaltsamen Aktionen zu tun haben. Er schon!«

Barbara wandte den Kopf langsam Richtung Sean. »Hat er das jetzt wirklich vorgeschlagen?«

Der ehemalige Unternehmensberater zuckte mit den Schultern, wobei sein Sakko ihm unter den Achseln tief ins Fleisch schnitt.

»Du hast mich schon verstanden«, sagte Jörg, und zum ersten Mal in dieser Besprechung wurde seine Stimme eine Spur schärfer.

Sterling wandte sich ihm wieder zu. Sie war eine harte Frau, die Gesichtszüge aus Stahl und der Blick wie Diamant. Beides ebenso scharf wie ihre Zunge. »Dir haben sie doch ins Hirn geschissen, Jörg.«

»Vielleicht, aber wenigstens komme ich meinen Aufgaben nach.«

»Was willst du damit andeuten?«

»Nun, mir scheint, dass du deine seit Wutkowskis Gefangennahme vernachlässigst. Eigentlich bist du von uns vieren für die militärische Ausrichtung und Planung verantwortlich, aber ich sehe hier nur eine Mutter, die auf einem persönlichen Rachefeldzug ist. Du würdest ihn am liebsten exekutieren. Du bist total aggressiv.«

Die Majorin schoss auf ihrem Stuhl nach vorn. Die Spange mit dem goldenen Stern am Kragen ihres Blazers funkelte im Licht, genauso wie ihre Augen. »Er hat Jannah ein Messer in den Hals gerammt!«

»Weil er hinterrücks getasert wurde. Sein Körper konnte nicht anders reagieren. Außerdem übertreibst du. Es war zwar ein tiefer Schnitt über dem Schlüsselbein, aber halb so schlimm.«

»Willst du ihn jetzt auch noch verteidigen?«

»Wenn es sein muss. Im Gegensatz zu dir habe ich die Funkaufzeichnungen des Einsatzes angehört. Er hätte Jannah unbehelligt freigelassen.«

»Hätte, hätte, hätte«, äffte ihn die Majorin nach. »Hat er aber nicht!«

»Weil man ihm keine Chance ließ. Hörst du überhaupt zu?«

Vitus hörte zu, und ihm reichte es. Am liebsten hätte er sich zwischen die beiden geschoben, doch Rollstuhl und

Tisch waren keine Freunde, also räusperte er sich … und noch einmal. Erst beim dritten Räuspern ließen die beiden Streithähne voneinander ab und wandten sich ihm zu.

»Was schlägst du also vor, Jörg?« Vitus bemühte sich um eine neutrale Stimmlage.

Der Arzt musste nicht lange überlegen. »Ich würde ihn bei uns integrieren. Als vollwertiges Mitglied.«

»Da spricht der reine Wahn …«

»Ich habe sein Blut untersucht, Barbara! Alle Parameter deuten auf eine permanente Intoleranz hin.«

»Was nicht zwangsläufig heißt, dass er free ist. Er könnte auch vorher schon beeinflusst worden sein. Du kennst die früheren Berichte, die Strafgefangene als Versuchsobjekte deklarieren. Vielleicht ist deswegen ein Konfessor hinter ihm her.«

»Keiner dieser Berichte ist bestätigt, Barbara. Außerdem hatte Wutkowski keine Ahnung. Hör dir die Aufzeichnungen an!«

Bevor die Majorin etwas entgegnen konnte, hob Vitus besänftigend die Hände. »Zu fünfundneunzig Prozent ist Malek Wutkowski free. Wir brauchen ihn nur noch zu verhören, dann können wir die restlichen fünf Prozent bestätigen, aber ich zweifle offen gesagt nicht daran, dass es so ist. Warum auch sonst sollte ein Konfessor hinter ihm her sein? Und nein, Barbara, diese angeblichen Berichte von vor ein paar Jahren sind keine Begründung. Es bleibt trotzdem die Frage, was wir mit ihm anstellen. Ihn auf Dauer in Gefangenschaft zu halten ist absolut sinnlos. Es kostet uns nur Ressourcen und Arbeitskräfte, die wir nicht haben. Außerdem bringt es ihn gegen uns auf. Noch könnte er verstehen, dass seine Gefangennahme nicht mehr als eine nötige Vorsichtsmaßnahme war. Entweder wir setzen ihn also irgendwo wieder aus, oder wir integrieren ihn bei uns, oder … wir beseitigen ihn.«

»Drei Varianten«, fasste Sean zusammen und wuchtete seinen fetten Oberkörper samt Armen auf den Tisch. Seine Lippen waren wulstig und knallrot wie Sushi. »Wobei Variante eins zum aktuellen Zeitpunkt nicht in Erwägung zu ziehen ist. So kurz vor der Fossey-Mission können wir keinen Flüchtigen dort draußen gebrauchen, der dank dem lieben Herrn Kruse über uns Bescheid weiß. Wir können ihn nicht mehr gehen lassen.«

»Bleiben also zwei Optionen«, resümierte Vitus.

»Wovon Exekutieren nicht infrage kommt.« Jörg verschränkte demonstrativ die Arme vor der Brust.

»Für mich schon«, stellte die Majorin klar. »Damit gehen wir das geringste Risiko ein, und wenn wir Wutkowskis Leiche irgendwo auffindbar ablegen, haben wir auch den Konfessor von der Backe. Außerdem können wir keinen Schwerverbrecher in unseren Reihen gebrauchen, Fähigkeiten hin oder her. Er wäre ein absolut unkalkulierbares Risiko! Wie du es selbst gesagt hast: Fünfundneunzig Prozent von uns sind normale Leute. Mit denen würde er doch tun und lassen, was er möchte!«

Jörg musterte sie über den oberen, geraden Rand der Brillengläser hinweg. »Wir können keine Schwerverbrecher in unseren Reihen gebrauchen? Sind wir nicht selbst alle in Kehlis' Augen Schwerverbrecher?«

Die Majorin pfiff durch die Zähne, erwiderte jedoch nichts.

Vitus' Blick suchte den von Sean. »Wie sieht es mit dir aus?«

Der einstige Unternehmensberater knetete sich die Unterlippe. »Ich schließe mich Barbara an. Zwar mag ich Söldner, denn sie sind geradlinig in ihrer Denkweise – wer am meisten zahlt, bekommt den Zuschlag –, doch was können wir ihm bieten? Seine Freiheit, die wir ihm vorher genommen haben? Lächerlich.«

Vitus nickte, atmete tief durch, musterte die Holzmaserung der Betondecke über ihren Köpfen. »Dann haben wir ein Patt. Ich sehe zwar ebenfalls die Risiken, aber wie Jörg auch die Möglichkeiten durch Wutkowskis Fähigkeiten. Er könnte den entscheidenden Ausschlag bei der Fossey-Mission geben. Wenn ich nur daran denke, dass Fossey höchstwahrscheinlich nicht free ist, müssen wir ihn möglicherweise zur Mitarbeit zwingen. Foltern! Wer von euch möchte das machen? Wer von euch *könnte* das machen? Mir käme da ein skrupelloser Mann wie Wutkowski gerade recht. Außerdem bestünde die Option, ihn für uns zu gewinnen. Wenn er erst einmal begreift, was dort draußen los ist, könnte er eine andere Perspektive bekommen. Allerdings« – Vitus hob die Hände, um jegliche Einwände zu unterbinden – »bin ich auch nicht naiv. Wir bräuchten Sicherheiten. Wutkowski müsste Bedingungen akzeptieren.«

Für einen Moment herrschte Schweigen, dann fragte Sean: »Du denkst an eine Lifewatch?«

»Ja, damit hätten wir ihn in unserer Hand.«

Jörg schüttelte sofort und energisch den Kopf. »Ihm eine Todesuhr anzulegen ist kontraproduktiv. Damit bringen wir ihn nur gegen uns auf und verspielen jede Option auf eine vertrauensvolle Zusammenarbeit!«

»Aber es ist eine Reduktion des Risikos«, gab Vitus zu bedenken. »Außerdem ist Wutkowski Söldner. Er wird diese nötige Sicherheitsvorkehrung verstehen.«

»Weiß er überhaupt, was eine Lifewatch ist?«, fragte Sean.

Niemand ging auf die Zwischenfrage ein.

Jörg fuhr Vitus weiter an: »Wird er das? Zusätzlich zu den vier Tagen Gefangenschaft? Ich glaube, nicht. Ich könnte es nicht. Irgendwo ist einfach Schluss. Ich würde lieber erfahren, was er uns vorschlägt.«

»Uns vorschlägt?«, echote Barbara.

»Na, er hat heute früh beim Frühstück um Papier und Stift

gebeten«, erklärte Jörg. »Da von euch niemand erreichbar war, hat Hendrik zuletzt mich angerufen, und ich habe es genehmigt.«

Stuhlbeine schabten über Fliesen, als Barbara sich erhob.

»Wo willst du hin?«, fragte Vitus.

»Mich um wichtigere Angelegenheiten kümmern. *Militärische* zum Beispiel. Anscheinend ist meine Meinung in diesem Quartett nicht mehr gefragt, wenn nur noch eigenmächtige Entscheidungen getroffen werden.«

»Es werden keine eigenmächtigen Entscheidungen getroffen, wenn es um entscheidende Aspekte geht«, bellte Vitus. »Mit Stift und Papier kann er nicht viel kaputt machen. Ich hätte das auch genehmigt. Also setz dich wieder.«

Die Majorin funkelte ihn grimmig an und blieb trotzig im Raum stehen.

Der Monitor, der eine Wand des Besprechungssaals bedeckte, fiepte. Das war selten. Besprechungen des Führungsquartetts wurden nur bei äußerst wichtigen Geschehnissen gestört. Vitus hielt noch zwei Sekunden lang den Blickkontakt mit Barbara aufrecht, dann rief er: »Kommunikation annehmen.«

Auf dem Monitor erschien Hendrik Thämert. Der Rebell, früher angestellter Systemadministrator bei Vitus' Firma *Save your Data*, saß im Kontrollraum und überwachte Wutkowskis Zelle. »Entschuldige die Störung, Vitus, aber Wutkowski rührt sich.«

»Was heißt, er rührt sich?«

»Ja, er … ach, schaut es euch am besten selbst an.« Das Bild wechselte, und die Zelle von Wutkowski erschien auf dem Monitor. Der Söldner stand auf dem Stuhl und hielt ein Blatt Papier der Kamera im Rauchmelder entgegen. Auf dem Papier stand in großen Druckbuchstaben: BIN ZU KAUFEN. PREIS VERHANDELBAR.

Alle blickten stumm auf den Monitor. Nur das leise Rauschen der Lüftungsanlage war zu hören.

Vitus unterdrückte ein anerkennendes Nicken. Irgendwie gefiel ihm der Söldner. Mit den wenigen Informationen, die ihm zur Verfügung standen, hatte er die Situation erfasst, gut kombiniert und sich bestmöglich verkauft. Und Vitus war überzeugt, dass Wutkowski bereit war, für seine Freiheit zu kämpfen. So jemanden brauchten sie, nein, die Rebellion brauchte so jemanden. Unbedingt.

»Damit hätte er selbst die entscheidende Frage beantwortet«, sagte Vitus und wandte sich wieder der Runde zu. »Also?«

Seans Doppelkinn wippte auf und ab. »Unter den Bedingungen einer Lifewatch, ja.«

»Nein«, entschied Barbara Sterling mit ihrer schärfsten Militärstimme.

»Nein«, entschied auch Jörg. »Das geht gar nicht. Entweder A oder B, aber kein Wischiwaschi.«

Vitus schloss die Augen. »Andere Optionen haben wir nicht, und ihr wisst selbst, dass wir uns geschworen haben, immer einen Entschluss zu fassen. Also?«

Barbara trat zur Tür. »Ich werde von meiner Meinung nicht abrücken«, beharrte sie.

»Weil du Wutkowski tot sehen willst.«

Barbara funkelte zu Jörg hinab. »Denk, was du willst.« Ihr Daumen berührte das Bedienfeld, die Kontrollleuchte erglühte grün, und mit einem Knacken entriegelte die Tür.

»Setz dich wieder«, sagte Jörg. »Schmollen bringt uns auch nicht weiter.«

Barbara schnaubte und stieß die Tür auf.

»Bitte bleib.« Die Worte waren kaum zu hören. »Es wird eine Entscheidung geben.«

Die Majorin verharrte, und Vitus und Jörg sahen überrascht

zu Sean, der mit leiser Stimme gesprochen hatte. In seinem geröteten Gesicht war keine Emotion zu lesen.

»An der Stelle wäre jetzt wohl ein schlauer Spruch angebracht«, begann Sean und lächelte freudlos. »So was wie: Wenn man einen Krieg gewinnen will, bedeutet Führen nicht immer, seinen Überzeugungen zu folgen.« Der Unternehmensberater klang verdammt nach Jörg. »Zum Glück habe ich keine Überzeugungen. Ihr schon, und das ist unser Problem. Ihr seid alle zu emotional.«

»Zum Glück!«, wiederholte Jörg.

Der Unternehmensberater zuckte mit den Achseln. »Sieh es, wie du willst, Jörg. Mir geht es am Ende um den Erfolg. Der Weg dorthin ist mir völlig egal. Wutkowski *könnte* bei der Fossey-Mission das Zünglein an der Waage sein, da hat Vitus recht, und uns allen ist das klar. Vorhin war ich dagegen, ihn bei uns ohne Auflagen aufzunehmen, je länger ich allerdings darüber nachdenke, komme ich zu dem Entschluss, dass es grob fahrlässig wäre, den möglichen Vorteil seiner Ressource ungenutzt zu lassen. Wenn wir uns also nicht auf Auflagen einigen können, dann ändere ich meine Meinung und plädiere für gar keine. Wir müssen ihm die Entscheidung allerdings schmackhaft machen.«

»Woran hast du gedacht?«, fragte Vitus.

»An Unterstützung unsererseits«, erklärte Sean. »Vermutlich wird er langfristig untertauchen wollen. Wir könnten ihm dabei helfen. Allerdings erst nachdem er geliefert hat, und dann wäre die Fossey-Mission erfolgreich verlaufen und ein untergetauchter Mitwisser deutlich weniger problematisch.«

»Und du glaubst, er wird darauf eingehen?«

Sean zuckte mit den Schultern. »Er ist Söldner. Er wird einen guten Deal zu schätzen wissen.«

Die Majorin hatte sich Seans Ausführungen schweigend angehört und auf ihn herabgeblickt, doch nun wurde ihr wohl klar, wohin das führte. Wortlos verließ sie den Besprechungsraum.

Als sich die Tür hinter ihr geschlossen hatte, seufzte Vitus. »Also steht es drei zu eins. Wir haben eine Entscheidung.«

»Halt, halt, halt! Nicht so schnell.« Jörg hob abwehrend die Hand. »Was wollt ihr machen, wenn er sich nicht integrieren will? Darüber haben wir noch gar nicht gesprochen!«

»Na, dann muss er sterben.« Sean zuckte bedauernd mit den Händen. »Die einzig logische Konsequenz.«

Daraufhin schwiegen die drei Männer, bis Vitus sich räusperte und leise fragte: »Ändert jemand seine Meinung?«

Sean schüttelte sofort den Kopf, und auch Jörg tat es, sichtlich widerwillig, aber er tat es.

»Gut.« Vitus war erleichtert. »Dann werde ich jetzt mit Wutkowski reden.«

»Nein«, widersprach Jörg, »das werde ich tun. Um ihn zu überzeugen, braucht es Feingefühl.« Nach diesen Worten verließ auch Jörg den Besprechungsraum, den Kopf gesenkt, als hätte er eine Niederlage erlitten.

»Gefühle«, sagte Sean gedehnt und stemmte sich schnaufend in die Höhe. »Wohin die uns noch führen werden.« Er trippelte hinaus. Mit ihm ging der Geruch nach Kraut und Zwiebeln.

Vitus blieb allein zurück. Ihn fröstelte es. War ihm die Kälte nun doch in die Knochen gekrochen, oder lag es an dem Weg, den sie eben eingeschlagen hatten?

Vitus vermochte es nicht zu sagen. Er sah nur Abgründe – in allen Richtungen.

Kapitel 10

Berlin

Maria grub ihre Fingernägel in das Lenkrad. Der Kunststoff knarrte. Die Sehnen an ihren Armen schienen zu reißen. Ihr Nacken schmerzte, war völlig verspannt. Der Schock der eben erlebten Beichte betäubte sie. Und immer wieder dieses Bild: *Ihre Zähne klackerten über den Boden*. Und noch viel schlimmer: Das Gesicht des Ehemanns, in dem sechzig Ehejahre Sorgen- und Lachfalten hinterlassen hatten, die von einem auf den anderen Moment nur noch von Hass und Ablehnung erfüllt waren. Er hatte bar bezahlt, die Tomaten im Korb verstaut, den Arm unter den Henkel geschoben, sich eine Weintraube von der Rebe gepickt, sich diese in den Mund gesteckt und war nach Hause gegangen. Schnurstracks an seiner Ehefrau vorbei, die bewusstlos im eigenen Blut lag, umringt von Gardisten. Er hatte sie nur eines kurzen Blickes gewürdigt, und der war so voller Verachtung gewesen, als läge dort der Abschaum vom Abschaum vom Abschaum.

Maria hätte es beinahe nicht bis zum Auto geschafft. Sie wusste noch, dass sie die Einkäufe hinten in den Kofferraum geworfen hatte und dann hinters Steuer geschlüpft war. Dort hatte sie geschrien, geschrien und geschrien, und ab dann wurde ihre Erinnerung bruchstückhaft, schemenhaft, wie durch einen Schleier aufgenommen; ein heulender Motor, eine Apotheke, eine Angestellte mit kurzen Haaren und dicker Brille, eine grüne Schachtel, Bargeld, schnelle Schritte und kühler Wind. Zuletzt ein Auto, das hupend an ihr vorbeizischte und beinahe ihre offen stehende Fahrertür mitnahm.

Eine grüne Schachtel.

Der Gedanke daran löste ihren Blick von dem imaginären Punkt auf dem Asphalt, den sie seit ihrer Ankunft anstarrte. Sie war bereits zu Hause, das hatte sie am Rande registriert, saß im Auto auf der Straße, geparkt am Gehsteig. Und neben ihr auf dem Beifahrersitz lag eine grüne Schachtel. Darauf stand in schwarzen Versalien: MEDIVIT PLUS. Und darunter: 1000 MG-ZÄPFCHEN.

Ihre Zähne klackerten über den Boden.

Die Zäpfchen von Medivit helfen am besten bei Regelschmerzen.

Maria stieß geräuschvoll die Luft aus, löste ihre Finger vom Lenkrad und nahm die Packung zur Hand. Sie drehte sie nachdenklich hin und her, las die darauf gedruckten Informationen. BEI SCHMERZEN UND KRÄMPFEN IM BAUCHBEREICH. WIRKT KRAMPFLÖSEND UND SCHMERZSTILLEND. Sie öffnete die Packung, nahm den Beipackzettel heraus. Bei den Anwendungsgebieten stand: MEDIVIT PLUS WIRD ANGEWENDET BEI KRAMPFARTIGEN SCHMERZEN BEI ERKRANKUNGEN DES MAGENS UND DES DARMES, KRAMPFARTIGEN SCHMERZEN IM BEREICH DER GALLENWEGE, DER ABLEITENDEN HARNWEGE SOWIE DER WEIBLICHEN GESCHLECHTSORGANE (Z.B. SCHMERZHAFTE REGELBLUTUNGEN). Maria schob den Beipackzettel wieder in die Packung und steckte sie in ihre Jackentasche. Sie wusste, dass sie sich an einen Strohhalm klammerte, um dem Schicksal zu entrinnen, das die alte Frau ereilt hatte. Ob die Zäpfchen wirklich gegen ihre Magenbeschwerden halfen? Und konnte sie damit einfacher Konstantin belügen? Denn das war das Kernproblem. Dagegen wirkten die Magenbeschwerden eher wie ein Störfaktor.

Konstantin – das Kernproblem.

Maria wandte sich dem Mehrfamilienhaus zu ihrer Linken zu. Im Wohnzimmer im ersten Stock brannte Licht. Auch wenn der Spätnachmittagshimmel noch die Farbe einer ausgeblichenen Jeans hatte, waren die Rollos schon heruntergelassen, und die Schlitze glommen honiggelb wie ein Lichterkettennetz in der Adventszeit. Dort spielte das Kernproblem mit Paul. Wahrscheinlich lümmelte Konstantin in Jogginghose und Shirt vor dem Sofa auf dem Teppich, während Paul um ihn herumsprang und mit irgendeinem Spielzeug wedelte.

Tränen verschleierten plötzlich ihren Blick, und Maria blinzelte sie weg. Ihr fiel auf, dass sie das Magenstechen vergessen hatte, doch jetzt, als sie hinauf zu den Lichtern blickte, meldete es sich zurück. *Es ist noch lange nicht vorbei, auch nicht mit den Zäpfchen in der Jackentasche. Du musst einfach mehr wissen, mehr wissen …*

Maria riss sich vom Anblick des Rollos los und stieg aus. Je früher sie zu Paul kam, desto besser. Den Rest musste sie abwarten.

Schnell holte sie einen Teil der Einkäufe aus dem Kofferraum. Sie schlug jedoch nicht den Weg zur Haustür ein, sondern den Weg parallel daneben zur Nachbarin Marianne Zeiler.

Die Vierundachtzigjährige wohnte im Haus nebenan in einer Eigentumswohnung, war schwerhörig und ging selbst am Stock so schlecht, dass sie schon mehrmals gestürzt war und deswegen die Wohnung nicht mehr verließ. Allerdings kam für Frau Zeiler kein Rollator infrage. Und schon gar kein Altenheim. In gleichem Maß, wie bei alten Leuten die Falten tiefer wurden, die Haut schlaffer, die Haare weißer, wuchs in ihnen die Sturheit. Und möglicherweise der Überdruss am Leben. Wie vorhin im Supermarkt.

Ihre Zähne klackerten über den Boden.

Maria erreichte die Haustür des Nachbarhauses. Der Wind ließ die Recyclingpapiertüte in ihren Händen rascheln, strich ihr mit klammen Fingern durchs Haar. Die Blätter der Gartensträucher wisperten ihr Geheimnisse zu.

Mit Frau Zeilers Hausschlüssel öffnete sie den Briefkasten, für den sie sich angeboten hatte zu sorgen. Durch den Schlitz war ein Großbrief gepresst worden, verknittert, die Kanten zerrissen. Gefolgt war eine Rolle voller Prospekte der umliegenden Supermärkte. Überall sprang Maria das Logo von *JK's* entgegen. Dazwischen entdeckte sie auch den Aufklärungsflyer, den ihr Petri-Holden empfohlen hatte.

Der Großbrief trug den Absenderstempel einer Online-Apotheke. Maria riss ihn auf, kontrollierte den Inhalt und nahm die zwei Tablettenpackungen mit den Packungsgrößen N3 samt Rechnung mit in Frau Zeilers Wohnung, nachdem sie die Prospekte, den Flyer und den Umschlag direkt in die Papiertonne gestopft hatte.

»Guten Abend, Frau Zeiler«, grüßte sie, als sie in die Düsternis der Wohnung trat.

Einzig die Gerüche von Kölnisch Wasser und alten Büchern grüßten zurück; aus dem Wohnzimmer flimmerte das Licht des Fernsehers.

»Freu Zeiler! Ich bin es, Maria!«

Frau Zeiler saß in ihrem Wohnzimmersessel. Durch die halb offene Tür war nur ihre weiße Dauerwelle zu sehen, die wie eine flache Haube über der Rückenlehne lag.

Im Fernsehen lief abermals die Rede von Kehlis. Maria erkannte die Bilder: Kanzler Kehlis mit ernstem Gesicht hinter einem Rednerpult im Lichtkegel der Scheinwerfer. Zum Glück war der Ton ausgeschaltet. Diese penetranten Wiederholungen waren kaum zu ertragen. *Vermaledeiter Fernsehquatsch.* Sie konnte die alte Frau so gut verstehen! Das Fernsehprogramm drehte sich rund um die Uhr nur noch um die

Regierung und die Innenpolitik. Wo früher Unterhaltungssendungen und Talkshows gelaufen waren, gab es jetzt nur noch ein Thema: Das Wohl der deutschen Bürger. Was außerhalb der deutschen Grenzen vor sich ging, war der Allgemeinheit nur noch vage bekannt. Und das schien den Leuten ganz recht zu sein.

Nachdem die Europäische Union an der Flüchtlingskrise vor knapp zehn Jahren ins Wanken geraten und schlussendlich aufgrund nationalistischer Tendenzen daran zerbrochen war, hatte ein Umdenken unter den Bürgern eingesetzt. Nicht mehr *international* war das Gebot der Stunde, sondern *national*. Jedes Land kehrte zu den eigenen Traditionen zurück, schloss die Grenzen, kümmerte sich um seinen eigenen Kram. Selbst die Währungsunion verkraftete die Krise nicht. Jeder Staat wollte zwar die Vorteile davon nutzen, aber keine Nachteile akzeptieren. Nehmen, aber nicht geben. Man kehrte zu länderspezifischen Währungen zurück. In der Folge ging die Wirtschaft in die Knie, und so war es nicht verwunderlich, dass außenpolitische Ereignisse immer weniger Leute interessierten.

Ein Grundsatz der Marktwirtschaft bewahrheitete sich auch hier: Die Nachfrage bestimmt das Angebot. Je weniger Menschen sich für internationale Ereignisse interessierten, umso weniger Informationen wurden bereitgestellt. Die Auslandsnachrichtendienste und -agenturen stellten nach und nach ihre Arbeit ein. Über vereinzelte ausländische Websites erhielt man noch Informationen, wenn man denn wollte, nur wollte fast keiner mehr. Mit Kehlis' Machtantritt erlosch auch dieses kümmerliche Restinteresse. Zugleich häuften sich Gerüchte, dass Menschen wegen zu großer andersartiger politischer Neugierde gebeichtet und abgeholt worden waren. Mittlerweile war das kein Gerücht mehr. Es stand schwarz auf weiß in einer Regierungsbroschüre.

Und selbst wenn es nicht so gewesen wäre, hätte Maria nichts riskiert. Sie wusste aus ihrem früheren Leben, wie einfach man Daten über das Internet anzapfen konnte. In beide Richtungen. Für eine Regierung war es ein Leichtes, das Surfverhalten ihrer Bürger zu analysieren und gegen Andersdenkende vorzugehen. Möglicherweise wurden auch die Informationen gefiltert und gegen vermeintlich passendere ausgetauscht. Trotz dieser Vermutungen hielt Maria lieber die Füße still, ging so wenig Risiko wie möglich ein. Sie hatte ihren Sohn zu verlieren.

Und sich selbst.

»Frau Zeiler?«

Ein Schnarchen antwortete, gefolgt von einem Schmatzen.

Schnell holte Maria die einzelnen Blister aus den Tablettenschachteln und schob sie in die Innentasche ihrer Jacke zu den Zäpfchen, verschloss sorgfältig den Reißverschluss. Dann trat sie in die Küche und verstaute die Milch im Kühlschrank. Den bereits angebrochenen Tetrapak holte sie heraus und schraubte ihn auf. Essiggeruch biss ihr in die Nase. Angewidert verzog sie das Gesicht. Mit Brocken durchsetzt, gluckerten die Milchreste in den Abfluss. Leise spülte sie mit Wasser nach.

Dann trat sie zur Tür, lauschte.

Stille.

Sie entfaltete die Rechnung der Apotheke. Rechnungsbetrag: 32,50 Neue Mark. Per SEPA-Lastschrift bereits beglichen.

Maria zückte ihren Geldbeutel, zählte die Münzen und Scheine ab und steckte sie vorsichtig in Frau Zeilers Geldbörse, die die alte Frau in einem Schubfach in der Küche aufbewahrte.

Die Rechnung stopfte sie durch den Verschluss in den leeren Tetrapak. Die beiden Tablettenverpackungen folgten, gefaltet in lange, schmale Streifen. Schließlich faltete sie den

Tetrapak zusammen, damit er wenig Platz im Müll einnahm, und schraubte ihn zu.

Der Teppichboden schluckte ihre Schritte, als sie ins Wohnzimmer ging. Frau Zeiler schlief tief und fest. Sie sah fast so aus wie die alte Dame aus dem Supermarkt. Maria schluckte und legte die Wolldecke, die der Dame von den Knien gerutscht war, zurück auf die bleistiftdünnen Beine in Stützstrümpfen.

Trotzdem konnte sie nicht gleich wieder gehen. Es fühlte sich falsch an. So friedlich ruhte Frau Zeiler in ihrem Sessel, die Augen geschlossen, den Mund ein wenig geöffnet, das Hörgerät neben sich auf dem Spitzendeckchen des Wohnzimmertischs platziert. Es war schäbig, eine alte Frau auszunutzen, aber es gab keine Alternative. Oder doch?

Die Zäpfchen von Medivit helfen am besten bei Regelschmerzen.

Maria drückte kurz Frau Zeilers knochige Hand, dann verließ sie auf leisen Sohlen die Wohnung, um ihre eigenen Einkäufe aus dem Wagen zu holen. Unterwegs stopfte sie den Tetrapak tief in den Plastikmüll vor dem Haus.

Als sie den Hausschlüssel ins Schloss ihrer Wohnungstür steckte, hörte sie Paul jauchzen.

Er hing ihr um die Hüfte, noch bevor sie die Einkaufstüten abstellen konnte. Konstantin erschien hinter ihm in der Diele.

Maria lachte. »Wollen mir meine zwei starken Jungs helfen und die Einkäufe in die Küche tragen?«

Paul nickte eifrig, schnappte sich die erstbeste Tüte und trug sie schnaufend Richtung Küche. Er hatte die schwerste erwischt. Konstantin nahm alle anderen und küsste Maria auf den Mund. Seine Lippen hinterließen einen Hauch des Salbeibonbons, den er im Mund hatte.

»Du siehst erschöpft aus«, sagte er. »Nehmen dich die Pflichten als Hausfrau zurzeit so ein?«

Maria schnaubte. »Wir können ja mal tauschen, werter Herr.«

Konstantin runzelte die Stirn. »Warum so schnippisch? Ich sorge mich nur. Geht es dir nicht gut?«

Maria musste an die Zähne auf dem Boden denken und an die Zäpfchen und an die zehn Blister mit je zwanzig Tabletten in ihrer Jackentasche.

»Ich kämpfe wohl mit dem Anflug einer Erkältung«, erklärte sie und lächelte entschuldigend. »Vor zwei Tagen war es doch so feuchtkalt und windig, da habe ich ganz schön gefroren, als ich in der Stadt war. Mach dir keine Sorgen. Ich koche mir einen Erkältungstee, lutsche einen von deinen Salbeibonbons und bin morgen wieder topfit.«

Seine Stirn legte sich in Falten. »Na hoffen wir, dass es nur eine Erkältung ist. Hast du die Ansprache gehört?«

»Sogar gesehen. Vor dem Supermarkt. Deswegen hat der Einkauf auch so lange gedauert. Es war eine gute Rede.«

Konstantin musterte sie ein wenig zu lange. »Du würdest es doch sagen, wenn etwas wäre? Mit dir oder mit Paul?«

Marias Puls beschleunigte sich. *Dünnes Eis, Maria. Sehr dünnes Eis.* »Natürlich.« Sie strich Konstantin über die Wange. Seine Stoppeln kratzten an ihrer Hand. »Sollte es nicht besser werden, suche ich eine der mobilen Stationen auf. Okay?«

»Das ist eine gute Idee. Geh lieber auch so hin. Vorsicht ist die Mutter der …«

»… Porzellankiste.«

Er sah sie abermals lange an, nickte und stapfte mit den Einkäufen in die Küche davon.

Maria sah ihm hinterher, atmete tief durch, schlüpfte eilig ins Badezimmer und schloss die Tür hinter sich ab, um in Ruhe die Medikamente in ihrer Schmuckdose zu verstecken. Und um sich ein Zäpfchen in den Hintern zu manövrieren. Dabei dachte sie, dass die Idee mit den Aufklärungsteams gar nicht so schlecht war. Sie würde einfach zu Konstantin sagen, dass sie dort gewesen und alles in Ordnung sei. Das würde seine Zweifel beseitigen.

Hoffentlich.

Konstantin wurde immer misstrauischer, witterte überall eine Lüge. Wenn es so weiterging, musste sie sich einen Plan B einfallen lassen.

Die Gedanken daran, wie so ein Plan möglicherweise aussehen könnte, jagten Maria Müller eine Gänsehaut über den Rücken. Sie hatte genügend solcher Pläne geschmiedet, optimiert und durchgeführt. Doch da war es nie um ihren eigenen Mann gegangen.

Kapitel 11

Unbekannter Ort

Das Geräusch der zur Seite gleitenden Riegel war Musik in Maleks Ohren. »Out of the door«, murmelte er und ließ das Blatt Papier sinken.

Die Zellentür schwang nach innen auf. Hendrik stand im Türrahmen, robuste Handschellen mit Doppelscharnier in Händen. Die bekam man nicht ohne schweres Werkzeug auf. Flankiert wurde Hendrik vom Bullen Ole und vom Angsthasen Jan. Beide hatten Elektroschockpistolen im Anschlag, wobei der Bulle ausdruckslos dreinblickte, während der Angsthase so minimal lächelte, dass es auch Einbildung sein mochte.

Hendrik lächelte definitiv nicht. »Runter vom Stuhl! Umdrehen und Hände hinter den Rücken! Keine Faxen, oder es knallt. Verstanden?«

»Klar und deutlich.« Malek hob langsam die Hände, stieg bedächtig vom Stuhl, legte das Blatt Papier auf den Tisch, drehte Hendrik den Rücken zu und streckte seine Arme nach hinten aus.

Die Handschellen rasteten gut hörbar ein; linkes Handgelenk, rechtes Handgelenk. Der Stahl war schwer und kühl und klackerte, als er gegen die analoge Armbanduhr stieß.

»Gesprochen wird nicht, damit das klar ist. Und jetzt mitkommen!«

Malek nickte, und es ging los; Hendrik lief voraus, dann folgte Malek vor den Wärtern. Er konnte beinahe die beiden Punkte im Rücken spüren, wo die Elektroschockprojektile einschlagen würden, falls er einen Fluchtversuch unternähme. Diese Schmerzen wollte er nicht noch einmal erleben. Außerdem hatte er endlich die Möglichkeit, Wem-auch-immer einen Deal anzubieten, statt noch tiefer in die Scheiße zu rutschen.

Langsam gingen sie einen Flur entlang. Die Mauern bestanden aus grauem Beton, bestückt mit schlichten Leuchten. Vier weitere Türen zweigten ab, die seiner Zellentür glichen, eine fünfte Tür bestand aus Glas. Malek erhaschte einen kurzen Blick auf einen leeren Bürostuhl hinter der Scheibe, eine Tasse und einen Teller auf einem Schreibtisch und darüber vier Monitore nebeneinander an der Wand. Auf einem der Displays erkannte er seine Zelle, anhand des Blatt Papiers auf dem Tisch; die anderen drei Zellen waren unbewohnt; die Bettdecken lagen sauber gefaltet auf den Pritschen. *Ich bin also der einzige Gefangene hier.* Er hatte schon vermutet, dass es nicht viele gab. Die Abstinenz von Schreien, Streitereien und Gegröle in den Nächten hatte darauf schließen lassen. Überhaupt mutete der Trakt eher wie ein provisorisches Gefängnis an. Er sah keine Gittertüren, keine Alarmleuchten, keine Notfallmeldemöglichkeiten, nichts, was es üblicherweise in Gefängnissen gab – und damit kannte er sich aus.

Weiter ging es über ein schlichtes Treppenhaus aus Beton zwei Stockwerke nach oben und von dort in einen etwas wohnlicher wirkenden Flur, von dem weitere Türen abzweigten. Diese waren aus Holz, und auch die Bodenfliesen waren einem Holzparkett gewichen. Der graue Beton der Wände blieb jedoch.

Hendrik führte ihn den Flur entlang bis zur letzten Tür. Er legte seinen Daumen auf eine schlicht aussehende Metallplatte auf Hüfthöhe. Diese erglühte grün, und die Tür sprang einen Spalt weit auf. Hendrik trat ein.

Malek sah sich einem lang gestreckten Konferenztisch mit acht Freischwingern aus Leder und Edelstahl gegenüber, doch das Hypnotisierende war die breite Fensterfront dahinter. Sie nahm fast die ganze Wand ein und ermöglichte den Blick ins Freie. Strahlend blau war der Himmel, der sich ihm darbot, fast zu blau, und die Sonne, die im Westen herabsank, zu grell. Auch die Grünfläche mit immergrünen Büschen schien zu farbintensiv zu sein. Doch nach mehreren Tagen in einer fensterlosen Zelle war dieses Empfinden wohl normal. In gut einhundert Metern Entfernung wogten kahle Weiden sanft im Wind.

»Setzen!«, bellte Hendrik.

Malek blieb noch einen Moment lang stehen, dann nahm er so Platz, dass er weiterhin einen prächtigen Ausblick ins Freie hatte. Er musste wegen der auf dem Rücken gefesselten Hände auf dem Stuhl weit nach vorn rutschen.

Hendrik beäugte ihn argwöhnisch, lief um ihn herum und schloss die Tür. Die beiden Wachen blieben draußen. Hendrik kam zurück und nahm ihm gegenüber Platz, machte aber keine Anstalten, ein Gespräch zu beginnen.

Malek schwieg ebenfalls und blickte hinaus. Während eine Gruppe von vier Vögeln an den Weiden vorbeizog, fragte er sich, warum man ihn ausgerechnet in einen solchen Raum gebracht hatte. Zu schön, zu einfach, völlig unpassend. War das beabsichtigt? Wollte man ein angenehmes Ambiente schaffen? Für Verhandlungen? Immerhin hatte er sich angeboten. Oder wollte man ihm zeigen, was ihm draußen entging?

Nach gut fünf Minuten entschied er, den Mann namens Hendrik zum Reden zu motivieren. »Nette Aussicht«, stellte er im Plauderton fest.

Hendrik ließ sich nicht locken, blickte nur finster drein.

Dann eben anders, entschied Malek. »Und so bequeme Stühle habt ihr.« Er rutschte ein wenig hin und her, wodurch Metall und Leder knarrten. »Noch bequemer wären sie ohne Handschellen.« Er klimperte mit seiner Uhr am Metall. »Nimmst du sie mir bitte ab? Ich bleib auch artig sitzen.«

»Arschlecken«, schnaubte Hendrik. »Du hattest auch gesagt, Jannah unbehelligt gehen zu lassen. Und, hast du?«

»Lief nicht wie geplant.«

»Ach, halt einfach die Schnauze!«

Allein Hendriks Gesichtsausdruck machte klar, dass bei ihm kein Durchkommen war. Lag es an persönlichen Interessen? Die wenigen Worte hatten mehr als nur vorwurfsvoll geklungen. Da hatte ein Unterton, eine leichte Betonung auf ihrem Namen gelegen. *Jannah.*

Hinter Malek knackte die Tür. Der Mann aus seiner Erinnerung kam herein. Die Brille mit den halbkreisförmigen Gläsern, die hohe Stirn und die grauen Locken waren unverkennbar, und als Malek ihn jetzt bei klarem Verstand betrachtete, fiel ihm der warme Blick aus braunen Augen auf. Tiefe Lachfalten drängten sich darum, und häufiges Lächeln hatte Spuren in den Wangen hinterlassen. Trotz des erschöpften Zugs auf dem Gesicht des Arztes bestand kein Zweifel daran, dass er Optimist war. Und der Mann hatte Präsenz. Sie schwappte wie eine Welle mit ihm in den Raum.

Aus einem Impuls heraus erhob sich Malek und nickte dem Arzt zu.

»Hinsetzen!«, zischte Hendrik und sprang ebenfalls auf.

»Schon gut, Hendrik.« Der Arzt hob besänftigend die Hände, dann bemerkte er die Handschellen. »Sie sind ja noch gefesselt. Hendrik, könntest du die da bitte entfernen?«

»Aber er könnte …«

»Mich angreifen und töten? Sicher, aber das wird er nicht. Oder, Herr Wutkowski?«

Malek zuckte mit den Schultern. Er antwortete ehrlich: »Vor habe ich es nicht, aber versprechen kann ich es auch nicht.«

Der Arzt lächelte bemüht. »Hendrik, nimm ihm die Dinger ab.«

Der Wärter zögerte noch zwei Herzschläge lang, dann kam er um den Tisch herum und schloss sichtlich widerwillig die Handschellen auf. Mit einem zweifachen Klicken lösten sie sich.

»Besser, oder?«, sagte der Mann. »Setzen Sie sich, bitte.«

Malek tat, wie geheißen. Er rieb sich ein wenig die Handgelenke, die von den straff gezogenen Schellen kribbelten.

Der Arzt nahm ebenfalls Platz. »Kaffee?«

»Ich hätte eher Lust auf ein Bier.«

Der Arzt lachte. »Das glaube ich. Wie viele Jahre ist es her, dass Sie ein Bier tranken? Mindestens acht? Das passt übrigens zu Ihren Leberwerten. Die sind in Anbetracht der Entbehrungen im Wald wie die eines jungen Gottes.«

Malek hob eine Augenbraue, und der Arzt tat die unausgesprochene Frage mit einer Handbewegung ab. »Ich habe selbstverständlich Ihr Blut untersucht. Aber das ist jetzt unwichtig. Hendrik, lässt du uns bitte zwei Bier bringen?«

»Bier?«

»Genau, auch Hopfentee genannt.« Der Blick des Arztes wurde scharf wie ein Skalpell. »Es beinhaltet eine Menge Vitamine, Vitalstoffe und Bitterstoffe. Regt die Galle an.«

Hendrik trat zur Tür und öffnete sie einen Spalt breit, ohne Malek aus den Augen zu lassen. »Jan! Hol bitte zwei Bier! *Ja, zwei Bier!*« Die Tür glitt wieder ins Schloss, und Hendrik baute sich mit verschränkten Armen davor auf.

Der Arzt betrachtete Malek. *So nimmt man einen Patienten unter die Lupe. Chirurgisch präzise.* Von der bisherigen Freundlichkeit waren nur die Lachfalten geblieben.

»Also gut, Herr Wutkowski, lassen wir das Geplänkel. Sie bieten Ihre Dienste an. Vermutlich verlangen Sie im Gegenzug Ihre Freiheit.« Der Arzt deutete zur Glaswand. »Verständlich. Ich würde das zumindest an Ihrer Stelle so machen.«

Malek erwiderte nichts darauf, wartete auf weitere Erläuterungen.

»Jörg«, sagte der Arzt. »Ich heiße Jörg. Also: Freiheit. Wie haben Sie sich Ihre vorgestellt?«

Malek runzelte die Stirn. »Was wird das hier? 'ne Quizshow?«

»Ganz im Gegenteil, Herr Wutkowski. Von Show ist nicht ansatzweise die Rede.« Jörg seufzte. »Laut den Akten sind Sie zu dreißig Jahren Haft verurteilt. Wenn der Staat Sie erwischt, rücken Sie für weitere zweiundzwanzig ein. Mindestens. Ein Leben als freier Mann ist Ihnen also offiziell verwehrt. Wie haben Sie sich unter diesen Bedingungen Ihre Freiheit vorgestellt? Wie die letzten Monate in diesem Wohnwagen? Ohne Strom und Wasser und vollwertige Nahrung? Ohne Heizung im Winter? Das kann ich mir nicht vorstellen.«

Malek auch nicht. Das war ihm schon lange klar. Er wandte den Blick ab. Die Gruppe Vögel war immer noch bei den Weiden und flog gerade zurück in die Richtung, aus der sie gekommen war. Sie konnten reisen, wohin sie wollten. Er nicht, da hatte der Arzt völlig recht.

»Tymon und ich haben nicht so weit vorausgeplant«, gestand er. »Unsere Devise lautete: Chancen nutzen. Wir wollten uns ins Ausland absetzen, sobald Tymon wieder einigermaßen bei Kräften gewesen wäre.«

»Wissen Sie, dass die Grenzen dicht sind?«

»Hatten wir gehört, aber es gibt immer Schlupflöcher.«

»Ihnen ist klar, dass man nach Ihnen fahndet?«

»Ich mag ein wenig verwahrlost aussehen, aber dumm bin ich nicht.«

»Das habe ich auch nicht behauptet.« Jörg lächelte. »Aber mir scheint, dass Ihnen die Tragweite nicht ganz bewusst ist. Ein Konfessor ist Ihnen auf den Fersen.«

»Ein was?«

Der Arzt musterte ihn durchdringend, und Malek hörte beinahe das Summen eines Röntgenapparats.

»Ein Konfessor«, wiederholte Jörg.

»Was soll das sein?«

»Wissen Sie, wer aktuell regiert?«

»Irgend so ein Typ namens Kehlis.« Malek hatte zusammen mit Tymon die Nachrichten in der JVA verfolgt, nicht regelmäßig, aber doch oft genug, um bestimmte Entwicklungen außerhalb der Haftanstalt mitzubekommen. Die gefühlte Distanz und das Unverständnis für diese Entwicklungen waren normale Begleiterscheinungen einer Haftstrafe, die einen buchstäblich aus der Welt schaffte. Doch in den letzten zwei Jahren hatten selbst Tymon und er registriert, dass sich die Welt *deutlich* veränderte; neue Regierung, neues Nationalbewusstsein, nur noch nationale Nachrichten. Diese Veränderungen schienen niemanden zu stören. Mit einem Schulterzucken hatten die Insassen Grauachs die Entwicklungen abgetan, und später hatten alle mit glänzenden Augen die Nachrichten verfolgt und den Reden dieses Kehlis gelauscht. Fast alle. Nur nicht Malek. Und auch nicht Erik »Der Fuchs« Krenkel.

Erik arbeitete mit ihnen in der Wäscherei und war einer der wenigen, die Hirn besaßen. Richtig viel Hirn. Er hatte ein Pharmaziestudium mit Auszeichnung abgeschlossen, doch die Apotheke der Eltern nach Übernahme schnell zweckentfremdet – um Drogen zu panschen und Medikamente zu fälschen. Erik hatte im Knast jeden Tag die Nachrichten verfolgt und … kommentiert.

Malek erinnerte sich noch genau an jenen Tag vor gut zwei

Jahren. Heiß und feucht war die Luft in der Wäscherei gewesen. Die Bedienelemente der Waschmaschinen und Trockner glühten und fiepten, die Trommeln rüttelten, und Staubflusen klebten an Maleks Kleidung.

Erik schob einen der leeren, mannshohen Wäschekörbe zu ihnen. Die Rollen klackerten über die Fliesenfugen. »Rein mit dem Zeug, und dann ab damit zu den Affen an den Bügelmaschinen.« Er grinste und wischte sich Schweiß von der Stirn. »Da werden sich Jorge und Jaime freuen, wenn sie noch vor dem Mittag eine Ladung abbekommen.«

»Die sollen ruhig schwitzen«, fügte Tymon hinzu, der einen Batzen graublauer Flusen aus dem Sieb eines Trockners holte. »Wobei die wohl eher froh sind. Solange sie bügeln, können sie über Kehlis quatschen.«

Eriks Miene verfinsterte sich. »Hört mir nur mit dem auf. Habt ihr gestern die Nachrichten gesehen? Nein? Ich sag's euch, das gefällt mir nicht. Es gibt anscheinend eine neue Verfassung. Wurde mit absoluter Mehrheit beschlossen.«

»Ich dachte, die deutsche Verfassung ist unantastbar«, sagte Tymon und ließ vom Staubfilter ab.

»Oh ja, das dachte ich auch. Aber gestern wurde unter Jubel berichtet, dass mit über neunzig Prozent Zustimmung eine neue Verfassung verabschiedet wurde. Die Nachrichtensprecherin hatte Tränen in den Augen. Tränen! Und offenbar gibt es einen Artikel im Grundgesetz, einhundertsechsundvierzig oder so, nachdem eine neue Verfassung die alte aushebeln kann. Wisst ihr, was das bedeutet?«

Malek und Tymon verneinten.

»Das bedeutet, dass wir höchstwahrscheinlich keine Demokratie mehr haben, sondern eine Diktatur! Ich habe es geahnt. Da läuft etwas schief! Und erst diese Berichte von Gardisten. Eine neue Militäreinheit. Das erinnert mich an den Geschichtsunterricht.«

»Krenkel!«, brüllte einer der Wärter, der an der Tür Wache stand. »Halt endlich dein Maul und arbeite! Und ihr ebenfalls!« Er kam zu ihnen herüber. Seine Hand ruhte auf dem Schlagstock an seinem Gürtel, daneben klimperte ein schwerer Schlüsselbund. Seine Hose hatte aufgrund dessen Schlagseite.

Erik verschränkte die Arme vor der Brust. »Darf man nicht mal mehr seine Meinung äußern? Bist du auch so ein Fan von diesem Hund Kehlis?«

Der Wärter kniff die Augen zusammen. »Hast du gerade *Hund* gesagt?«

»Sehr wohl, wobei schmieriger Drecksköter besser passen würde. Schau ihn dir doch an! Kommt daher wie der große Macher und Retter. Bio-Fraß für die Gesundheit. Privatisierung der Wasserversorgung samt Modernisierung. Neue Verfassung! *In Kehlis!* Lächerlich!« Erik wandte sich kopfschüttelnd ab und begann, Wäsche aus einem der Trockner in den fahrbaren Wäschekorb zu räumen.

Der Wärter schien völlig perplex zu sein, denn sein Mund stand offen. Dann schloss er ihn, musterte noch einige Sekunden lang Erik und marschierte dann davon, um durch die Tür irgendwo in der JVA zu verschwinden.

Malek und Tymon sagten nichts dazu. Das war eine der eisernen Regeln: Nur reden, wenn nötig. Und beide hielten sich daran. Tymon hob lediglich eine Augenbraue, dann widmete er sich wieder den verdreckten Filtern.

Drei Stunden später – mitten in der Nachmittagsschicht – passierte es dann. Schwere Stiefelschritte polterten im Flur, die Tür flog auf, und herein kamen zwei Gardisten in den weißgrauen Uniformen. In ihrer Mitte lief ein Mann in Schwarz, mit einem Priesterkragen, der metallisch grau glänzte. Hinter ihnen schlich der Wärter vom Vormittag herein. Es folgte ein kurzer Wortwechsel, und der Wärter deutete auf Erik.

Der Priestertyp trat vor. »Erik Krenkel?«

Erik sah von seiner Arbeit auf. »Wer will das wissen?«

»Nummer Acht.« Der Priestertyp gab seinen Begleitern ein Zeichen, und sie packten Erik grob an den Armen, zerrten ihn mit sich.

»Ach so läuft das?«, schrie Erik und wand sich wild in den Armen der Soldaten. »Hat man gepetzt? Hat mich also jemand *gebeichtet*? Eine kritische Äußerung, und man wird geholt? Ja? Das ist doch Leuteverarsche! Augenwischerei! Regierung nennt sich der Dreck? Demokratie? Eine Lüge! Regime wäre die Wahrheit! Regime …«

Eriks Stimme erstarb hinter der zuschnappenden Tür. Es war das Letzte, was sie von Erik »dem Fuchs« Krenkel gehört und gesehen hatten, und das einzige Mal, dass Gardisten mit so einem Priestertypen in der JVA gewesen waren.

Ein Konfessor, hatte Jörg gesagt.

War diese Nummer Acht einer gewesen? Der Mann hatte Autorität ausgestrahlt. Und Gefahr.

»*Irgend so ein Typ namens Kehlis*«, wiederholte der Arzt und lachte herzhaft. »Hast du das gehört, Hendrik? *Irgend so ein Typ*. Sie gefallen mir, Herr Wutkowski. Würden Sie Johann Kehlis töten, wenn das der Preis für Ihre Freiheit wäre?«

Malek hörte Jannah im Wohnwagen sagen: *Auf der Seite gegen Kehlis*. Dazu trommelte der Regen auf das Dach des Wohnwagens. Es vertrieb die Gedanken an Erik. »Wenn die Rahmenbedingungen stimmen.«

»Wie meinen Sie das?«

»Nun, ich war nicht als Profikiller tätig, klar? Nur mit entsprechender Vorbereitung ist ein solches Attentat möglich. Der Bundeskanzler ist aber 'ne Hausnummer. Ich müsste danach von der Bildfläche verschwinden. Für immer. Ich bräuchte Geld, und zwar mindestens einen zweistelligen Millionenbetrag, die Hälfte vorher, die andere Hälfte hinterher, verteilt in bar auf verschiedene Währungen. Ich bräuchte optische Veränderungen wie Gesichtsoperationen und so weiter. Darüber hinaus mindestens zwei neue Identitäten, erstklassige Pässe und …«

Die Hand des Arztes ging in die Höhe, gebot ihm innezuhalten. »Sie meinen das ernst?«

»Wir reden über meine Freiheit, oder nicht?«

Die Worte hingen zwischen ihnen, da klopfte es an der Tür. Zwei geöffnete Flaschen Bier wurden hereingereicht, und Hendrik stellte sie zwischen Malek und Jörg auf den Besprechungstisch. Das braune Glas war mit Kondenswasser überzogen.

Weder Malek noch der Arzt griffen nach den Getränken. Sie musterten sich gegenseitig, ein stummes Ausloten zweier Strategen.

»Jörg?«, fragte Hendrik.

Ohne den Blick von Malek abzuwenden, sagte der Arzt: »Danke, Hendrik.«

Dieser verzog die Lippen und bezog wieder Posten an der Tür. *Um den Fluchtweg zu verstellen.*

Jörg sagte: »Nun, Herr Wutkowski, Sie sollen Johann Kehlis nicht töten, denn Sie würden trotz Ihrer Fähigkeiten und Erfahrungen scheitern. Er ist im Augenblick der bestbewachte Mann weltweit. Und auch der gefährlichste. Meine Frage diente einem anderen Zweck. Ich wollte wissen, ob Sie free sind, und das haben Sie mit Ihrer Antwort bestätigt.«

»Free?«

»Bitte gedulden Sie sich noch, Herr Wutkowski. Ich erkläre Ihnen alles – falls wir uns über unsere Zusammenarbeit einigen.«

»Und wenn nicht? Töten Sie mich dann?«

Der Arzt verzog das Gesicht, als hätte er bittere Medizin im Mund. »Sehen Sie, Sie sind aufgrund meiner Entscheidung, Ihr Leben zu retten, unfreiwillig hier gelandet, was gewisse Probleme mit sich bringt. Dafür leben Sie und wurden nicht von Gardisten aufgegriffen, was Ihr Todesurteil bedeutet hätte. Ein wenig Dankbarkeit wäre angebracht.«

Malek lächelte ohne Freude. »Also bleibt Ihnen gar keine andere Wahl.«

»Doch. Sie können gehen, wenn Sie wollen.« Jörg deutete zur Tür. »Sie brauchen es nur zu sagen, und wir setzen Sie draußen wieder aus. Allerdings werden Sie dort nicht lange überleben. Ein Konfessor verfolgt Sie. Es ist sowieso erstaunlich, dass Sie es so lange geschafft haben, ihm zu entwischen.«

Malek musterte den Arzt eingehend. Er war sich nicht sicher, ob die Worte ernst gemeint waren und ob er wirklich gehen konnte, wenn er wollte. Der Arzt hatte es gesagt, als wäre es das Selbstverständlichste der Welt, doch seine Finger … die hatten gezuckt.

Malek kniff die Augen zusammen. »Sie bieten mir also einen Deal an?«

»Wollen Sie ihn hören?«

»Kann nicht schaden, oder?« Malek forderte den Arzt mit einer Geste auf fortzufahren und griff nach einem Bier. Die Flasche war kühl und feucht, das Bier noch kühler und das Beste, was er seit Monaten getrunken hatte. Viel wichtiger jedoch war, dass die Flasche aus Glas bestand. Ein schneller, wuchtiger Schlag gegen die Tischkante, und er hätte eine beachtliche Waffe, und mit dem Arzt eine hervorragende Geisel, die er als lebenden Schutzschild benutzen konnte. Blieb nur noch dieser Hendrik, doch ein präziser Schlag auf den Kehlkopf würde genügen.

»Nun, es ist ganz einfach«, begann der Arzt. »Wir haben in naher Zukunft eine Mission, bei der wir Ihre Dienste benötigen könnten. Wenn Sie teilnehmen – und ich rede von einer völligen Akzeptanz unserer Regeln und Weisungen – und wir erfolgreich sind, helfen wir Ihnen. Entweder bei einer Flucht ins Ausland oder mit einem anonymen Versteck innerhalb Deutschlands oder wie auch immer Ihre Pläne aussehen.«

Hatte er es doch geahnt. Seine Finger spannten sich um die Flasche. »Sie bieten mir also die Freiheit an, die Sie mir vorher genommen haben.« Er konnte die Verachtung in seiner Stimme kaum bändigen.

»Nein, Herr Wutkowski, Sie tun mir unrecht. Ich sage es noch einmal: Sie sind ein freier Mann. Was wir Ihnen bieten, ist unsere Unterstützung, damit Sie diese Freiheit auch behalten können. Es wäre schade, Sie gerettet zu haben, nur um Sie sofort sterben zu sehen. Aber das werden Sie ohne uns. Sie wissen nichts. Die Krux ist nur, dass Sie das erst einsehen werden, wenn wir Sie in bestimmte Dinge eingeweiht haben. Und das kann ich erst, wenn Sie zugestimmt haben.«

Malek ließ die Worte ein wenig sacken, dann fragte er: »Was ist, falls diese Mission scheitert?«

»Dann sind Sie höchstwahrscheinlich tot. Und wenn nicht, sind Sie allein dort draußen – was das Gleiche ist.«

»Klingt höchst aussichtsreich.«

»Ganz nach Ihrem Geschmack, oder? Wie gesagt, Sie sind free, und ein Konfessor ist hinter Ihnen her. Dass Sie ohne Unterstützung so lange durchgehalten haben, war mehr Glück als Können.«

»Vielleicht unterschätzen Sie mich.«

»Würde ich Ihnen dann einen Deal anbieten? Sie wissen einfach zu wenig über die Hintergründe. Und heutzutage bedeuten Informationen alles.«

Damit hatte der Arzt recht. Mit Wissen konnte man andere erpressen, manipulieren oder ihnen einen Schritt voraus sein. Malek hatte keine Ahnung, was vor sich ging. Zum einen war da dieser Kehlis, seit ein paar Jahren an der Macht, offenbar ein Diktator, zumindest aber ein uneingeschränkter Bundeskanzler mit ganz eigenen Ansichten von Machtausübung; zum anderen waren da diese Leute vom Untergrund, bei denen er gelandet war und die so gar nicht nach Untergrund aussahen. Schon der Umstand, dass ein schmächtiger Arzt Verhandlungen führte, war wenig überzeugend.

Um etwas Zeit zu gewinnen, trank Malek ein, zwei ordentliche Schlucke vom Bier und unterdrückte anstandshalber ein Rülpsen. Anschließend drehte er die Flasche in seinen Fingern, fühlte die Kühle des Glases. Endlich fragte er: »Verraten Sie mir, wo ich hier gelandet bin?«

»Das können Sie sich doch denken, oder?«

»Ich habe Vermutungen, aber zu wissen, mit wem man sich verheiratet, wäre nett.«

Der Arzt lächelte. »Verstehe. Nun, Sie sind bei der Opposition gelandet.«

»Wo?«

»Bei der unsichtbaren Gegenseite. Salopp auch Rebellen genannt. Das allein ist Hochverrat und ein weiterer Grund, der Sie den Kopf kosten würde. Auf unserer Seite könnten Sie hingegen für Freiheit kämpfen, nicht nur für Ihre, sondern für die aller Bürger. Ein ehrenwertes Ziel.«

Malek ließ die Worte wirken. So richtig schlau wurde er nicht aus dem idealistischen Geschwafel, aber es zeichnete sich ein feineres Bild ab als das grobe, das er bisher vor Augen gehabt hatte. Er fragte: »Wie sehen die Bedingungen aus?«

»Nun … Sie ordnen sich uns unter. Sie akzeptieren die Begebenheiten und gehorchen den Weisungen. Sie machen keinen Ärger. Verstehen Sie das nicht falsch, wir werden Sie im Auge behalten und mitbekommen, wenn Sie gegen uns arbeiten. Genauso bekommen wir mit, wenn Sie durch Leistung auffallen, was wiederum Ihren Lohn erhöhen wird.«

»'ne Art Gewinnbeteiligung?«

»Sozusagen. Wissen Sie, uns ist klar, dass wir Sie nicht zwingen können. Täten wir es, wenden Sie sich gegen uns. Uns ist aber auch bekannt, dass Sie in gewissen Kreisen einen guten Ruf genossen, bevor Sie einrückten. Man hat sich auf Ihre Dienste verlassen.«

»Wir bekamen fünfzig Prozent der Bezahlung vorab.«

»Das werden Sie auch. Sie erhalten Informationen, und die sind mehr wert, als Sie denken.«

Malek Wutkowski suchte nach Anzeichen von Unehrlichkeit oder Hinterlist in den Augen des Arztes. Er fand nur Aufrichtigkeit. Der Mann war von seinen Worten absolut überzeugt. Doch glaubte Malek ihm? Er dachte zurück an den weißen Teufel und die Gardisten. Er dachte an Erik Krenkel, den Priestertypen und an all die Vermutungen, die er und Tymon in der JVA angestellt hatten. Und zuletzt dachte er an sein Versprechen. Er musste Maria aufsuchen, und das würde schwierig werden, wenn er in einer Zelle saß, und noch schwieriger, wenn er tot war. Vielleicht würde er mithilfe dieser sogenannten Rebellen schneller ans Ziel gelangen.

Entschieden sagte er: »Damit eines klar ist: Ich werde niemandem die Stiefel lecken. Ich werde niemandem in den Arsch kriechen. Und ich werde sagen, was ich denke. Kapiert?« Er reckte dem Arzt die Hand entgegen, um den Handel zu besiegeln.

»Abgemacht!« Der Arzt schlug ein und lächelte fast erleichtert. »Willkommen im Krieg gegen Johann Kehlis.«

Malek erwiderte: »Ich kann es kaum erwarten.«

Und Hendrik knurrte: »Und ich erst.«

Kapitel 12

Berlin

Die Nudeln dampften auf den Tellern. Das Besteck klapperte. Maria rollte genüsslich Spaghetti auf den Löffel.

Eigentlich konnte sie Pauls Lieblingsessen – Spaghetti mit Sahnesoße – nicht mehr sehen, und doch schmeckten ihr die Nudeln an diesem Abend, als wäre es ihr Lieblingsessen und nicht das ihres Sohnes.

Das Zäpfchen wirkte phänomenal. Sie hatte kein Magenstechen mehr, keine Backsteine im Darm, keinen Luftballon verschluckt. Ihr Atem ging leicht und ruhig, sie saß aufrecht, und ihre Wangen glühten.

Auch Paul mampfte fröhlich. Bei ihm waren die Magenbeschwerden nicht so ausgeprägt und traten eher sporadisch auf. Oder er vergaß sie schlichtweg, sobald er abgelenkt war. Jetzt war er auf jeden Fall sichtlich glücklich. Für ihn waren die gemeinsamen Abende zu dritt Highlights. Meist kam Konstantin erst aus der Spedition, wenn Paul schon schlief, und er verließ das Haus, bevor Maria ihren Sohn für den Kindergarten weckte.

Als Paul eine volle Ladung Nudeln zum Mund führte, wurde sein Gesicht plötzlich ernst. Der Löffel sank zurück auf den Teller.

»Wann werde ich Finn wiedersehen?«, fragte er.

Maria meinte, an den Nudeln zu ersticken.

»Vorerst nicht«, sagte Konstantin zwischen zwei Bissen. »Finn hat seine Mutter gebeichtet. Du weißt doch, was mit ihnen passiert, oder?«

Paul nickte und drehte den Löffel, sodass die Nudeln zurück auf den Teller rutschten. »Sie werden von der Garde abgeholt.«

»Wollen wir nachher noch etwas malen?« Maria versuchte, das Thema zu wechseln. Plump, aber was anderes fiel ihr auf die Schnelle nicht ein. »Frau Petri-Holden meinte, ihr würdet am Montag mit Parallelogrammen anfangen.«

Paul schaute auf seinen Teller. »Wenn du magst, Mami.«

Konstantin schüttelte den Kopf. »Lenk nicht vom Thema ab, Maria. Der Junge ist alt genug, um zu begreifen, was los ist. Du musst ihn nicht schonen.« Er wandte sich an seinen Sohn. »Finns Mutter ist geistig gestört, Paul. Sie leidet an Irritationen. Das ist eine Entzündung der … der …«

»Amygdala«, half Maria aus.

»Genau! Finns Mutter ist gefährlich. Sie will Böses. Verstehst du? Deswegen hat Finn das beichten müssen, und deswegen hat man beide abgeholt, weil sich sonst niemand um ihn kümmern kann. Das war völlig korrekt. Du musst also nicht traurig sein. Man kümmert sich gut um sie. Kehlis hilft ihnen.«

Unsicher sah Paul zu seinem Vater auf. »Bist du dir da sicher? Die Männer haben böse geguckt.«

Konstantin kniff die Augen zu dünnen Schlitzen zusammen. »Die Gardisten? Die sind nicht böse. Sie tun nur ihren Job. Aber wie kommst du darauf, dass es anders sein könnte? Das ist das Wort unseres Staatsoberhaupts, Junge. Daran hat man nicht zu zweifeln.«

»Konstantin …« Marias Herz klopfte ihr bis in den Hals. Sie musste das Gespräch beenden, schnell, doch wie?

»Was ist?«, fragte er scharf. »Es scheint, als ob du deinen Pflichten als Mutter nicht nachkommst. Der Junge muss wissen, wie die Dinge sind. Anscheinend packst du ihn in Watte!«

»Das stimmt doch nicht!« Maria hoffte, Konstantin würde die Verzweiflung in ihrer Stimme nicht hören. »Er weiß doch, wie die Beichten funktionieren. Nicht wahr, Paul?«

Zu ihrer Erleichterung nickte ihr Sohn. »Beichten ist eine großartige Sache«, rezitierte er mit leiser Stimme den Titel der Regierungsbroschüre, die Frau Petri-Holden sie im Kindergarten hatte lernen lassen, obwohl sie noch nicht einmal lesen konnten. »Zweifelst du an deinem Platz im System? Zweifelst du am System selbst? Glaubst du, die Regierung würde dich belügen? Oder beobachtest du diese Sorgen im Bekanntenkreis? Dann ist es an der Zeit, die Elf Elf Elf zu wählen und deine Sorgen einem Mitarbeiter unseres Hilfsprogramms anzuvertrauen.« Paul verstummte und stocherte noch für einen Augenblick in den Nudeln herum, dann lud er eine neue Ladung auf die Gabel.

Konstantin musterte sie beide abwechselnd. Nur das Schmatzen von Paul und das leise Dudeln des Radios aus der Küche waren zu hören. Dann wollte Konstantin etwas sagen, doch sein Handy schrillte. Er schloss den Mund, stand auf und verschwand in die Diele, wo sein Mobiltelefon auf dem Schuhschrank lag.

Maria hörte ihn das Gespräch annehmen.

»Kein Wort mehr über Finn und Caro«, wisperte sie ihrem Sohn zu. »Hast du verstanden?«

Er nickte, ohne aufzusehen. Ein Häufchen Elend.

Maria strich ihm durchs Haar. Es war kein Babyhaar mehr, sondern fest und dunkelbraun. Er würde das gleiche, leicht gewellte Haar wie ihr Bruder bekommen. Wahrscheinlich sogar den gleichen melancholischen Blick. Wie es Tymon wohl ging?

»Nur noch Vollpfosten unterwegs!«, schimpfte Konstantin aus der Diele. »Ich muss noch mal in die Spedition.« Der Schuhschrank klapperte. Kurz darauf erschien er im Türrahmen, das Gesicht gerötet, eine Ader an der Stirn geschwollen, seine Lederjacke in der Hand. »Der Depp von Mario hat sich wieder einmal aus dem Büro ausgesperrt und kann den Hof nicht verriegeln. Bin in 'ner halben Stunde wieder da. Steht der SUV noch draußen?«

»Auf der Straße.«

»Gut.«

»Was ist mit deinen Nudeln?«, rief Maria ihm hinterher.

»Wärm ich mir auf.«

Schon knallte die Wohnungstür, gefolgt von der Haustür.

Maria schwieg, bis das Brummen ihres Wagens ertönte und schließlich in der Ferne verklang. Das war noch mal gut gegangen. Hoffentlich widmete sich Konstantin nach seiner Rückkehr nicht abermals dem Thema Beichten. Irgendwann würde es schiefgehen. *Ein Fünfjähriger kann nicht gut lügen.*

»Sag mal, Paul. Wie war das eigentlich mit Finns Beichte genau?«

Ihr Sohn schwieg.

»Hallo? Ich hab dich etwas gefragt.«

»Du hast gesagt, ich soll nicht mehr darüber reden.«

Maria lächelte. »Stimmt. Aber dieses eine Mal noch, danach nie wieder. Hörst du? Dann nie wieder. Mir ist da nämlich etwas eingefallen, das ich unbedingt wissen muss.«

Paul sah fragend zu ihr auf.

»Finn hat doch während des Kindergartens gebeichtet. Ist er zu Frau Petri-Holden gegangen und hat mit ihr geredet, oder wie hat er das gemacht?«

»Er ist während der Bastelstunde aufgesprungen und hat gebeichtet.«

»Vor allen Kindern?«

Paul nickte und sah dabei aus, als bräche er gleich in Tränen aus.

»Schon gut. Mehr wollte ich gar nicht wissen.« Ein Kribbeln breitete sich in ihrer Magengegend aus.

Maria erhob sich und ging zur Balkontür. Lange stand sie einfach nur da, blickte ihr Spiegelbild in der Scheibe an, bis sie eine Packung Zigaretten samt Feuerzeug aus einem Sideboard holte. Das Rollo ratschte nach oben.

»Darf ich spielen gehen?«, fragte Paul hinter ihr.

Maria wurde bewusst, dass sie ihn einfach hatte sitzen lassen. »Wenn du satt bist, klar.«

Das ließ er sich nicht zweimal sagen.

Maria trat hinaus auf den Balkon, hinaus in die Kälte.

Die Wolken über der Stadt waren aufgewühlt und finster, genauso wie ihre Gedanken. Einer trieb sie besonders um: War Frau Petri-Holden selbst betroffen? Litt sie auch an diesen unaussprechlichen Magenbeschwerden? Das konnte sich Maria nicht vorstellen, aber warum sonst hatte sie ihr den Tipp mit den Zäpfchen gegeben? Um sie zu testen? Um einen Anhaltspunkt zu haben, ob man sie zu beichten hatte? Das passte schon eher zur überkorrekten Frau Petri-Holden.

Maria zündete sich eine Zigarette an, inhalierte tief. Da sie selten rauchte, spürte sie nach dem dritten Zug ein angenehmes Schwindelgefühl im Kopf.

Überkorrekt. Das Adjektiv stellte sich in ihrem Kopf quer. Maria drehte es hin und her. War das der Schlüssel? War das vielleicht sogar Frau Petri-Holdens Taktik, um sich zu schützen? War sie deswegen immer bestens informiert, um nicht Gefahr zu laufen aufzufallen? Und dann Finns Beichte. Petri-Holden hatte sie melden *müssen*, wenn er es vor der ganzen Gruppe getan hatte. Als Leiterin der Einrichtung blieb ihr gar keine andere Wahl, selbst wenn sie es nicht gewollt hätte.

Die Zäpfchen von Medivit helfen am besten bei Regelschmerzen.

Warum dieser Tipp? Ging Frau Petri-Holden damit nicht ein großes Risiko ein, falls sie ebenfalls betroffen war? Die Beichte nahm einem alles: die Familie, die Kinder, das Leben. Gut, der letzte Punkt war nicht verifiziert. Was mit den Menschen genau passierte, die nach Beichten abgeholt wurden, wusste niemand. Kehlis propagierte zwar, dass man versuchte, die Menschen wieder in die Gesellschaft zu integrieren, doch bisher war niemand wieder aufgetaucht.

Warum also Herrgott noch mal der Tipp? Oder war es gar kein Tipp? Hatte die Kindergartenleiterin einfach nur ihre Haltung, das Streicheln ihres Bauches falsch interpretiert?

Maria beschloss, dem nachzugehen. Falls Frau Petri-Holden ebenfalls betroffen war, würde sie das herausfinden. Dann wären sie Verbündete. Allein die Vorstellung, sich mit jemandem austauschen zu können, war verlockend. Und wenn Petri-Holden keine Verbündete war? Dann musste sie es ebenfalls wissen, umso mehr, da Frau Petri-Holden wohl an ihrer Gesundheit zweifelte. Sie musste verdammt vorsichtig sein. Zu viel hing davon ab.

Maria drehte sich zur Balkontür um. Paul saß vor dem Sofa und spielte mit seiner Spielzeugautosammlung. Seine schmalen Schultern wogten hin und her, als er mit einem knallorangen Müllauto über den Teppich tuckerte.

Viel zu viel.

»Zehn Minuten noch«, rief Maria durch den Türspalt nach innen. »Dann gehst du ins Bett, kleiner Mann.« *Ins Bett, bevor dein Papa zurück ist.*

Sie erschauderte.

Kapitel 13

Bei München, Kehlis' Bunker

Konfessor Nummer Elf war für seine Arbeit im Bunker das Büro eines Laborassistenten zugewiesen worden, der gebeichtet hatte. Die persönlichen Dinge des Mannes waren noch da, als würde er jeden Moment von der Toilette zurückkehren. Eine MIA-SAN-MIA!-Tasse stand auf dem Schreibtisch neben einem Stifteköcher in den bayrischen Farben. An der Wand dahinter hingen Fotos von Strand und Meer in rahmenlosen Glashaltern. Der Rest der Einrichtung war weiß bis auf eine Zimmerpflanze im Blähton, deren Blätter saftgrün leuchteten.

Konfessor Nummer Elf saß still zwischen diesen persönlichen Dingen auf einem ergonomisch geformten Bürostuhl, der unglaublich unbequem war, und blickte starr auf die an die Wand gebeamte Landkarte, die die Region um die JVA Grauach zeigte. Er kannte sie auswendig, und es wollte ihm einfach keine Eingebung kommen. Ohne den Blick abzuwenden, schob er sich eine weitere Gabel des mexikanischen Salats, bestehend aus Kidney-Bohnen, gebratenen Putenstreifen und Joghurt-Dressing in den Mund.

Knapp einhundert Kilometer lagen zwischen der Justizvollzugsanstalt und dem Wohnwagen, wo man Tymon Król und die Gardisten vor einer Woche tot aufgefunden hatte.

Einhundert Kilometer Waldgebiet, vereinzelt gesprenkelt mit Bauerndörfern und kleineren Ortschaften.

Nummer Elf war es ein Rätsel, wie Malek Wutkowski und Tymon Król es bis dorthin geschafft hatten. Tymon war bei der Flucht von einem Wärter angeschossen worden. Mit einer Schusswunde im Bauch lief es sich schlecht, also musste Malek seinen Freund gestützt oder sogar getragen haben. *Das sähe ihm ähnlich.* Doch wie weit konnte ein Mann das Gewicht von gut fünfundneunzig Kilogramm am Tag tragen? In Anbetracht des miesen Schuhwerks der JVA, nicht vorhandener Ausrüstung, null Proviant und Schlechtwetterperioden wäre das die reinste Tortur. Dass sie trotzdem einhundert Kilometer zurückgelegt hatten, war beeindruckend.

Genauso beeindruckend wie der Umstand, dass Malek sich abermals in Luft aufgelöst hatte – und auch Sarah Engelhart.

Nummer Elf gestand sich ein, dass er mit seinen Ermittlungen in einer Sackgasse steckte.

Aber immerhin ein Stück die Straße weiter runter als vorher. Er wusste nun, dass jemand Drittes eingegriffen hatte. Alle Waffen waren verschwunden, und Sarah Engelhart war – bei der enormen Menge Blut, die im Wohnwagen gefunden worden war – schwer verletzt oder sogar tot gewesen. Wie hätte ein einziger Mann, zumal ein geschwächter Malek, eine Frau, mehrere Pistolen und Gewehre in so kurzer Zeit so weit davontragen können, dass er dem Suchdrohnenteppich entging? Indem er sich versteckt hatte? Möglich, aber unwahrscheinlich, selbst bei dem höheren Fehlerpotenzial, das die Drohnen über Waldgebiet hatten. Es hatte dort von Gardisten gewimmelt. Er musste die Lokalität frühzeitig verlassen haben. Und das war unmöglich für einen allein.

Malek Wutkowski hatte Hilfe gehabt. Nur, von wem?

Nummer Elf wandte sich von der Landkarte ab, musterte

die aufgeschlagenen Akten auf dem Schreibtisch und stellte den übrigen Salat beiseite.

In seiner Theorie störte ihn das Wort *Hilfe*. Woraus schloss er, dass Malek Hilfe im Sinne von Unterstützung bekommen hatte? Jemand hatte ihn und Engelhart weggeschafft – mehr gaben die Fakten nicht her. Der Rest war Interpretation, und Interpretation war für einen Konfessor wie Weihwasser für den Teufel.

Blieb nur Sarah Engelhart als Ausgangspunkt für weitere Recherchen. Doch ihr Akteneintrag bestand neben ihren Personenangaben nur aus ein paar Absätzen, die besagten, dass sie bis vor Kurzem als Arzthelferin in einer ländlichen Allgemeinarztpraxis gearbeitet hatte und dort ihrem Chef verdächtig geworden war, weil sie Patienten eigenmächtig über Magenbeschwerden ausfragte. Er informierte die Garde und äußerte seine Beobachtung. Diese rückte an, Frau Engelhart floh und wurde zur Fahndung ausgeschrieben. Ein Gardeteam stöberte sie schließlich in einer Jagdhütte ihres Großvaters auf, die keine drei Kilometer vom Wohnwagen entfernt lag.

Daraus ergab sich nur eine logische Schlussfolgerung: Sarah Engelhart war V.13-intolerant. Deswegen war sie geflohen, und deswegen hatte man ihr vermutlich geholfen. Vielleicht eine Freundin, ein Bekannter, die Familie. Nummer Elf hatte in den letzten Tagen das gesamte Umfeld abgeklappert. Er war von Dorf zu Dorf gefahren, hatte mit Engelharts Bekannten gesprochen, Fragen gestellt und allerhand unnütze Antworten erhalten. Kurzum: Es gab keinerlei Hinweise auf eine oder einen Unterstützer. Und doch war jemand dort draußen, der auch Malek Wutkowski hatte verschwinden lassen.

Nummer Elf wusste, dass er diesbezüglich Ärger verspüren sollte, doch da war nichts – außer dem Gefühl eines kühlen Nagels, der quer durch sein Gehirn zu verlaufen schien.

Er widmete sich wieder seinem Abendessen und fokussierte seine Gedanken auf Malek Wutkowski. Was waren seine nächsten Schritte? Wohin wollte er nach Tymons Tod – unabhängig von der Unterstützung? Wäre Tymons Schwester Maria noch am Leben, hätte Nummer Elf eine Ahnung, wohin Malek wollte, doch Maria …

Nummer Elf schlug eine der Aktenmappen auf und blätterte zum hintersten Register. Die Kanten der Papierbogen glitten über seine Fingerspitzen. Nummer Elf gefiel dieser Sinneseindruck von etwas Handfestem. Er gab ihm das Gefühl, dem Fall näher zu sein als bei digitalen Daten.

Das letzte Blatt in der Akte war fester und glatter als die anderen; es war ein bedruckter Fotokarton.. Darauf war ein schlichter Grabstein samt dem dazugehörigen, mit Unkraut überwuchertem Grab abgelichtet. Laub lag überall zwischen den Gräsern. Die eingravierten serifenlosen Buchstaben lauteten:

MARIA »MARY« KRÓL
VERSTORBEN AM 27. JUNI 2020

Maria war nach dem missglückten Einsatz des Król-Wutkowski-Trios geflohen und auf dem Weg zu ihrem Sicherheitsquartier verunglückt. Aquaplaning. Mit einhundertvierzig Stundenkilometern gegen einen Brückenpfeiler. Aus den Unterlagen ging hervor, dass Malek und Tymon die Kosten der Beerdigung übernommen hatten, trotz ihrer Haft in der JVA Grauach.

Nummer Elf betrachtete einen langen Moment die Fotografie, die er selbst im Zuge der Ermittlungen vor wenigen Wochen in Ingolstadt auf dem Südfriedhof angefertigt hatte. Das zweite Foto, das den zerstörten Unfallwagen zeigte, war nur ein billiger Ausdruck aus dem acht Jahre alten Polizeibericht. Nummer Elf ließ es in der Mappe stecken; er kannte jede abgebildete Delle, jeden Glassplitter, jeden Blutstropfen darauf auswendig.

»Wo willst du hin, alter Hund?«, fragte er das Papier, doch gab es ihm keine Antwort. »Wo willst du hin, nachdem Maria und Tymon tot sind?«

Es klopfte an der Bürotür. »Konfessor?«, fragte eine verhaltene Stimme.

»Sie können eintreten.« Nummer Elf steckte die Fotografie säuberlich zurück in die Mappe.

Der junge Spurensicherer Borchert trat ein. Er hatte sich tatsächlich bei Nummer Elf gemeldet und um eine Aufnahme in die Konfessorenriege gebeten. Heute war sein zweiter Tag als Praktikant in der bayrischen Landeszentrale des Kontrollapparates. Alle fingen irgendwann klein an.

»Entschuldigen Sie, aber man erbittet Ihre Anwesenheit in Besprechungsraum zwei.«

»Weshalb?«

Borchert zuckte mit den Achseln. »Das hat man mir nicht gesagt, aber die Order kam von oben. Von sehr weit oben.«

Sie kam sogar von so weit oben, dass es Nummer Elf überraschte, als er die Tür zum Besprechungsraum öffnete. Es war der Herr höchstpersönlich, der dort am Tisch saß, einen Espresso vor sich, in den er braunen Zucker einrührte.

Ihm gegenüber saß Carl Oskar Fossey, einer der führenden Nanoforscher im Bunker. Nummer Elf würde nie vergessen, wie ihn dieses blasse, leicht eingefallene Gesicht mit den grauen Schatten der Bartstoppeln und den blaugrauen Augen vor langer Zeit in einem der Labors betrachtet und ihm endlose Fragen gestellt hatte.

Johann Kehlis unterbrach seine Unterhaltung mit dem Forscher und wandte sich Nummer Elf zu. »Konfessor«, grüßte er knapp. »Gut, dass Sie da sind.«

Nummer Elf neigte sein Haupt. »Wenn der Herr ruft, hören seine Jünger.«

»Ja, ja.« Kehlis winkte ihn ungeduldig herein. »Warten Sie bitte, es dauert noch einen Moment.«

Nummer Elf nickte und trat ein. Dabei gewahrte er eine weitere Person, die verborgen hinter der Tür vor einem Wasserspender stand und einen Papierbecher auffüllte. Es war der oberste Konfessor Nummer Eins. Sein Kollar war tiefrot, der einzige Farbklecks, den der Mann sich erlaubte. Sonst trug er Schwarz wie alle Konfessoren, seine Augen waren farblos grau, genauso wie sein Haar. Als er den Papierbecher in einem Zug leerte, sah Nummer Elf die linke Hand, an der der kleine Finger fehlte.

Kehlis sagte zu Fossey: »Du bleibst also bei der These, dass die Nanos ungewollte Verschmelzungen oder Kupplungen mit sich selbst oder anderen Nanopartikeln anderer Produkte eingehen?«

Fossey nickte und strich sich über die Stirn und durchs graue Haar. Er schien ein wenig zu schwitzen, was an der Wärme im Besprechungsraum liegen mochte. »Das würde den exponentiellen Anstieg der Beichten in den letzten Monaten erklären.« Nummer Elf fiel auf, dass auch der Forscher – wie alle Konfessoren – eine Lifewatch trug. Eine schlichte schwarze ohne Nummerierung, dafür mit einem F versehen. Das überraschte ihn zunächst, doch Fossey war ein so wichtiger Mann, dass es ihm beim zweiten Gedanken einleuchtete.

»Titandioxid könnte so ein Kandidat sein«, fuhr der Forscher fort, »oder Siliziumdioxid, aber auch Plastikpartikel oder Silberpartikel. Die Verschmelzung ist die plausibelste Erklärung, warum diese Interferenzen erst jetzt und in dieser Häufigkeit auftreten. Möglicherweise ist bei den betroffenen Menschen ein Sättigungsgrad erreicht, sodass es automatisch zu einer Verbindung kommt. Das würde auch die Störungen vor Jahren erklären. Also … warum die Probanden der ersten Testreihen völlig emotionslos wurden.« Fossey verstummte, sein Blick suchte den der beiden Konfessoren.

Nummer Elf registrierte aus dem Augenwinkel, dass der oberste Konfessor den leeren Pappbecher in den Mülleimer warf und ihn wortlos zum Fenster winkte, sodass sie Kehlis und Fossey den Rücken zukehrten. Ein Geste der Höflichkeit gegenüber dem Bundeskanzler.

»Du glaubst also, dass die Dosierungen zu hoch waren?«, fragte Kehlis.

»Genau. Wir dachten, wir lösen das Problem durch kleinere Dosen, doch möglicherweise fand nun über die Jahre eine temporäre Addition statt. Aber Thesen sind nur Thesen, Johann.«

»Ich weiß, ich weiß.« Kehlis seufzte. »Wenn die nicht wären. Aber dafür konnte die Medizinabteilung endlich Klarheit hinsichtlich dieser ominösen Magenschmerzen schaffen.«

»Wirklich?« Fossey klang wenig erfreut. »Was haben die Ärzte herausgefunden?«

»Nun, wir haben den Nanoemissionsprozess kurzerhand in den Darm verlegt. Es ist höchst interessant zu beobachten, wie die Nanos nicht im Gehirn wirken, sondern auf der Darmschleimhaut.«

»Und wie wirken sie?«

»Direkt gar nicht. Die Informationsvermittlung geht logischerweise ins Leere. Interessant ist jedoch das Abfallprodukt. Die chemischen Rückstände verklumpen und wandern in die tieferen Darmregionen. Darmbakterien ernähren sich dann dort ganz pragmatisch von den Rückständen.«

»Was wiederum Stoffwechselprodukte freisetzt«, formulierte Carl die logische Konsequenz.

Johann Kehlis lächelte, was Nummer Elf als blasse Spiegelung in der Glasscheibe sah. »Genau. Wir haben Kohlendioxid, Wasserstoff, Methan und Fettsäuren festgestellt. Ähnlich wie bei regulären Lebensmittelintoleranzen, bei denen beispielsweise Zuckeraustauschstoffe nicht verarbeitet und dann ebenfalls von Bakterien verstoffwechselt werden. Das führt zu mehr oder weniger erheblichen Beschwerden bei den Betroffenen. Abends mehr als morgens, da sich der Darm über Nacht ein wenig erholt.«

»Das bedeutet im Umkehrschluss: Unsere Nanos gehen zum falschen Zeitpunkt los?«

»Oder sie begeben sich gar nicht auf die Reise ins Gehirn. Oder sie werden aus anderen Gründen schon im Darm gezündet.« Kehlis leerte den Espresso in einem Zug. Die Tasse klapperte beim Zurückstellen leise auf dem Unterteller. »Du wirst es herausfinden, Carl.«

»Dafür reichen die Möglichkeiten des Labors nicht aus. Ich kann erst in den neuen Räumlichkeiten und mit den neuen Laserdiagnostikgeräten in die Tiefe einsteigen.«

»Ich weiß.« Nummer Elf sah, wie Kehlis in ihre Richtung und an ihnen vorbeiblickte. Er schaute in die Ferne, und er machte keine Anstalten, mehr zu sagen.

Fossey wartete ein, zwei, drei Sekunden, dann sagte er ruhig: »Langsam hat es den Anschein, Johann, als wolltest du nicht, dass ich mit der Forschungsabteilung dorthin umziehe. Der neue Bunker ist seit Wochen fertig. Die Abschlussberichte liegen auf meinem Schreibtisch. Dein Verhalten ist konträr zu meinen Aufgaben.«

Kehlis ließ sich Zeit mit einer Erwiderung, schließlich nickte er. »Ich habe einfach Angst um dich, Carl.«

»Angst?«

»Ja, Angst. Du weißt selbst, dass du der heimliche Retter der Nation bist. Aber nicht jeder sieht deine Forschung als den Heiligen Gral an. Es gibt zu viele Irre dort draußen, bei denen die Nanos nicht wirken. Du könntest das Ziel eines Anschlags werden.«

Fosseys Stimme war sanft, als er sagte: »Und wer sollte einen Anschlag durchführen? Nur das engste Sicherheitsteam weiß, wann und wie ich umziehe. Die Planung steht seit Wochen, wartet nur noch auf *deine* Freigabe, Johann. Ich bitte dich. Es wird keinen Anschlag geben.«

Johann Kehlis fixierte immer noch einen imaginären Punkt in der Dunkelheit hinter dem Fenster. »Du bist ganz schön ungeduldig geworden, alter Freund. Aber ich weiß, es ist nur zum Wohle unserer Forschungsziele.« Er wandte sich dem Forscher zu. »Ich werde den Umzug freigeben. Du hast recht, wir sollten keine Zeit verlieren. Aber lass uns morgen noch mal in Ruhe über die Details sprechen. Jetzt erwarten mich leider andere Dringlichkeiten. Die beiden Herren hier stehen sich schon die Beine in die Bäuche. Wir sehen uns morgen.« Kehlis beugte sich über den Tisch, klopfte Fossey freundschaftlich auf die Schulter und gab ihm damit zu verstehen, dass die Unterhaltung beendet war. Der Forscher erhob sich umgehend, nickte Kehlis zu, dann den beiden Spiegelungen der Konfessoren in der Scheibe, und verließ den Besprechungsraum, eine Hand in die Hosentasche gesteckt.

Nachdem sich die Tür hinter Fossey geschlossen hatte, sagte Kehlis: »Ich komme gleich zum Punkt, meine Herren, denn mich erwarten wichtige Staatsgeschäfte, und Carl hat mich ungeplant aufgehalten. Setzen Sie sich bitte.«

Nummer Elf gehorchte umgehend, während Nummer Eins noch einen Atemzug lang hinaus in die Nacht blickte und sich dann erst zu ihnen gesellte.

»Sie sind wegen Ihrer laufenden Ermittlungen hier«, sagte Kehlis an Nummer Elf gerichtet.

Und Nummer Eins fügte hinzu: »In Bezug auf Sarah Engelhart. Fassen Sie uns bitte Ihren Kenntnisstand zusammen.«

»Wie detailliert?«

»Vollständig.«

Nummer Elf musterte die beiden mächtigsten Herren Deutschlands einen Moment, dann holte er tief Luft und legte umfangreich und präzise seine Erkenntnisse offen, mit allen Vermutungen wie einem möglichen Hubschraubereinsatz. Er endete damit, dass seine Ermittlungen in eine Sackgasse geraten waren.

Kehlis rieb sich über das Gesicht, legte den Kopf in den Nacken und blickte zur Decke. Er sah dabei ganz wie der Mann aus, auf dessen Schultern die Verantwortung für eine Nation ruhte. »Es ist keine Sackgasse«, sagte er, ohne seinen Blick von der weißen Holzvertäfelung zu lösen, »doch können Sie den weiteren Weg nicht erkennen. Nicht einmal erahnen!«

Nummer Elf senkte den Blick. »Dann erleuchten Sie ihn bitte für mich.«

Kehlis stieß geräuschvoll die Luft aus.

»Wir haben einen Hinweis«, erläuterte der oberste Konfessor. »Sarah Engelhart trug ein Handy bei sich, als sie sich in der Jagdhütte ihres Großvaters aufhielt. Das geht aus den Satellitenprotokollen der Provider hervor, denn es war das einzige Gerät in näherem Umkreis. Kurz bevor die Garde sie aufgreifen konnte, erhielt sie einen anonymen Anruf. Dauer: sieben Sekunden. Danach rannte sie. Das Handy nahm sie mit, es wurde wenig später in der Nähe des Wohnwagens deaktiviert.«

Nummer Elf ließ diese Informationen sacken und sagte dann: »Wir haben kein Mobiltelefon am Tatort gefunden.«

»Wie auch?« Kehlis schüttelte den Kopf. »Sie haben auch diese Engelhart nicht gefunden.«

Nummer Eins überging den Einwurf des Bundeskanzlers und erklärte gelassen: »Das Handy ist nicht das Entscheidende, Nummer Elf, sondern der eingehende Anruf. Er war verschlüsselt mit mehr als viertausendsechundneunzig Bit, dazu mit einem uns unbekannten Kryptosystem. Unsere Experten können es nicht entschlüsseln und auch nicht herausfinden, woher der Anruf kam.«

»Also … hat sich jemand viel Mühe gegeben, um anonym zu bleiben.« Nummer Elf kratzte sich am Haaransatz. Das war höchst interessant. Wenn es die Regierung nicht schaffte mitzuhören, dann war jemand am Werk, der extrem viel Knowhow hatte. In der Konsequenz konnte das nur bedeuten, dass hinter Sarah Engelharts Verschwinden jemand Mächtigeres steckte als ein Familienangehöriger oder ein Liebhaber und dass dieser Jemand ebenfalls intolerant war. Das wiederum bedeutete, dass es eine Sonderkommission geben würde. Und deshalb sagte Nummer Elf: »Ich stelle mich unverzüglich für die Leitung einer Sonderkommission zur Verfügung.«

Kehlis und Nummer Eins wechselten einen Blick.

»Es wird keine Sonderkommission geben«, erwiderte Nummer Eins und faltete die Hände über den überkreuzten Beinen. »Sie werden dem wie bisher alleine auf den Grund gehen, mit dem Unterschied, dass Sie mir ab sofort täglich Bericht erstatten.«

Nummer Elf verstand nicht. »Diese Entscheidung …«

»… erkläre ich Ihnen.« Johann Kehlis beugte sich auf seinem Stuhl nach vorn. In seinem Gesicht lag Ungeduld, doch das überraschte Nummer Elf nicht; Kehlis war nicht für seine Langmut bekannt, wenn es um Schwierigkeiten ging. »Sie ermitteln alleine weiter, damit es keine offensichtlichen Veränderungen gibt. Derjenige, der Frau Engelhart gewarnt hat, musste wissen, dass die Garde im Anmarsch war. Und ich glaube nicht, dass er irgendwo in einem Baumwipfel hockte und nach ihr Ausschau hielt. Er kannte also Interna. Irgendwo existiert ein Datenleck, oder schlimmer noch: Wir wurden gehackt, und jemand spioniert uns aus.« Er deutete zur Tür, durch die Fossey verschwunden war. »Deswegen hadere ich auch mit Carls Verlegung. Es gefällt mir nicht, ihn nicht mehr direkt an meiner Seite hier im Bunker zu wissen. Und wenn wir nun eine Sonderkommission einrichten, ist Wem-auch-immer sofort klar, dass wir wissen, dass es ihn gibt. Und genau das wollen wir vorerst vermeiden.«

Auch der oberste Konfessor beugte sich nach vorn. Er rieb mit seiner rechten Hand seine Linke, wobei es aussah, als würde er den nicht mehr vorhandenen Finger massieren. »Verstehen Sie das aber nicht falsch, Nummer Elf. Die Verlegung von Herrn Fossey und das Verschwinden von Sarah Engelhart haben nichts miteinander zu tun.«

»Könnten sie aber!«, fuhr Kehlis dazwischen.

Der Oberste hob beschwichtigend die Hände. »Könnte, ja, aber es ist höchst unwahrscheinlich.« Er wandte sich an Nummer Elf: »Ihr neues Primärziel lautet: Finden Sie den oder die Verantwortlichen im Hintergrund, die Frau Engelhart und Herrn Wutkowski zur Flucht verhalfen.«

»Und zwar schnell«, fügte Johann Kehlis hinzu, während er sich erhob. »Ich möchte diese Angelegenheit endlich aus der Welt wissen.«

Kapitel 14

Berlin

Der Cowboy mit dem breitkrämpigen Hut verfolgte in vollem Galopp den flüchtigen Indianer über die endlosen Weiten. Schüsse krachten, Kugeln peitschten dem Indianer um die Ohren, und Paul stieß ein Wiehern aus, gefolgt von einem: »Dädädädä dädädädä dädädäääädäää dädädädä dädädädä dädädädä!«

Maria sah von ihrer Recherche am Laptop auf. »Bitte sei ein klein wenig leiser.«

»Okay!« Wieder explodierte ein Schuss. Der Indianer stürzte stöhnend von der imaginären Klippe hinter die Kissen. Der Cowboy stieß ein Jauchzen aus.

»Paul!«

»Aber der Indianer! Ich habe ihn gleich gefangen! Siehst du! Dädädädä dädädäääädäää!«

Maria verdrehte die Augen. »Dann fang ihn in deinem Zimmer, aber nicht hier. Ich will mit der Arbeit fertig werden, bevor Papa nach Hause kommt.« Denn ihre Recherche ging ihn nichts an.

Ein Schmollmund zeigte sich im Gesicht ihres Sohnes, doch er folgte. Er zog den Indianer mit der linken Hand hinter dem Kissen hervor, hielt den Cowboy auf seinem Pferd in der rechten und galoppierte geräuschvoll aus dem Wohnzimmer ins Kinderzimmer. Von dort ertönte sogleich die nächste Verfolgungsjagd, genauso wild, aber gedämpft.

Maria verspürte eine Welle warmer Zuneigung, gleich darauf folgte eine zweite, eine trügerische, die unter der Oberfläche bitterkalt war. Kummer und Furcht türmten sich angesichts der Gesamtsituation immer weiter in ihr auf, doch sie nahm sich zusammen und trank einen Schluck von dem Fenchel-Anis-Kümmel-Tee. Auch der war mittlerweile bitter und kalt, und eigentlich hätte sie heute gar keinen krampflösenden Magentee gebraucht, doch das Aufgussgetränk war zu ihrem täglichen Begleiter geworden, sodass sie es aus Gewohnheit gekocht hatte.

Vier Tage waren seit dem Ratschlag von Frau Petri-Holden vergangen, und eigentlich hätte Maria allen Grund für einen kleinen Freudenjubel gehabt. Seit sie die Zäpfchen von Medivit nutzte, rauschten ungeahnte Energien durch ihren Körper. *Meine normale Energie.* Es war beängstigend, wie viel Lebensfreude und Kraft sie in den letzten Jahren aufgrund dieser Magenbeschwerden eingebüßt hatte – und irgendwann wieder einbüßen würde. Das war der Haken. Der Zustand war kein Dauerzustand, sondern eine Notlösung. Sie konnte sich nicht langfristig täglich Zäpfchen in den Hintern schieben, geschweige denn in großen Mengen einkaufen. Auch die Bestelloption über Frau Zeiler stieß an Grenzen, denn sie konnte nicht über den vertretbaren Konsum einer Achtzigjährigen hinaus bestellen, ohne aufzufallen. Außerdem war das alles nur eine Symptombehandlung, keine Ursachenbeseitigung. Aber was war die Ursache? Wie fand sie heraus, was der Auslöser war?

Über Frau Petri-Holden, wisperte eine Stimme in ihrem Kopf. *Petri-Holden! Petri-Holden!*

Alle Überlegungen führten stets zu der blonden, strengen Kindergartenleiterin. Nur, wie sollte sie die Fühler ausstrecken, ohne sich und Paul in Gefahr zu bringen?

Maria widmete ihre Aufmerksamkeit wieder dem Laptop. Das Display zeigte ein Foto von Frau Petri-Holden mit nebenstehendem Text. Den Lebenslauf kannte Maria mittlerweile auswendig, sie hatte in den letzten Tagen über die Leiterin ausgiebig recherchiert, doch waren die Infos überraschend spärlich und eher beängstigend, statt ermunternd.

Marlene Petri-Holden war achtundvierzig Jahre alt, seit elf Jahren von ihrem Mann Benedikt Holden geschieden, hatte einen vierundzwanzigjährigen Sohn namens Maximilian und lebte mit diesem zusammen in einem kleinen Haus in einer ruhigen Wohngegend im Norden der Stadt. So weit, so gut, aber Maximilian war Gardist. Maria hatte ein Bild im Internet gefunden, auf dem er in die Kamera lächelte, in die weißgraue Uniform gekleidet, die Haare militärisch kurz geschoren. Das stolze Funkeln in seinen Augen kannte Maria; auch in Konstantins Augen leuchtete es, wenn er über Johann Kehlis sprach. *Der Teufel wohnt also mit Frau Petri-Holden unter einem Dach.* Das deutete darauf hin, dass die Kindergartenleiterin ihr mit den Zäpfchen wirklich nur einen gut gemeinten Tipp unter Müttern gegeben hatte.

Oder es ist die beste Tarnung, die man sich zulegen kann. Wer würde schon die Mutter eines Gardisten in der gemeinsamen Wohnung verdächtigen, noch dazu eine, die Beichten im Kindergarten durchführte und als glühende Verehrerin Kehlis' galt?

Diese Spekulation machte Maria halb wahnsinnig. Sie würde sich selbst ebenso tarnen, wenn sie die Möglichkeit hätte. Wie oft hatte sie mit Tymon genau eine solche Verschleierung in Einsätzen gewählt? Je unerwarteter, desto besser. Und je besser, desto schwieriger war die Maskerade von außen zu durchschauen. Maria hatte nicht den Schimmer einer Idee, wie sie ohne eigenes Risiko Frau Petri-Holden aus der Reserve locken könnte.

Mit grimmiger Miene schloss sie das zusammengestellte Dossier über die Kindergartenleiterin, verschlüsselte die Datei sorgfältig, verschränkte die Arme vor der Brust und starrte auf den Bildschirm. Sie verlangte nach irgendeiner Idee. Drei Minuten später stieß sie entnervt die Luft aus und stand auf, um sich Tee nachzuschenken.

Die Verfolgungsjagd aus Pauls Zimmer schien inzwischen eine dramatische Wendung zu nehmen. Paul jaulte wie ein Indianer im Angriff, kam plötzlich in die Küche gerannt und schlug sich mit der flachen Hand in einem schnellen Stakkato vor den offenen Mund. Unter Getöse stürmte er einmal um Maria herum und verschwand wieder in seinem Zimmer.

»Mensch, Paul! Etwas leiser bitte!«

»Oki doki!« Für einen Moment flauten die Indianerschreie ab, und von draußen waren ungewohnte Geräusche zu hören; das laute Brummen eines Wagens, der nicht in diese Straße gehörte. Dazu das Schaben und Einrasten einer Schiebetür. Ein Kleintransporter oder etwas Ähnliches.

War Konstantin schon zurück? Hatte er einen der Speditionswagen dabei?

Maria lief mit ihrem Tee ins Wohnzimmer und trat neben eines der Fenster, von dem sie die Straße vor dem Haus einsehen konnte. Die Teetasse entglitt ihren Fingern, polterte über das Parkett, und kalter Tee spritzte ihr über die Strümpfe und Schienbeine. Der Anblick drückte ihr die Brust zusammen, machte den nächsten Atemzug unmöglich. Die Woge schlug über ihr zusammen und zog sie in die Tiefe.

Ein Kleinbus der Garde parkte am Straßenrand, die Seitentür geöffnet. Vier Gardisten eilten in voller Montur über den Gehsteig auf das Gebäude zu. Maschinenpistolen baumelten an Trageleinen neben ihren Hüften. Ein fünfter Gardist wartete am Wagen, die Hände auf seiner Waffe.

O *mein Gott! Sie kommen, um uns zu holen.* Die Erkenntnis ging ihr durch und durch. Maria überschlug, welche Fluchtmöglichkeiten ihnen blieben. Mickrige zwei. Der Weg über das Treppenhaus in den Keller und von dort in den Garten oder ein direkter Sprung vom Balkon hinab, ebenfalls in den Garten. Schneller, aber risikoreicher.

Und dann? Von dort aus lief sie dem fünften Mann am Wagen direkt in die Arme. *Aber mit einem werde ich fertig!*

Maria wirbelte herum und rannte in die Küche. Über dem Herd fummelte sie am Fettfilter des Dunstabzugs herum. Ihre Finger zitterten so sehr, dass sie es erst beim dritten Versuch schaffte, den Filter aus dem Alurahmen zu klipsen. Sie warf das gelbgraue Teil achtlos auf das Kochfeld und fasste direkt in den schmalen Schacht. Ihre Finger tasteten herum, glitten über klebriges Metall, bis sie fanden, was sie suchten. Das Panzertape ratschte, als sie den Gegenstand mit einem Ruck abriss.

Zum Vorschein kam eine Brotzeitbox aus blauem Plastik. Die Außenseiten waren von einem dünnen Fettfilm überzogen, auf dem Staubflusen klebten, doch die Pistole, die sich aufmunitioniert und eingeschlagen in Öltuch zusammen mit einem Schalldämpfer und Munition im Inneren der Box befand, war bestens gepflegt und einsatzbereit.

Aus dem Kinderzimmer ertönten immer noch Pauls Spielgeräusche. Er hantierte mit dem Cowboy und dem Indianer, die Konstantin ihm gestern mitgebracht hatte, und inszenierte wilde Verfolgungsjagden und Schießereien.

Gleich werden sie Realität. Maria blickte auf die Beretta in ihren Fingern, spürte das früher so vertraute Gewicht. Wie viel Zeit ihnen wohl blieb? Ob die Gardisten das Haus umstellten? Mit einem Satz war sie am Küchenfenster, spähte zwischen Vorhang und Fensterrahmen hinaus. Zu ihrer Überraschung sah sie zwei der Männer vor der Haustür der Nachbarn stehen. Die Männer waren nicht auf dem Fußweg zu ihrem Haus gelaufen, sondern den parallelen daneben. Aber zu welchen Nachbarn wollten sie? Zu den Pfeiffers im Erdgeschoss, zu Frau Zeiler im ersten Stock oder zu den Marians im zweiten?

Zu Frau Zeiler natürlich. Wegen der Apothekenbestellungen. Wegen dir.

Maria schluckte, blickte gebannt hinaus und wartete.

Als sie die Spannung kaum noch ertrug, kamen die anderen beiden Gardisten aus dem Haus, und Maria schlug sich die freie Hand vor den Mund. In ihrer Mitte führten sie äußerst unsanft Frau Zeiler am Stock hinaus. Die Männer bugsierten die alte Dame den Weg entlang und redeten auf sie ein. Maria konnte die Worte nicht verstehen, und sie wagte auch nicht, das Küchenfenster zu kippen, doch da bewegten sich die blassen Lippen in dem eingefallenen Gesicht der alten Frau, und die Männer drehten die Köpfe – in Marias Richtung. Zwei wandten sich abrupt von Frau Zeiler ab, kamen den Weg entlang zu ihrem Wohnhaus.

Maria musste eine Entscheidung treffen, und zwar jetzt. Frau Zeiler hatte ihren Namen genannt, was nur eines bedeuten konnte: Die Garde würde sie ebenfalls holen.

»Paul!«, rief sie, und ihre Stimme zitterte hässlich. Sie steckte die Pistole hinten in den Hosenbund ihrer Jeans. Ihre weite Bluse reichte bis zu den Gesäßtaschen und verbarg die Waffe. Sie wollte Paul nicht mit dem Anblick der Beretta verängstigen. Das würde noch früh genug geschehen. »Komm bitte zu mir! *Paul!* Jetzt, sofort!«

Der Tonfall war deutlich. Die Spielgeräusche erstarben, und er rief: »Ja, Mami.«

Sie trafen sich auf halbem Weg im Flur. Paul sah fragend zu ihr auf, und ihm entging die Furcht auf ihrem Gesicht nicht. »Was ist los?«, fragte er plötzlich angsterfüllt.

Noch bevor Maria antworten konnte, klingelte es an der Haustür.

Sie sank in die Knie und fasste Paul an beiden Schultern, blickte ihm fest in die Augen, in diese schreckgeweiteten, unschuldigen Kinderaugen. »Hör mir jetzt gut zu. Du gehst in dein Zimmer und versteckst dich in dem allerbesten Versteck, das du kennst. Mami muss mit den Gardisten reden. Solange sie da sind, will ich keinen Ton von dir hören. Verstanden?«

Paul starrte sie an. »Kommen sie dich holen?«, kam es kaum hörbar über seine Lippen. Tränen glitzerten in seinen Augenwinkeln. Seine Schultern bebten.

»Nein.« Maria schüttelte entschieden den Kopf. »Niemals! Hörst du! Sie werden weder mich noch dich oder Papa holen. Aber du musst ganz leise sein. Verstanden? Kein Wort!«

Paul nickte, da klingelte es ein zweites Mal. Länger. Ungeduldiger.

»Geh jetzt! Bitte!« Maria schob ihren Sohn auf das Kinderzimmer zu, dann eilte sie zur Tür. Als sie noch mal den Flur hinabblickte, war Paul bereits verschwunden. Sie aktivierte die Freisprecheinrichtung der Türkommunikation. »Ja?«

»Frau Müller?«

»Ja … wer ist da?«

»Die Garde. Wir hätten ein paar Fragen. Machen Sie auf.«

Maria schluckte und bemerkte, dass sie mit der anderen Hand die Beretta in ihrem Hosenbund gepackt hatte. Dabei kam ihr eine Idee. »Selbstverständlich. Augenblick bitte.« Sie drückte den Knopf mit dem aufgedruckten Schlüsselsymbol. Der Türöffner summte, die Haustür im Erdgeschoss knackte.

Maria streifte sich hastig die Bluse über den Kopf, warf sie durch die offen stehende Tür ins Badezimmer.

Im Treppenhaus ertönten schwere Stiefelschritte.

Maria zog die Beretta aus dem Hosenbund, entsicherte sie,

lud sie durch. Dann spähte sie durch den Türspion hinaus. Zwei Gardisten traten vor die Wohnung. Einer war jung, um die zwanzig, der andere wesentlich älter, vielleicht Mitte vierzig. Der Jüngere trug eine Maschinenpistole um die Schulter, der Ältere eine Pistole am Gürtel.

Maria wog ihre Chancen ab, sollte es zu einem Kampf kommen. Das Überraschungsmoment war ein Pluspunkt, doch sie hatte seit Jahren nicht mehr geschossen. Sie war aus der Übung. Würde sie überhaupt treffen?

Es ist wie Fahrradfahren, hörte sie die Stimme ihres Bruders in ihrem Kopf. *Schießen verlernt man nicht.*

Maria nickte sich selbst zu und setzte die Beretta mit dem Mündungsloch auf der Holztür auf. Sie schätzte den Winkel, um das Gesicht des Älteren durch das Türblatt hindurch zu treffen, und öffnete dann die Tür einen Spalt breit. Sie lugte hinaus. Von außen musste ihre nackte Schulter, ein Teil ihres Bauches und ihre im Spitzen-BH steckende linke Brust zu sehen sein.

»Grüß Gott«, grüßte der Ältere, dessen Blick sofort zu ihrem Busen hinabwanderte. »Sie sind Frau Müller?«

»Ja.« *Mehr nach rechts, sonst schießt du an ihm vorbei!* Sie ließ die Beretta langsam wenige Zentimeter über das Holz gleiten. »Was … kann ich für Sie tun?«

»Es geht um Ihre Nachbarin Frau Zeiler. Wir mussten sie eben in Gewahrsam nehmen. Sie sagte, dass Sie sich um sie kümmern?«

Maria schluckte. »Frau Zeiler in Gewahrsam? Mein Gott.« Sie schlug sich die freie Hand vor den Mund, während sie die Position der Beretta abermals geringfügig korrigierte. »Und sie hat gesagt, dass ich mich kümmere? Das ist zwar lieb, aber übertrieben. Ich erledige hin und wieder den Lebensmitteleinkauf und die Post. Ein Freundschaftsdienst unter Nachbarn.«

»Sonst nichts?«, fragte der Jüngere. In seinen Augen lag Argwohn. Ihn irritierte ihr halbnackter Anblick offenbar nicht.

Maria schüttelte den Kopf und nickte gleichzeitig. »Sporadisch auch andere Besorgungen. Mal eine Fahrt mit ihr zum Arzt oder zur Apotheke. Aber ich kümmere mich nicht vollumfänglich um sie. Ab und an eben.«

»Wie sieht es mit Apothekenbestellungen per Internet aus? Gehört das auch zu Ihrer gelegentlichen Nachbarschaftshilfe?«

Marias Finger krümmte sich um den Abzug. »Manchmal«, gab sie zu und schluckte die aufkeimende Panik hinunter. »Frau Zeiler blickt da nicht durch. Und sie hat ja eine so mickrige Rente. Da muss sie an allen Ecken und Enden sparen. Deswegen bestelle ich für sie gelegentlich online. Was die alten Leute so alles an Mittelchen und Pülverchen brauchen. Da kann man nur hoffen, selbst mal im Alter gesünder zu sein.«

»Oder früh zu sterben«, sagte der Ältere trocken. Er meinte es offenbar als Witz, denn seine Augen legten sich in Lachfalten.

Der junge Gardist musterte Maria ausdruckslos. »Gab es sonst irgendwelche Auffälligkeiten? Aggressionen? Abfällige Äußerungen gegenüber unserem Herrn Kehlis?«

Sie schüttelte den Kopf, und ihr Finger gab etwas mehr Druck auf den Abzug. »Frau Zeiler hat sich nie negativ geäußert, wenn Sie das meinen. Ich hätte sie sofort gemeldet.«

»Ja, das hätten Sie.« Der ältere Gardist lächelte, doch der Jüngere fragte: »Wissen Sie, warum die Dame so viele magenentkrampfende Mittel benötigte?«

Also doch … Maria unterdrückte den Drang, tief durchzuatmen. »Frau Zeiler leidet an starker Arthrose«, erklärte sie so gelassen wie möglich. »Sie wissen schon, Gelenkverschleiß. Sie hat früher hart in der Landwirtschaft gearbeitet.«

»Und was hat das mit ihrem Magen zu tun?«

»Na, wegen der heftigen Schmerzen nimmt Frau Zeiler auf Anraten ihres Arztes täglich Morphium. Das schlägt ihr aber auf den Magen, bringt ihre Verdauung durcheinander.« Maria räusperte sich und fügte leiser hinzu: »Sie hat ständig Abwinde und Magenkrämpfe. Deswegen die vielen Krampflöser.«

Der ältere Gardist kicherte. »Damit die Fürze nicht querstehen.«

»So kann man es auch ausdrücken.« Maria nahm die Steilvorlage dankbar an und lächelte.

Der Jüngere schnaubte. »Lass den Mist, Erwin. Damit ist nicht zu spaßen.«

Marias Lächeln verschwand. Der Jüngere war die primäre Gefahr, nicht der Ältere. Der interessierte sich mehr für ihre Brust als für das Gespräch. »Da haben Sie recht«, sagte sie schnell. »Damit ist wahrlich nicht zu spaßen.« Und dann fragte sie, weil sie es wissen musste: »Ist wegen der Medikamente etwas nicht in Ordnung?«

Der Jüngere zögerte, nur eine halbe Sekunde lang, doch er zögerte. »Sie hätten das melden müssen.«

»Magenentkrampfende Mittel? Oh. Das ist ja gut zu wissen!« Und dann spielte Maria das Begreifen, riss die Augen weit auf. »Aber… aber heißt das jetzt, wollen Sie sagen, dass Frau Zeiler an dieser unaussprechlichen Krankheit leidet? Meine Nachbarin!«

Der Jüngere nickte. »Höchstwahrscheinlich, Frau Müller. Ein Konfessor wird darüber entscheiden.«

»Ein Konfessor!«

»Selbstverständlich. Die sind speziell dafür ausgebildet. Diese unaussprechliche Krankheit hat einfach zu viele Gesichter, als dass wir das in jedem Fall sicher bestimmen könnten.« Der Jüngere verzog angewidert das Gesicht.

Maria beeilte sich zu nicken. Schweiß rann über ihren Rücken. »Ein Konfessor, natürlich. Ich kann Ihnen auf jeden Fall nur versichern, dass es bisher keinerlei Grund gab, Frau Zeiler zu beichten. Sie hat so gern Herrn Kehlis' Reden verfolgt. Er ist ja …«

Es polterte aus Pauls Schlafzimmer. Ein unterdrücktes Stöhnen folgte.

Der junge Gardist hatte sofort die Hand an der Maschinenpistole und versuchte an Maria vorbei in die Wohnung zu spähen. »Was war das?«

»Mein Sohn«, antwortete Maria und lachte gespielt. »Er spielt in seinem Zimmer mit Cowboys und Indianern. Eigentlich sollte er Parallelogramme zeichnen, aber … Cowboys sind halt interessanter.«

Der Jüngere kräuselte die Stirn. »Wie alt ist er?«

»Fünf. Er geht noch in den Kindergarten.«

»Dann sollte er sich lieber um seine Pflichten kümmern, anstatt zu spielen.«

Marias Gesicht wurde hart. »Das tut er. Dafür sorgen ich, mein Mann und seine Kindergartenleiterin Frau Petri-Holden schon. Aber entschuldigen Sie bitte. Haben Sie noch weitere Fragen? Mir wird langsam kalt. Ich wollte eben unter die Dusche springen, solange er noch brav spielt.«

Der ältere Gardist ließ seinen Blick abermals über ihre nackte Haut wandern, die mittlerweile von einer Gänsehaut überzogen war. Aus dem Treppenhaus zog es eisig herein.

»Wir sind eigentlich schon fertig«, sagte er besänftigend. »Aber meinten Sie eben die Mutter vom Max? Marlene Petri-Holden?«

Maria tat erstaunt. »Ja, in ihrer Gruppe ist mein Sohn.«

»Na dann.« Der Ältere winkte ab und wandte sich seinem Kollegen zu, wobei er einen Schritt zur Seite trat. »Da ist er in besten Händen. Marlene drillt die Kids so richtig. Die hat erst vor Kurzem wieder eine Beichte abgeliefert. Mitten aus dem Kindergarten. Ich war bei der Abholung dabei. Ich sag's dir, da herrscht Zucht und Ordnung.«

»Wie es sein sollte«, fügte Maria hinzu und korrigierte die Position der Beretta. Ihre Armmuskulatur kribbelte von der ungewohnten Haltung. Lange würde sie die Pistole nicht mehr im gleichen Winkel halten können.

Der Jüngere musterte sie noch einen langen Moment. »Also gut. Aber das nächste Mal melden Sie solche Auffälligkeiten sofort.«

Maria gab sich unterwürfig, senkte den Blick. »Selbstverständlich.«

Dann wandten die beiden Gardisten ihr den Rücken zu und stiegen das Treppenhaus hinab.

Maria wartete noch einige Sekunden, dann schloss sie leise die Tür. Ihr Kopf sank gegen das Holz, die Hand mit der Beretta ebenfalls, und sie genehmigte sich einen langen, zittrigen Atemzug.

Als sich ihr Herzschlag beruhigt hatte, wandte sie sich dem Flur zu und erstarrte.

Paul stand im Türrahmen seines Zimmers, klammerte sich mit einer Hand daran fest, hielt in der anderen den Cowboy. Sein Blick flatterte zwischen ihrem Gesicht und der Beretta hin und her.

»Ist die echt?«, fragte er mit schriller Stimme und kam offenbar im gleichen Atemzug zu der Erkenntnis, dass nichts anderes in den Händen seiner Mutter Sinn ergab. »W-wofür ist die?«

Für unseren Schutz, wollte sie sagen, doch die Worte kamen nicht heraus. Die Pistole war primär zum Töten da und für nichts anderes. Das konnte sie Paul nicht sagen, doch sie sah das Begreifen in seinen Augen, und die Furcht, und das war für Maria noch viel schlimmer.

Er ließ den Plastikcowboy fallen, und bevor das Spielzeug den Boden erreichte, spürte Maria, wie Pauls Welt soeben einen Teil ihrer Magie verloren hatte.

TEIL 2

Rebellen

Kapitel 15

Hauptquartier der Rebellen

Vitus lag auf der Behandlungsliege in seinem Arbeitszimmer. Jörg stand daneben und spritzte ihm fünf Milliliter eines Vitamin-B-Präparates intramuskulär ins Gesäß.

»Immer wenn du mit diesen Spritzen daherkommst, weiß man, dass der Winter bevorsteht«, sagte Vitus.

Jörg lächelte, legte die Spritze weg und drückte ein Wattepad auf den leicht blutenden Einstich. »Es unterstützt einfach die Abwehrkräfte. Außerdem ist es schon seit über sechzig Jahren auf dem Markt. Da kennt man die Wirkungsweisen.«

»Wenn das Kehlis von seinem Teufelszeug mal auch behaupten könnte.« Vitus deutete auf den Papierstapel, der auf seinem Schreibtisch lag. Mit neongrünem Marker waren Textstellen angestrichen, mehr grün als weiß. »Die Berichte werden immer schlimmer. Der letzte ging mir durch und durch. Die Zahlen steigen kontinuierlich an, aber die Kurve wird steiler. Beinahe exponentiell. Was macht Kehlis mit den betroffenen Menschen? Wohin bringt er sie?«

Jörg schnappte sich das oberste Blatt vom Stapel und zog sich einen Stuhl heran. Er las den Bericht, dann nahm er die Brille ab und rieb sich mit der Hand über das Gesicht. »Es bestätigt meine Vermutung. Immer mehr Menschen entwickeln eine Intoleranz gegen die Nanos und oder das Trägermaterial.

Irgendwo werden sich die Zahlen aber einpendeln. Das ist wie mit Fruktose- oder Laktoseintoleranzen. Ein Teil der Bevölkerung ist betroffen, der andere wird es aufgrund körperlicher Begebenheiten nie werden.«

»Aber die verschwundenen Menschen, Jörg!«

»Ich weiß, ich weiß. Ich hab keine Ahnung, was Kehlis mit ihnen macht. Vielleicht plant er Arbeitslager. Oder er hat schon welche. Auf jeden Fall kann er so nicht weitermachen. Der Prozentsatz in der Bevölkerung wird zu hoch. Nicht umsonst redet er den Leuten Angst vor diesem angeblichen Grippevirus ein und errichtet mobile Gesundheitsstationen. Ich sage dir, er braucht dringend eine Optimierung seiner Technik, und wir brauchen umfangreichere Analysen. Welche Altersgruppen sind betroffen? Vornehmlich Alte? Oder ist es gleich verteilt? Was ist mit Kindern? Säuglingen?«

»Ich werde mich darum kümmern.« Vitus packte den Griff, der über der Liege herabhing, verfluchte sein Alter und zog sich ächzend in eine aufrechte Position. Die Liege knarrte. Er ergriff erst sein linkes Bein und schwang es von der Pritsche, dann folgte das rechte. »Hast du eigentlich anhand von Engelharts Obduktion schon irgendetwas herausgefunden?«

»Das wüsstest du zuerst.« Jörg brachte das Blatt des Berichts zurück zum Schreibtisch, um anschließend Vitus in den Rollstuhl zu helfen. »Ich werde zwar noch weitere Tests durchführen, aber ich bin einfach kein Rechtsmediziner. Erhoffe dir nicht zu viel davon.«

Vitus brummte und rückte sich im Rollstuhl zurecht. »An allen Ecken und Enden fehlen uns Kompetenzen. Wir müssen uns unbedingt vergrößern, Jörg. Wenn wir nicht bald mehr Leute einbinden, wird unsere Bewegung stagnieren. Am besten wäre Fossey höchstpersönlich. Er hat den Mist verbrochen. Er könnte uns so viel Mühe ersparen.«

»Wir werden ihn kriegen!« Jörg klang sehr sicher.

»Und dann ist er der erste Jünger Kehlis' und will uns gar nicht helfen.« Vitus konnte und wollte die Bitterkeit in seiner Stimme nicht verbergen, nicht unter vier Augen mit Doktor Jörg Imholz.

Vitus hatte mit ihm, seinem Freund und Hausarzt, vor Jahren festgestellt, dass ihnen Johann Kehlis' kometenhafter Aufstieg nicht behagte. Dazu kamen unerklärliche Beobachtungen in Jörgs Praxis bezüglich der Gesundheit einiger Patienten und beunruhigende Fakten auf verschlüsselten Datenkanälen, die Vitus' Datensicherheitsfirma im Auftrag der Regierung und diverser Großkonzerne betrieb und stichprobenartig kontrollierte – darunter auch *JK's*. Es war wie ein gewaltiges Puzzle, das sie aus Zufall entdeckt hatten, jedoch ohne die Größe, die Anzahl der Teile und das Motiv zu kennen. Doch wie bei jedem noch so schweren Puzzle fügten sich mit der Zeit Teile ineinander, und ein immer furchteinflößenderes Bild war an Abenden mit Käsewürfeln und Rotwein entstanden. Jörg brachte kurz darauf Barbara und Jannah Sterling mit an den Tisch, die er als Hausarzt behandelte, und Vitus hatte Sean, der für seine Firma freiberuflich tätig gewesen war, als *free* identifiziert. So war ihre kleine Gruppe an Gleichgesinnten immer weiter gewachsen, und jeder hatte Puzzleteil um Puzzleteil beigesteuert. Irgendwann waren unauffällige wöchentliche Treffen logistisch nicht mehr möglich gewesen, und so hatte Vitus vorausschauend eines seiner Rechenzentren umfunktioniert. Und plötzlich waren er, Jörg, Barbara und Sean das Führungsteam einer Untergrundrebellion, die versuchte, die perfiden Machenschaften des Bundeskanzlers aufzudecken und die Menschheit vor Nanotechnik zu retten.

»Du malst dir wieder das schlimmste Szenario aus«, sagte Jörg. »Lass uns doch Fossey erst mal rausholen. Fall er dann nicht kooperieren will, finden wir eine Lösung. Im schlimmsten Fall zwingen wir ihn.«

»Oh ja«, gab Vitus von sich. »Wir legen ihm Daumenschrauben an oder simulieren sein Ertränken!« Er seufzte. »Nimm es mir nicht übel, Jörg, aber die aktuelle Situation – so kurz vor dieser Weichen stellenden Mission – geht mir einfach an die Nieren.«

»Mir auch, alter Freund«, sagte Jörg. »Auch ich bin nicht gerade erpicht darauf, Fossey zu einer Mitarbeit zu zwingen. Aber vielleicht ist er sogar free. Hast du schon mal über diese Option nachgedacht? Sean hat das vor ein paar Tagen beim Essen eingeworfen. Vielleicht hat Kehlis ihn absichtlich bei klarem Verstand gehalten, damit er unbeeinflusst forschen kann.«

»Er hält ihn gegen seinen Willen im Bunker gefangen und hofft gleichzeitig, dass Fossey ihm hilft?« Vitus blickte skeptisch. »Ich weiß nicht … Wenn ich ehrlich bin, meint Sean ziemlich viel in letzter Zeit, besonders zur Fossey-Mission.«

»Ihm geht es um sein Return on Investment, wie er sagen würde.«

»Ja, schon, aber am Ende ist das alles nur Spekulation. Du hast recht, wir müssen ihn rausholen und dann die nächsten Schritte planen.«

»Apropos nächste Schritte«, hakte Jörg ein. »Wie geht es mit der Missionsplanung voran? Barbara ist so eingeschnappt, dass sie nicht mit mir reden will, aber du hast doch deine Augen und Ohren überall.« Sein Blick wanderte vielsagend hoch zur Decke. Dort blinkte die rote LED des Rauchmelders. Sie leuchtete alle siebzig Sekunden auf und signalisierte, dass die Technik in Betrieb war.

Vitus grinste verhalten. »Früher hatte man Spitzel, heute hat man Rauchmelder und Software. Der Plan sieht so aus: Wir werden die Route an einer für uns günstigen Stelle sperren. Wenn der Konvoi mit Fossey hineinfährt und stoppt, überfallen wir ihn. Ich werde mit Sean zusammen von hier die Mission koordinieren, und du wirst mit Barbara vor Ort bei einem Back-up-Team sein.«

»Und wie bitte wollt ihr den Gefangenentransport stoppen? Das ist ja nicht ganz einfach.«

»Das, mein lieber Jörg, werde ich noch nicht verraten, aber ich habe da so eine Idee.«

Jörg blickte kritisch drein. »Das hört sich stark nach Wendland-Wahnsinn an. Vielleicht solltest du doch lieber vorher mit mir reden, oder hast du Angst, dass du selbst abgehört wirst?« Er blickte abermals hoch zur Decke. »Jemand könnte deine Technik auch einmal gegen dich verwenden.« Der Rauchmelder blinkte wie zur Bestätigung.

»Keine Sorge, das wird in meinem Reich nicht der Fall sein. Der Rauchmelder dort oben ist *wirklich* nur ein Rauchmelder. Ich war dabei, als er montiert wurde. Nein, ich informiere dich deswegen nicht, weil meine Idee noch nicht spruchreif ist. Ich werde sie erst präsentieren, wenn ich sicher bin, dass sie klappen könnte. Aber das Beste hast du noch gar nicht gehört. Barbara war nämlich auch kreativ.«

»Das hört sich schlecht an. Richtig schlecht.«

»Wie man es nimmt. Ihr Plan ist folgender: Damit Wutkowski sich nicht an den Fahrweg zum Einsatzort erinnern kann, um im Ernstfall etwas über unser Versteck auszuplaudern, will sie ihm während der Fahrt einen blickdichten Sack über den Kopf stülpen. Wie in den alten Gangsterfilmen. Liegt darin nicht eine perfide Ironie?«

Jörg kam aus dem Kopfschütteln nicht mehr heraus. »Das ist doch nur Schikane. Dir ist klar, dass ich gegen einen solchen Schwachsinn stimmen werde?« Er verstummte, kniff die Augen zusammen. »Du willst ihr doch nicht etwa zustimmen?«

»Na ja«, druckste Vitus herum. »Je weniger Wutkowski weiß, desto kleiner ist das Risiko für uns. Damit hat Barbara schon recht.«

»Das … nein!«, rief Jörg empört. »Du stimmst *für* seine Integration, willst ihn aber dann an der kurzen Leine halten? Wie erbärmlich ist das denn?«

»Ach, Jörg.« Vitus drehte seinen Rollstuhl auf der Stelle, nur um etwas zu tun. »Du weißt, dass auch ich für eine faire Behandlung bin. Trotzdem will ich die Rebellion nicht gefährden. Wenn wir scheitern, verlieren so viele Menschen dort draußen – und die verlieren alles. Was ist da schon ein Sack auf dem Kopf eines Söldners? Aber lass uns nicht streiten. Ich werde mit Barbara darüber reden. Vielleicht finden wir eine andere Lösung. Tatsache ist, dass die Mission ein Erfolg werden muss! Fossey wäre für uns der Trumpf. Der Eichel-Ober sozusagen.«

»*Den kann keiner.*« Aus Jörgs Stimme war die Wut gewichen, geblieben war nur Müdigkeit.

Der Spruch aus früheren Schafkopfabenden versetzte Vitus einen Nadelstich. Wie lange war es her, dass er sich um schöne Dinge gekümmert hatte? Er rollte hinter seinen Schreibtisch. Ein Teller mit den Resten seines Mittagessens stand noch dort; Käsespalten lagen griffbereit am Rand. Er schnappte sich eine und schob sie sich in den Mund. Kauend sagte er: »Mich wundert, dass er überhaupt noch lebt. Ich hätte ihn an Kehlis' Stelle längst exekutiert.«

Jörg hob matt den Kopf. »Seit wann bist du so gewaltbereit?«

»Nicht gewaltbereit, sondern entschieden. Er wäre mir an Kehlis' Stelle eine zu große Gefahr.« Und er bedeutete auch eine große Gefahr für die Rebellen. Sie würden zum ersten Mal Kehlis' Garde angreifen und damit ihre Existenz preisgeben. Ein Großteil der Konfessorenriege samt Garde würde daraufhin hinter ihnen her sein.

»Zum Glück ist Kehlis nicht so konsequent wie du«, sagte Jörg und schnappte sich ebenfalls eine Käsespalte. »Er ist ein

Mensch mit einem extrem hohen Sicherheitsbedürfnis. Solange er die Nanos nicht vollständig unter Kontrolle hat, wird er Fossey am Leben lassen. Hundertprozentig.«

Vitus nickte. »Dann bete, dass wir ihn rausholen können. Seine Verlegung aus dem Bunker in den neuen Gebäudekomplex ist womöglich unsere einzige Chance.«

Jörg schluckte den Käse hinunter. Mit grimmiger Miene sagte er: »Beten hat mir noch nie gelegen. Ich werde lieber alles Menschenmögliche tun, damit wir erfolgreich sind.«

Vitus schwieg. Auch er tat alles und gab alles; sein Geld, seine Zeit, sein Leben. Wenn Johann Kehlis sie jemals erwischen sollte, würde er sie umgehend hinrichten lassen. Ganz sicher. Er wechselte das Thema. »Hast du noch mal mit Wutkowski gesprochen? Ist er in alle Details eingeweiht?«

Jörg war erstaunt. »Ich dachte, wir erledigen das heute zusammen?«

Vitus winkte ab. »Stimmt. Entschuldige. Ich habe gar nicht mehr daran gedacht. Mein Kopf ist einfach mit zu vielen Angelegenheiten beschäftigt. Na dann, lass ihn uns aufsuchen.«

»Weißt du, wo er ist?«

Vitus schaltete sein Smartphone an, entsicherte es über den Fingerabdrucksensor und rief sein ganz privates Überwachungsprogramm auf. Schnell erfuhr er, dass sich Wutkowski am Rand des Rebellengeländes Richtung Hauptgebäude entlangbewegte. Nach dem Tempo zu urteilen schien er zu joggen und sollte in ein paar Minuten zurück sein. Eine kurze Aktivierung einer Kamera bestätigte seine Vermutung.

»Er dreht eine Runde, genießt seine Freiheit«, stellte Jörg fest.

Vitus schnaubte. »Ich glaube eher, er kundschaftet unser Gelände aus. Auch wenn er momentan unser Mann ist – er ist und bleibt ein Söldner, der seine eigenen Ziele hat. Ich hoffe nur, dass er wirklich eine Bereicherung für uns ist.«

»Er wird alles tun, um die Mission erfolgreich zu beenden.«

»Ich glaube das auch, aber glauben ist nicht wissen.«

»Er wird es tun. Keine Sorge.«

»Woher nimmst du nur immer deine Überzeugung?«

Jörg ging zur Bürotür und öffnete sie per Knopfdruck, damit Vitus mit seinem Rollstuhl hindurchfahren konnte. »Wutkowski hat nichts mehr zu verlieren außer seinem Leben. Und das ist so viel wert wie ein abgenagter Hühnerknochen, wenn er in Gefangenschaft sitzt. Der Mann sehnt sich nach nichts anderem als Freiheit. Und die kann er sich bei uns erarbeiten. Außerdem habe ich es in seinen Augen gesehen.«

Vitus hielt an und blinzelte zu Jörg hinauf. »In seinen Augen?«

»Ich bin Arzt. Schon vergessen?«

»Hast du zufällig auch darin gesehen, ob er ein Teamplayer ist? Er bringt uns eine Menge Zwist. Barbara hasst ihn, und Hendrik kann ihn auch nicht ausstehen. Jan scheint ihn hingegen zu mögen, und Jannah … keine Ahnung, wie sie zu ihm steht. Der Rest sieht ihn ebenfalls mit geteilter Meinung. Er treibt einen Keil zwischen uns, Jörg. Wir haben möglicherweise die Auswirkungen aufs Team unterschätzt.«

Der Arzt zuckte mit den Schultern. »Man kann sich im Leben nicht alles aussuchen. Ich bin von ihm überzeugt. Er hat ehrliche Augen.« Mit diesen Worten schloss er hinter Vitus die Tür, und gemeinsam machten sie sich auf den Weg zu Maleks Zimmer, zu dem er früher oder später zurückkehren würde. Unterwegs fragte er: »Hast du eigentlich herausgefunden, welcher Konfessor hinter ihm her ist?«

»Ich habe nur eine Nummer. Elf.«

Jörg blieb abrupt stehen. »Ein Konfessor der ersten Generation?«

»Sieht so aus.«

»Kannst du mehr herausfinden?«

Vitus zuckte mit den Schultern. »Ich kann es probieren, aber an den Konfessorenidentitäten beiß ich mir noch die Zähne aus. Wenn ich ein Bild von Nummer Elf hätte, könnte ich es mit einem Gesichtsabgleich versuchen, aber so sehe ich schwarz.«

»Zumindest haben wir eine Nummer. Das ist besser als nichts.«

»Elf«, wiederholte Vitus leise. »Besser als nichts …«

Schweigend durchquerten die beiden Männer das Hauptquartier der Rebellen. Es war ein sieben Jahre alter mehrgeschossiger Betonbau, der abgeschottet inmitten eines Waldstücks lag, das Vitus gehörte. Anfang der Zwanzigerjahre hatte er den Gebäudekomplex als neues Rechenzentrum für sein Unternehmen *Save Your Data* bauen lassen, doch dann den Komplex umgerüstet. Heute beherbergten besonders die hochsicheren Kelleretagen das Herzstück der Rebellion – Labore, Rechenzentren, Küchen, Notunterkünfte und haufenweise nicht kontaminierte, haltbare Lebensmittel.

Es war so viel geschehen, und sie hatten schon vieles erreicht, doch war die Zukunft ungewisser denn je. Die Bergung von Fossey war ein Knackpunkt. Vitus hoffte, dass die digitale Tarnung, die er mit seinem Kernteam um das Rebellenlager und ihre Aktivitäten aufgebaut hatte, ausreichte, um danach nicht aufzufliegen. *Es muss reichen!* Er hatte alles getan, was er tun konnte, und sollte das nicht genügen, dann sollte es eben so sein.

Als ihnen Wutkowski wenig später im Flur auf dem Weg zu seinem Quartier entgegenkam, verbannte Vitus den Zweifel aus seinen Gedanken. Neugierig musterte er den Söldner. Sein Gang war voller Kraft, und mit den geröteten Wangen über dem feucht schimmernden Vollbart wirkte er wie ein wilder Krieger aus vergangenen Zeiten, der gerade von einem langen Tag mit Schwert und Schild zurückkehrte.

Direkt vor ihnen blieb Wutkowski stehen. »Ich nehme an, Sie wollen zu mir.« Er schloss die Tür zu dem Zimmer auf, das man ihm zugewiesen hatte.

»Wir möchten Sie über einige Begebenheiten informieren«, bestätigte Jörg. »Ich hoffe, Sie haben sich ein wenig eingelebt.«

Wutkowski hielt ihnen die Tür auf, bevor er in das Ein-Zimmer-Apartment trat, von denen es knapp fünfzig in der Station gab. Im Vergleich mit den Gefangenenzellen war es doppelt so groß und grundausgestattet mit Bett, einem Schreibtisch mit Stuhl, einem Schrank, einem Fernseher und einem schmalen Sofa. Alles war in Lichtgrau gehalten.

Vitus fiel an den helleren Umrissen an der Wand auf, dass das Sofa von seinem angestammten Platz unter dem Fenster weggerutscht und so platziert worden war, dass man von dort aus einen Blick hinaus auf den Wald und nicht auf den Fernseher hatte. Die Bäume waren im herabfallenden Regen als dunkle Schemen zu erkennen.

»Wie ich sehe, haben Sie sich eingerichtet«, bemerkte er. »Gefällt es Ihnen?«

»Sie müssen der Wendland sein.« Wutkowski streifte sich die nasse Trainingsjacke von den Schultern, hängte sie über die Stuhllehne. »Sie gehören ebenfalls zum Quartett.«

»Eilt mir mein Ruf voraus?«

Wutkowski zuckte mit den Achseln. »Nicht so sehr wie mir meiner.«

Vitus lachte und deutete auf Wutkowskis durchweichtes Shirt und die Jogginghose. »Wollen Sie sich erst umziehen, bevor wir reden? Es könnte etwas dauern, nicht dass Sie auskühlen.«

Der Söldner hob eine Augenbraue, setzte sich aufs Bett und gab mit einem Nicken zu verstehen, dass sie beginnen sollten.

»Wie Sie wollen.« Vitus lehnte sich in seinem Rollstuhl zurück und verschränkte die Arme hinter dem Kopf. »Dann fangen wir am besten damit an, wie …«

»… es Jannah geht. Wann kann ich zu ihr?«

»Was wollen Sie von ihr?« Jörg kniff die Augen zusammen. Ihm gefiel offenbar nicht, dass Wutkowski Vitus sofort ins Wort fiel. »Sie braucht noch Ruhe.«

Der Söldner wandte sich dem Arzt zu. »Es wird nur ein paar Minuten dauern. Nach acht Jahren im Knast geht es schnell.«

Jörg klappte der Mund auf, doch Wutkowski verdrehte die Augen. »Ich will mich entschuldigen, okay? Ihre Verletzung war unbeabsichtigt. Eine persönliche Entschuldigung ist das Mindeste.«

»Wir werden das klären«, versicherte Vitus schnell. »Es gibt nur ein … kleines Problem mit ihrer Mutter.«

»Mit der Majorin?«

Vitus nickte. »Sie ist nicht gerade begeistert von Ihnen und möchte Sie am liebsten nicht bei uns haben. Ich rate Ihnen, sich von Jannah und Barbara fernzuhalten. Trotzdem werden wir mit ihr reden. Eine Entschuldigung finde ich angemessen. Und nun zu den ernsten Dingen. Jörg.«

Der Arzt setzte sich aufs Sofa, direkt neben Vitus. »Wie Sie in unserem letzten Gespräch richtig feststellten, haben sich Deutschland und die Welt verändert. Es gibt ein Regime, eine Garde, Konfessoren, Beichten – und uns Rebellen. Alles Themen, über die ich stundenlang referieren könnte, doch im Kern geht es um ein Grundbedürfnis, das Sie wohl mit am meisten zu schätzen wissen: Freiheit. Johann Kehlis hat es nämlich geschafft, fast die gesamte deutsche Bevölkerung zu versklaven.« Er tippte sich mit dem Zeigefinger an die Stirn. »Hier oben. Mit Nanotechnik.«

Wutkowskis Stirn furchte sich. »Sie meinen solche winzigen Partikel?«

»Genau die.«

»Und damit kontrolliert die Regierung unsere Gedanken?«

»Kontrollieren ist das falsche Wort. Nennen Sie es *beeinflussen*. Haben Sie schon einmal von SmartBrain gehört?«

Wutkowski verneinte.

»SmartBrain war eine auf dem Medizinsektor angesiedelte Firma, die 2016 von Carl Oskar Fossey gegründet wurde«, holte Jörg aus. »Fosseys Forschungsziel war es, im Gehirn fehlerhaft abgespeicherte Informationen durch neue, gesunde zu überschreiben. Er wollte damit Angstpatienten heilen. Und er hat einen Weg gefunden: Er entwickelte Eisennanopartikel, die mit Hormonen bestückt wurden. Stellen Sie sich die Partikel wie Taxis vor. Sie werden dem Patienten als Additiv per Injektion oder Tablette verabreicht und fahren dann durch den Körper zum Gehirn. Da sie so klein sind, können sie die Blut-Hirn-Schranke überwinden und ins Gehirn eindringen. Dort lassen sie dann ihre Fahrgäste, die Hormone, aussteigen, und diese lösen entsprechende Reize aus.«

»So weit konnten wir die Entwicklung durch alte Publikationen in wissenschaftlichen Magazinen nachverfolgen«, fügte Vitus hinzu. »Können Sie noch folgen?«

Wutkowski nickte.

»Gut. Für Fossey und SmartBrain entstand jedoch ein unlösbares Problem: Die Therapie war zu teuer. Für jeden Patienten mussten individuelle Nanoinjektionen erstellt werden, da jeder ganz spezifische Ängste hatte. Deswegen kränkelte SmartBrain schließlich wirtschaftlich, und an dieser Stelle kommt Johann Kehlis ins Spiel. Er kaufte die Firma 2021. Was danach mit SmartBrain geschah, können wir nur mutmaßen. Sicher wissen wir jedoch – dank unserer eigenen Forschung –, dass Fossey und Kehlis es schafften, komplexere Informationen irgendwie chemisch zu codieren, in die Nano-Taxis zu packen und massentauglich zu distribuieren. Also, zu verteilen.«

»Über seinen Bio-Fraß?«

Die fixe Schlussfolgerung erstaunte Vitus. »Woher wissen Sie davon?«

»Auch im Knast lebt man nicht hinterm Mond. Sein Zeug wurde schwarz gehandelt. Die Leute fuhren voll drauf ab. Wär doch clever, wenn er sein Essen mit den Nanos versehen hätte.«

Vitus lächelte kalt. »Sie könnten sofort bei ihm einsteigen.«

»Wenn er mehr bieten würde als Sie …«

Unbehagliches Schweigen folgte. Das Prasseln des Regens drang gedämpft durch das Fenster.

Wutkowski kraulte sich schließlich den Bart, strich Wasser heraus. Seine Analoguhr blitzte im Licht. »Eine Sache verstehe ich nicht an dieser Sache.«

»Die wäre?«

»Na, er kann mit dem Bio-Zeugs doch nur einen gewissen Prozentsatz der Bevölkerung erreichen. Nicht jeder kauft Bio. Ich zum Beispiel: Ich kaufe gar nichts.«

»Sie zählen ja auch zu den zwei bis sieben Prozent der Menschen, die free sind.«

»Allerdings nicht, weil Sie keine *JK*-Produkte kaufen, sondern weil Sie von vornherein eine Intoleranz haben oder entwickelten«, erklärte Jörg grimmig. »Und übrigens kaufen mittlerweile alle *JK's*. Kehlis ist nämlich noch viel verschlagener, als Sie ahnen. Jeder dort draußen steht auf *JK's*. Sein Zeug hat sich vor ein paar Jahren verbreitet wie die Pest im Mittelalter. Warum? Kehlis ist Chemiker. Er war freiberuflich für die großen Lebensmittelkonzerne tätig. Bevor er *JK's* gründete, entwickelte er einen Lebensmittelzusatzstoff namens V.INC-1R3, kurz. V.13. Das Zeug ist farb- und geruchlos und macht hochgradig abhängig, vergleichbar mit Heroin oder Crystal Meth, nur ohne die Leute völlig fertigzumachen.«

»Die ultimative Kundenbindung«, fügte Vitus hinzu.

Wutkowski schüttelte anerkennend den Kopf. »Darum sind alle so verrückt danach gewesen. Die Jungs haben sich wegen 'nem lausigen Schokoriegel die Köpfe eingeschlagen. Schon intelligent, der Hund, nicht?«

»So kann man es auch ausdrücken.«

»Ich würde eher sagen, der Teufel in Menschengestalt«, murrte Jörg. »Kehlis ging sogar so weit, dass er vor ein paar Jahren die von der damaligen Regierung zur Privatisierung freigegebene Wasserversorgung kaufte. Er sanierte sie, stand als Held da, doch wir haben auch im Leitungswasser V.13 gefunden. Und Nanos. Er hat beide Erfindungen gekoppelt, hat für eine lückenlose, flächendeckende Verbreitung gesorgt und ist so zum alleinigen Herrscher aufgestiegen. Durch die unwissentliche Massenbeeinflussung gelang es ihm vor drei Jahren, die Bundestagswahl furios zu gewinnen, Kanzler zu werden und das Grundgesetz zu ändern. Und das mit Rückhalt in der Bevölkerung. Mittlerweile ist er so gut wie unantastbar.«

»Aber Sie haben einen Plan. Wie können wir also gegen ihn vorgehen?«

Vitus gefiel, dass Wutkowski das Wort *wir* benutzte. »Indem wir seinen wichtigsten Mann kidnappen und für unsere Zwecke benutzen.«

»Den Forscher?«

»Genau. Carl Oskar Fossey wäre die einmalige Chance, die Nanos im Detail zu verstehen und ein wirksames Gegenmittel oder einen besseren Blocker zu entwickeln«, sagte er. »Wir haben Ansätze, aber uns bleibt nur Try-and-Error, und den Part Error bezahlen wir mit Menschenleben. Wir brauchen den Erfinder.«

»Verstehe, aber gibt es keine anderen fähigen Nanoforscher?«

»Doch, natürlich. Aber wir haben bisher keinen ausfindig machen können, der free ist, bevor ihn Kehlis verschwinden ließ. Außerdem würde auch ein unbeteiligter Nanoforscher bei null anfangen und viel Zeit brauchen, um die Technik zu verstehen.«

Jörg beugte sich auf dem Sofa nach vorn, fokussierte Wutkowski, um seine ungeteilte Aufmerksamkeit zu erhalten. »Verstehen Sie nun die Dringlichkeit unserer Mission und das Ausmaß der gesamten Katastrophe? Verstehen Sie, warum ich sagte, Sie werden möglicherweise gern in unseren Diensten bleiben? Dort draußen ist kein Platz für Menschen, die free sind. Sie werden gesucht, gebrandmarkt, von Konfessoren gejagt, von der Garde verschleppt. Was dann mit ihnen passiert, weiß niemand, selbst wir konnten es bisher nicht in Erfahrung bringen. Seien Sie also froh, dass Sie nicht mehr dort draußen sind. Und seien Sie noch froher, dass Sie dort draußen keine Angehörigen mehr haben.«

»Oh ja«, bestätigte Vitus. »Da können Sie sich wirklich glücklich schätzen. Die Angst um Familie und Freunde kann einen schier in den Wahnsinn treiben.«

Kapitel 16

Berlin

Auf Pauls Gesicht lag der Abglanz eines Traums – offenbar ein angenehmer. Sein schmaler Mund zeigte hin und wieder ein Lächeln, und seine Atemzüge gingen ruhig, gelegentlich unterbrochen von einem wohligen Seufzen. Er schlief seit mehr als einer Stunde, ruhte zusammengerollt auf der Seite, die kleinen Fäuste unter das Kinn geschoben.

Maria saß neben ihm auf dem Thron, wie Paul den Sessel nannte, der seit dem Ausmustern der Wohnzimmergarnitur in seinem Zimmer stand. Im Schein einer Leselampe hockte sie dort allabendlich und las ihm eine Gutenachtgeschichte vor. Oft schlief er dabei ein, und dann blieb sie noch eine Weile sitzen, betrachtete ihren Sohn voll Stolz und spürte ihre enger werdende Brust. Seit dem Besuch der Garde war sie besonders eng, ließ ihr kaum mehr Luft zum Atmen. Wie klein Paul doch unter der Decke war. Wie sollte er die große Last auf seinen schmalen Schultern tragen?

Gar nicht. Auf Dauer konnte Paul das Verstellen und Lügen nicht durchhalten, schon gar nicht gegenüber dem Vater. Es gelang ja ihr kaum, und Paul war verdammt noch mal erst fünf!

Maria entwich ein Seufzer der Verzweiflung, und ihr Sohn regte sich. Er drehte sich auf den Rücken, sein Kopf rollte zur

Seite, hinter den Lidern bewegten sich seine Pupillen, dann lag er wieder ruhig. Die Decke war verrutscht.

Maria beugte sich hinab und zog ihm die Decke vorsichtig bis unters Kinn. Dann strich sie ihm sanft durchs dunkle Haar, hauchte ihm einen Kuss auf die Stirn, rückte seinen Stoffhasen namens Puh zurecht, damit er seinen Liebling beim Aufwachen neben sich hatte, und verließ das Kinderzimmer.

In der Küche füllte sie eine Tasse mit Kräutertee vom Nachmittag und stellte sie in die Mikrowelle. Gedankenversunken beobachtete sie die Tasse, wie sie gemächlich ihre Runden drehte. Das Brummen des Elektrogeräts erfüllte die Küche. Ansonsten war es still. Konstantin war wegen einer umfangreichen Lieferung von Baumaterial über Nacht mit dem Lkw unterwegs. Er würde frühestens zum Mittagessen am folgenden Tag wieder hier sein, eher zum Abendessen. Sie hatte endlich einmal eine Verschnaufpause. Ein Abend, an dem sie sich nicht verstellen, nicht auf jedes Wort achten musste. An dem sie sie selbst sein konnte, an dem keine Gefahr drohte. Doch war es nur ein Abend von dreihundertfünfundsechzig im Jahr, *ein* beschissener Abend.

Maria war klar, dass es so nicht weiterging. Nach Frau Zeilers Abholung war ihre Tablettenquelle versiegt. Ihr Vorrat würde zwar noch etwas ausreichen, doch dann? Die Zäpfchen von Medivit waren eine Alternative, aber auch für sie gab es keine unerschöpfliche Quelle. Eine Zeit lang konnte sie alle örtlichen Apotheken abklappern und gelegentlich online bestellen, bevor ihr Kaufverhalten auffiel, aber Maria musste der Realität ins Auge sehen: Ihr blieb nur, aktiv zu werden. Weiterhin passiv abwarten und auf irgendeine Änderung hoffen würde ins Verderben führen. Es war nur eine Frage der Zeit, und die arbeitete beharrlich gegen sie und Paul.

Das helle *Bling* der Mikrowelle ertönte. Maria holte die Tasse heraus. Dampf stieg empor, verbreitete Kräuterduft.

Vorsichtig nippte sie am Tee. Zu heiß. Sie stellte die Tasse auf das Kochfeld hinter ihr. Dabei fiel ihr Blick auf den Dunstabzug. Silbernes Aluminium, Glas und Chromleisten. Darunter verborgen wartete ihre Beretta in der Plastikbox. Sie hatte sie nach dem Besuch der Garde wieder dort versteckt.

Die Beretta.

Die Zäpfchen von Medivit helfen am besten bei Regelschmerzen.

Frau Petri-Holden.

Maria atmete langsam aus. Der nächste logische Schritt lag schon lange klar und deutlich vor ihr. Sie musste der Kindergartenleiterin einen Besuch abstatten und sie zur Rede stellen. Sie war die einzige Person, von der Maria vermutete, dass auch sie betroffen war und eine Maskerade veranstaltete.

Und was ist, wenn ich mich irre? Dann holen sie mich und Paul. Der Gedanke war monströs und furchteinflößend, doch wenn sie nichts tat, würde die Garde sie ebenfalls holen. Ihr blieb keine Wahl. Wartete sie noch länger, verspielte sie möglicherweise die Chance auf Unterstützung.

Doch wie sollte sie es anstellen? Malek- oder Tymonmäßig bei Frau Petri-Holden aufschlagen und die Konfrontation suchen? Dann wären die Fakten zumindest auf dem Tisch, doch was, wenn sie sich irrte? Die Kindergartenleiterin würde sie sofort beichten. Es sei denn …

Maria nahm die Fettfilter aus dem Dunstabzug und holte die Plastikbox hervor. Auch deren Klappe öffnete sie. So stand die Brotzeitbox neben dem Tee auf dem Kochfeld, das Öltuch beiseitegeschlagen, das Metall der Pistole glänzte stumpf. Fast erhaben. Königlich.

Die Beretta rief: *Falls sie euch beichten will, niet ich sie um. Du musst sie nur verschwinden lassen.*

Maria nickte. Nur so und nicht anders. Nur, wie konnte sie eine Frauenleiche verschwinden lassen? Die heutige Forensik war so fortgeschritten, dass fast jede noch so kleinste Spur gefunden wurde. Am ehesten würde ein Hausbrand Abhilfe schaffen, doch auch dabei blieb ein enormes Restrisiko. Und es blieb Paul. Sie konnte ihn nicht allein hier lassen. Er schlief zwar fast immer durch, aber wenn er doch wach wurde und sie nicht fand? Er konnte in Panik verfallen, um Hilfe schreien, den Notruf informieren. Und dann saß hier die Garde, während sie versuchte, ein Haus abzufackeln.

Du willst ihn doch nicht mitnehmen?, empörte sich die Beretta aus der Brotzeitbox. *Vergiss es, Mary! Er ist fünf!*

»Ja, genau deswegen.« Maria biss sich auf die Unterlippe. Wie weit war es mit ihr gekommen? Sie führte ein Gespräch mit ihrer Pistole, die mit der Stimme ihres Bruders sprach.

Was soll schon sein?, fragte die Beretta versöhnlicher. *Der Bub schläft durch. Und selbst wenn er aufwacht, hat er seinen Puh.*

»Aber …«

Kein Aber. Wie haben wir das früher genannt, Mary? Güterabwägung. Manchmal muss man das kleinere Übel eingehen, um das größere zu beseitigen. Du kannst ja das Babyphone einschalten und auf dein Smartphone umleiten. Falls was ist, kriegst du es mit.

Maria ließ sich den Vorschlag durch den Kopf gehen. Es war eine gute Idee. Im Notfall konnte sie die Aktion abbrechen, mit Paul reden und wäre in wenigen Minuten zurück.

Sie entnahm der Box die Beretta, prüfte das Magazin, schraubte den Schalldämpfer auf und hielt die Pistole lange in der Hand. Es fühlte sich wie früher an, und das gefiel ihr nicht. Sie hatte gedacht, ihr altes Leben hinter sich gelassen zu haben, und doch konnte sie den bevorstehenden Weg nur bestreiten, wenn sie wieder wie früher tickte. Aber tat sie das nicht sogar schon? Seit sie mit der Pistole auf die Gardisten gezielt hatte, war etwas anders. Sie spürte wieder diese kühle Nüchternheit.

Die du nie ablegen wirst, hörte sie die Stimme ihres Bruders flüstern. *Du kannst es gar nicht. Sie ist ein Teil von dir, also akzeptiere sie. Und nun kümmer dich um die Zukunft, nicht um die Vergangenheit!*

»Um die Zukunft …« Ein Ruck ging durch Maria, und sie verließ die Küche. Aus dem Schlafzimmerschrank holte sie ihren Sportrucksack hervor, befüllte ihn mit provisorischer Ausrüstung. Hinein wanderten Klamotten zum Umziehen, festes Paketklebeband, dünne Lederhandschuhe, sicherheitshalber auch noch Latexhandschuhe, ein Satz Schraubenzieher von Konstantin, ein Küchenmesser mit Schutzhülle, eine Flasche stilles Wasser, die Beretta und Munition, die ebenfalls in der Box verstaut gewesen war.

Dann erleichterte Maria sich auf der Toilette und wechselte ihre Kleidung. Sie tauschte die Jeans gegen eine schwarze Jogginghose, die Bluse gegen einen schwarzen Rollkragenpullover. Es folgten Wandersocken, dazu ihre dunkelsten Laufschuhe mit Allerweltsprofil.

Im Flur deponierte sie den Rucksack und schlich in Pauls Kinderzimmer. Ihr Sohn lag immer noch auf dem Rücken, sein Atem ging ruhig und gleichmäßig. Im Licht der Leselampe, die die ganze Nacht brennen musste, sah er so verletzlich aus. So hilfsbedürftig.

Maria ballte die Hände zu Fäusten, als eine Welle des Zweifels sie überrollte, trotzdem schaltete sie das Babyphone ein, das auf dem Nachttisch stand, obwohl es seit über einem Jahr nicht mehr benutzt worden war. Die LED leuchtete sofort grün, gefolgt von einem kurzen Vibrieren ihres Handys in ihrer Hosentasche. Die Verbindung hatte sich automatisch hergestellt.

Maria verharrte noch einen langen Moment vor Pauls Bett,

blickte auf ihr Ein und Alles hinab, dann verließ sie das Zimmer, bevor sie sich anders entscheiden konnte. Einen Abschiedskuss brachte sie nicht über sich.

»Ich komme zurück!«, murmelte sie im Flur, zog ihre wärmste Sportjacke über, steckte ihre Haare unter die Wollmütze, schulterte den Rucksack und nahm den Wagenschlüssel. »Versprochen! Ich komme zurück!«

Die Tür schloss sie hinter sich doppelt ab. Dann war Maria aus dem Haus und wurde eins mit der Nacht.

Kapitel 17

Bei München, Kehlis' Bunker

Kehlis' Bunker, wie die Mischung aus Einsatzzentrale, Gefängnis, Labor und Verwaltungstrakt gemeinhin genannt wurde, erhob sich von Dutzenden Scheinwerfern erhellt in die Abenddämmerung. An jeder Ecke blinkten LEDs von Kameras, und die Spitzen der Stacheldrahtrollen, die sich auf Mauern und Zäunen um das Gelände wanden, blitzten und warfen abstrakte Schatten auf den Asphalt.

Nummer Elf beobachtete das Lichtspiel durch die Frontscheibe seines Dienstwagens, während sich dieser selbstständig einen Parkplatz auf dem Hochsicherheitsgelände suchte. Über das leise Surren des Motors hinweg hörte er ein lauter werdendes Knattern, und dann sah er, wie im hinteren Teil des Geländes ein Hubschrauber in die Lüfte stieg, darin vermutlich Johann Kehlis auf dem Weg zu einem Termin. Noch bevor sein Wagen vollständig eingeparkt hatte, sauste der Hubschrauber im Tiefflug davon.

Bestimmt seid ihr genauso verschwunden. Nummer Elf blickte dem Hecklicht des Hubschraubers hinterher, wie es immer kleiner wurde und schließlich nicht mehr zu sehen war – so wie Malek Wutkowski und Sarah Engelhart. Er suchte nach Ärger in seinem Inneren, doch er fand nur die nüchterne Feststellung, dass er in seiner Zeit als Konfessor noch nie so im Dunkeln herumgetappt war. Er hatte bisher nichts gefunden, keinen weiteren Hinweis auf den Verbleib seiner Zielpersonen oder einen Unterstützer im Hintergrund.

Endlich stand sein Wagen an Ort und Stelle, gab ein entsprechendes Signal, entriegelte die Türen und ließ Nummer Elf hinaus in die Nacht. Ein eisiger Wind begrüßte ihn, fuhr ihm in die offen stehende Jacke und strich ihm durchs Haar. Mit hochgezogenen Schultern eilte er auf den Haupteingang zu. Noch bevor er ihn erreichte, schwang eine der Sicherheitstüren auf, und Konfessor Nummer Eins kam ihm entgegen.

Der Oberste musste auf ihn gewartet haben. Ein knappes Nicken und ein »Kommen Sie mit mir« waren die Begrüßung.

Kommentarlos folgte Nummer Elf seinem Vorgesetzten. Dieser führte ihn um die südliche Flanke des Gebäudes herum, durch eine Sicherheitsschleuse, über einen Innenhof und schließlich durch einen Gang und eine zweite Sicherheitsschleuse zum hinteren Teil des Geländes, wo der Hubschrauberlandeplatz im Halbdunkel lag. Einzig ein Lichterband markierte die Begrenzung. Auf dem aufgemalten H blieb Nummer Eins stehen.

»Reisen wir ab?« Nummer Elf scannte mit einem Blick den Nachthimmel, ob ein Hubschrauber im Anflug war, doch sah er nur die tiefhängenden, von den Lichtern auf dem Gelände beschienenen Wolken. Da der Wind auf der offenen Fläche stärker pfiff, schloss er seine Jacke.

Nummer Eins rückte näher an ihn heran, schirmte mit seiner Hand den Mund ab. »Unsere IT-Spezialisten haben im Netz auffällige Suchanfragen registriert«, sagte er und war kaum zu verstehen. »Jemand versucht, Ihre Konfessorenidentität aufzudecken.«

Nummer Elf spürte ein Kribbeln in der Magengegend.

Vielleicht ging es nun doch vorwärts! Er fragte: »Konnten die Suchanfragen zurückverfolgt werden?«

Der Oberste schüttelte den Kopf und hob demonstrativ die Hand, um zu signalisieren, dass auch Elf seinen Mund abschirmen sollte, um möglichen Lippenlesern keine Chance zu geben. Man wusste nie, ob sich irgendwo in der Dunkelheit der Nacht eine Drohne mit Nachtsichtkamera befand. »Wie beim Anruf Engelharts sind Profis am Werk. Sie müssen auf der richtigen Fährte sein, wenn diese Leute Informationen über Sie suchen.«

Nummer Elf hob eine Augenbraue. »Ich bin meines Erachtens auf gar keiner Fährte. Da ist nichts. Kein Hinweis, keine Verbindung, kein Fitzelchen einer Spur.«

Die blassgrauen Augen des Obersten musterten ihn, kalt und ausdruckslos, die Lichter der Landeplatzbegrenzung spiegelten sich darin wie Nadelstiche. »Sie müssen nah dran sein«, beharrte er. »Gehen Sie alle Details noch einmal durch, systematisch, Schritt für Schritt. Beginnen Sie entweder am Anfang, oder rollen Sie es von hinten auf. Irgendwo gibt es Kausalitäten. Finden Sie diese. Und beeilen Sie sich. Der Herr wird ungeduldig. Es wäre ein Verlust, einen Konfessor Ihres Formats zu verlieren. Sie wissen, wie schnell er Menschen ins Grab bringt, wenn ihm danach ist.« Der Oberste machte auf dem Absatz kehrt und eilte zurück zum Bunker. Sein Gewand flatterte im Wind.

Nummer Elf blickte ihm hinterher, und in seinem Gehirn bewegten sich plötzlich Gedankenstränge, wogten auf und ab, als wären die Worte von Nummer Eins Steine, die die Oberfläche in Wellen versetzten. *Beginnen Sie entweder am Anfang… Kausalitäten…* Ursache, Wirkung… *oder rollen Sie es von hinten auf.* Einen Schritt zurück. *Ins Grab bringen…*

Wenn er über Sarah Engelhart nicht an die Hintermänner herankam, dann über Malek Wutkowski. Ihm hatte man genauso zur Flucht verholfen. *Wenn du ihn findest, findest du auch Hinweise. Von hinten aufrollen. Nur wie finde ich Malek? Wie finde ich dich?*

Eine heftigere Windböe zerrte an dem unruhig werdenden Nummer Elf, trug abgestorbenes Laub über den Hubschrauberlandeplatz. Er spürte, dass er nah vor einer Idee stand, so greifbar und doch so fern.

Das Laub stieß gegen seine Schuhe, raschelte darüber hinweg.

Laub.

... es tanzt über die mit Unkraut überwucherte Erde. Darüber fällt ein Schatten, ein langer, eckiger Schatten. Ein Blick nach oben. Serifenlose Buchstaben. Gemeißelte Buchstaben. Ins Grab bringen ...

Ein weiterer Stein im aufgewühlten Teich seiner Gedanken. Der Grabstein. *Der Grabstein ... ins Grab bringen ...*

Mit einem Ruck wandte sich Nummer Elf vom illuminierten Bunker ab und eilte zurück zu seinem Wagen, in dem die Fallakten säuberlich auf der Rückbank in einer Mappe lagen. Auf halber Strecke begann er zu joggen. Und hinter ihm raschelte das Laub.

Kapitel 18

Hauptquartier der Rebellen

Malek stand regungslos im Halbdunkel des Flurs. Er lauschte auf die Geräusche, die gedämpft durch die Tür des Gesellschaftsraums drangen; Stimmengewirr, ein kurzes Lachen, rhythmische Beats von Popmusik und ein sich wiederholendes lautes Klackern, das er nicht zuordnen konnte – oder unterbewusst nicht wollte. Es war ihm so vertraut, aus seinem früheren Leben, aus dem Leben *vor* dem Knast. Es weckte Gefühle, die er nicht wollte, ein unangenehmes Kribbeln eine Handspanne unterhalb des Herzens. Wäre das Geräusch nicht gewesen, wäre er längst hineingegangen, doch so ...

Das Klackern ertönte abermals, gefolgt von einem »Auf die Vollen!«, und eine Assoziation erhellte das Dunkel seiner Gedanken wie ein Blitz den nächtlichen Himmel, gefolgt von entferntem Donnergrollen: Man spielte Billard.

Fast jeden Abend hatte er sich mit Dominik, Tymon und Maria im 8-Ball gemessen. Der mit grünem Tuch bespannte Billardtisch hatte wie eine Insel im ausladenden Büro von Tymons Lagerhalle gewirkt, erhellt von zwei herabhängenden Industrielampen mit Schirm, während der Rest in schummriger Dunkelheit lag. Zigarettenrauch erfüllte die Luft, zog den Schein der Lampen gestochen scharf nach. Immer zwei spielten ein Duell, das die anderen beiden von den Barhockern aus beobachteten, ein Bier oder eine Kippe in den Händen – meist beides.

Gerade waren es Malek und Tymon, die die Queues schwangen. Tymon war an der Reihe. Er versuchte, seine letzte volle Kugel zu versenken. Höchst konzentriert, die Augen zusammengekniffen, führte er den Queue, doch er traf die Weiße nicht perfekt, und so sprang seine Volle vom Rand des Lochs zurück, anstatt hineinzufallen.

»Du Bastard!«, fluchte er gepresst.

»Meinst du dich, die Kugel oder mich?« Malek schmunzelte und kreidete seine Queuespitze ein. »Jetzt hau ich sie rein! Besorg dir schon mal Handkondome.« Er beugte sich tief über den Tisch, führte den Queue sauber in der Falte von Daumen und Zeigefinger, das Ziel – die schwarze Kugel – anvisiert. Der Stoß war schwierig, ein weiter Winkel vonnöten, um die Acht zu versenken und das Spiel für sich zu entscheiden.

»Spielt ihr wieder mal ums Klo?«, fragte Maria belustigt. »Wann besorgst du dir endlich 'ne Reinigungskraft, lieber Bruder? Du könntest dir zehnmal eine leisten. Keine anzustellen ist asozial.«

»Ich weiß. Aber erst, wenn mich der Bursche da dauerhaft im Pool schlägt, werde ich das Geld dafür ausgeben.« Malek hörte, wie sich Tymon eine Zigarette anzündete und tief inhalierte. »Solange zock ich mit ihm um die Reinigung des weißen Porzellangotts.«

»Keine Sorge, du wirst dir die Finger nicht schmutzig machen. Der bumst vorbei, der Grobmotoriker«, mischte sich Dominik ein. »Vom Streicheln hat mein Bruder keine Ahnung.«

»Und vom Im-Loch-versenken auch nicht.« Tymon lachte.

Malek ließ sie ihre Show abziehen. Er konzentrierte sich auf einen sauberen Stoß. Eine winzige Wolke blauen Kreidestaubs stieg von der Queuespitze empor, als er die weiße

Kugel satt traf und über den Tisch jagte. Sie touchierte die Schwarze im richtigen Winkel. Mit einem leisen Klackern verschwand sie in der Ecktasche.

»Ich glaub, ich rieche den Klostein schon an deinen Händen.« Malek beobachtete noch, wie die Weiße ausrollte und schlussendlich liegen blieb. Jetzt hatte er gewonnen. »Es wird dein neuer Duft, Tymon. *Klostein Król.* Wobei … das würde auch den Namen deiner liebreizenden Schwester in den Dreck ziehen.« Er drehte sich lachend herum und erstarrte.

Die Gesichter von Maria, Tymon und Dominik waren verschwunden, er sah nur noch helle, konturlose Scheiben hinter dem dunstigen Zigarettenrauch. Ihnen fehlten die Augen, die Nasen, die Münder, jegliche Menschlichkeit.

Malek wich zurück, hob den Billardstock. »Was …«

»Das erhoffst du dir hinter der Tür, nicht?«, fragte das Ding, das Tymon gewesen war, unerwartet sanft. »Das ist dein Traum. Die gute alte Zeit, nicht?« Die glimmende Zigarette wanderte aus der Dunkelheit vor das Oval und erglühte. Ein Schwall Rauch stieg aus dem Nichts empor. »Aber ich sage dir, sie ist vorbei. Was dich hinter deiner Tür erwartet, wird anders sein, und am besten erwartest du nicht viel. Dann wirst du auch nicht enttäuscht.«

»Du bist und bleibst ein Wutkowski«, sagte das zweite Ding mit der Stimme seines Bruders, hart und erbarmungslos. »Vergiss das nicht. Für so jemanden gibt es keinen Neuanfang.«

»Keinen Neuanfang«, stimmte das Mariading zu, glitt vom Barhocker und kam ihm einen Schritt entgegen, indes er einen weiteren zurückwich.

»Keinen Neuanfang!« Alle drei bewegten sich nun auf ihn zu und intonierten bei jedem Schritt synchron: »Keinen Neuanfang! Keinen Neuanfang! Keinen Neu…«

Das Blitzen hellen Lichts ließ sie verstummen, und die sich

öffnende Tür brachte Malek in die Realität zurück. Eine Frau trat aus dem Gesellschaftsraum, blieb überrascht im Türrahmen stehen, als sie ihn im Halbdunkel bemerkte, und ging dann ohne ein Wort des Grußes und mit zusammengepressten Lippen an ihm vorbei. Die Tür ließ sie für ihn offen.

Keinen Neuanfang…, hörte er das Trio aus der Dunkelheit wispern. Malek trat ein.

Der Gesellschaftsraum wirkte wie ein geräumiger Partykeller, der von einem Billardtisch und einer lang gestreckten Theke dominiert wurde. Eine Traube Rebellen hing an der Bar herum, sprach miteinander oder verfolgte die Partie Billard. Es spielte der Angsthase namens Jan gegen diesen Hendrik. Beide hielten inne, als er eintrat.

Da es die Einzigen waren, die Malek vom Sehen her kannte, nickte er ihnen knapp zu und durchquerte den Raum. An der Bar machte man ihm bereitwillig Platz, scheute fast vor ihm zurück, als wäre er einer dieser widerlichen Scheißer, die jeden Tag kamen und Ärger machten, gegen die man aber nicht aufbegehrte, weil sie die Stärksten waren. Nur der Barkeeper, ein kräftiger Kerl mit schütterem flachsblondem Haar, beäugte ihn neugierig. »Was darfs sein?«, fragte er.

Malek ließ seinen Blick über die Gläser der anderen Anwesenden schweifen. Aus dem Augenwinkel bemerkte er, wie sie die Köpfe senkten oder zur Decke starrten. Es waren glatt rasierte Bubis mit zarten Händen und schüchterne Frauen in schlichten Blusen, mindestens zwei Knöpfe zu weit zugeknöpft. »Ein Bier«, sagte er. »Und schreibs an.«

»Einen Deckel gibts nicht. Aber Geld auch nicht.« Der Barkeeper begann, ein Helles zu zapfen. »Getränke und Essen sind umsonst, solange niemand über die Stränge schlägt. Und davon rate ich dir ab. Spätestens bei sinnloser Lebensmittelverschwendung hört bei uns allen der Spaß auf.«

Wie das Bei-uns-hört-der-Spaß-auf aussehen würde, hätte

Malek wahrlich interessiert. Trotzdem wiederholte er: »Spätestens?«

Der Mann nickte vielsagend und stellte das Bier auf den Tresen. Schaum schwappte über den Rand und rann am Glas herab. »Spätestens.«

Malek nahm es entgegen. »Danke.«

»Dafür nicht«, entgegnete der Barkeeper und wandte sich einem anderen Rebellen zu, der sein leeres Glas schwenkte.

Malek wartete nicht, ob der Kerl das Gespräch fortsetzen wollte, sondern ging zu einem der freien Tische auf der anderen Seite des Raums. Die Unterhaltungen waren wieder aufgenommen worden, genauso wie das Billardspiel. Der Angsthase versuchte, über drei Banden eine Volle zu versenken – und scheiterte. Hendrik lachte, jedoch verhalten, und warf einen Seitenblick zu Malek, wann immer der in sein Bier schaute. Malek registrierte sie genauso wie die Blicke von der Theke.

Unter einer Rebellion hatte er sich etwas anderes vorgestellt: Eine zugige rostige Lagerhalle, halb verborgen zwischen Gebüsch und Bäumen; darin hausten Männer und Frauen, ungewaschen, zerzaust und hart im Nehmen. In seiner Erwartung saßen sie um grimmig flackernde Lagerfeuer und planten die nächsten Anschläge und Morde, während halbrohes Fleisch an Spießen mit schwarzer Kruste vom Feuer die Runde machte.

Die Realität enttäuschte ihn. Die Männer und Frauen dufteten nach Wiesenfrische, Arktisbrise oder Sommer-Verbene, und ihre Haare glänzten, als wären sie mit Prachtauffüller behandelt worden. Einige trugen sogar Anzughosen mit Bügelfalten, die so scharf hervorstachen, als wollten sie damit Kehlis' Gardisten angreifen. Es waren Spießer – vermutlich Lehrerinnen, Finanzbeamte, Steuerberater –, die das Schicksal hier zusammengetrieben und in die Situation gezwungen hatte, gegen ein Regime zu kämpfen. Doch sie waren keine Kämpfer. Sie hatten Angst. Auch vor ihm. Unter anderen Umständen würde niemand von ihnen etwas mit Malek zu tun haben wollen. Das Dominikding hatte recht gehabt: Er war und blieb ein Wutkowski, gesuchter Schwerverbrecher – kein neuer *Buddy*, mit dem man in die nächste Karaokebar ging und *Quit playing Games with my Heart* sang.

Außer man hieß Jannah oder Maria.

In Jannahs Augen war etwas gewesen, etwas … das definitiv keine Ablehnung war. Vielleicht Bewunderung? Anerkennung? Malek konnte es nicht benennen, aber er würde es herausbekommen, sobald er sie zu Gesicht bekam.

Und Maria. Sie war im Grunde wie er, nur wandelbarer und weniger auffällig. Wer traute schon einer hübschen jungen Frau zu, die unsichtbare Stütze hinter einem Söldnertrio gewesen zu sein? Ob sie es in den letzten Jahren geschafft hatte, sich in die Gesellschaft zu integrieren? Hatte es für sie einen Neuanfang gegeben? Wenn jemand es fertigbrachte, dann sie. Wie könnte dieser Neuanfang aussehen? War sie von der Garde einkassiert worden, oder arbeitete sie sogar für Kehlis? War sie free oder nicht?

Das war die entscheidende Frage. Wenn Maria nicht free war, dann war sie eine Anhängerin von Kehlis. Warum sollte er sie dann aus Deutschland bringen, wie Tymon verlangt hatte? Warum sie aus einem Leben reißen, von dem sie selbst überzeugt war – ob freiwillig oder nicht? Malek müsste sie in diesem Fall erst einmal free bekommen, ihr alles das verklickern, was selbst für ihn so neu war. Nein. Wenn Maria von den Nanos beeinflusst war, dann würde es das Beste für sie sein, sie einfach in Ruhe zu lassen. Sein Auftauchen brächte sie eher in Gefahr, als sie zu schützen.

Aber wenn sie free war? Wenn sie zu diesen wenigen Prozent der Bevölkerung gehörte? Dann schwebte sie in Lebensgefahr, und das Versprechen, das Tymon Malek abgerungen hatte, wurde umso wichtiger. Dann stünde sie sogar auf seiner Seite.

Malek strich sich durch den Vollbart. Die Vorstellung, mit Maria zusammenzuleben, irgendwo unterzutauchen, und sei es hier bei dieser Spießertruppe, brachte etwas in ihm zum Schwingen. Sie wären nicht mehr auf sich allein gestellt. Sie hätten einander, könnten sich ergänzen. Und es gäbe kostenloses Essen und Trinken …

Malek hob sein Bierglas an die Lippen und stürzte den Rest hinunter. Seine Entscheidung war gefallen. Er musste wissen, wie es um Maria stand. Erst dann konnte er entscheiden, wie seine eigene Zukunft, sein Neuanfang aussah.

Keinen Neuanfang! Keinen …

Malek würgte die Stimme in seinem Kopf ab. Es war sinnlos, sich Gedanken über den zweiten Schritt zu machen, wenn man den ersten noch nicht einmal getan hatte. Was hatte Tymon gesagt? *Du brauchst die Zeitungen. Von ihrem jährlichen Todestag. Wo sie beerdigt ist! Die Todesanzeigen! Dann wirst du sie finden. Old-school.* Offenbar hatte er mit seiner Schwester einen Notfallplan entwickelt, wie sie sich heimlich kontaktieren oder finden konnten, falls sie getrennt worden wären. Malek hatte nichts davon gewusst, aber er konnte sich vorstellen, was Tymon gemeint hatte: Eine chiffrierte Nachricht in aller Öffentlichkeit. Vielleicht eine Kontaktanzeige in der Form: *Hübsche, gläubige Christin sucht männliche Unterstützung für ihren Aussteigerbauernhof …* Wenn man wusste, wer mit wem kommunizieren wollte, war die Botschaft leicht zu erkennen. Dass Tymon ihm das verraten hatte, war sein letzter Vertrauensbeweis Malek gegenüber gewesen. Er vertraute ihm das Wichtigste an, das er im Leben gehabt hatte: seine kleine Schwester.

Auch wenn Maria sehr gut selbst auf sich aufpassen kann …

Malek wollte sich erheben, aber jemand trat an seinen Tisch. »Darf ich?«

Ohne eine Antwort abzuwarten, setzte sich der Arzt zu ihm. »Wie ich sehe, folgen Sie meinem Rat und resozialisieren sich. Das ist gut.«

Malek blickte nach links und rechts auf die leeren Stühle an seinem Tisch. Zu seinem leeren Bierglas sagte er: »Erik, sorry, was hattest du gesagt? Ach … du willst auch noch 'n Bier? Na dann. Ich bring dir eins mit.« Er erhob sich, doch der Arzt hielt ihn zurück.

»Sarkasmus steht Ihnen nicht sonderlich, Herr Wutkowski. Sich bei uns einzufügen wird eine Zeit dauern. Man muss Ihnen vertrauen, und dazu müssen Sie sich erst als Mensch beweisen.«

»Ich beweise lieber meine Fähigkeiten in der Mission.«

»Das will ich hoffen, aber unterschätzen Sie die menschliche Komponente nicht.«

Malek sank zurück auf seinen Stuhl. »Sie labern wie der Knastpfarrer.« Er verschränkte die Arme vor der Brust.

»Na, so schlimm wird's nicht sein, oder? Aber sehen Sie das wirklich anders?«

Malek hatte keine Lust auf ein solches Gespräch, aber da der Arzt extra zu ihm gekommen war, entschied er, dass es zumindest nicht schaden konnte. Er antwortete: »Ich sehe, dass Beziehungen und Bindungen zu irrationalen Entscheidungen führen. Das wissen Sie in Ihrer Führungsposition gut genug.«

Der Arzt zuckte, doch schüttelte er den Kopf. »Und wohin führt Misstrauen? Machen Sie mir nichts vor. Ihnen ist klar, dass man Sie als Teammitglied wenigstens akzeptieren muss. Keiner muss Sie mögen, klar, aber ablehnen auch nicht. Außerdem halte ich Sie für sozialer eingestellt als so manchen hier im Raum. Sie müssen es nur zulassen. Ich meine, Sie waren früher lange Zeit in einem Team tätig und nicht als einsamer Wolf. Sie haben mit Menschen interagiert, und das auf Ihre Weise sehr erfolgreich. Und ich meine nicht die Interaktion mit der Knarre.«

Malek ließ den Worten ihren Auftritt, dann sagte er: »Sie machen das gut. Ein Bienchen dafür.«

»Wie bitte?«

Malek rollte mit den Augen. »Sie verfolgen Ihre Ziele. Die wenigsten machen das heutzutage.« Er nickte Richtung Tresen. »Die meisten wissen nicht einmal, was sie wollen. Schauen Sie sich die an. Wo ist da die Rebellion? Wo die Entschlossenheit? Fehlt nur noch die Discokugel.«

»Man kann nicht rund um die Uhr kämpfen.«

»Sind wir im Krieg oder in Disneyland?« Malek winkte ab. »Im Endeffekt ist mir das auch scheißegal. Wir werden diese Fossey-Mission erfolgreich über die Bühne bringen und fertig.«

Der Arzt musterte ihn durchdringend über den Rand seiner Brille hinweg. »Ziehen Sie sich bitte nicht in den Panzer zurück, den Sie sich da zugelegt haben. Vermutlich braucht man den im Knast, aber nicht bei uns. Geben Sie uns eine Chance, so wie wir Ihnen.«

»Sie können ganz schön hartnäckig sein, wissen Sie das?«

Der Arzt lächelte. »Ich will nur, dass Sie das alles differenzierter sehen. Mich zum Beispiel. Ich möchte wirklich, dass es Ihnen als Mensch gut geht. Natürlich auch zwecks des großen Ganzen. Nur als Einheit kann unsere Rebellion funktionieren. Außerdem bin ich als Mediziner überzeugt, dass Einsamkeit krank macht. Und was die Leute hier angeht: Wir sind ein zusammengewürfelter Haufen normaler Bürger. Dass wir überhaupt Menschen gefunden haben, die bereit sind, zur Waffe zu greifen und ihr Leben für die Freiheit zu riskieren, ist schon ein riesiger Erfolg.«

Der umsonst ist, wenn man am Ende nicht auf der Siegerseite steht. Malek wandte den Blick ab; er wollte dem Arzt nicht seinen Optimismus nehmen. Er beobachtete, wie Hendrik gerade am Billardtisch die Schwarze versenkte, doch folgte auch die Weiße in eines der Löcher. Damit hatte er verloren, und der Angsthase johlte vor Begeisterung über den unerwarteten Sieg.

»Wollen wir eine Runde spielen?«, fragte Malek den Arzt. »Ein Resozialisierungsmatch sozusagen.«

Der Arzt winkte ab. »Das würde ich doch verlieren. Ich bin eigentlich wegen Jannah hier. Ich habe mit ihr gesprochen. Sie will Sie sehen.«

»Und ihre Mutter?«

Ein Zögern, dann: »Ist auf einer Mission.«

Malek hob eine Augenbraue. »Sie nehmen den Ärger auf sich?«

Der Arzt zuckte mit den Schultern. »Falls Jannah bis zur Fossey-Mission fit ist, und danach sieht es aus, wird sie dabei sein. Mir ist es lieber, wenn Sie beide vorher miteinander gesprochen haben. Nur Barbara will das nicht einsehen.«

»Vielleicht mit Recht.« Malek stand auf, um sein Bierglas zum Tresen zurückzubringen, und diesmal hielt ihn der Arzt nicht zurück. Danach verließen sie gemeinsam den Gemeinschaftsraum. Die ihnen folgenden Blicke spürte er im Rücken, doch er ließ sie von seinem Panzer abprallen.

Auf dem Weg durch das Rebellenlager fragte er: »Der Barkeeper meinte, Lebensmittel zu verschwenden würde nicht gut ankommen. Gibt es Probleme mit der Beschaffung?«

»Eher mit der Produktion. Wir stellen alles selbst her, was Zeit und Ressourcen kostet, aber nur so können wir sicherstellen, keine kontaminierten Lebensmittel auszugeben.«

»Ich dachte, es sind hier alle intolerant.«

Der Arzt seufzte. »Nicht alle. Hendrik zum Beispiel ist beeinflussbar; er war damals in Vitus' Auftrag in Australien, als Kehlis mit seiner Nanoverbreitung anfing. Vitus holte ihn heimlich zurück, und so kam er nie mit den Nanos in Berührung. Außerdem wissen wir nicht, ob die Intoleranz dauerhaft ist. Lebensmittelintoleranzen und Allergien verschwinden hin und wieder. Deswegen müssen wir nanofrei produzieren; außerdem ist es für alle besser. Gift zu sich zu nehmen, obwohl man weiß, dass man immun ist, ist auf Dauer mental belastend.«

Malek dachte an die Truppe vom Wohnwagen, bei der Hendrik dabei gewesen war. »Wie lange kann jemand draußen unabhängig bleiben?«

»Solange er keine Nanos zu sich nimmt und etwas länger. Die Nanos polen einen nicht auf einen Schlag um, sondern prozesshaft. Trotzdem würde der Betroffene nach kurzer Zeit beginnen, an seinem Tun zu zweifeln und anders zu denken.«

»Ein hohes Risiko.«

»Das wir alle freiwillig eingehen. Mittlerweile ist es aber auch nicht mehr so hoch. Wir haben einen Blocker entwickelt«, erklärte der Arzt mit verhaltenem Stolz in der Stimme. »Es war zwar mehr ein Zufallsprodukt, eine Kombination aus vier verschiedenen Medikamenten, doch die Wirkung zählt. MMF blockiert die Nanos erfolgreich für circa vierundzwanzig Stunden. Die Einnahme muss allerdings vor einem Kontakt stattfinden.«

»MMF?«

»*Make me free*. Der Name war Jannahs Idee. Ein bisschen irreführend, da die Tabletten einen nicht frei machen, wenn man schon beeinflusst ist, aber es stoppt eine weitere Beeinflussung. Außerdem könnte man theoretisch einen Menschen wieder zurückkonditionieren, deshalb ließen wir den Namen stehen.«

»Zurückkonditionieren?«, fragte Malek und versuchte, nicht allzu neugierig zu klingen.

»Ja. Der Begriff kommt aus der Psychologie. Man versucht, mittels Reiz-Reaktions-Assoziationen einen bestimmten Lernerfolg herbeizuführen. Klingt sehr theoretisch, ist aber an sich einfach. Das Kind, das auf die heiße Herdplatte langt, bekommt den Reiz *Hitze* und die Reaktion *Schmerz*. Nach wiederholter Schmerzerfahrung wird das Kind im Normalfall nicht mehr auf die Herdplatte fassen, da es gelernt hat: Da ist es heiß, und dann tut es weh.«

»Und was hat das mit den Nanos zu tun?«

»Nun, die Nanos sind unserer Vermutung nach nur mit einfachen Informationseinheiten befüllt. Kehlis kann nur einzelne Informationen in die Menschen transferieren, wie beispielsweise: *Gardisten ist uneingeschränkt zu vertrauen*. Oder: *Johann Kehlis lügt nie*. Werden diese Informationseinheiten oft genug und über einen längeren Zeitraum ins Gehirn eingespeist, konditioniert sich dieses, und der Betroffene hält die Information für bare Münze.«

Malek dämmerte es. »Und würde man nun einem betroffenen Menschen lange genug eintrichtern, dass Kehlis ein Lügner ist – vorausgesetzt, er wird von Nanos nicht länger beeinflusst –, könnte man diesen Glauben wieder erschüttern.«

Der Arzt lächelte. »Man könnte theoretisch sogar so weit gehen, dass der Mensch gar nicht mehr daran glaubt. Ja.«

»Wurde das schon ausgetestet?«

Die Frage ließ den Arzt zur Seite blicken.

»Es hat nicht funktioniert?«

»Nur zum Teil«, gestand der Arzt, »bis der Betroffene sich das Leben nahm. Wir vermuten, dass Kehlis den Menschen eine Information einspeist, die sie suizidär werden lässt, wenn man genau das versucht. Allerdings ist das nur eine Spekulation, die Fossey aus der Welt räumen könnte. Barbaras Mann hätte vielleicht auch so …« Der Arzt biss sich auf die Unterlippe und verstummte.

Und Malek fragte: »Sie haben es an Jannahs Vater ausprobiert?«

Der Arzt blieb stehen, suchte seinen Blick. »Sie werden darüber kein Wort verlieren, verstanden! Barbara hat sich damals geweigert, ihren Mann zurückzulassen, als wir hier Quartier bezogen. Sie wollte meine Theorie der möglichen Zurückkonditionierung unbedingt an ihm ausprobieren. Mit voller Verantwortungsübernahme. Wir dachten nie, dass es so tragisch enden würde. Seitdem ist Barbara sehr … empfindlich, wenn es um den Rest ihrer Familie geht, und Jannah … zum Glück hat sie nie ihre Frohnatur verloren, aber seit dem Freitod ihres Vaters ist sie draufgängerisch geworden. Es scheint fast, als suche sie das Risiko.«

Der Arzt wandte sich mit einem Ruck ab und marschierte weiter. Er sagte kein Wort mehr, bis sie eine glänzende Stahltür erreichten, die massiver wirkte als alle anderen.

»Das ist der ältere Wohntrakt«, erklärte der Arzt mit nun wieder abgeklärter Stimme, nachdem sie hindurch waren. »Hier sind die Rebellen der ersten Stunde untergebracht.« Er bog in einen Seitengang ein, der völlig anders gestaltet war als der Rest des kargen betondominierten Baus. Den Boden bedeckte ein Läufer in tiefblauer Farbe, in den schwarze Silhouetten eingewoben waren – offensichtlich eine Dschungelszenerie. Die Tapeten leuchteten sanft in hellerem Blau und erzeugten mit dem dunkleren Teppich eine luftige, nach oben hin freie Optik. Die in zwei Metern Abstand angebrachten Wandlampen aus mattiertem Glas sorgten für behagliches Licht.

»Nett, oder?«, fragte der Arzt.

»Es erinnert mich an etwas«, gab Malek zu und berührte die Seidentapete mit den Fingerspitzen. »An eine Filmszene …«

»Mag gut sein. Vitus hatte früher für so etwas viel übrig. So … hier wären wir.« Vitus blieb vor einer Tür in dunklem Mahagoniton stehen, doch auch sie war aus Metall wie alle anderen. In goldenen Ziffern war die Zahl 217 in Augenhöhe angebracht. »Sie haben fünf Minuten. Ich werde hier warten und Sie anschließend zurückbringen.«

»Doch nicht auf Ärger aus?«

»Man muss sich das Leben nicht unnötig schwer machen.« Der Arzt pochte laut gegen die Tür, ein »Ja!« ertönte, und er öffnete sie für Malek.

Jannah saß mit dem Rücken zur Tür auf einem Spinningbike und trat in die Pedale zu rhythmischer Musik aus schlanken Lautsprechern. Das Sportshirt zierte ein Schmetterling aus Schweiß, ihren Hals ein dicker Verband. Die Musik ging in das Finale über. Jannah erhob sich, fuhr die letzten Sekunden im Stehen, dann endete die Musik abrupt, und sie ließ die Schwungscheibe des Rads ausrollen.

»Du sollst dich schonen!« Der Arzt schob sich besorgt an Malek vorbei ins Zimmer.

»Bin ich an den Beinen verletzt?« Jannah klinkte ihre Schuhe aus und stieg ab. Sie wischte sich den Schweiß von der Stirn. Die Klickmechanik der Schuhsohlen klackerte über den Boden. Vor dem Arzt blieb sie stehen. »Mir geht es wirklich gut, Jörg. Keine Sorge, ich weiß, wie weit ich gehen kann. Würdest du uns jetzt bitte alleine lassen?«

Der Arzt bedachte Jannah mit einem vorwurfsvollen Blick, bevor er wortlos das Zimmer verließ. Als die Tür hinter ihm ins Schloss gefallen war, sah Jannah zu Malek auf. Sie war fast einen Kopf kleiner als er.

»Der Cowboy. Schon angekommen in unserer bescheidenen Rebellion?« Ihr Lächeln war ohne jede Scheu, *als suche sie das Risiko.*

Malek zuckte mit den Schultern. »Bisschen arg bescheiden.«

»Nicht? Seh ich auch so.« Sie wandte sich ab, lief zur Kommode, wo ihr Sportgetränk neben einer Obstschale aus Glas stand. »Gefällt es dir trotzdem?« Sie legte den Kopf in den Nacken, etwas schief und ungelenk, doch in der Plastikflasche stiegen Blasen auf. Auch ihr Hals, soweit nicht vom Verband bedeckt, glänzte vor Schweiß.

»Ich komme mir vor wie im Schullandheim. Fehlen nur noch Früchtetee und Ravioli.«

Jannah lachte herzhaft, verzog jedoch das Gesicht vor Schmerzen.

»Sorry«, sagte Malek und deutete auf ihren Hals. »War keine Absicht.«

»Schon in Ordnung. Du wolltest es ja nicht. Natürlich wäre ein anderer Ausgang unseres ersten Dates netter gewesen. Weißt du, für gewöhnlich lass ich mir von 'nem Kerl ein Bier ausgeben, *bevor* ich mir ein Messer in den Hals stecken lasse.« Jannah lächelte wieder, keck und sommersprossig.

Malek trat tiefer ins Zimmer hinein. Es war wohnlicher eingerichtet als seines; bunte Kissen auf dem Sofa, gepunktete Vorhänge in Rot und Orange vor den Fenstern, Regale voller Bücher. Eine Wand erweckte besonders seine Aufmerksamkeit. Sie wurde von einer großformatigen Fotografie dominiert, die einen Leuchtturm in windumtoster See zeigte. Haushohe Wellen peitschten den Steinfinger, und ganz unten, im Wellental, stand ein Mann in der offenen Tür des Turms und blickte hinaus in den Sturm, in dem Wissen, dass die nächste Welle jeden Moment über ihn hereinbrach.

»Nettes Foto«, sagte er.

»*Phare de La Jument* von Jean Guichard.« Jannah trat neben ihn. »Wurde 1989 aufgenommen. Es beeindruckt mich seit meiner Kindheit. Diese Urgewalt der Natur und die Gelassenheit des Mannes. Er erinnert mich irgendwie … an dich.«

Malek wandte sich ihr langsam zu, und sie wartete schon auf seinen Blick. »Noch nie ein Kompliment bekommen, Cowboy?«

»Nein.«

»Wow.« In ihren Augen blitzte es amüsiert. »Du gefällst mir. Wollen wir ein Bier trinken gehen? Ich lad dich ein.«

»Eigentlich mein Job.« Malek deutete auf die geschlossene Tür »Dagegen wird allerdings mein Wachhund was haben. Wir haben maximal noch zwei Minuten.«

»Ach so.« Jannahs Gesicht verdunkelte sich. »Wegen meiner Mutter.« Sie tippte sich nachdenklich ans Kinn, dann erhellte sich ihre Miene. »Moment.« Sie sprang zur Kommode, zückte ein Blatt Papier samt Stift. Den ausgestreckten Zeigefinger der anderen Hand legte sie über ihre Lippen.

Jannahs Geruch war süß und erdig und erinnerte Malek an Karamell. Als er zu ihr trat, fiel ihm außerdem auf, dass sie keinen BH trug und sich ihre Brustwarzen unter dem verschwitzten Shirt überdeutlich abzeichneten. Die vollen acht Jahre Knast meldeten sich in einem Augenblick.

Er steckte beide Hände in die Hosentaschen und konzentrierte sich auf das Blatt Papier, auf das sie in sauberer, geschwungener Handschrift schrieb: DIE FEUERMELDER! KEIN WORT. TREFFEN? SPÄTER?

Malek nickte. Was sollte es schaden?

UM EINS? AM HELILANDEPLATZ?

Malek nickte abermals, steckte die Fäuste tiefer in die Hosentaschen. Er hatte den Platz bei seinen Joggingtouren begutachtet.

DANN BIS SPÄTER, COWBOY!

Jannah nahm das Blatt Papier, faltete es einmal, zweimal, dreimal und hielt es demonstrativ hoch, sodass es von der Kamera im Rauchmelder erfasst wurde. Dann kramte sie ein Feuerzeug aus der Kommode und zündete es an. Die Flamme leckte erst am unteren Rand, züngelte schließlich nach oben, während das Papier sich wellte und schwarz verfärbte.

»Wofür ist das jetzt?«, wollte Malek wissen.

»Das«, antwortete Jannah grinsend und warf den glimmenden Rest in die Obstschale, »wird meine Mutter wahnsinnig machen.«

Kapitel 19

Berlin

Silbern hing die schlanke Sichel des Mondes über den Häusern, eingebettet in ein Feld blasser Sterne. Der wolkenlose Himmel war praktisch. So wurde der Lichtschein der Stadt nicht von Wolken reflektiert, und in den Straßen war es so dunkel wie nur möglich – die ideale Nacht für ein Verbrechen.

Maria stand seit ein paar Minuten regungslos hinter einem Stromkasten am Straßenrand und beobachtete das Haus schräg gegenüber. Zur Straße hin waren die Fenster dunkel, doch zum Garten hin, der sich von der Seite bis hinter das Gebäude zog, erhellte ein Lichtstreifen geschnittene Buchssträucher. Ein Schatten war bereits durch das Licht gehuscht. Es war also jemand zu Hause. Ob Frau Petri-Holden, ihr Sohn oder beide, vermochte sie nicht zu sagen. Nirgends war der Wagen der Kindergartenleiterin zu sehen, und welches Auto der Sohn fuhr, wusste sie nicht.

Zum wiederholten Male prüfte Maria den Sitz des Ohrstöpsels in ihrem linken Ohr, über den sie mit Pauls Zimmer verbunden war. Das Gerät würde die Übertragung automatisch starten, wenn Geräusche eine gewisse Lautstärke überstiegen. Es saß perfekt unter der Wollmütze und gab Stille von sich. Trotzdem drückte Maria es fester in ihre Ohrmuschel, nur um sicherzugehen. Ihr war klar, dass der Einsatz ihres Smartphones ein Risikofaktor war. *Eher eine gewaltige Dummheit,* doch sie brachte es nicht fertig, die Verbindung zu Paul zu kappen. Lieber passte sie ihre Notfallpläne an die Begebenheiten an.

Falls Petri-Holden nicht auf ihrer Seite stand, würde sie die Frau niederschlagen und anschließend im Kofferraum ihres SUV transportieren. Sie konnte die Kindergartenleiterin auf dem Gelände von Konstantins Spedition vorübergehend verschwinden lassen. Ihr blieben dann locker achtundvierzig Stunden für eine endgültige Beseitigung, eher mehr, bevor die Polizei oder die Garde überhaupt auf die Suche gehen würden, vorausgesetzt, es sah nicht nach einem Verbrechen aus. Wahrscheinlich würde man aufgrund von Funkzellenauswertungen zwar mit ihr reden, aber sie würde behaupten, sich mit Frau Petri-Holden zu einem privaten Gespräch getroffen zu haben. *Was sogar die Wahrheit ist.*

Maria blickte nach links und rechts. Die Straße war verlassen. Es war an der Zeit. Sie atmete tief durch und löste sich aus ihrem Versteck. Zielstrebig überquerte sie die Straße. Das Gartentürchen war nicht verschlossen und bewegte sich lautlos in den Angeln. Maria schlüpfte hindurch und stockte, als eine Lampe neben der Haustür aufflammte und den Eingangsbereich in sanftes Gelb tauchte. Ein Bewegungsmelder. Schnell eilte sie auf einem gepflasterten Weg am Gebäude entlang zum Garten, raus aus dem Lichtkegel. Sie wechselte auf den Rasen, verschwand geräuschlos in den Schatten, das Haus im Blick. Dort wartete sie abermals.

Alles blieb ruhig. Die Lampe erlosch.

Maria zählte bis einhundert, bevor sie sich vorsichtig weiter um das Haus herumbewegte, um den beleuchteten Bereich einzusehen.

Es war eine Art Wintergartenanbau. Vorgesetzte Glasfenster zwischen schlanken Metallstreben, darüber ein Glasdach.

Prächtige Zimmerpflanzen wucherten darin; großblättrige Zimmerlinden und kegelförmige Zimmerzypressen. Dahinter stand eine schicke Sofalandschaft in Cremefarbe mit cappuccinobraunen Kissen. Darauf saß ein junger Mann im Schneidersitz. Er trug Jogginghosen und ein schlichtes weißes T-Shirt mit Johann Kehlis' Parteiparallelogramm. Ein Laptop ruhte in seinem Schoß, während er gebannt auf das Display blickte.

Maria unterdrückte einen Fluch und zog sich tiefer in die Schatten zurück. Es war der Sohn, Maximilian Holden. Seine Anwesenheit machte ihr gehörig einen Strich durch die Rechnung. *Eine* Person im Ernstfall verschwinden zu lassen war eine Sache, aber zwei Personen, eine davon ein junger, vor Kraft strotzender Gardist …

Maria rieb sich über das Gesicht, als könne sie damit die Probleme beiseitewischen, und stieß leise die Luft aus. Es war unnütz. Sie musste die Aktion abbrechen. Doch wann würde die nächste Nacht ohne Konstantin anstehen? Touren über zwei Tage hatte er selten. Dazu kam, dass ihr Vorrat an Tabletten und Zäpfchen beständig schrumpfte. Ihr rann die Zeit durch die Finger, und eine Aktion am Tag wollte sie auf keinen Fall durchführen. Ohne die Nacht als Verbündete fühlte sie sich ausgeliefert. Trotzdem gab es angesichts des jungen Gardisten nur eine rational sinnvolle Entscheidung: den Abbruch.

Du bist ganz schön vorsichtig geworden, flüsterte die Stimme ihres Bruders. *Seit wann wirfst du so schnell das Handtuch? Was ist zum Beispiel, wenn Frau Petri-Holden gar nicht zu Hause, sondern mit dem Auto unterwegs ist? Du könntest sie woanders abpassen. Oder vielleicht kommt sie bald zurück, und der Sohn geht noch aus. Du könntest warten.*

Ja, das könnte sie. Oder sie könnte einfach nachfragen und ihre Geschichte glaubwürdiger ausstaffieren. Maria dachte über diese Idee nach, dann zückte sie vorsichtig ihr Handy. Sie hielt es nah am Körper und schirmte mit der anderen Hand das Display ab, um kein verräterisches Licht von sich zu geben. Schnell schlug sie die Festnetznummer von Frau Petri-Holden nach. Sie wählte sie, und keine Sekunde später hob Maximilian Holden im Wintergarten den Kopf. Er schob den Laptop zur Seite, stemmte sich hoch und durchquerte das Wohnzimmer Richtung Tür. Er war wirklich gut trainiert, stellte Maria dabei fest.

Es erklang noch ein weiteres Läuten aus dem Ohrhörer, bevor eine tiefe, volle Männerstimme sagte: »Holden.«

»Guten Abend, Herr Holden«, grüßte Maria und bemühte sich um eine ruhige und nicht allzu leise Stimmlage. »Ist Ihre … Frau zu sprechen?«

»Sie meinen meine Mutter. Da muss ich Sie enttäuschen, die ist noch unterwegs. Wer ist denn dran?«

»Müller. Maria Müller. Mein Sohn geht bei Ihrer Mutter in den Kindergarten. Ich wollte kurz mit ihr etwas wegen der Vorschule besprechen.«

»Puh … da kann ich Ihnen leider nicht weiterhelfen. Aber Sie können gern später noch mal anrufen. Sie sollte spätestens in zwei Stunden wieder da sein, und selbst in drei können Sie es noch probieren. Mutter geht nicht früh ins Bett.«

»Aber ich«, log Maria. »Wissen Sie denn, wo sie ist? Oder können Sie mir ihre Handynummer geben? Es brennt mir wirklich unter den Nägeln. Es dauert auch nur ganz kurz. Es geht um Unstimmigkeiten einer Vorschulkursanmeldung, die ich unbedingt bis morgen Mittag einreichen muss. Wenn ich das verpasse, verliert mein Sohn ein ganzes Jahr, und das wäre tragisch.«

»Hmm … ja … sie ist noch einmal in den Kindergarten gefahren. Bürokram erledigen. Das macht sie häufig abends, wenn es ruhig ist. Der Kindergarten ist sozusagen ihr erstes

Wohnzimmer.« Er schien es als Scherz zu meinen, denn er hörte sich an, als lächle er. »Sie können gern bei ihr vorbeischauen«, fuhr er fort. »Sie müssen allerdings wirklich physisch hin. Ihr Handy lutscht hier am Strom, und ans Telefon im Kindergarten geht sie abends nicht mehr. Sie will ja eigentlich ungestört arbeiten.«

Oder vor dir und dem Rest der Welt in Sicherheit sein. Ein weiterer Tropfen Öl fiel ins Feuer von Marias Vermutungen. Laut und nachdenklich wiederholte sie: »Ungestört arbeiten …« Sie seufzte theatralisch. »Da werde ich sie wohl stören müssen. Es ist wirklich wichtig.«

»Tun Sie, was Sie müssen. Aber seien Sie gewarnt: Sie wird es Ihnen mit Sicherheit übel nehmen.« Maximilan lachte und verabschiedete sich.

Kurz darauf kam er kopfschüttelnd und mit einem Lächeln im Gesicht in den Wintergarten zurück. Wahrscheinlich amüsierten ihn die Anrufe besorgter Mütter, von denen sicher genug bei ihnen eingingen.

Statt dass Maximilian sich wieder seinem Laptop widmete, schlüpfte er allerdings in Clogs und holte eine Packung Zigaretten aus einem Regal. Er steckte sich eine Kippe zwischen die Lippen und trat an die Fensterfront des Wintergartenanbaus.

»Das wirst du jetzt nicht tun«, murmelte sie beschwörend und zog sich einen Schritt tiefer in den Garten zurück, das Handy noch in den Händen.

Maximilian Holden ließ sich nicht beschwören.

Die Türverriegelung knackte, und er trat hinaus auf die Veranda. Sein Feuerzeug ratschte, eine Flamme erhellte sein Gesicht, und Maria hörte den Tabak im Feuer knistern. Genüsslich inhalierte der junge Mann. Den Rauch blies er über seinen Kopf in die Luft, von wo aus er fast gemächlich in Marias Richtung trieb.

Ihr Herz begann zu pochen. Unter ihren Achseln brach der Schweiß aus. Sie hoffte inständig, dass die drei Meter Dunkelheit zwischen ihnen reichten, um sie zu verbergen.

Es schien zu reichen. Maximilian Holden nuckelte an seiner Zigarette herum, inhalierte mehrmals hintereinander und rieb sich dabei mit der freien Hand den nackten Unterarm. Er bemerkte sie nicht, bis das Handy in ihrer Hand vibrierte und Maria vor Überraschung den angehaltenen Atem ausstieß. Aus dem Ohrstöpsel war ein unverständliches Wort ihres Sohnes gedrungen.

Maximilans Kopf ruckte herum. »Wer ist da?« Seine Schultern strafften sich. Im Befehlton folgte: »Zeigen Sie sich!«

Maria rührte sich keinen Millimeter. Sie wagte nicht zu atmen. Das Handy vibrierte ein zweites Mal, als es abermals Geräusche empfing. Aus dem Ohrstöpsel drang ein Seufzen, ein Schmatzen. Oder war das ein leises »Mama«?

»Kommen Sie raus!«, bellte Maximilian. »Oder ich komme zu Ihnen, und das wünschen Sie sich nicht!« Wie um seine Worte zu untermauern, ließ er seine angerauchte Zigarette fallen und trat sie aus, ohne den Blick von der Dunkelheit zu nehmen.

Maria überwand ihre Schockstarre, ergriff jedoch nicht die Flucht. Alles in ihr schrie danach, doch die alte Maria hielt sie zurück. Der alten Maria war klar, dass sie nicht entkommen konnte. Maximilian war jung und durchtrainiert, außerdem stand er zwischen ihr und dem Weg zur Straße. Ihr blieb nur ein Ausweg, und so wanderte Marias Hand ganz von selbst zur Jackeninnentasche, in der die Beretta steckte. Der Stoff raschelte. Der Pistolengriff war glatt und kühl.

»Wie Sie wollen!« Maximilian zückte sein Handy. Die LED leuchtete gleißend grell auf. Der Lichtstrahl schnitt durch den Garten, nach links, nach rechts, und traf Maria mitten ins Gesicht.

Maximilian sog scharf die Luft ein. »Wer zur Hölle sind Sie? Was wollen Sie hier?« Drohend trat er einen Schritt auf sie zu.

Maria antwortete nicht, es wäre genauso sinnlos wie ein Fluchtversuch. Er würde sie an der Stimme erkennen, sofort wissen, dass sie die Anruferin von eben war und gelogen hatte. Also blickte sie nur schräg an ihm vorbei zu Boden. Das Licht durfte sie nicht zu sehr blenden, denn sonst würde sie minutenlang grelle Nachbilder sehen.

»Sie legen es also drauf an!« Maximilian kam einen weiteren Schritt näher, hatte die Haltung eines Manns kurz vorm Angriff eingenommen. »Ich frage zum letzten Mal: *Was wollen Sie hier?*«

»Meinen Frieden«, gab Maria zur Antwort, nur um ihn zu verwirren, und zog blitzartig die Beretta aus der Jacke. Maximilian keuchte auf, als er die Pistole erkannte, doch da zerriss das blecherne Husten eines gedämpften Schusses schon die Nacht, gefolgt von einem schmerzerfüllten Schrei und einem dumpfen Aufschlag.

Maria war sofort neben dem zu Boden gestürzten Maximilian, kickte mit der Fußspitze das Handy aus seiner Reichweite und steckte ihr eigenes ein. Der Lauf der Pistole zielte direkt auf seine Brust.

»Sie haben auf mich *geschossen*!«, stieß Holden ungläubig hervor. Seine Finger tasteten herum, fanden den größer werdenden Fleck auf seinem Bauch und wanderten vor sein Gesicht. Im Schein der Wohnzimmerbeleuchtung glänzten sie wie schwarz lackiert. Ein hysterisches Lachen entwich seiner Kehle. »Scheiße! Sie haben auch getroffen!«

»Das tut mir wirklich leid. Sie hätten drinbleiben sollen.« Maria ging neben ihm in die Hocke, setzte den Schalldämpfer direkt über seinem Herzen auf und zog ein zweites Mal den Abzug durch.

Daraufhin wurde es still im Garten. Keine Stimmen riefen. Keinen Sirenen erklangen. Nur ein Rollo knallte irgendwo, doch nach unten, nicht nach oben.

In Maria hingegen sirrte alles. Kälte- und Hitzewallungen schüttelten sie abwechselnd. Keuchend kam sie auf die Beine, starrte hinab auf den toten Gardisten. *Sie hätten drinbleiben sollen.*

Ihrer Kehle entwich ein erstickter Schrei. Ein Schrei voller Ekel, dass sie immer noch wie früher töten konnte. Dann kam die Angst, begleitet von Stroboskopblitzen grausiger Bilder: Maximilian Holdens gebrochene Augen, ein Konfessor, der sich über den Toten beugte, ein harscher Befehl, geschnürte Soldatenstiefel, weiße Uniformen, Gardisten, die ihr Paul aus den Armen rissen, sie vor seinen Augen an eine Mauer stellten. Die Mündungen hoben sich gleichzeitig und…

Die Bildersequenz riss ab. Ein einziges Wort manifestierte sich stattdessen in ihrem Kopf: *Paul.* Seit seinen zwei Geräuschen hatte sie nichts mehr gehört. Oder es nur nicht mitbekommen? Maria schloss die Augen und lauschte angestrengt in den Ohrhörer, aber da war nur das Rauschen ihres Blutes im Takt ihres trommelnden Herzschlags. Wahrscheinlich hatte er nur im Schlaf gesprochen, nur im Schlaf gesprochen… nur im Schlaf gesprochen…

Eine weitere Hitzewelle überkam sie, gefolgt von zitternden Beinen und einem heftigen Würgereiz. Galle schoss in ihrer Kehle nach oben, und sie presste den Ärmel ihrer Jacke gegen den Mund, um ihren Mageninhalt bei sich zu behalten. Wenn sie hier ihre Kotze hinterließ, konnte sie sich auch gleich bei der Garde melden. Und das würde nicht geschehen. Niemals.

Abermals blickte sie hinab auf den Toten, ein, zwei, drei Sekunden lang, bis der Anfall von Schwäche abebbte. Zurück blieb klare, kühle Nüchternheit.

Maria sicherte ihre Waffe, steckte sie ein. Wie ferngesteuert eilte sie durch den Garten zurück zum Eingangstor, spähte die Straße hinauf und hinab, holte ihren SUV, den sie in einer Nebenstraße geparkt hatte, und stellte ihn mit der Kofferraumklappe voran direkt vor die Gartentür. Aus dem Wagen holte sie eine feste Plastikplane, die sie vorher in der Spedition besorgt hatte. Damit kehrte sie zurück in den Garten. Sie breitete die Plane neben dem Toten aus und rollte ihn halb darauf. Sie kontrollierte seinen Rücken. Nur eine Austrittswunde auf Herzhöhe. Die zweite Kugel musste noch in ihm stecken, vielleicht in einem Knochen. Sie rollte den Toten gänzlich aufs Plastik. Seine gebrochenen Augen blickten ein letztes Mal zu den Sternen auf, dann schlug sie die Plane über ihm zusammen und fixierte sie mit Klebeband aus ihrem Rucksack.

Nun folgte der schwierige Teil. Maria hatte mit dem Gewicht der schlanken Petri-Holden gerechnet, die vielleicht sechzig Kilo wog, doch nun musste sie achtzig oder sogar neunzig bewegen. Gefühlt waren es mehr als hundert, doch Maria schleifte die Leichenrolle unbarmherzig hinter sich her. Auf der Wiese glitt sie noch recht gut dahin, doch auf dem Pflaster schabte das Plastik laut und bremste.

Schwer schnaufend erreichte Maria das Heck ihres SUV. Sie setzte Maximilian auf und lehnte ihn gegen den hinteren Kotflügel. Schweiß stand ihr auf der Stirn, und sie nahm die Wollmütze ab. Mehr Pause gönnte sie sich nicht. Sie umschlang das Bündel, stemmte es mithilfe ihrer Oberschenkelkraft Zentimeter um Zentimeter nach oben, bis sie ihn mit der Schulter in den Kofferraum hebeln konnte. Mit einem dumpfen Poltern verschwand die Leiche darin.

Maria sank auf den Rand des Kofferraums. Ihr Atem pumpte. Sie musste verschnaufen, sie musste – *weiter! Mach weiter!*

Maria schluckte den klebrigen Speichel hinunter, der sich in ihrem Mund sammelte, erhob sich, warf ihren Rucksack zur Leiche in den Kofferraum und schloss die Heckklappe. Dann fuhr sie den Wagen an den Straßenrand, als würde sie dort parken, ein Auto von vielen, die die Straßen der Wohngebiete säumten.

Dann kehrte sie zurück in den Garten. Sie zückte ihr Handy und suchte im Schein der integrierten Taschenlampe den Tatort ab. Schnell fand sie die beiden Patronenhülsen und das Projektil, das aus Maximilians Rücken ausgetreten war. Es schimmerte golden zwischen den blutigen Grashalmen. Alles verschwand in einem der Latexhandschuhe, den sie an der Öffnung fest verknotete. Das Päckchen steckte sie in ihre Jackentasche, genauso wie Maximilians Handy, zerlegt in Akku und Gerät. Seine Clogs legte sie zur Seite.

So stand sie schließlich da, die Taschen voller Beweismittel, eine Leiche im Kofferraum, keinen Schritt weiter, und vor ihr ein paar Hausschuhe und ein Blutfleck auf dem Rasen. Maria blickte sich um. Sie entdeckte ein Wasserbassin an der Hausecke neben der Dachrinne. Daneben stand eine Gießkanne. Sie lief hinüber. Das Bassin war halb voll. Sie füllte die Gießkanne mit Regenwasser, kehrte zum Tatort zurück und spülte den Blutfleck weg. Zur Sicherheit folgten eine zweite und eine dritte Kanne, bis im Schein der Taschenlampe nur noch feuchtes Gras zu erkennen war.

Schlussendlich drapierte Maria die Gießkanne wieder neben dem Bassin, klemmte sich Maximilians Clogs unter den Arm und betrat durch die angelehnte Wintergartentür das Wohnzimmer. Es roch angenehm nach Sauberkeit und einem Lavendel-Raumerfrischer.

Unschlüssig sah Maria sich um. Es musste aussehen, als hätte Maximilian das Haus verlassen. Was würde er tun?

Die Verandatür schließen. Okay.

Den Laptop abschalten. Okay.

Die Clogs irgendwo abstellen. Wo? Neben der Verandatür, wo sie vorher gestanden hatten. Okay. Nein. Nicht so. Ja. Etwas unordentlich, wie mit dem Fuß hingeschnippt.

Und nun? Er würde seinen Hausschlüssel mitnehmen. Er hatte keinen in den Hosentaschen gehabt. Hier lag auch nirgends einer. Also gab es wohl ein Schlüsselbrett oder ähnliches.

Maria blickte sich ein letztes Mal um und entschied, dass das Wohnzimmer so passte.

Im Flur fand sie eine Schlüsselablage neben einer Kommode. Sein Schlüssel war unschwer zu erkennen: Ein Flaschenöffner hing daran. Beinahe hätte sie gelächelt. Auch Tymon hatte immer einen Flaschenöffner aus Metall an seinem Schlüssel gehabt, bevor er eingerückt war. Wie es ihm wohl ging?

Sie vertrieb den Gedanken an ihren Bruder und ging noch einmal schrittweise durch, ob sie alles Nötige getan hatte. Ja. Sie musste nur noch verschwinden.

Und Frau Petri-Holden aufsuchen!

Maria schluckte. Es war widerlich, die Kindergartenleiterin zur Rede zu stellen, möglicherweise um Hilfe zu bitten, Freundlichkeit zu heucheln, während die noch warme Leiche ihres Sohns im Kofferraum lag. Aber es musste sein. Wenn sie jetzt nicht weitermachte, wäre alles umsonst gewesen, und dass sich die Kindergartenleiterin allein in ihrem Büro aufhielt, war die ideale Ausgangsposition.

Maria schaltete das Licht im Flur aus und verließ das Haus. Während sie doppelt absperrte, wie man das wegen Einbrechern tat, widerte sie ihre eigene Kaltschnäuzigkeit an. Ihr war, als hätte jemand anderes die Kontrolle über sie übernommen. Und Maria wusste, wer sie da steuerte: ihr altes Ich.

Sie passierte das Gartentor, als Motorengeräusche laut wurden. Lichter wanderten über den Lack ihres SUV. Ein Kombi fuhr heran, wurde langsamer, setzte den Blinker und bog in die Einfahrt ein, in der noch Minuten zuvor ihr eigener Wagen zum Beladen der Leiche bereitgestanden hatte.

Die Wagentür schwang auf.

»Frau Müller!« Marlene Petri-Holden stieg aus, eine Aktenmappe unter den Arm geklemmt. »Das ist ja eine Überraschung. Was machen Sie denn hier? Wollten Sie zu mir?«

Kapitel 20

Hauptquartier der Rebellen

Sie trug wieder ihren Fransenponcho. Malek sah Jannah schon von Weitem, obwohl sie sich alle Mühe gab, nicht bemerkt zu werden. An sich hatte sie ihren Posten gut gewählt, halb verborgen hinter dem Geäst zweier Büsche, die am Rand des Hubschrauberlandeplatzes wuchsen, aber sie bewegte sich zu viel. Unruhig trat sie von einem Bein aufs andere. *Vor Aufregung, oder um die Kälte zu vertreiben?*

Vermutlich Letzteres. Es war wirklich verdammt kalt. Maleks Atem hing dunstig vor seinem Gesicht, als silbrig blasse Schlieren im Mondschein. Lange würde es sie beide nicht draußen halten.

Malek trat aus dem Halbschatten des Gebäudes und schlenderte auf den Landeplatz zu. Er überlegte, ob er ihr eine Lektion erteilen sollte – die Fähigkeit sich zu verbergen konnte für eine Rebellin überlebenswichtig sein –, entschied sich jedoch dagegen. Sie waren nicht hier, um Lektionen zu lernen.

Als er sich näherte, bemerkte sie ihn und trat aus dem Versteck. »Pünktlich auf die Minute«, grüßte sie. Selbst in der Dunkelheit leuchtete ihr Lächeln, doch verhaltener als in ihrem Zimmer. Das war gut. Wenn sie gar keine Scheu gezeigt hätte, sich allein mit einem Exknacki in der Dunkelheit zu treffen, hätte Malek sie für verrückt erklärt und sich geweigert, mit ihr eine Mission durchzuziehen. Mut und Hang zum Risiko waren eine Sache, Draufgängertum eine andere.

»Und du bist zu früh«, stellte er fest.

Ihr Lächeln verschwand. »Stört's?«

Malek schüttelte den Kopf.

Erleichterung zeigte sich bei ihr. »Dann ist es ja gut. Für einen Moment…« Sie verstummte.

»Was?«

»Ach, für einen Moment dachte ich, du stehst eher auf Prachtblondinen, die stundenlang im Bad ihre Locken wickeln und absichtlich den Mann warten lassen. Du weißt schon. Solche mit riesen Silikonglocken.«

Malek blickte auf Jannah hinab, auf ihre zierliche und doch sportliche Figur, um die sie den Poncho gewickelt hatte, auf das wirre rötlich schimmernde Haar und die Sommersprossen auf der Nase. Er sagte: »Natürlichkeit ist mir viel lieber.« Und das meinte er auch so.

Der Satz ließ sie lächeln, geschmeichelt jetzt. »Wollen wir dann gehen?«

»Wohin?«

Jannah hob beide Arme, um ihm zu signalisieren, dass er schweigen und ihr folgen sollte.

Er trabte ihr hinterher, an dunklen Fenstern der Rebellenbasis vorbei zur Nordseite. Hier lag der Weg in völliger Finsternis, doch Jannah hatte eine Taschenlampe dabei. Der Lichtkegel durchschnitt die Nacht, huschte zielstrebig zwischen Haus und Boden entlang, bis er schließlich einen Treppenabgang erfasste. Schnell war Jannah hinabgestiegen.

»Das Gebäude war früher als Rechenzentrum gedacht«, erklärte sie leise, während sie im Schein der Taschenlampe am PIN-Eingabefeld der Metalltür herumhantierte. »Deswegen gibt es mehrere dieser Feuerschutztüren. Diese ist jedoch besonders. Das Bedienfeld ist… sagen wir… ein wenig defekt.

Wenn hier der Kontakt zustande kommt« – die Tasten erglühten plötzlich und beschienen Jannahs Lächeln –, »kann man mit dem Standardcode rein. Viermal die Null.«

Es fiepte entsprechend oft, dann sprang der Eingang auf. Ein Streifen Grün fiel aus dem Flur.

Malek folgte Jannah hinein, schloss hinter sich die Tür. »Ein großer Umweg, um in den Keller zu kommen«, sagte er halb belustigt.

Jannah schüttelte den Kopf. »Dieser Teil des Kellers ist Sonderzone, Vitus' und Jörgs privater Spielplatz. Völlig sinnfrei, aber beide brauchen wohl ihre Geheimnisse – wie alle Männer. An sich gibt es hier nur eine Art Labor von Jörg, eine Testproduktion für MMF und ein kleines Lager. Nichts Besonderes.«

»MMF sind diese Pillen, die ihr schlucken müsst.«

»Ich zum Glück nicht, aber ja. Ein Teil davon lagert hier unten. Wahrscheinlich wollen Jörg und Vitus deswegen die Sonderzone.«

»Mit einer defekten Tür? Schlau.«

»Tja … die beiden wissen halt auch nicht alles, obwohl sie es glauben.« Jannah führte Malek den kahlen Flur entlang, an drei Glastüren vorbei. Ihre Schritte zwitscherten leise auf dem Vinylboden. Fluchtwegschilder beleuchteten den Weg. An der vierten Tür blieben sie stehen.

Jannah grinste verschwörerisch, die Hand am Türgriff. »Und jetzt festhalten, Cowboy. Es geht in die tiefsten Tiefen des Kaninchenbaus.«

Sie öffnete die Tür, und eisige Luft wallte ihnen entgegen, gepaart mit dem lauten Rauschen einer Klimaanlage. Lange LED-Streifen erhellten schlagartig den Raum. Es war das Labor, von dem Jannah gesprochen hatte. Unzählige medizinische Gerätschaften schmückten die Regale oder hingen an Haken vor glänzenden Fliesen. Überall Stahl und Chrom und

Glas. In der Mitte des Raums stand ein Edelstahltisch – und darauf lag die Frau, die Malek vor dem weißen Teufel und der Garde hatte retten wollen.

»Scheiße!«, entfuhr es Jannah.

Malek trat an den Obduktionstisch. Sein Puls beschleunigte sich. Wenn ihr Leichnam hier war, dann vielleicht auch Tymons? *Flammen, Funken und Asche.* Konnte er ihn doch noch bestatten?

Er ließ sich seine aufwallende Aufregung nicht anmerken. »Nett«, sagte er, »'ne Rechtsmedizin.« Die Frau war bis zum Kinn mit einem pastellgrünen Tuch bedeckt, und man hatte ihr die Schädelplatte kreisrund aufgesägt. Die rötlich-graue Wölbung ihres Gehirns lag frei, einige Teile fehlten. »Habt ihr meinen Kumpel auch hierhergebracht?«

Jannah verneinte und vernichtete seine Hoffnung. »Der hätte nicht mehr in den Heli gepasst. Liegt garantiert in München im Institut der Rechtsmedizin.«

»Kanntest du sie?« Malek hob das Tuch an, linste darunter. Skalpelle in Schutzhüllen lagen direkt neben der Toten auf dem Edelstahl. Er nahm eines zur Hand und ließ es in seiner Hosentasche verschwinden.

Jannah schien ihre Überraschung überwunden zu haben, kam näher und rümpfte die Nase, als sie den offenen Schädel betrachtete. »Nur flüchtig. Sie war eine unserer Scouts.«

»Ein Kundschafter? Wofür?«

»Sie hielt die Augen offen nach Leuten, die free sind. Die Scouts setzen sich einem hohen Risiko aus, entdeckt zu werden, aber es ist unsere einzige Möglichkeit, neue Mitglieder zu rekrutieren. Ein Werbespot im Fernsehen kommt nicht so gut.«

»Und ihr wolltet sie rausholen?«

»Ja. Sie flog auf. Vitus warnte sie noch und initiierte eine Rettungsaktion, doch wir kamen zu spät. Den Rest kennst du.«

»Wie viele Scouts habt ihr?«

»Zu wenige.« Janna seufzte. »Die wenigsten wollen sich dem Risiko des Entdecktwerdens aussetzen, nachdem sie von uns erfahren haben. Da fehlt ihnen der Mumm zu. Ich frage mich aber, warum Jörg hier Frankenstein spielt.« Auch sie blickte unter das Tuch, betrachtete den Y-Schnitt, der von den Schlüsselbeinen aus über den Bauch bis zur Scham führte.

»Er wird herausfinden wollen, warum die Nanos bei einigen nicht wirken.«

»Wahrscheinlich.« Jannah näherte ihren Zeigefinger der offenen Gehirnmasse, doch sie zog ihn wieder zurück. »Siehst du, Teile des Präfrontallappens fehlen. Er wird sie untersucht haben, um seine Vermutung zur steigenden Anzahl von Intoleranten zu stärken. Er glaubt, es stellt sich im Gehirn eine Art Sättigung ein; das würde bedeuten, dass die Person zu Beginn der Nanodistribution zwar beeinflusst wurde, aber nicht genug, um sie zu einem Anhänger von Kehlis werden zu lassen, und dann die Zufuhr stoppte. Möglich wäre also eine Sättigung oder ein Engpass an der Blut-Hirn-Schranke. Wie eine Art Stau.«

»Den Vergleich mit Autos habe ich schon einmal gehört.«

Jannah lächelte. »War mir klar. Macht es aber auch verständlicher.«

»Und wie will er herausfinden, ob es einen Stau gibt? Ich meine, die Nanos sind doch winzig.«

»Jo, die sind typischerweise zwischen einem und einhundert Milliardstel Meter groß. Mit Rasterkraft- und Elektronenmikroskop können dreidimensionale Bilder von ihnen mit subatomarer Auflösung gemacht werden. Wir haben sogar eines hier, in einem anderen Labor. Allerdings haben wir keinen ausgebildeten Nanoforscher. Deswegen brauchen wir ja unbedingt diesen Fossey. Er ist die Koryphäe auf seinem Gebiet. Wir hingegen – wir wurschteln uns so durch.«

»Als Laien?«

»Mehr als Semi-Fachleute. Ich zum Beispiel beschäftige mich mit Psychologie. Konditionierung, Stimulus und Response und solchem Kram, falls du schon mal davon gehört hast.« Für einen Moment schwieg sie, und Malek wusste warum. Der Tod ihres Vaters. »Jeder hat seinen Teilbereich«, fuhr sie mit etwas belegter Stimme fort, »und bildet sich autodidaktisch weiter. Zeit haben wir ja leider genug. Ein Vorteil, wenn man nicht mehr arbeiten muss und sich ganz in den Dienst der Rebellion stellt.« Sie schielte zu ihm auf. »Wie war das im Gefängnis mit der Zeit? Die kommt einem lang vor, oder?«

»Schon …« Malek schob die silberne Analoguhr an seinem Handgelenk hin und her. »Im Knast hatte ich nicht mal eine Uhr. Was nützt es auch, Stunden und Minuten zu messen, wenn man in Jahrzehnten denkt?«

In *verschenkten Stunden und Minuten*, fügte er in Gedanken hinzu und stellte fest, dass er Bitterkeit auf der Zunge schmeckte. Acht Jahre seines Lebens hatte er im Knast verschenkt. Acht Jahre. Was er in der Zeit alles hätte tun können! Malek schob die Gedanken beiseite. Der Vergangenheit hinterherzutrauern brachte nichts. Die Zukunft zählte, und die konnte er aktiv beeinflussen.

Als er den Blick hob, war Jannah zu einer weiteren Tür im hinteren Bereich des Labors getreten.

»Komm!« Sie lächelte schief. »Lass uns weitergehen.«

Malek bedachte die Tote auf dem Tisch mit einem letzten Blick. *Genauso verschenkt. Oder nicht?*

Er folgte Jannah in einen weiteren Flur. An dessen Ende öffnete sie eine Tür in eine Abstellkammer. Malek sah graue Spinde, Regale voller abgepackter Papiertücher und Flaschen und einen Reinigungswagen mit eingespannter Mülltüte. Ein brauner Vorhang zierte einen seitlichen Durchgang.

»War früher ein Pausenraum fürs Reinigungspersonal«, erklärte Jannah, während sie hindurchschlüpfte. »Wurde in den ersten Jahren wohl auch genutzt, doch dann hat man ihn vergessen, als Vitus die Rebellion hier einquartierte.« Sie knipste eine Nachttischlampe mit honiggelbem Stoffschirm an, die auf einem schmalen Kühlschrank stand. Dieser surrte leise. »Und ich habe ihn wiedergefunden.« Sie grinste stolz.

»Dein Rückzugsort?« Malek betrachtete die verranzte Einrichtung; es gab neben einem Sofa vier Stühle mit rotem, narbigen Lederpolster, die sich um einen Tisch reihten. Darüber lag eine vergilbte Plastiktischdecke voller Brandflecken, wohl von Zigaretten. An einer Wand stiegen dicke Versorgungsrohre empor. Die Isolierung war grob entfernt worden, und so strahlten sie eine behagliche Wärme aus. Daneben hing an einem hervorstehenden Draht ein alter Kalender von 2021 voller nackter Frauen.

Die Kammer gefiel Malek, erinnerte ihn an Tymons Lagerhalle.

»Du kombinierst schnell«. Jannah streifte ihren Fransenponcho ab und warf sich aufs Sofa. Aus ihrer Hosentasche zog sie einen kartoffelgroßen Lautsprecher hervor. Leise Radiomusik erfüllte kurz darauf die Luft. »Dies ist tatsächlich neben den Toiletten der einzige Raum in dem Bau, der nicht mit Rauchmeldern, Kameras oder Mikrofonen versehen ist. Ich habe ihn sozusagen *privatisiert.*« Sie streckte sich zum Kühlschrank und holte zwei Bier heraus. Ein Streifen nackter Haut blitzte zwischen ihrer Jeans und dem Pullover auf. Sie hielt ihm eine der Flaschen entgegen und klopfte neben sich auf das Polster. »Willst du ewig so rumstehen, Cowboy?«

»Cowboy«, wiederholte er, ließ sich nieder und öffnete die Bierflasche an der Tischkante, derweil Jannah ihre mit einem Feuerzeug aufknackte. »Ist das so dein Ding? Ich mein die Rebellion, Cowboys, der Kampf um Freiheit, das alles hier.«

Jannah trank vom Bier, ließ sich Zeit mit der Antwort. »Ich halte die Freiheit des Menschen für das höchste Gut«, sagte sie schließlich. »Der Kampf muss sein, mit aller Entschlossenheit. Ich … verlor meinen Vater wegen der ganzen Scheiße hier. Weißt du, wenn wir nichts tun, dann tut niemand mehr was. Wir sind sozusagen die letzte Instanz.«

Ihre Offenheit überraschte Malek. Er ließ die Worte so stehen, beobachtete sie.

Jannah fuhr fort: »Der Rest mit den Cowboys« – sie zuckte mit den Schultern – »ist so ein Ideal. Wir müssten so sein, wenn wir gewinnen wollen, die ganze Rebellion. Allerdings bestehen wir aus Warmduschern und Blasenteetrinkern. Der Einzige, der richtig Mumm in den Knochen hat – abgesehen von dir –, ist Vitus. Aber er ist alt und sitzt im Rollstuhl.« Jannah schüttelte den Kopf, dass ihre Haare flogen. »Wenn wir nicht bald Härte entwickeln, werden wir es nicht schaffen.«

Und noch mehr Menschen werden sterben. »Der Doktor hat auch Drive«, meinte Malek.

»Ja, Jörg tut, was er kann, aber er ist kein Kämpfer. Hast du schon jemals gehört, dass ein Krieg ohne Soldaten gewonnen wurde? Also, nachdem die Diplomatie versagt hat?«

Daraufhin schwiegen sie. Malek gab ihr im Stillen recht. Einen Kampf gewann man durch Kämpfen, nicht indem man sich in einem Gebäude verschanzte und abwartete. Wenn die Rebellion erfolgreich werden wollte, musste sie aggressiver werden. Aber das war nicht sein Bier.

Jannahs Stimme riss ihn aus seinen Grübeleien. »Und du? Erzähl von dir.«

Malek schürzte die Lippen. »Da gibt es nicht viel. Der einsame Streuner, wenn du so willst.«

»Streuner? Bescheiden. Ich hätte eher erwartet, dass du Wolf sagst, aber die sind in der Regel alt und grau. Du nicht. Du bist höchstens Mitte dreißig.«

»Gut geschätzt.«

»Tja, Menschen einzuschätzen war schon immer meine Stärke. Deswegen wusste ich ja auch, dass du mir nichts tun würdest. Also freiwillig zumindest nicht.« Sie bleckte die Zähne. »Aber wir waren bei dir. Und? Ist da draußen jemand, der auf dich wartet?«

Malek blickte zur Seite. »Ich habe acht Jahre gesessen.«

»Und? Wartet man nicht solange auf den oder die Richtige?«

Er musterte sie. Ihm war klar, worauf sie hinauswollte und was daraufhin folgen würde, doch fragte er sich, ob *er* das wollte.

»Mein bester Kumpel starb im Wohnwagen«, sagte er schließlich, »und mein Bruder damals bei unserer Festnahme. Auf mich wartet niemand.« *Selbst Maria nicht.* Woher sollte sie auch wissen, dass er auf freiem Fuß war und nach ihr suchte?

Jannah lehnte sich zur Seite, stützte sich mit dem Arm auf das verschlissene Polster. Dabei rutschte sie ein wenig näher heran, und ihr Knie berührte ganz beiläufig seinen Oberschenkel. »Du bist also wirklich free, in jeder Hinsicht.«

Zu seiner eigenen Überraschung hörte er sich sagen: »Nicht ganz.«

Ihr Knie zog sich zurück. »Also doch.«

»Nicht wie du denkst. Es gibt da ein Versprechen. Tymon gegenüber.«

»Der Tote aus dem Wohnwagen?«

Malek nickte. »Er ließ mich auf dem Sterbebett versprechen, mich um seine Schwester zu kümmern, falls sie in Schwierigkeiten steckt.«

»Und tut sie es?«

Malek zuckte mit den Achseln. »Ich weiß nicht mal, wo sie lebt.«

»Und du weißt nicht, ob sie free ist.« Jannah senkte den Blick, wippte einige Sekunden mit dem Fuß. »Verstehe. Soll ich versuchen, etwas über sie herauszufinden? Ich komme – im Gegensatz zu dir – dank meiner Mutter ins Netz.«

»Ich will dich nicht in Schwierigkeiten bringen.«

Jannah schnaubte. »Keine Sorge, das tu ich schon selbst. Also: Wie heißt sie? Was weißt du über sie?«

Malek war sich nicht ganz sicher, wie viel er ihr verraten sollte. Doch hatte sie ihm nicht eben ihr Vertrauen gezeigt, indem sie ihm diesen Keller hier zeigte? Und was schadete es, wenn sie ihm die Zeitungen besorgte, von denen Tymon gesprochen hatte? Damit konnte Jannah kaum etwas anfangen, selbst wenn sie eins und eins zusammenzählte. Außer Malek und Tymon konnte vermutlich niemand die chiffrierte Botschaft entschlüsseln.

Und so erzählte er ihr, was er brauchte.

Danach tranken sie von ihren Bieren, während aus dem Miniradio seichte Popmusik dudelte. Schließlich stellte Jannah ihre geleerte Bierflasche auf den Boden, kniete sich neben Malek auf die Couch und klopfte sich auf die Oberschenkel.

»Wollen wir dann endlich?« Freudige Erwartung lag in ihren smaragdgrünen Augen, genauso wie Entschlossenheit und ein Glanz von Furcht, dass er sie zurückweisen könnte.

Doch Malek hatte ihr nichts entgegenzusetzen. Sein Körper reagierte automatisch. Er beugte sich zu ihr, ergriff ihren Pullover samt Shirt und streifte ihr beides über den Kopf. Ihr Haar blieb verwuschelt stehen, glänzte kupferfarben im Schein der Nachttischlampe.

Den Büstenhalter öffnete sie selbst und ließ ihn herabfallen, dann erhob sie sich, holte ein Kondom aus der Hosentasche, warf es ihm zu, knöpfte sich selbst die Jeans auf und streifte sie samt Unterwäsche nach unten. Dabei beobachtete sie ihn ganz genau. »Mal ein anderer Anblick als die vielen großen, aufgegeilten Typen im Knast, oder? Gefällt dem Cowboy, was er sieht?«

Malek antwortete nicht, sog nur den Anblick echter nackter Haut in sich auf. Das war für Jannah Antwort genug, und so kam sie zu ihm, zog ihm den Pulli, das Shirt und die Hose aus.

»Uhhh!« Sie kicherte. »Der ist aber hart.«

»Ich stand nicht so auf die großen, aufgegeilten Typen«, ächzte Malek. Er hantierte mit dem Kondom herum, rollte es sich über den Penis. »Soll ich nicht lieber …?«

»Nein.« Jannah schwang sich rittlings über ihn. »Genau das möcht ich jetzt. Bereit?«

Malek nickte nur, und schon ließ sie sich auf ihn herab.

Es war ein gutes Tempo, das Jannah vorgab, doch die Reize rissen Malek mit sich. Er spürte schnell, wie es in ihm nach oben drängte, und auch Jannah spürte es.

»Nur noch ein bisschen, Cowboy!«, stieß sie zwischen zwei Bewegungen ihres Beckens aus, stöhnte und wurde heftiger. Sie schlang die Arme um seinen Hals, bettete ihren Kopf gegen seine Schläfe und atmete ihm schwer ans Ohr. »Noch. Ein. Bisschen.«

Länger ging es nicht. Malek kam, stöhnend, ihre Hüften fest umklammert und gegen sich gepresst.

Jannah stieß ebenfalls ein lautes Geräusch aus. Mit einer Hand zwischen den Beinen saß sie auf ihm, zuckte, vor und zurück, vor und zurück – und dann ein heftiges Zittern.

Stille senkte sich über den Raum. Nur ihrer beider Atemgeräusche stiegen zur Decke empor, bis sie sich beruhigt hatten.

Jannah glitt von ihm herab, rutschte an die Sofakante. Dort verharrte sie, als wollte sie etwas sagen, doch am Ende bückte sie sich nur, hob ihre Hose auf und schlüpfte hinein. Untenherum bekleidet, setzte sie sich zurück aufs Sofa, zeigte ihm den Rücken und den Verband, der ihren Hals zierte.

»Hab ich was falsch gemacht?«, fragte Malek.

»Nee, du nicht.« Jannah klaubte den Rest ihrer Klamotten vom Boden auf; den BH, das Shirt, den Pulli. Sie zog alles an. Mit dem Fransenponcho wartete sie, verharrte regungslos. Ihre Stimme war belegt und ihre Schultern herabgesunken, als sie sagte: »Ich hatte nur einen dummen Gedanken.«

»Jannah …«

Sie hob abwehrend die Hand »Lass einfach! Ich wollte mit dir ficken, nicht mehr und nicht weniger.« Sie drehte sich herum, die Schultern wieder straff nach hinten gezogen. »Du bist nämlich wirklich ein Cowboy. Du kommst in die Stadt geritten, erledigst deinen Job, stellst den Bösewicht, drückst der Puppe einen Kuss auf die Wange und verschwindest wieder.«

Malek sah sie nur an, und das war ihr Antwort genug.

»Siehst du«, sagte sie, »ich kann Menschen einschätzen. Komm, pack deinen Revolver ein und lass uns von hier verschwinden.«

Kapitel 21

Berlin

Maria starrte die blonde Kindergartenleiterin an. Dass sie genau jetzt auftauchte, musste Schicksal sein. Ein Wink mit dem Zaunpfahl.

»Alles in Ordnung?« Frau Petri-Holden blieb vor ihr stehen und legte fragend den Kopf zur Seite. »Sie sehen blass aus.«

»Mir ist nur ein wenig kalt.« Maria unterdrückte den Drang, zum Kofferraum zu blicken. »Ich habe auf Sie gewartet.«

Die Kindergartenleiterin runzelte die Stirn. »Und da stehen Sie hier in der Kälte herum? Warum haben Sie nicht geklingelt?« Sie deutete über Marias Schulter zur Haustür. »Mein Sohn ist da. Sie hätten drinnen warten können.«

Maria tat erstaunt. »Es hat … niemand aufgemacht.«

»Echt? Ist er doch noch weg?« Frau Petri-Holden schnalzte missbilligend mit der Zunge. »Das ist wieder typisch. Eigentlich sollte er nach Wohnungsinseraten suchen; er kann ja nicht ewig im Hotel Mama wohnen, auch wenn genug Platz da ist. Wahrscheinlich musste er kurzfristig zu einem Einsatz. Wenn die Garde ruft …« Die Blonde seufzte. »Wollen Sie auf ein Getränk mit reinkommen? Mir ist auch kalt. Ich mache uns Tee. Lecker Kräutertee. Fenchel, Anis, Kümmel. Sie mögen doch Kümmel, oder?«

Maria wusste aus eigener Erfahrung, dass Kümmel Magenbeschwerden linderte, doch sie durfte nicht jedes Wort als Anspielung deuten. Sie nickte nur.

»Schön.« Frau Petri-Holden lächelte. »Dann kommen Sie.«

Im Schlepptau der Eigentümerin betrat Maria abermals das Haus. Diese knipste das Licht an, legte ihre Aktenmappe auf eine Kommode neben das Telefon, schlüpfte aus ihrem Mantel und hängte ihn an die Garderobe. Mit einem Kopfnicken deutete sie auf die Kleiderhaken. »Sie können gern Ihre Jacke ablegen.« Ohne Marias Reaktion abzuwarten, wandte sie sich dem anderen Ende des Flurs zu. »Max?«, rief sie laut. »Bist du da?«

Keine Antwort.

Die Kindergartenleiterin lief bis zum Wohnzimmer, blickte hinein. Sie schaute auch in ein anderes Zimmer, vermutlich ein Büro. Kopfschüttelnd kam sie zurück. »Wirklich ausgeflogen, der Junge. Typisch. Hmmm … wollen Sie Ihre Jacke nicht ausziehen?«

Maria blickte an sich hinab. Schwer zogen die ausgebeulten Jackentaschen das Kleidungsstück nach unten. An der Seite bemerkte sie einen feuchten Fleck auf dem schwarzen Stoff. Blut. »Ich … natürlich.« Schnell verbarg sie den Fleck mit dem Ellenbogen, zwang sich zu einem Lächeln und schälte sich vorsichtig aus der Jacke.

Frau Petri-Holden beobachtete ihr Tun ausdruckslos und deutete nach einer gefühlten Ewigkeit Richtung Wohnzimmer. »Machen Sie es sich bequem, ich setze Tee auf und bin gleich bei Ihnen.«

»Okay, vielen Dank.« Als die Blonde in der Küche verschwunden war, fluchte Maria stumm. Vorsichtig hängte sie das Kleidungsstück so auf, dass der Fleck nicht zu sehen war und nirgends Blutspuren hinterließ. Mit den Fingern an der Jackentasche zögerte sie. Sie konnte die Beretta zwar hinten in ihren Hosenbund stecken, aber mit dem aufgeschraubten Schalldämpfer würde sie sich so steif hinsetzen müssen, als hätte sie einen Besenstiel im Arsch. Nein. Falls sie Frau Petri-Holden überwältigen musste, würde sie es auch ohne Pistole schaffen. Tymons Nahkampfsessions waren zwar lange her, aber nicht vergessen. Die Handgriffe würden zurückkommen, wenn sie sie brauchte, genauso wie ihre Skrupellosigkeit zurückgekommen war.

Unbewaffnet ging sie ins Wohnzimmer. Es gab nur die Couch als Sitzgelegenheit. Maximilians Gesäßabdruck war noch auf dem Stoff neben dem zusammengeklappten Laptop zu erkennen. Maria blickte für die Dauer einiger Herzschläge darauf, dann nahm sie daneben Platz. Während sie dort saß, den Blick in die Dunkelheit des Gartens gerichtet, dachte sie über die neue Situation nach. Es war wirklich eine glückliche Fügung. *Eher abartig,* jammerte eine Stimme in ihr. *Nein,* hielt sie dagegen, *glücklich.* So musste sie nicht mit einer Leiche im Kofferraum durch die Stadt bis zum Kindergarten kurven. Außerdem hatte sie im Extremfall nur einen Tatort, nicht zwei. Sie konnte die Ereignisse möglicherweise wie einen Unfall aussehen lassen. Einen Hausbrand. Oder wie ein Familiendrama. Sie sah schon die Überschrift in der Zeitung, fett und in 32 Punkt gesetzt: MUTTER ERSCHIESST SOHN UND BEGEHT ANSCHLIESSEND SELBSTMORD.

Bei dem Gedanken wand sich etwas in ihr. Es war die liebende Ehefrau, die freundliche Nachbarin, es war Maria Müller, die gedacht hatte, ihr altes Leben hinter sich gelassen zu haben. Jetzt war es wieder da, härter und erbarmungsloser als je zuvor.

Um sich abzulenken, wandte sie ihre Aufmerksamkeit dem Wohnzimmer zu. Eine Sammlung gerahmter Familienfotografien an der gegenüberliegenden Wand erregte ihre Aufmerksamkeit. Selbst vom Sofa aus war nicht zu übersehen, dass Frau Petri-Holden gern lachte. Herzlich zeigte sie Zähne, trug sogar die Haare offen. Sie sah auf den Fotos ganz anders aus als in ihrer Rolle als strenge, unnahbare Kindergartenleiterin. *Wir sind uns vielleicht sogar ähnlich,* stellte Maria fest. *Zumindest haben wir beide zwei Gesichter.*

Frau Petri-Holdens Stimme ließ sie den Kopf drehen. »Es ist immer wieder interessant, wie die Leute privat sind, nicht?« Mit zwei dampfenden Tassen Tee trat die Blonde zur Couch und setzte sich. »Die meisten sind ganz anders als im Job.«

»Sie lachen viel«, sagte Maria und nahm eine der Tassen entgegen. »Steht Ihnen. Sollten Sie im Kindergarten auch öfter machen.«

Frau Petri-Holden schüttelte den Kopf. »Ich bleibe lieber bei meiner Linie der Unnahbarkeit. Sonst bringe ich gar nichts mehr vom Schreibtisch, wenn die Kinder den ganzen Tag auf meinem Schoß rumspringen.« Vorsichtig nippte sie an ihrem Tee, zuckte angesichts der Hitze zurück und stellte die Tasse auf den Couchtisch, damit sie ein wenig abkühlte.

Als sie Maria wieder ansah, hatten ihre Augen die Weichheit verloren. »Nun denn. Lassen wir den Smalltalk. Warum sind Sie hier?«

Maria zögerte. Sie konnte jetzt mit der Tür ins Haus fallen, wie sie es vorgehabt hatte, doch ihr Bauchgefühl riet ihr, behutsamer vorzugehen. Falls die Kindergartenleiterin selbst betroffen war, musste sie genauso argwöhnisch sein und Maria für eine Gefahr halten. Wenn sie zu aggressiv vorging, würde sie die Frau vielleicht mehr verschrecken als aus der Deckung locken. »Ich wollte mich wegen Ihres Tipps bedanken.«

Frau Petri-Holden hob eine Augenbraue. »Sie sind wegen eines Schinken-Champignon-Baguettes hier?« In ihren Augen stand es ganz deutlich: *Verarschen kann ich mich selbst.*

Maria schüttelte den Kopf. »Ich meinte den Tipp mit den Zäpfchen. Sie helfen wirklich hervorragend … bei Regelschmerzen.«

Stille folgte. Frau Petri-Holden musterte sie lange, dann hielt sie ihr plötzlich die Hand entgegen. »Duzen wir uns doch. Ich heiße Marlene.«

Maria blickte auf die dargebotene Hand und schlug ein. »Maria.«

»Schön, dann wäre das geklärt. Du quälst dich also auch mit der Periode herum?«

»Ja, leider. Ich habe regelmäßig Krämpfe und starke Schmerzen. Eigentlich würde ich ja gern damit zum Arzt, aber« – Maria senkte die Stimme – »ich habe Angst, dass er das falsch interpretiert und diese unsägliche Krankheit diagnostiziert. Selbst meinem Mann habe ich nichts davon gesagt.«

Marlene musterte sie durchdringend. »Und jetzt suchst du eine … Leidensgenossin?«

»So sieht es aus.« Maria hielt den Blickkontakt noch einen Moment aufrecht, dann beugte sie sich nach vorn, um ihren Tee auf das Tischchen zu stellen. Auch ihr wurde die Tasse zu heiß in den Händen. Dabei fielen ihr die Haare in die Stirn. Sie strich sie hinters Ohr. Als sie sich wieder zurücklehnte, hatte sich Marlenes Körperhaltung verändert. Sie sah alarmiert aus.

»Ist irgendetwas?«, fragte Maria vorsichtig. Was stimmte plötzlich nicht? Klebte vielleicht Blut in einer ihrer Haarsträhnen?

Die Kindergartenleiterin zeigte auf ihre Ohren: »Hast du Probleme mit dem Gehör, weil du Funkohrhörer trägst?«

»Ach so, nein!« Maria lachte, um die Anspannung zu nehmen. »Das ist nur das Babyphone. Ich habe mir Paul aufs Handy gelegt.«

»Er ist allein zu Hause?«

»Es war nötig. Manche Dinge muss man allein erledigen.«

Hinter Marlenes Stirn arbeitete es deutlich. Wahrscheinlich fragte sie sich, was es bedeutete, wenn eine Mutter ihren fünfjährigen Sohn allein zu Hause ließ, um spätabends mit der Kindergartenleiterin ein Gespräch über Regelschmerzen zu führen. Verstand sie den Hinweis? Natürlich verstand sie ihn. Aber würde sie den ersten Schritt wagen, wenn sie selbst betroffen war?

Marlene erhob sich, ging zum Wandregal, in dem eine Stereoanlage stand, und schaltete Musik ein. Deep-House drang aus den Boxen, plätschernde Beats mit sanften Melodien. Wahrscheinlich die Musik des Sohnes. Marlene kam zurück. Sie sagte: »Schalte bitte dein Handy aus.«

»Nein.«

»Es dauert nicht lange.«

»Aber wenn Paul …«

Die Kindergartenleiterin hob beide Augenbrauen, was Maria verstummen ließ. Die Botschaft war klar: Entweder das Gerät wurde ausgeschaltet, oder es gab kein weiteres Gespräch. Marlene war also bereit, aus ihrer Deckung zu kommen.

»Er wird schon nicht genau jetzt aufwachen«, meinte Marlene. »Bitte.«

Und Maria zog ihr Mobiltelefon aus der Hosentasche, hielt es einen langen Moment zwischen den Fingern und deaktivierte es.

»Danke. Und tu auch den Akku raus. Glaub mir, es ist sicherer.«

Als auch das geschehen war, sank Marlene sichtlich erleichtert zurück aufs Sofa. Sie atmete tief durch und sagte: »Du bist also free?«

Free. Das Wort nahm Volumen an, bis es Marias Kopf erfüllte. Es klang, wonach sie suchte. Marlene wusste etwas, war selbst betroffen! Sie stand auf ihrer Seite! *Und vor nicht einmal einer Stunde hast du ihren Sohn erschossen.* Die Bitterkeit der Realität ließ Maria kurz erzittern, doch sie hatte sich im Griff. Sie wiederholte: »Free?«

»Ja. Frei. Frei von Kehlis' Scheiße. Du glaubst nicht an den Quatsch des Allvaters Johann Kehlis, oder? *In Kehlis verbunden!*« Die Verachtung in Marlenes Stimme hätte nicht deutlicher sein können.

»Nein«, gab Maria zu. »Das tue ich nicht. Mir ist klar, dass irgendetwas in den letzten Jahren ganz gehörig schiefläuft. Die politische Entwicklung, eine neue Verfassung, keine Opposition, Kehlis' Alleinherrschaft. Dazu die Beichten. Keine normale Regierung lässt Menschen verschwinden.«

»Stimmt.« Marlene senkte den Blick. Ihre Hand wanderte zum Laptop, der zwischen ihnen lag. Mit der Fingerkuppe fuhr sie an der Plastikkante entlang. »Und keine normale Regierung macht Mutter und Sohn zu Feinden.« Sie blickte wieder auf, voller Traurigkeit. »Was ist mit dem tapferen Paul?«

»Ebenfalls free. Nur mein Mann ist anders. Er vergöttert Kehlis.«

»Typisch.« Marlene seufzte. »Meist ist immer einer in der Familie nicht free und beichtet dann. Ihr müsst höllisch aufpassen. Dein Mann wird keine Sekunde zögern, euch zu verraten. Er kann nicht anders. Für ihn ist das selbstverständlich. Er wird mental beeinflusst.«

Irgendwie hatte Maria etwas in der Art erwartet, aber es zu hören trieb ihr eine Gänsehaut über die Unterarme. »Von wem? Und wie?«

»Eine lange Geschichte, für die wir heute keine Zeit haben.« Marlene deutete auf das auseinandergenommene Handy. »Die Kurzfassung: Kehlis' Regime manipuliert uns mit Nanopartikeln, über die er Informationseinheiten in unsere Gehirne einspeist. So beeinflusst er das kollektive Denken und erzeugt eine Nation höriger Sklaven.«

Maria starrte die Blonde an, als hätte sie gesagt, Marsmenschen wären auf dem Alex gelandet.

»Ich weiß, das klingt verrückt«, fuhr Marlene fort, »aber es ist die Wahrheit. Diese Partikel sind überall. Im Essen, im Trinken, in Kosmetik, einfach überall. Die Magenschmerzen sind das Symptom einer Art Intoleranzreaktion. Deswegen lässt Kehlis solche Leute wie uns abholen, sperrt sie irgendwo ein oder tötet sie sogar. Sie sind nicht beeinflusst und somit für ihn gefährlich. Sie könnten aufbegehren.«

Diese Informationen wirkten wie zu viel Alkohol. Wie benommen saß sie da, begriff, dass es kein Entkommen gab. *Sie sind überall.* Und das wiederum bedeutete, dass für sie und Paul faktisch keine Zukunft existierte.

Als könnte Marlene ihre Gedanken erraten, sagte sie: »Verlier jetzt nicht die Hoffnung, Maria. Es gibt eine Gegenbewegung von höchst engagierten Leuten, die free sind. Ich bin ein Scout für sie. Ich halte Ausschau nach Menschen wie dir und Paul, um euch zu retten. Allerdings gelingt mir das in letzter Zeit mehr schlecht als recht.« Ihre Stimme wurde bitter. »Bei Caroline war ich mir endlich sicher, und dann hat Finn gebeichtet. Wusstest du, dass sie free war?«

Maria schüttelte den Kopf. »Ich wusste gar nichts. Aber … du kannst uns retten, sagst du?«

»Dich und Paul, ja.«

»Und meinen Mann?«

Die Traurigkeit auf Marlenes Gesicht war sofort wieder da.

»Ich muss meinem Sohn also den Vater nehmen«, stellte Maria matt fest.

»Ich würde es nicht so drastisch formulieren. Du wärst nicht die erste Frau, die über Nacht ihren Mann verlässt und das Kind mitnimmt. Und vielleicht gibt es sogar bald Hoffnung für Kehlisanhänger.«

»Was meinst du damit?«

»Ich kann dir aktuell keine Details verraten«, sagte Marlene. »Wir suchen aber nach einer konkreten Lösung, die Beeinflussung rückgängig zu machen. Falls wir das schaffen, können wir auch deinen Mann retten … und meinen Sohn.« Der hoffnungsvolle Glanz in Marlenes Augen war beinahe zu viel für Maria.

Heiser fragte sie: »Und wie geht es jetzt weiter?«

»Erst einmal musst du die Füße stillhalten. Momentan kann ich keinen Kontakt mit dem Hauptquartier aufnehmen. Bald steht ein großes Ereignis bevor, das über unsere Zukunft entscheidet. Deswegen sind die sicheren Kommunikationsverbindungen deaktiviert, um keine Risiken einzugehen.«

»Und wie lange wird dieser Zustand andauern?«

»Vielleicht ein oder zwei Wochen. Ich werde deinen Fall melden, sobald ich es kann. Solange musst du selbst zurechtkommen. Schneller geht es leider nicht.«

Maria schloss die Augen. »Bis dahin gehen mir die Medikamente aus.«

Frau Petri-Holden winkte ab. »Das ist das geringste Problem. Mit Medikamenten kann ich dich vorübergehend versorgen, sogar mit besseren als den Zäpfchen von Medivit. Ihr braucht nur einmal täglich eine Tablette zu nehmen, und damit verschwinden die Beschwerden vollständig. Ihr dürft nur nicht auffliegen.« Ihre Hand berührte Marias Unterarm. »Du bist eine sehr umsichtige Frau, Maria. Eine Kämpferin. Ich sehe es in deinen Augen. Du hast es bisher geschafft und kriegst das auch noch etwas länger hin! Alles wird sich zum Guten wenden. Du wirst sehen!« Es folgte ein aufmunterndes Drücken ihrer Finger, bevor Marlene Maria die Einzelteile ihres Handys zurückgab und sich erhob, um die Medikamente zu holen.

Plötzlich konnte Maria die Tränen nicht mehr zurückhalten. Sie rannen ihr über die Wangen, tropften von ihrem Kinn auf die Oberschenkel. Sie presste die Augen zusammen, um den Fluss zu stoppen. Sie zwang sich, ruhig zu atmen. In der Hosentasche fand sie ein Taschentuch.

Als die Kindergartenleiterin mit einer Plastikbox voller Tabletten zurückkam, waren Marias Augen wieder trocken. Sie hatte sich wieder unter Kontrolle. Sie musste es. Für Paul.

Kapitel 22

Ingolstadt

Frostig, still und klar dämmerte der Morgen. Kahle Bäume umringten den Ingolstädter Südfriedhof mit stoischer Ruhe, ihre Äste durchzogen das silbrige Grau des anbrechenden Tages wie schwarze Äderchen. Selbst der Morgenverkehr war nicht zu hören.

Nummer Elf trat von einem Bein aufs andere, rieb sich die klammen Hände. In Schwung kommen wollte sein Kreislauf nicht, doch das war nicht überraschend. Er hatte die Nacht durchgemacht, war bis vor zwei Stunden die alten Polizeiberichte und Obduktionsunterlagen von Maria Król minutiös durchgegangen. Es war eine anstrengende Arbeit, über die er das Essen vergessen hatte, und so fehlten ihm auch Kalorien, aber im Angesicht der drei Männer, die vor ihm um das Grab herumstanden, wollte er nicht frühstücken. Sie wirkten verschlossen und grimmig, auch wenn sie es zu verbergen versuchten. Nummer Elf konnte es ihnen nicht verübeln. Er hatte sie aus dem Bett geklingelt und in die Novemberkälte getrieben, um eine Leiche zu exhumieren. Es gab angenehmere Morgenaktivitäten.

»Bevor wir das Grab öffnen, Konfessor, erlauben Sie mir eine Frage: Wie wird der Bürokratiekram vonstattengehen?« Herr Schramm, Chef des Beerdigungsinstituts und gleichzeitig Leiter des Friedhofs, war ein korrekter Typ. Er entfachte im Schutz seiner hohlen Hand ein Streichholz, um sich eine Zigarette anzuzünden. Seine erste Überraschung darüber, dass ihn ein Konfessor aus dem Bett geholt hatte, schien er überwunden zu haben. »Ich meine, wir werden das Grab von Frau Król selbstverständlich auf Ihren Wunsch hin öffnen, doch benötige ich irgendetwas Schriftliches für unsere Unterlagen, damit alles seine Richtigkeit hat. Sie wissen schon: Controlling.«

Nummer Elf blickte starr auf den Grabstein. »Ich werde Ihnen eine Bescheinigung ausstellen«, sagte er trocken. *Ins Grab bringen*… Am liebsten hätte er eine der Schaufeln gepackt und losgegraben, statt hier über Belege und das Controlling einer Exhumierung zu sprechen. Er musste endlich wissen, ob Maria schlauer und geschickter gewesen war, als er für möglich gehalten hatte. *Ob mir ein Fehler unterlaufen ist,* korrigierte er sich. »Und jetzt beginnen Sie! Mich drängen wichtige Angelegenheiten, oder möchten Sie Herrn Kehlis verärgern?«

Schramm schluckte wegen der plötzlichen Schärfe in der Stimme des Konfessors. »Selbstverständlich.« Er gab einem der beiden anderen Männer ein Handzeichen, woraufhin sich der Kerl in einen Minibagger schwang, den sie auf der Ladefläche eines Pick-ups mitgebracht hatten. Der Motor brummte laut auf, eine Abgaswolke stieg in den Morgenhimmel, die Baggerschaufel ruckte herum und senkte sich in das mit Unkraut überwucherte Grab.

Nummer Elf beobachtete ungeduldig, wie schwarze Erde, durchzogen von Wurzeln und Regenwürmern, ans heller werdende Tageslicht kam. Nach etwas mehr als einem halben Meter Tiefe hielt der Baggerfahrer inne und kletterte aus dem Führerhaus.

»Ab hier graben wir von Hand«, erklärte er, griff nach einer

Schaufel und sprang zusammen mit seinem Kollegen in das Loch. »Das Grab ist acht Jahre alt. Eigentlich keine Zeit, aber bei unserem feuchten Boden sind die Särge da schon oft eingebrochen. Besonders die günstigen.«

Und das war er – sowohl günstig als auch eingebrochen. Nach wenigen Schaufelschwüngen kamen Stücke des eingefallenen Deckels zum Vorschein. Die beiden Totengräber entfernten vorsichtig die Erde um den Sarg herum, dann schoben sie eine dunkelgrüne Plastikplane unter die Sargbodenplatte und richteten sie vorsichtig aus.

»Wir werden den Sarg samt Bewohnerin jetzt herausheben«, erläuterte Schramm das Prozedere und kletterte auf die Ladefläche des Pick-ups, der mit einer entsprechenden kranartigen Hebevorrichtung ausgestattet war. »Danach können wir im Bestattungsinstitut eine säuberliche Öffnung vornehmen und so sicherstellen, dass keine Skeletteile verloren gehen.«

Nummer Elf trat näher an das Loch heran. Erde krümelte von seiner Fußspitze hinab. »Können wir das nicht hier sofort prüfen? Ich brauche nur ein paar Knochenteile für einen DNS-Abgleich.« Er hätte am liebsten die Ärmel hochgekrempelt und wäre selbst ins Loch gesprungen, doch die drei Männer waren von einer so feierlichen Korrektheit erfüllt, seit sie mit dem Öffnen des Grabes begonnen hatten, dass Nummer Elf sich beherrschte. Auch wenn er als Konfessor das Gesetz verkörperte, war er angewiesen, gegenüber Gesunden ein gewisses Maß an Korrektheit aufzuweisen. »Eine dumme Idee«, fügte er daher schnell hinzu. »Machen Sie Ihre Arbeit, wie es sich gehört. Ich werde warten.«

Und so beobachtete Nummer Elf schweigend, wie der Sarg mithilfe der Plastikplanenschlinge aus der Erde und auf die Ladefläche des alten schwarzen Pick-ups wanderte. Schramm bedankte sich bei seinen Mitarbeitern, gab einige Anweisungen, dass sie alles aufräumen sollten, und wechselte endlich hinters Steuer des Wagens. Nummer Elf setzte sich auf den Beifahrersitz. Es war ein älteres Auto ohne autonome Steuerung. Die Kupplung knirschte, als der Bestatter den ersten Gang einlegte und anfuhr. Im Schneckentempo ging es so zurück zum Bestattungsinstitut. Nummer Elf überkam vom sanften Schaukeln der Fahrt eine Welle der Müdigkeit, und so sah er nur aus dem Fenster. Schmale Grabsteinreihen zogen vorbei; in Nischen und auf Granitplatten leuchteten Grabkerzen, rote ruhige Inseln.

Die Müdigkeit drohte ihn zu übermannen, und er zwang sich, die Augen offen zu halten. Er hatte jetzt Wichtigeres zu tun.

»Na dann wollen wir mal«, sagte Schramm, nachdem er den Pick-up rückwärts in die Garage des Bestattungsinstituts gesteuert hatte. Er zündete sich eine weitere Zigarette an, lud fachmännisch mit der Hebevorrichtung das Sargpaket auf einen ausladenden Tisch, entfernte die Seile, schlüpfte in Nitrilhandschuhe und begann, die Holzreste des eingefallenen Sargdeckels beiseitezuheben.

Nummer Elf stand daneben, die Hände hinter dem Rücken verschränkt, damit der Mann nicht sah, wie seine Finger sich ungeduldig öffneten und schlossen. Er brauchte endlich Klarheit.

Nachdem Schramm mehr als die Hälfte der vermoderten Stücke entfernt hatte, hielt er in seiner Arbeit inne und runzelte die Stirn. »Das ist äußerst seltsam.«

Nummer Elf musterte die Holzreste und die klumpigen Erdbatzen, die einen intensiven Geruch nach Humus in der Garage verströmten und sogar den Zigarettenrauch überlagerten. »Was stimmt nicht? Warum hören Sie auf?«

»Na ja, eigentlich sollte ein ansehnliches Skelett zum Vorschein kommen.« Schramm schluckte. »Da ist aber nichts. Keine Knochen, kein Schädel, keine verrotteten Klamotten.«

Er hob ein weiteres Stück des Sargdeckels beiseite. Auch darunter war nur Erde.

Nummer Elf beugte sich tiefer über den Tisch, schob mit der blanken Hand die feuchte Erde hin und her. »Vielleicht weiter unten?« Seine Finger gruben tiefer. »Die Erde lässt doch nicht viel übrig, oder?«

»Aber mehr als *das*.« Schramms Stimme zitterte. Er legte Nummer Elf sanft eine Hand auf den Unterarm, damit er innehielt, in der Erde zu wühlen. Es war eine unnötige Geste. Nummer Elfs Finger waren auf dem Grund des Sargs angekommen. Da waren keine sterblichen Überreste.

Thomas Borchert stolperte aus dem Mietshaus ins Freie, die Augen verquollen, die Haare wirr, die Sneaker ungebunden. Auch wenn es Borcherts freier Tag war, gab er ein armseliges Bild ab, wie Nummer Elf fand, aber er wollte darüber hinwegsehen, da er selbst vermutlich nicht besser aussah. Er war direkt von Ingolstadt nach München gefahren, hatte sich unterwegs an einem Autobahnrastplatz eine Leberkässemmel und einen Kaffee einverleibt und wartete nun auf den jungen Spurensicherer.

»Ein bisschen mehr Beeilung, bitte!«, rief er Borchert aus dem offenen Wagenfenster zu. Er parkte vor dessen Mietwohnung am Straßenrand. »Es eilt!«

Borchert rieb sich den Schlaf aus den Augen, beschleunigte seine Schritte, kam um die Motorhaube herum und stieg ein. »Guten Morgen erst mal.« Er blinzelte, schüttelte sich und stieß laut die Luft aus. »Wohin geht's?«

»In die JVA Grauach.« Nummer Elf hatte den Wagen samt Autopilot bereits gestartet, der nun nach der nächstbesten Lücke im Verkehr suchte und sich schließlich einordnete.

»Hat es mit dem Fall vom Wohnwagen zu tun?«, fragte Borchert. »Mit dem verschwundenen Häftling?«

»Wutkowski«, präzisierte Nummer Elf. »Sein Name ist Malek Wutkowski.«

»Und weiter? Was hat es mit ihm auf sich?«

»Sie kennen die Geschichte des Król-Wutkowski-Trios nicht? War vor acht Jahren groß in den Medien.«

Borchert zuckte mit den Achseln. »Da war ich noch in der Pubertät. Und hatte andere Sorgen.«

»Titten und Ärsche vermutlich«, murmelte Nummer Elf. »Egal. Sie brauchen nicht alle Details zu wissen. Wichtig ist, dass ich mittlerweile ahne, wohin Malek möchte; nämlich zu einer alten Bekannten namens Maria. Maria Król. Sie ist die kleine Schwester des Verstorbenen Tymon Król, wobei sich *kleine Schwester* recht niedlich anhört. Maria wurde von Tymon professionell als Kämpferin ausgebildet. Er war Elitesoldat, bevor er die Seiten des Gesetzes wechselte, und Maria ... sie war damals annähernd so gut wie er. Wenn man ausklammert, dass sie eine Frau ist und gegenüber einem Mann leichte Abstriche bei der Körperkraft hat, war sie besser. Schneller, schlauer, kaltschnäuziger. Und sie ist irgendwo dort draußen. Allerdings weiß ich nicht, wo sie sich aufhält. Bis heute Morgen wusste ich noch nicht mal, dass sie noch lebt.«

»Dass sie noch lebt?«, echote Borchert erstaunt.

»Sie hat offenbar ihr Ableben vorgetäuscht, als das Trio bei einem höchst kriminellen Deal aufflog, und ist getürmt. Ich ließ vorhin ihr Grab ausheben.« Er kratzte sich einen hartnäckigen Rest Erde unter dem Fingernagel hervor. »Es war leer.«

Borcherts Augen weiteten sich. »Ist das Graberde?«

Nummer Elf verrieb den Rest zwischen Daumen und Zeigefinger, bis nichts mehr vorhanden war außer einer leichten Färbung seiner Fingerspitzen. »Wir werden also in der JVA die Besitztümer von Malek und Tymon genauestens unter die Lupe nehmen. Ich habe das zwar schon vor drei Monaten getan, doch war mir damals der Umstand mit Maria nicht klar. Ich hielt sie für tot. Insofern suchen wir nach Hinweisen auf Marias Aufenthaltsort. Ich möchte Sie dabeihaben, weil Sie einen geschulten Blick für Details haben.«

»Sie doch auch.«

»Aber irgendwann wird man betriebsblind. Ich beschäftige mich seit Monaten mit dem Fall. Da sieht man leicht den Wald vor lauter Bäumen nicht mehr.« *Und stolpert über verborgene Wurzeln …*

Borchert blickte immer noch auf Nummer Elfs Finger.

»Geht klar, Chef«, sagte er schließlich und sah langsam auf.

»Ja?«

»Darf ich Sie etwas Persönliches fragen?«

»Selbstverständlich. Ob ich Ihnen allerdings antworte, ist eine andere Sache.«

Borcherts Mund formte sich zu einem Lächeln, es hielt nur einen Herzschlag lang. »Sie sind doch ein Konfessor erster Generation? Soweit ich gehört habe, zählen alle mit Nummern kleiner als sechsunddreißig dazu.«

Nummer Elf musterte den jungen Mann. Er fand in dessen Gesicht Neugierde und einen Hauch von Unsicherheit. »Wo haben Sie das aufgeschnappt?«

»Im Bunker. Man ist sich dort auch sicher, dass Konfessoren keine Gefühle empfinden, dass die erste Generation nicht einmal dazu in der Lage ist. Das ist doch ein Märchen, oder?«

Das trieb Borchert also um. Nummer Elf wandte sich ab, schaute hinaus auf die Straße. Begrenzungspfosten schossen am Bankett vorbei. *Ein Märchen, ein Märchen, ein Märchen …*

»Nein«, gestand er. »Kein Märchen. Zumindest nicht, was die erste Generation betrifft. Das entspricht der Wahrheit.«

Doch tat es das wirklich? Was war das am Morgen im Bestattungsinstitut gewesen? Eine von Zweifel belegte Stimme ertönte in seinem Kopf: *Genau! Warum hat deine Hand so gezittert? Warum hast du wie ein Irrer im Sarg herumgewühlt? Waren da keine Emotionen mit von der Partie? Ja... jetzt zögerst du. Ist das nicht ein Zeichen, dass sich etwas verändert?!* Schnell brachte Nummer Elf die Stimme zum Verstummen, doch die Worte hallten nach. Er hatte *tatsächlich* gezögert. Doch warum? Der imaginäre kühle Nagel war immer noch in seinem Kopf, dieser harte Bolzen an der Stelle, wo früher Gefühle gewesen waren. Es gab keinen Grund, an unumstößlichen Fakten zu rütteln. *Irreparable Schäden...*

»Wie muss ich mir das eigentlich vorstellen, diese Emotionslosigkeit?«, fragte Borchert. »Wie eine Alexithymie?«

»Ge-fühls-blind-heit.« Nummer Elf ließ das Wort über seine Zunge wandern. »Haben Sie das recherchiert? Ja? Das ist ein kluges Vorgehen. Immer informiert sein. Und Sie haben recht. Das trifft es am ehesten. Wir sind unfähig, etwas zu empfinden.«

Borchert runzelte die Stirn. »Werde ich auch so, falls ich Konfessor werde?« Schnell hob er die Hand. »Verstehen Sie das bitte nicht falsch! Natürlich möchte ich alles in meiner Macht Stehende für Herrn Kehlis und seine Visionen tun, doch meine Gefühle... offen gesagt, kann ich mir das nicht vorstellen, ein Leben ohne Emotionen.«

Das konnte ich auch nicht, hätte Nummer Elf beinahe erwidert, doch er behielt den Kommentar für sich. »Das müssen Sie auch nicht. Heutige Konfessoren durchlaufen ein völlig anderes Prozedere als damals. Sie würden Gefühle empfinden. Aber davor muss man Sie als geeignet erachten. Nur die wenigsten werden Konfessoren – und nur die Besten. Also strengen Sie sich an, zeigen Sie Leistung, fallen Sie positiv auf.«

Borchert nickte, studierte seine im Schoß verschränkten Finger. Er schien zu dem Thema nichts mehr zu sagen zu haben, musste wohl die neuen Informationen erst sacken lassen. Nummer Elf war das recht. Sein Kopf fühlte sich an, als wollte er platzen. Der Schlafmangel, die neuen Entwicklungen, Marias kluger Schachzug – das alles vermischte seine sonst so klaren Gedankenstränge und brachte Unordnung. Unordnung, die ihm Kopfschmerzen bereitete.

Borchert seufzte neben ihm und fragte: »Macht es Ihnen was aus, wenn ich mich noch 'ne Runde aufs Ohr haue? Es war gestern ganz schön spät, und wir fahren noch mindestens eine Stunde.« Er zog seine Jacke aus, knüllte sie zusammen und schob sie als Kissen zwischen Kopfstütze und Fenster.

»Ist genehmigt«, sagte Nummer Elf. »Ich werde die Gelegenheit ebenfalls nutzen. Auch ein Konfessor braucht irgendwann ein wenig Schlaf. Und wofür hat man diese Autopiloten.«

Doch der Schlaf wollte sich nicht einstellen, zumindest nicht für Nummer Elf.

»Das ist alles.« Der Justizvollzugsbeamte knallte zwei graue aufeinandergestapelte Plastikkisten vor ihnen auf den Tisch. »Benötigen Sie sonst noch etwas, meine Herren?«

Nummer Elf warf einen flüchtigen Blick in die oberste Kiste, die mit MALEK WUTKOWSKI beschriftet war. Viel lag nicht darin. »Sind die Zellen der beiden noch unberührt?«

Der Beamte lachte. »Mit Verlaub, Konfessor, die Flucht ist mehr als drei Monate her. Die Zellen sind längst gereinigt, neu belegt und wieder vollgeschissen. Was von den beiden noch hier ist, steht vor Ihnen.«

Nummer Elf nickte. »Dann dürfen Sie gehen.«

Nachdem die Tür hinter dem Mann ins Schloss geglitten war, hob Nummer Elf die obere Kiste herunter. Die von Tymon Król schob er Borchert entgegen. »Wir durchsuchen beide Kisten separat«, erklärte er. »Legen Sie alle Gegenstände, die Ihnen nur im Entferntesten interessant vorkommen, gesondert beiseite. Und wenn Sie Fragen haben, dann raus damit. Jede Assoziation ist erwünscht!«

»Alles klar.« Borchert, das Gesicht lang und ernst, beugte sich über Króls Kiste, griff vorsichtig hinein und zog einen ersten Gegenstand – ein paar gewaschene Socken – hervor. Mit spitzen Fingern stülpte er die Socken auseinander.

Nummer Elf wandte sich Wutkowskis Kiste zu, nahm ebenfalls jeden Gegenstand einzeln heraus, begutachtete ihn und legte ihn anschließend beiseite.

Die Arbeit war schnell vorbei. In Malek Wutkowskis Kiste befanden sich vier graue Unterhosen, vier Paar graue Socken, vier graue T-Shirts ohne Markennamen, zwei Jeans, zwei Handtücher, Plastikbadelatschen in Schwarz, ein Nagelknipser, ein Kugelschreiber, sieben leere Kuverts und sieben Briefmarken. Außerdem gab es ein verblombtes Radio ohne USB-Anschluss und einen Wasserkocher, der sichtlich vom Kalk befreit worden war. Ein TV-Gerät fehlte.

Nummer Elf blickte noch einen langen Moment in die nun leere Kiste, bevor er sich Borchert zuwandte. Dieser begutachtete einen abgegriffenen Bildband über das Amerika der Fünfzigerjahre, blätterte hindurch und legte ihn schließlich ebenfalls beiseite. Es war auch sein letzter Gegenstand.

»Nichts«, sagte Borchert. »Nur Alltagsgegenstände, wenn man von dem einen Buch absieht.«

»Auch bei Wutkowski keine Auffälligkeiten.«

»Ist das normal?« Borchert kratzte sich am mit Stoppeln überzogenen Kinn. »Ich meine, die beiden waren acht Jahre hier. Müssten sie in der Zeit nicht Privates angesammelt haben?«

»Eigentlich schon, aber wir wissen nicht, was sie bei der Flucht bei sich hatten. Sie könnten Gegenstände mit sich geführt haben, vor allem emotional aufgeladene.«

»Und was ist mit den Sachen, die wir im Wohnwagen gefunden haben?«, fragte Borchert. »Wir sollten sie in Anbetracht der neuen Umstände noch mal durchgehen.«

Nummer Elf überlegte kurz, dann stimmte er zu. »Einen Versuch ist es wert, auch wenn die Gegenstände aus dem Wohnwagen vorher schon dort gewesen sein könnten. Sie sind nicht eindeutig zuzuordnen. Aber möglicherweise aufschlussreicher« – er deutete auf die wenigen Habseligkeiten – »als das hier.« Nummer Elf ging um den Tisch herum zu Borcherts Seite und begann, Tymons Gegenstände anzuschauen und zurück in die Kiste zu packen.

Borchert hingegen rührte sich nicht, dachte nach. »Sie haben doch damals sicher die Protokolle des Posteingangs geprüft, oder?«

Nummer Elf hielt inne. »Selbstverständlich. Jeder Brief wird einzeln untersucht, gelesen und protokolliert. Malek und Tymon erhielten allerdings keine private Post, nur offizielle Schreiben von Behörden.« Nummer Elf verstummte.

»Irgendeine Eingebung, Konfessor?«

Nummer Elf hob die Hand, schloss die Augen. Er ging in Gedanken die Protokolle durch, die Briefe der Sozialversicherung, die richterlichen Anordnungen, die Anhörungen. Und da blitzte es erneut. Ein Brief des Bestattungsinstituts, in dem er heute Morgen noch gestanden hatte. Einer Beileidsbekundung hatte ein schlichter Flyer zur Auswahl eines Sarges für die verstorbene Maria Król beigelegen. Dann – ein paar Tage später – ein Dankesschreiben, dass Malek und Tymon eine großartige Wahl getroffen hatten. Auch diesem Schreiben war etwas beigefügt gewesen. Ein …

Nummer Elf fuhr herum, eilte zur Tür und diktierte fast heiser in die Sprecheinrichtung. Er verlangte nach dem Wärter, der umgehend die Protokolle der Post mitbringen solle.

»Ihnen scheint etwas eingefallen zu sein.« Borchert lächelte verhalten, nachdem Nummer Elf aufgelegt hatte. »Bringen Sie mich auf Ihren Wissenstand?«

»Erst die Protokolle!« Nummer Elfs Tonfall ließ Borcherts Lächeln gefrieren, und die nächsten drei Minuten räumte er schweigend Maleks Kiste ein.

Dann wurden die Protokolle gebracht. Nummer Elf riss sie dem Wärter noch im Türrahmen aus den Händen. »Nein, nein, nein«, murmelte er und blätterte durch die Seiten. Dann hielt er inne. »Da! Das Dankesschreiben aus dem Bestattungsinstitut! Beilage: Ein hölzerner Rosenkranz als kleine Aufmerksamkeit. Wurde von Richter Schaller zur Religionsausübung in der Zelle gestattet.« Nummer Elf blickte auf. »Wurde nicht am Tatort ein Rosenkranz gefunden?«

»Ja.« Borchert runzelte die Stirn, blickte Nummer Elf fragend an. »Den habe ich selbst eingetütet. War völlig blutverschmiert und abgegriffen.«

»*Abgegriffen?* Wo genau haben Sie den gefunden?«

»Unter einem der Betten. Um genau zu sein: Unter dem des Toten, als ich die Blutmengen untersuchte.«

»Also unter Tymons Bett.« Nummer Elf klatschte die Mappe mit den Protokollen auf den Tisch, dass es knallte wie eine Ohrfeige. »Dann wussten sie es die ganze Zeit. Scheiße!«

»Aber wie …?«

»Sie sind nicht religiös, oder?«

Borchert schüttelte den Kopf. »Heide durch und durch. Abgesehen von meiner Überzeugung gegenüber Herrn Kehlis. *In Kehlis*!«

»Dann können Sie das nicht verstehen.« Nummer Elf wandte sich ab und begann, in dem kleinen Besprechungsraum auf und ab zu marschieren. »Der Rosenkranz besteht aus einem Kreuz und verschieden großen Perlen; er wird für das Rosenkranzgebet benötigt. Das Kreuz steht für das Apostolische Glaubensbekenntnis, die großen Perlen für je ein

Vaterunser und die kleinen Perlen je für ein Ave-Maria.« Er blieb stehen. »Verstehen Sie jetzt! Aus dem Bestattungsinstitut, in dem Maria Król ihren Tod vortäuschte, erhält ihr Bruder einen Rosenkranz. Den nimmt er bei seiner Flucht mit. Einen schlichten Rosenkranz! Warum? Nicht weil er so religiös war, nein! Tymon schiss auf Gott, Allah, Buddha und wie sie alle heißen. Es war der Hinweis, dass seine Schwester lebt. Sein Erinnerungsstück. *Ave Maria!* Noch eindeutiger kann man nicht heimlich kommunizieren. Und ich Vollidiot habe mich narren lassen.« *Zum zweiten Mal.*

Und zum letzten Mal, ergänzte er für sich.

Kapitel 23

Hauptquartier der Rebellen

»Und? Was halten Sie davon?«

Malek blickte von der Detailkarte des Rohrbachtals auf, die zwischen ihm und Wendland auf dem Schreibtisch lag. »Nette Idee.«

»Aber?«

Malek tippte mit dem Finger auf die spätmittelalterliche Ruine, die östlich der Straße auf einer Erhebung eingezeichnet war. Laut den Fotos war es nur eine hüfthohe Mauer mit einem letzten stehenden Fensterbogen, der Wind und Wetter trotzte. »Es ist die einzige Chance. Es lässt keinen Spielraum für Fehler.«

Wendland nickte. »Dafür ist es der perfekte Ort, um zuzuschlagen.«

»Vielleicht zu perfekt.«

»Sie glauben, man wird diese Stelle besonders im Auge haben?«

»Ich würde es.«

Wendland begutachtete abermals die Karte. »Aber Kehlis' Team kann nicht den gesamten Wald absuchen. Drohnenteppiche sind in Waldgebieten nicht verlässlich genug, und gegen Wärmebildkameras haben wir vorgesorgt.« Wendland lehnte sich zurück, versuchte ein zufriedenes Lächeln zu unterdrücken, das von selbst verschwand, als er Maleks ernste Miene bemerkte. »Sie meinen, unsere Verschleierungstaktik könnte nicht ausreichen?«

»Nicht, wenn er eine Hundertschaft aufmarschieren lässt.«

Wendland runzelte die Stirn. »Davon hätten wir erfahren. Nein. Es wird keine Hundertschaft geben, die jeden Stein umdreht. Glauben Sie mir. Im Wald sind wir sicher. Es gibt genügend Schlupflöcher und Verstecke. Unebenes Terrain. Barbara hat das bestätigt. Sie war vor Ort.«

Aber ist ihre Einschätzung richtig? Malek hätte die Örtlichkeiten lieber selbst begutachtet, doch hatte man ihn nicht darum gebeten. Überhaupt hatte keiner ihn um seine Meinung gebeten, außer Wendland. *Und das unter vier Augen.* Er blickte abermals auf die eingezeichnete Grünfläche, die sich hinter der Ruine kilometerweit nach Osten erstreckte, bis sie von einem Fluss unterbrochen wurde. Wahrscheinlich hatte der alte Mann recht. Die Kehlianer würden nicht auf knapp zehn Kilometern Länge einen Wald durchkämmen. Der Plan hatte Hand und Fuß. Er war zwar verrückt, aber genau deswegen erfolgversprechend. Es konnte klappen. *Es muss klappen,* verbesserte er sich. Allein schon, damit er vorankam.

»Sie sehen so nachdenklich aus«, bemerkte Wendland. »Was gefällt Ihnen nicht?«

Der Haufen unerfahrener Männer und Frauen, die einen Hochsicherheits-Gefangenentransport knacken wollen. Malek war seit seinem Stelldichein mit Jannah jeden Abend im Gemeinschaftsraum gewesen, um die Leute unter die Lupe zu nehmen. Sein erster Eindruck von Spießern hatte sich bestätigt, doch brachte es nichts, das laut auszusprechen. Also nannte er den zweiten Faktor, der ihm nicht gefiel: »Die Unklarheit, wie die Transportfahrzeuge ausgestattet sind.«

Wendland sah ihn an, auslotend, ob das wirklich der Punkt war. Er sagte: »Ich hoffe, dass wir das noch aus den neusten

Protokollen auslesen können. Aber auch wenn nicht, sind wir für alle Eventualitäten gerüstet. Außerdem meinte Barbara, der entscheidende Punkt wäre, dass die Fahrzeuge überhaupt zum Stehen kommen. Dann könnte man jedes knacken. Und dafür sorgen wir.«

Damit hatte sie nicht unrecht, und trotzdem …

»Es ist nicht das *ob*, sondern das *wie lange*«, sagte Malek. »Die Busse, die regulär für Gefangenenverschiebungen zum Einsatz kommen, sind fahrende Bollwerke. Sandwichbauweise. Stahl, Aluminium, Kunststoff, Schaumstoff, Holz. Schrauben mit Spezialschlüsseln. Alles ist so konzipiert, dass man mindestens zwanzig Minuten benötigt, um einzudringen. Haben wir zwanzig Minuten?«

»Wahrscheinlich nicht, aber die brauchen wir auch nicht«, entgegnete Wendland. »Ich habe für eine adäquate Ausrüstung gesorgt. Sie haben die Liste gesehen. Wir knacken den Transport wie ein rohes Ei.« Das entschlossene, kalte Lächeln auf Wendlands Gesicht gefiel Malek nicht; der Mann war zu überzeugt von seinem Vorhaben, wirkte fast schon vermessen – auch wenn die Ausrüstungsliste tatsächlich beeindruckend war. Vielleicht wollte er ihm auch nur beweisen, dass in seinem gehandicapten Körper ein Kämpfer steckte? Anderseits … hier kämpfte David gegen Goliath. Als David brauchte man schon eine gehörige Portion Selbstvertrauen, um sich diesem Kampf zu stellen. Dafür musste man sich irgendwie motivieren und sei es mit eigenem Eierschaukeln. Malek entschied, nicht weiter darauf einzugehen und dem alten Herren seine Eier zu lassen.

Wendland fragte: »Haben Sie sonst noch irgendwelche Einwände, bevor wir morgen mit allen Teilnehmern in die Missionsbesprechung gehen?«

Malek schüttelte den Kopf. »Sie haben saubere Arbeit geleistet.«

»Freut mich zu hören.« Vitus Wendland reichte ihm die Hand über den Tisch. »Ihnen gebührt aber auch mein Dank für diese kritische Einschätzung. Sie haben mir sehr geholfen, indem Sie mich bestätigt haben.«

Malek erwiderte den Handschlag, doch blieb er sitzen.

»Ist noch etwas?«.

»Wann werden wir ausgerüstet?«

Malek sah das misstrauische Blitzen in Wendlands Augen, den Impuls, seinem Blick auszuweichen. »Früh genug«, versetzte er. »Auch Sie werden Ihre Waffe bekommen.«

»Ich möchte üben«, erklärte Malek. »Mein letztes Dosenschießen ist eine Weile her.«

»Ich werde Ihren Wunsch zur Sprache bringen.«

»Sie vertrauen mir nicht.«

Wendland zögerte. »Wenn ich ehrlich bin, sind Sie Fluch und Segen zugleich für unsere Rebellion. Ihr analytisches Denken, Ihre Kaltschnäuzigkeit und Ihre Erfahrungen sind Gold wert. Andererseits … es braucht einfach Zeit, sich daran zu gewöhnen, mit einem ehemaligen Schwerverbrecher zusammenzuarbeiten.«

»Damit werden Sie leben müssen.« Das Metall des Freischwingers knarrte, als Malek sich erhob. Er trat zur Tür.

»Herr Wutkowski«, hielt ihn Wendland zurück. »Rein aus privatem Interesse: Hatten Sie jemals Gewissensbisse bei Ihrer Arbeit?«

Malek verharrte ihm Türrahmen und blickte zu dem Mann im Rollstuhl zurück. »Nicht mehr oder weniger als Sie.«

Der Weg von Wendlands Büro zu seinem Zimmer verlief kreuz und quer durch den Gebäudekomplex. Wie Malek herausgefunden hatte, waren die zentralen Rechnerräume wegen der Rebellion in mehreren Bauabschnitten umfunktioniert worden. In einem der zuletzt entstandenen Bereiche unterteilten kahle Zwischenwände die ausladenden Räume in schmale Gänge, Büros, Lagerräume und Labors. Wenn man einmal das System der Neuunterteilung begriffen hatte, fand man sich relativ gut zurecht. Völlig anders war hingegen die Ebene im ersten Stock gestaltet. Auch den dortigen Rechnerraum hatte man umgebaut, jedoch in die ersten Wohneinheiten, die schicker, größer und wohnlicher als der Rest waren. Es war der Bereich, den er bisher nur ein einziges Mal betreten hatte und der mit einer massiven Stahltür versehen war. An dieser führte sein Weg vorbei zu den neueren, schlichteren Zimmern, von denen er eines bewohnte.

Malek blieb jedoch vor der massiven Stahltür stehen. Mit der Fußspitze drückte er gegen das Türblatt. Verschlossen.

»Oder versteckst du dich dahinter?« Er hatte Jannah seit ihrem nächtlichen Abenteuer nicht mehr zu Gesicht bekommen. Ging sie ihm absichtlich aus dem Weg, oder isolierte ihre Mutter sie? An sich war es egal. In beiden Fällen kam er nicht an Informationen über Marias Aufenthaltsort heran. Man hatte aus Sicherheitsgründen das Netz innerhalb des Rebellenlagers gesperrt. Es gab zwar ein Intranet, aber da stand für ihn nichts Relevantes drin. Ohne Jannah oder ein Mitglied des Quartetts war er weiterhin gezwungen, in dieser Angelegenheit untätig herumzusitzen. Darüber hinaus fand er es schade, die quirlige Rebellin nicht mehr gesprochen zu haben. Sie hatte ihn als denjenigen akzeptiert, der er war.

Er ging weiter und erreichte kurz darauf sein Zimmer. Die Tür stand einen Spalt breit offen. Er hatte sie jedoch geschlossen zurückgelassen. Malek wich an die Wand daneben und lauschte. Zu hören war nichts. Seine Hand verschwand in seiner Hosentasche. Heraus kam sie mit dem Skalpell, das er in der Nacht mit Jannah aus Jörgs Labor entwendet hatte. Er entfernte die Schutzkappe und verbarg das schlanke Messer in seiner hohlen Hand. Dann trat er in sein Zimmer, als wäre alles wie immer.

Dort wurde er erwartet. Malek hatte Majorin Barbara Sterling zwar noch nicht zu Gesicht bekommen, aber dank des braunen Blazers, der goldenen Spange am Kragen, den zusammengebundenen Haaren und dem finsteren Blick bestand kein Zweifel, wer da auf seinem Sofa saß.

»Netter Ausblick«, grüßte sie.

Er bedachte sie mit einem beiläufigen Blick, schloss hinter sich die Tür und lehnte sich ihr gegenüber an die Wand, die Hände halb in den Hosentaschen verborgen. Die Familienähnlichkeit mit Jannah war nicht zu übersehen. Das Grün ihrer Augen war der gleiche Farbton wie bei der Tochter, ebenso wie das Kupfer ihrer Haare. Ihm fiel ein alter Spruch seines Vaters ein: *Schau dir immer zuerst die Mutter an. Wenn die hübsch ist, wird die Tochter es auch.* Er musste zugeben, dass Barbara Sterling eine attraktive Frau war, zumindest wenn er sich die harte Maske der Unantastbarkeit wegdachte, die sie trug.

»Sie vermissen die Welt dort draußen, nicht?«, fragte sie.

Als er nicht antwortete, fuhr sie fort: »Ist ja auch verständlich, nach so vielen Jahren im Gefängnis. Was tut man dort eigentlich den ganzen Tag? Ertrinkt man im Selbstmitleid, oder schmiedet man Pläne für die Zeit danach?« Sie legte fragend den Kopf zur Seite, musterte ihn. »Sicher schmiedet man Pläne. Jeder schmiedet Zukunftspläne. Es gibt so vieles, was das Leben einem bieten kann. Vor allem, wenn man noch so jung ist wie Sie. Ob man seine Pläne dann natürlich erreicht, steht auf einem anderen Blatt.« Ganz beiläufig legte sie die Hand neben sich auf einen flachen Papierstapel, den Malek erst jetzt bemerkte.

Er sagte nichts, rollte nur die Lippen nach innen, um sie zu befeuchten. Er wusste, wie eine Drohung klang, auch wenn sie so subtil formuliert wurde.

Die Majorin schlug die Beine übereinander, verschränkte

die Hände über dem Knie. »Sie sehen ein wenig unerfreut aus. Dafür gibt es doch gar keinen Grund. Kommen Sie, Herr Wutkowski, erzählen Sie mir von Ihren Plänen.«

Als ob die dich was angingen. Er löste sich von der Wand, jedoch nur, um sein Gewicht zu verlagern und sich mit dem Rücken anzulehnen. Einen Fuß winkelte er ab, stellte ihn an die Wand. So konnte er sich abdrücken und wäre bei ihr, bevor sie überhaupt begriff, dass er sich auf sie stürzte.

»Sie wollen nicht mit mir plaudern«, stellte die Majorin fest. »Schade.« Sie nahm den Stapel bedruckten Papiers zur Hand, platzierte ihn auf ihrem Oberschenkel. Laut las sie vor: »Fünfter Jahrestag, Maria Król. Am Dienstag, dem siebenundzwanzigsten Juni, jährt sich zum fünften Mal der Tag, an dem deinem Leben auf so tragische Weise ein Ende gesetzt wurde. In lieber Erinnerung gedenken wir deiner am Samstag, dem ersten Juli, um neunzehn Uhr in der Pfarrkirche Mariens in Berlin. Deine Freunde, Verwandten und Kollegen, insbesondere Konstantin und Mary.« Sie faltete die Hände über dem Papier und suchte seinen Blick. Das Fenster spiegelte sich wie eine doppelte Scherbe im Smaragdgrün ihrer Augen. »Gefällt es Ihnen eigentlich bei uns? Wie ich gehört habe, waren Sie jeden Abend im Gemeinschaftsraum. Sie haben dort Bier getrunken und den anderen beim Billard zugesehen. Es wirkte für einige fast so, als ob Sie Anschluss suchten.«

Und da dämmerte es ihm: Sie glaubte zwar zu wissen, wohin er wollte, aber eigentlich hatte sie Angst, dass er bei den Rebellen nicht nur ein Gastspiel gab und auf Dauer ihrer Tochter zu nahe kam. Wusste sie von ihrer gemeinsamen Nacht? Nein. Dann würde sie hier feuerspuckend und brüllend vor ihm stehen. Sie konnte nur wissen, dass er mit Jannah gesprochen hatte. *Ich kann dir also jetzt entweder die Furcht nehmen oder schüren oder dich im Ungewissen lassen.* Alle drei Optionen gefielen ihm nicht. Und noch weniger gefiel ihm, dass sie in seine Privatsphäre eingedrungen war. Auch wenn es ihm an sich scheißegal war, ob sie in seinen dreckigen Unterhosen wühlte, so war er doch kein Untergebener, mit dem sie umspringen konnte, wie sie wollte. Er entschied sich, ihr das zu signalisieren, sie ein wenig zu reizen, ein Scheit Holz ins Feuer ihrer Ängste zu werfen.

»Wissen Sie«, sagte er, »auch Männer wie ich sehnen sich nach Nähe und Geborgenheit.«

Malek hatte nicht geglaubt, dass ihre Miene noch härter werden konnte. »Nähe und Geborgenheit«, wiederholte sie gedehnt, »sind seltsame Worte aus dem Mund eines Söldners. Verwechseln Sie das nicht mit Lust und Leidenschaft?«

Er legte noch ein Scheit nach. »Ich kenne sehr wohl den Unterschied und weiß, von wem ich was bekomme.«

Es befriedigte ihn zu sehen, wie ihr Augenlid zuckte. Es zuckte ein weiteres Mal, dann erhob sich Barbara Sterling, kam mit zwei Schritten zu ihm, blieb so nah vor ihm stehen, dass der Saum ihres Blazers seinen Arm streifte. Sie roch nach demselben Karamellton wie Jannah, nur ein wenig herber.

»Ich an Ihrer Stelle«, begann sie, und die Schärfe in ihrer Stimme war nicht mehr zu überhören, »würde mir die Frage stellen, was mir das Leben auf lange Sicht bieten soll. Ihre Freiheit ist so frisch und zart, und Sie hatten so lange nur eintönigen Brei auf dem Teller, da wäre es doch … dämlich, sich gleich wieder auf das erstbeste Gericht festzulegen.« Sie drückte ihm die Ausdrucke an die Brust und machte auf dem Absatz kehrt.

Da Malek die Hand mit dem Skalpell nicht aus der Tasche ziehen wollte, fielen ihm einige der losen Blätter aus der Hand. Sie flatterten durch die Luft, verteilten sich vor ihm auf dem Boden, wobei eines der Majorin zwischen die Füße flog. Das grobe Profil ihrer Stiefel hinterließ einen schwarzen, hässlichen Abdruck darauf.

An der Tür blieb sie stehen, genauso wie Malek es kurz zuvor in Vitus Wendlands Büro getan hatte. Nun war sie nur noch die gereizte Mutter, die ihren Mann verloren hatte und sich um die Tochter sorgte, und alle die Gerissenheit der Majorin war vergessen. »Lassen Sie die Finger von meiner Tochter«, drohte sie, »oder zwischen uns herrscht Krieg! Es war das einzige Mal, dass Sie Jannah vor Ihren Karren gespannt haben! Und was diese Maria angeht, nach der Sie da suchen: Die Inserate enden vor drei Jahren. Es ist eine tote Spur. Allerdings ist es mit gewissen Privilegien möglich, nach jemandem zu suchen, der nicht so leicht gefunden werden möchte. Kurzum: Ich weiß, wo sie ist. Und ich werde es Ihnen sagen, wenn Sie sich an die Abmachungen halten. Erledigen Sie die Fossey-Mission, und lassen Sie die Finger von meiner Tochter, dann erfahren Sie Marias Aufenthaltsort. Und dann verschwinden Sie.« Mit diesen Worten ging sie, ließ seine Zimmertür offen stehen.

Malek hörte ihre Schritte verhallen, dann steckte er das Skalpell zurück in die Schutzhülle und sammelte die Blätter vom Boden auf. Säuberlich steckte er den Stapel wieder zusammen, blätterte hindurch, las alles eingehend. Es ging recht schnell, denn von Marias Todestag an waren es tatsächlich nur fünf jährliche Gedenkanzeigen, immer in Erinnerung an die verstorbene Maria Król, stets gleich aufgebaut, mit Verweis auf einen Gottesdienst in Berlin. Jannah hatte also die Daten aufgetrieben, doch waren diese nicht geheim geblieben.

Ein Klopfen ließ ihn aufblicken.

»Wutkowski?« Hendrik Thämert stand im Türrahmen. »Hast du einen Moment?«

Malek bedachte den Rebellen mit einem langen Blick, dann legte er die Papiere beiseite, mit der bedruckten Seite nach unten.

Hendrik kam herein. Er trug eine ausgewaschene Jeans,

dazu einen eng anliegenden Pullover. Seine sportliche Figur zeichnete sich darunter ab. Seine Schultern waren nicht ganz so breit wie Maleks, sein blondes Haar war kurz geschnitten und wich bereits Richtung Nacken zurück. Der Bereich zwischen den Geheimratsecken war mit Gel aufgestellt.

»Hast du die Vorabinfos zur Mission gelesen?«, fragte Hendrik.

»Ja.«

»Dann weißt du, dass wir beide ein Team bilden.«

»Ja. Irgendein Problem damit?«

Er kannte die Antwort. Natürlich hatte Hendrik Thämert ein Problem damit. Er war gegenüber Malek von vornherein negativ eingestellt gewesen, hatte ihn wie einen Gefangenen behandelt, ihn mit Argwohn bedacht. Mit gesundem Argwohn. Wie auch jetzt. Dass er den Blick nicht senkte, entging Malek nicht.

»Meine Begeisterung hält sich in Grenzen«, gestand Hendrik, »aber beschweren werde ich mich nicht, falls du das meinst.«

»Keine Sorge«, entgegnete Malek, »wir brauchen keine Freunde zu werden.«

Hendrik trat einen Schritt näher. »Mir geht es nicht um Freundschaft, Wutkowski, sondern um Sicherheit. Wenn wir dort draußen sind, muss ich mich zu einhundert Prozent auf meinen Partner verlassen können. Kann ich das?«

Solange du mir nicht in den Rücken fällst, dachte Malek, behielt den Kommentar aber für sich und sagte: »Für dich geht es dort draußen um dein Leben und um deine Nano-Freiheit. Was wirst du dafür tun?«

»Alles«, erwiderte Hendrik grimmig.

Malek nickte. »Wir haben also den gleichen Einsatz. Leben und Freiheit. Was werde ich also dafür tun?«

»Alles«, antwortete Hendrik grimmig.

Malek nickte abermals. »Also sind wir uns einig.« Er wandte sich ab, denn für ihn war alles gesagt, und er wollte sich wieder dem Problem mit der Majorin widmen, doch Hendrik rief ihn abermals. »Wutkowski!«

Malek drehte sich herum. »Malek«, sagte er. »Einfach nur Malek.«

»Okay … Malek. Was ich noch sagen wollte. Die Sache mit deinem Kumpel … im Wohnwagen …« Hendrik schluckte. »Mein Beileid.« Er streckte ihm die Hand entgegen.

Malek war überrascht. Er spürte, dass Hendrik Thämert die Worte aufrichtig meinte, es war eine ernsthafte Respektbekundung. Außer Jannah hatte das niemand getan. Alle wollten ihn nur loswerden oder einspannen oder umbringen. Er schlug ein und sagte leise: »Danke.«

Hendrik Thämert hielt den Handschlag einen Moment lang, dann verließ er wortlos das Zimmer.

Malek blieb noch eine lange Zeit stehen und meinte, die Wärme von Hendriks Hand zu spüren und gleichzeitig die Grabeskälte von Tymons Fingern. Dann ging er in die Nasszelle seines Zimmers, drehte das Wasser im Waschbecken auf, bis es laut rauschte, stützte seine Arme seitlich auf das Becken und blickte in den Spiegel darüber. Leise und von selbst kam es über seine Lippen, Tymons Lieblingslied. »A cricket …« Er schluckte und sang weiter: »sings on the wayside …« Seine Stimme versagte ihm den Dienst, und Malek Wutkowski erzitterte unter der Trauer, die er zum ersten Mal seit dem Auftauchen der Rebellen zuließ.

Kapitel 24

Bei München, Kehlis' Bunker

Der Aufzug glitt geräuschlos in die Tiefe. Nummer Elf betrachtete aus der gläsernen Röhre heraus, wie es hinabging, Stockwerk um Stockwerk, vorbei an hell erleuchteten Fluren und grauen Betonböden. Die Fahrt weckte jahrealte Erinnerungen. Das letzte Mal hatte man ihn in einem fahrbaren Krankenhausbett nach unten gebracht; er hatte unter Psychopharmaka gestanden und war kaum bei Sinnen gewesen. Es waren nur wenige Bilder, die sich in seiner Erinnerung eingenistet hatten, doch jetzt krochen sie hervor wie Schaben, die Nahrung witterten. Nummer Elf versuchte, seinen Geist dagegen zu sperren, konzentrierte sich voll und ganz auf die vorbeihuschenden Etagen.

Nach sieben Stockwerken blieb die Kapsel stehen, und die Türen glitten auseinander. Zwei Gardisten versperrten ihm den Weg, als er die unterste Ebene des Hochsicherheitstrakts tief unter Kehlis' Bunker betrat.

»Zugangsberechtigung?«, fragte einer der Gardisten barsch.

»Nummer Eins erwartet mich«, entgegnete Nummer Elf gelassen.

»Autorisieren Sie sich bitte!«

»Nummer Elf, Konfessor erster Generation.« Er zeigte die Lifewatch an seinem Handgelenk, aktivierte sie, und die Anweisung von Nummer Eins wurde als Audiobotschaft vorgetragen.

Die beiden Gardisten nickten und traten zur Seite. »Der Oberste wartet in Raum sieben Punkt zwölf. Den Gang hinunter, dritte Tür rechts.«

Den Weg dorthin begleiteten Nummer Elf weiße Wände und weiße Fliesen. Alle Türen, die er passierte, waren verschlossen. Es waren automatische Schiebetüren aus poliertem Metall, versehen mit matt eingravierten Türnummern. Vor der mit der Ziffernfolge 7.12 blieb er stehen.

In seinen Eingeweiden zwickte es. Der tägliche Rapport beim Obersten aller Konfessoren störte ihn, und das war … unerklärlich. Genauso wie diese Regungen in seinem Kopf, als er festgestellt hatte, von Maria Król zum Narren gehalten worden zu sein. Er hatte darüber nachgedacht und war zur einzigen logischen Schlussfolgerung gelangt: Etwas veränderte sich in ihm, und das war nicht gut. Woher kam diese Veränderung? War er erkrankt? Wuchs ein Tumor in seinem Kopf? Oder eine Zyste? Eine andere Erklärung wäre, dass sich Carl Oskar Fossey getäuscht hatte und es nicht zu irreparablen Schäden in seinem emotionalen Zentrum gekommen war. Wurde er vielleicht schlicht und ergreifend wieder normal, indem sich sein Gehirn selbst regenerierte?

Seine Lifewatch fiepte. Der Timer. Sein Termin begann. Nummer Elf ließ seinen Fingerabdruck scannen und trat durch die sich öffnende Tür.

Nummer Eins hatte ihm den Rücken gekehrt und blickte durch eine Glasscheibe in ein hinter dem Raum liegendes Labor. Dort saß ein Mann auf einer Art Gynäkologenstuhl, festgeschnallt und mit einem EEG verbunden. Mehrere Frauen und Männer in weißen Kitteln hantierten an ihm herum.

Nummer Eins wandte den Blick vom Geschehen nicht ab. »Auf die Sekunde. Treten Sie näher, Nummer Elf.«

Nummer Elf gehorchte, trat zu dem grauhaarigen Obersten an die Scheibe. Der Mann auf dem Stuhl schrie. Er wand sich, warf sich in die Fesseln aus silbriger Milanaise, die ihn fixierten, den Mund vor Entsetzen oder Schmerz weit aufgerissen. Zu hören war allerdings nichts, so dick und schalldicht war das Glas.

»Sie hatten um eine Metadatenrecherche bezüglich aller Suchanfragen zu Maria Król gebeten«, sagte der Oberste. »Es gab einen Treffer.« Er wandte sich von dem Geschehen im Labor ab, wo zwei Laborassistenten dem Schreienden ein grün gefärbtes Mittel intravenös verabreichten, und deutete mit dem Kopf in Richtung des Besprechungstisches. Darauf lagen acht DIN-A4-Seiten säuberlich nebeneinander.

Nummer Elf besah sich die Papiere. Er überflog Seite eins, Seite zwei und drei und unterdrückte den Impuls, erstaunt aufzublicken. Erst nach Seite acht hob er den Blick, behielt aber seine versteinerte Miene bei. »Das ist höchst interessant.«

»Nicht wahr?« Nummer Eins lächelte gekünstelt, wie er es so oft tat, wenn es ihm angebracht erschien. »Es sieht so aus, als hätte die angeblich tote Maria Król eine Art analoger Kontaktmöglichkeit zu sich selbst aufrechterhalten. Ihre Vermutung bewahrheitet sich; jemand sucht nach ihr. Diese Zeitungsartikel wurden erst kürzlich aufgerufen.«

Nummer Elf besah sich abermals die Ausdrucke der Todesanzeigen. *So billig*, dachte er, *und ich bin nie auf die Idee gekommen, danach zu suchen.*

»Noch etwas«, sagte Nummer Eins. »Die Anfrage lief wieder über einen verschlüsselten Datenkanal. Das gleiche Kryptosystem wie bei Engelharts telefonischer Warnung. Unsere Fachleute beißen sich daran die Zähne aus. Der Verschlüsselungsalgorithmus ist so ausgefeilt, dass wir zu der Schlussfolgerung gelangten, dass nur ein sehr kleiner Personenkreis von Spezialisten überhaupt dafür infrage kommt. Der Herr und ich haben die Zusammenstellung einer Liste aller möglichen Kandidaten veranlasst. Weiterhin haben wir Fosseys Verlegung in den neuen Bunker vorverlegt. Aus reiner Vorsicht. Herr Kehlis wirkt in letzter Zeit – mit Verlaub – etwas paranoid. Er wittert überall eine Verschwörung. Aber das nur am Rande. Wichtig für Sie ist der Hinweis auf Berlin.«

»Der auch bedeuten kann, dass Frau Król einmal im Jahr zu einer Messe dort auftaucht und sich ansonsten versteckt hält.«

Der Oberste zuckte andeutungsweise mit den Achseln. »Sie werden es herausfinden. Noch heute reisen Sie ab. Die tägliche Berichterstattung bleibt weiterhin bestehen.« Er holte aus der Seitentasche seines Kollars ein Handy hervor und reichte es Nummer Elf. »Das ist ein Gerät mit einer gesondert geschützten Verbindung, eigentlich nur für mich und den Herrn gedacht, allerdings stufen wir diese neue Entwicklung als staatsgefährdend ein.«

Ohne weiter darauf einzugehen, kehrte Nummer Eins an die Glasscheibe zurück, verschränkte die Hände hinter dem Rücken. Der Stumpf seines fehlenden kleinen Fingers zuckte fast nervös.

Nummer Elf steckte das Telefon ein und trat an die Seite des Obersten. Der Proband auf dem Stuhl war mittlerweile verstummt, hatte nur die Augen aufgerissen, als erlebte er den schlimmsten Albtraum seines Lebens. Sein Brustkorb pumpte gefährlich schnell.

»Was wird hier getestet?«, fragte Nummer Elf neugierig.

»Die nächste Generation der Nanos.«

Die offene Antwort überraschte ihn. »Klingt höchst interessant.«

»Ist es auch, bis auf die noch vorhandenen Komplikationen.« Nummer Eins aktivierte einen Monitor, der unterhalb der Glasscheibe angebracht war. Eine modellhafte Zeichnung erschien. Einzelne Punkte, symbolisiert als Pluszeichen, waren auf dem Display verteilt. Sie zitterten einige Zeit lang, dann flogen sie zusammen und bildeten ein abstraktes Konstrukt. »Was Sie hier sehen, ist Johanns Zukunftsvision. Neuartige Nanopartikel, die sich im Gehirn selbstständig zu einem Nanobot zusammensetzen. Es soll ein Core werden, modular adaptierbar. In der ersten Stufe soll der Core per Radio- oder Schallwellen Informationen empfangen und chemisch codieren können. Eine Weiterentwicklung und Automatisierung unserer jetzigen Technik. Deutlich präziser, effektiver und überhaupt: reaktionsschnell. In der zweiten Stufe soll dieser Core Adaptionen erhalten, je nach den aktuellen Anforderungen. Denkbar wäre eine Erweiterung zu einem Sender, der das aktuelle Empfinden des Trägers übermittelt. Damit ließen sich auf Knopfdruck Gemütszustände der Gesamtbevölkerung ablesen und beeinflussen. Es gäbe unendlich viele Optionen; eine Steuerung des motorischen Systems; Datenübermittlungen von Mensch zu Maschine – und umgekehrt. Der Herr ist in dieser Angelegenheit sehr kreativ.«

»Spannend«, gestand Nummer Elf. »Wirklich spannend.«

»Ich würde eher sagen: höchst innovativ, aber auch substanziell. Die Anforderungen der heutigen Zeit bedürfen einer konkreten Steuerung der Bevölkerung. Die Menschen erhalten durch Technik, Medien und das Internet zu viel Macht. Denken Sie nur zwei Schritte weiter, an die Massen an Atomwaffen, die weltweit einsatzbereit vor sich hin schlummern. Ein Atomkrieg infolge eines sinnlosen Bürgerkriegs, und die Welt, wie wir sie kennen, existiert nicht länger. Damit« – Nummer Eins deutete auf den Probanden hinter der Scheibe – »könnten wir aktiv Gefahren vermeiden, die aus der Bevölkerung heraus entstehen.«

Vorausgesetzt, die Führungsriegen der Welt wollen keinen Krieg. Nummer Elf nickte verstehend und sagte: »Ein vernünftiger Ansatz. Ich wusste nicht, dass wir Konfessoren mittlerweile an der Forschung beteiligt werden. Sie sind da offenbar voll integriert.«

»Oh nein, das täuscht. Allerdings habe ich wie Sie einmal selbst dort auf dem Stuhl gesessen, in ebenjenem Labor. Irgendwie vermisse ich es.«

Nummer Elf zuckte beinahe zusammen. Hatte er das gerade wirklich gehört? Hatte Nummer Eins eben einen Witz gerissen und dabei verschmitzt gelächelt, nicht so mechanisch wie sonst? Oder war das nur eine verzerrte Spiegelung in der Scheibe gewesen?

Nummer Eins wandte sich ihm zu, wieder bar jeder Gefühlsregung. »Aber ich möchte nicht Ihre kostbare Zeit vergeuden, Nummer Elf. Berlin erwartet Sie, und ein Hubschrauber bringt Sie auf direktem Weg dorthin.« Der Oberste blickte auf seine Lifewatch. »In siebenundzwanzig Minuten und zweiunddreißig Sekunden. Sie sollten sich beeilen. Der Dienst für unseren Herren duldet keine Verzögerungen.«

Kapitel 25

Hauptquartier der Rebellen

Der Anblick der versammelten Truppe erfüllte Vitus mit Stolz und Wehmut zugleich. Er betrachtete von seinem Rollstuhl am vorderen Ende des Präsentationszimmers aus die achtundzwanzig Frauen und Männer, die auf die Fossey-Mission ausziehen und wahrscheinlich nicht vollzählig zurückkehren würden. Der Plan war kühn, gefährlich, vielleicht sogar verrückt. Und Vitus war Realist.

Er ließ den Blick über die Anwesenden schweifen. Da war der ehemalige Formula-4-Rennfahrer und Hoffnungsträger des deutschen Rennsports Thorsten Gabler, nicht einmal Mitte zwanzig, mit dreistem Mundwerk und noch dreisterer Akne. Er scherzte mit seiner Freundin Sabine Krohn, die neben ihm saß und ihre blonden Haare zu einem Pferdeschwanz zusammenband. Vor ihnen ruhte in sich Sven Deckert, ehemals Polizist, gelassen, hochgewachsen und ein guter Mann. Daneben saß der stellvertretende Einsatzleiter Carsten Plarr, der die Zügel übernehmen würde, sollte Barbara etwas zustoßen. Dann folgten Vitus' Lieblinge, auch wenn er es nicht offen zugegeben hätte: Hendrik Thämert und Jan Kruse. Hendrik betrachtete stoisch das Rednerpult, die Arme verschränkt, den Kopf starr nach vorn gerichtet. Zu seiner Rechten plapperte der junge Kruse ihm ins Ohr, wie er es öfter tat und was wohl der Grund für Hendriks starren Blick war. Oder war es der Mann zu seiner Linken? Dort lehnte Malek Wutkowski am äußeren Rand der Stuhlreihe und blickte zum Fenster hinaus. Seine Aufmerksamkeit gehörte den rasch über den Himmel wandernden Schäfchenwolken. Gedankenversunken strich er sich den Vollbart glatt.

Ein gedämpfter Schrei ließ Vitus zur Tür blicken.

»Du kannst mich mal!«

Die Tür wurde aufgestoßen, und eine rotgesichtige Jannah platzte herein, gefolgt von einer ebenso rotgesichtigen Barbara. Die Ähnlichkeit zwischen Tochter und Mutter war in diesem Moment so frappierend, dass Vitus beinahe geschmunzelt hätte, wäre die Lage nicht so ernst gewesen. Ein Streit kurz vor der vielleicht alles entscheidenden Mission war das Letzte, was sie gebrauchen konnten.

»Nicht in diesem Ton!«, herrschte Barbara ihre Tochter an und folgte ihr durch den Raum. »Das Thema ist noch nicht ausgestanden! Du wirst mir zuhören, Fräulein!«

»Red du nur!«, entgegnete Jannah. »Wenn du meinst, mit mir wie mit einem Kleinkind sprechen zu müssen, geht's da rein und da wieder raus.« Sie deutete erst auf ihr linkes, dann auf ihr rechtes Ohr. »Ich werde an dieser Mission teilnehmen. Daran wirst *du* nichts ändern! Und mit wem ich mich abgebe, ist auch meine Sache! Verstanden?« Sie ließ sich in der hintersten Reihe auf einen freien Stuhl fallen.

Barbara schien etwas erwidern zu wollen, schloss den Mund jedoch und wandte sich ruckartig herum, marschierte zu Vitus nach vorn. Ihr Gang war steif, die Schultern straff nach hinten gezogen, das Kinn zu weit oben. Die Blicke aller prallten an ihr ab.

Vitus hob fragend eine Augenbraue, doch die Majorin sah regungslos über ihn hinweg, trat an das Rednerpult und breitete ihre Unterlagen aus.

Das Getuschel verstummte, als sie den Kopf hob und in harschem Tonfall die Missionsbesprechung eröffnete: »Kommen wir gleich zur Sache. Nachdem Kehlis überraschend Fosseys Verlegung um mehr als eine Woche vorgezogen hat, stehen wir unter Zugzwang. Haben Sie alle die Einsatzplanung studiert?« Sie hielt ein beidseitig bedrucktes Papier nach oben, das jeder der Anwesenden vorab erhalten hatte.

Ein Raunen ging durch den Raum. Es wurde genickt, aber auch verneint. Jemand rief: »Wer bitte schön ist auf diese … irrwitzige Idee gekommen?«

Mit einem solchen Einwand hatte Vitus gerechnet. In das Gemurmel hinein rief er: »Meine Wenigkeit.«

Sofort kehrte Stille ein.

Hendrik Thämert flüsterte: »Genie und Wahnsinn liegen nah beieinander.«

Lauter fragte Sabine: »Das meinen Sie nicht wirklich ernst, oder?«

»Doch«, antwortete Vitus. »Die Idee ist so abwegig, dass niemand damit rechnen wird. Gerade deswegen wird sie funktionieren. Außerdem erfüllt sie alle unsere Anforderungen.«

»Und außerdem bleibt uns keine Zeit, die Pläne abzuändern.« Barbara wedelte abermals mit der Einsatzbestimmung. »Das ist der Fahrplan. Wer von Ihnen damit nicht einverstanden ist, sollte gehen. Dann aber jetzt. Es ist der letzte mögliche Zeitpunkt.« Sie deutete zur Tür.

Die Anwesenden rutschten unruhig auf ihren Stühlen herum, blieben aber alle sitzen.

Barbaras Mundwinkel zuckten zu einem eisigen Lächeln. »Dann wäre das ja geklärt. Sind die Eckpunkte klar?«

Eine Hand stieg zaghaft in die Höhe, abermals sprach Sabine: »Ist das mit der Lifewatch jetzt gesetzt? Es steht hier nirgends im Einsatzplan, aber man hat davon gesprochen, dass jeder von uns während der Mission eine Lifewatch tragen muss.«

»Ja, und deren Tragen während der Mission ist indiskutabel.«

Vitus sah das Unwohlsein auf Sabines Gesicht, das nahe an Furcht grenzte, und hob die Hand als Signal, dass er etwas sagen wollte. »Sie dürfen das nicht mit dem früheren Lifewatch-Modell vergleichen, das die Konfessoren tragen. Unser Modell ist für Sie keine Bedrohung, sondern Ihre persönliche Reißleine, Sabine«, erklärte er sanft. »Sollten Sie während der Mission separiert werden, können wir Sie mit der Lifewatch aufspüren und in Kontakt bleiben. Und sollten Sie in die Hände von Kehlis geraten, können Sie sich selbst … einer Übernahme durch die Nanos entziehen.«

Vitus bemerkte aus dem Augenwinkel, wie sich Wutkowski zu Hendrik beugte und ihm etwas zuflüsterte. Eine Frage. Bevor Hendrik antworten konnte, kam ihm die Majorin zuvor.

»Geflüstert wird nicht!«, schnauzte sie. »Wenn es Fragen gibt, gehen die alle etwas an!«

Wutkowski hob eine Augenbraue und sank gegen seine Stuhllehne. Er fragte: »Was ist eine Lifewatch?«

Es überraschte Vitus, wie wenig Malek Wutkowski im Gefängnis mitbekommen hatte. »Eine Art mobile Überwachungsstation in Form einer Armbanduhr«, erklärte er. »Ein wenig unzeitgemäß, aber bewährte Technik. Standort und Vitalfunktionen werden kontrolliert. Außerdem nimmt die Lifewatch die Umgebungsgeräusche auf, ist mit Kameras und Sensoren ausgestattet, die jegliche Informationen an unsere Basis senden, und dient zur Kommunikation. In der Originalfassung – die von den Konfessoren noch genutzt wird – gibt es zwei Besonderheiten. Erstens: Einmal angelegt, kann sie nur von autorisierten Personen abgenommen werden. Und zweitens kann sie als Exekutionsmittel genutzt werden.

Sie ist mit einem speziellen Kontaktgift ausgestattet, das per Befehl aus dem Inneren austritt und in wenigen Sekunden zum Herz-Kreislauf-Versagen führt. Auslösbar sowohl von der Ferne als auch vom Träger selbst, falls dieser Selbstmord begehen möchte. Eine moderne Zyankalipille mit Hochleistungsrechner und Überwachungsstation, wenn Sie so wollen, Herr Wutkowski. In unserer Lifewatch-Serie, die Sie während der Mission tragen werden, kann jedoch jeder die Uhr einfach abnehmen, wenn er will, und auch nur selbst auslösen. Die Technik für die Exekution aus der Ferne wurde entfernt.«

Wutkowski schürzte verstehend die Lippen, und Barbara ergriff abermals das Wort. »Wäre dann alles klar?«

Fast alle nickten; alle außer Jannah und Wutkowski. Jannah starrte ihre Mutter grimmig an, und der Söldner wirkte wieder völlig unbeeindruckt.

»Sehr schön«, stellte Barbara fest, »dann muss ich nicht jedes weitere Detail breit ausklopfen. Den Rest klären wir in den Einzelteambesprechungen. Allerdings betone ich noch mal, was wir im Einsatzplan fett gedruckt haben: Stellen Sie sich die Aktion nicht wie einen typischen Gefangenentransport vor. Fossey ist für Kehlis extrem wertvoll und wird eher wie ein Diplomat behandelt, statt wie ein Verbrecher. Weiterhin müssen wir in Betracht ziehen, dass er nicht free ist. Fossey möchte also vielleicht gar nicht befreit werden, weil er sich nicht als Gefangener sieht.«

»Dann kriegt er eine auf den Deckel und gut is«, raunte Thorsten Gabler seiner Freundin ins Ohr. Er bemerkte Barbaras Blick und verstummte.

Sie sagte: »Wenn Sie das Fluchtauto fahren wollen, in dem hoffentlich bald Fossey sitzen wird, zügeln Sie Ihre Zunge, Herr Gabler. Auch andere können ein manuelles Auto steuern. Es gibt noch genug der alten Modelle!« Und zum Rest der Versammelten sagte sie: »Um das klar und deutlich auszudrücken: Fossey wird mit Samthandschuhen angefasst! Er ist das Ziel der Mission. Wir brauchen ihn lebendig und arbeitsfähig. Verstanden?«

Gabler nickte, der junge Kruse hingegen hob die Hand und begann im selben Atemzug zu sprechen. »Aber was ist, wenn Fossey sich wehrt? Sie sagten eben selbst, dass er wahrscheinlich nicht free ist.«

»Dann – aber nur dann – dürfen Sie ihn mit *angemessenen* Mitteln zum Mitkommen bewegen. Seine Sicherheit ist und bleibt oberste Priorität. Tot nützt er uns gar nichts.« Barbara ließ den Blick über die Anwesenden schweifen. Der Punkt war angekommen.

Trotzdem erhob sich eine weitere Hand, diesmal die von Deckert. »Wenn es kein Gefangenentransport im klassischen Sinne wird, erwartet uns dann also eher ein Diplomatenkonvoi mit Polizeibegleitung?«

Barbara sah zu Vitus. Dieser sagte: »Laut den neuesten Einsatzdaten, die wir heute Morgen noch abfischen konnten, ja. Es werden drei baugleiche Limousinen im Konvoi mit je drei Beamten und einem Zivilisten aufbrechen. Einer der Zivilisten ist Fossey. In welchem der Fahrzeuge er sitzt, wissen wir nicht. Laut Plan wird das *kurzfristig entschieden*. Wir stoppen also alle drei. An sich eine positive Entwicklung, denn eine Limousine ist im Normalfall weniger gesichert als ein Bus.« Ein kurzer Blick zu Wutkowski, doch der Söldner reagierte nicht. Vitus schloss: »Begleitet wird der Konvoi von acht Einsatzkräften der Garde auf Motorrädern.«

»Also siebzehn Beamte«, stellte Deckert fest.

»Plus wahrscheinlich zwei Zivilbeamte.« Vitus nickte in die Runde. »Neunzehn Mann, die alles daransetzen werden, Fossey sicher zu Kehlis' neuem Bunker zu bringen.«

»Warum fliegen sie ihn nicht per Hubschrauber? Es stinkt nach einer Falle.«

»Eine Falle schließen wir aus«, antwortete Vitus. »Einen Hubschrauber könnte man vom Himmel schießen, ohne selbst kämpferisch eingreifen zu müssen. Das ist Kehlis zu heikel. Ungeachtet dessen waren die Einsatzdaten bisher immer verlässlich. Der Konvoi wird das Rohrbachtal nehmen, die kürzeste Verbindung zwischen der Staatsstraße und der Bundesstraße Richtung Autobahn. Alle anderen Varianten wären aus strategischer Sicht zu risikobehaftet.«

»Die Brückenstraße wäre eine Alternative«, warf Gabler ein, der sich als Fahrer ausgiebig mit dem Terrain befasst hatte.

»Auch gefährlicher als das Rohrbachtal«, übernahm Barbara wieder das Wort. »Die Brückenstraße wartet mit Serpentinen, einer Stadtdurchfahrt und drei Brücken mit beachtlichen Abhängen auf. Landstraßen und Ortsdurchfahrten sind ein Sicherheitsrisiko. Außerdem ist diese Überlegung müßig. Die Route durch das Rohrbachtal geht eindeutig aus den Daten hervor. Und denen vertrauen wir. Bisher waren sie immer korrekt.«

Und nur deswegen bringen wir überhaupt dreißig Mann in Gefahr, fügte Vitus in Gedanken hinzu. Vor zwölf Jahren hatte seine Firma S.Y.D. den Zuschlag für die Sicherheitsverschlüsselung der Bundespolizeikommunikation erhalten, die direkt in die Bundesgarde übergegangen war. Ohne Informationen aus erster Hand wäre ihre Rebellion längst gescheitert. Leider nutzte Johann Kehlis für sich und die Konfessoren eine eigene Verschlüsselungssoftware.

Eine weitere Frage wurde gestellt. »Wie groß ist das Zeitfenster, bis der Überfall bemerkt und Verstärkung eintreffen wird?« Es war wieder der junge Kruse. Auch wenn er oft übers Ziel hinausschoss, war er ein intelligenter, lebensfroher junger Mann, und solche brauchte die Rebellion.

»Wahrscheinlich zehn bis zwanzig Minuten«, antwortete

Barbara, wobei sie offenbar Wutkowski musterte. Dieser hatte jetzt die Arme vor der Brust verschränkt und seinen Blick direkt auf sie geheftet. »Die Örtlichkeit kommt uns sehr entgegen«, fuhr Barbara fort. »Nur eine Straße, unübersichtliches Gelände und Wald außen rum. Weiterhin versuchen wir, die Kommunikation des Konvois zu blockieren, doch ob das klappt, können wir nicht versprechen. Zu viele Faktoren beeinflussen das. Mit einem Hubschrauber wäre Unterstützung seitens Kehlis schon nach circa acht Minuten vor Ort.«

»Warum fliegen *wir* nicht rein und holen Fossey raus?«

»Weil die Gefahr, dass unser Heli entdeckt wird, zu groß ist. Das ist nur für den äußersten Notfall angedacht.«

Kruse kratzte sich am Hinterkopf, das Gesicht verzogen. »Wir müssen die Nuss also nach spätestens sieben Minuten geknackt haben, wenn wir unbemerkt verschwinden wollen?«

»Wenn Sie das so flapsig ausdrücken wollen, Herr Kruse, ja.«

Wutkowski regte sich neben Hendrik. »Steht der Abfahrtsort des Forschers unter unserer Beobachtung?«

»Wir kennen die Route und die Abfahrtszeit«, erwiderte Barbara.

»Bedeutet: nein. Ist eine Observation möglich?«

Barbara runzelte die Stirn. »Worauf wollen Sie hinaus?«

Wutkowski legte den Kopf ein wenig schief. »Als wir damals Lieferungen durchführten, haben wir das so gemacht: Eine offensichtliche Lieferung mit Nichtigkeiten, während die heiße Ware parallel und im Stillen bewegt wurde. Es könnte hier genauso sein.«

Ein Moment der Stille, dann: »Wir reden von einem Personentransport der Regierung, nicht von irgendwelchen illegalen *Waffen- oder Drogen*lieferungen an dubiose Mafiaclans. Das sind zwei Paar Schuhe.«

Der ganze Raum drehte sich zu Wutkowski um, gespannt, ob er sich provozieren ließ – alle bis auf Hendrik und Jannah.

Doch er blieb gelassen und sagte: »Und doch sind es beides Schuhe. Es geht allein um die Irreführung des Gegners.«

Barbara schüttelte entschieden den Kopf. »Das mag man in Ihren Kreisen so gemacht haben, wir reden hier allerdings von Johann Kehlis' wichtigstem Mann. Den würde er niemals ohne Begleitung auf die Straße lassen.« *Sie ist eindeutig gereizt,* stellte Vitus fest. Lag es an dem Streit mit Jannah?

»Habe ich von *keiner* Begleitung gesprochen?«, entgegnete Wutkowski. »Ich würde so einen wichtigen Hampelmann von zwei oder drei meiner besten Männer begleiten lassen, allerdings im Geheimen, nicht in aller Öffentlichkeit.«

Bevor Barbara reagieren konnte, schob Vitus seinen Rollstuhl einen halben Meter nach vorn und sagte: »Ein guter Einwand, Herr Wutkowski, aber Ihre Theorie hat einen Haken. Kehlis weiß nicht, dass es uns gibt. Er muss also keinen Gegner täuschen.«

»Sind wir uns da so sicher?«, fragte Jannah aus der hintersten Reihe. Irgendwie überraschte es Vitus nicht, dass sie dem Söldner zu Hilfe kam.

Er wandte sich ihr zu. »Was meinst du damit, Jannah?«

»Na, wir gehen davon aus, noch unsichtbar zu sein, aber denkt an Sarah Engelhart. Sie flog auf. Wir mussten sie warnen. Beinahe kam es zu einem Zusammenstoß mit der Garde. Woher wollen wir wissen, dass Kehlis uns nicht längst auf dem Schirm hat?«

Einen Moment herrschte gespanntes Schweigen, dann sagte Vitus: »Das wüsste ich.«

»Sicher?«, hakte Jannah nach.

»Ja. Ganz sicher.«

»Trotzdem ist sein Einwand nicht von der Hand zu weisen«,

schaltete sich Carsten, Barbaras Stellvertreter, ein und zeigte auf Wutkowski. »Wir könnten problemlos die Beobachtung durch eine Drohne realisieren und so die Abfahrtspläne prüfen. Sollte etwas Außerplanmäßiges geschehen, könnten wir relativ schnell reagieren.«

Eine laute Diskussion brach über die möglichen Konsequenzen los, bis Barbara energisch auf das Holz des Rednerpults klopfte. »Was bringt eine Drohne, solange wir kein Zusatzteam haben, das sich einschalten könnte? Genau! Nur das Risiko, dass unser Vorhaben vorab entdeckt wird. Wir brauchen das Überraschungsmoment. Für alles andere haben wir nicht genug Leute.«

»Jein«, widersprach Carsten. »Wir könnten das Absperrteam abziehen und im Fall der Fälle, dass Fossey gesondert gefahren wird, auch den Rest.«

Barbaras Kaumuskulatur trat hervor, und Vitus wusste, dass sie sich in eine Sackgasse manövriert hatte. Sie wollte nicht, dass das Absperrteam Bedeutung bekam.

Die Hauptaufgabe des Teams bestand darin, eine Straßensperre zum Rohrbachtal zu errichten, nachdem der Konvoi die Bundesstraße verlassen hatte. Es würde dort in Bereitschaft verharren und einen möglichen Rückzug vereiteln, falls eines der Diplomatenfahrzeuge versuchte zurückzusetzen. Das Team bestand laut Planung aus Wutkowski und Thämert. Abseits des Hauptgeschehens und unter Beobachtung von Hendrik, würde der Söldner in Barbaras Augen am wenigsten anrichten können. Außerdem war er separiert von Jannah, und das war für sie noch viel wichtiger. Doch Carstens Vorschlag war fundiert, hatte keinerlei Nachteile. Selbst eine Drohne in der Nähe des Bunkers war kein Gegenargument. An Drohnen kam man trotz des gesetzlichen Verbots vor knapp zehn Jahren heran, und die Videoübertragung konnte Vitus bestens verschlüsseln. Wenn Barbara den Vorschlag jetzt zurückwies, dann nur aus persönlichen Gründen, und jeder würde das wissen.

Also sagte sie zähneknirschend: »Dann … schicken wir eine Drohne aus. Carsten, kümmere dich bitte zusammen mit Vitus darum.« Und an alle gewandt: »Gibt es sonst noch allgemeine Fragen, bevor wir mit den Einzelteambesprechungen beginnen?«

Niemand rührte sich.

»Gut, dann ab in die Konferenzräume. Die Zeit drängt.«

Barbara raffte ihre Unterlagen zusammen, Stühle knarrten, die Anwesenden erhoben sich, sprachen miteinander, drängten hinaus in die nächsten Meetings. Jannah blieb neben der Tür stehen, lehnte sich wie beiläufig an die Wand. Sie wartete auf jemanden – auf Wutkowski. Als der Söldner zur Tür hinauswollte, kommunizierten die beiden miteinander, stumm, doch ihr Blick war voller geheimer Botschaften – und einer Entschuldigung? Außerdem wechselte etwas den Besitzer, etwas Weißes, das stark nach einem Zettel aussah. Es verschwand in Wutkowskis Hosentasche.

Dann war der Moment vorbei, der Söldner draußen, und Jannah wandte sich an Thorsten Gabler, mit dem sie ihren Einsatz haben würde.

Vitus war unbehaglich zumute. Ihn ging das Privatleben seiner Schäfchen nichts an, aber in diesem Fall … Was hatte Jannah dem Söldner zugesteckt? Für Liebesbriefe waren die beiden wahrlich zu alt, wobei … irgendwie würde es zu Jannah passen. Der Söldner war alles, was die Rebellen nicht waren. Er war Feuer, Eisen und endlose Prärie. Welche Endzwanzigerin mit Hang zum idealisierten Wilden Westen würde nicht auf ihn stehen?

Barbaras Ruf schreckte ihn auf. »*Jannah!* Bleib stehen! Wir sind noch nicht fertig!«

Doch Jannah war schon in den Flur geschlüpft.

»Lass sie!«, riet Vitus und hielt Barbara sanft am Arm zurück. »Das hat doch so keinen Zweck.«

»Ach ja?« Barbara funkelte grimmig zu ihm herab. »Bist du neuerdings auch Familientherapeut?«

»Nein, aber ich sehe, was passiert. Ihr streitet mal wieder wegen ihres Einsatzes. Ihr streitet *immer* deswegen. Sie ist alt genug, Barbara, um selbst zu entscheiden.«

»Sie wäre beim letzten Mal beinahe gestorben! Sie verhält sich wie ein bockiges Kind! Ich werde das nicht zulassen!«

»Du musst«, sagte Vitus ruhig, aber bestimmt. »Sie ist ein wichtiger Teil des Teams und der gesamten Rebellion. Keine der Jungen hält die Ideale so hoch wie sie. Du musst sie lassen.«

»Außerdem ist sie wieder fit.« Jörg war lautlos hereingekommen. Er war blass und hohlwangig und trug seinen weißen Kittel. »Es spricht aus medizinischer Sicht nichts gegen ihren Einsatz.«

Barbaras Blick huschte zwischen den beiden hin und her. »Ihr seid ein tolles Team. Und tolle Freunde.« Sie machte auf dem Absatz kehrt und marschierte hinaus. Ihre Schritte klapperten auf dem Fliesenboden, dann schlug die Tür hinter ihr zu.

Vitus seufzte. »Waren wir jemals welche?« Er blickte auf zu Jörg. »Du hast die Besprechung verpasst.« Seine Stimme war nicht ganz frei von einem Vorwurf.

»Sean.« Sorge zeigte sich auf dem Gesicht des Arztes. »Er hatte eine akute Gallenkolik.«

»Schlimm?«

»Ja. Einfach zu viel fettes Essen. Ich habe ihm eine Diät verordnet.«

»Oha. Das wird dem Schleckermaul gar nicht gefallen.« Vitus grinste schief. »Du weißt schon, dass wir bald kein Regime mehr als Gegner brauchen, wenn wir so weitermachen.«

Jörg nickte grimmig. »Wir machen es Kehlis recht leicht. Wir nehmen uns selbst auseinander.«

»Recht leicht, ja. Aber wenigstens hat das Warten ein Ende. Mit Fossey wird eine Entscheidung fallen.« *Ob für uns oder gegen uns.*

TEIL 3

Die Fossey-Mission

Kapitel 26

Hauptquartier der Rebellen

»Alles wird gut.« Vitus hielt Sabines schweißfeuchte Hand für einen Moment, bevor er die weiße Lifewatch um ihr Handgelenk legte. Der Verschluss rastete ein. Das Display erwachte zum Leben. »Du weißt, dass diese Uhr nur eine Reißleine ist. Es ist zu deinem Besten.«

Sabine Krohn nickte, aber die Furcht in ihrem blassen Gesicht konnte sie nicht verbergen. Als sie an Vitus vorbei zu den olivgrünen, mit Dreck bespritzten Kleintransportern lief, die im Innenhof der Rebellenbasis warteten, rieb sie sich das Handgelenk und schob die Lifewatch hin und her.

Vitus blickte ihr hinterher, bis sie eingestiegen war, dann sah er zur Reihe der wartenden Rebellen auf. Hendrik Thämert war der Nächste. Die Novembersonne schien ihm ins Gesicht, doch der Rebell blinzelte nicht. Er hielt ihm den Arm hin, den Ärmel bereits ein Stück zurückgeschoben.

Vitus lächelte grimmig angesichts dieser Entschlossenheit, suchte aus der Box, die auf seinen Oberschenkeln ruhte, die Lifewatch mit dem Namensaufkleber von Hendrik Thämert heraus, entfernte diesen und legte dem Rebellen die Uhr an.

»Pass auf dich auf, Hendrik«, war alles, was er sagte.

Der Rebell verzog nur den Mund und marschierte zu einem weiteren Transporter.

Dann war die Reihe an Wutkowski.

Der Söldner wirkte tiefenentspannt, von der Körperhaltung her fast gelangweilt, doch seine Blicke klebten an der Lifewatch, die Vitus für ihn aus der Box holte.

»Und das Kontaktgift führt tatsächlich in Sekunden zum Tod?«, fragte er, während Vitus ihm die Uhr hinhielt.

»Bei Ihrer Statur und Konstitution vermutlich in fünfzehn.«

Wutkowski schürzte die Lippen. »Nette Reißleine.« Er nahm Vitus die Uhr aus der Hand, begutachtete sie, drehte das schmale weiße Plastikband mit dem quadratischen Display hin und her, dann legte er sie sich selbst ums rechte Handgelenk. Sein linkes zierte bereits eine silberne Analoguhr.

»Bis dann«, sagte Wutkowski, bevor er Hendrik Thämert folgte.

»Ja, bis dann.« Vitus hatte plötzlich einen kratzigen Hals. *Bis dann.* Würde heute jemand seine Lifewatch benutzen? Würde jemand die Reißleine ziehen?

In der Box ruhten noch elf weitere.

Vitus schluckte den Anflug von Furcht hinunter. Der Nächste in der Reihe war Jan Kruse. Schnell suchte er dessen Lifewatch heraus. Als er den Namensaufkleber entfernte, zitterten seine Finger.

Als dreißig Minuten später alle seine Schäfchen ausgeflogen waren, zitterten sie immer noch.

Erst als er im Besprechungsraum Q4 angekommen war, in dem Sean auf ihn wartete, und sie gemeinsam alle Kamera-, Drohnen- und Lifewatchübertragungen geprüft hatten, ließ das Zittern nach.

Die Fossey-Mission hatte begonnen.

Die größte Schwachstelle eines Personentransports ist der Fahrer.

Einer der drei Fahrer war Kurt.

Die zweitgrößte Schwachstelle ist die Straße.

Sobald sich das äußere Tor der Schleuse öffnete und der Wagen hinaus auf die Straße rollte, war man im Gefahrenbereich. Erst wenn sich am Ziel hinter einem die nächste Sicherheitsschleuse geschlossen hatte, war man zurück auf sicherem Boden – und die Anspannung würde beim Feierabendbier von einem abfallen.

Kurt wusste das alles. Er war schon lange Fahrer, ein alter Hase, und trotzdem war das Kribbeln in den Fingern noch wie am ersten Tag. Es war schon gut, dass die jungen Kollegen solche Touren wie heute gar nicht erst fahren durften. Mindestens fünfzehn Jahre Diensterfahrung waren nötig. Eine gute Vorschrift.

Vor ihm knarrte es laut. Die Ampel flammte rot auf. Das äußere Schleusentor von Kehlis' Bunker begann in die Höhe zu gleiten. Unter den faustdicken Stahlplatten zeigte sich ein Streifen Außenwelt.

Der Gefahrenbereich.

Das Tor glitt gemächlich weiter hinauf. Erst sah Kurt ein wenig Asphalt, dann sechzehn Motorradreifen gefolgt von den dazugehörigen Maschinen und den acht Gardisten darauf. Die blauen Kennleuchten blinkten auf ihren Teleskopstangen. Die Frontblitzer flammten im selben Takt, tauchten die Straße vor Kehlis' Bunker in geisterhaften Schein, obwohl es früher Nachmittag war.

Auch wenn die Schleuse schon weit genug nach oben geglitten war, wartete Kurt geduldig auf das grüne Ampelsignal. Alles musste seine Richtigkeit haben. Er warf einen Blick in den Rückspiegel. Auf der Rücksitzbank saßen drei Männer; an den Türen Einsatzleiter Wessler und ein Kollege, beide mit grimmiger Miene und kantigem Gesicht, und in ihrer Mitte ein Mann in den Fünfzigern, mit überraschend breiten Schultern, die einen schicken grauen Maßanzug ausfüllten. Er trug eine schicke Uhr. Schlicht, schwarz, mit quadratischem Display. Genau Kurts Geschmack.

Angeblich handelte es sich um den renommierten Forscher Carl Oskar Fossey, wie Kurt vor Fahrtantritt in der Fahrtenbeschreibung gelesen hatte. Er hatte noch nie von ihm gehört. Der Mann schien jedoch wichtig zu sein, wenn seinetwegen so ein Aufwand betrieben wurde.

Die Ampel schaltete auf Grün.

»Los geht's!«, säuselte Kurt nach hinten, so wie er es vor jeder Fahrt tat. Er tippte aufs Gas, und das vorderste Fahrzeug des Konvois rollte hinaus in den Gefahrenbereich. Die Motorräder flankierten seine Limousine.

Es war 14.29 Uhr.

Noch dreieinhalb Stunden.

Um 18.00 Uhr würde er Feierabend machen. Er freute sich schon riesig auf das Feierabendbier, das im Kühlschrank neben zwei Brüdern auf ihn wartete.

Etwa dreißig Kilometer von Kehlis' Bunker entfernt hatten sie auf einer Lichtung im Rohrbachwald Posten bezogen. Vier schlichte Kleintransporter in Dunkelgrün, beschriftet mit dem Slogan des örtlichen Forstamts. Die Karosserien waren mit Dreck bespritzt. Einer der vier Motoren tuckerte leise.

Ein Mann im grünen Overall und mit Filzhut saß hinterm Steuer des laufenden Wagens, schmauchte eine Selbstgedrehte, deren Rauch aus dem offenen Fenster waberte. Sabine Krohn, ebenfalls in Waldarbeitermontur, lümmelte mit einem Notebook auf dem Beifahrersitz und verfolgte angespannt den Livestream. Auf dem Display war das äußere Schleusentor von Kehlis' altem Bunker zu sehen. Drei schwarze Limousinen rollten heraus und wurden von acht Motorrädern flankiert. Die Aufnahmen stammten von einer Drohne, die ferngesteuert in einer Baumkrone in der Nähe des Gebäudes gelandet war.

»Es geht los«, rief Sabine aus dem Fenster. »Pünktlich auf die Minute.«

Doktor Jörg Imholz eilte aus dem Gebüsch und schloss sich die Hose. Das letzte Mal hatte er im Studium eine nervöse Blase gehabt, aber heute quälte ihn die Aufregung. Nachdem er neben Sabine ans Fenster getreten und den Livestream ebenfalls begutachtet hatte, sagte er: »Dann drücken Sie die Daumen, dass nichts schiefgeht.« Er klopfte dreimal auf das Dach – *toi, toi, toi* – und ging zum Heck. Er öffnete die Klappe und stieg in den Laderaum des Transporters.

Barbara saß dort im Halbdunkel, stocksteif und vom Geschehen auf den Monitoren völlig gebannt. Sie kaute an ihrem Daumennagel. Jörg nahm neben ihr Platz.

»Mach dir keine Sorgen«, sagte er. »Der Einsatz wird völlig reibungslos verlaufen. Jannah kann gar nichts passieren. Als Ersatzfahrerin hat sie neben Thorsten den sichersten Job.«

»Vitus und Sean haben die sichersten Jobs«, entgegnete sie, ohne den Blick von den Monitoren zu nehmen, die den Laderaum in bläuliches Licht tauchten. Die Wand, aus der die schmale Schreibtischplatte ragte, an der die beiden saßen, war übersät mit winzigen grünen, roten, blauen und weißen Anzeigeleuchten, Kabeln und Überwachungsgeräten. Sie mutete an wie die Schaltzentrale eines U-Boots. Die Wand gegenüber war hingegen mit medizinischen Geräten vollgestopft. Der Transporter war eine Mischung aus Notarztwagen, fahrendem Operationssaal und Einsatzzentrale.

Jörg steckte sich sein Headset ans Ohr und aktivierte es. »Doc an alle. Doc an alle. Es geht los! Höchste Konzentration! Fossey ist auf der Straße!«

Jesus Christus hing bleich am Kreuz. Eine Dornenkrone samt Blutstropfen zierte sein Haupt, welches wiederum von einem Kranz verdorrter Blüten in der Farbe von nassem Stroh geschmückt wurde. Zusammen mit der traurig dreinschauenden Marienfigur, die daneben auf einem Podest stand und die Arme flehentlich erhoben hatte, wirkte die Szenerie traurig und trostlos.

Aus dem Headset drang: »Doc an alle! Doc an alle! Es geht los! Höchste Konzentration! Fossey ist auf der Straße!«

Hendrik trat neben Malek vor die weiß getünchte Herz-Jesu-Kapelle. »Hast du gehört? Es geht los. In einer guten Viertelstunde wird der Konvoi eintreffen.«

Malek nickte, ohne den Blick von der Marienfigur zu nehmen. Seit knapp zehn Minuten stand er stumm vor dem christlichen Trauerensemble und betrachtete die beiden Schnitzfiguren.

»Glaubst du etwa an das Zeug, oder hast du einfach keinen Bock mit mir zu reden?«, fragte Hendrik. »Du schweigst, seit wir aufgebrochen sind. Nicht, dass mich das stört, aber irgendwie …«

»Würdest du gern mit deiner Aufregung fertigwerden.« Malek wandte sich dem blonden Rebellen zu. »Ging mir früher genauso. Legt sich mit der Zeit – oder auch nicht.« Er ließ Hendrik stehen und ging zu einer Holzbank nahebei, die Wanderer im Sommer zur Rast einlud. Die Sonne schien satt und ungewöhnlich lau für einen Novembertag. Malek setzte sich. Hendrik gesellte sich zu ihm, beständig die Staatsstraße samt fünfhundert Meter entfernter Einfahrt ins Rohrbachtal im Auge. Er wippte mit seinem Fuß auf und ab. Auf und ab. Auf und ab.

So schwiegen sie eine weitere Minute, bis Malek fragte: »Parkinson?«

Hendrik hielt den Fuß still, pfiff durch die Zähne.

»Wenn du willst, können wir reden«, schlug Malek vor.

»Über Götter, oder was?«

»Warum nicht«, sagte Malek. »Jeder glaubt an irgendetwas. Die Frage ist nur: Woran?«

»Ich glaube nicht an Gott oder so, aber an Werte wie Freiheit und Gerechtigkeit. Die Würde des Menschen.«

»Gute Götter.« Der Herbstwind strich Malek durchs Haar, tätschelte seine Wangen wie ein geliebter Großvater. »Besonders die Freiheit, Hendrik. Besonders die Freiheit.«

Hendrik neben ihm schluckte. »War es schwer im Knast?«

Malek zuckte mit den Schultern. »Ich kam gut zurecht, besser zumindest als jetzt.« *Und ich war nicht alleine …*

»Du meinst wegen der Rebellion und der Sache mit Kehlis?« Hendrik wippte wieder mit dem Fuß auf und ab, auf und ab, bemerkte es und hielt still. »Ist für uns alle nicht leicht. Im Endeffekt sind wir alle Gefangene, nur dass der Knast eben Deutschland heißt. Ich hoffe, dass es mit diesem Fossey besser wird und wir aktiv vorankommen.«

»Erwarte nicht zu viel«, entgegnete Malek. »Erfahrungsgemäß fährt man besser, wenn man nichts erwartet. So kann man positiv überrascht werden.«

Die Sonne war angenehm auf ihren Gesichtern, der Wind lau. Wahrscheinlich ein Föhn von den Alpen her.

Hendrik fragte: »Hast du eigentlich schon darüber nachgedacht, was du nach der Mission tun wirst? Ich mein, ich kenne das Angebot, das Jörg dir unterbreitet hat. Wirst du untertauchen?«

Natürlich werde ich das. Zu seiner Überraschung hörten sich die Worte in seinem Kopf nicht überzeugend an. Er blickte auf seine Hände hinab, auf die zwei Uhren, die an seinen Handgelenken befestigt waren. Er dachte an das Gespräch mit der Majorin, spürte Jannahs feuchte Süße in seinem Schoß und sah den Zettel, den sie ihm heimlich zugesteckt hatte wie in der Grundschule. MEINE MUTTER HAT DIE SUCHERGEBNISSE KONFISZIERT UND MEIN INTERNET GESPERRT. KEINE CHANCE MEHR RANZUKOMMEN. SORRY COWBOY, stand darauf. Dazu ein trauriger Smiley. Und danach sah er Maria, ohne Gesicht und flach wie ein Pappkamerad. Das Ding raunte: *Keinen Neuanfang*…

»Erst einmal bringen wir die Fossey-Mission über die Bühne«, antwortete er. »Danach… sehe ich weiter. Warum fragst du? Willst du mich auch loshaben?«

»Was ich will, interessiert doch eh keine Sau.« Hendrik blickte kurz in den blauen Himmel, dann zurück zur Straße. Sein Bein wippte auf und ab. Auf und ab. Starre. »Wenn ich ehrlich bin, weiß ich es selbst nicht. Ich habe seit unserem Gespräch vor ein paar Tagen über dich nachgedacht und… du bist ein komischer Kerl, Malek Wutkowski.«

Malek lächelte. »Das hat auch noch niemand zu mir gesagt. Komischer Kerl.«

»Aber es stimmt. Mein Kopf sagt mir, du bist eine tickende Zeitbombe. Mein Bauch hingegen sagt mir, ja… keine Ahnung. Ich weiß nur, dass wir jeden Mann brauchen. Außerdem willst du Freiheit. Die bekommst du aber nicht, solange Kehlis herrscht.« Mit einem Nicken deutete Hendrik auf eine entfernte Ortschaft, ein Kaff mit vielleicht zweihundert Einwohnern, das sich als weiß-roter Fleck an den gegenüberliegenden Hang des Rohrbachtals schmiegte. Ein Kirchturm wies wie ein gigantischer Finger in den blauen Nachmittagshimmel.

Hendricks Blick hatte etwas Melancholisches, fast wie der geschnitzte Jesus in der Kapelle, als er sagte: »Es sieht so idyllisch aus, so nett. Aber der Schein trügt. Die Menschen glauben zwar, dass sie tun und lassen können, was sie wollen, aber in Wahrheit sind sie alle Knechte und Hörige von Kehlis. Wir sind die Einzigen, die sie befreien können.«

Malek betrachtete ebenfalls die kleine Ortschaft. Ein Traktor in Ameisengröße krabbelte gemächlich über ein Feld. »Hört sich ziemlich tiefgehend an, dein Hass, meine ich. Persönlicher Verlust wegen der Nanos?«

»Wer hat den nicht von uns Rebellen?« Hendrik blickte auf seine Hände. »Jannah verlor ihren Vater, Vitus seine Frau, Jan seine Eltern. Einzig Jörg hatte wohl nie Zeit, überhaupt eine Familie zu gründen, und Sean … ist eben Sean. Da weiß ich nichts Genaues.« Wieder verfiel er in Schweigen.

Malek ließ ihm einige Zeit, dann fragte er: »Hast du dir schon einmal Gedanken gemacht, warum dieser Kehlis das eigentlich tut?«

»Weil er ein machtgeiler Bock ist?«

»Vielleicht. Vielleicht hat er aber auch gute Gründe. Weißt du's?«

»Von mir aus kann er sich seine Gründe in den Arsch stecken. Ich möchte über meine Gedanken frei entscheiden und nicht fremdbestimmt sein. Aber das tut er.«

Tut das nicht jede Regierung seit Tausenden von Jahren?, dachte Malek, doch er sagte nichts.

In die Stille hinein ertönte Jörgs Stimme in den Headsets: »Doc an Team acht. Doc an Team acht. Statusmeldung!«

Hendrik aktivierte seines. »Alles ruhig, Doc. Geben Bescheid, wenn sich was tut.«

»Okay.« Die Verbindung wurde wieder unterbrochen.

Während ihnen der Wind das Haar zerzauste, fragte Hendrik: »Wie bist du eigentlich zum Verbrecher geworden? War das gewollt?«

Klar, hätte Malek antworten können. *Ich bin schon mit einer Knarre aus dem Leib meiner Mutter geflutscht. Tata. Ich bin Malek. Peng. Peng.* Doch die Wahrheit sah anders aus. Unspektakulär. Seine Eltern hatten sich einfach nicht um ihn und Dominik gekümmert. Sie waren mit ihren eigenen Problemen beschäftigt gewesen, mit Aurelias Depression und Józefs Alkoholismus. Nach dem Mauerfall waren sie von Polen nach Bayern ausgewandert: als Erntehelfer zur Hopfenernte. Vom Regen in die Traufe. Da lag der Weg in die Kriminalität für zwei junge Männer nicht fern.

»Ich bin so reingeschlittert«, sagte er schließlich. »Fehlende Erziehung, kein Mentor, falsche Freunde und dann Tymon.«

»Der Tote aus dem Wohnwagen?«

»Genau der. Er wurde mein bester Kumpel. War fast wie ein Vater zu mir und meinem Bruder. Wenn du einmal so jemanden kennengelernt hast, bist du abhängig und kommst nicht mehr los. Du *willst* auch gar nicht mehr los. So einfach ist das.«

Malek erhob sich und deutete zur Staatsstraße. Ein Motorrad war aufgetaucht, die Warnlichter blinkten fröhlich. Zügig hielt es auf die Kreuzung zu, von der die Straße ins Rohrbachtal abzweigte.

»Ihr Vorbote«, sagte Malek. »Beziehen wir Stellung.« Er marschierte hinter die Herz-Jesu-Kapelle und hörte, wie Hendrik eine knappe Mitteilung ins Headset raunte.

Die Anspannung im Wagen war während der letzten Kilometer beständig gestiegen. Sie hing wie eine unsichtbare Dunstglocke im Innenraum und trieb Kurt den Schweiß aus den Poren. Er fühlte die Feuchtigkeit bereits am Hintern, am Rücken und auf der Brust unter dem Sicherheitsgurt. Das war nicht normal. Woher kam dieses Gefühl von Gefahr? Nicht nur er spürte das, sondern auch die Männer auf der Rücksitzbank.

Der Einsatzleiter schnauzte in den Funk: »Wessler an alle: Erhöhte Alarmbereitschaft für die nächsten acht Komma sieben Kilometer. Durchquerung des Rohrbachtals steht bevor. Kohlmann, Statusmeldung!«

Kohlmann war der Gardist, der auf einem Motorrad vorneweg fuhr. Aus den Ohrsteckern knisterte seine Stimme: »Alles ruhig. Hier ist der Hund verreckt. Wär ein schönes Fleckchen für 'nen Wanderurlaub.«

»Kohlmann!«, bellte Wessler retour. »Sie sind nicht im Urlaub! Berichten Sie! Irgendwelche Vorkommnisse?«

Die Antwort klang gelangweilt, fast gezwungen korrekt. »Keine. Einzig am Osthang bewegt sich eine Schafherde am Waldrand entlang.«

»Eine Schafherde?«

»Jo. Locker zweihundert Tiere.«

»Die ziehen hier immer durch«, warf Kurt ein.

Wessler reckte den Kopf, die Stirn eine tosende Brandung. »Was soll das heißen, *die ziehen hier immer durch*?«

»Die Schäfer mit ihren Herden. Ziehen so nach Norden, unterqueren die Autobahn und erreichen dann das Naturschutzgebiet. Im Herbst wimmelt es hier von Schafen.« Kurt wischte sich den Schweiß von der Stirn. Wesslers Blick brannte auf seiner Haut wie ein Laserstrahl, und als der Einsatzleiter endlich seine Aufmerksamkeit der Landschaft zuwandte, atmete Kurt heimlich durch.

Die Kreuzung war kurz darauf heran. Der Konvoi verließ die Staatsstraße ins Rohrbachtal.

»Weiterhin höchste Alarmstufe und nicht anhalten, unter keinen Umständen«, diktierte Wessler in den Funk. Der Befehl wurde mehrfach bestätigt.

Anhalten ist das dritte große Sicherheitsrisiko bei einem Personentransport. Solange man sich bewegt, ist man im Vorteil.

Kurt hatte nicht vor anzuhalten und es bisher auch erst ein einziges Mal in seiner Laufbahn als Fahrer während einer Tour tun müssen; vor vier Jahren hatte sich ein schwerer Unfall auf der A6 ereignet, ein quer liegender Lkw mit Gefahrengut. Kurt war mitten in den Stau gefahren. Da hatte es keine Alternative gegeben als zu stoppen. Jetzt jedoch war weit und breit kein Stau zu sehen. Trotzdem schwitzte er unangenehm. Wessler hinter ihm schien ein Kernreaktor zu sein.

Um sich von der Anspannung abzulenken, konzentrierte sich Kurt auf die Landschaft. Sie war schön. Beruhigend. Idyllisch. Links der Straße schlängelte sich ein Bach dahin, ein immer noch saftig grünes Band im voranschreitenden Herbst. Rechts lag in einiger Entfernung eine weiß getünchte Kapelle, die von je zwei hohen, schlanken Pappeln gesäumt wurde. Dahinter folgten ausladende Wiesen, eingerahmt von der dunklen Linie des Waldes, der das Rohrbachtal parallel zum Wasserlauf auf beiden Seiten begrenzte.

»Geht es nicht ein wenig schneller?«, drängte Wessler.

»Achtzig Kilometer pro Stunde ist Vorschrift«, entgegnete Kurt. Die Tachonadel zeigte exakt achtzig.

»Dann fahren Sie schneller! Ich mache die Vorschriften!«

Kurt zögerte, doch dann spürte er den brennenden Laserblick im Nacken und beschleunigte, erst sanft, dann deutlich.

Die Leitpfosten zogen an ihnen vorbei. Die Straße wand sich durchs Tal, bis sich ein Hügel ins Sichtfeld schob. Auf ihm erhob sich die Ruine irgendeiner uralten Feste. Hüfthohe Mauern, mit Moos überzogen. Ein einzelner Torbogen war noch intakt, ein Fenster im Nirgendwo.

Kurt ging ein wenig vom Gas, die Motorradbegleitung passte sich umgehend seiner Geschwindigkeit an.

»Warum werden wir langsamer?«, verlangte Wessler sofort zu wissen.

»Eine unübersichtliche Kurve«, erklärte Kurt.

Wessler kniff die Augen zusammen, was Kurt im Rückspiegel sah. »Kohlmann! Statusmeldung!«

Keine Antwort.

»Kohlmann! Statusmeldung!«

Weiterhin Stille.

»Das stinkt zum Himmel!« Wessler klopfte sich auf den Oberschenkel. »Da stimmt was nicht!«

Sie umrundeten den Hügel. Die Straße vollführte einen letzten Knick.

Aus dem Funk drangen schlagartig Schreie und Rufe.

Auch Kurt stieß ein Keuchen aus und stieg mit seinen gesamten einhundertfünf Kilo in die Eisen.

Er fuhr mitten in eine Schafherde hinein. Die beiden voranfahrenden Motorradfahrer stürzten bereits zu Boden.

Und da kamen noch mehr.

Schafe. Überall Schafe.

Sie strömten wie eine Flutwelle den Hügel hinab und brachten den Konvoi zum Anhalten.

Der Livestream war spannender als jeder Blockbuster. Hunderte Schafe kreisten den Konvoi ein, eine Masse von zotteligen graubraunen Leibern. Sie blökten, sie kauten, sie schissen und brachten die Gardisten auf ihren Motorrädern zu Fall, während die drei Limousinen zum Stehen kamen.

Im selben Atemzug waren die Rebellen da. Sie stürmten vom Waldrand den Hügel hinab, sprangen direkt neben der Fahrbahn aus dem Graben, unter Gras und Schaffellen getarnt, die Gewehre und Pistolen erhoben.

Doktor Jörg Imholz hing gebannt an der Übertragung, die von der installierten Kamera am Jeep stammte, den der falsche Hirte Thorsten Gabler steuerte.

Aus dem Augenwinkel bemerkte er eine Bewegung. Etwas rührte sich im zweiten Livestream, den er als kleineres Fenster zusätzlich auf dem Monitor hatte. Das äußere Schleusentor von Kehlis' Bunker öffnete sich.

»Da tut sich was!«, raunte er Barbara zu. Hastig schaltete er auf die Abfahrtspläne, die Vitus ausspioniert hatte. Er prüfte die Uhrzeit: 15.03 Uhr. Dann las er abermals die Abfahrtspläne, nur um ganz sicher zu sein. Es stand keine Abfahrt zwischen 14.30 Uhr und 16.00 Uhr auf der Liste. »Ungeplante Abfahrt bei Kehlis' Bunker!«

Barbara starrte ebenfalls auf die Monitore, die Augen geweitet. Ihr Atem kam schneller als gewohnt.

»Vitus!«, rief Jörg ins Mikro. »Vitus! Siehst du das?«

Sofort war die sanfte Stimme seines Kumpels in der Leitung. »Ganz ruhig«, mahnte er. »Vielleicht hat das nichts mit Fossey zu tun.«

Das Fahrzeug, das aus der Schleuse rollte, war allerdings identisch mit den drei Limousinen, die im Konvoi unterwegs waren. Die Scheiben spiegelten stark vom spitzen Winkel der Drohne aus, doch für einen kurzen Moment war zu erkennen, dass vorn ein Fahrer und hinten drei Gestalten saßen.

»Mist!«, fluchte Jörg. »Das könnte auch Fossey sein! Barbara? Ziehen wir das Absperrteam ab?«

Sie regte sich nicht.

»Barbara?«

Die Stimme der Majorin war heiser, als sie sagte: »Sterling an Team acht! Sterling an Team acht! Abzug! Ungeplante Abfahrt bei Kehlis' Bunker!«

Und dann gleich: »Sterling an Wendland. Schick die Drohne hinter dem Wagen her. Restliche Aktion ohne Änderungen durchziehen. Wir warten ab, was da los ist!«

Malek verband die letzten beiden Stop Sticks miteinander und schob den vier Meter langen dreieckigen Plastikstab in Position. Die gesamte Fahrbahnbreite war nun mit zwei Stück abgedeckt. Kein Fahrzeug des Konvois würde jetzt mehr aus dem Rohrbachtal entkommen. Ab einem Gewicht von vierhundert Kilogramm würde der Plastikstab zusammengedrückt werden und die darin enthaltene Nagelsperre in das darüberrollende Objekt eindringen. Wenig später wären die Reifen platt.

Malek schob gerade die an den Seitenrändern angebrachten Straßensperren in Position, als die Stimme der Majorin aus dem Ohrhörer knallte: »Sterling an Team acht! Sterling an Team acht! Abzug! Ungeplante Abfahrt bei Kehlis' Bunker!«

Hendrik sah auf, fand Maleks Blick und ließ seine nicht vollständig zusammengesetzte Absperrung achtlos fallen. Sofort sprang er auf den Lieferwagen zu, den sie am Fahrbahnrand geparkt hatten.

»Zentrale an Team acht! Zentrale an Team acht!« Wendlands Stimme. »Ein vierter Wagen hat Kehlis' Bunker verlassen. Die Drohne ist dran.«

»Wohin fährt er?« Malek steckte Hendriks letzte Absperrung zusammen und positionierte sie.

»Bewegt sich noch Richtung Staatsstraße, wird dann aber vermutlich in die entgegengesetzte Richtung abbiegen und den Rohrbachwald über die Brückenstraße nehmen. Anders kommen sie nicht zur Autobahn, außer sie nehmen über einhundert Kilometer Umweg in Kauf.«

»Alles klar. Wir sind schon auf dem Weg.«

Malek hörte das Getriebe des Sprinters laut knirschen, als Hendrik den Rückwärtsgang einhämmerte. Der Wagen machte unvermittelt einen Satz, die Front schoss herum, direkt auf Malek zu. Mit quietschenden Reifen kam der Wagen vor ihm zum Stehen, die Beifahrertür flog ihm entgegen, und Malek schwang sich auf den Sitz. Noch bevor er richtig saß, quietschten die Reifen ein zweites Mal, und die beiden Rebellen schossen dem vierten Fahrzeug entgegen.

»O mein Gott!«, war alles, was Kurt über die Lippen kam. Wie gelähmt saß er da, die Hände um das Lenkrad gekrampft, während die Angreifer auf den Wagen zustürmten. Sie kamen von allen Seiten, Frauen und Männer mit Schaffellen auf den Rücken.

»Ein Überfall!«, knurrte hinter ihm Wessler und zog seine Pistole aus dem Holster unter seinem Jackett. »Keine Gnade!« Der Einsatzleiter stieß die Wagentür auf, doch blockierte ein Schaf den Weg, und so federte die Tür unvermittelt zurück.

»Ein Überfall?«, wiederholte Kurt entgeistert und griff ebenfalls nach seiner Dienstwaffe. Seine Fahrertür ließ sich öffnen, doch er vergaß den Sicherheitsgurt und wurde zurück in seinen Sitz gerissen. Er keuchte. Dann waren sie heran.

Ein Schuss knallte direkt neben ihm, zerriss ihm beinahe das Trommelfell. Glassplitter erfüllten die Luft. Die Frontscheibe sackte nach innen wie ein nasses Tuch und war nur noch ein Netz aus Rissen, gehalten von der Sicherheitsfolie. Die Gestalt vorm Kühlergrill brach zusammen.

Kurt presste sich schmerzerfüllt die Faust samt Pistole gegen das schrill pfeifende Ohr und nestelte am Verschluss des Gurts herum. Endlich löste er sich, und Kurt sprang aus dem Wagen, hinein in den Geruch von Kot und Wolle. Schafe rannten wild durcheinander, vom Blutgeruch und den Schüssen in Panik versetzt. Kurt stolperte rückwärts, direkt gegen die hintere Tür, aus der sich Wesslers Begleiter schwingen wollte. Dieser brüllte, als die Tür seine Finger zerquetschte. Überall fielen weitere Schüsse.

»VERSTÄRKUNG!«, brüllte Wessler in den Funk. »Wessler an Bunker! Wir brauchen Verstärkung!« Ein Kerl tauchte am Heck der Limousine auf, feuerte mit einer Shotgun durch die Heckscheibe, und Wesslers Kopfinhalt spritzte durch den Innenraum.

Kurt blickte entsetzt auf all das Rot, das an den Innenseiten der Scheiben wie Regen herabrann. »Ihr Arschlöcher!«, keuchte er an niemanden speziell gerichtet, als ihm klar wurde, dass der Konvoi nur eine Finte war und man sein Leben einfach so aufs Spiel gesetzt hatte. Es waren gar keine gepanzerten Fahrzeuge im Einsatz. Er hatte sich schon gewundert, warum der Wagen so leicht beschleunigt hatte.

Der Kerl mit der Shotgun zielte auf ihn. Kurt hob selbst seine Waffe und feuerte, traf den Typ in den Oberschenkel, schickte ihn schreiend zwischen den Wagen zu Boden. Kurt fuhr herum, taumelte vorwärts, weg von den Toten und Verletzten, stolperte weiter, stürzte schließlich über ein verletztes Schaf. Er schlug hart auf dem Asphalt auf, rappelte sich wieder auf die Beine, die Hände braun verschmiert vom Kot, und wankte weiter. Die Waffe war zwischen den Hunderten von Paarhufern verschwunden.

Nach ein paar Metern bekam er so starkes Seitenstechen, dass er anhielt, sich schwer atmend auf seine Knie stützte und zurückblickte. Männer gingen getroffen zu Boden, rot befleckte Schafe sprangen wild durcheinander, rannten sich selbst über den Haufen. Eine Kakophonie von Schmerz und Irrsinn erfüllte die Luft. Der Forscher Carl Oskar Fossey wurde aus dem vordersten Wagen gezerrt. Jemand schrie: »Das ist er nicht!«, und jemand anderer rief: »Der hier auch nicht!«

Ein olivgrüner Jeep schob sich in sein Blickfeld. Den Mund zu einem O geformt, blickte Kurt auf. Über ihm ragte eine junge Frau mit rotbraunem Haar auf. Sie trug einen Fransenponcho und richtete den Lauf ihres Gewehrs direkt auf ihn.

»Bitte«, flüsterte Kurt, dessen Welt nur noch das schwarze Loch des Gewehrlaufs war. »Ich habe doch nur …«

»… auf der falschen Seite gestanden«, vollendete die Frau den Satz und drückte ab.

Es war 15.13 Uhr.

Und Kurt Eisenhauer ging ohne Bier in den Feierabend.

Kapitel 27

Rohrbachwald, Brückenstraße

Die Nachricht schlug im Sprinter ein wie eine Bombe.

»Sterling an Team acht. Sterling an Team acht. Fossey war definitiv *nicht* im Konvoi! Haben Sie mich verstanden? Carl Oskar Fossey war definitiv nicht dabei! Er muss im vierten Auto sitzen, oder wir werden völlig verarscht!«

»Verstanden!« Hendrik drückte aufs Gas. Der Lieferwagen bretterte über die Staatsstraße und überholte einen PKW. »Wir müssten ihn bald eingeholt haben. Die Abfahrt zur Brückenstraße ist nicht mehr weit entfernt.« Er schluckte und fragte: »Haben wir … Verluste?«

Die Majorin zögerte nur eine halbe Sekunde lang, doch sie tat es. »Uns fehlt der Überblick. Da draußen herrscht Chaos. Die Schafe spielen total verrückt. Es gab einen heftigen Schusswechsel. Rechnen Sie also nicht mit Verstärkung.«

Ein lautes Brummen überlagerte mit einem Mal die Stimme der Majorin. Es war ein Motorengeräusch, über das sich Jannahs Stimme erhob. »Doch! Verstärkung ist unterwegs! Thorsten und ich sind auf dem Weg zu euch.«

»Wie bitte?« Die Empörung in der Stimme der Majorin war trotz der Funkübertragung nicht zu überhören.

»Ja, so bitte«, gab Jannah retour. »Wir nehmen den Forstweg durch den Wald. Wofür haben wir diesen Hirtenjeep!?«

»Das kommt nicht infrage!«

»Sehr wohl, Mutter! Mit Glück können wir dem vierten Wagen den Weg abschneiden und Fossey stellen.«

»Jannah! Ihr haltet sofort …«

Die Übertragung wurde unterbrochen. Zwei, drei, vier Straßenbegrenzungspfosten zogen vorbei. In den Ohrstöpseln herrschte Stille.

Malek und Hendrik tauschten einen Blick, dann kramte Malek das Kartenmaterial hervor, mit dem sie zusätzlich ausgestattet waren.

»Du hattest also recht«, sagte Hendrik, während die Karte raschelte. »Man hat uns eine Finte präsentiert.«

Malek zuckte mit den Achseln. »Ich hätte auch falschliegen können.« Er hatte die Karte entfaltet. »Da.« Er tippte mit dem Finger auf einen grauen Strich innerhalb der grünen Fläche, die den Rohrbachwald abbildete. »Der Forstweg. Führt hier an einem Gehöft vorbei und kommt direkt vor der dritten Brücke raus.« Mit gespreizten Fingern nahm Malek grob Maß und nickte. »Sie könnten vor uns dort sein.«

»Werden sie auch.« Es war Vitus Wendland, die Stimme aus dem Off.

»Hallo, Chef!«, grüßte Hendrik, und sein Gesicht hellte sich ein wenig auf. »Haben Sie das auf die Schnelle nachgerechnet?«

»Nein, Hendrik, aber ihr *müsst* es schaffen. Sonst habt ihr drei Mann plus Fossey gegen euch.«

»Malek zählt für zwei.«

»Vielleicht. Aber die Kehlianer im Konvoi haben sofort das Feuer eröffnet. Rechnet mit allem.«

»Das werden wir. Chef? Wie schaut es wirklich aus?«

»Offen gesagt: keine Ahnung.« Wendland schwieg einen Moment. »Und selbst wenn ich es wüsste, würde ich es euch jetzt nicht sagen. Ihr braucht einen klaren Kopf. Barbara und

Jörg kümmern sich um den Rückzug und die Verletzten, und ich kümmere mich um euch. Verstanden?«

Malek deutete nach vorn. An der nächsten Kreuzung bog eine schwarze Limousine auf die Brückenstraße ein.

»Sichtkontakt!«, rief Hendrik. »Wir haben Sichtkontakt!«

»Gut. Heftet euch unauffällig an ihre Fersen. *Unauffällig!* Ich lasse die Drohne abdrehen, die hat eh fast keinen Saft mehr. Dann verschalte ich euch mit Jannah und Thorsten. Wir prüfen noch, wie wir schnellstmöglich Verstärkung schicken können. Eine positive Nachricht habe ich auch: Wir konnten den Funkkontakt zum Bunker stören. Kehlis' Männer wissen noch nichts von dem Überfall, aber es wird nicht mehr lange dauern, bis sie eins und eins zusammenzählen. Aber bisher ein Plus für uns. Und ihr schafft das! Haltet die Ohren steif, Jungs.« Die Verbindung wurde unterbrochen.

Malek faltete die Karte zusammen. »Als was hast du vor der Rebellion für Wendland gearbeitet?«, fragte er Hendrik.

»Als Systemadministrator für Großfirmen. Im Auftrag von S.Y.D. War damals in Australien, als es mit Kehlis anfing.«

»S.Y.D.?«

»Du hast echt lange gesessen. Steht für *Save Your Data.* Vitus' Firma. Er ist so eine Art digitaler Daniel Düsentrieb. Eine Koryphäe in der Softwareentwicklung. Hat Millionen verdient mit Datenschutz, Datensicherheit und Datenspionage. Dazu entwickelte er noch so anderen Kram, wie die Lifewatch zum Beispiel. Heute ist er bei S.Y.D. nur noch stiller Teilhaber. Hat sich offiziell wegen seines Alters und seiner Gesundheit zurückgezogen. Inoffiziell betreibt er noch ein kleines Team bei S.Y.D., das ausschließlich für ihn arbeitet und free ist. Unser Kontakt zur Außenwelt sozusagen, aber den Rest der Firma kannst du in die Tonne treten. Alles verschissene Kehlianer.«

Gelände und Straße stiegen langsam an. Graugrüne Tannen wuchsen in die Höhe, zwischen denen in etwa einem Kilometer Entfernung die Straße verschwand. Gerade schluckten die Schatten die Limousine mit ihrem Zielobjekt.

»Wird Zeit, dass wir aufschließen.« Hendrik grinste grimmig und drückte aufs Gas. »Hast du schon einen Plan, wie wir sie stoppen?«

»Nö.« Malek holte seine Pistole unter der Jacke hervor, entsicherte sie, lud sie durch und sicherte sie wieder. Es war eine klassische Beretta M9 im Kaliber neun Millimeter Parabellum, die früher vom US-Militär genutzt wurde. Malek hatte sie aus Wendlands Waffenfundus gewählt. Er hatte früher selbst eine Beretta besessen, allerdings keine schlichte schwarze, sondern eine silberne, Sonderanfertigung mit Gravuren und feinsten Ziselierungen. Malek war kein Schöngeist; er hatte die silberne Beretta auf dem Schwarzmarkt gekauft, weil sie aufgrund einer Griffmodifikation ideal in der Hand gelegen hatte. Angeblich hatte sie einst einem Drogenboss namens Diego Vanzetti gehört, der sie bei einer Schlägerei im Puff verloren hatte.

Das Motorbrummen des Jeeps ertönte wieder aus den Headsets, als sie ebenfalls zwischen die Tannen tauchten und Licht- und Schattenmuster über die Frontscheibe schwirrten.

»Hendrik? Cowboy?« Jannahs Stimme. »Hört ihr mich?«

»Klar und deutlich.« Hendrik schenkte Malek einen fragenden Seitenblick. *Cowboy?*

»Super. Passt auf, der Plan ist simpel: Wir sind vor euch an der dritten Brücke und sperren sie. Vitus schickt derweil den Heli, der uns dann mit Fossey rausholt.«

»Das ist der ganze Plan?«

»Bis ins kleinste Detail. Einfach, ohne Schnickschnack und Schafe. Du müsstest uns mal riechen.«

Hendrik schien nicht überzeugt, doch für Diskussionen

war keine Zeit. »Okay«, sagte er. »Dann sehen wir uns gleich an der dritten Brücke. Hoffen wir, dass Vitus den Hubschrauber schnellstmöglich hinbringt.«

»Muss er. Wird er.« Das Hintergrundbrummen verschwand.

Die erste Serpentinenkehre kam in Sicht. Die Limousine befand sich zwei Kehren über ihnen. Der Beifahrersitz war leer. Auf der Rückbank sah Malek für einen Augenblick drei Männer, halb verborgen hinter den Spiegelungen im Glas. Der rechts außen war am besten zu erkennen, ein stiernackiger Glatzkopf in schwarzem Anzug. Nach den Fotos zu urteilen, die sie in den Einsatzbesprechungen von Fossey gesehen hatten, definitiv nicht ihr Mann, also vermutlich ein Bodyguard. Seine Aufmerksamkeit gehörte ihnen, dann verschwand der Wagen hinter der nächsten Leitplanke.

»Man hat uns registriert«, bemerkte Malek. »Ich glaube, du kannst mehr Gas geben.«

Hendrik steuerte den Wagen in die nächste Kehre, beschleunigte früh und jagte sie weitere Meter näher an die Limousine heran. Die Fliehkraft drückte Malek gegen die Seitenverkleidung, und Hendrik rutschte weit in die Mitte. Trotzdem fragte er: »Hat sie dich gerade *Cowboy* genannt?« Er kurbelte am Lenkrad, brachte den Sprinter zurück auf Kurs. »Geht da was?«

Die Art und Weise, wie der blonde Rebell die Worte aussprach, ließ Malek aufhorchen. *So klingt Eifersucht.* Und es leuchtete ihm ein; die Rebellen waren ein kleiner Haufen, und in Hendriks Alter gab es nicht allzu viel Auswahl. Dass da seine Wahl auf Jannah fiel, verwunderte Malek nicht. Allerdings stellte es *jetzt* ein Problem dar, da sie gerade dabei waren, eine Art Teamvertrauen aufzubauen. Er konnte also Nein sagen, was Hendrik nicht glauben würde. Eifersucht war tückisch; man glaubte, was man glauben wollte. Oder er konnte die Dinge beim Namen nennen. Klare Fronten schaffen. Und das tat er. Offene Feindschaft war im Extremfall besser als nagender Zweifel und Misstrauen.

»Es war ein Fick. Einer. Problem damit?«

Hendrik hielt den Blick während der nächsten Kehre starr auf den Asphalt gerichtet, sein Gesicht hart verzogen. »Nein«, sagte er schließlich. »Jannah kann ins Bett gehen, mit wem sie will.«

»Irgendetwas stimmt mit der Kommunikation nicht.« Einer der Angestellten im Kontrollraum von Kehlis' Bunker drückte hektisch auf der Computerkonsole herum. »Keine Statusmeldungen mehr vom Konvoi seit neun Minuten. Ich komme auch nicht zu ihnen durch. Selbst das Galileo-Signal ist verschwunden.«

Nummer Eins blickte von seinen Unterlagen auf. Auf seinen übereinandergeschlagenen Beinen lag eine Liste mit Namen fähiger Hacker und Entwickler, die in der Lage waren, ein Kryptosystem zu entwickeln, mit dem Engelharts Warnung getarnt worden war. Johann Kehlis hatte ihm aufgetragen, nun doch eine Sonderkommission einzurichten. Nummer Eins sollte sie höchstpersönlich leiten und die seltsamen Vorkommnisse klären. Kehlis befürchtete, dass eine Verschwörung dahintersteckte.

»Haben Sie schon die Frequenz geändert?«, fragte er.

»Dafür ist eine Autorisierung nötig, Konfessor. Höchste Sicherheitsstufe laut Protokoll.«

Nummer Eins legte die Liste beiseite und erhob sich. Er seufzte innerlich. Die Vorschriften, Richtlinien und Regelungen kosteten enorm viel Zeit und verhinderten effizientes Handeln, aber Johann wollte es so. Er vertraute nur seinen Konfessoren. Nummer Eins trat neben den Angestellten und autorisierte sich im System. Entsprechend schaltete er die Frequenzänderung frei.

»Danke.« Die Finger des Mannes huschten über die Tastatur. Auf den Monitoren ploppten Konsolenbefehle auf, Zeilen sirrten nach unten, Zahlen- und Buchstabenreihen ratterten hin und her. Schließlich stoppte die Anzeige, und er rief: »Frequenz geändert!« Er lauschte in seinen Kopfhörer hinein, der nur einseitig mit einem Lautsprecher bestückt war. Sein Gesicht verzog sich irritiert.

Nummer Eins musterte ihn, dann zog er ihm kurzerhand den Kopfhörer vom Kopf und drückte ihn sich selbst gegen das Ohr. Er hörte etwas blöken. Schafe.

»Bringen Sie mir Wessler ans Mikrofon«, verlangte Nummer Eins und gab den Kopfhörer zurück. »Sofort!«

Der Angestellte hantierte wieder herum. Auch die anderen Mitarbeiter der Kommandozentrale waren eifrig bei der Sache.

»Er ist schon freigeschaltet«, stellte der Mann schließlich irritiert fest. Schweiß stand ihm auf der Stirn. »Ein anderes Signal gibt es nicht.«

»Dann bringen Sie irgendeine der Bodycams auf den Schirm. Irgendeine.«

»Moment.« Wieder tanzten Finger, und Tasten klickten. »Hier krieg ich ein Signal.« Einer der großformatigen Flachbildschirme erwachte zum Leben. Ein Schaf blickte traurig in die Kamera, die Ohren hingen schief herab, der Kopf ruckte nervös hin und her.

Was soll das? Nummer Eins trat näher an den Monitor heran. Etwas Undefinierbares wurde vom Körper des Schafs verdeckt, doch Nummer Eins erkannte eindeutig eine der Limousinen. Und das bedeutete, dass der Transport stand. Das durfte nicht sein.

In dem Moment trollte sich das Schaf.

In der Kommandozentrale wurde es still.

»Machen Sie für mich ein Fahrzeug startklar«, war alles, was

Nummer Eins sagte, und machte sich auf den Weg zum Aufzug. »In einer Minute bin ich unten. Und schalten Sie mir Fahrzeug Fossey auf die Lifewatch. Sofort!«

Er hörte noch, wie sein Befehl bestätigt wurde, und jemand anderes flüsterte: »Jetzt dampft die Kacke!«

Und das tat sie tatsächlich. Auf dem Monitor war zu sehen, wie in der Herbstluft zarter Dampf von den Schafskötteln aufstieg. Es war das letzte Bild, das Nummer Eins auf dem Monitor sah, bevor sich die Aufzugstüren vor seiner Nase schlossen. Interessanter war allerdings der Hintergrund: Einer der drei Fahrer saß an der offen stehenden Fahrzeugtür der Limousine und streckte alle viere von sich. Ihm fehlte das halbe Gesicht.

Links und rechts huschten die Bäume vorbei, Schlieren von Licht und Schatten. Das Heck der Limousine entfernte sich.

»Die werden schneller«, stellte Malek fest.

»Das können wir auch.« Hendrik trat aufs Gaspedal, der Motor des Lieferwagens brummte lauter, die Außenspiegel vibrierten.

»Spätestens jetzt wissen sie, dass wir sie verfolgen.«

»Das wissen sie sowieso.« Wendland. »Die Kommunikationsstörung ist aufgeflogen, Jungs. Die Frequenzen wurden geändert und neu verschlüsselt. Sie wissen jetzt vom Überfall. Fosseys Wagen wird versuchen zu flüchten. Zugleich wird Verstärkung ausrücken. Wenn sie nicht sogar schon unterwegs ist.«

Hendrik drückte das Gaspedal vollends durch. »Dann wird's jetzt ernst.«

»Und problematisch.« Wendland klang besorgt. »Bei zu hohem Tempo schaffen es Jannah und Thorsten nicht rechtzeitig, die Straße zu blockieren. Sie können auf dem Forstweg nicht Vollgas fahren.«

»Dann sag ihnen, sie müssen. Wofür ist Thorsten Rennfahrer?«

»Er steuert einen Hirtenjeep ohne Dach!«

»Der hat auch vier Räder!«

Wendland seufzte. »Schon gut, ich geb's weiter. Konzentriert euch auf die Verfolgung. Nicht dass sie noch in irgendeinem Waldweg verschwinden und wir es nicht mitbekommen. Und falls ihr eine Chance seht, sie zu bremsen, dann tut es.«

»Aye! Aye!« Hendrik packte das Lenkrad fester und beugte sich nach vorn. Der Motor röhrte. Die Limousine rückte näher.

»Wie oft hast du so eine Verfolgung schon gemacht?« Malek richtete den Blick auf das Heck der Limousine.

»Blutige Jungfrau.« Hendrik grinste.

»Na dann. Halt die Karre still.« Malek öffnete das Fenster und schob seinen Oberkörper hinaus, die Beretta schussbereit. Der Wind fauchte ihm ins Gesicht, zauste sein Haar.

»Denk dran«, warnte Hendrik, »wenn du Fossey triffst, war alles umsonst!«

»Ja, ja.« Malek legte an, zielte. Er schrie gegen den Fahrtwind: »Wenn ich es sage, ziehst du nach links auf die Gegenfahrbahn!«

Hendrik zog auf die Gegenfahrbahn.

Malek, überrascht von der abrupten Bewegung, fluchte, rang kurz mit seinem Gleichgewicht, dann nahm er den Glatzkopf ins Visier, doch die Limousine ruckelte hin und her. Malek drückte trotzdem ab.

Eine Splitterwolke erfüllte die Luft, funkelte wie Diamantstaub in einem Sonnenstrahl, der durch die Bäume fiel. Die Heckscheibe war unversehrt. Der Wagen beschleunigte noch mehr.

»Panzerglas«, sagte Malek und sank zurück auf den Sitz. »Die stoppen wir nicht mit ein paar Nadelstichen.«

»Und jetzt?« Hendrik verzog das Gesicht und reihte sich

wieder hinter der Limousine ein. »Irgendeine Idee? Die Wichser fahren uns davon. Was ist mit den Reifen? In Actionfilmen zerschießen sie immer die Reifen!«

»Haben sicher Notlaufreifen. Selbst wenn du die platt schießt, kommen die noch fünfzig Kilometer weit.« Malek strich sich eine Haarsträhne aus der Stirn. »Aber wir machen sie trotzdem platt. Vielleicht werden sie langsamer, und Jannah und Thorsten haben mehr Zeit für die Straßensperre.« Abermals schob er sich zum Fenster hinaus.

Hendrik zog den Wagen bereits auf die Gegenfahrbahn, um Malek einen besseren Schusswinkel auf die Reifen zu ermöglichen. Dieser schoss kurz darauf.

Pupt! Pupt! Pupt!

Der Reifen hinten links ging in Fetzen, das Heck der Limousine brach einen Meter aus, stabilisierte sich aber sofort wieder. Die Geschwindigkeit verringerte sich nicht.

»Drück auf die Tube!«, kreischte Jannah. Sie hatte die Finger um die Frontscheibeneinfassung geklammert, sich daran nach oben gezogen und stand nun halb auf dem Beifahrersitz des offenen Jeeps. Ihr Haar flatterte wie ein kurzer Kometenschweif hinter ihr her.

»Steh schon auf dem Bodenblech.« Thorsten riss hart am Lenkrad, als der Forstweg eine Kurve beschrieb. »Schneller geht nicht!«

»Fuck! Und das soll ein *Fluchtfahrzeug* sein?«

»Für geplante zwei Kilometer.« Der Jeep rumste über eine Bodenwelle, und Thorstens Zähne knallten hörbar aufeinander. Jannah sank zurück auf den Sitz. Ihr Haar stand in alle Richtungen ab, die Wangen glühten. »Tarnung war wichtiger«, knurrte Thorsten und steuerte gegen, als der Jeep bockte und über Tannennadeln schlitterte. »Konnte ja keiner wissen, dass wir damit ein Rennen fahren müssen.«

»Du weißt schon, dass ich dir deinen Hintern aufreiß und mit dem Jeep direkt reinfahr, wenn wir es nicht schaffen!«

»Oh ja! Darauf freue ich mich schon.«

Der Wald lichtete sich ein wenig. In Sicht kam eine finstere Villa mit Türmchen und hölzernen Erkern hinter einem hohen Zaun aus gusseisernen Stangen, die wie Speerspitzen das Anwesen umringten.

»Das Gehöft auf der Karte! Irgendwo muss es links langgehen!« Jannah sah sich verbissen um. Ihr Finger schoss hoch, verfehlte nur knapp Thorstens Nase. »Da!« Ein schmaler Weg, gerade so breit wie der Jeep, gähnte zwischen hohen Holzstapeln.

Thorsten kurbelte am Lenkrad und stieg unvermittelt auf die Bremse, sodass die Front des Jeeps nach unten sank und die Federung stöhnte.

Jannah wurde zur Seite geschleudert, krachte mit der Schläfe gegen die Scheibeneinfassung. Ihr entwich ein Keuchen, und für einen Moment verschwammen die Bäume in ihrer Sicht wie auf einem Aquarell.

Der Jeep schoss wieder vorwärts und passierte die Holzstapel, touchierte in den Weg ragende Äste, die über den Lack kratzten.

»Du blutest«, stellte Thorsten fest, als das Hindernis hinter ihnen lag und er einen flüchtigen Blick zur Seite wagte. »Sorry. War keine Absicht.«

Jannah schüttelte die Benommenheit ab und wischte mit dem Handrücken Blut von den Lippen. Sie grinste. »Fahr lieber! So schmeckt bloß das Leben.«

Die Limousine vor ihnen schlingerte in jeder Kurve, als wäre sie volltrunken. Drei Reifen hingen in Fetzen, und doch blieb der Wagen stur auf der Straße und hatte nur unerheblich an Geschwindigkeit verloren.

Malek streckte sich und blickte an Hendrik vorbei links in den Abgrund, der neben der Fahrbahn und hinter der Leitplanke abfiel. Zwischen Baumstämmen und Dickicht strömte das schlammig grüne Band der Rohrach dahin, die sich dreißig oder vierzig Meter tief in den Rohrbachwald fräste.

»Dort vorn!« Hendrik wischte sich über die Stirn. »Die zweite Brücke. Langsam wird es knapp. Soll ich versuchen, sie zu überholen und auszubremsen?«

Malek winkte ab. »Dann enden wir dort unten oder im Gegenverkehr.«

»Aber irgendetwas müssen wir tun!«

»Du kannst sie dort runterschieben.« Malek deutete auf den Abgrund. »Das würde sie stoppen.«

»Und umbringen.«

»Kaum. So ein Panzerfahrzeug hält mehr aus, als du glaubst. Wahrscheinlich werden aber eher wir dort runterstürzen. Deren Wagen wiegt mindestens vier Tonnen.«

Wieder wischte sich Hendrik über das Gesicht und fuhr anschließend mit den schwitzigen Fingern über seine Hose. »Warum tun die eigentlich nichts? Fahren nur stur geradeaus.«

»Was sollen sie auch tun? Auf uns schießen?«

»Zum Beispiel.«

»Durchs Panzerglas? Die können vermutlich nicht mal die Fenster öffnen. Die warten einfach auf Verstärkung.«

Beide Wagen bretterten über die nächste Brücke. Der Fluss wechselte unter ihnen die Seite, strömte nun rechts von ihnen dahin.

Wendland war in der Leitung. »Der Heli ist unterwegs«, sagte er. »Wir landen auf einer Lichtung im Wald nördlich der dritten Brücke. Circa einen Kilometer direkt nordwärts. Die Straße selbst kommt wegen der Bäume nicht infrage. Zu wenig Platz. Ankunft in ein paar Minuten.«

»Wo sind Jannah und Thorsten?«

»Irgendwo im Wald. Wir kriegen keine Funkverbindung und nur noch vereinzelt Standbilder von der Kamera. Keine Ahnung, was da läuft und ob sie es rechtzeitig schaffen.«

Hendriks Hand schoss nach vorn. »Ist das nicht schon die dritte Brücke?«

»Sieht so aus«, bestätigte Malek. *Und nirgends steht eine Straßensperre.*

»Dann müsst ihr den Wagen jetzt stoppen, Jungs.«

»Ich schiebe ihn von der Straße!« Hendrik umgriff entschlossen das Lenkrad und stieg voll aufs Gas. Der Motor brüllte.

»Das hat er jetzt nicht gesagt …« Wendland schien mit jemandem bei sich in der Basis zu sprechen, vermutlich Sean, mit dem er die Mission koordinierte.

Die dritte Brücke rauschte auf sie zu. Der Brückenbogen schimmerte hell und grau zwischen den Bäumen, dazwischen saßen düstere Schatten.

Ihr Lieferwagen schloss zur Limousine auf und touchierte das Heck. Ein Ruck ging durch beide Wagen.

»Okay, Jungs«, raunte Wendland, »ihr macht das schon. Aber passt mir auf Fossey auf!«

»Geht klar!« Hendrik knüppelte den Schalthebel einen Gang nach unten und setzte zum Überholen an. Malek packte zum ersten Mal den Griff der Türverkleidung, um sich daran festzuhalten.

In dem Moment spuckte der Wald vor ihnen einen olivgrünen Jeep aus. Der Land Rover kam direkt von links, das Heck brach aus, wie es nur ein Rennfahrer beabsichtigen konnte, driftete herum – und kam nach einer Hundertachtziggraddrehung mit einem Ruck mitten auf der Fahrbahn zum Stehen.

Malek erkannte Thorsten Gabler hinterm Steuer, mit weit

aufgerissenen Augen in seinem vor Akne strotzenden Gesicht. Er schien die Hände schützend in die Höhe reißen zu wollen, doch da wühlte sich die gepanzerte Limousine mit ihren vier Tonnen bereits frontal in die Flanke des Jeeps.

Kapitel 28

Rohrbachwald, Brückenstraße

Abgelenkt vom Horrorcrash, verlor Hendrik die Kontrolle über den Lieferwagen. Er bremste, und Malek versuchte, mit der linken Hand das Lenkrad herumzureißen, doch der Sprinter schleuderte, kam von der Fahrbahn ab und rauschte in eine Gruppe junger Tannen.

Für Malek wurde die Welt zu einem Knall und reinem Nichts.

Das Nichts fiel in sich zusammen und hinterließ alles eingepudert mit Talkum. Die Airbags hatten ausgelöst.

Hendrik stieß neben ihm einen animalischen Schrei aus und kletterte bereits aus dem Lieferwagen. Er schüttelte sich und eilte blindlings auf das Wrack des Jeeps zu. Die Limousine war zum Stehen gekommen, nachdem sie den Land Rover zerfetzt und wie einen Schneepflug vor sich her geschoben hatte.

Malek riss die Pistole aus dem Holster, bevor er aus dem Sprinter stieg. »Hendrik!«, schrie er ihm hinterher. »Die Männer!«

Hendrik ignorierte ihn, erreichte das Knäuel aus olivfarbenem Metall und Plastik. Er schrie: »Jannah!« Und noch mal: »Jannah!«

Die Fahrertür der Limousine schwang auf.

Malek feuerte sofort auf den Arm mit der Pistole, der in der Tür erschien. Die Projektile prallten achtlos von der Karosserie ab, doch ein Fluch ertönte, und die Wagentür klappte wieder zu.

Die Schüsse rüttelten Hendrik wach. Er fuhr herum, als bemerke er erst jetzt den schwarzen Mercedes, der sich in dem Jeep verkeilt hatte, und griff selbst nach seiner Pistole. In seinem Gesicht standen Wut und Zorn und Wahnsinn. »Ihr Schweine!« Er feuerte wahllos auf die Türen.

Der Motor des Mercedes heulte auf. Ein Ruck ging durch den gepanzerten Wagen. Es knirschte, die Reifen drehten durch. Der Fahrer versuchte zurückzusetzen, aber Teile des Jeeps hatten sich unter den Wagen gekeilt und verhakt.

Statt es ein zweites Mal rückwärts zu probieren, krachte das Getriebe, und die Limousine schob sich fünf Zentimeter samt Jeepwrack vorwärts, direkt auf den Abgrund zu.

Durch all diesen Lärm hindurch meinte Malek, ein Stöhnen zu vernehmen. Das Stöhnen einer Frau.

»Jannah!« Auch er erreichte den Jeep, der ihm vor der Nase weggeschoben wurde. Der Fahrer drückte das Gaspedal durch. Malek gewahrte etwas Rotbraunes, das vielleicht einmal Thorsten Gabler gewesen war, doch das daneben war eindeutig ein Gesicht, in dem Jannahs Augen wild um sich stierten.

Die Limousine erreichte den Abgrund keine zwei Meter vor der Brücke. Die Leitplanke knickte zur Seite, als wäre sie aus Pappmaché. Die Reste des Jeeps schabten darüber, hingen einen Moment in der Luft und verschwanden polternd und scheppernd hinter der Kante.

Hendrik kreischte und schoss erneut ziellos um sich. Malek starrte auf den leeren Fleck, wo eben noch der Jeep gestanden hatte, dann zum Fahrer der Limousine, dessen Scheibe Hendrik mit Einschusslöchern übersäte, jedoch völlig sinnlos – das Panzerglas war nicht zu durchlöchern.

Wieder röhrte der Motor der Limousine, doch statt zurückzusetzen, machte der Wagen einen weiteren Satz nach vorn. Der wohl unbeabsichtigte Schub war zu viel. Die zerfetzten Vorderreifen rutschten über die Kante und hingen in der Luft. Mit einem hohlen Surren drehten sie durch, warfen Reifenfetzen und Erde in die Luft.

Ein letzter Schuss riss Splitter aus der obersten Schicht des Panzerglases. Hendrik hatte sein zweites Magazin geleert. Fluchend lud er nach.

Wie auf Kommando sprang die hintere Tür auf der entgegengesetzten Seite auf. Der Glatzkopf hechtete heraus.

Malek ließ sich zu Boden fallen. Beim Aufschlag auf dem Asphalt durchfuhr ein Stechen seine Schulter. Trotzdem brachte er die Pistole hoch, als er den Bodyguard zwischen Asphalt und Unterboden der Karosserie ausmachte. Dreimal drückte er den Abzug durch.

Der Glatzkopf stieß ein Röcheln aus und lag still.

Die Türen des Mercedes blieben nicht still. Sowohl Fahrertür als auch die dahinter flogen gleichzeitig auf.

»HENDRIK! ACHTUNG!« Malek rollte herum und brachte sich hinter das Heck, um aus dem unmittelbaren Schussfeld zu gelangen. Er krabbelte weiter am Boden entlang. Der Motor lief noch. Ein Schwall heißer Abgase biss ihn ins Gesicht, nahm ihm die Luft zum Atmen und brannte in seinen Augen. Malek stöhnte und presste die Lider zusammen. Er zwang sich, sie wieder aufzureißen, sah nur verschwommene Umrisse durch die Tränen.

Fluchend und halb blind, schob er sich um das Heck herum und stieß gegen den Glatzkopf. Der rührte sich nicht mehr.

Malek sank gegen die Karosserie und rieb sich mit den Ärmeln heftig die Augen, bis er wieder mehr erkennen konnte als zerflossene Konturen.

Da fiel es ihm auf: Es war still. Trügerisch still. Der Motor brummte zwar, der Wind wisperte in den Bäumen, und aus dem Abgrund sang der Fluss sein ewiges Lied, aber sonst …

Malek sah sich um, ohne seine Deckung zu verlassen, doch da war niemand. Er packte den schlaffen Arm des Toten und wedelte damit um das Heck der Limousine.

Kein Schuss fiel.

Nun wagte er selbst einen Blick.

Ein Anzugträger mit militärisch kurzem Haarschnitt humpelte zusammen mit einem Mann auf den Waldrand zu. Malek sah die beiden schräg von hinten, doch der Mann drehte den Kopf, sah zu ihm zurück. Er sah zwar ein wenig älter aus als auf den Fotos, die Wendland ihnen gezeigt hatte, aber es war ganz eindeutig das Ziel ihrer Mission: Carl Oskar Fossey. Sein Bodyguard schob ihn ruppig vorwärts, drängte zur Eile. Von Hendrik und dem Fahrer war nichts zu sehen.

Malek durfte nicht zögern. Er erhob sich, spreizte die Beine, suchte festen Stand, legte beide Arme auf das Dach der Limousine und visierte den Personenschützer an. Auch wenn das Korn vor der Kimme ein wenig zitterte und noch Tränen in seinen Augenwinkeln standen, feuerte er zweimal. Die beiden Männer eilten weiter, ein, zwei, drei Schritte weit. Malek fluchte, visierte abermals an, doch da strauchelte der Personenschützer und brach vornüber zusammen.

Malek schickte ein Stoßgebet zum Himmel und rannte los, bis er den Ruf vernahm: »Malek!«

Die Absturzstelle.

Einen Haken schlagend, erreichte er die zerstörte Leitplanke. Bevor er in den Abgrund blickte, sah er zu Fossey hinüber. Der Forscher beugte sich zu seinem Bodyguard hinab. Sie schrien sich gegenseitig an. Schnell wagte Malek einen Blick nach unten. Hendrik hing etwa drei Meter unter ihm an einem Strauch, dessen Wurzeln sich eisern in die steile Böschung krallten. Hendriks Beine scharrten haltsuchend über die aufgewühlte Erde. Der Fahrer der Limousine war weiter hinabgestürzt. Sein Körper hatte sich mit grotesk verrenkten Gliedern um einen Baum gewickelt. Und noch weiter unten war eine Schneise in die Büsche geschlagen. Dort musste der Jeep hindurchgerauscht sein.

»Malek!«, rief Hendrik erneut. »Hast du Fossey?«

»So gut wie.«

»Dann rette ihn! Für die Freiheit!«

»Und du kümmerst dich um Jannah!«

»Jannah?«

Hinter Malek wurde das Geschrei lauter. Er blickte zurück. Fosseys Begleitung krümmte sich am Boden und hob flehentlich die Hand. Der Forscher stand über ihm, mit einer Pistole in den Händen. Er zielte unbeholfen auf dessen Gesicht und drückte ab.

Malek beugte sich noch mal zu Hendrik hinab. »Jannah war noch am Leben!«

»Wirklich?« In Hendriks Augen blitzte etwas, das gefährlich nah an Übermut herankam. »Dann rette ich sie. Wir sehen uns später, *Cowboy*!« Er ließ den Strauch los und rutschte den Abhang hinab. Zwischen Büschen und Gräsern verschwand er. Eine Staubwolke blieb hinter ihm in der Luft.

Malek wandte sich zu Fossey um.

»Bleiben Sie, wo Sie sind!« Der Forscher stand mit zitternden Beinen und blutüberströmtem Haupt mitten auf der Straße in all den Scherben, Lacksplittern und Autoteilen. Zu seinen Füßen lag der Personenschützer in einer Blutlache. Die Pistole des Toten deutete in Maleks Richtung, aber Malek knurrte nur, rannte los, erreichte den völlig perplexen Forscher und schlug ihm erst gegen die Pistole, dann mitten ins Gesicht. Ein Schuss löste sich, ging bedeutungslos in den Himmel. Malek spürte, wie sich in ihm etwas entlud. Er schlug noch einmal zu und ein drittes Mal. Ein ekelerregendes Knacken brachte ihn zur Besinnung.

Fossey ging in die Knie. Malek fing ihn auf.

»Wie war das?«, stieß er hervor. »Wenn er sich wehrt …!«

Er wuchtete sich den leblosen Körper des Forschers über die unverletzte Schulter. Dabei bemerkte er die Armbanduhr an Fosseys Handgelenk.

Der Anblick vertrieb seinen Zorn.

Die Uhr war identisch mit seiner, nur nicht weiß, sondern schwarz und mit einer Gravur versehen – so wie Wendland die Uhren der Konfessoren beschrieben hatte. Es war also ein Original aus älteren Tagen.

Carl Oskar Fossey trug eine tödliche Lifewatch.

»Er trägt was?« Vitus sog scharf die Luft ein und blickte über den Tisch hinweg zu Sean.

Der Unternehmensberater hob nur die Augenbrauen, sodass seine Stirn Fettringe bekam.

Auf dem Monitor standen die Baumkronen kopf, Wolken zogen zu ihren Füßen dahin.

»Die gleiche Uhr wie wir!«, wiederholte Wutkowski und drehte das schlaffe Handgelenk des Forschers vor der Kamera seiner Lifewatch herum. Sein Atem kam stoßweise, da er einen ausgewachsenen Mann quer durch den Wald zum Landeplatz schleppte, wo der Helikopter bald eintreffen müsste. »Das ist doch so eine, die extern ausgelöst werden kann?«

»Ja.« Vitus irritierte der Anblick der schlichten schwarzen Uhr. Er hatte mit einem Galileo-Peilsender gerechnet, der Fossey subkutan eingepflanzt worden war, und den sie mit einem Störsender hätten blockieren können, bis Jörg ihn herausgeschnitten hätte. Eine Lifewatch mit Exekutionsoption war hingegen ein Problem. Ein ernsthaftes Problem. Sie konnte jeden Moment ihr Kontaktgift absondern und den Forscher töten.

Auch Wutkowski begriff das. »Ich schneide sie ihm runter«, schlug er vor. »Ein Messer habe ich.«

»Nein!«, rief Vitus. »Bei den früheren Modellen löst der Versuch, sie gewaltsam zu entfernen, das Gift ebenfalls aus.«

»Dann schneide ich ihm die Hand ab. Oder nur den Daumen samt Handballen. Das reicht.«

Vitus glaubte es sofort. »Auch nicht! Auf keinen Fall!«

»Weshalb brauchen Sie ihn genau? Wegen seinem grünen Daumen oder wegen seinem Hirn?«

»Nein, sage ich! Er könnte verbluten oder sich eine Blutvergifung zuziehen. Hören Sie, Wutkowski. Es gibt eine Möglichkeit, eine Lifewatch im Notfall abzunehmen und dabei zu deaktivieren. Ein Not-Reset. Sie müssen aber ganz genau zuhören, denn wenn Sie etwas falsch machen, stirbt Fossey. Und Sie auch, falls Sie in Kontakt mit dem Gift kommen!«

Die Bildübertragung von Wutkowskis Lifewatch zeigte, wie er stehen blieb und den Forscher ablegte. Dunkelgrüne Schatten schwirrten durchs Bild. Fosseys Handgelenk erschien wieder. Es war blutverschmiert. Wutkowski sagte: »Schießen Sie los.«

Vitus verdrängte seine Furcht. »Okay. Es sind drei Reset-Sequenzen nötig. Zuallererst initiieren wir den Reset. Legen Sie dazu zwei Fingerspitzen, am besten die von Zeige- und Mittelfinger, auf die rechte Seite der Uhr; nicht aufs Display, sondern auf den Rand. Lassen Sie die Finger dort für fünf Sekunden. Die Lifewatch registriert anhand Ihres Pulses einen Menschen. Ist das geschehen, wird das Display rot.«

Der Söldner folgte der Anweisung, und das Display wurde rot.

»Okay, Wutkowski. Jetzt die zweite Phase, die Autorisierung. *Hören Sie erst zu!* Sie klicken einmal auf das Display, dann wird ein stilisiertes Auge erscheinen. Die Uhr beginnt drei Sekunden später mit einem biometrischen Iris-Scan. Halten Sie sie Fossey also vor eines seiner Augen, egal welches. Die Uhr wird anfangen zu piepsen. Und jetzt aufpassen! Wird der Scan vorzeitig unterbrochen, löst die Lifewatch das Gift aus. Erst wenn das Piepsen aufhört, können wir weitermachen mit der letzten Sequenz. Haben Sie das verstanden? Unterbrechen Sie auf keinen Fall den Iris-Scan! Bitte wiederholen!«

Der Söldner wiederholte die Anweisung korrekt.

»Dann los!« Vitus verfolgte gebannt Wutkowskis Lifewatchübertragung, der sofort zu hantieren begann. Leider sah Vitus nur wackelnde Baumkronen und Wolken. Dafür hörte er schließlich das Piepsen der Uhr, ein, zwei, drei, vier, fünf, sechs, sieben, acht, neun Sekunden lang.

Abrupt hörte es auf.

Wutkowskis grimmiges Gesicht erschien auf dem Monitor. »Der Scan war wohl erfolgreich. Wir leben noch. Das Display ist jetzt blau.«

»Gut. Dann deaktivieren wir die Lifewatch. Fassen Sie das Display an den Rändern, am besten mit Daumen, Zeige- und Mittelfinger, und drehen Sie es gegen den Uhrzeigersinn. *Gegen!* Im Uhrzeigersinn würden Sie sie aktivieren, wenn sie zerlegt wäre. Sie brauchen für beide Richtungen ein wenig Kraft, aber es lässt sich drehen. Um neunzig Grad.«

»Ja. Geht.«

»Bis zum Anschlag, das Display knackt und wird schwarz.«

»Jop.«

»Jetzt ziehen Sie das Display nach oben ab. Einfach runter damit.«

Ein weiteres Klicken ertönte, und Wutkowski hielt etwas Quadratisches vor die Kamera. Es war das Display.

Vitus sank erleichtert in seinem Rollstuhl zusammen. »Gott sei Dank! Das war's, Wutkowski. Sie ist deaktiviert. Das Armband kann nun ebenfalls abgenommen werden. Einfach abstreifen, die Magnetisierung ist ohne Strom nicht aktiv. Und dann nichts wie weiter zur Lichtung. Der Heli ist schon im Anflug. Sie müssten ihn jeden Moment hören!«

»Ja, ich hör ihn. Was ist mit Fosseys Lifewatch? Wollen Sie die haben?«

»Nee. Schmeißen Sie sie weg.«

Wutkowski nickte, hantierte abermals herum und schulterte schließlich den Forscher erneut. Auf dem Monitor schwankte etwas Gesichtsähnliches vorbei. Das Etwas war verquollen, ein Auge kaum zu sehen zwischen den dunkelroten Schwellungen.

Vitus und Sean stöhnten gleichzeitig. »Was bitte ist mit Fossey passiert?«

»Hat sich gewehrt«, gab Malek knapp zurück.

»Wie bitte?«

»Er wollte mich erschießen, nachdem er seinen Personenschützer abgeknallt hat.«

»*Er hat was?*« Vitus suchte Seans Blick.

Dieser pulte mit seinem Daumennagel zwischen seinen Schneidezähnen herum. »Vielleicht ist er free, wie ich es vermutete«, raunte er leise. »Das würde die Lifewatch erklären.«

»Oder Kehlis geht einfach auf Nummer sicher.« Vitus drehte sich wieder zum Monitor und hob abwehrend die Hände. »Erzählen Sie es mir später, Wutkowski. Bringen Sie ihn erst mal zum Hubschrauber!«

»Okay. Danach werde ich zurückkehren und Jannah und Hendrik helfen.«

Vitus wandte sich einem weiteren Monitor zu. Darauf waren in Spalten und Reihen alle Daten der sich im Einsatz befindlichen Lifewatches aufgeführt. Bei Jannahs Lifewatch gab es kein Signal mehr. Wie bei fünf anderen. Hendriks hingegen zeigte einen Puls von 150 an, aber die Datenübertragung schien gestört zu sein. Seine Kamera lieferte nichts als schwarze Schlieren.

Leise fragte er: »Sind Sie sicher, dass Jannah noch lebt?«

»Sie lebte, bevor der Wagen runtergestürzt ist.«

»Okay, Wutkowski. Ich kann Sie vermutlich eh nicht davon abhalten.«

»Korrekt.«

»Dann tun Sie, was Sie müssen, aber liefern Sie erst Fossey am Hubschrauber ab! Sie kehren nicht vorher um und legen ihn irgendwo auf der Lichtung ab! Eine absolut sichere Übergabe. Verstanden?«

Vitus erwartete, dass der Söldner protestierte, aber scheinbar waren klare Anweisungen sein Jargon.

»Verstanden«, sagte er nur und schaltete die Videoübertragung seiner Lifewatch aus. Vitus hätte sie wieder aktivieren können, doch er blieb einen langen Moment regungslos sitzen, blickte auf den schwarzen Monitor.

»War das klug?«, fragte Sean. »Es ist auch sein Todesurteil. Du weißt ganz genau, dass wir keine Männer zu ihrer Rettung schicken können. Schon gar nicht Jörg, der grade um Kruses Leben kämpft. Und in Kürze wird es auf der Brückenstraße von Kehlianern wimmeln. Die drei können es nicht schaffen.«

»Sie werden!«

Sean runzelte abermals die Stirn. »Du weißt, dass du dir gerade selbst in die Tasche lügst.«

»Das nennt sich Optimismus, Sean. *Optimismus!*«

Die Zweige des Gestrüpps standen nach allen Seiten. Spitze Dornen ritzten Hendriks Haut. Er machte sich flacher, stellte sich vor, so dünn wie ein Teppich zu sein, und grub seine Stiefelabsätze in die Erde, um die Rutschpartie zu bremsen. Mit den Händen vorm Gesicht rumpelte er weiter hinab, und dann waren die Büsche hinter ihm, und die Böschung flachte ab. Mit einem Keuchen kam er zum Liegen.

Keine zwanzig Meter entfernt lag der Rest des Jeeps am Ufer des Flusses zwischen graugrünen Gräsern und angeschwemmtem Treibgut. Ein zorniger Gott schien den Land Rover zerstampft und anschließend Fußball damit gespielt zu haben, so wie Hendrik das in seiner Kindheit mit Coladosen gemacht hatte.

»Jannah!« Hendrik kam auf die Füße und stolperte zum Wrack. Sein ganzer Körper schmerzte, die Beine, der Steiß, besonders seine linke Schulter, an der ihn der Fahrer der Limousine gepackt und mit sich gezerrt hatte, bevor sie im Kampf diesen verdammten Abhang hinabgestürzt waren. Er vergaß den Schmerz, als er das Wrack erreichte, zwischen verbogenem Metall hindurchgriff und sie an der Stirn berührte. »Jannah!«

Ihre Augenlider flackerten. »Haben wir ihn?« Ihre Stimme war schwach.

»Malek bringt ihn in Sicherheit. Und ich dich.«

»Der Cowboy.« Ihre Augen schlossen sich, und sie hustete.

»Jannah! Bleib bei mir! Hörst du! Ich hole dich hier raus!« Hendrik zerrte an dem Metall herum, das einmal die Beifahrertür gewesen war.

»Hendrik?«, wisperte sie. »Alles dreht sich. Kannst du das anhalten? Kannst du das Karussell anhalten?«

Sie halluziniert. Vielleicht eine Kopfverletzung. »Bin schon dabei«, brabbelte er dahin. »Du musst nur hier raus.«

Die Frontscheibeneinfassung war wie ein Strohhalm nach unten geknickt, sodass er Jannah nicht nach oben herausziehen konnte, und die Tür ließ sich auch nicht öffnen. Hendrik zerrte heftig daran herum, stemmte sich dagegen und schnitt sich an einem aufgebogenen Blech heftig in den Finger. Blut quoll hervor, macht seine Hand glitschig. In der Ferne hörte er das Knattern von Rotorblättern. Und Sirenen. *Sie kommen.* Er wischte das Blut an die Hose und steckte sich den verletzten Zeigefinger in den Mund. Fieberhaft sah er sich nach etwas Werkzeugartigem um. Er musste die Tür aufstemmen! Er entdeckte einen ans Ufer gespülten armdicken Ast, hastete hin, ergriff ihn. Er setzte das dicke Ende an die verbogene Tür und drückte. Das Metall knarzte, bog sich ein wenig, doch die Tür wollte nicht aufgehen.

Die Sirenen wurden lauter, dazu mischte sich Motorengeräusch. Flüchtig sah er zur Brücke hoch, die halb hinter den Sträuchern verborgen lag, und gewahrte das Blitzen von Blaulichtern. Gleichzeitig bewegten sich die Zweige des Dickichts. Ein schwarzes Stiefelpaar erschien, dann eine Militärhose und darüber ein olivgrüner Parka. Es war Malek Wutkowski, der denselben Weg herabrutschte wie zuvor Hendrik. In seinem Bart hingen Blätter und Zweige.

»Hier!«, rief Hendrik. Der Söldner kam ihm entgegengeeilt. »Ich hätte nicht gedacht, dass ich mich über dein Auftauchen mal freue.«

»Freu dich nicht zu früh«, brummte Malek und begutachtete das Wrack. »Sie werden gleich hier sein. Wir müssen weg.«

»Und Fossey? Hast du ihn …«

»… abgeliefert. Ja.«

Die Motorgeräusche wurden lauter. Reifen quietschten. Über ihnen schepperten Türen. Rufe tönten von der Brücke nach unten.

»Schnell!«, zischte Hendrik, und gemeinsam packten sie den Ast. Sie stemmten sich mit zweifachem Körpergewicht dagegen, drückten, ächzten, und plötzlich gab das Metall nach. Die Tür sprang auf und brach aus den Scharnieren.

»Da ist was runtergestürzt!«, rief jemand von der Brücke aus. »Könnte ein Auto gewesen sein.«

»Worauf warten Sie dann noch?«, brüllte jemand anderes. »Ich will wissen, was hier los ist!«

»Kehlianer«, flüsterte Hendrik, während Malek Jannah vorsichtig aus dem Wrack zog. Der Anblick versetzte Hendrik einen Stich. Sie war über und über mit Blut besudelt. Es tropfte sogar von ihren Lippen. Und sie war bewusstlos. In Malek Wutkowskis Armen sah sie klein und zerbrechlich aus.

Von der Straße her ertönten Flüche. Äste brachen.

»Schneller!« Hendrik sah sich hastig nach einem Versteck um. Außer dem Fluss mit dahintreibenden Baumresten gab es nichts, das drei Personen verbergen könnte.

Malek sah das offenbar genauso, denn er watete mit Jannah in den Armen direkt in das graugrüne schlammige Wasser.

Die Fluten der Rohrach waren trüb und so kalt, dass sie Hendrik den Atem raubten. Trotzdem glitt er zur Gänze hinein. Seine Finger tasteten über glitschige Steine, als er untertauchte und sich einige Meter treiben ließ. Hinter einem eingekeilten Stamm, der zur Hälfte aus dem Wasser ragte, verharrten sie schließlich zu dritt; Jannah bewusstlos, die beiden Männer grimmig dreinblickend.

»*Hilf mir!*«, wisperte Malek. »*Ich rutsche ab.*«

Hendrik ging es genauso. Die Strömung zerrte mit unsichtbaren Händen an seinem Körper, doch er stemmte seine Beine in den schlammigen Grund, balancierte sich mit den Armen aus und stützte Malek und Jannah.

Vorsichtig spähte er am bleichen Treibholzstamm vorbei zum Wrack. An der gleichen Stelle unter dem Gestrüpp, wo er selbst und Malek herabgekommen waren, rutschten zwei Gardisten hervor. Sie sprangen auf die Beine und zückten ihre Pistolen. Ihre weiß-grauen Uniformen leuchteten vor dem Grün und Braun des Strauchwuchses. Hastig untersuchten sie die Umgebung, schrien »Sicher!«, und »Sicher!«, dann prüften sie den Jeep, bis einer in ein Funkgerät sprach: »Ein Toter.

Offenbar der Fahrer. Ansonsten ist niemand hier. Keine Spur von Fossey. Allerdings könnte jemand auf dem Beifahrersitz gesessen haben.« Der Mann drehte sich einmal um die eigene Achse, ließ den Blick über den Fluss schweifen, über ihr Versteck, wandte sich wieder ab. »Zu sehen ist niemand.«

»Ich schicke Verstärkung«, drang es aus dem Funkgerät. »Irgendwo muss er sein. Das Signal seiner Lifewatch bewegte sich allerdings in die andere Richtung, bevor wir es verloren haben. Wir suchen alles ab. Drehen Sie dort unten jeden Stein um! Jeden!«

Hendrik und Malek tauschten einen Blick.

Maleks Lippen formten wortlos *treiben lassen*. Er nickte in Richtung Flussmitte.

Hendrik bestätigte. Sie mussten weg, und der Fluss war ihre einzige Chance.

Malek verlagerte sein Gewicht, nahm Jannah anders in die Arme, um mit einer Hand schwimmen zu können, und spähte nochmals zu den beiden Gardisten. Diese begannen eben die andere Seite hinter dem Jeep abzusuchen.

»Jetzt!«, flüsterte er, und Wasser sprudelte durch seinen Bart, als er sich abstieß.

So verließen sie ihr Versteck, paddelten und schwammen in die Mitte des Flusses. Die Rohrach freute sich über das ungewohnte Treibgut. Sie riss Hendrik, Jannah und Malek fröhlich mit sich und trieb die drei gen Norden.

Kapitel 29

Berlin

Die Lampen im Schlafzimmer waren ausgeschaltet, die Birnen aus den Fassungen gedreht, die blickdichten Vorhänge zugezogen. Einzig durch den schmalen Spalt dazwischen fiel ein Streifen graues Licht herein. Gemächlich wanderte er seit Stunden über den Boden, über Nummer Elfs Oberschenkel und schließlich über seine Schuhspitzen, während aus den Ecken des Zimmers tiefe Schatten krochen. Es lag zur Nordseite des Hauses hin im Dachgeschoss. Den ganzen Tag herrschte hier diese diffuse Düsternis.

Gegenüber, auf der anderen Straßenseite, waren der Balkon und das Wohnzimmerfenster der Familie Müller zu sehen. Mithilfe einer hochauflösenden Kamera und seines Smartphones verfolgte Nummer Elf seit knapp achtundvierzig Stunden das Geschehen. Es war ermüdend.

Was war nur aus Maria Król geworden? Da schleppte sie Nudeln und Sahne und Grana Padano nach Hause, verpackt in braunen Recyclingtüten, putzte die Wohnung, wedelte mit dem Staubsauger, trank Tee und aß Vanillehörnchen. Okay, attraktiv sah sie noch aus mit ihrer sportlichen Figur, dem langen braunen Haar und dieser Grazie, die nur wenigen Menschen innewohnte. Sie hatte in den gut acht Jahren seit ihrem fingierten Tod überhaupt nichts an Schönheit verloren – aber scheinbar alles andere. War das da drüben wirklich die Schwester von Tymon Król, die taktisch planende Maria, die skrupellose Maria, die nicht gezögert hatte, einem Feind eine Kugel ins Stammhirn zu jagen?

Nummer Elf verlagerte sein Gewicht auf dem Stuhl, ohne die Wohnung gegenüber aus den Augen zu lassen. Sein Rücken schmerzte vom langen Sitzen, seine Beine waren beinahe taub. In seiner Magengrube wühlte der Hunger, aber seine Vorräte waren bis auf eine volle und eine angebrochene Flasche Mineralwasser aufgebraucht. Er würde heute die Observation entweder unterbrechen oder sich abermals Hilfe bei der örtlichen Garde holen müssen. Aber konnte er es wagen? Maria war schlau und vorsichtig. Sie hatte Antennen für Gefahr. Wenn zu oft fremde Leute im Haus gegenüber ein und aus gingen, würde es auffallen. Es war schon ein Wagnis gewesen, die aktuellen Mieter in einer Nacht-und-Nebel Aktion auszuquartieren.

Maria hatte nur einen einzigen Fehler begangen: Sie hatte eine Kommunikationsmöglichkeit mit ihrem Bruder aufrechterhalten. Ohne diese hätte er sie nie gefunden. Aber ohne Risiko ging es eben nicht.

Die Zeitungsanzeigen verwiesen auf eine Kirche in Berlin. Nummer Elf war vor vier Tagen über die ausgetretenen Stufen hinauf- und durch das breite Portal hineinspaziert und hatte sich ausgiebig umgesehen. Natürlich blieb der Besuch eines Konfessors nicht lange unentdeckt. Der Pfarrer eilte mit hastigen Schritten auf ihn zu, sodass seine Robe hinter ihm flatterte. Es hätten zwei Geistliche sein können, die sich da unterhalb des Marienaltares im Dämmerlicht trafen, doch war Nummer Elfs Kollar dunkelgrau, nicht weiß.

»Mein Herr«, grüßte der Pfarrer. »Was verschafft mir die Ehre Ihres Besuchs?«

»Maria«, erklärte Nummer Elf, »doch nicht die Mutter Gottes, sondern eine nette, freundliche Dame, Anfang dreißig, die jährlich hier ihres Bruders gedenkt.«

Der Pfarrer runzelte einige Sekunden lang die Stirn, bis sich sein Gesicht aufhellte. »Sie meinen eine Dame, die nicht um ihren Bruder trauert, sondern um die Rückkehr ihres verschwundenen Bruders betet?«

»Selbstverständlich.«

»Sind Sie der Bruder?«

»Nein, aber ich weiß, wo er sich aufhält.« *In einer Kühlkammer.*

»Ah, das ist schön zu hören. Ich denke, ich kann Ihnen helfen. Es gibt tatsächlich eine Gläubige in unseren Reihen, deren Bruder vor Jahren verschwand. Sie meinte, er wüsste, dass sie regelmäßig hier bete, weil sie doch eine Namensvetterin der heiligen Maria sei, und falls er jemals hier auftauche, sollte ich ihm folgende Adresse geben.« Und dann nannte der Pfarrer eine Berliner Anschrift.

»Vielen Dank«, erwiderte Nummer Elf und neigte sein Haupt zum Abschiedsgruß. »Sie haben mir sehr geholfen.« Er wandte sich zum Gehen.

»Oh, das freut mich. Ich helfe gern, auch wenn die Wege des Herren oft unergründlich sind.«

Nummer Elf wandte sich ihm wieder zu. »Wie meinen Sie das?«

»Na, da hört die arme Frau Jahre nichts von ihrem Bruder, und dann erkundigen sich in wenigen Tagen gleich zwei Menschen nach ihr. Erst vor ein paar Tagen rief eine Frau in der Verwaltung an und verlangte nach mir. Sie fragte eben nach genau jenem Bruder und dass sie wisse, wo er sich aufhalte.«

»Und hat die Anruferin einen Namen genannt?«

»Nein.«

»Aber Sie haben auch ihr die Anschrift gegeben?«, hatte Nummer Elf daraufhin gefragt.

Und der Priester hatte geantwortet: »Selbstverständlich. Bruder und Schwester wieder zusammenzubringen liegt mir sehr am Herzen.«

Malek wusste es also ebenfalls. Und er war immer noch genauso vorsichtig wie früher. Rief nicht einmal selbst an, sondern ließ anrufen. Eine Frau, die wahrscheinlich keine Ahnung hatte, was sie da wirklich tat.

Seine Antennen funktionieren also noch. Und Marias? Vielleicht sind ihre noch empfänglicher geworden, seit sie Mutter geworden ist. Das war das Überraschendste für Nummer Elf. Maria war Mutter. Es war genauso abwegig wie die Vorstellung, dass Nummer Eins ins Kabarett ging. Und doch war der schmale Fünfjährige namens Paul da, und die Verwandtschaft war nicht zu leugnen. Nummer Elf sah die Królschen Gene auch in ihm; das braune Haar mit der leichten Welle, genauso wie bei Tymon. Die markanten Wangenknochen. Die Augen. Es bestand kein Zweifel, dass er Marias Sohn war.

Und er veränderte alles. Er war ein Faktor, den es zu beachten galt, wenn er über Maria an Malek herankommen wollte. Maria liebte ihren Sohn, das war ihm nach zwei Stunden der Observation klar gewesen. Sie würde alles für ihn tun. Er war ihr Leben, ihr Ein und Alles.

Und was war der Ehemann für sie? Konstantin Müller, ein Spediteur mit eigener, solide laufender Firma. Nummer Elf vermochte es noch nicht zu sagen. Er meinte, an den letzten zwei Abenden Zuneigung zwischen den beiden gesehen zu haben, doch war er sich nicht sicher. Und wenn, dann schien sie brüchig zu sein, fragil. *Nein,* berichtigte er sich, *eher als schwebe ein Damoklesschwert über ihnen.* Aber warum?

Wie dem auch sei, Nummer Elf hatte ein entscheidendes Problem: Er wusste nicht, ob Malek bereits hier gewesen war. Der Anruf war erst vor wenigen Tagen gewesen, aber die Zeit hätte ausgereicht. Sollte das der Fall sein, konnte

Nummer Elf die nächsten vierzig Jahre in dieser staubigen Dachgeschosswohnung verbringen und als hutzeliger alter Mann mit grauem Bart in einem Zinksarg hinausgetragen werden. Es gab nur eine Möglichkeit, um herauszufinden, ob Malek schon hier gewesen war: Er musste Maria fragen. Sobald er das tat, wusste sie jedoch gleich mehrere Dinge. Dass sie unter Beobachtung stand. Dass ihre Tarnung aufgeflogen war. Und sie könnte Malek warnen – falls er doch noch nicht da gewesen war. Maria und Malek hatten immer ein erstklassiges Verhältnis zueinander gehabt. Keine Liebe, aber eine tiefe Freundschaft und blindes Vertrauen. *Aber das ist acht Jahre her.* In knapp einem Jahrzehnt veränderten sich die Menschen. Es war fraglich, wie Maria heute auf Malek reagieren würde, wenn er plötzlich bei ihr auf der Matte stand. Würde sie ihn zurückweisen, da er eine Gefahr für sie und Paul darstellte? Oder würde sie ihn mit offenen Armen empfangen?

In jedem Fall würde sie *ihn* nicht mit offenen Armen empfangen. Ein Konfessor bedeutete immer Gefahr. Zumal Maria eine gesuchte Kriminelle war. Ihr drohten bei einer Gefangennahme viele Jahre Haft. Hatte sie einen Notfallplan? Mit Sicherheit. Aber war der noch durchführbar mit dem Sohn? Wie würde sie also reagieren, wenn er sie zur Rede stellte?

Und was hatte es mit dieser Befragung seitens der Garde vor wenigen Wochen auf sich, bei der Marianne Zeiler abgeholt worden war? In den Akten stand, dass die vierundachtzigjährige Nachbarin wegen eines auffällig hohen Konsums magenentkrampfender Medikamente ins Visier der Garde geraten war. Über Onlineapotheken war bestellt worden – was die nette Nachbarin Maria Müller übernommen hatte. Ausgerechnet Maria. Das stank zum Himmel. Und die mögliche Konsequenz noch mehr. War Maria vielleicht sogar intolerant? Das würde das Damoklesschwert über ihrer Ehe erklären. Sie intolerant, er nicht. Fragen über Fragen, und alle ließen sich durch reines Observieren kaum beantworten.

Ein Fiepen in den Ohrhörern ließ ihn aufschrecken. Ein Anruf ging auf Marias Handy ein. Die Nummer war unterdrückt. Es läutete einmal, zweimal. Beim dritten Mal trat Maria mit ihrem Handy auf den Balkon hinaus und nahm das eingehende Gespräch an. Gleichzeitig steckte sie sich eine Zigarette an.

»Marlene«, grüßte sie. »Schön, dass du anrufst.«

»Und noch schöner, dass du da bist«, erwiderte eine Frau. Die Stimme der Anruferin klang belegt, fast als hätte sie geweint.

Auch Maria entging das nicht. Sie fragte umgehend: »Ist etwas passiert?«, und blies geräuschvoll den Rauch aus, den ihr der Wind von den Lippen riss.

»Ja und nein, aber das möchte ich unter vier Augen mit dir klären. Hast du heute noch Zeit?«

Nummer Elf sah durch die Kamera, wie Maria sich auf die Unterlippe biss. Eine unterbewusste Geste der Abwehr. Sie wollte sich nicht mit dieser Marlene treffen. Das war interessant. Und was wollte diese Marlene unter vier Augen klären?

»Wie wichtig ist es denn?«, fragte Maria. »Es ist aktuell mit Paul und Konstantin etwas schwierig.«

»Es dauert nicht lange«, beharrte Marlene. »Aber ich möchte das nicht am Telefon besprechen.«

»Okay.« Maria inhalierte tief von ihrer Kippe. »Ich muss später noch zum Einkaufen. Ich könnte im Anschluss bei dir vorbeischauen und Paul solange zur Nachbarin bringen. Bist du im Kindergarten oder zu Hause?«

»Zu Hause.«

Es vibrierte in Nummer Elfs Hosentasche. Es war Nummer Eins' gesondertes Handy.

»Nicht jetzt!«, zischte Elf, nahm aber die Ohrstöpsel heraus. Den Obersten ließ man nicht warten, selbst wenn das Gespräch zwischen den beiden Frauen wichtig sein konnte. Sein Jagdinstinkt flüsterte ihm das ein. War die Anruferin vielleicht sogar dieselbe, die den Pfarrer kontaktiert hatte? War das gerade eine Kontaktaufnahme seitens Malek? Von einer Marlene hatte Nummer Elf zwar noch nichts gehört, aber *Marlene und Malek* klang doch irgendwie nicht ganz zufällig.

Er nahm den Anruf entgegen.

»Planänderungen haben sich ergeben, Nummer Elf«, kam der Oberste gleich zum Punkt und klang wie diese Marlene seltsam angespannt, doch gehetzt statt traurig. Im Hintergrund war Sirenengeheul zu hören.

»Welcher Art?«

»Es kam zu einem Überfall auf den Konvoi. Man hat Fossey entführt.«

Die Worte saßen. Nummer Elf erhob sich von seinem Stuhl und legte die Kamera beiseite. Er wollte sich nicht vorstellen, wie Kehlis schäumen musste. Wahrscheinlich würden einige Köpfe rollen. Vielleicht auch seiner. Untergeben fragte er: »Soll ich nach Bayern zurückkehren?«

»Nein. Ich leite persönlich die Soko und habe auch schon Vermutungen, wer für den Überfall verantwortlich sein könnte. Für Sie ist nur wichtig, dass Malek Wutkowski offenbar beteiligt war. Ich bekam gerade die erste Videoaufzeichnung des Transportteams zu sehen, und in einer Sequenz scheint er es zu sein. Ich sende Ihnen einen Screenshot davon.«

Das irritierte Nummer Elf. Wenn Malek in Bayern war, was sollte er dann noch hier in Berlin? Und wenn das stimmte, hatte diese Marlene nichts mit Malek zu tun.

»Haben Sie es?«, fragte der Oberste. Gleichzeitig vibrierte Nummer Elfs Lifewatch.

»Ja.« Auf dem Display erschien ein recht verwackeltes Foto, das einen bärtigen Malek zeigte, der offenbar seitlich auf dem Asphalt lag und mit erhobener Waffe unter einem Auto hindurch auf etwas zielte.

»Das wurde von der Bodycam von Fosseys Personenschutz aufgenommen, als es zum Zugriff kam. Ist er das?«

»Ja.«

»Höchst interessant.« Nummer Eins schwieg, während im Hintergrund Befehle geschrien wurden. Dann sagte er: »Und höchst irritierend. Wenn sich meine Vermutungen bezüglich der Drahtzieher dieses Komplotts bestätigen, passt Malek Wutkowski in keiner Weise in das Gesamtbild. Er könnte dann eigentlich nur temporär für den Überfall angeheuert worden sein. Ich glaube, dass sich seine Wege und die der Drahtzieher des Überfalls zufällig kreuzten.«

»Am Wohnwagen«, sagte Nummer Elf, und plötzlich fügten sich die Puzzleteile ineinander. »Das ergibt Sinn! Malek trifft zufällig auf Sarah Engelhart. Er rettet sie vor der Garde. Jemand rettet dann sie beide. Malek kommt so zu diesen Leuten. Man erkennt ihn. Man weiß um seine Fähigkeiten. Er wird kurzerhand angeheuert und sucht parallel über die Zeitungsanzeigen nach Maria Król, vielleicht sogar als Bezahlung. Das würde die Verschlüsselungen erklären. Das würde überhaupt *alles* erklären.«

»Und was wird er dann tun?«, fragte Nummer Eins und gab selbst die Antwort. »Vermutlich nach erledigtem Job nach Berlin fahren. Wenn ich die Akten richtig in Erinnerung habe, war er niemand, der sich lange an einen Auftraggeber band. Außerdem glaube ich nicht, dass diese … Rebellen ihn dauerhaft wollen. Das passt nicht ins Bild, wenn es die sind, die ich glaube.«

»Wenn Sie das sagen«, entgegnete Nummer Elf.

»Dann wird es so sein, ja, ich weiß.« Wieder war da dieser

seltsame Unterton, jetzt aber mehr müde und erschöpft. Völlig untypisch für den obersten Konfessor.

Nummer Elf fragte: »Ich gehe davon aus, dass Sie ihn diesbezüglich verhören wollen, sobald er in meinem Gewahrsam ist.«

»Und zwar umgehend. Er könnte wertvolle Informationen besitzen, die uns weiterhelfen, dieses Komplott gegen unseren Herren aufzudecken. Er will diese Informationen haben.«

»Verstanden. Ich werde Wutkowski liefern.«

»Das will ich hoffen. Dafür leben Sie, Nummer Elf. Ich musste Herrn Kehlis sehr besänftigen, damit Ihre Lifewatch nicht ausgelöst wurde. Aber Sie sind nun einmal Wutkowski seit Monaten auf den Fersen. Sie kennen ihn am besten. Also enttäuschen Sie uns nicht länger.«

Die Verbindung wurde unterbrochen.

Regungslos blieb Nummer Elf einige Sekunden in der Düsternis des Zimmers stehen. Zum ersten Mal in den letzten Jahren wurde er sich der Lifewatch an seinem Handgelenk bewusst. Die Haut darunter kribbelte. *Das bilde ich mir ein.* Es war wie der Gedanke an krabbelnde Insekten, der einem das Gefühl bescherte, sich überall kratzen zu müssen. Nummer Elf unterdrückte den Drang, an der Lifewatch zu zerren. Stattdessen steckte er das Handy ein und setzte sich zurück auf den Stuhl. Er griff nach der Kamera und steckte sich die Ohrstöpsel wieder ein.

Maria rauchte immer noch, doch hatte sie das Telefonat in der Zwischenzeit beendet. Er würde es sich über die Aufzeichnung abermals anhören, um den fehlenden Part zu erfahren. Maria schien das Gespräch aufgewühlt zu haben. Sie tigerte auf dem Balkon auf und ab.

Während Nummer Elf ihr dabei zusah, spürte er, wie Dinge ins Rollen kamen und er selbst eines dieser Dinge war. Er brauchte schnell einen Plan. Wenn man Malek heute in Bayern gesichtet hatte, bedeutete das höchstwahrscheinlich, dass er noch nicht in Berlin gewesen war. Zwischen seinem Verschwinden am Wohnwagen, den Suchanfragen übers Internet und Fosseys Entführung lag zu wenig Zeit. Mit Abschluss einer Befreiungsaktion würde Maleks Job nun vermutlich beendet sein. Nummer Eins hatte recht: So hatte das Trio – das mit Maria ja eigentlich ein Quartett gewesen war – früher gearbeitet. Einzelne Jobs für Auftraggeber, dann immer ein Wechsel. So wurde man nicht angreifbar oder parteiisch. Malek konnte also bald hierherkommen. Zwar nicht innerhalb der nächsten Stunden – er konnte als gesuchter Schwerverbrecher schlecht ins nächste Flugzeug steigen –, aber in wenigen Tagen. Hätte Nummer Elf ihn einfach nur eliminieren sollen, wie seine allererste Dienstanweisung nach dem Ausbruch gelautet hatte, hätte er sich einfach hier mit einem Scharfschützengewehr auf die Lauer gelegt, doch so … wie sollte er Malek Wutkowski gefangen nehmen? Der Mann war schlau. Er war vorsichtig. Er würde sich nicht ohne Weiteres festnehmen lassen.

Maria stopfte ihre Zigarette in einen Aschenbecher und ging zurück in die Wohnung. Ihr Blick glitt über die Straße, über die Hausfassaden der Nachbarhäuser, schließlich über das Fenster, hinter dem Nummer Elf saß. Dann schloss sie die Balkontür und ließ den Rollladen herunter.

Etwas hatte sie aufgewühlt. Der Blick eben war der einer in die Enge getriebenen Löwin, die ihre Jungen zu beschützen hatte. Wie konnte ein so inhaltsarmes Telefonat Maria Król so beschäftigen? Irgendetwas stimmte auch da nicht, da war sich Nummer Elf sicher.

Und bei ihm stimmte auch etwas nicht. Die Haut unter der Lifewatch brannte regelrecht. Das Gift war es nicht, sonst würde er nicht mehr leben.

Die Dinge bewegten sich – und zwar schneller, als er bisher annahm.

Und du, Maria, bist der Schlüssel zu Malek. Du wirst ihn mir liefern. Ich weiß nur noch nicht, wie.

Unbewusst kratzte er sich doch mit dem Zeigefinger unter der Lifewatch. Es sah fast wie ein Zerren aus.

Kapitel 30

Rohrbachwald, abseits der Brückenstraße

»Wir müssen aus dem Wasser!« Hendriks Gesicht war blass, und seine Zähne klapperten hörbar aufeinander. »Wir unterkühlen!«

Auch Malek spürte seine Gliedmaßen kaum noch, seine Arme und Beine schienen einem Fremden zu gehören. Er sorgte sich jedoch mehr um Jannah. Die zierliche Rebellin war noch blasser als Hendrik, und ihre Lippen waren schon seit Minuten blau.

Den Fluss zu verlassen hatten sie bisher nicht gewagt. Beständig waren auf der Brückenstraße weitere Autos samt Sirenengeheul vorbeigezischt, verborgen durch den Wald. Alle Einsatzkräfte der näheren Umgebung mussten zum Unfallort gerufen worden sein. Es würde auf der Brückenstraße von Gardisten wimmeln. Man hätte sie sofort aufgegriffen.

»Wie weit dehnt sich der Wald noch aus?« Malek versuchte, sich mit starken Beinschlägen dem Ufer anzunähern.

»Was interessiert mich der Wald? Wir müssen an Land!«

»Keine Panik. Wir treiben doch parallel zur Brückenstraße weiter. Wenn mich nicht alles täuscht, müssten wir bald aus dem Wald rauskommen. Die Bundesstraße ist dann nicht weit.«

»Und dann?«

»Holen wir uns ein Auto, knallen die Heizung auf volle Pulle und fahren in euer Lager!«

»Scheiße, Mann! Woher nimmst du diesen verfickten Optimismus?«

Malek paddelte weiter aufs Ufer zu. Jannah rührte sich in seinen Armen, doch ihre Augen blieben geschlossen. »Sag mal, überquert die Bundesstraße nicht sogar den Fluss?«

»Am Ende des Walds, ja. Die Straße ist die Grenze sozusagen. Dort wäre Fosseys Fahrzeug nach rechts abgebogen Richtung Autobahn.«

»Dann gehen wir dort an Land! Es kann nicht mehr weit sein.«

»Schaffst du es noch?«

»Ich schon.«

»Ich auch.« Hendrik sah zu ihm herüber. »Und sie?«

»Sie muss. Wir können sie nicht ewig weit zur Straße tragen.«

Damit war alles gesagt, und die nächsten Minuten trieben sie schweigend dahin. Die Sonne stach durch die Bäume, glitzerte in kleinen Wasserstrudeln und tauchte ihr Dahintreiben in Licht und Schatten. Es wäre nett gewesen – mit einem Kajak unter dem Hintern.

Abermals ertönte Sirenengeheul im Wald, es war nur noch schwach zu hören; Straße und Fluss entfernten sich voneinander. Dafür wurde in der Ferne das Geräusch einer anderen viel befahrenen Straße laut. Die Bäume lichteten sich zu beiden Seiten, wurden von Sträuchern und Bodendeckern abgelöst.

»Siehst du das da vorn?«, rief Hendrik. »Eine Betonbrücke. Die Bundesstraße.« Er war ein paar Meter vorausgeschwommen und kraulte jetzt mit kräftigen Armzügen Richtung Land. Das Wasser platschte laut. »Hier wirds sogar flacher! Ich kann stehen.«

Wenige Meter weiter spürte Malek glitschige Kiesel und Schlamm unter seinen Sohlen. Vorsichtig schob er sich Meter um Meter aus dem Wasser. Jannah wurde schwer in seinen tauben Armen, doch Malek mühte sich Schritt für Schritt voran, jeden Fuß vorsichtig auf den unebenen Grund setzend, damit er nicht noch mit ihr im Arm stolperte. Schließlich war er aus dem Fluss heraus und legte Jannah vorsichtig auf das mit glatt geschliffenen Kieselsteinen übersäte Ufer. Die Sonne schien auf ihr Gesicht. Ihr feuchtes rotbraunes Haar leuchtete im Sonnenlicht, als würde darin ein ganz eigenes Feuer lodern. Hoffentlich glühte es auch noch in ihrem Körper.

»Hendrik!«, rief Malek. »Hilf mir bitte. Sie muss aus dem nassen Zeug raus.« Er zog den Fransenponcho vorsichtig über ihren Kopf, damit die Sonne auf den Stoff darunter fallen konnte. »Hendrik?«

Er sah auf. Der Rebell stand ein paar Meter entfernt und versuchte, über den Funk die Basis zu erreichen, doch die Funkkopfhörer waren Opfer des Wassers geworden. Genauso wie sein Handy. Zuletzt versuchte Hendrik es mit seiner Lifewatch, dann zuckte er mit den Schultern und kam zu ihm. »Macht keinen Mucks. Sollte wasserdicht sein. Wie sieht es mit deiner aus?«

Malek blickte hinab. Seine Lifewatch zeigte zu seiner Überraschung auf dem Display Vitus Wendlands besorgtes Gesicht. Der Mann gestikulierte wild mit den Händen. Seine Lippen formten lautlose Worte. Malek aktivierte die Übertragung.

»Endlich!«, ertönte Wendlands Stimme aus der Uhr. »Mein Gott! Ich hatte schon gedacht … Warum zum Teufel sind Sie nicht rangegangen?«

»Wir waren eine Runde schwimmen.«

»Sehr witzig.«

»Nein, im Ernst. Wir haben uns von der Flussströmung treiben lassen.«

Ein Moment der Stille. Vitus blickte kurz zur Seite, vermutlich zu Sean, und schüttelte den Kopf. »Haben Sie Jannah und Hendrik?«

»Hendrik ist wohlauf. Jannah ohnmächtig.«

»Nicht mehr.« Ihre Stimme war leise und zitterte, doch ihre grünen Augen blickten klar.

»Jannah.« Hendrik suchte ihre Hand, hielt sie fest, drückte sie. »Oh, Jannah.«

»Wie ist ihr Zustand? Ist sie schwer verletzt?«

»Keine Ahnung. Sie war ohnmächtig, als wir sie aus dem Jeep geholt haben. Auf den ersten Blick sehe ich keine schweren Verletzungen.«

»Sie war wach, als ich unten ankam«, merkte Hendrik an. »Sie hat wirr gesprochen.«

»Stimmt nicht!«, entgegnete sie leise.

»Okay«, sagte Wendland mehr zu sich selbst. »Hören Sie, Wutkowski. Einer unserer Wagen ist auf dem Weg, um Sie abzuholen. Bleiben Sie, wo Sie sind.«

»Verstanden. Wie lange wird es dauern? Wir sind alle mehr oder weniger unterkühlt.« *Eher mehr.* In seinem Kopf pochte es. Sein Herz schlug schnell.

»Barbara wird gleich bei euch sein.«

»Meine Mutter?« Erstaunt und noch ein wenig benommen rappelte Jannah sich auf. Von ihrer Kleidung tropfte das Wasser in glitzernden Perlen herab. »Ich dachte, sie ist mit Jörg als Krankenstation unterwegs.«

»War.« Wendland klang plötzlich ziemlich verärgert. »Sie hat irgendwie von eurer Rettungsaktion erfahren – vermutlich per Funk, obwohl sie nicht zugeschaltet hätte sein sollen. Nur Gott allein weiß, wie sie das angestellt hat. Auf jeden Fall hat sie den Fahrer des Krankenwagens sehr entschieden gezwungen umzukehren. Sie sind samt dem verletzten Kruse und Jörg zu euch unterwegs.«

Gegen Ihren Befehl, fügte Malek in Gedanken hinzu. Er verstand, warum Wendland so angepisst war.

Von der Brücke über ihnen ertönte ein scharfes Reifenquietschen. Eine Wagentür krachte. Malek griff an seine Seite, wo seine Beretta noch im Holster steckte.

Da schrie eine Frau: »Jannah!«

Majorin Barbara Sterling erschien neben der Brücke am Geländer, erblickte sie, setzte über den Fallschutz hinweg und hastete die flachen Betonstufen hinab, die seitlich der Brücke zum Ufer führten, immer zwei bis drei Stufen auf einmal nehmend.

Unten angekommen, wäre sie beinahe auf dem unebenen Untergrund gestürzt, doch sie fing sich und fiel ihrer Tochter um den Hals. »Mein Gott, Liebes«, kam es heiser über ihre Lippen, während sie Jannahs Kopf an ihre Wange drückte. »Ich hatte solche Angst um dich.«

»Unnötig, Mutter.« Jannah wollte stark klingen, aber die Erleichterung war nicht zu überhören. »Ich war doch in besten Händen.«

Die Majorin drückte ihre Tochter fester an sich. »Wahrscheinlich«, murmelte sie. »Wahrscheinlich.« Dabei blickte sie über die Schulter ihrer Tochter hinweg, am wirren, feuchten roten Haar vorbei, geradewegs auf Malek. In ihren grünen Augen war noch die gleiche Kälte wie vor Tagen, als sie ihm die Zeitungsausdrucke samt Drohung gebracht hatte, aber unter dieser Kälte regte sich etwas. Vielleicht ein Funke Dankbarkeit? Oder abgrundtiefer Hass?

Was hatte Wendland gesagt? *Sie hat irgendwie von eurer Rettungsaktion erfahren – vermutlich per Funk.* Was hatte Majorin Barbara Sterling noch gehört? Sein Gespräch mit Hendrick? Wie hatte er es formuliert?

Es war ein Fick.
Genau.
Es war ein Fick. Einer.
Scheiße.

Kapitel 31

Berlin

»Danke, dass du gekommen bist.« Marlene Petri-Holden sah fix und fertig aus, wie sie in der Haustür lehnte, das Gesicht blass, die Augen verheult und in dunklen Höhlen, die Haare stumpf und strähnig. Sie trug nicht einmal Jeans, sondern eine schlabbrige graue Jogginghose, dazu einen ausgebeulten Kapuzenpullover.

Maria schloss hinter sich die Gartentür, langsamer als nötig, denn der Anblick der Kindergartenleiterin war schwer zu ertragen. Die Ungewissheit, was mit ihrem Sohn passiert war, fraß die Frau offenbar von innen auf. *Und ich bin schuld daran.* Trotzdem zwang sich Maria zu einem aufmunternden Lächeln. »Immer doch.«

Marlene führte sie ins Wohnzimmer. Dort roch es muffig. Auf dem Esstisch stapelte sich benutztes Geschirr; Teller und Tassen und Besteck. Die Tassen hatten dunkle Teeränder, die Teller waren mit Essensresten beschmiert, genauso wie die Gabeln und Messer. Maria blieb daneben stehen, musterte das Chaos, roch den unangenehm aufsteigenden Geruch, dann ging sie zum Fenster und kippte es. »Du solltest öfter lüften und aufräumen. Sich gehen lassen bringt gar nichts.«

Das wusste sie aus eigener Erfahrung; nachdem Dominik im Kugelhagel gestorben und Tymon und Malek festgenommen worden waren, hatte sie von einem Moment zum nächsten den Boden unter den Füßen verloren. Die ersten Tage hatte ihr Notfallplan sie noch aufrecht gehalten, aber dann, angekommen in der Ein-Zimmer-Notunterkunft, asketisch ausgestattet mit einer Matratze auf dem Boden und der kargen Grundausstattung, war da nur noch Leere gewesen. Wochenlange Leere und Fassungslosigkeit, eingehüllt vom Muster der Raufasertapete über der Schlafstatt. Essensverpackungen hatten sich bald hüfthoch getürmt, und es hatte schlimmer gestunken als in einer Bahnhofstoilette, bis Maria sich endlich aus ihrer Lethargie hatte befreien können, weil sie begriff, dass Nichtstun der Anfang vom Ende war.

»Ich weiß.« Marlene seufzte, zupfte sich eine Strähne aus der Stirn und setzte sich auf einen Stuhl. »Aber Max ist immer noch nicht aufgetaucht. Das macht mich krank. Ich habe sogar mit der Garde gesprochen; sie haben ebenfalls keine Ahnung, wo er ist. Sie haben eine Suche initiiert, aber bisher erfolglos.«

Und hoffentlich bleibt das auch so. »Vielleicht ist er verreist?« Maria dachte an das verbeulte dunkelblaue Metallfass, das versiegelt zwischen Dutzenden anderen auf dem Gelände der Spedition auf die Abholung durch die Müllfirma wartete. Es würde Maximilian Holdens letzte Reise werden – direkt auf die Sondermülldeponie, wo die Fässer in einem Stollen eingelagert wurden.

»Das glaubst du doch selbst nicht«, entgegnete Marlene. »Als ich ging, saß er dort auf dem Sofa und hat Wohnungsinserate gewälzt. Als ich keine drei Stunden später wiederkam, war er spurlos verschwunden. Handy weg, Hausschlüssel weg, sonst alles da. Ich habe sein Zimmer auf den Kopf gestellt. Kleidung, Rucksack, Sportsachen – alles da. Es ist, als wäre er zum Zigarettenholen gegangen und einfach nicht zurückgekehrt.«

»Und sein Handy? Kann man das nicht orten?«

»Hat die Garde versucht. Ist deaktiviert. Die letzte Funkzelle, in die es eingewählt war, ist hier. Etwa eine halbe Stunde, bevor ich kam.« Marlenes Blick bekam einen sonderbaren Glanz. »Du hattest doch gesagt, dass er nicht aufmachte, oder?«

Jetzt ganz vorsichtig, Maria. Sie ist völlig auf dem Holzweg, aber in ihrer Verzweiflung produziert ihr Hirn womöglich die absurdesten Theorien. »Hat er auch nicht. Ich klingelte zweimal, dann ging ich in den Garten.«

»In den Garten?«

»Es brannte Licht im Wohnzimmer. Aber da war niemand. Dann bin ich wieder vor, habe ein drittes Mal geklingelt und wollte gehen, als du kamst.«

»Und was ist mit dem Anruf? Du hast hier angerufen. Dauer: eine Minute und vierunddreißig Sekunden laut unserem Router. Etwa eine halbe Stunde davor.«

Maria senkte den Blick nicht, hielt Marlenes Augenkontakt stand. Das war der entscheidende Moment. Wenn sie jetzt auswich, würde Marlenes argwöhnen, dass Maria etwas mit Max' Verschwinden zu tun hatte. »Ich habe angerufen, ja«, bestätigte sie.

»Und warum hast du mir davon nichts erzählt?«

»Woher sollte ich wissen, dass es wichtig ist?«

Schweigen. »Stimmt. Das konntest du nicht wissen. Aber worüber habt ihr gesprochen?«

»Na, ich wollte mit dir reden, da meinte dein Sohn, dass du noch unterwegs wärst, aber jeden Moment zurückkommen würdest. Er witzelte noch, dass du mehr Abende im Kindergarten verbringen würdest als zu Hause. Da ich selbst unterwegs war, bin ich kurzerhand hergefahren. Deswegen bin ich ja auch in den Garten, weil es mich so irritierte, dass niemand aufmachte, obwohl jemand hätte da sein sollen.«

»Komisch … dann muss Max zwischen dem Telefonat und deiner Ankunft verschwunden sein. Das passt zur Funkzellenauswertung. Kurz nach dem Anruf wurde sein Handy deaktiviert.« Marlene schüttelte den Kopf. »Ich begreifs einfach nicht. Was ist nur passiert?«

Maria zuckte mit den Achseln. »Was sagt denn die Garde dazu?«

»Ach die … die nehmen mich nicht ernst. Erst nach einer Woche kam Max' Vorgesetzter und hat mich befragt. Aber keine Sorge, ich habe dich nicht erwähnt. Es reicht schon, dass ich ein Auffliegen riskiere.« Marlene senkte den Blick, zupfte an ihren Fingernägeln herum. Die Haut um die Nägel war blutig und aufgerissen. Als sie wieder aufblickte, standen Tränen in ihren Augen. »Aber irgendwo muss Max doch stecken. Gerade jetzt, wo ich Hoffnung schöpfte!« Sie schluchzte.

Maria trat neben die Kindergartenleiterin. Sie zögerte, doch dann nahm sie die Frau in die Arme. Es war die schlimmste und widerlichste Berührung ihres Lebens, noch schlimmer als Sex mit Konstantin, während sie an Magenkrämpfen litt. Es war kaum zu ertragen, und doch kam ihr genau in diesem Moment eine Idee. »Hast du schon mal daran gedacht, dass Max … free ist?«

»Wie bitte?« Marlene löste sich aus ihrer Umarmung, das Gesicht voller Fragezeichen. Eine Träne rann ihr über die Wange, tropfte von ihrem Kinn.

»Ja, stell dir doch nur mal vor, er ist es.«

»Mein Sohn?«

»Ja, nimm es doch mal an.«

»Hast du dein Handy deaktiviert?«

»Liegt im Auto. Keine Sorge, ich habe dran gedacht. Also. Stell es dir vor. So wie du ihm etwas vorgespielt hast, könnte er dir etwas vorgespielt haben. Als Gardist wäre es die perfekte Tarnung.«

Maria konnte sehen, wie sich in Marlenes Kopf die Gedanken drehten und drehten. »Und dann flog er auf und wurde abgeholt?«, fragte sie vorsichtig. »Aber warum sollte die Garde mir das verschweigen?«

»Warum sollten sie es dir sagen?«

»Weil…« Marlenes Augen weiteten sich. »Sie würden es mir nicht sagen, weil es mir als Kehlianerin egal wäre. Aber warum lügen sie mich dann an?«

Ich habe sie fast so weit. Noch ein wenig in die Kerbe schlagen, und sie wird es glauben. Ruhig und voller Überzeugung und selbst überrascht über ihren abgebrühten Tonfall, sagte Maria: »Denk doch nach! Ein Gardist wäre free, und sie registrieren es. Sie holen ihn ab, lassen ihn verschwinden. Sie wollen es nicht publik machen. Wenn ein normaler Bürger gebeichtet wird, kein Problem, aber einer aus den eigenen Reihen? Hast du davon schon einmal gehört? Ich nicht. Also vertuschen sie es. Deswegen auch nur eine halbherzige Suche nach ihm. Man will ihn gar nicht finden, weil man weiß, wo er ist.«

Und da rastete die Lüge ein. Es war deutlich auf Marlenes Gesicht zu sehen.

»Diese Arschlöcher!«, stieß sie hervor und sprang auf. Ihre Fäuste bebten. »Mein Gott, du hast recht! So ergibt alles einen Sinn! Aber«, ihre Gesichtszüge entgleisten wieder, »wie muss ich als Mutter versagt haben, das nicht zu bemerken!?«

»Du hast nicht versagt.« Schnell drückte Maria Marlene wieder an sich. »Du weißt besser als ich, wie teuflisch diese Nanos sind. Man merkt es jemandem nicht an, wenn er ein guter Schauspieler ist.«

Und dir auch nicht, wisperte eine Stimme in ihrem Kopf. *Beinahe eine oscarverdächtige Show, die du hier abziehst. Chapeau!*

Ein Klackern vom Fenster her ließ Maria den Kopf wenden.

Der Wind blähte die Vorhänge, ließ die Gartensträucher heftig schwanken und knacken.

Maria löste sich aus Marlenes Umarmung, ging zum Fenster und schaute hinaus, doch da war niemand. Sie schloss es. »Vielleicht solltest du dich ein wenig hinlegen«, schlug sie vor, als sie zurückkam. »Dieses ständige Grübeln bringt nichts.«

»Aber ich brauche Klarheit!«

»Die du nicht bekommst, sollte die Garde ihn abgeholt haben. Man wird es dir nicht sagen. Und wenn du zu oft nachfragst, machst du dich möglicherweise selbst verdächtig.« Maria hockte sich vor die Kindergartenleiterin. »Und das willst du auf keinen Fall, Marlene! Da draußen gibt es noch mehr Menschen wie Paul und mich, die free sind. Sie alle brauchen deinen klaren Kopf! Hast du eigentlich schon Neuigkeiten von dieser Mission erhalten?«

»Noch nicht, aber ich warte jeden Tag darauf. Es kann sich eigentlich nur noch um Stunden handeln.«

»Und dann rufst du mich gleich an?«

»Selbstverständlich.« Der Hauch eines müden Lächelns huschte über das Gesicht der Kindergartenleiterin. »Danke, dass du da bist.«

»Keine Ursache. Ich bin dir so viel schuldig für deine Hilfe, da ist das doch das Mindeste.«

»Nein, Maria. Du bist mir gar nichts schuldig, nicht dafür, dass ich dich vor diesem Irrsinn retten kann.« In Marlenes Blick kehrte etwas von der alten Marlene zurück, der entschiedenen Marlene. »Und jetzt solltest du nach deinem Paul schauen. Nicht dass er eurer Nachbarin zu lange auf die Nerven geht. Ich melde mich, sobald ich etwas Neues weiß.«

Marlene brachte ihre Besucherin zur Tür. Maria spürte ihren Blick im Rücken, als sie die Straße überquerte und in ihren SUV stieg. Dann war die Kindergartenleiterin im Haus verschwunden.

Maria ließ den Kopf gegen die Seitenscheibe sinken. »Goooott!«, stieß sie aus. Die Lügerei hatte sie erschöpft. Sie meinte, immer noch eine zitternde Marlene in den Armen zu spüren und diesen traurigen Blick zu sehen, diesen Blick, der kurzzeitig voller Verdächtigungen gewesen war.

Überhaupt spürte Maria die letzten Tage überall Blicke auf sich. Wenn sie vom Einkaufen nach Hause kam, wenn sie eine rauchte, wenn sie die Wohnung putzte. Ständig fühlte sie sich beobachtet. Es wunderte sie nicht. Wenn man versuchte, ein Verbrechen zu vertuschen, wurde man einfach mit der Zeit paranoid, vor allem wenn man das nicht gewohnt war. *Und wenn man alleine ist…*

Es half alles nichts. *The show must go on.* Maria startete den Wagen. Der Motor brummte. Bevor sie anfuhr, blickte sie noch mal zu Marlenes Haus und meinte, im Garten einen Schatten zwischen den Sträuchern und Büschen verschwinden zu sehen, doch war es nur der Wind, der die Äste hin- und herwarf.

Kapitel 32

Hauptquartier der Rebellen

Malek blies den Dampf vom Löffel zur Seite. Die Rindssuppe war noch heiß, obwohl er schon mehr als die Hälfte vertilgt hatte. Sie war deftig, mit vielen Fettaugen und groben Rindfleischwürfeln, versetzt mit Zwiebeln, Lauch, Karotten und Sellerie. Tymon hätte diese Suppe gemocht. Tymon, der nie gekocht hatte – außer Rindssuppe. Tafelspitz hatte er eingekocht, dazu Beinscheiben und anderes Suppenfleisch. Je mehr Fett, desto besser. Er war ein Meister der Rindssuppe gewesen, und fast genauso gut schmeckte diese Kraftbrühe. Aber nur fast.

Die sich öffnende Tür verdrängte den Gedanken an Tymon, der nie wieder Suppe kochen würde. Herein rollte Vitus Wendland. Der Mann sah um fünf Jahre gealtert aus, hatte dunkle Schatten unter den Augen, doch auf seinem Gesicht lag ein mattes Lächeln. »Es schmeckt Ihnen«, grüßte er und rollte an Maleks Tisch. »Das ist gut. Wie geht es Ihnen?«

Malek schlürfte von seinem Löffel. Auch frische Petersilie war mit drin. »Nur eine leichte Unterkühlung.«

Wendland nickte. »Bei Ihrer Konstitution wohl kein Thema. Ein wenig Suppe und gut ist.« Er starrte auf den dampfenden Teller. »Jannah geht es den Umständen entsprechend. Ich war gerade auf der Krankenstation. Jörg meint, dass sie zehn

Schutzengel hatte. So wie es aussieht, hat sie nur eine angebrochene Nase, eine Gehirnerschütterung und eine Unterkühlung davongetragen. Zur Sicherheit unterzieht Jörg sie aber noch genaueren Untersuchungen. Er will ausschließen, dass sie ein Schädel-Hirn-Trauma bei dem Crash davongetragen hat.«

»Okay.« Malek schob sich einen weiteren Löffel der Suppe in den Mund. Als er geschluckt hatte, fragte er: »Weshalb sind Sie hier?«

»Ich möchte mich bei Ihnen bedanken. Ohne Sie hätten wir Fossey nie bekommen.«

»Das war mein Job, oder?«

»Ja, schon, aber Sie haben mehr getan, als Sie mussten.«

»Ein Anreiz meinerseits für einen Bonus.«

Wendland lächelte. »Den Sie sich redlich verdient haben, keine Frage.« Er seufzte. »Eigentlich bin ich hier, weil ich Sie bitten möchte, mit mir zu kommen.«

»Jetzt?«

»Ja.«

Malek schaufelte einen dicken Fleischwürfel auf den Löffel. »Ungern.« Er deutete mit einem Nicken auf die dampfende Suppe. »Sonst wird sie kalt.« Der Fleischwürfel verschwand in seinem Mund.

»Es geht um Fossey«, versuchte es Wendland abermals. »Seit seiner Ankunft habe ich ihn in einen Konferenzraum gesperrt und vertröstet, dass wir uns schnellstmöglich um ihn kümmern würden. Ihre Worte haben mir zu denken gegeben. Sie sagten, er hat seinen Personenschützer erschossen?«

»Per Kopfschuss. Direkt ins Hirn.«

Daraufhin verfiel Wendland in brütendes Schweigen. Malek war es ganz recht. Er löffelte weiter Suppe in sich hinein.

»Würden Sie mich trotzdem begleiten, Herr Wutkowski, und mir unterwegs alles detailliert erzählen? Wenn ich ehrlich bin, würde ich Sie gern bei dem Gespräch mit Fossey dabeihaben.«

Weil Sie Angst vor ihm haben. Malek nahm noch einen weiteren Löffel zu sich. »Okay«, sagte er und erhob sich.

Es interessierte ihn, was Fossey möglicherweise von sich gab. Seine Informationen konnten entscheidend sein.

Gemeinsam verließen sie die Kantine, in der sich nur Malek und ein Koch aufgehalten hatten. Alle anderen Rebellen leckten anderweitig ihre Wunden oder waren bei ihren Freunden und Bekannten, die bei der Mission verletzt oder getötet worden waren. Unterwegs berichtete Malek Wendland zuerst den genauen Verlauf von Fosseys Überwältigung, danach fragte er: »Wie fällt Ihre Bilanz aus?«

Wendland steuerte seinen elektrischen Rollstuhl unbeirrt weiter. »Wir haben fünf Tote, drei Schwerverletzte und dreizehn Leichtverletzte. Jörg meint, alle würden durchkommen. Dafür haben wir tatsächlich Carl Oskar Fossey bekommen.« Wendland schnaubte. »Es fühlt sich allerdings nicht nach einem Sieg an. Was meinen Sie, Wutkowski: Waren all diese Menschenleben es wert, diesen einen Forscher in die Finger zu bekommen?«

Malek zuckte mit den Achseln. »Sie bitten mich jetzt nicht wirklich um eine Absolution? Sie haben vor der Mission das Risiko gekannt – und sind es eingegangen.«

Wendland schürzte die Lippen. »Sie haben recht. Die Entscheidung war schon lange vorher gefallen. Es tut trotzdem weh. Es waren alles gute Frauen und Männer.«

Sie erreichten einen weiteren Flur, in dem ein dicker Mann auf sie wartete. Es war dieser ehemalige Unternehmensberater namens Sean, der vierte Mann des Führungsquartetts. Malek hatte ihn bisher nur zwei- oder dreimal flüchtig zu Gesicht bekommen und noch nie ein Wort mit ihm gewechselt, trotzdem mochte er den Mann nicht. Sein Gefühl sagte ihm, dass dieser fette Anzugträger nie sein Freund werden würde. Er hatte etwas Falsches an sich. Etwas Respektloses.

»Vitus! Endlich!« Sean stemmte sich schnaufend von einem Stuhl hoch, der neben der Tür im Flur stand. »Wo sind Jörg und Barbara?«

»Bei Jannah und den anderen Verletzten. Wir werden das erste Gespräch ohne sie führen.«

Ein Seitenblick traf Malek, doch der Unternehmensberater sagte kein Wort zu seiner Anwesenheit. »Na, dann lass uns keine Zeit mehr verlieren und Fossey auf den Zahn fühlen.« Er öffnete die Tür und stapfte voraus ins Zimmer.

Der Forscher blickte aus seinem verquollenen Gesicht auf, als sie hereintraten. Dann sprang er auf, sodass sein Stuhl polternd zu Boden stürzte, und wich an die Wand des Zimmers zurück. »Sie!«, stieß er hervor und deutete mit dem Zeigefinger anklagend auf Malek.

Vitus hob beschwichtigend die Arme. »Ganz ruhig, Herr Fossey. Herr Wutkowski ist ein Mitglied unserer Organisation. Er wird Ihnen kein Leid zufügen.«

»Und was ist das bitte?« Der Forscher deutete auf sein lädiertes Gesicht.

»Eine unglückliche Fügung«, entgegnete Vitus. »Sie haben auf ihn geschossen, wie ich gehört habe. Er musste Sie wohl oder übel … überwältigen.«

Der Forscher blickte zwischen ihnen hin und her, und Malek hatte den Eindruck, dass sein Blick einen Moment länger auf Sean verweilte, doch der Eindruck war sofort wieder vorbei.

»Konnte ich wissen, dass er mich befreien will?«, fragte Fossey immer noch empört, doch die Spannung wich aus ihm. Seine Schultern sanken ein wenig herab. »Ich dachte, er will mich umbringen!«

»Nein, das wollte er auf keinen Fall.« Vitus deutete einladend auf den Tisch. »Aber lassen Sie uns in Ruhe darüber reden. Ich finde, Sie haben da eine interessante Wortwahl benutzt. Befreien.«

Fossey bedachte Malek noch mit einem abwägenden Blick, dann stellte er seinen Stuhl wieder auf und setzte sich zurück an den Tisch. Malek bezog Stellung neben der Tür.

Es folgte eine Minute der Stille, in der sich die Anwesenden belauerten. Besonders Wendland und Fossey.

»Sie sind dieser Vitus Wendland«, sagte Fossey schließlich und leckte sich die geschwollene Lippe. »Der Datenbaron. Ich dachte, Sie wären an Krebs erkrankt und lägen im Sterben.«

»Und ich dachte, Sie wären Johann Kehlis' treuester Diener. Wieso reden Sie von befreien?«

Fossey schnaubte, was ihn das Gesicht vor Schmerz verziehen ließ. »Johanns treuester Diener ist Nummer Eins samt seinem Konfessorengefolge. Und was bitte schön sollte diese Aktion sonst gewesen sein, wenn nicht eine Befreiung? Ich bin von Johann behandelt worden wie ein Sträfling. Eine Lifewatch haben sie mir angelegt. Einen Nano-Cocktail haben sie mir injiziert. Im Bunker haben sie mich gehalten wie einen Hund.«

»Sie wurden aktiv mit Nanos behandelt?« Sean hob eine Augenbraue.

»Nicht erfolgreich«, entgegnete Fossey. »Versucht haben sie es! Aber ich hatte vorgesorgt.«

»Wie das?« Wendland beugte sich neugierig nach vorn.

»Es gibt Möglichkeiten, sich zu schützen.«

»Können Sie konkreter werden?«

Fossey blickte zwischen ihnen hin und her, bis Sean sagte: »Deswegen sind Sie hier. Wir brauchen Ihre Hilfe, im Kampf gegen Kehlis.«

»Wer sind Sie überhaupt?«, fragte Fossey barsch.

»Ich heiße Sean. Ich bin hier der Berater sozusagen.«

»Und was beraten Sie?«

»Die Aktivitäten gegen Kehlis.«

»Gegen Johann?« Es ratterte sichtlich hinter der Stirn des Forschers. »Sie wollen ihn stürzen?«

»Wir wollen die Menschheit von den Nanos befreien«, entgegnete Wendland. »Das sind zwei verschiedene Ziele, allerdings mit dem gleichen Effekt bezüglich Johann Kehlis. Also? Wie haben Sie sich geschützt?«

»Mit … mit einer Emitterkapsel.« Fossey deutete in seine Leistengegend. »Ist etwa erbsengroß und fühlt sich wie ein geschwollener Lymphknoten an. Nicht einmal Kehlis' Leibarzt ist sie aufgefallen.«

»Und was emittiert die Kapsel?«

»Eisennanopartikel. Rund um die Uhr.« Fossey musterte Sean und Wendland neugierig. »Wie viel wissen Sie?«

»Genug und doch zu wenig. Was machen die Eisennanopartikel?«

»Sie verteilen sich in meinem Blutkreislauf. Schwirren umher, immer auf der Suche nach anderen Nanopartikeln. Sobald sie ein anderes Partikel finden, verschmelzen sie damit und neutralisieren es.«

Wendland ließ sich die Worte durch den Kopf gehen. »Sie sind also permanent resistent?«

»Ja. Zumindest solange die Dosis reicht, die ich mir verpasst habe. Meinen Berechnungen nach sollten das elf Jahre und ein paar Tage sein. Allerdings war das ein Prototyp.« Fossey zuckte mit den Schultern. »Kann also auch kürzer oder länger wirken.«

Er gibt ganz schön schnell Informationen preis, stellte Malek fest. Wäre er an Fosseys Stelle, würde er nicht so schnell mit der Sprache rausrücken. Doch Malek war kein Forscher, dessen Hirn sich mit abgedrehten Nanopartikeln und Emissionen befasste. Wahrscheinlich tickten die grundsätzlich einfach anders, hatten weniger Gespür für Gefahren, Intrigen und Machtkämpfe.

»Lassen sich diese Emitterkapseln einfach herstellen?«, wollte Wendland wissen.

»Mit der richtigen Laborausstattung, ja. Aber bevor ich mehr sage, möchte ich wissen, was das hier genau wird. Wo bin ich gelandet? Und was wollen Sie von mir?« Fossey verschränkte die Arme vor der Brust.

»Ist Ihnen das noch nicht aufgegangen?« Sean klang fast belustigt. »Sie sind doch ein helles Köpfchen, Herr Fossey. Sie resistent, wir intolerant. Wir riskieren unser Leben und befreien Sie. Und ich habe es vorhin schon gesagt: Kampf gegen Kehlis. Klickt's?«

»Sie sind so eine Art Opposition?«

»So kann man es nennen.«

Der Forscher schwieg und musterte seine verschränkten Arme. Als er aufblickte, lag Entschlossenheit in seinem Blick. »Sie wollen also, dass ich mit Ihnen gegen Johann arbeite? Dass ich helfe, seine Nanobeeinflussung zu stoppen.«

»Sie sind doch der wissenschaftliche Schöpfer hinter dieser Technik? Wenn uns jemand helfen kann, dann Sie. Nur deswegen sitzen Sie heute hier.«

»Und warum sollte ich das tun? Wie kommen Sie auf die Idee, dass ich Ihnen helfen möchte?«

»Für die Freiheit der Menschen vielleicht«, schlug Sean vor. »Kehlis hat Sie doch auch nur benutzt. Ihre damaligen Ziele bei SmartBrain waren völlig andere, wenn ich mich richtig an die wissenschaftlichen Artikel erinnere. Sie wollten Angstpatienten heilen. Depressionen verschwinden lassen. Hat sich damals nicht sogar Ihre Frau das Leben genommen? Wegen einer Angststörung? Ist der heutige Einsatz Ihrer visionären Technik da nicht völlig falsch? Müsste es nicht in Ihrem Sinne sein, mentale Fesseln zu entfernen, statt sie aufzubauen?«

»Ja, was denken Sie denn, was ich seit Jahren versuche? Ich verzögere mit allen erdenklichen Mitteln die Klärung der Frage, weshalb so viele Menschen intolerant werden. Ich versuche, Johann auszubremsen. In der letzten Zeit gelang mir das leider immer schlechter. Johann arbeitet bereits an einer neuen Nanogeneration, in deren Entstehungsprozess ich nicht mehr involviert bin. Ich habe zwar meine Quellen, bin aber nicht aktiv beteiligt.«

»Neue Nanos?«, fragte Wendland alarmiert. »Was plant er da?«

»Nanobots. Sie sollen ähnlich wie die bisherigen Nanos über die Lebensmittel distribuiert werden. Besser gesagt, die einzelnen Bauteile dafür. Im menschlichen Organismus setzen sie sich dann selbstständig zusammen und werden aktiv.«

»Und sollen auch Informationen ins Gehirn einspeisen?«

»Natürlich. Aber extern gesteuert über Radio- oder Schallwellen. Zumindest sind das die ersten Versuche. Wenn Johann das schafft, kann er den Beeinflussungsprozess beschleunigen, etwa verhundertfachen. Verstehen Sie? Man könnte dann fast auf Knopfdruck das kollektive Denken verändern. Man könnte« – Fossey schluckte – »die Menschheit damit auslöschen.«

»Wie das?«

»Mit einem Kollektivsuizid. Johann will das nicht, sicher nicht, aber stellen Sie sich die Technik in den falschen Händen vor! In der von Wahnsinnigen. Oder Terroristen. Oder einen Hack in der Informationsvermittlung. Stellen Sie sich vor, da lässt man die Info raus: Ich begehe jetzt Suizid, und der Nanobot signalisiert dem Hirn im Millisekundentakt: *Suizid begehen. Suizid begehen. Suizid begehen.* Wissen Sie, was passieren würde?«

Schweigen legte sich über den Raum.

»Aber das wäre doch jetzt schon theoretisch möglich, oder?«, fragte Sean.

Fossey schüttelte entschieden den Kopf. »Die jetzige Nanogeneration kann nicht von außen beeinflusst werden. Es gibt zig Sicherheitsprotokolle, Fallbacks, Überprüfungen. Die Schreiber, mit denen die Nanos bestückt werden, sind gegen Angriffe von außen zu neunundneunzig Komma neun neun neun Prozent abgeschottet. Die Technik hat minimales Sicherheitsrisiko, doch sie ist zu träge. Wissen Sie, wie die Nanos hergestellt werden?«

»Wir haben Vermutungen.«

»Sie wissen es also nicht. Zuerst werden neutrale Nanopartikel erzeugt, sogenannte *Idles*. Diese werden dann mithilfe spezieller Schreiber mit den gewünschten Informationseinheiten bestückt. Dieser Vorgang ist nur einmal möglich, wie eine Art Prägestempel auf den Partikeln. Danach werden die fertigen Nanos unters Volk gebracht. Das Problem für Johann: Die Vermittlung von Inhalten dauert ab der Entscheidung: ›Diese Information soll vermittelt werden‹ bis zur Wirkung bei der breiten Masse relativ lange. Auch wenn die Herstellung fix geht, braucht die Übermittlung Tage bis Wochen, manchmal Monate. Wenn das durch die neue Generation in Minuten funktionieren würde, ist es naheliegend, dass man zugunsten einer Realisierung beim Risiko Abstriche macht. Bisher ist ein Missbrauch der Nanos, in Form von vermitteltem Suizid oder Mord, einfach ausgeschlossen. Wenn das aber wie in der neuen Generation von außen steuerbar wäre …« Fossey ließ den Satz unvollendet.

»Helfen Sie uns?« Wendlands Worte waren kaum zu vernehmen, so heiser war der Rebellenführer. »Helfen Sie uns, diesen Irrsinn zu stoppen!«

»Und wie stellen Sie sich das vor? Johann hat fast unerschöpfliche Ressourcen!«

»Wir finden einen Weg.« Er hielt Fossey eine Hand über den Tisch hinweg hin. »Gemeinsam.«

Der Forscher blickte darauf, suchte Wendlands Blick und schlug schließlich ein.

In dem Moment wurde die Tür hinter Malek geöffnet, und Majorin Barbara Sterling trat in den Raum. Ihr Haar war akkurat zusammengebunden, der braune Blazer saß knitterfrei, und die goldene Spange blitzte. Sie nickte in die Runde. »Entschuldigt die Störung.« Sie wandte sich an Malek. »Herr Wutkowski, folgen Sie mir bitte. Ihre Anwesenheit wird anderweitig benötigt.«

»Wofür?«, fragte Vitus sofort.

Das fragte sich Malek auch. Ihm fiel spontan kein Grund ein, warum ihn die Majorin höchstpersönlich abholen würde – außer sie wollte selbst etwas von ihm.

»Das erkläre ich später.« Sterling winkte Malek auffordernd heraus. Er zögerte, das Gespräch mit Fossey zu verlassen, doch dann folgte er. Etwas in Sterlings Blick sagte ihm, dass es sich bei ihr ebenfalls um etwas verdammt Wichtiges handelte. Und es schien ihn direkt zu betreffen.

Nachdem die Tür hinter ihm ins Schloss gefallen war, fragte er: »Was wollen Sie?«

»Das erfahren Sie schon noch.« Wieder war diese kühle Distanziertheit in ihren Augen, die an Abscheu grenzte, doch darunter war auch wieder etwas anderes zu sehen. *Entschlossenheit,* ging es Malek durch den Kopf.

»Kommen Sie endlich.« Forschen Schrittes führte sie ihn den Flur entlang und dann durchs Treppenhaus eine Etage hinab. Ihre Stiefelabsätze klopften rhythmisch auf die Stufen.

Malek ließ das Gehörte Revue passieren. Was der Forscher gesagt hatte, war selbst für ihn beunruhigend. Die Vorstellung eines winzigen Roboters in seinem Kopf, der ihm sagte, was er zu tun hatte, war krank. Und dagegen würde er nicht resistent sein. Dieses Intoleranzproblem würde dieser Kehlis sicherlich mit seiner neuen Generation umgehen. Blieb die Frage, wie schnell die neue Technik zum Einsatz kam. Handelte es sich um Wochen, Monate oder Jahre?

Sie erreichten den alten Wohntrakt, die Majorin entriegelte die schwere Metalltür und führte ihn nach rechts. Hier schluckte der blau-schwarze Teppich ihre Schritte. Vor einer der mahagonigefärbten Türen blieb sie stehen und entriegelte auch diese mit ihrem Daumenabdruck.

Es war offensichtlich ihr privates Apartment und genauso eingerichtet, wie es Malek sich vorgestellt hatte; schlicht, fast spartanisch, und praktisch. Ein schmales Bett mit akkurat gefalteter Bettdecke stand an der einen Seite, verschlossene Rolladenschränke in Grau an der anderen. Ein rechteckiger Schreibtisch mit Glasplatte und ein lederner Freischwinger davor rundeten das Bild ab. Das einzig Persönliche waren zwei Bilderrahmen, die auf dem Schreibtisch standen. Einer war schwarz, versehen mit einer Banderole an einer Ecke. Auf dem Schwarz-Weiß-Foto lächelte ein Soldat in die Kamera. Der zweite Bilderrahmen war weiß. Daraus grinste eine rotwangige Jannah frech hervor. Vater und Tochter – nicht zu übersehen.

Der Anblick des verstorbenen Vaters brachte Malek eine Erinnerung zurück. Jannahs Vater hatte beim Versuch, zurückkonditioniert zu werden, Suizid begangen. Das hatte der Arzt ihm erzählt. Man hatte die Nanos dafür verantwortlich gemacht, es als eine Art Schutzmechanismus gegen eine Zurückkonditionierung interpretiert. Eine Fehlannahme, wie Fossey vorhin in einem Nebensatz verraten hatte. Das würde Jannah und ihre Mutter bestimmt interessieren. Es war aber nicht sein Job, darüber zu reden. Außerdem hätte die Majorin ihm sicher nicht zugehört.

Sie trat wortlos an ihm vorbei zu einem Rolladenschrank.

Ratternd glitten die Lamellen nach oben. Heraus holte sie einen braunen Umschlag in DIN-A4-Größe, den sie vor Malek auf den Schreibtisch legte. Er war unbeschriftet. »Nehmen Sie das, und verschwinden Sie.«

»Was ist das?«

»Mein Teil der Abmachung.«

Malek nahm den Umschlag vom Tisch. Er war nicht schwer und nicht verschlossen. Er drückte ihn zwischen seinen Fingern, sodass die offene Seite aufklaffte. Darin befanden sich geschätzt eintausend Neue Mark in verschiedenen Scheinen, dazu ein Plastikkärtchen, das sich als gefälschter Personalausweis mit seinem Konterfei entpuppte, und ein Zettel. Darauf stand: MARIA UND KONSTANTIN MÜLLER. Darunter eine Berliner Adresse.

Malek blickte auf. »Wo ist der Haken?«

»Es gibt keinen. Nehmen Sie das Zeug, holen Sie Ihre Sachen aus Ihrem Zimmer, und verschwinden Sie. Jetzt sofort, solange Vitus und Sean noch mit Fossey beschäftigt sind und Jörg die Verwundeten verarztet.«

Malek musterte die Majorin. Etwas an alldem störte ihn. Warum gab ausgerechnet sie ihm seinen Payout, obwohl er darüber entweder mit dem Arzt oder Wendland gesprochen hatte? Hier stimmte etwas nicht. Das hier war etwas Persönliches, nichts, was mit der Rebellion zu tun hatte. Oder umso mehr?

Sie musste seine Überlegung in seinem Gesicht erkennen. »Lassen Sie sich nicht von unserem Idealismus täuschen, Herr Wutkowski. Wir sind im Krieg. Haben Sie wirklich geglaubt, dass man Sie davonspazieren lassen wird, nachdem die Mission erfolgreich war? Sie wissen doch mittlerweile zu viel, und jetzt, da Sie sogar Fossey gehört haben, viel zu viel. Oh ja, Jörg ist auf Ihrer Seite, uneingeschränkt. Er hat auch sofort den Pass machen lassen.« Die Majorin schüttelte den Kopf, als könnte sie das immer noch nicht glauben. »Aber wir hätten ihn überstimmt. Sean hat von vornherein ausgeschlossen, dass wir Sie gehen lassen. ›Nach der Mission vielleicht‹, hat er gesagt, ja ja. Sie wissen, was das bedeutet. Und ich stimme ihm zu. Sie sind für uns eine Gefahr, gerade jetzt, wo wir tatsächlich Fossey haben. Also läge es bei einer Abstimmung an Vitus. Sie haben öfter mit ihm gesprochen. Er hält viel auf Sie. Er möchte Sie sicher hierbehalten. Aber gehen lassen? Sie könnten alles gefährden, wenn Sie von den falschen Leuten geschnappt werden.«

»Sie wollen mich also umbringen.«

Wenigstens hatte Barbara Sterling den Anstand zu nicken. »Die Betonung liegt jedoch auf wollten. Was hätten wir sonst tun können? Sie dauerhaft einsperren? Bei unseren Kapazitäten? Sie zwingen hierzubleiben? Mal ganz abgesehen davon, dass das für mich nicht infrage kommt. *Ein Fick*. Pfff… Ich hätte es getan. Ich hätte Ihnen eine Kugel in den Kopf gejagt. Und ich hätte es getan, ohne Jörg und Vitus zu fragen. Aber dummerweise haben Sie heute meiner Tochter das Leben gerettet.« Sie schluckte, als kämpfe sie mit ihrer Stimme. Dann deutete sie zur Tür. »Ein Leben für ein Leben, Herr Wutkowski. Holen Sie Ihre Sachen, und gehen Sie. Verlassen Sie das Gelände Richtung Osten. Dort ist ein Tor. Der Code lautet siebzehn null drei fünfundachtzig. Etwa fünf Kilometer östlich erreichen Sie einen kleinen Bahnhof. Regionalbahn. Fahren Sie von Gleis eins aus bis zur Endstation. Von dort können Sie alle zwei Stunden einen ICE nach Berlin nehmen oder wo auch immer Sie hinwollen.« Mit diesen Worten ging sie an ihm vorbei, so nah, dass ihre Schulter seine streifte, und öffnete die Tür für ihn.

Malek schloss den Umschlag und nickte. Man wusste wissen, wann es Zeit war zu gehen. »Danke.« Dann verließ er ihr Apartment.

Zu seiner Überraschung stand Jannah daneben an der Wand, sodass sie vom Zimmerinneren nicht zu sehen war, und ihrem entsetzten Gesichtsausdruck nach zu urteilen hatte sie etwas von der Unterhaltung gehört.

Er gab ihr mit einem Kopfschütteln und der Bewegung seiner Augen zu verstehen, dass sie schweigen sollte, und sie tat es. Sie schloss den Mund, wich geräuschlos an der Wand zurück, bis sie in den danebenliegenden Türrahmen schlüpfen konnte. Flach drückte sie sich hinein.

Malek ging keine Sekunde später an ihr vorbei. Er spürte den Blick der Majorin zwischen den Schulterblättern im Rücken. An der Metallschleuse angekommen, die Hand am Griff, schaute er noch einmal langsam den Flur zurück, sah erst Jannah mit ihren weit aufgerissenen Augen und dem Nasenpflaster, bevor er der Majorin einen letzten ausdruckslosen Blick schenkte. Sie stand dort, die Hände seitlich der Hüften zu Fäusten geballt. Sie sah nur ihn. Und sie rang mit sich. Sie wollte ihn nicht gehen lassen, und doch würde sie es tun, weil er ihrer Tochter das Leben gerettet hatte. Malek war klar, dass dies seine einzige Chance war. Noch einmal würde die Majorin nicht über ihren Schatten springen.

Also trat er durch die Tür, und die Schleuse schloss sich hinter ihm.

Kapitel 33

Berlin

Still und dunkel war es auf dem Gelände der SPEDITION MÜLLER. Wobei still nicht ganz korrekt war. Es fehlten menschliche Laute, doch der Wind, der sich schon den ganzen Tag über dem Nordosten Deutschlands austobte, erfüllte die Luft mit Leben; Blätter, die über den geteerten Hof knisterten; Zweige zweier alter Tannen, die wogten und rauschten; ein Gatter, das irgendwo auf- und zuschlug; und ein hin und her knarzender Bauzaun.

Nummer Elf stand inmitten dieses stürmischen Orchesters im Hof der Spedition und spürte den Wind auf seinem Gesicht. Er spielte mit seinem Haar und ließ die hochgeschlagenen Mantelkragenspitzen miteinander flirten. Es war kurz nach Mitternacht, und Nummer Elf wartete auf seinen Instinkt. Er wartete, dass die Ströme von Informationen ihm etwas zuflüsterten, etwas preisgaben, das verborgen bleiben sollte.

Was hast du getan?, fragte er eine imaginäre Maria und stellte sie sich neben sich vor, in Jacke und Schal, der ihr um den Hals flatterte. Sie gab ihm keine Antwort. Aber das musste sie auch nicht. Nummer Elf erkannte auch so ihre Handschrift hinter den Ereignissen.

Nachdem er das Gespräch zwischen Marlene Petri-Holden

und Maria belauscht hatte, hatte er einen Basispersonencheck der Kindergartenleiterin durchgeführt. Die meisten Fakten waren uninteressant, allerdings nicht das Verschwinden ihres Sohnes Maximilian Holden vor wenigen Tagen.

Das war noch interessanter als der Umstand, dass die beiden Frauen intolerant waren. Irgendwie überraschte ihn das nicht; bei der immer weiter steigenden Anzahl an Intoleranten traf es mittlerweile fast jeden Zehnten, auch wenn die Führungsriege etwas anderes behauptete. Kein Wunder, dass Johann Kehlis so viel Druck ausübte und die Forschung dieser neuen Nanogeneration voranpeitschte.

Doch das war aktuell nicht sein Problem. Seines hieß primär Malek Wutkowski und sekundär Maria Müller. Und auch Malek würde intolerant sein, wenn er diesen Rebellen geholfen hatte. In der Gesamtkonstellation war das eine sehr explosive Mischung: zwei intolerante ehemalige Mitglieder einer äußerst erfolgreichen Söldnertruppe mit Verbindungen zu Rebellen, die diesen Fossey in ihrer Gewalt hatten. Nummer Elf war klar, dass hier mehr auf dem Spiel stand als sein Leben.

Er fuhr mit den Fingern am Band seiner Lifewatch entlang, kratzte sich die Haut und sah sich abermals um. Der vordere Teil des Speditionsgeländes kam nicht als Lagerstätte für eine Leiche infrage. Wenn Maria etwas mit dem Verschwinden von Maximilian Holden zu tun hatte – und davon ging er aus, denn so viel Zufall gab es nicht –, dann würde sie ihn gut verstecken. Bei sich zu Hause in einem Mehrfamilienhaus sicher nicht, bei der Kindergartenleiterin im Garten auch nicht. Maria wusste, was sie tat. Wenn sie eine Leiche verstecken musste, dann sprach alles für das Firmengelände. Oder aber sie hatte ihn mit Betonschuhen in der Spree versenkt.

Nein, das hätte Tymon getan, aber nicht sie. Er ist hier. Wahrscheinlich war Maximilian Holden irgendwie dahintergekommen, dass Maria oder seine Mutter intolerant waren, und Maria hatte ihn kurzerhand beseitigt. Was wäre ihr auch anderes übrig geblieben? Eine Beichte hätte nicht einmal Maria überstanden.

Leise knarzten seine Lederschuhe auf dem Asphalt, während Nummer Elf über den Hof schlenderte und seinen Blick das wahrnehmen ließ, was da war. Das war die Kunst. Etwas zu sehen, von dem man nichts wusste. Die meisten Menschen sahen, was sie sehen wollten; sie bewerteten, sie interpretierten, doch sie analysierten nicht die Realität. Sie überlegten nicht praktisch, zum Beispiel wie schwierig es war, eine Leiche verschwinden zu lassen. Eine solche nahm Platz ein. Achtzig bis hundert Liter bei Maximilian Holden. Sie bestand aus Fleisch, Blut, Knochen. So einfach in Säure aufzulösen war das nicht, wie oft in Spielfilmen suggeriert wurde. Auch Zerstückeln bedeutete Schwerstarbeit und Sauerei. Und verbrennen war ebenfalls kein probates Mittel, denn verbranntes Fleisch stank enorm, und am Ende blieben doch Asche, Knochen und Zähne zurück.

Außerdem musste die Leiche bewegt werden. Für Maria allein ein Kraftakt. Sie musste also kurze Wege zurückgelegt haben. Vermutlich hatte sie die Leiche per Auto hierhergebracht. Dann irgendwo reingewuchtet. In etwas, das sie anschließend leicht bewegen konnte. Vielleicht eine Kiste mit Rollen oder eine Wanne auf einer Europalette. Irgendetwas in der Art und Größe. Mit einem Gabelstapler oder Hubwagen, die es sicher bei jeder Spedition gab, konnte sie diese dann befördert haben. *Aber nur innerhalb des Geländes.*

Nummer Elf schritt am Rand der Spedition entlang. Er kam an zwei geparkten Lkw vorbei, die vermutlich am nächsten Morgen zum Einsatz kamen. Es waren gepflegte Nutzfahrzeuge. Man sah auf den ersten Blick, dass Konstantin Müller etwas für sie übrighatte. Beide Fahrzeuge waren gewaschen, glänzten im spärlichen Licht und waren mit Frontschutzbügeln aus poliertem rostfreiem Stahl versehen, die ein bulliges, starkes Aussehen bewirkten. Die Scheiben wurden von verlängerten Sonnenblenden abgeschirmt, auf denen in zackiger Schrift SPEDITION MÜLLER prangte. Die Felgen glänzten wie flüssiges Silber, waren vermutlich verchromt.

Nummer Elf schlenderte an den Vierzigtonnern vorbei. Dahinter stand tatsächlich ein Gabelstapler, der ziemlich ramponiert aussah. Die Karosserie war mit Dellen, Macken und Kratzern übersät, die Reifen dreckbeschmiert. Ein Schlüssel steckte nicht. Es folgte ein flaches Gebäude aus Holz und mit Wellblechdach, wohl eine Art Schuppen. Hier schlug die Tür gegen den Rahmen. *Kleng. Kleng.* Nummer Elf packte sie, als sie ihm ein drittes Mal entgegenschwang, und trat in die Dunkelheit des Schuppens. Aus der Hosentasche holte er eine Taschenlampe hervor. Der Strahl durchschnitt die Schwärze, erhellte einen Haufen Spanngurte, Wagenkreuze, kinderarmlange Schraubenschlüssel. In Regalen lagerten Kleinteile und Werkzeug; Schraubenzieher, Teppichmesser, Seitenschneider, Klebebänder, Seile und Schnüre. In Kisten gab es noch mehr Kleinzeug wie Klebepasten, Verpackungsmaterial, Schrauben, Nägel, Plomben für Versiegelungen. Schnell war Nummer Elf klar, dass hier keine Leiche lagerte. Es gab kein passendes Versteck, nur Alltagszeug einer Spedition, das man vor Regen schützen musste.

Nummer Elf verließ den Schuppen, überquerte den Hof. Auf der anderen Seite lag das eingeschossige Bürogebäude. Es interessierte ihn vorerst nicht, also schlenderte er daran vorbei. Es schloss sich ein Waschplatz für die Fahrzeuge an. Er war auf einer Seite mit einer kahlen Mauer versehen, um das Spritzwasser einzudämmen. Daran befestigt waren Aluschienen, in denen die Schläuche zweier Hochdruckreiniger flexibel bewegt werden konnten. Eine pragmatische und sehr praktische Konstruktion. Sah nach dem Werk von Konstantin Müller aus. So schätzte er den Mann ein: ein Praktiker, der geradeaus dachte und ranklotzte.

Hinter dem Waschplatz bewegte sich der Bauzaun, bestehend aus drei Elementen. Er war mit einer groben Bauplane versehen, was ihn für den Wind empfänglich machte. Er quietschte hin und her. Nummer Elf leuchtete mit der Lampe daran vorbei und sah Müll dahinter; alte Auto- und Lkw-Reifen, Metallschrott, aufgestapelte Europaletten, eine Batterie alter Metallfässer.

Nummer Elf steckte sich die kleine Taschenlampe in den Mund, packte das mittlere Element des Bauzauns und hob es auf einer Seite aus der Betonhalterung. Unter einem gotterbärmlichen Quietschen bewegte er es zur Seite. Grobe Reifenspuren waren zu erkennen, vermutlich das Profil der Gabelstaplerreifen. Sie sahen nicht völlig frisch, aber auch nicht ewig alt aus.

Ein Lächeln stahl sich auf sein Gesicht, als er wieder die Handschrift klar und deutlich sah. Ein Bild blitzte vor seinem geistigen Auge auf: Maria auf dem Gabelstapler, dessen zwei Lampen wie traurige Augen in die Nacht blickten, auf der Gabel Maximilian Holden.

Nummer Elf ging an den Reifen, den Paletten und dem Metallschrott vorbei zu den Fässern. Groß waren sie, groß genug, um eine Leiche darin zu verstecken. Im Schein der Taschenlampe betrachtete er die Versiegelung der Fässer, grobe Metallplomben, acht pro Deckel. Die Fugen waren mit schwarzem Teerkleber versehen, um die Fässer wasserdicht zu verschließen. Auf den Deckeln leuchteten Aufdrucke: neonorange Rechtecke, in denen in schwarzer Schrift GEFAHRENGUT stand. Am vordersten Fass hing zusätzlich ein Blatt Papier, geschützt in einer Klarsichtfolie und mit Paketklebeband an das Fass fixiert. Nummer Elf ging davor in die Knie und begutachtete das Schreiben. Es war ein Abholschein für eine Sondermüllentsorgung. Sie stand für übermorgen an.

»Manchmal braucht man einfach etwas Glück im Leben«, sagte Nummer Elf zu den Fässern, erhob sich und ging zurück zum Schuppen.

Mit einem armlangen Bolzenschneider, Schraubenziehern und einem Teppichmesser kehrte er zurück. Er klemmte die Taschenlampe zwischen zwei Europaletten, sodass er im Lichtschein arbeiten konnte, dann setzte er am ersten Fass den Bolzenschneider an. *Knack.* Die kettengliedähnliche Metallöse der ersten Plombe schnappte auseinander und fiel zu Boden. *Knack.* Die zweite Plombe fiel. *Knack, knack, knack, knack, knack, knack.* Mit dem Cutter schnitt Nummer Elf anschließend die verklebte Fuge entlang, einmal im Kreis herum, ein zweites Mal, ein drittes Mal, jedes Mal tiefer. Schließlich stemmte er einen großen Schraubenzieher in den Schnitt und hebelte am Deckel herum.

Schweiß stand ihm auf der Stirn und wurde vom Wind gekühlt, als es ihm schließlich gelang, den Deckel aufzuhebeln. Das erste Fass war leer, hatte wohl einmal irgendein Gefahrengut beinhaltet, weswegen es nicht herkömmlich recycelt werden durfte.

Nummer Elf wischte sich den Schweiß von der Stirn. Er ließ den Blick über die restlichen Fässer gleiten. Es waren noch sechzehn Stück. 128 Plomben. 48 Fugenschnitte.

Morgen würde er Muskelkater haben, aber der würde es vermutlich wert sein.

Kapitel 34

Hauptquartier der Rebellen

Die Abenddämmerung brach an. Die Schatten wurden länger, der Himmel dunkler – genauso wie Vitus' Stimmung. Er beobachtete das Voranschreiten der Dunkelheit durch das Fenster des Besprechungsraums, doch es brachte ihm keine Beruhigung. Er drehte sich vom Fenster weg und rollte an den runden Tisch.

»Was wolltest du von Malek Wutkowski?«, fragte er zum wiederholten Mal. Sein Tonfall war ungewöhnlich scharf. Auch die anderen waren angespannt; Sean blickte finster drein, und Jörg studierte seine Hände. Er war wahrscheinlich mehr müde als gereizt, denn er hatte Stunden um das Leben der Verwundeten gekämpft. Zwei Kämpfe hatte er vorerst gewonnen, einen verloren. Seine Nerven lagen blank.

Barbara hingegen war seltsam gelassen. »Das geht euch nichts an. Privatangelegenheit zwischen ihm und mir.«

Vitus' Faust krachte auf den Tisch. Jörg fuhr zusammen, und Sean hob eine Augenbraue. »Sehr wohl geht uns das etwas an, Barbara! Wo ist er?«

Barbara blickte nur zur Seite, die Arme vor der Brust verschränkt.

»Okay.« Vitus rieb sich über das müde Gesicht. »Ich habe dir jetzt mehrfach die Chance gegeben, dich zu erklären. Für alles Weitere trägst du die Verantwortung.« Er aktivierte sein Handy und tippte in seiner Überwachungssoftware einige Befehle ein. Der Monitor an der Wand des Besprechungsraums wurde hell. Einige Kameraaufnahmen der Basis flirrten wie ein Film im Zeitraffer darüber, dann zeigte das Bild Barbaras Apartment vor nicht einmal drei Stunden. Zu sehen war die Majorin zusammen mit Wutkowski. Sie reichte ihm einen braunen Umschlag. Ihre Lippen bewegten sich, doch zu hören war nur dumpfes Gemurmel.

Die Majorin schoss auf ihrem Stuhl nach vorn. »Du spähst mich aus? Unter Freunden?«

»Es ist das erste Mal, Barbara! Und ich hätte es nicht getan, wenn du dich nicht so seltsam verhalten hättest. Aber du holst Wutkowski ohne Begründung aus unserer Besprechung mit Fossey raus, und danach ist er wie vom Erdboden verschluckt. Was hast du ihm gegeben? Was hast du zu ihm gesagt?«

In den grünen Augen der Majorin funkelte es gefährlich. »Dass er gehen soll! Sofort! Im Umschlag war Geld und der Pass, den Jörg hat anfertigen lassen.«

»Du hast ihn gehen lassen?« Sean blickte ungläubig drein, dann rollte er mit den Augen. »Ich dachte, wir wären uns einig, dass er nicht mehr gehen kann!«

»Moment mal!«, rief Jörg. »Was heißt hier, *wir wären uns einig*? Wir hatten abgemacht, dass wir ihn nach erfolgreicher Mission unterstützen!«

»Klar«, entgegnete Sean, »damit er draußen von einem Konfessor gefangen genommen wird und Kehlis einen Deal anbietet, unser Lager samt Plänen zu verraten im Gegenzug für seine Freiheit? Bist du wirklich so gutgläubig, Jörg?«

»Wir hatten einen Deal! Ich habe ihm mein Ehrenwort samt Handschlag gegeben!«

»Einen Handschlag. Den kannst du von mir auch haben.«

»*Ruhe!*«, verlangte Vitus. »Wenn wir uns gegenseitig die Köpfe einschlagen, bringt uns das auch nichts.«

»Oh doch.« Jörg verschränkte die Arme vor der Brust. »Es bringt Klarheit, was hier gespielt wird. Mir scheint, dass wir nicht mehr an einem Strang ziehen, sondern an vieren! Und zwar in verschiedene Richtungen!«

»Das stimmt nicht, Jörg. Wir haben ein Ziel und sind dem mit Fossey näher als jemals zuvor.« Vitus wandte sich an Barbara. »Wo will Wutkowski hin?«

»Keine Ahnung.«

Etwas in ihrer Stimme ließ ihn daran zweifeln. »Weißt du es nicht, oder willst du es uns nicht sagen?«

»Ich weiß es nicht!«, antwortete sie scharf und stand auf. »Und deine Vorwürfe werde ich mir nicht länger anhören. Wutkowski hat meine Tochter gefickt. Er musste weg.«

Vitus stöhnte. *Daher weht also der Wind.* »Die beiden sind erwachsen! Die können miteinander ins Bett, so oft sie wollen!«

Barbara schnaubte nur und stapfte zur Tür.

Das Bild auf dem Monitor wechselte. Es zeigte den Flur vor Barbaras Zimmer. Wutkowski kam heraus und ging den Gang entlang. Die Majorin trat in die Tür und blickte ihm hinterher, die Fäuste neben den Hüften geballt.

Barbara stieß von der Tür des Besprechungsraums einen schrillen Schrei aus. Sie sprang zum Monitor. »Halt das Bild an, Vitus! *Halt das Bild an!*«

Vitus stoppte, spulte zurück und schaltete auf Standbild, als auch er das Verhängnis am Bildrand sah.

»Scheiße!«, kam es über Seans Lippen.

Und Jörg stöhnte: »Das habt ihr ja super hinbekommen.«

Barbara Sterling starrte entgeistert auf den Monitor. Ihre Kaumuskulatur hüpfte heftig. Langsam drehte sie sich zu ihnen herum. »Sie war da!«

Auf der Aufnahme war Jannah zu sehen, wie sie sich in den Türrahmen drückte. Sie und Wutkowski wechselten einen langen Blick.

Barbara wandte sich an Jörg. Ihr Augenlid zuckte. Ihre Stimme bebte. »Ich dachte, sie liegt in der Krankenstation?«

Jörg schüttelte den Kopf. »Ich habe sie auf ihr Zimmer geschickt, nachdem ich mit den Untersuchungen durch war. So schlimm war sie nicht verletzt, um sie unter Beobachtung zu halten.«

»Sie hat uns gesehen«, sagte Barbara leise, an niemanden speziell gerichtet. »Vielleicht hat sie uns sogar belauscht. Mein Gott!« Sie machte auf dem Absatz kehrt, rannte zur Ausgangstür und riss sie auf. »Jannah!«, schrie sie sinnlos in den Flur und verschwand. Ihre Schritte entfernten sich.

»Ich sagte doch, dass uns irgendwann dieser emotionale Quatsch die Beine brechen wird«, meinte Sean.

»Lass den Schmarrn«, gab Vitus zurück. »Noch ist nichts passiert. Vielleicht …« Er ließ den Satz unvollendet und steuerte seinen Rollstuhl zum Ausgang. Von seinem Büro aus konnte er alle Kameras einsehen. »… ist Jannah nicht so dumm und folgt ihm.«

Außer sie hat etwas gehört, das sie nicht hätte hören sollen. Zum Teufel mit dir und deiner krankhaften Muttersorge, Barbara. Was hast du Wutkowski erzählt? Wie hast du ihn dazu gebracht, von hier zu verschwinden, nachdem ich ihn endlich so weit hatte, dass er bleibt und mit uns kämpft?

Malek Wutkowski stand auf dem Bahngleis neben dem Wartehäuschen, den Rucksack mit seinem Hab und Gut an einem Träger über die Schulter geworfen, den Daumen untergehakt. Er schob seinen olivgrünen Mantel fester zusammen, damit niemand die Pistole samt Holster sah, die er hatte mitgehen lassen.

Mit einsetzender Dämmerung verzog sich die Wärme des Sonnenscheins. Das letzte Tageslicht färbte den Himmel im Westen dunkelrot, während er im Osten schon tiefpurpurn schimmerte. Die Laternen, die das Gleisbett flankierten, warfen helle Lichtinseln. Ein einziger weiterer Fahrgast wartete auf dem Bahnsteig, kauerte hinter der mit Graffiti beschmierten Scheibe des Wartehauses im Windschatten. Malek hatte den vorherigen Zug knapp verpasst. Die Rücklichter waren noch in der Ferne zu sehen gewesen, als er sich ins Wartehäuschen gesetzt hatte. Irgendwann war es ihm zu dumm geworden, hinter der Scheibe zu warten, also war er auf und ab gegangen – und prompt hatte jemand den windgeschützten Platz eingenommen.

Malek warf einen Blick auf die Analoguhr an seinem Handgelenk. Die Uhrzeit stimmte mit der der Bahnhofsuhr überein. Der nächste Zug musste jeden Moment kommen.

Der Zug in die Freiheit. In sein neues Leben.

Oder in den Untergang. Malek konnte noch immer nicht so recht begreifen, was er in den wenigen Wochen bei den Rebellen erfahren hatte. Er spürte widerstreitende Gefühle. Zum einen war da Erleichterung, endlich in Freiheit zu sein. Zum anderen schmeckte sie bitter, diese Freiheit. Malek musste an winzige Nanobots denken, an mit Nanopartikeln kontaminiertes Essen, das er ab sofort jeden Tag in sich hineinstopfen musste. Ob ihm das gefiel? Aber hätte ihm die Alternative gefallen, bei den Rebellen zu bleiben?

Süß war sie gewesen, Jannah mit dem roten Haar. Er spürte ihren schlanken Körper immer noch in seinen Armen, wie sie heute durchs Wasser getrieben waren zusammen mit Hendrik. Der war an sich auch ein feiner Kerl. Vielleicht wären sie sogar irgendwann so etwas wie Freunde geworden.

Die Rebellen. Es mochte nicht alles Gold bei ihnen sein, aber völlig verkehrt waren sie nicht. Ihr Kampf war richtig.

Am Rande seines Blickfelds tauchten zwei Lichtpunkte am Horizont auf, schwollen an, die Gleise sirrten leise. Die Regionalbahn kam.

Malek ließ seinen Blick ein letztes Mal über die Umgebung schweifen, erwartete irgendwie, dass jemand von den Rebellen auftauchte und ihn zurückhielt, doch niemand kam angerannt, und der Zug rumpelte in den kleinen Bahnhof. Die Waggons zogen an ihm vorbei, wurden langsamer, kamen mit einem Ruck zum Stehen.

Nur drei Fahrgäste stiegen aus, Malek und der andere Mann ein. Zu seinem Verdruss saßen relativ viele Fahrgäste in den Sechserabteilen, belegten jeweils einzeln oder zu zweit eine Abteilung. Malek schritt den Waggon ab, bis er eine leere Ecke fand, verstaute seinen Rucksack über sich in der dafür vorgesehenen Ablage und warf sich auf den Fensterplatz, sodass er in Fahrtrichtung hinaussehen konnte. Der Himmel wurde immer schneller dunkel, vom roten Schimmer war kaum etwas geblieben. Genauso schnell würde auch seine Erinnerung verblassen – an die Rebellen und Jannahs rotes Haar. Malek wusste es. So war der Lauf der Dinge, sein Schicksal als *Cowboy*.

Er lächelte, als er ihre Stimme in seinem Kopf hörte, und sah auf, als jemand in sein Sichtfeld trat. Es war der Mann vom Bahngleis, der mit ihm eingestiegen war.

»Ist bei Ihnen noch frei?« Der Mann lächelte zaghaft.

Malek deutete nur ein Nicken an und mit der Hand auf die drei Sitze ihm gegenüber.

»Danke.« Der Kerl platzierte seine kleine Reisetasche auf einem Sitz und setzte sich auf den daneben. Er öffnete seine Jacke, und Malek unterdrückte ein Stöhnen. Der Mann trug eine Pistole über der weiß-grauen Uniform eines Gardisten.

Wahrscheinlich auf dem Weg zur Arbeit. Klasse.

Die automatische Waggontür surrte, und jemand Drittes trat in ihr Abteil.

»Der Cowboy«, sagte Jannah mit dem roten Haar und dem Pflaster über der Nase, ein wenig kurzatmig und blass. Sie sank neben Malek auf den leeren Sitz. Ihren Rucksack ließ sie achtlos auf den Boden fallen. »Ich dachte schon, du bist heute früher ausgeritten als sonst.« Dem Gardisten schenkte sie einen flüchtigen Blick.

Malek musterte dieses unverschämt freche Lächeln, das sie trotz ihrer offensichtlichen Erschöpfung und der Schmerzen zur Schau trug, und sagte: »Der Cowboy hatte es tatsächlich vor, aber die Eisenbahn war einmal pünktlich.«

»Na, da hatte ich wohl Glück.« Sie schmiegte sich an seine Seite, legte den Kopf an seine Schulter und schloss die Augen.

Der Gardist lächelte über ihren Dialog, zwinkerte Malek zu und holte dann aus seinem Rucksack ein abgegriffenes Taschenbuch hervor. MÄDCHENDURST stand auf dem Cover. Sofort war der Mann in die Story vertieft.

Malek blickte hinaus in die Dunkelheit, sah in der Spiegelung der Scheibe sich und Jannah, wie sie an ihm lehnte und er recht steif dasaß. Er legte seinen Arm um sie, damit der Gardist nicht misstrauisch wurde. Leise murmelte er: »Und da reiten sie in den Sonneruntergang hinein.« *Und danach rupfen wir ein Hühnchen miteinander – du und ich, Jannah, du und ich.*

Kapitel 35

Berlin

Der Geruch gebratener Eier und das Geklapper von Geschirr lockten Maria aus dem Bett. Laut Radiowecker hätte sie noch fünfzehn Minuten schlummern können, bevor der Wahnsinn des Tages losging, doch ein Eier bratender Konstantin war ungewöhnlich.

Wenn er werktags fürs Frühstück schon in der Küche hantierte, dann hatte er einen guten Tag, und von denen gab es in letzter Zeit kaum welche. Meist war er patzig und gereizt, und seine Launen schlugen schnell um. Jede kleinste Gemütsänderung an ihrem Mann beobachtete Maria mit Argusaugen. Seit der Abholung von Frau Zeiler waren die Stimmungsschwankungen häufiger geworden. Jedes Wort, das Konstantin in Bezug auf die Regierung, die Politik oder die Gesundheit der Leute falsch auslegen konnte, legte er falsch aus. Das Zusammenleben mit ihm war wegen dieser verdammten Nanos zu einem Tanz auf der Rasierklinge mutiert.

Dabei hatte es vor sechs Jahren so vielversprechend angefangen, nachdem Maria nach Berlin gegangen war, um dort einen Neuanfang zu wagen. Sie hatte sogar *Ja* gesagt. Unvorstellbar, Maria Król als Ehefrau, aber warum nicht? Konstantin hatte ihr gefallen, und ihr altes Leben war in jener Lagerhalle gestorben. Dominik Wutkowski. Ihn hatte sie heimlich geliebt, und dann war er einfach niedergeschossen worden. Warum also sich nicht auf etwas Neues einlassen, wenn die alte Liebe unwiederbringlich verloren war?

Heute schien auch ihre Liebe zu Konstantin verloren zu sein und Maria hätte sich am liebsten von ihm zurückgezogen, hatte jedoch Angst, dass er dann noch argwöhnischer wurde, zum Telefon griff und die Elf Elf Elf wählte. Also hieß es weiterschauspielern. *Hoffentlich nicht mehr lange*. Was hatte Marlene gestern gesagt? Sie warte jeden Tag auf einen Anruf aus dem Rebellenhauptquartier und damit auf konkrete Informationen, um Maria und Paul rauszuholen.

Und bis dahin tanze ich noch ein wenig auf der Rasierklinge. Maria rieb sich den Schlaf aus den Augen und schlug die Bettdecke zurück. Die Kühle des Schlafzimmers bescherte ihr augenblicklich eine Gänsehaut, und so schlüpfte sie in ihren seidigen Morgenmantel und tapste zur Küche.

Konstantin saß am Esstisch und schaufelte Rührei in sich hinein. Er trug wie jeden Tag eine seiner ausgeblichenen Jeans und ein weißes Shirt. Ein Dreitagebart zierte sein Kinn und die Wangen. Er blickte auf, als sie sich in den Türrahmen lehnte.

»Morgen«, grüßte er und lächelte. »Hab ich dich geweckt?« Er schien tatsächlich einen guten Tag zu haben. Einen sehr guten Tag.

»Eher die Rühreier.«

»Magst du welche? Ist noch genug da.« Er deutete mit der Gabel auf einen zweiten Teller auf der Arbeitsplatte neben dem Herd. Der war noch halb voll.

Maria hob eine Augenbraue. »Wie viele hast du bitte gemacht?«

»Alle. Waren ja nicht allzu viele.«

Maria musste lachen. »Es waren zehn Stück, Herr Müller. Wer soll die bitte schön alle essen?«

»Na, Paul.« Er schob sich die letzte Portion von seinem Teller in den Mund. »Er muss doch groß und stark werden.«

»Das wird er auch ohne Eiweißschock.« Maria kam kopfschüttelnd näher, lehnte sich mit dem Gesäß an den Esstisch. Ihr ungebändigtes Haar fiel ihr in die Stirn. Sie strich es zu einem Dutt zusammen, wobei ihr unbeabsichtigt der Morgenmantel auseinanderglitt und ihre Nacktheit entblößte.

Konstantin grinste. »Wann geht sein Wecker?«

»Denk gar nicht dran. Ich habe noch nicht mal Zähne geputzt.«

»Als ob dich das jemals gestört hätte.« Er erhob sich, stellte seinen leeren Teller auf die Spüle, trat vor sie, schob sie auf den Esstisch und sich zwischen ihre Beine. »Das haben wir schon lange nicht mehr gemacht«, flüsterte er und blickte ihr tief in die Augen, während er mit den Fingern unter den Mantel fuhr. Seine Fingerspitzen berührten ihre Brüste. »Früher waren wir da viel … einfallsreicher.«

»Früher hatten wir auch keinen Sohn, der uns erwischen konnte«, entgegnete Maria leise. Es war nur ein schwacher Protest. Sie spürte, wie ihr Körper ihm entgegenkam, Nanos hin oder her. Seit sie die Tabletten von Marlene einnahm, waren die Magenbeschwerden verschwunden und ihr natürliches Verlangen nach Sex zurückgekehrt. Doch wollte sie ihn wirklich? Öffnete sie gerade Konstantins Jeans nur, damit seine gute Laune bestehen blieb und er nicht argwöhnte, dass sie free war? Oder wollte sie ihn immer noch, den Mann, den sie geheiratet hatte?

Die Fragen verblassten, als Konstantin sie kurz und heftig auf dem Küchentisch nahm.

Sie kehrten allerdings hartnäckig zurück, nachdem er sich wohlig seufzend aus ihr zurückgezogen hatte. Auf seinem Gesicht lag Zufriedenheit, aber auch eine Spur von Nachdenklichkeit. Und die war nicht gut.

»Wir sollten uns heute Abend mal in Ruhe zusammensetzen«, sagte er, während er alles gut in seiner Jeans verstaute. »Es gibt ein paar Dinge zu besprechen.«

»Und die wären?«

Er zuckte mit den Achseln. »Alles Mögliche. In letzter Zeit stimmt etwas nicht zwischen uns.« Er strich ihr mit der Hand über die Wange, wie er es seit Wochen nicht mehr getan hatte. »Solche Momente sind selten geworden. Und ich bin oft genervt, obwohl ich es nicht sein müsste. Die Spedition läuft gut, also kann es daran nicht liegen. Es ist irgendetwas zwischen uns beiden. Wir sollten darüber reden.«

Maria nickte nur. Seine Aufrichtigkeit überraschte sie. Konstantin war nie ein Mann mit dem Herz auf der Zunge gewesen, aber er hatte Probleme immer beim Namen genannt, anstatt sie in sich hineinzufressen. Hatte er nur eine schlechte Phase gehabt und überwunden? Hatte sie ihn vielleicht zu sehr vernachlässigt und damit provoziert? Er war ein Mann, der sein Ding durchzog und ohne Wenn und Aber für die Familie sorgte, aber im Gegenzug verlangte, dass man sich um ihn kümmerte. War er zu kurz gekommen? Laut Marlene spielte das keine Rolle. Konstantin würde sie in jedem Fall beichten. Er konnte gar nicht anders. Aber waren diese Überlegungen überhaupt noch wichtig angesichts eines Maximilian Holden, der in einem Fass auf dem Speditionsgelände ruhte? Hatte sie nicht ihren Weg mit dem Drücken des Abzugs eingeschlagen?

Aus dem Wohnzimmer drang der Klingelton ihres Handys.

Konstantins weicher Blick verschwand. »Wer ruft denn so früh schon an? Es ist kurz vor sieben!«

»Vielleicht der Kindergarten?« Maria glitt vom Tisch und schlug den Morgenmantel zusammen. »Vielleicht ist Frau Petri-Holden wieder fit.«

»Ja, hoffentlich. Sie und ihre Erzieherinnen fallen schon

viel zu lange wegen Krankheit aus. Daheim lernt Paul nichts. Was haben die Frauen überhaupt?«

Maria zuckte nur mit den Schultern und eilte ins Wohnzimmer. »Irgendeinen Durchfallvirus«, fügte sie hinzu. Sie erreichte die Kommode, auf der ihr Handy über Nacht am Strom steckte, und hob ab. »Ja? Müller.«

Für zwei Sekunden war es still, dann eine heisere Marlene: »Hast du Zeit?«

»Ah, hallo, Frau Petri-Holden. Schön, dass Sie anrufen. Geht es Ihnen wieder besser?«

»Okay, bei dir ist es also schlecht.« Marlene schluckte, räusperte sich, dann sagte sie: »Hör zu! Es gibt Neuigkeiten wegen des Kindergartenausflugs. Ich habe eine Fahrgelegenheit aufgetrieben.«

Marias Puls beschleunigte sich. Sie spähte zu Konstantin, der in der Wohnzimmertür stand und sie betrachtete. Sie winkte ihm zu, signalisierte, dass das Telefonat ihn nicht betraf. »Das ist ja eine tolle Nachricht. Schön, dass Sie wieder fit sind. Paul wird sich freuen.«

»Wann geht dein Mann zur Arbeit?«

»Ja, heute noch. Und ja klar geht es Paul gut.«

»Bald?«

»Ja.«

»Gut. Dann hole ich euch später ab.«

»Heute?«, entfuhr es Maria. Sie zuckte, schaute zur Tür, doch Konstantin war im Gang verschwunden. Der Schuhschrank klapperte.

»Um elf«, sagte Marlene. »Ich komme persönlich vorbei. Und pack nur das Nötigste für dich und Paul. Maximal ein Gepäckstück pro Person. Hast du das verstanden? Es gibt alles Wichtige vor Ort.«

Maria schluckte. Es würde losgehen. In wenigen Stunden! »Ja«, sagte sie leise.

»Geht ein wenig schnell, ich weiß, aber der Busfahrer hat nun mal heute Zeit, ansonsten müssten wir wieder Wochen warten. Das Ausflugsprogramm erkläre dir später.«

»Okay. Dann sehen wir uns.« Und wegen Konstantin fügte sie noch hinzu: »Im Kindergarten.«

»Ja, bis dann. Und Maria: Das wird ein toller Tag. Hörst du! Es wird super!« Marlene legte auf.

Maria blickte noch einen Moment lang auf das Handy, bis Konstantin mit seiner schwarzen Lederjacke in der Hand zurückkam. »Ist sie wieder gesund?«

»Ja. Ich kann Paul heute bringen.«

»Wurde auch Zeit. Fürs Ausfallen zahle ich kein Heidengeld.« Er drückte Maria einen Kuss auf den Mund und schlüpfte in seine Lederjacke. Dann war er im Gang. »Bis heut Abend!«, hörte sie ihn noch rufen, dann klackerte die Tür. Zurück blieb nur der Geschmack des Salbeibonbons, den er sich jeden Morgen vor der Arbeit in den Mund steckte.

»Ja, bis heute Abend.«

Ein Zitteranfall überkam sie unvermittelt. Sie setzte sich aufs Sofa und atmete mehrmals tief durch.

Bis heute Abend…

Es waren seine letzten Worte an sie. Sein letzter Kuss. Ihr letztes Mal Sex. Aber zitterte sie, weil sie ihn verließ oder weil sie in die Ungewissheit aufbrach? Weil alles so plötzlich ging, genauso wie damals in jenem Lagerhaus, als ein Sondereinsatzkommando die Übergabe stürmte?

Es spielte keine Rolle.

Nur Paul war wichtig, und der rief von seinem Kinderzimmer aus nach ihr.

Maria Król erhob sich vom Sofa, um nach ihm zu sehen.

Maria Müller blieb sitzen und schmeckte noch lange Zeit den Salbeibonbon auf ihren Lippen.

Vier Stunden später standen zwei übervoll gepackte Reisetaschen im Flur. Der glänzende Stoff wölbte sich nach außen, und die Reißverschlüsse spannten gefährlich. Bei dem Anblick wühlte sich ein ums andere Mal ein komisches Gefühl durch Marias Magengrube. Sechs Jahre gepackt in zwei Taschen. Ganz unten ihre Beretta mit Munition und Schalldämpfer, das einzige Überbleibsel aus ihrem früheren Leben. Und in wenigen Minuten sollte sie wieder alles hinter sich lassen, alles reduzieren auf Paul und diese beiden schwarzen Reisetaschen. Der Schritt war notwendig, da hatte Marlene völlig recht, und doch spürte Maria die Klaue der Sentimentalität, die sie wie heute Morgen auf dem Sofa packte.

Schnell wandte sie sich ab. Sie durchquerte das Wohnzimmer. Paul saß auf dem Sofa und schaute seit dem Frühstück fern. Irgendeine Zeichentrickserie. Eigentlich durfte er das vormittags nicht, aber in der Hektik hatte sie ihn ruhigstellen müssen.

Einen Moment lang betrachtete sie ihren Sohn, wie er in der Ecke des Sofas lümmelte und gebannt auf die Glotze starrte. Tränen wollten ihr in die Augen steigen, doch sie riss sich zusammen und trat hinaus auf den Balkon. Es war bereits elf Uhr durch. Marlene musste jeden Augenblick kommen.

Maria holte ihre Zigaretten hervor, steckte sich eine zwischen die Lippen, zögerte und schob sie zurück in die Packung. Sie rauchte in letzter Zeit zu viel, fast wie früher, und dabei hatte sie nach Pauls Geburt gar nicht mehr anfangen wollen, aber irgendwie wurde alles wieder wie früher. Oder war das ihr eigentliches Leben? Hatte sie sich die letzten Jahre nur verstellt und gehofft, ein anderes Leben wählen zu können? Maria, die bürgerliche Mittelstandsehefrau? War diese Hoffnung falsch gewesen? Tymon und Malek hatten gemeint, dass man Menschen nicht ändern könne. *Wir sind so, wie wir sind*. Vielleicht hatten die beiden recht. Vielleicht war ihr gesamter Lebensweg der einer Verbrecherin auf der Flucht. So wie Malek und Tymon und Dominik immer auf der anderen Seite des Gesetzes gestanden hatten. Aber betraf das auch Paul? Er war so jung und unschuldig. Er konnte seinen Weg noch selbst bestimmen, oder nicht? Verbrecher zu sein lag doch nicht in den Genen.

Maria zog das seidene Halstuch, das sie heute angelegt hatte, enger um den Hals und stützte sich auf das Balkongeländer. Sie blickte einige Sekunden in den Garten unter sich und versuchte, ihren Kopf frei zu bekommen, dann sah sie zu den Hausfassaden gegenüber. Alles war still um diese Uhrzeit, die Anwohner zum Großteil ausgeflogen. Ein wenig irritierten sie die Vorhänge im Dachgeschoss. Die waren seit Tagen zugezogen, völlig untypisch für die Nachbarn. Sonst rissen sie jeden Morgen die Fenster sperrangelweit auf. Vielleicht waren sie verreist. Gesehen hatte sie das junge Paar in den letzten Tagen jedenfalls nicht.

Schritte auf dem Gehweg ließen Maria zur Straße blicken. Mit forschem Gang tauchte Marlene hinter den immergrünen Sträuchern des Nachbargrundstücks auf. Die Kindergartenleiterin trug einen grauen Mantel, eine schwarze Stoffhose und Lederschuhe. Sie sah förmlich aus, wieder ganz wie die unnahbare Frau, die sie sonst war. Zwar ein wenig müde, aber offenbar hatte die Lüge über Max' Verschwinden sie wieder aufgerichtet. *Genau zum richtigen Zeitpunkt.*

Maria schluckte ihre Aufregung hinunter, winkte zum Gruß und rief: »Ich mach dir auf!«

Marlene nickte nur und bog in den Fußweg zur Haustür ein.

»Es geht los, Paul!« Maria schloss die Balkontür. »Wir starten unseren Ausflug!« *Und lassen alles hinter uns.*

Paul sah kurz zu ihr und dann wieder zum Fernseher. »Sind wir zum Abendessen wieder da?«

»Das werden wir sehen. Warum fragst du?« Maria schaltete den Flachbildfernseher demonstrativ ab.

»Wegen Papa.« Paul schob sich enttäuscht vom Sofa. »Er wollte das Müllauto reparieren. Du weißt doch … die Ladeklappe.«

»Ach so, die.« Maria zwang sich zu einem Lächeln und strubbelte ihrem Sohn das Haar. »Das kann Papa auch noch morgen machen, falls es bei uns später wird. Und jetzt komm! Frau Petri-Holden wartet auf uns.«

»Kommt sie mit?« Paul sah sehnsüchtig zurück zum Fernseher, doch Maria schob ihn vorwärts.

»Marlene ist dabei, ja.«

»Okaaayyy.« Paul schnippte seine Hausschuhe an die Randleiste des Fußbodens, genauso wie Konstantin das tat, stieg in seine Turnschuhe und schloss die Klettverschlüsse. Maria schlüpfte in ihre Allzweckwinterjacke, öffnete die Wohnungstür und betätigte den Türöffner der Haustür. Schuhe hatte sie schon seit einer Stunde an. Es knackte unten im Erdgeschoss. Marlene kam die Treppe herauf, erschien in der Wohnungstür.

»Na.« Sie nickte Maria knapp zu und ging vor Paul in die Hocke. »Dich habe ich ja schon lange nicht mehr gesehen. Wie geht es dem großen, starken Mann? Alles gut?«

Er nickte nur und drückte sich an Marias Bein.

Das überraschte sie. »Seit wann bist du bitte schüchtern? Du kennst doch Frau Petri-Holden. Siehst sie jeden Tag im Kindergarten.«

Er sagte nichts, blieb auf Distanz.

Marlene meinte: »Wird wohl sein, weil ich ein paar Tage nicht da war. Manche Kinder verlieren schnell den Bezug.« Sie seufzte und richtete sich auf. »Kann ich dir beim Tragen helfen?« Sie deutete auf die beiden Reisetaschen, die im Flur warteten.

»Nee, nimm du Paul an die Hand. Das ist schon in Ordnung.« Maria schulterte die schwerere Tasche mit dem Tragegurt und nahm die andere in die Hand. Unschlüssig stand sie einen Moment im Flur, stellte fest, dass sie die Betten nicht gemacht und vergessen hatte zu lüften. Auch die Wäsche lag noch im Trockner. Und ein anderer Berg Wäsche wartete darauf, gebügelt zu werden. Eine Welle des Zweifels wollte sie überrollen, doch Maria wäre nicht Maria, wenn sie die Dinge nicht durchzog. Sie nickte entschlossen, bugsierte Paul ins Treppenhaus, der noch mit seiner Jacke kämpfte, und schloss dann hinter ihnen die Tür. Einfach zu, Schlüssel herum und fertig. Nicht zögern. Davon wurden die Dinge nicht leichter.

Marlene half Paul mit seiner Jacke, versuchte, den Reißverschluss einzufädeln, doch ihre Finger zitterten. Erst beim dritten Versuch schaffte sie es und nahm Paul bei der Hand. Sie war blass. Kurz sah sie zu Maria auf, dann wandte sie sich wieder an Paul. »Also dann. Wollen wir? Es wird sicher ein toller Tag.«

Sie ging mit Paul voraus, der unsicher zu Maria zurückblickte. Sie folgte ihnen die Treppenstufen hinab und nickte aufmunternd.

»Wie lange werden wir unterwegs sein?«, fragte Maria.

»Ein paar Stunden.« Sie schritten den Fußweg zur Straße entlang. »Genau kann ich es dir nicht sagen.« Und mehr wollte sie offenbar nicht sagen, denn sie wandte den Blick demonstrativ nach vorn und zog Paul mit sich.

Maria verstand. Auch sie sollte in der Öffentlichkeit nicht zu viel reden. Die Gefahr war groß, dass Nachbarn etwas mitbekamen, und Konstantin würde auf jeden Fall nach ihnen suchen. Je weniger sie auffielen, desto besser.

Also schwieg sie und folgte Marlene die Anliegerstraße hinab und dann nach rechts über die Kreuzung, wo die ganze

Straße entlang öffentliche Parkmöglichkeiten für die Anwohner seitens der Stadt geschaffen worden waren. Auch Konstantin stellte dort hin und wieder einen Transporter über Nacht ab, wenn er am Morgen sehr früh losmusste. Heute standen dort in etwa einhundert Metern Entfernung zwei silberne, schlichte Kleinbusse, quer zur Parkrichtung und parallel zur Fahrbahn. Abfahrtbereit.

Die beiden Reisetaschen zerrten an Marias Schultern, und sie verlangsamte ihre Schritte. »Könnt ihr bitte etwas langsamer gehen?« Sie schob den Tragegurt weiter Richtung Hals, da er schmerzhaft in die Nackenpartie schnitt.

Paul blickte zu ihr zurück und wollte stehen bleiben, doch Marlene schob ihn weiter. Maria hatte fast den Eindruck, als beschleunigte sie sogar ihren Schritt. Die Busse waren keine dreißig Meter mehr von den beiden entfernt.

Und da durchzuckte Maria das Gefühl von drohender Gefahr. Es war so deutlich, als lege ihr jemand eine Schlinge um den Hals und zöge sie fest. Etwas stimmte nicht. Ganz und gar nicht. Sie wollte nach Paul rufen, da rutschte die Seitentür eines der Kleinbusse zur Seite.

Die erste Reisetasche glitt Maria aus den Fingern, die zweite von ihrer Schulter. Beide schlugen dumpf auf dem Asphalt auf. Maria blieb wie angewurzelt stehen. Entgeistert starrte sie auf die beiden Männer, die dort aus dem vorderen Wagen stiegen. Der erste trug Jeans und Shirt und Lederjacke. Sein Gesicht war wie aus Stein gemeißelt. Seine Augen schauten ihr vorwurfsvoll entgegen. Konstantin.

Der Mann dahinter trug Schwarz und Schwarz und Schwarz. Sein Kollar glänzte grau unter dem mit Wolken verhangenen Mittagshimmel. Und auch diesen Mann kannte Maria. Doch das durfte nicht sein. Unmöglich. Dominik Wutkowski war vor acht Jahren verstorben, hatte mehrere Kugeln abbekommen und war in einer Lagerhalle verreckt – und doch trat er gerade neben ihren Mann und faltete die Hände vor dem Bauch.

»Maria«, grüßte er freundlich. Dann nickte er Frau Petri-Holden zu, die Paul direkt auf den zweiten Bus zuführte.

»NEIN!«, kam es heiser über Marias Lippen. Sie wollte losrennen, doch sie wusste nicht, in welche Richtung. *Weg! Zu Paul!*

Und da begriff auch ihr Sohn, dass etwas nicht stimmte. »Mama? Papa?« Er blickte erst voller Panik zu ihm, dann zurück zu ihr, Entsetzen in den Augen, dann begann er zu weinen und zu schreien. »Mama! MAMA!« Er boxte wild um sich, mit kleinen Fäusten, aber Marlene führte ihn unbarmherzig weiter. Konstantin rührte sich keinen Millimeter, fixierte Maria, ohne seinen Sohn eines Blicks zu würdigen.

Die Seitentür des zweiten Busses glitt auf. Zwei Gardisten kamen zum Vorschein. Einer beugte sich hinab und packte Paul unter den Armen, zog ihn zu sich, ignorierte dessen Treten. Beide verschwanden im Wageninneren. Nur Pauls Schreie waren noch zu hören.

Marlene blickte zurück zu Maria. Ihre Augen waren leer und kalt.

»Einen Sohn für einen Sohn«, sagte sie emotionslos und stieg hinter Paul ein. Der zweite Gardist schob die Tür ins Schloss. Die Schreie verstummen. Der Motor startete.

»NEIN!«, kam es abermals über Marias Lippen. Und endlich rannte sie los.

Der Wagen setzte rückwärts aus der Parklücke. Die Bremsleuchten flammten auf, der Rückfahrscheinwerfer erlosch.

Maria erreichte das Heck. Sie hämmerte dagegen, schlug Dellen in die Karosserie, zerrte am Griff, doch die hintere Tür bewegte sich nicht. »Paul! Paul! *PAUL!*«

Der Wagen beschleunigte und schoss vorwärts.

Maria stolperte, stürzte auf die Knie. Tränen verschleierten ihren Blick. *»Paul! Nein! NEIN!«*

Der Wagen erreichte die nächste Kreuzung, bog ab und verschwand aus ihrem Blickfeld.

Jemand trat neben sie.

»Er lebt«, stellte der Konfessor leise fest, der aussah wie Dominik Wutkowski und sich anhörte wie Dominik Wutkowski, »im Gegensatz zu Maximilian Holden.«

Maria starrte auf die leere Kreuzung. »Du hast die Seiten gewechselt«, kam es leise über ihre Lippen. Es war das Einzige, was ihr einfiel.

Dominik klang unbekümmert. »Du hast den jungen Holden erschossen, nicht ich.«

Maria blickte zu ihm auf. »Mein Gott, Dominik!« Die Worte kamen von weit unten, tief aus ihrer Brust. »Ich musste! *Mir blieb keine Wahl*!«

»Wem bleibt die schon?«

Die Hartherzigkeit in seiner Stimme brannte wie ein glühender Dorn zwischen Marias Ohren. Das war nicht mehr Dominik, das war nicht mehr *ihr Dominik*.

Mit einem Satz war sie auf den Beinen. »Ich habe getan, was ich musste!«

Ihr erster Schlag nach seinem Gesicht kam mit zu viel Wut, und er wich ihm lässig mit einer Drehung aus der Hüfte aus. Ihr zweiter Faustschlag war besser platziert, mit ihrer stärkeren Linken, und hätte jedem normalen Mann die Nasenwurzel ins Gehirn gerammt, doch Dominik kannte ihren Kampfstil, ging ein wenig in die Knie, blockte ihre Faust mit beiden Unterarmen ab und stieß seine beiden Fäuste nach vorn gegen ihre Brust.

Der Konter raubte ihr den Atem und ließ sie zwei Schritte nach hinten taumeln.

Doch er setzte nicht nach, stand nur da und musterte sie.

»Ich sage ja: Wem bleibt schon eine Wahl?« Er seufzte und wollte noch mehr sagen, als Konstantin zu ihnen trat.

»Was wird das hier?« In seinem Gesicht stand Fassungslosigkeit und Unglaube. »Ihr kennt euch? Ich dachte, sie ist krank und muss abgeholt werden. Was …«

Dominik hob eine Hand, gebot Konstantin Müller zu schweigen. Maria fragte er: »Du willst also Paul wiedersehen?«

Paul wiedersehen. Paul wiedersehen. Die Worte hallten nach.

»Was willst du von mir?« Marias Stimme vibrierte. Sie zitterte plötzlich am ganzen Leib. Ihre Fäuste bebten. »Was willst du wirklich, Dominik?«

»Malek«, sagte er. »Nur ihn.«

»Malek?« Maria begriff nicht. »Er sitzt in Grauach!«

»Ach, Maria. Weißt du es nicht, oder spielst du mal wieder? So wie mit allen?«

Marias Stimme wurde schrill. »*Was – willst – du?*«

»Meinen Bruder.« Dominik kam einen Schritt näher. »Er ist ausgebrochen.«

»Ausgebrochen?« Und dann kam geflüstert: »Und Tymon?«

Dominik musterte sie, legte den Kopf ein wenig schief, kniff die Augen zusammen. »Du weißt es wirklich nicht«, stellte er fest. »Du hast keine Ahnung.«

Konstantin Müller drängte seine ganzen eins fünfundachtzig und knapp neunzig Kilo zwischen sie. »Jetzt ist aber Schluss!«, bellte er Dominik ins Gesicht. »Sie ist krank! Sie muss weg! Was soll dieses Gelaber?«

Dominik blickte Konstantin an, dann fokussierte er wieder Maria über dessen Schulter hinweg. »Wie stehst du eigentlich zu ihm? Ich meine, er ist nicht intolerant, du schon.«

Maria traten Tränen in die Augen. Sie blinzelte sie weg und sagte: »Er ist mein Mann, Dominik.« Und ihr Blick sagte: *Der du hättest sein können.*

Konstantin sah zwischen ihnen hin und her. »Was bitte wird hier gespielt? Das ist doch …«

Dominik hob abermals die Hand. Diesmal hatte er eine Pistole in den Fingern, genauso schwarz wie alles an ihm. Der Lauf deutete von unten auf Konstantins Kinn.

»Das ist mir Antwort genug«, sagte er und drückte ab.

Es war ein glatter Durchschuss. Maria sah das Projektil aus Konstantins Schädel als goldenen Schimmer in den Himmel schießen, bevor ihr warme rote Gischt ins Gesicht spritzte.

Als sie wieder etwas sah, blickte Dominik auf den zusammengebrochenen Leichnam ihres Mannes hinab. Unter seinem Kopf wuchs eine Blutlache.

»Er war nichts weiter als ein Problem.« Er steckte die Pistole unter sein Jackett, wischte sich Blut von der rechten Wange und blickte auf. »Aber Probleme sind zum Lösen da, nicht? Ich habe, wie vorhin schon erwähnt, auch ein Problem. Ich brauche Malek. Lebend. Und du wirst ihn mir liefern, Maria.«

»Du bist wahnsinnig«, war alles, was ihr Mund artikulieren konnte.

»Oh nein. Ich bin Nummer Elf. Konfessor erster Generation. Wir sind das Gegenteil von Wahnsinn. Wir erledigen unseren Job. Also: Du wirst mir helfen, Malek zu finden und gefangen zu nehmen. Wenn das erledigt ist, wirst du deinen geliebten Paul zurückbekommen. Ein Austausch sozusagen. Malek gegen Paul. Und ich setze der guten alten Zeiten wegen sogar noch eins obendrauf: Deine und Pauls Akte bekommen einen Vermerk meinerseits, dass ihr völlig gesund seid. Was gäbe es Besseres als einen Freifahrtschein in ein neues Leben mit dem Segen eines Konfessors?« Dominik deutete auf den toten Konstantin zu seinen Füßen. »Sieh das als meinen Vorschuss an. Und Maximilian Holden auch. Niemand wird ihn finden. Genauso wenig wie seine intolerante, völlig verstörte Mutter. Dafür werde ich sorgen.«

Er holte eine Visitenkarte aus dem Jackett hervor und ließ sie auf Konstantin fallen, dann wandte er sich dem Wagen zu. Für ihn war alles gesagt.

Für Maria nicht. »Tymon wird dich dafür in Stücke hacken!«

»Oh ja, das würde ihm ähnlich sehen.« Dominik musterte sie abermals, eine Wange voller Blutsprenkel, die andere sauber. »Allerdings ist dein Bruder tot. Erschossen bei der Flucht. Mein Angebot ist der einzige Ausweg, den du kriegen kannst. Also denk an deinen Jungen.« Nummer Elf lächelte und griff nach der Wagentür. »Übrigens: ein hübsches Kind. Er kommt ganz nach dir.«

TEIL 4

In freier Wildbahn

Kapitel 36

Berlin

Es war früher Nachmittag, als Malek bewaffnet mit einer Einkaufstüte, zwei Buttercrossaints und zwei Bechern Kaffee im Aufzug des Hotels POSEIDON in den siebten Stock fuhr. Es war ein alter, schmieriger Aufzug, der sich ruckelnd und keuchend nach oben quälte. Es stank nach Pisse, wie überall in der Zwei-Sterne-Absteige, aber es war die Art von Unterkunft, in der niemand nach einem Ausweis verlangte und keine Fragen gestellt wurden. Das Hotel lag knapp fünfhundert Meter vom Hauptbahnhof entfernt in einer versifften, von Mülleimern flankierten Seitengasse und war im Morgengrauen das erste gewesen, das seinen Vorstellungen entsprochen hatte. Jannah hatte sich nicht beschwert. Sie war wie Malek nach den knapp vierzehn Stunden in diversen Regionalbahnen quer durch Deutschland und ihrer Gehirnerschütterung samt angebrochener Nase einfach nur froh gewesen, sich hinlegen zu können.

Und wahrscheinlich schlief sie immer noch, Jannah mit dem roten Haar. Malek war klar, dass er vorhin die einmalige Chance gehabt hatte, seinen Rucksack zu schultern und zu verschwinden. In Berlin hätte sie ihn nie aufgestöbert. Marias Adresse würde sie nicht kennen; ihre Mutter würde sie ihr kaum gesagt haben. Trotzdem stand er in diesem nach Urin stinkenden Aufzug und hatte Frühstück besorgt. Eigentlich hatte er vorgehabt, sie bei der erstbesten Gelegenheit zurückzuschicken. Er konnte keinen Anhang gebrauchen, auf den er achtgeben musste. Doch im ersten Zug hatten sie wegen des Gardisten nicht offen reden können, und beim ersten Umsteigen war der gesamte Bahnhof voller Menschen gewesen. Anschließend waren sie abermals in einem Zugabteil gelandet, und während Malek hinausblickte und die Lichter der Stadt kleiner und kleiner wurden, wusste er, dass er die Chance verpasst hatte, die Angelegenheit sofort zu beenden.

In Wahrheit hatte er sie verstreichen lassen. Verspürte er eine tiefere Zuneigung zu der quirligen Rebellin oder nur den Reiz einer süßen Frau in den Bettlaken? Oder war es eine Art von Pflichtgefühl, für ihre Sicherheit zu sorgen? War er wieder zum Aufpasser mutiert, nachdem er sein ganzes Leben lang einer gewesen war; erst für Dominik, dann für Maria *und* Dominik, kurzzeitig für Tymon, jetzt für Jannah? Oder war es ihr Wissen über die Welt, das ihm fehlte und das er abgreifen wollte?

Der Aufzug hielt. Die Türen rumpelten zu den Seiten. Es ertönte nicht einmal ein Glöckchen.

Malek betrat den düsteren Flur. Er steckte sich die billige Sonnenbrille, die er vorhin neben den Crossaints an einem Kiosk erworben hatte, ins Haar und lief den Gang nach rechts zu ihrem Zimmer. Er schob die Bitte-nicht-stören-Karte zur Seite, schloss leise die Tür auf und schlich hinein.

Sie lag noch im Bett. Durch die heruntergelassene Jalousie fiel Licht in Streifen hinein, rippte das Bettzeug und ihre Haut. Sie blinzelte ihm entgegen, streckte sich ausgiebig, gab eine Art Katzenlaut von sich und lächelte ihn an. Ihr Haar stand in alle Richtungen ab.

»Der Cowboy hat Frühstück geholt«, stellte sie fest. »Wer hätte das gedacht.«

»Du hast Glück, dass ich nicht verschwunden bin.« Er

stellte die beiden Kaffeebecher auf den Nachttisch, warf die Tüte mit den Croissants aufs Bett und legte die anderen Einkäufe zur Seite.

Ihr verführerischer Ausdruck verschwand augenblicklich. Zurück blieb eine junge Rebellin, die mit einem gesuchten Häftling auf der Flucht war. Die Ernsthaftigkeit war ihr wahres Ich, der harte Kern unter der Maske von Sommersprossen, frechen Worten und schönen Augen.

»Aber du stehst vor mir«, sagte sie. »Warum?«

Er antwortete nicht.

»Wenn du meinst, auf mich aufpassen zu müssen, vergiss das gleich. Ich kann selbst auf mich aufpassen.«

»Du wärst zweimal beinahe gestorben, seit ich dich kenne.« Seine Stimme war frei von Vorwurf.

Sie zuckte mit den Achseln. »Pech. Die Dinge kommen meist anders als geplant, und du hättest auch nichts daran ändern können.«

»Warum bist du mir gefolgt?«

»Warum hätte ich bleiben sollen?«

»Du weichst aus.«

»Ich lenke das Gespräch.« Ein Lächeln blitzte über ihr Gesicht. »Sag mir, was hätte ich länger bei diesem verlogenen Haufen gesollt? Sie wollten dich umbringen! Meine eigene Mutter wollte das! Sie reichen dir die Hand und schubsen dich mit der anderen den Abgrund hinunter!«

»Realität, oder?«

»Und was ist das für eine beschissene Realität?« Sie schüttelte entschieden den Kopf, die Schultern gestrafft, im Bett gerade aufgerichtet. »Wir beschweren uns über Johann Kehlis und seine Nano-Beeinflussung, und selbst lügen wir uns untereinander an, intrigieren, spielen uns gegeneinander aus. Wenn das die Rebellion der großen Freiheit sein soll, kann ich darauf verzichten. Herzlichst!«

Sie sind nicht alle so. Er dachte an Hendrik und den Arzt und ein wenig an den Wendland, doch er schwieg. Irgendwie hatte sie schon recht. Wenn man sich die Rettung der Unterdrückten auf die Fahnen schrieb, sollte man auch entsprechend handeln. Doch die Diskussion brachte ihn nicht weiter. Er war jetzt in Berlin – und sie ebenfalls. Das war ein Problem. Wenn er Maria traf, wollte er sie nicht dabeihaben.

Jannah fragte: »Wie bist du überhaupt auf Berlin gekommen? Meine Mutter hat mir die Ausdrucke abgenommen.«

»Und mir gegeben. Sie hat mir sogar Marias Adresse besorgt.«

»Wie bitte? Meine Mutter? Warum?«

»Weil sie mich loswerden wollte.«

Ihr Blick war Frage genug.

»Ich bin wohl der Albtraum eines Schwiegersohns.« Malek lächelte schief, setzte sich aufs Bett. »Sie hat mir gedroht. Wenn ich nicht die Finger von dir lasse, würde sie mir das Leben zur Hölle machen.«

»Na, das sieht ihr ähnlich. Aber warum dann die Ausdrucke samt Adresse?«

»Als Anreiz, um zu verschwinden.«

Jannah schnalzte mit der Zunge. »Sie dachte, du wärst eh nur hinter dieser Maria her und würdest mich nur ficken wollen.« Plötzlich wurde sie still, sah ihn aus ihren grünen Augen an. »Hatte sie recht? Hast du mich nur ficken wollen?« Eine Ader klopfte an ihrem Hals, obwohl sie ganz ruhig saß.

Für Malek bedeutete die Frage die nächste Exit-Tür. Er schüttelte jedoch den Kopf. »Maria war nie mehr als die kleine Schwester meines Partners für mich, dem ich versprochen habe, sie hier rauszuholen. Natürlich standen wir uns nahe, keine Frage, aber nicht so, wie deine Mutter denkt. Maria stand im Übrigen auf meinen Bruder.«

Irgendwo im Flur knallte eine Tür. Kurz darauf stöhnte eine Frau. Ein Mann lachte.

Jannah fragte: »Wärst du hier, wenn es dieses Versprechen nicht gegeben hätte?«

»Nein«, antwortete er, den Blick auf die Jalousie des Fensters und in die Ferne dahinter gerichtet. »Ich wusste nicht einmal, dass es noch eine Verbindung zwischen Maria und Tymon gab, bis er sie mir verriet. Aber nun habe ich Tymon mein Wort gegeben. Außerdem muss sie wissen, dass er tot ist. Das ist das Mindeste.«

»Du willst sie also treffen, mit ihr plaudern und dann wieder verschwinden?«

»So sieht der Plan aus – außer sie wäre free.«

»Was dann?«

»Keine Ahnung. Sag du es mir. Du bist seit Jahren Rebellin, ich nur ein unwissender Streuner.«

Jannah beugte sich zum Nachttisch und schnappte sich einen der Kaffeebecher. Sie roch daran und nippte vorsichtig. Nach zwei weiteren kleinen Schlucken sagte sie: »Gestern hätte ich noch vorgeschlagen, sie zu den Rebellen zu bringen. Zwei ehemalige Profis hätten uns gutgetan. Jetzt jedoch …« Sie suchte seinen Blick. »Was willst du eigentlich? Dich wie ein Vagabund treiben lassen? Mit Kehlis an der Macht und einem Konfessor im Rücken ziemlich stressig, oder?«

Malek hatte sich das auch schon gefragt, und alle Antworten gefielen ihm nicht.

»Was hältst du von der Gründung einer Organisation?«, schlug sie vor. »Wir beide gegen Kehlis. Ohne diese verdammten Intrigen.«

»Und wie sollen wir zu zweit mehr erreichen als ihr bisher?«

»Wir könnten ihn töten«, sagte sie leise. »Hendrik hat erzählt, dass dich Jörg nach einem Anschlag fragte. Es wäre machbar, oder?« In ihren Augen lag eine gefährliche Begeisterung, da war Hass, und da war die Überzeugung, mit einem Schlag alles zu ändern. Nur täuschte sie sich. Malek hatte es im Gespräch mit Fossey begriffen: Selbst wenn Kehlis starb, würde jemand anderes seinen Platz einnehmen, vielleicht dieser oberste Konfessor Nummer Eins oder jemand aus Kehlis' Forscherteam. Die in Gang gesetzte Maschinerie würde einfach weiterrumpeln. Wenn man wirklich etwas gegen dieses Regime erreichen wollte, musste man die Menschen befreien. Man brauchte eine flächendeckende Umpolung der Nanotechnik gegen Kehlis und das Regime. Ein gewaltiger Aufstand der Bevölkerung war das Zauberwort, und dazu waren Wendlands Pläne mit einem involvierten Fossey die richtige Ausgangslage. Das sagte er ihr auch.

»Kehlis' Tod würde sie trotzdem schwächen!«, beharrte sie. »Wir könnten ihnen schmerzhafte Nadelstiche versetzen!«

»Wir könnten auch erst mal frühstücken.« Malek umfasste ihre Schultern. »Mir ist klar, was du möchtest.« *Nämlich einen neuen Masterplan, nachdem du deinen alten mit der Rebellion über Bord geworfen hast.* »Aber bevor ich mich auf irgendetwas festlege, will ich erst das Thema mit Maria klären. Danach sehe ich weiter. Entweder du akzeptierst das … oder du gehst.«

»Und wie weit wirst du kommen, wenn ich gehe? Du kennst diese Welt nicht mehr, Malek. Es ist nicht mehr deine, aber meine. Außerdem ist dir immer noch ein Konfessor auf der Spur. Du weißt zwar, was ein Konfessor ist, aber hast du schon einmal einem gegenübergestanden? Ich schon. Sie empfinden nichts, keine Emotionen, kein Mitleid, keine Reue. Sie sind wandelnde Tote. Ich weiß, wie sie ticken, wie die Garde funktioniert, wie sie kommunzieren, wie die Strukturen aufgebaut sind. Wir haben das lange genug analysiert. Du brauchst mich, Malek. Egal wofür.«

Und damit hatten sie eine Abmachung, denn sie wussten beide, dass Jannah recht hatte.

Kapitel 37

Berlin

Maria starrte auf die Straße hinaus. Sie saß im Wohnzimmer am Esstisch, den Kopf auf die Arme gebettet. Es war still in der Wohnung, so still. Nur die Lüftungsanlage surrte leise; alle siebzig Sekunden schalteten die Lüfter mit einem Klickgeräusch um, bliesen entweder Luft aus oder sogen Frischluft an, damit kein dauerhafter Luftzug entstand.

In diesem Klicken und Surren hallten Dominiks Worte nach wie ein tausendfaches Echo. *Malek gegen Paul. Ein Austausch. Malek gegen Paul.* Maria begriff nicht, was geschehen war, auch wenn die Fakten eindeutig waren. Marlene hatte sie verraten. Marlene hatte Paul einem Konfessor ausgeliefert und war in ihren Untergang marschiert. Doch warum? *Weil du ihr den Lebensinhalt genommen hast, Dummerchen. Sie wollte irgendwann ihren Sohn retten. Sie hat sich revanchiert. Ein Sohn für einen Sohn.*

Maria atmete flach. Ihre Handflächen waren feucht. Sie hatte sich für so schlau gehalten. Das Versteck in den Gefahrengutfässern hätte idealer nicht sein können. Niemand hätte Maximilian Holden je gefunden, außer natürlich jemand, der wusste, wer sie wirklich war und wie sie tickte. Dominik Wutkowski. Er war nicht in ihrer Kalkulation aufgetaucht. Das war wie ein Schlag ins Gesicht, und Maria wusste nicht, was sie mehr schockierte; sein plötzliches Auftauchen als Konfessor, Konstantins Tod, Marlenes Verrat, die Nachricht von Tymons Tod oder Pauls Gefangennahme. Es waren so viele schreckliche Ereignisse, die sie niederdrückten, dass sie das Gefühl hatte, keine Luft mehr zu bekommen.

Es war stickig in der Wohnung. Maria lockerte den dünnen Schal mit dunkelblauem Blumenmuster, den sie seit dem Morgen trug, ließ ihn achtlos auf den Boden fallen.

Malek gegen Paul.

Das war das Ziel, doch wie sollte sie einen Malek Wutkowski einfangen? Wie sollte sie ihn überhaupt finden? Ihn aufzuspüren, wenn er nicht wollte, war fast ein Ding der Unmöglichkeit. Wo Tymon oft Hauruckaktionen durchgeführt hätte, war Malek umsichtig vorgegangen. Zwar nicht so hintersinnig wie Dominik, aber mit Bedacht und Schläue. Er hatte Gefahren gerochen wie ein Drogenspürhund Kokain. Aber auch ein Malek machte Fehler. Genauso wie ein Dominik. Was hatte er gesagt? *Ein hübsches Kind. EIN HÜBSCHES KIND!*

Maria wurde schlecht vor Angst. Wo Paul jetzt wohl war? Wie es ihm wohl ging? Sie sah ihn auf einer Holzpritsche sitzen, die Beine baumelten in der Luft, der Kopf war auf die Brust gesunken. Ganz still saß er da im grellen Schein einer vergitterten Zellenlampe, während vor der Zellentür aus Eisenstangen Schemen lauerten. Die Schemen wurden zu muskelbepackten Hünen, glänzend eingeölt und so auftrainiert, dass sie die Arme gebeugt halten mussten. Grässliche Tätowierungen zierten ihre Körper, derbe krakelige Worte wanden sich um betende Madonnen, lachende Totenköpfe fraßen brennende Hakenkreuze, und gewaltige Pistolen spritzten Sperma gegen tanzende Jungfrauen. Und sie schlichen näher an Pauls Zelle heran, atmeten schwer, während sich ihre Hände in ihren Schritten gierig auf und ab bewegten. Sie warteten auf den Zeitschalter der Sperrvorrichtung. Mit einem dumpfen metallischen Geräusch würde er die Türen der Zellenreihe einen Zentimeter weit aufspringen lassen, und dann war da nichts mehr zwischen den Männern und Paul. Dann war da nichts mehr … und Paul begann zu schreien.

Auch Maria spritzte ein spitzer Schrei über die Lippen. Sie sprang auf, wischte das Angstszenario beiseite wie die Teetasse vom Tisch, als würde das helfen. Das Porzellan zerbarst auf dem Boden, das Bild jedoch blieb. Maria bebte am ganzen Körper, sank kraftlos zurück auf den Stuhl. Kalter Schweiß bedeckte ihre Haut. Sie fand ihre Zigaretten in der Hosentasche und zündete sich eine an, zum ersten Mal innerhalb der Wohnung seit dem Einzug vor sechs Jahren. Aber wen sollte es noch stören? Die Wohnung war ohne Paul und Konstantin nur eine leere Hülle aus Beton und Glas und Farbe. Heute Morgen war sie noch überzeugt davon gewesen, Konstantin einfach zurücklassen zu können, aber als er tot vor ihr gelegen hatte, war ihr klar geworden, dass er der richtige Mann für Maria Müller gewesen war – so wie Dominik für Maria Król. Dominik. Konstantin. Sie hatte beide geliebt, auf ihre Art. Sie hatte beide geliebt und beide verloren.

Maria klopfte die Zigarette an einem Trinkglas ab, das ihren Wutanfall überstanden hatte. Sie wusste nicht mehr, wer es heute benutzt hatte; vielleicht Paul, vielleicht Konstantin. Sie spürte ein Kribbeln im rechten Arm und fragte sich, ob sie einen Herzanfall bekam.

»Nein!«, sagte sie laut. »Du wirst jetzt keinen Herzanfall erleiden! Du wirst Paul rausholen! *Malek gegen Paul!*«

Ja, sie würde Malek an Dominik übergeben. Sie musste ihn nur finden und vielleicht nicht einmal das. Dominik hatte gesagt, dass Malek möglicherweise auf dem Weg zu ihr war. In dem Fall musste sie ihn nur in eine Falle locken. *Oder mit ihm Paul rausholen.* Der Gedanke war nur ein Wispern. Malek und sie. Gemeinsam konnten sie Dominik schlagen.

Gemeinsam konnten sie Paul befreien. Vorausgesetzt, sie trieb Malek auf. Wie lange hielt sie das Warten aus? Einen Tag? Eine Woche?

Wieder blitzte das Bild von Paul in seiner Zelle vor ihr auf, und Marias Brust wurde enger. Sie stöhnte vor Machtlosigkeit und blickte wieder hinaus auf die Straße.

Auf dem Gehsteig schlenderte ein Mann vorbei. Er trug einen olivfarbenen Bundeswehrparka samt Kapuzenpulli. Die Kapuze hatte er über den Kopf gezogen. Es lugten ein brauner Bart und eine Sonnenbrille hervor. Der Mann sah nicht hoch zu ihr, doch sein Gang war unverwechselbar.

Maria wollte es nicht glauben. Sie blinzelte, rieb sich die Augen, doch der Mann war keine Einbildung. Er spazierte gelassen auf dem Gehsteig vorbei, die Hände in den Hosentaschen.

Es war Malek Wutkowski.

Maria flog das Treppenhaus hinab. Beinahe wäre sie auf der drittletzten Stufe gestürzt, doch dank des Geländers hielt sie sich auf den Beinen. Sie riss die Haustür auf. Wegen des Türschließmechanismus ging sie quälend langsam auf, Dezimeter um Dezimeter. Dann war Maria draußen. Sie rannte am Haus entlang vor zur Straße. Das Pflaster des Gehwegs patschte unter ihren Schuhen, die Sträucher des Nachbargrundstücks huschten vorbei. Sie erreichte die Straße, ein Blick in die Richtung, in die Malek gegangen war, nichts, ein Blick in die andere Richtung, nichts, *Scheiße! Wo ist er hin?!* Maria schluckte die aufkeimende Panik hinunter, verfiel in einen Trab und joggte den Gehweg entlang, spähte in alle Hofeinfahrten und zwischen alle Sträucher.

Sie war sich sicher, dass es Malek gewesen war. Dieser leicht federnde Gang gepaart mit Entschlossenheit war unnachahmlich.

Maria kam an einer hohen Hecke vorbei, an einem dunkelgrün gestrichenen Carport, an Mülleimern und Briefkästen. Da war ein mit Efeu überwucherter Zaun, eine offen stehende Garage, der schmale Gehweg, der zwischen den Wohnhäusern hindurch zur nächsten Straße führte und für Fußgänger ein Segen war, da sie nicht den ganzen Block umrunden mussten, um zum Bäcker zu gelangen.

Sie meinte, am Ende des Fußgängerpfades für einen Moment einen Bundeswehrparka zu sehen. War er nach links verschwunden?

Maria rannte wieder. Die Begrenzungsmauer des Fußwegs zu den Grundstücken war mit bunten Graffiti beschmiert. Ebenbilder von Johann Kehlis grinsten ihr entgegen. Ihre Seite begann zu stechen. Sie atmete viel zu hastig. Trotzdem beschleunigte sie ihre Schritte. Sie musste ihn kriegen! Malek!

Aus dem Augenwinkel bemerkte sie von rechts eine Bewegung, doch ihre Reaktion kam zu spät. Hände griffen hinter dem Mauervorsprung hervor, packten sie und zerrten sie herum.

Maria blickte sich selbst ins Gesicht, doppelt gespiegelt in blausilbrig getönten Sonnenbrillengläsern.

Malek grinste schief. Er schob sich die Brille ins Haar.

Maria sah ihn an, in diese braunschattierten Augen, und versetzte ihm eine schallende Ohrfeige. Der nicht vom Bart bedeckte Teil seiner Wange färbte sich flammend rot.

»Nette Begrüßung«, sagte er.

»Die hab ich dir noch geschuldet.«

»Wofür?«

»Du hast gesagt, die Übergabe mit Chimära würde maximal zehn Minuten dauern.«

Malek zuckte mit den Schultern. »Sind lange zehn Minuten geworden.«

»Acht Jahre, Malek. Acht Jahre!« Maria begann zu zittern.

Sie sah ihn an, ihren früheren Aufpasser, Dominiks Bruder, ihre Rettung, *Pauls* Rettung. Er hatte Falten bekommen; um die Augen und auf der Stirn. Der Bart war früher nicht gewuchert. Auch schien er noch eine Ecke breiter geworden zu sein, kompakter, härter, vielleicht durch die Zeit im Knast. Doch es waren die gleichen wachsamen Augen wie früher. Malek Wutkowski. Er war ein zweiter großer Bruder gewesen. Er hätte sein Leben für sie geopfert, wenn es hätte sein müssen.

Und jetzt war sein Leben der Preis, den sie für Paul zahlen musste.

»Du weinst«, stellte er fest und strich ihr eine Träne von der Wange. Sorge lag in seinem Gesicht. »Sieht nicht nach Freude aus. Was ist los, Maria?«

Mein Sohn wurde gefangen genommen!, wollte sie schreien. *Dein Bruder erpresst mich mit ihm!* Doch sie brachte kein Wort hervor. Sie wollte auch nicht weinen, aber es war nicht aufzuhalten. Sein Gesicht verschwamm vor ihren Augen, und Sekunden später fand sie sich in seinen Armen wieder und erstickte ihre Schluchzer an seiner Schulter.

So standen sie da, auf einem Berliner Fußgängerweg, neben Johann Kehlis' Konterfei in Neongelb und Pink, nach acht Jahren wieder vereint. Und während er die Umarmung schweigend erwiderte, stach Maria ein Gedankensplitter durchs Bewusstsein, eisig und grell. *Du hast ihn,* lauteten die Worte. *Vermassel es jetzt nicht, Maria! Hörst du! Vermassel es jetzt nicht!*

Der Geruch frisch gebrühten Kaffees erfüllte die Küche. Maria stellte eine weitere Tasse unter den Vollautomaten und reichte den ersten – schwarz und ohne Zucker – Malek, der an der Küchenzeile lehnte.

»Danke«, sagte er, sein erstes Wort, seit sie den Fußweg verlassen und Marias Wohnung betreten hatten. Er blies den aufsteigenden Dampf zur Seite, blickte sie an. Auch wenn sein Mund keine Worte formte, sagte er so viel – mit den Augen. *Nett hast du es hier,* hatten sie gesagt, als sie ihn durchs Wohnzimmer in die abgeteilte Wohnküche geführt und ihm einen Kaffee angeboten hatte. *Du bist Mutter geworden,* hatten sie festgestellt, was an den Fotos von Paul, die überall in der Wohnung hingen, unübersehbar war. Jetzt lagen Fragen darin: *Was ist passiert? Warum siehst du so mitgenommen aus? Und warum stehen im Flur zwei gepackte Reisetaschen?* Als sie hereingekommen waren, wäre sie selbst beinahe darüber gestolpert. Sie hatte sie am Morgen wie ein Roboter wieder nach Hause geschleppt, nachdem Dominik gegangen und ein Gardeteam gekommen war, um Konstantins Leichnam abzuholen und die Straße mit einem Dampfstrahler von seinem Blut zu reinigen.

»Okay«, sagte Malek. »Was auch immer vorgefallen ist, es ist ernst.« Er stellte die Kaffeetasse beiseite und verschränkte die Arme vor der Brust. »Hat es mit deinem Mann zu tun?«

Maria hielt seinen Blick nicht mehr aus. Sie wandte sich der Kaffeemaschine zu, schüttete den Inhalt eines Zuckersticks in die zweite Tasse, beobachtete, wie der Zucker auf der Crema zum Liegen kam und langsam versank. »Ja«, sagte sie schließlich, holte einen Löffel aus der Schublade, um umzurühren, und wandte sich ihm wieder zu. »Ich wollte mit meinem Sohn abhauen.«

Hat er euch geschlagen?, fragten seine Augen.

Maria schüttelte den Kopf. »Es ist nicht so, wie du denkst.«

»Wie dann?«

Ihr Löffel klapperte in der Tasse. Die Crema verwirbelte zu einem Strudelmuster. Sie wusste von Dominik, dass Malek free war, aber er konnte es von ihr nicht wissen. Wenn sie ihn binden wollte, musste er ihr aber vertrauen, und dafür musste diese Hürde weg. »Ich bin intolerant, Malek.«

Er hob fragend beide Augenbrauen.

»Du nicht?« Sie wusste, dass er ein Spiel spielte, und sie hoffte, die richtige Mischung aus Erstaunen und Furcht in ihre Stimme zu legen. Sie wich sogar einen Schritt von ihm zurück, auch wenn das sinnlos war; er stand direkt im Weg zur Küchentür. »Ich mein, du bist irgendwie ausgebrochen, sonst würdest du kaum vor mir stehen. Außerdem trägst du unter deiner Jacke eine Pistole. Die Falten unter der Achsel verraten das Schulterholster. Würdest du an Kehlis glauben, würdest du nicht gegen seine Gesetze verstoßen. Glaub mir, ich weiß, wie Kehlianer handeln. Ich weiß es! Du hättest dich längst der Garde ergeben.«

»Du willst nicht wissen, wie es Tymon geht?«

Die Ränder ihres Sichtfelds verschwammen, und sie senkte den Kopf, spürte seinen Blick, durchdringend wie Röntgenstrahlen.

»Du weißt es schon länger«, stellte er fest. »Woher?«

»Ich wollte mit Paul untertauchen«, sagte sie, ohne auf seine Frage einzugehen. »Paul ist mein Sohn. Er ist fünf und ebenfalls free – im Gegensatz zu Konstantin, meinem Mann.« Ihr Blick wanderte zu dem Teller mit dem restlichen Rührei, das immer noch auf der Spüle stand. »Wir wollten heute Morgen verschwinden.«

Du weichst mir aus, sah sie ihn sagen, obwohl er wirklich sagte: »Und es lief schief?«

»Völlig.« Sie dachte an die schlichte Visitenkarte, die in ihrer Hosentasche steckte. Darauf standen zwei Nummern. Eine Elf und darunter eine Mobilfunknummer. Die untere Ecke des Papiers hatte sich mit Blut vollgesogen. Konstantins Blut, das Dominik vergossen hatte. Dominik. Wie würde Malek reagieren, wenn er erfuhr, dass sein Bruder lebte und ihn jagte? Würde sie ihn überzeugen können, ihr zu helfen, oder würde er seinen Bruder retten wollen? War für ihn Dominik wichtiger als Paul?

Aber natürlich, wisperte eine Stimme in ihrem Kopf. *Paul ist ein Fremder für ihn.*

Und dann sagte Maria: »Wir waren schon aus dem Haus, als ein Konfessor samt Gardisten und meinem Mann auftauchte. Sie haben Paul mit sich genommen und Konstantin erschossen.« *Ein Konfessor, dein Bruder.*

Malek hob abermals die Augenbrauen. »Sie haben deinen Mann erschossen?«

»Ohne zu zögern.« Ihre Worte waren kaum hörbar. »Dort draußen auf der Straße.«

»Weshalb? Ich dachte, du und dein Sohn wärt free, nicht er.«

Sie blickte tief in diese beiden Brunnen seiner braunen Augen. »Sie haben es nicht wegen uns getan, sondern wegen dir.« Das war die Wahrheit hinter allem. Malek war der Auslöser, wegen ihm hatte Dominik überhaupt nach ihr gesucht. Eigentlich sollte sie Malek dafür hassen, aber da war kein Hass. Da war nur Erleichterung, denn sie sah, dass er den Köder schluckte. »Wegen dir, Malek. Sie fahnden nach dir und wollen mich als Lockmittel.«

Es dauerte exakt drei Herzschläge, bis Malek reagierte. In einer fließenden Bewegung zog er die Pistole unter seiner Jacke hervor. Die Sicherung knackte. Er lud durch. Eine Patrone schnalzte in den Lauf. Malek ging sofort in Deckung und huschte aus der Küche.

Scheiße! »Es ist niemand da, Malek!« Sie folgte ihm durchs Wohnzimmer in den Flur. Er stieß die erste Tür mit der Fußspitze auf. Er prüfte das Zimmer, Pauls Kinderzimmer. Er spähte in die Schränke, sogar unters Bett.

»Es gibt keinen Hinterhalt!«, versicherte sie, während er sich an ihr vorbei zurück in den Flur schob und das nächste Zimmer checkte. Sie wusste, dass kein sofortiger Zugriff erfolgte. Sicher wurde sie observiert, doch Dominik würde sie erst einmal mit Malek reden lassen. Für ihn wäre eine abgekartete Übergabe durch sie viel einfacher als ein spontaner Zugriff mit Schießerei. »Hör mir doch zu!«

»Und was soll ich mir da anhören? Dass sie nicht da sind, aber in ein paar Minuten kommen?« Er riss die Tür zum Badezimmer auf, spähte in alle Ecken, die Pistole immer die Verlängerung seines Arms.

Vielleicht war die direkte Konfrontation doch nicht die beste Idee gewesen. »Der Konfessor hat Konstantin erschossen und Paul als Geisel genommen. Sie verlangen einen Austausch. Sie wollen, dass ich dich aufspüre und dann ausliefere. Dafür bekomme ich Paul zurück.«

»Hört sich nach 'nem netten Deal für dich an.«

»Nett?« Maria meinte, dass ihr die Luft wegblieb. »Glaubst du etwa, ein Konfessor gibt mir meinen Sohn zurück und lässt uns von dannen spazieren? Hast du schon mal gehört, dass intolerante Leute wieder aufgetaucht sind?«

Er antwortete nicht, öffnete stattdessen die nächste Tür. Es war die Abstellkammer.

Verzweiflung packte sie. Wenn er nicht anbiss und stattdessen abhaute, war alles aus. Vorgewarnt, wie er jetzt war, fand sie ihn nie wieder. Sie näherte sich ihrer Reisetasche. Die Beretta war noch darin, ganz unten unter ihrem verlorenen Leben. »Es geht um meinen Sohn, Malek! Sein Leben steht auf dem Spiel! Er ist fünf!« Sie erreichte ihre Tasche.

Er hatte alle Zimmer durch, trat an ihr vorbei und kehrte zurück ins Wohnzimmer, blickte vorsichtig aus den Fenstern hinaus, dann steckte er seine Waffe weg. »Und deswegen scheint dein Hirn einen Aussetzer zu haben!« Er wandte sich ihr wieder zu, kniff die Augen zusammen. »Was willst du da im Flur?«

»Nichts.« Sie ließ von der Reisetasche ab und ging zu ihm ins Wohnzimmer.

Für die Dauer eines Herzschlags huschte Skepsis über sein Gesicht, dann wurde er wieder ganz Malek. »Sie spielen nur mit deiner Hoffnung, Maria! Das ist dir schon klar, oder?«

»Natürlich ist mir das klar! Sie wollen zwei Fliegen mit einer Klappe schlagen!«

»Und du? Was willst du?«

»Was ist das für eine blöde Frage? Ich will meinen Paul zurück, und ich werde ihn rausholen, ganz egal, wie viele Konfessoren sich mir in den Weg stellen.«

Er musterte sie. »Das gilt auch für mich, oder?«

»Er ist mein Sohn, Malek!«

»Ja, das ist er.« Ein Seufzen kam über seine Lippen. »Aber so kann das nichts werden.«

Maria blieb einen Meter vor ihm stehen. »Wie bitte?«

»Hilfe muss man annehmen. 'ne Drohung ist da eher … kontraproduktiv.«

»Wovon redest du da?«

»Von deinem Bruder. Ich versprach ihm auf dem Sterbebett, dir zu helfen, wenn du in Schwierigkeiten steckst. Er wollte dich in Sicherheit wissen. Das war sein letzter Wunsch.«

Tymon … Die Worte brachten Maria aus der Fassung. »Er hat dich geschickt?«

»Sieht so aus.«

»Und du bist … nur deswegen hier?«

»Was heißt *nur*? Ich wollte deine Tarnung nicht gefährden, nachdem du offenbar erfolgreich untergetaucht warst. Mir war das Risiko zu hoch, aber das hat er mal wieder nicht eingesehen.«

Tymon hat ihn geschickt! Er hat ihm ein Versprechen abgerungen. Maria trat vor ihn, hob bittend die Hände. »Dann hilf mir, Paul rauszuholen, und ich verspreche dir, dass du damit von all deinen Verpflichtungen ihm gegenüber befreit bist. Bitte.«

Sie sah, wie es hinter seiner Stirn arbeitete. Schließlich fragte er: »Weißt du, wohin sie ihn gebracht haben?«

Maria schüttelte den Kopf.

»Okay«, sagte er. »Fangen wir am Anfang an. Ein Konfessor hat dich aufgespürt, deinen Mann eins achtzig tiefergelegt und deinen Sohn entführt. Von ihm weißt du dann wohl auch, dass dein Bruder tot ist.«

Sie nickte.

»Okay. Und im Austausch für Paul will er mich. Das bedeutet, er weiß von unserer gemeinsamen Vergangenheit. Er kennt die Akten.«

Und noch so einiges mehr. Maria nickte abermals.

»Aber wie hat er dich aufgespürt? Deine Tarnung war gut. Ohne Tymons Hinweis hätte ich dich nie gefunden.«

»Ich weiß es nicht«, gab Maria ehrlich zu. Dominik konnte nichts von ihrer letzten Verbindung zu Tymon gewusst haben, außer er war zufällig über die Todesanzeigen gestolpert. *Oder er hat ganz bewusst nach dir gesucht, um an Malek zu kommen.* Maria zog die Visitenkarte aus der Gesäßtasche. »Aber Konfessoren haben andere Mittel als wir.« Sie reichte ihm das Kärtchen. »Ich soll ihn anrufen, wenn ich dich aufgespürt habe.«

»Der hat Nerven.« Malek studierte die Visitenkarte. An sich selbst gewandt, fuhr er fort: »Er will mich also lebend, sonst wäre das mit einem Deal viel zu umständlich. Das könnte ein Vorteil sein. Es wird ihn vorsichtiger machen als uns.«

Maria spürte ein Klopfen in der Brust. »Uns? Heißt das, du wirst mir helfen?«

Er blickte auf. Ein harter Glanz war in seine Augen getreten. »Was weißt du alles über diesen Konfessor? Hat er speziell etwas über mich gesagt? Egal was, ich will jedes Detail wissen. Und wie schätzt du ihn ein? Am Ende hängt vielleicht alles von ihm ab.« Malek klopfte mit dem Zeigefinger auf die

Nummer Elf. »Ist er gut, wird es schwer, ist er schlecht, hätte er dich nicht gefunden.«

Maria schluckte. Wenn sie ihm jetzt erzählte, wer Nummer Elf wirklich war, könnte alles passieren. Er könnte glauben, sie lüge ihn an und wolle ihn in eine Falle locken, um ihren Sohn zu retten. Oder er könnte ihr glauben – und verschwinden, um seinen Bruder zu treffen. Er könnte völlig abdrehen. *Nein, ich kann es ihm nicht sagen, noch nicht, wenn überhaupt.* »Er hat nur gesagt, dass du ausgebrochen und verschwunden bist, dass er den Auftrag hat, dich zu überführen, und dass er glaubt, dass ich dich am schnellsten finden könnte. Das war alles.«

»Er muss dich observieren.« Er gab ihr die Karte zurück und trat ans Fenster. »Wahrscheinlich schaut er uns jetzt zu.«

»Dann könnte er gleich zuschlagen.« *Hoffentlich nicht!*

»Nein, das könnte er nicht. Er weiß, wer wir sind. Er kennt unsere Akten, unser Potenzial. Er würde sich nicht spontan, wenige Stunden, nachdem er den Köder ausgelegt hat, auf einen Kampf auf fremdem Terrain einlassen. Die Gefahr, dass ich dabei draufgehe, ist viel zu groß. Er wird den besten Moment abwarten. Wie hat Tymon aus seiner Militärzeit zitiert: *Mach es einmal. Und mach es richtig.* Gerade ein Konfessor wird so arbeiten.«

Und da weiteten sich Marias Augen. »Die Wohnung gegenüber!«

Sie wollte zum Fenster treten, doch Malek hielt sie mit einem Kopfschütteln zurück. »Welche?«

»Links oben. Dachgeschoss. Die Nachbarn habe ich seit Tagen nicht mehr gesehen, und die Vorhänge sind zugezogen. Völlig untypisch.«

Malek blickte beiläufig durch den Vorhang in die Richtung. Das etwa fünfzehn Jahre alte Mehrfamilienhaus war gut zu sehen, sechs Parteien, rote Frankfurter Pfannen, Fensterkreuze in Weiß und ein Eingang in Taubengrau. Er wandte sich wieder Maria zu. »Dann statten wir der Wohnung heute Nacht einen Besuch ab. Vielleicht ist er da. Er wird uns sicher verraten, wo er Paul hingebracht hat, wenn wir ihn ganz lieb darum bitten.«

»Du willst mir also wirklich helfen?«

Er kam auf sie zu, so nah, dass sie seinen Atem auf ihrem Gesicht spürte. Er fasste an ihr vorbei in ihren Rücken und fand die Beretta, die sie aus der Tasche geholt hatte. Er zog sie aus ihrem Hosenbund, entlud sie.

Dann fragte er: »Hab ich je mein Wort gebrochen, Maria?«

Sie schluckte. »Nein.«

Er reichte ihr die Beretta, den Griff voran. »Warum fragst du dann?«

Kapitel 38

Berlin

»Das glaubst du doch selbst nicht!« Jannahs Stimme drang aus dem Funkkopfhörer, den Malek sich ins Ohr gesteckt hatte. Das Mikrofon war in seiner Jackentasche versteckt, sodass Jannah die Unterhaltung zwischen ihm und Maria hatte mithören können. Jannah hatte beides aus der Rebellenbasis mitgehen lassen. »Warum sollte ein Konfessor so einen Deal anbieten? Völlig verquer!«

Malek stand im Flur von Marias Wohnung und beobachtete sie beim Rauchen auf dem Balkon. Leise sagte er: »Ich dachte, sie sind das Gesetz.«

»Ja! Nein! Nicht so!«

»Okay …«

»Nicht okay. Du findest das doch auch komisch, oder?«

»Ja … irgendwie schon.«

»Dann hau ab! Vertrau deinem Bauchgefühl.«

Malek beobachtete, wie Maria eine zweite Zigarette aus der Packung nahm und sie mit der Glut der ersten Zigarette entzündete. Sie war aufgewühlt, aber wer konnte ihr das verdenken? Jede Mutter würde in so einer Situation durchdrehen, selbst eine abgebrühte Maria Król.

Jannahs Stimme in seinem Ohr: »Du willst wirklich dein Versprechen einlösen?«

»Es war sein letzter Wille.«

»Ein Mann, ein Wort, was?« Jannah marschierte offenbar im Hotelzimmer auf und ab, genauso wie Maria auf dem Balkon. Malek erkannte es an den gedämpften Schrittgeräuschen und ihrer Atmung. »Vertraust du ihr?«

»Hmmm …«

»Malek! *Vertraust du ihr?*«

»Wenn sie nicht Mutter wäre, dann schon.«

»Also nein. Scheiße. Ich komm zu dir. Ich kann dir den Rücken freihalten. Außerdem will ich dabei sein, wenn ihr einen Konfessor überwältigt. Ich will diese Wichser fertigmachen.«

Malek schwieg, weil Maria die Balkontür aufdrückte und von draußen fragte: »Hast du was gesagt?«

»Nur, dass ich mal aufs Klo geh.« Er deutete mit dem Daumen über die Schulter, dann lief er zum Badezimmer.

»Oh«, sagte Jannah. »Nimmt mich der Herr jetzt mit aufs Klo?«

»Stehst du drauf?«

»Eher weniger.«

»Gut.« Malek schloss die Badezimmertür hinter sich, stellte den Wasserhahn auf kalt und zog ihn nach oben. In das Rauschen des Wassers hinein fragte er: »Hast du was zu schreiben?«

»Hast du ’nen Plan?«

»Ich hasse es, wenn du Fragen mit Gegenfragen beantwortest.«

»Daran wirst du dich gewöhnen müssen.« Er hörte sie leise lachen. »Stift ist gezückt. Lass hören, Cowboy.«

Stunden später hatte er auch alles mit Maria besprochen. Der Plan bestach durch Einfachheit. Malek hatte trotzdem gemischte Gefühle. Er war sich nicht sicher, ob er Maria vertrauen konnte, und der Umstand widerte ihn an. Sie hatten lange miteinander geredet, über Tymons Tod und sein Versprechen gesprochen, Pizza bei JK's bestellt und einige Zeit andächtig geschwiegen. Es fühlte sich fast wie früher an, aber eben nur fast. Da war dieser Deal mit jenem Konfessor mit der Nummer Elf, der Maria im Kopf herumgeisterte. Ihnen allen war klar, dass Nummer Elf niemals sein Versprechen einhalten würde, aber welche Mutter erlag schon der Rationalität, wenn es um das Leben des eigenen Kindes ging?

Malek beschloss, Maria im Blick zu behalten. Und da war noch Jannah. An ihrer Loyalität zweifelte er nicht, eher befürchtete er ihren Drang zum Draufgängertum. Jetzt jedoch war die Zeit gekommen, zu handeln und nicht mehr zu grübeln. Es war acht Minuten vor vier. Es war die perfekte Zeit für einen Angriff. Die Müdigkeit war hoch, die Konzentration am Boden. Die Langeweile bei Observationen füllte alles aus. Es war Maleks bevorzugte Zeit.

Er setzte sich eine von Konstantins Wintermützen auf und verließ zusammen mit Maria ihre Wohnung, stieg geräuschlos die Treppe hinab und ging durch den Keller in den Garten auf der von der Straße abgewandten Seite des Hauses. Von dort kletterten sie über einen Metallzaun aufs Nachbargrundstück, durchquerten es in der Dunkelheit der Nacht und kletterten in den nächsten Garten. Das folgende Haus umrundeten sie und gingen zwischen hohen Sträuchern vor zur Straße. Die Wohnung des Mehrfamilienhauses, aus dem die Observation vermutlich stattfand, war nicht mehr zu sehen, nur eine Giebelspitze stach hinter einer Tanne eines Vorgartens im Schein einer Laterne hervor. Malek und Maria konnten unbemerkt die Straße überqueren und auf der anderen Seite einen weiteren Garten betreten.

Buchssträucher waren dort präzise in Kugelform geschnitten, der Weg mit Rabatten schnurgerade begrenzt, der Rasen gepflegt. Er dämpfte ihre Schritte. Statt eines Zaunes gab es eine Mauer zum Nachbargrundstück; etwa zwei Meter hoch, bepflanzt mit einem Spalierbaum. Malek zog sich an der Kante empor und spähte darüber. Ein Garten grenzte ans Haus. Wie Maria beschrieben hatte, befand sich seitlich ein Treppenabgang mit Rampe für die Fahrräder. Sonst waren nur Umrisse in der Dunkelheit zu erkennen. Malek ließ sich wieder hinab.

Mit dem Daumen zeigte er an, dass die Luft rein war und dass er ihr hinüberhalf. Es folgte eine klassische Räuberleiter. Maria zog sich hoch und verschwand aus seinem Blickfeld.

Malek wartete einen Moment, ob etwas geschah, irgendein Geräusch ertönte, Licht anging, doch alles blieb still und dunkel. Schnell steckte er sich den Ohrhörer ins Ohr unter die Mütze, aktivierte das Mikro in seiner Tasche und schnalzte mit der Zunge. Jannahs Stimme war augenblicklich zu hören. »Bin auf Posten«, wisperte sie. Er schnalzte weitere zwei Mal mit der Zunge zur Bestätigung und schaltete das Mikro aus, dann zog er sich abermals an der Mauerkante hoch, schwang das rechte Bein hinauf, rollte sich darüber und ließ sich auf der anderen Seite hinabgleiten. Es war nur ein leises Geräusch zu hören, als seine Stiefelsohlen den Boden berührten. Sonst war da nichts. Mit fünf schnellen Schritten war er bei Maria an der Hauswand.

Gemeinsam warteten sie eine volle Minute, bevor sie die Rampe hinabschlichen. Die Tür zum Fahrradkeller war verschlossen. Wie überall im Wohngebiet war es eine Holztür. Maria hatte schon einen alten Spatel in der Hand und steckte ihn zwischen Türblatt und Rahmen in den Schlitz. Sie hebelte hin und her, fuhr auf und ab, doch wollte der Schnappverschluss nicht aufspringen.

Sie schüttelte den Kopf.

Umgehend holte Malek aus dem schmalen Rucksack, den Maria auf dem Rücken trug, einen kleinen Handakkuschrauber. Vorn war bereits ein Holzbohrer eingespannt. Malek setzte ihn etwa eine Handspanne unterhalb des Griffs am Türblatt an. Maria leuchtete ihm mit der Taschenlampe. Er blickte kurz auf seine Uhr, dann bohrte er ein sechs Millimeter dickes Loch durch die Tür. Es dauerte dreizehn Sekunden. Malek steckte den Akkuschrauber wieder in den Rucksack, holte eine Drahtschlinge hervor. Er bog sie in einem 90°-Winkel zu einem L, fädelte die Schlinge durch das Loch und klappte sie nach oben. Dann war Gefühl angesagt. Er brauchte vier Versuche, bis er die Schlinge innen über den Griff gestreift hatte. Er zog nach unten, und die Tür sprang auf.

Malek lächelte. Siebenundneunzig Sekunden. Keine schlechte Zeit nach mehr als acht Jahren.

Gemeinsam betraten sie das Haus. Im Fahrradkeller war es stockdunkel. Es roch nach Staub und Öl. Der Lichtstrahl der Taschenlampe huschte über Mountainbikes und Cityflitzer. Dahinter führte eine Tür ins Treppenhaus. Vom Erdgeschoss ergoss sich ein blasser Lichtschimmer die polierten Steinstufen hinab; das Licht der Straßenlaterne, das durch die Glaseinlage der Haustür fiel. Maria steckte die Taschenlampe wieder ein. Der Lichtschein reichte ihnen.

Malek stieg die Stufen hinauf, Maria blieb dicht hinter ihm. Pro Etage waren es vierzehn Stufen, verteilt auf zwei Absätze. Die Wohnung lag im zweiten Stock. Ihre etwas schnelleren Atemzüge waren alles, was zu hören war. Oben angekommen, blieben sie links vor der Wohnung stehen. Die Stille war nicht mehr vollkommen. Aus der Wohnung drang leises Gemurmel. Vermutlich ein Fernseher oder ein Radio, um die Langeweile zu vertreiben.

Malek nickte Maria zu. Sie bezogen Posten; Malek direkt

neben der Tür im toten Winkel, Maria mit gezückter Pistole auf dem Treppenabsatz, um freies Schussfeld zu haben. Sie würde nur schießen, wenn es sich partout nicht vermeiden ließe. Die Beretta würde trotz des Schalldämpfers das gesamte Haus aufwecken.

Malek holte eine zweite Schlinge aus mittelstarkem Haushaltsdraht hervor, diesmal aus seiner Jackentasche. Der Draht war doppelt gelegt, miteinander verzwirbelt und an den Enden mit zwei Buntstiften von Paul versehen. Die Garotte war eine hässliche Waffe, aber genau richtig, wenn man leise sein musste.

Er nahm die beiden Stifte so in die Hände, dass der Draht jeweils zwischen Mittel- und Ringfinger hervorkam, dann prüfte er die Länge des Drahts und klopfte schließlich gegen die Wohnungstür.

Tok – toktok – Tok – toktok.

Er nutzte irgendeinen Code. Welcher war egal. Jedes Observationsteam nutzte einen Code an der Tür, und manchmal vergaß man den einfach. Vor allem um vier Uhr morgens.

Lange mussten sie nicht warten. Leise Schritte näherten sich von innen. »Ja?« Ein Mann mit gesenkter Stimme.

»Nummer Eins«, antwortete Malek im Befehlston. »Machen Sie auf!« Ein wenig Verwirrung konnte nicht schaden.

»Nummer Eins?« Stille, dann: »Augenblick!« Schnell wurde der Schlüssel gedreht, und die Tür schwang nach innen auf. Zu Maleks Enttäuschung steckte ein Gardist den Kopf heraus und nicht ein Konfessor.

Malek schlang ihm mit einer fließenden Bewegung den Draht um den Hals, zog ihn fest zusammen, quetschte so die Luftröhre, erstickte jeglichen Schrei und zerrte den Kerl aus der Wohnung ins Treppenhaus. Mit einer Drehung aus Hüfte und Schulter zwang er den Gardisten vor sich, sodass er mit dem Rücken zu ihm stand, und zog die Garotte mit aller

Kraft zusammen. Der Draht wühlte sich tiefer in den Hals des Mannes. Ein Tritt in die Kniekehlen ließ ihn abrupt zusammensacken, während Malek den Draht nach oben riss. Es knackte einmal, und der Mann erschlaffte.

»Peter?«, wehte es schlaftrunken aus der Wohnung. »Hast du was gesagt?«

Malek setzte den toten Gardisten vorsichtig an die Wand neben der Tür. Die Garotte ließ er an Ort und Stelle. Es würde eine riesige Sauerei geben, wenn er sie entfernte. Stattdessen zog er sein Messer, nahm es in die rechte Hand, schenkte Maria ein Nicken und huschte in die Wohnung.

»Peter?« Die Stimme kam von rechts aus einem Zimmer.

Malek schlich auf Zehenspitzen durch den Flur, presste sich neben der Tür an die Wand, lauerte. Wenn es der Konfessor war, brauchte er ihn lebend. Er musste wissen, wo sich Paul befand.

Leider erschien ein weiterer Gardist, das Gesicht verquollen, die Augen ganz klein. Vier Uhr.

Malek wechselte instinktiv die Taktik und schlug ihm kurzerhand die Faust gegen den Kehlkopf, was aus den kleinen Augen ganz große machte und den Gardisten rückwärts in den Raum zurücktaumeln ließ. Malek folgte in das Wohnzimmer, setzte nach, schlug dem Kerl die andere Faust ins Gesicht, streckte ihn damit auf die Couch und legte ihm das Messer an die Kehle.

Hinter sich hörte er Maria in die Wohnung huschen, um sie nach weiteren Überwachern zu durchsuchen.

»Kein Wort«, knurrte Malek dem Gardisten zu, der vor ihm auf dem Sofa lag und mit schreckgeweiteten Augen zu ihm aufblickte. Aus seiner Nase schoss Blut. Sie war gebrochen, so schief, wie sie in seinem Gesicht hing.

»Alles sauber«, sagte Maria und kam mit gesenkter Waffe ins Wohnzimmer. »Nur die beiden. Es sind die zwei, die Paul mit sich genommen haben.« Grimmig trat sie ans Sofa, zielte dem Gardisten mitten ins Gesicht.

Malek fixierte den Gardisten. »Wo ist der Junge?«

»N-n-nicht da.« Der Mann röchelte, spuckte Blut. Wahrscheinlich lief ihm ein Sturzbach hinten die Kehle hinab. Ein scheußliches Gefühl. Malek kannte es.

»Wo ist der Junge?«, wiederholte er, ohne die Stimme zu heben.

»N-N-Nummer Elf hat ihn uns abgenommen.«

»Und wo ist er mit ihm hin?«, zischte Maria. »Wo hat er ihn hingebracht?« Die Mündung der Beretta zitterte keine fünf Zentimeter vor dem Gesicht des Mannes in der Luft. Malek drückte das Messer stärker gegen seinen Hals.

»In die Gardedirektion einundzwanzig!«, wimmerte der Gardist und spuckte Blut. »Einundzwanzig.«

»Und Elf?«, fragte Malek. »Kommt er hierher zurück?«

»K-keine Ahnung!« Der Gardist wand sich wie ein Wurm unter seinem Griff. Tränen strömten über seine Wangen, mischten sich mit dem Blut aus seiner Nase und wurden zu hellrosa Perlen auf dem Sofa. »Ha-ha-hat nix gesagt. Ich hab auch nicht gefragt. Er ist uns k-k-keine Rechenschaft schuldig. Er ist das Gesetz!«

»Und ich scheiß auf das Gesetz.« Maria nahm Malek das Messer aus der Hand und drückte dem Gardisten die Beretta gegen die Schläfe. Dann schnitt sie dem armen Hund die Kehle durch. Es war eine hässliche und blutige Angelegenheit. Der menschliche Hals ist nicht aus Butter, sondern mit Knorpeln, Sehnen und Muskeln versehen, und man muss bis zum Knochen schneiden, um es zügig zu beenden, denn sonst läuft das Blut dem Opfer nur in die Lunge, und es erstickt qualvoll.

Malek hätte lieber kurzen Prozess mit dem Kerl gemacht, doch Maria sollte ihre Rache bekommen und ihren Hass kanalisieren. Und so ließ er sie ihr Werk vollführen, während er mit einem Ohr der Stille im Ohrhörer lauschte. Stille bedeutete keinen Hinterhalt. Er hoffte, dass es so bleiben würde.

Jannah kämpfte mit einer Müdigkeitswelle. Seit zwei Uhr nachts lümmelte sie hinterm Steuer des fünftürigen Elektro-Mietwagens billigster Kategorie und blickte von der Parkplatzreihe in die Anliegerstraße, in der Maria Müller wohnte. Wohl fühlte sie sich nicht mit dem Mietwagen. Sie hatte keine Spuren hinterlassen wollen, ihn jedoch gezwungenermaßen auf ihren Führerschein mieten müssen. Sie wusste um Vitus' Möglichkeiten, im Datenstrom nach genau solchen Einträgen zu suchen. Die Wahrscheinlichkeit war jedoch gering, dass er zügig einen Treffer landete, denn der Datenstrom war gigantisch. Die Alternative – einen Wagen zu klauen – wäre noch riskanter gewesen, da waren sich Jannah und Malek einig gewesen. Außerdem hoffte Malek, in spätestens ein bis zwei Tagen Berlin den Rücken gekehrt zu haben. Dann konnte Vitus gern hier aufschlagen und nach ihnen suchen.

Vitus. Ihre Mutter. Hendrik.

Jannah verdrängte den Gedanken an die Rebellen und nippte an ihrem Orangensmoothie, den sie an einer Tankstelle zusammen mit anderen Snacks gekauft hatte. Gern hätte sie das ganze Getränk geleert und mit Wasser hinuntergespült, aber eine volle Blase konnte sie nicht gebrauchen. Malek hatte gesagt, sie solle ihren Posten nur im Notfall verlassen, und das war eine volle Blase nicht. Wenn er sie schon als Teampartnerin ansah, wollte sie alles richtig machen.

Trotzdem war das Warten eine Fähigkeit, die sie nie beherrschen würde. Sie war einfach zu hibbelig, so voller Bewegungsdrang, dass stilles Sitzen eine Qual war.

Sie hatte auch nicht ganz verstanden, warum sie schon

zwei Stunden vorher ihren Posten beziehen sollte, doch Malek hatte knapp erklärt, dass sich ein guter Stratege rechtzeitig auf die Lauer legte. Gäbe es also einen Hinterhalt, musste man selbst noch früher da sein als derjenige, der den Hinterhalt legte. Es war schlicht eine Frage des richtigen Timings.

Und irgendwie schien Malek den richtigen Riecher zu haben.

Es war laut der Displayanzeige der Autoarmatur zwei Minuten vor vier, als ein Wagen die Straße entlangkam und nur vier Stellplätze neben Jannahs Mietwagen rückwärts auf den Parkplatz fuhr. Zwei Männer saßen darin. Sie sprachen miteinander und schalteten den Motor ab.

Jannah sank ganz tief in ihren Sitz und duckte sich hinter die Türverkleidung samt B-Säule. Ihre Knie stießen ans Lenkrad. Ihr Herz klopfte laut. Ihre Handflächen waren feucht. Es waren eindeutig zwei Gardisten in Uniformen. Doch ein Hinterhalt? Die Ablösung des Observationsteams? Nur zwei Männer, die von der Arbeit kamen und hier in der Nähe wohnten?

Jannah wartete, bis sie das Geräusch zweier schließender Wagentüren gehört hatte. Sie wurden nur leise zugedrückt, ohne lautes Scheppern. Absicht oder Rücksicht auf Anwohner? Jannah zählte bis fünfzig, bevor sie einen Blick wagte.

Die beiden Gardisten hatten die Kreuzung zur Anliegerstraße überquert und liefen den Gehsteig entlang. Sie sahen nicht gerade wie ein Hinterhaltkommando aus, aber sie trugen Pistolen an den Gürteln. Gefährlich waren sie allemal.

Jannah wartete noch einen Moment. Sie musste ganz sicher sein, doch von ihrem Standort aus sah sie nicht genau, in welchen Hauseingang die beiden abbogen. Sie schob sich vom Fahrersitz über die Handbremse und die Schaltung auf den Beifahrersitz. Von dort aus sah sie gerade noch, wie die beiden Gardisten die drei Stufen zur Haustür der Observationswohnung erklommen.

»Scheiße«, wisperte sie und aktivierte ihr Mikrofon. Ihre Finger zitterten. »Malek! Ihr bekommt Besuch! Zwei Gardisten, bewaffnet! Sie sind gerade an der Haustür!«

Es dauerte drei Sekunden, bis er zweimal mit der Zunge schnalzte. Im Hintergrund war ein ekelhaftes Röcheln zu hören, ein heftiges, feuchtes Aus- und Einatmen, das Jannah fast würgen ließ. Es folgte ein Schmatzen, und das Röcheln erstarb. Leise Schritte drangen aus dem Ohrhörer, *tip tap, tip tap*. Ein schabendes Geräusch erklang, wie wenn ein schwerer Sack Kartoffeln über Fliesen gezerrt wurde.

Die beiden Gardisten sperrten derweil die Haustür auf und verschwanden im Inneren.

Jannah drückte sich den Ohrhörer fester in die Ohrmuschel, um noch besser zu hören, aber es drangen nur sehr leise Geräusche hindurch: ein, zwei schnelle Atemzüge, das Knacken eines Lichtschalters, das Knarzen einer Türklinke, ein metallisches Schnappen. Dann Stille.

Jannah rutschte unruhig auf dem Beifahrersitz hin und her. Sie spürte Schweiß unter den Armen. Wie lange brauchte man vom Erdgeschoss in den zweiten Stock? Eine halbe Minute? Die beiden Gardisten müssten längst oben sein.

Und das waren sie. *Toktoktok, tok tok tok, toktoktok*. Die Ablösung klopfte einen Code.

»Der Sperrschieber ist offen!«, rief Malek gepresst. »Einfach drücken.«

Das Schloss klackerte, eine Tür sprang auf.

Gedämpfte Stimmen: »Peter? Martin? Alles okay?«

»Jo. Nur ’ne kleine Scheißerei.« Zwei harte Atemzüge.

Ein verhaltenes Lachen. »Weil ihr immer haufenweise Tortillas fressen müsst. Wenn ich dann auch noch ’ne Chili-Soße hinterhersaufen würde, dann – *fuck*!«

Etwas pochte laut. Jemand schrie erstickt. Malek rief: »Vorsicht!« Ein, zwei, drei dumpfe Klatschgeräusche folgten, dann ein männliches Keuchen. Eine Frau stöhnte, nicht schmerzerfüllt, sondern zornig. Erneut ein Klatschen, ein Poltern, Stille.

»Alles okay?« Malek. Besorgt.

Stille.

»Maria?«

Stille.

»Der ist schon tot! Komm jetzt! Wir müssen weg!«

Dann ertönten Schritte auf einer Treppe.

Jannah stieß erleichtert die Luft aus. Ihre Oberschenkel schmerzten. Ihre Finger hatten sich vor Aufregung hineingekrallt. In ihren Ohren rauschte plötzlich so laut das Blut, dass sie den Ohrstöpsel herausnahm.

Schnell rutschte sie zurück auf den Fahrersitz. Ihre Hände fanden das Lenkrad. Es war sechs Minuten nach vier, als sie zwei Schemen den Gehweg entlangeilen sah. Es waren Malek und eine Frau, die im Licht der Straßenlaterne wie ein Racheengel aussah. Langes braunes Haar wallte um ein grimmiges Gesicht. Maria Müller.

Wie vereinbart, bog Malek mit ihr an der Kreuzung nach rechts ab, entfernte sich von Jannahs Parkplatz. Er warf nur einen flüchtigen Blick in ihre Richtung, doch ob er sie sah, konnte sie nicht sagen. Beide verschwanden aus ihrem Blickfeld.

Dann folgten die längsten fünf Minuten, die Jannah je erlebt hatte. Fünf Minuten, in denen sie mit pochendem Herzen den Straßenzug beobachtete.

Auf der Straße geschah nichts. Es blieb alles still und ruhig. In Jannahs Kopf hingegen begann Marias Stimme zu wispern, ein Satz aus dem belauschten Gespräch vom Nachmittag. Die Stimme flüsterte: *Paul ist mein Sohn. Er ist fünf und ebenfalls free.* Die Worte waren erst kaum hörbar, wurden dann jedoch lauter. *Paul ist mein Sohn. Er ist fünf und ebenfalls free.*

Jannahs Finger krallten sich fester um das Lenkrad, als der Groschen fiel.

Free.

Woher kannte Maria Müller dieses Wort?

Sie konnte es nicht kennen.

Jannah hatte es selbst vor zwei Jahren erfunden.

Kapitel 39

Berlin

»Wir müssen zu dieser Gardedirektion einundzwanzig!« Maria schnaufte neben ihm, während sie durch die Berliner Nacht schritten. »Solange es noch dunkel ist, können wir ihn rausholen!«

»Können wir nicht.«

»Doch! Können wir!«

Malek blieb unvermittelt vor einem Laden stehen. Auf dem Schaufenster stand in geschwungenen Lettern: FATIMAS BACKWAREN. Im Glas spiegelte sich ein Auto, das auf der Straße vorbeiglitt. Die Person hinterm Steuer war aber nicht jung und rothaarig, sondern hatte Falten und gähnte ungeniert. »Wir brauchen zuerst einen Plan.« Malek beobachtete den sich entfernenden Wagen. Vermutlich jemand auf dem Weg zu irgendeiner Frühschicht. »Ich weiß, du würdest am liebsten wie dein Bruder sofort dort aufschlagen, aber wir kennen weder das Gebäude noch die Besetzung dieser Gardedirektion noch sonst was. Ein ungeplanter Zugriff wäre Irrsinn – und du weißt das.« Er setzte sich wieder in Bewegung und wich Hundescheiße aus. Wenn ihn seine innere Uhr nicht täuschte, müsste Jannah jeden Moment aufkreuzen.

Maria schloss zu ihm auf. »Aber denk an Paul! Er ist fünf.

Kannst du dir vorstellen, wie schlimm es für ihn in Gefangenschaft sein muss?«

Abermals hielt Malek inne. »Ja, das kann ich.« Und wieder ließ er sie stehen.

»Das kannst du doch nicht vergleichen!«, empörte sie sich. »Du warst sechsundzwanzig! Und du kanntest das Risiko!«

»Du auch.«

»Wie bitte?!«

»Ach, tu nicht so, Maria. Du wusstest, dass du jederzeit auffliegen kannst. Dann ein Kind zu kriegen war … gewagt.«

Ihre Schritte stoppten. Dann rief sie: »Dann hau doch ab! Ich brauche keinen Babysitter! Ich komme auch alleine klar!«

Das ließ Malek herumfahren. Er stapfte zu ihr zurück und zischte: »Ich bin wegen Tymons Versprechen hier *und* wegen dir. Ich wollte nach all den Jahren wissen, wie es dir geht, aber ich bin nicht bereit, meine Freiheit und mein Leben sinnlos zu vergeuden. Vier Mann waren das eben. Vier!« Er hob die Hand mit vier ausgestreckten Fingern. »Du willst deinen Paul zurück? Gut, dann helfe ich dir, aber nur, wenn wir professionell arbeiten! Und dazu gehört eine Pause. Wir brauchen Ruhe, müssen runterfahren, einen klaren Kopf bekommen. Im Zorn zu agieren hat noch nie funktioniert. Allein, dass du den Kerl vorhin hast leiden lassen, hätte ich unterbinden sollen.«

Malek rechnete mit einer wütenden Reaktion, doch zu seiner Überraschung nickte sie. »Du hast recht. Ich überreagiere.«

»Ein bisschen.« Er musterte sie noch einen Augenblick, dann ging er weiter. Maria folgte ihm.

Sie überquerten eine abzweigende Seitenstraße, blieben jedoch auf der Hauptstraße. Der Gehweg wurde breiter. Im Schatten eines Hauseingangs schlief ein Kerl in seiner eigenen Kotze. Zur Straße hin waren alte Bäume in Rechtecke gepflanzt, die das Pflaster unterbrachen. Das Wurzelwerk hatte die gerundeten Gitter angehoben und das Pflaster in einen unebenen Grund verwandelt. Nirgends war ein Wagen zu sehen. Wo zum Teufel blieb Jannah?

In die Stille sagte Maria: »Vielleicht sollte ich ihn anrufen.«

»Nummer Elf? Um ihm zu sagen, dass du vier seiner Männer beseitigt hast? Das bekommt er noch früh genug mit.«

»Nein, das mein ich nicht, aber vielleicht erzähle ich ihm, dass ich dir eine Falle gestellt habe und mit dir zusammen Paul befreien will, um dir im entscheidenden Moment dann in den Rücken zu fallen.«

»Und die vier Toten waren nötig, um mir gegenüber überzeugend zu wirken?«

»Genau.«

»Welchen Vorteil sollte das haben?«

»Ihn in Sicherheit wiegen. Wenn er mir das abnimmt und glaubt, dass ich auf seinen Deal eingehe und dir nur etwas vorspiele, wird er vielleicht nachlässiger. Alle Menschen werden nachlässig, wenn sie sich in Sicherheit glauben.«

»Aber kein Konfessor.« Was Malek bei den Rebellen über sie und ihr fehlendes Empfindungsvermögen erfahren hatte, ließ ihn an Marias These zweifeln. Sie waren eher wie Maschinen nicht wie Menschen. »Ich würde ihn nicht vorwarnen, bevor wir einen konkreten Plan haben und entscheiden können, ob eine bewusst gestreute Information uns nützt. Viel interessanter finde ich, dass du gesagt hast, die ersten zwei Kerle wären die beiden Gardisten, die Paul mit sich genommen haben.«

»Waren sie auch. Wie könnte ich diese Fressen je vergessen?«

»Genau. Das weiß auch der Konfessor. Es könnte eine Botschaft von ihm sein.«

Maria zögerte. »Du meinst, er will mir damit zeigen, dass er den Deal ernst meint, indem er mir die beiden auf dem Silbertablett serviert?«

»Wir haben von ihnen erfahren, wo Paul angeblich ist, und Zeugen beseitigt. Außerdem wiegen *wir* uns nun in Sicherheit, nicht mehr beobachtet zu werden. Verstehst du? Vielleicht will er dich glauben lassen, dass du Paul zurückbekommst, und vielleicht will er auch, dass wir zusammen versuchen, ihn zu befreien. Er lockt uns absichtlich in diese Gardedirektion.«

»Nein!«, entgegnete Maria. »Das glaube ich nicht! Du übersiehst einen entscheidenden Punkt: Ein Konfessor steht über dem Gesetz. Er bräuchte uns nicht die Drecksarbeit machen zu lassen. Er könnte die beiden Gardisten einfach erschießen, wenn er Zeugen beseitigen möchte, und niemanden würde es stören. Verstehst du? Du denkst zu sehr ums Eck.«

»Und er vielleicht auch. Kennst du diesen Nummer Elf? Ich nicht. Also muss ich mit allem rechnen.«

Das Brummen eines Autos wurde hinter ihnen laut. Malek blickte über die Schulter. Ein weißer Kleinwagen schloss zu ihnen auf. Im Schein einer Laterne schimmerte Jannahs rotes Haar. Sie setzte den Blinker und fuhr rechts ran.

»Wer ist das?«, fragte Maria alarmiert und griff nach ihrer Beretta.

»Unser Taxi.« Malek umrundete die Motorhaube und schwang sich auf den Beifahrersitz.

Maria beäugte Jannah, als würde Hannibal Lecter persönlich hinterm Steuer sitzen und sich die Lippen lecken. Dann folgte sie ihm und warf sich auf die Rückbank.

»Hi«, sagte Jannah knapp und ließ den Wagen anrollen. Sie blickte in den Rückspiegel, musternd, lauernd, dann wandte sie sich Malek zu. »Alles klar?«

Er nickte nur und drehte sich auf dem Beifahrersitz zur Seite, damit er mit beiden Frauen reden konnte.

»Maria, das ist Jannah. Jannah, Maria.«

Maria funkelte argwöhnisch nach vorn. »Du hast nicht gesagt, dass noch jemand involviert ist.«

»Und sie hat nicht gesagt, dass sie mit den Rebellen in Verbindung steht«, entgegnete Jannah.

Malek blickte überrascht zu Jannah. »Wie bitte?«

»Na, sie.« Jannah nickte in den Rückspiegel. »Sie hat heute Nachmittag zu dir gesagt: *Paul ist mein Sohn. Er ist fünf und ebenfalls free.* Free! Verstehst du, Malek? Ich habe es vorhin erst begriffen. Sie kann das Wort eigentlich nicht kennen.«

Langsam drehte sich Malek wieder nach hinten. »Sie hat recht. Das hast du gesagt.«

Maria sah erstaunt aus. »Ihr kennt die Rebellen?«

»Kennen ist gut.« Jannah schnaubte, während sie an einer Kreuzung abbog und einem eiligen Taxi die Vorfahrt gewährte. »Woher weißt du von den Rebellen?«

»Dann … dann könnt ihr mich und Paul zu ihnen bringen?«

»Woher weißt du von den Rebellen?«, wiederholte Jannah ihre Frage, und ihre Stimme war um zehn Grad kälter geworden.

»Von Pauls Kindergartenleiterin.«

»Name?«

»Marlene.«

»Marlene Petri-Holden?«

»Ja.«

Jannah nickte grimmig. »Eine unserer Scouts.«

Da weiteten sich Marias Augen. »Deswegen sind sie hinter dir her, Malek! Wegen dieser Rebellion! Wegen dieser wichtigen Mission, von der Marlene erzählt hat. Deswegen wollen sie dich lebend! Du warst dabei!« Sie lachte freudlos auf. »Ich frage mich, wie du es immer schaffst, dich von einer Scheiße in die nächste zu manövrieren.«

»Das sagt die Richtige. Wo ist diese Marlene jetzt?«

Maria senkte den Blick. »Nicht mehr da.«

»Was soll das wieder heißen?«, fragte Jannah.

»Sie flog mit mir heute Morgen auf. Als Nummer Elf kam, war Marlene bei mir und wollte mich und Paul gerade wegbringen.«

»Sie haben Petri-Holden einkassiert?« Jannah stieß ein Stöhnen aus. »Das kann nicht wahr sein. Malek, du weißt, was das bedeutet. Ich müsste es melden. Von ihr geht eine ernste Gefahr aus, wenn sie plaudert.«

Und von Maria vielleicht auch. In seinem Hirn überschlugen sich die möglichen Szenarien. Er konnte Maria und Paul unmöglich bei sich behalten. Mit einem Fünfjährigen würde er nicht reisen. Unmöglich. Maria und Paul irgendwo untertauchen zu lassen war nun ebenfalls kaum mehr möglich. Mit dem Wissen über die Rebellion waren sie noch gefährdeter als zuvor, und sollte Maria auf die Idee kommen, auf eigene Faust nach den Rebellen zu suchen, war das auch für die Rebellion ein Problem. Es blieb nur eine Option: Maria und Paul direkt zu den Rebellen bringen. Das war der sicherste Ort. Aber das konnte er nicht. Das konnte nur eine. Jannah.

Malek verschob den Gedanken auf später. All seine Überlegungen fußten auf dem Umstand, dass sie Paul befreit hatten.

Er fragte Jannah: »Weißt du etwas über die Gardedirektion einundzwanzig?«

Sie zuckte mit den Schultern. »Nicht direkt. Jedes Bundesland hat eine zentrale Gardeverwaltung. In Bayern ist das Kehlis' Bunker. Berlin gehört bezirkstechnisch zu Brandenburg. Jede Verwaltung wird untergliedert in Direktionen. Mit dem Anstieg Intoleranter wurden auch die Direktionen erweitert. Je höher die Nummer, desto jünger ist die Direktion. Einundzwanzig könnte eine ganz neue sein. Wir brauchen Zugang zum Internet. Da wird das alles aufgeführt.«

»Auch Besetzungsgrößen?«

»Natürlich. Kehlis mag ein Arschloch sein, aber eines kann man ihm nicht vorwerfen: stümperhafte Arbeit. Er hat seine Verwaltung straff gezogen und in eine wirklich unheimlich effektive Institution verwandelt. Er hat auch alles dokumentiert und veröffentlicht. Die Außenwirkung als Macher ist eines seiner Erfolgsgeheimnisse. Dick auftragen, aber auch dick dahinterstecken. Wenn der Junge in einer Direktion ist, wird es richtig schwer, ihn rauszuholen. Fast unmöglich.«

Maria rückte auf der Rückbank nach vorn. »Unmöglich ist gar nichts, Fräulein! Wenn du keine Eier in der Hose hast, dann misch dich nicht ein!«

»Genug!«, bellte Malek so laut, dass sowohl Maria als auch Jannah zusammenzuckten. »Von eurem Gezanke bekomm ich Kopfschmerzen! Wir werden deinen Paul rausholen, okay? Und du wirst dafür Ruhe geben! Und du auch, Jannah. Bitte.« Er warf ihr einen Blick zu, den sie hoffentlich verstand.

Sie nahm ihn zumindest wahr. Dann wandte sie den Blick stur nach vorn auf die Straße.

Maria stieß geräuschvoll die Luft aus und sank mit verschränkten Armen in die Rücksitzbank. Sie blickte zur Seitenscheibe hinaus auf die vorbeiziehenden Hausfassaden.

So fuhren sie etwa fünf Minuten durch das nächtliche Berlin, bis Malek auf grelle Lichter in einiger Entfernung deutete. Es war eine der größeren Tankstellen, die rund um die Uhr geöffnet hatten. Auch wenn die Zapfsäulen aufgrund der steigenden Zahl an Elektroautos immer weniger gebraucht wurden, herrschte reger Betrieb. Auf einem großen Parkplatz standen zig Fahrzeuge, verbunden über Kabel oder Induktion mit Ladestationen auf den Stellplätzen. Während im Schnellademodus die Akkus kochten, tranken die Besitzer einen Kaffee im Shop oder surften im Internet. »Fahr da bitte raus.«

»Trotz der Leute?«

»Egal. Es wird überall was los sein. Der Tag bricht an.«

Jannah setzte den Blinker und bog auf das Tankstellengelände. Sie wählte einen Stellplatz abseits des Shops, nicht im direkten Sichtbereich. Es war eine gute Wahl.

Malek schnallte sich ab, setzte Konstantins Wintermütze auf und wandte sich ihr zu. »Wie sehe ich aus?«

Sie musterte ihn mit gerunzelter Stirn. »Was soll die Frage?«

»Na, ist da irgendwo Blut oder anderer Schmodder?« Er strich sich durch den Bart, drehte den Kopf nach links und rechts.

Sie musterte ihn und schüttelte den Kopf.

»Na, dann« – er lächelte, um die Stimmung aufzupäppeln, und stieg aus – »steht einem Feierabendbier nichts mehr im Weg. Wollt ihr auch eins? Ich schmeiß 'ne Runde.«

Jannah sah Malek hinterher, wie er unter den überdachten Bereich der Zapfsäulen trat und auf den gläsernen Eingang zuhielt. Noch bevor er im grell erleuchteten Tankstellenshop verschwunden war, drehte sie sich zu Maria um.

»Ich weiß nicht, welches Spiel du mit ihm spielst«, sagte sie, »aber mir machst du nichts vor.«

»Da hat jemand wohl Tussikomplexe. Ich spiele keine Spielchen. Ich will nur meinen Sohn zurück!«

»Eben«, entgegnete Jannah. »Du glaubst, du könntest ihn auch über diesen Konfessor zurückbekommen. Du würdest Malek in den Rücken fallen, wenn es sein muss. Stimmt's?«

»Ich könnte dir auch eine Kugel in den Kopf jagen, wenn es sein muss.« Maria steckte demonstrativ ihre Hand unter ihre Jacke.

Jannah zuckte nicht mit der Wimper. »Ich mach dir ein Angebot.«

»Du mir?«

»Ich bringe dich und Paul zu den Rebellen.«

»Du?«

»Ja, ich verdammt.«

»Warum nicht Malek?«

»Das … hat seine Gründe.«

»Hat er es sich mal wieder mit den Leuten verscherzt?«

»Du musst nicht alles wissen.«

Maria hielt den Augenkontakt aufrecht. Dann fragte sie: »Was willst du als Gegenleistung?«

»Nicht viel«, sagte Jannah und hielt ihr die Hand nach hinten. »Nur kein Falschspiel.«

Im Tankenstellenshop stand Malek vor dem Regal mit den Alkoholika. Er sah aus wie ein Mann, der unentschlossen war, was er sich hinter die Binde kippen sollte. Er tat jedoch etwas anderes: Er drückte sich die Hand gegen die Mütze und das rechte Ohr. Er hatte Glück. Jannah hatte ihr Mikrofon nicht deaktiviert, und so verfolgte er gespannt die Unterhaltung der beiden Frauen.

Was er hörte, berührte ihn und gefiel ihm nicht.

Schließlich nahm er den erstbesten Sixpack, extra herb, doppelt gehopft, und marschierte damit zur Kasse.

Kapitel 40

Hauptquartier der Rebellen

Der motorbetriebene Rollstuhl surrte munter den Flur entlang. Vitus hingegen war alles andere als munter. Ihm fielen alle paar Meter die Augen zu. Jedes Mal riss er sie wieder auf, mahnte sich zur Konzentration und rieb sich mit der freien Hand über das müde Gesicht. Mit der anderen steuerte er den Rollstuhl Richtung Zellentrakt.

Er gehörte ins Bett. Seit der Befreiung Fosseys vor zwei Tagen hatte er nicht mehr geschlafen. Er war zwar mehrfach in seinem Rollstuhl eingenickt, und einmal waren die Sonnenstrahlen, die durch das Fenster in sein Büro fielen, links des Rollstuhls gewesen statt wie zuvor rechts, doch bewusst und erholsam hingelegt hatte er sich nicht. Er konnte es sich nicht leisten. Die ganze Rebellion konnte sich Erholung nicht leisten. Wenn sie nicht aufpassten, brach alles auseinander. Vitus kam sich wie ein Schiffsmechaniker vor, der von einem Leck zum nächsten hetzte, um den Dampfer vor dem Untergang zu bewahren.

Der Untergang hatte viele Namen.

Einer davon lautete Barbara Sterling.

Die Majorin war völlig abgedreht, nachdem sie alles abgesucht und begriffen hatte, dass ihre Tochter nicht mehr in der Basis war. Hals über Kopf war sie aus dem Gebäude gen Osten gestürmt, hatte am Ausgang Hendrik niedergeschlagen, der sie aufhalten wollte, und dann im Sturmschritt das Gelände verlassen. Es wäre aussichtslos gewesen, ihr zu folgen. Zu Fuß konnte sie nicht weit kommen.

Mit fünfeinhalb Jahrzehnten Erfahrung hatte Vitus in Barbaras Apartment auf ihre Rückkehr gewartet. Keine zwei Stunden später war sie erschienen, das Gesicht mondweiß, die Uniform schweißfleckig, die Haare zerzaust.

»Wohin ist sie Wutkowski gefolgt?«, hatte er mit ruhiger Stimme gefragt.

»Das geht dich einen Scheißdreck an!«, lautete ihre Antwort.

»Ich weiß, dass du mehr weißt, als du sagst. Also: Wohin, Barbara?«

»Ach, leck mich!«

Sie würde nicht nachgeben. Nicht in ihrer Verfassung und in einer solchen Konfrontation. Wenn Barbara Sterling etwas hasste, dann die Niederlage. Also hatte er gerufen, und Hendrik und Karim, ein weiterer Rebell, waren vom Flur ins Apartment getreten, Elektroschockpistolen in den Gürteln, die Gesichter grimmig, Hendrik mit einem blauen Auge. Sie flankierten die Majorin.

»Du nimmst mich gefangen?« Sie lachte fast und wollte es nicht glauben. Ihre Hände spannten sich zu Fäusten.

»Zu deiner und unserer Sicherheit, Barbara.« Vitus rollte direkt vor sie, blickte zu ihr auf. »Entweder du sagst mir jetzt, wo Wutkowski hinwill, oder wir bringen dich in eine Zelle, damit du über Nacht zur Besinnung kommst. Niemand will dir etwas Böses! Wir wollen dir helfen!«

Sie hatte nur auf ihn herabgefunkelt, Wut und Zorn in den grünen Augen. Dann hatte sie auf dem Absatz kehrtgemacht und sich von Hendrik und Karim wortlos in die Zelle geleiten lassen. Dort hatte sie seitdem auf der Pritsche gesessen und die Tür angestarrt. Sie erinnerte ihn an Wutkowski, der genauso auf der Pritsche gesessen und die Tür angestarrt hatte.

Doch zum Glück ist sie zur Vernunft gekommen.

Vitus erreichte die Abzweigung, von der es links zum Zellentrakt ging. Von rechts hörte er Schritte. Es war Jörg, der ihm entgegenkam.

Das zweite Leck im Schiff.

Sein langjähriger Freund sah furchtbar aus. Dunkle Schatten zierten die Augen des Arztes, die Wangen waren fahl und von einem grau melierten Dreitagebart überwuchert. Er hatte Schlagseite, blickte beständig auf das Smartphone, das an seiner rechten Hüfte am Gürtel hing und mit dem er die Krankenstation überwachte. Auch jetzt drückte er daran herum und gab eine knappe Anweisung: »Sabine! Verpassen Sie bitte Jan noch eine Thrombosespritze; ich habe das vorhin vergessen. Danke.«

Er sah auf und seufzte, als Vitus direkt vor ihm den Rollstuhl stoppte. »Da sitzt gleich der Nächste, der eine Spritze bräuchte. Wie lange hast du nicht mehr geschlafen?«

Vitus zuckte mit den Achseln, zwang sich zu einem Lächeln. »Ich könnte dich dasselbe fragen.«

Jörg winkte ab. »Lieber nicht.« Sein Blick fiel den hell erleuchteten Flur entlang zum abgesperrten Zellentrakt. Er schien gedanklich abzuschweifen.

Vitus gab ihm einige Sekunden, dann fragte er leise: »Hast du dich entschieden?« Die Antwort würde entweder dieses Leck stopfen oder das Schiff mit Wasser fluten. Nach dem Streit mit Barbara und Sean vor zwei Tagen war nicht nur Barbara abgedreht, sondern auch Jörg. Er war nahe daran gewesen, seine Sachen zu packen und zu gehen. Er hatte sich in seine Krankenstation zurückgezogen und keine Gespräche mehr mit anderen Leuten geführt, außer mit den Verletzten und der Arzthelferin Sabine. Es wunderte Vitus nicht. Der Vertrauensmissbrauch seitens Sean und Barbara war unentschuldbar und würde in jedem Fall einen tiefen Graben in dem Quartett hinterlassen. Allerdings war Jörgs Ausscheiden keine Alternative, und Gräben ließen sich wieder schließen. Das hatte er Jörg per Anruf in die Krankenstation mitgeteilt. Dass er jetzt zur angesetzten Besprechung erschien, war ein gutes Zeichen.

»Du hast wie immer recht«, murrte Jörg. »Jetzt das Handtuch zu werfen wäre für die Rebellion ein schwerer Schlag. Ohne einen Arzt kommt ihr nicht weit. Außerdem kann ich dich mit ihr und Sean nicht alleine lassen. Aber eines sag ich dir als Freund: Bei einem weiteren Vertrauensbruch mir gegenüber – und sei er noch so klein – bin ich weg. Versteh das nicht falsch. Unsere Ziele sind und bleiben die gleichen, aber ich bin niemandes Hampelmann.« Mit diesen Worten setzte er sich in Bewegung und marschierte den Gang entlang auf den Zellentrakt zu. Er blieb auf halbem Weg stehen und blickte zu Vitus zurück. »Was ist? Lass uns endlich den Schmarrn hinter uns bringen. Ich muss zurück auf die Krankenstation.«

Vitus folgte ihm. »Danke, Jörg.« Und dann fragte er noch: »Wie geht es dem jungen Kruse?«

»Kommt durch.« Stolz huschte über Jörgs Gesichtszüge. »Er wird zwar noch einige Zeit mit dem Bein zu kämpfen haben, aber er sollte mit etwas sportlichem Ehrgeiz vollständig genesen.«

»Gut.« Vitus meinte sowohl Kruses Gesundheitszustand als auch Jörgs Entscheidung. »Das ist gut.«

Sean wartete im Zellentrakt auf sie. Er schien den Stress der letzten Tage als Einziger gut überstanden zu haben. Er sah fast fröhlich und erholt aus. Mit einem Nicken grüßte er und trank einen großen Schluck aus einer Teetasse. Der Geruch von Suppe verbreitete sich. Als Vitus an dem ehemaligen Unternehmensberater vorbei zu Barbaras Zelle rollte, warf er einen Blick in Seans Tasse. Darin befand sich tatsächlich klare Gemüsebrühe. Gewürzflocken trieben gemächlich hin und her.

Wäre er nicht so müde gewesen, hätte er eine spitze Bemerkung gemacht, doch so entriegelte er nur die Tür per Fingersensor und rollte in die Zelle.

Barbara erwartete sie bereits. Sie stand in der Mitte des Zimmers, frisch, gepflegt und mit ausdrucksloser Miene.

»Du wolltest mit uns sprechen?« Vitus versuchte, nicht genervt zu klingen. Eineinhalb Tage hatte sie gebraucht, um zur Besinnung zu kommen. Sechunddreißig Stunden für nichts und wieder nichts.

»Und da seid ihr.« Sie blickte ihnen allen nacheinander in die Augen, zuletzt Jörg, und sagte: »Ich habe einen Fehler gemacht.«

»Die machen wir alle.« Vitus nickte kaum merklich.

»Aber nicht einen solchen«, entgegnete sie. »Mein Verhalten ist unentschuldbar, und ich bitte darum, das Quartett mit sofortiger Wirkung zu verlassen.«

»Damit du Jannah und Wutkowski auf eigene Faust suchen kannst?« Vitus musste ein Schnauben unterdrücken. »Das bringt doch nichts, Barbara. Lass uns gemeinsam eine Lösung finden.«

»Und wie soll die aussehen? Du hast keine Leute, um nach ihnen zu suchen!«

»Eben. Aber wenn wir wissen, wo sie höchstwahrscheinlich sind, können wir gezielt eine Aktion durchführen. Dafür finden wir schon jemanden.«

Sie blickten sich an. Vitus kam es wie eine Ewigkeit vor.

Dann erlöste Barbara ihn. »Wutkowski wollte nach Berlin.«

»Berlin?«, echote er überrascht. »Warum Berlin?«

»Weil er eine alte Freundin dort vermutet.« Schnell fasste Barbara Sterling alles zusammen, was sie wusste.

Schweigend hörten sich Sean, Jörg und Vitus die Geschichte an. Dann nahm Vitus sein Handy und rief Hendrik an. Er gab ihm die Informationen durch, fragte nach dem aktuellen Status und legte wieder auf. »Wenn du uns das gleich gesagt hättest, dann hätten wir sie vielleicht noch irgendwo unterwegs abfangen können.«

»Ich weiß.«

Da sie keine Anstalten machte, mehr zu sagen, seufzte Vitus. »Na gut. Die Dinge sind, wie sie sind, und wenn wir schon beim Thema sind: Es gibt keine Neuigkeiten von den beiden. Ich habe drei Mitarbeiter meines Kernteams von S. Y. D. abgestellt, die zusammen mit Hendrik nach ihnen im Datenstrom fahnden. Ich habe sie angewiesen, jegliche Metasuche einzuleiten, die uns zu ihnen führen könnte. Geldkarten, Personalausweisnutzung, Führerschein, et cetera. Sowohl für Wutkowskis Scheinidentität als auch für Jannahs reale. Sie werden das jetzt mit Fokus auf Berlin ummünzen. Irgendwann werden sie irgendwo auftauchen.«

»Kannst du nicht mehr Leute für die Suche abstellen?«

»Leider nein. Der Rest ist mit der Abschirmung gegen Kehlis' Garde beschäftigt.« Vitus rieb sich die Augen. »Die Versuche, unsere Verschlüsselung zu knacken, haben sich verzehnfacht. Kehlis hat unsere Spuren gefunden, kann sie aber nicht lesen. Wir ändern ständig den Algorithmus, um ganz sicherzugehen, dass das so bleibt.«

»Werden sie sie knacken?«, fragte Sean, der sich auf dem einzigen Stuhl vor dem schmalen Tisch niedergelassen hatte und an seiner Tasse schlürfte.

»Nicht so schnell, keine Sorge.« Vitus gewährte sich dieses Eigenlob. »Auch den Heli konnten sie nicht rückverfolgen. Sie tappen zwar nicht völlig im Dunkeln, aber wir sind aktuell so sicher, wie wir nur sein können.«

Sean hob eine Augenbraue: »Was heißt, *sie tappen nicht völlig im Dunkeln?*«

»Nun, es gibt nicht allzu viele Menschen in Deutschland, die zu so einer Datenverschlüsselung samt Befreiungsaktion in der Lage wären. Ich stehe bezüglich Ersterem sicher bei Johann Kehlis auf der Liste. Übrigens hat der oberste Konfessor Nummer Eins persönlich eine Sonderkommission eingerichtet, wie wir erfahren haben. Auch er wird zu dieser möglichen Schlussfolgerung gelangen. Aber keine Sorge, die Basis hier erscheint in keinen Unterlagen als mein Besitz. Alle Querverbindungen wurden gelöscht. Wir sind eine Art Leerstelle im Datenstrom.«

»Außer jemand verrät unseren Standort.« Seans Worte hingen zwei Sekunden lang unheilvoll im Besprechungsraum.

Dann sagte Barbara: »Sie wird uns nicht verraten.«

»Und er auch nicht.« Vitus hob die Hände, um Einwände im Keim zu ersticken. »Ihr könnt von Wutkowski denken, was ihr wollt, aber er ist zuverlässig und eines keinesfalls: ein Verräter. Ich habe mich viel mit ihm unterhalten, er ist in Ordnung.«

»Aber man könnte beide zum Reden bringen. Ihr wisst, dass Konfessoren kein Pardon kennen.«

»Weswegen wir sie schnellstmöglich finden müssen!«

»Und dann? Willst du sie hierher zurückholen? Auch Wutkowski?«

»Hast du eine bessere Idee, Sean?« Vitus schüttelte den Kopf, weil er wusste, dass keine kommen würde. »Ich schlage vor, wir erfüllen ihm gegenüber einfach unseren Deal. Wir helfen ihm, wenn er untertauchen möchte.«

»Was er uns niemals glauben wird.«

»Weil ihr ihn verschreckt habt«, fuhr Jörg dazwischen.

Vitus hob beschwichtigend die Hände. »Auch das lässt sich nicht mehr ändern. Wir sind halt Menschen und machen Fehler. Ich schlage vor, dass wir Jannah und Wutkowski erst mal finden. Dann werde ich mit ihm reden – und ihn überzeugen.«

»Und dann willst du ihn überwachen?«, fragte Sean. »Völlig in Freiheit entlassen können wir ihn nicht, nicht jetzt mit Fossey in unserer Gewalt.«

»Ich weiß. Wir finden aber eine Lösung. Im besten Fall bleibt er freiwillig bei uns.«

»Oder wir eliminieren ihn.« Seans Stimme war anzuhören, dass er wusste, dass der Vorschlag abgelehnt würde.

Jörg sagte dann auch entschieden: »Nein«, Vitus schüttelte den Kopf, und selbst Barbara sagte: »Wenn wir das tun, verliere ich meine Tochter endgültig. Nein. Wutkowski muss leben.«

Daraufhin schwiegen sie alle einige Sekunden.

Vitus wechselte das Thema. »Jörg hat sich übrigens entschieden. Er wird weiterhin ein Teil des Quartetts sein, aber – und das sage ich jetzt nicht als sein langjähriger Freund, sondern als Initiator – es darf solche Alleingänge wie mit Wutkowski nicht mehr geben. Wir hatten uns geschworen, einstimmige Entscheidungen zu treffen und uns daran zu halten. Wenn wir schon anfangen, unsere eigenen Regeln und Gesetze zu brechen, wie soll dann unsere Gemeinschaft funktionieren? Ich frage also: Seid ihr bereit, euch ab sofort wieder uneingeschränkt an unsere Entscheidungen zu halten, egal, ob sie dem Einzelnen gefallen oder nicht?«

»Was fragst du mich?«, fragte Barbara. »Ich bin kein Teil mehr des Quartetts.«

»Doch, das bist du. Wir brauchen dich, Barbara.« Und das meinte Vitus so.

Zum ersten Mal bekam ihre harte Maske Risse. »Ich habe

mit meinem Verhalten die ganze Rebellion gefährdet, und ihr wollt mir eine zweite Chance geben?«

»Die jeder verdient hat.« *Wie Wutkowski auch.*

Da keiner etwas hinzufügte, nickte Barbara schließlich. »Ihr meint es ernst. Dann werde ich diese Chance nutzen.«

»Danke, Barbara.« Vitus wandte sich an alle. »Haben wir neben dem Problem mit Jannah und Wutkowski noch weitere Tagesordnungspunkte, die dringend besprochen werden müssen?«

»Wie sieht es mit Fossey aus?«, fragte Jörg. »Wie ist euer Eindruck?«

»Engagiert«, antwortete Vitus, »auch wenn der Mann völlig verrückt ist. Ich wollte ihm eines der freien Apartments zuweisen, doch er meinte, ihm würden eine Decke, ein Kissen und ein Klappbett in einem Labor völlig ausreichen. Ich habe ihn also unten im Keller im Labor einquartiert. Er hat sofort losgelegt. Vorhin zeigte er mir erste Pläne seiner Emitterkapsel samt Herstellungspotenzial. Es wäre eine denkbare Option, uns alle damit auszustatten und so dauerhaft gegen die Nanos zu schützen. Wir könnten die Tablettenproduktion einstellen und viele Ressourcen sparen. Natürlich bringt uns das nichts, wenn diese neue Nanogeneration fertig werden sollte, aber bis dahin wäre das ein deutlicher Vorteil für uns, sowohl finanziell als auch logistisch in Hinblick auf Verschleierung der Ressourceneinkäufe und auch psychologisch. Ansonsten haben wir nur Informationen ausgetauscht. Ich habe ihn gebeten, für uns eine umfassende Präsentation der aktuellen Nanofunktionsweise zu erstellen. Dazu Risiken, Probleme seitens Kehlis' und Chancen unsererseits. Wir brauchen eine solide Diskussionsbasis, aufgrund der wir entscheiden können, in welche Richtung wir unsere weitere Strategie ausrichten.«

»Und was überhaupt an Konterstrategien machbar ist«, fügte Sean hinzu. »Nicht jede Idee können wir realisieren.«

Jörg nickte verstehend. Zu Vitus sagte er: »Kannst du mir schnellstmöglich ein Gespräch mit ihm einrichten? Ich habe ein paar konkrete Fragen bezüglich der gesundheitlichen Auswirkungen und speziell der Magenschmerzen, die als Indikator auftreten. Ich möchte nicht bis zur Präsentation damit warten.«

»Du kannst einfach zu ihm runtergehen, aber ich melde dich an. Wir sind so verblieben, dass er so viel Ruhe zum Arbeiten wie möglich bekommt.« Vitus tippte eine Notiz in sein Handy, dann blickte er in die Runde. »Gibt es sonst noch etwas Wichtiges? Wenn nicht, dann würde ich die Sitzung beenden und mit Hendrik nach Jannah und Wutkowski suchen.«

»Wir sollten einen Gottesdienst ansetzen«, sagte Jörg.

»Einen Gottesdienst?« Seans Augenbrauen wanderten nach oben, bildeten kleine Speckwülste auf seiner Stirn.

»Du hast schon richtig gehört.«

»Und wofür sollen wir beten?«

»Für die zufällig im Keller liegenden vier Toten. Und für Thorsten Gabler. Wir müssen der Verstorbenen der Fossey-Mission gedenken, Sean. Egal wie wir es tun, aber dafür müssen wir uns Zeit nehmen. Das gehört sich einfach.«

Vitus hob die Hand, um Seans nächsten Einwand von vornherein zu unterbinden. »Ich finde den Vorschlag ausgezeichnet«, sagte er. »Es wird die Gemeinschaft stärken. Die Verbundenheit. Das Wir-Gefühl. Das sind Dinge, von denen du, Sean – mit Verlaub –, wenig Ahnung hast. Ich werde mir ein paar Worte für eine Rede überlegen.« Er machte sich eine weitere Notiz, blickte wieder in die Runde. »Sonst noch etwas?«

Jörg und Barbara schüttelten die Köpfe, und Sean nippte beleidigt an seiner Suppe.

»Dann wären wir vorerst fertig.« *Zum Glück.* Vitus steckte

sein Handy ein. »Kommst du mit in mein Büro, Barbara? Vielleicht können wir mit Hendrik Details herausarbeiten, die die Suche präzisieren.«

»Das könnt ihr gleich hier machen«, sagte Jörg und deutete zur Zellentür. Ein rotgesichtiger Hendrik platzte herein.

»Wir haben da was! Die angepasste Suche ergab einen Treffer!« Er schien gerannt zu sein. Sein Brustkorb pumpte heftig. Sein Kehlkopf hüpfte auf und ab. »Wir haben eine Mietwagenbuchung.«

»Und wo?« Adrenalin schoss durch Vitus' Körper.

»Tatsächlich in Berlin. Gestern Abend. Auf Jannahs Führerschein.«

Kapitel 41

Berlin

Im JK's-Café MAXIMILIAN steppte schon vormittags der Bär. Hinter der ausladenden Selbstbedienungstheke brummten und fauchten die auf Hochglanz polierten Kaffeemaschinen, die Angestellten lachten in ihren schicken Polohemden, liefen durch den Gastraum und räumten klappernd gebrauchtes Geschirr ab. Überalldem lag die Geräuschkulisse zahlreicher angeregter Unterhaltungen.

Es machte Maria ganz krank. Für ihren Geschmack wurde zu viel gelacht und gescherzt. Niemand schien Sorgen zu haben.

Sie wandte den Blick vom Trubel ab und blickte zum Fenster hinaus auf die Straße. Auf der anderen Seite hinter einer Kreuzung war der Umriss der Gardedirektion 21 zu sehen. Der Gebäudekomplex bestand aus einem Vorder- und einem Hinterhaus. Der vordere Bereich war richtig schnieke; elegant, eingeschossig, mit Rundungen aus Beton und jeder Menge Glas. Der hintere Teil war hingegen dreigeschossig und rein aus Beton. Er wirkte wie der plumpe Körper eines fetten Käfers. Allein das Dach, eine Glaskuppel, wirkte gefällig und passend zum vorderen Gebäudeteil.

»Irgendwo dort drüben ist er.« Maria unterdrückte ein Zittern. Ihre Hände krampften sich um die Kaffeetasse, auch wenn diese noch ziemlich heiß war.

»Wir retten ihn.« Malek griff über den Tisch und drückte ihren Unterarm. »Du wirst sehen: Alles wird gut.«

»Du hörst dich an wie ein Pfaffe.« Maria entwand sich seinem Griff und trank von dem Kaffee, spülte den schmierigen Geschmack der MMF-Tablette hinunter, die sie vorhin genommen hatte. Beides schmeckte fad und sauer, genauso wie ihre Zukunft.

Er zuckte mit den Achseln. »Wenn ich mich recht erinnere, warst du früher die Optimistin im Team.«

»Mit der Betonung auf *warst*. Kannst du dir bei der aktuellen Lage ernsthaft eine rosige Zukunft vorstellen? Mit dem Rotschopf vielleicht? Ja? Ihr beide irgendwo am Strand unter Palmen, sie mit deinem Schwanz im Mund?«

»Eher in 'ner Almhütte in den Bergen.«

Maria schnaubte. »Ich wusste gar nicht, dass man im Knast romantisch wird.«

»Ich auch nicht.«

»Und verklärt.« Sie beugte sich über den Tisch und senkte die Stimme. »Schau dir diesen Scheiß hier an. JK's-Café.« Sie deutete mit einem Nicken aus dem Fenster. Direkt gegenüber lag ein City-Supermarkt. In den Schaufenstern prangten Dutzende Logos in Parallelogrammform. »JK's, JK's, JK's. Dir muss ich ja nicht sagen, was wir hier saufen, und du denkst an 'ne Almhütte? Als ob Abgeschiedenheit die Lösung wäre. Irgendwann holt dieser Dreck alle ein. Weltweit. Das sag ich dir. Darauf wirds rauslaufen. Erst Deutschland, dann Europa, schließlich die Welt.«

Ein Funke Ärger trat in seine Augen. »Und warum willst du Paul dann überhaupt rausholen? Du könntest einfach dort rüberspazieren und Nummer Elf sagen, dass du mich nicht auslieferst. Gib mir nur eine halbe Stunde Vorsprung, okay?«

Maria winkte ab.

»Siehst du«, sagte er, »du hoffst genauso wie ich auf eine

Lösung. Und es gibt immer eine Lösung. Zu dritt werden wir das Kind schon schaukeln.«

»Ja, zu dritt.« Maria nippte mehrmals an ihrem Kaffee. Dann fragte sie: »Wie lang kennst du sie eigentlich schon? Einen Monat?«

Er trank ebenfalls und sagte anschließend: »Kommt hin.«

»Was macht dich so sicher, dass sie die Richtige ist?«

»Hab ich das gesagt?«

»Nein, aber du musst nur mal in den Spiegel schauen. Du bist ihr mit Haut und Haar verfallen.«

Auf seiner Stirn bildeten sich Falten. »Nehmen wir mal an, du hättest recht; was wäre daran das Problem? Entscheidend ist doch, dass sie mir verfallen ist. So hilft sie uns.«

»Sie hilft dir, Malek, nicht uns. Mich kann sie nicht ausstehen. Sie ist nur um deine Sicherheit besorgt, was sie für mich zu einem Risiko macht. Wenn sie sich entscheiden müsste, dich oder Paul zu retten, sie würde dich retten.«

»Und du würdest deinen Sohn retten.« Malek zuckte mit den Achseln. »Jeder hat seine Prioritäten.«

»Richtig. Ich frage mich nur, was deine sind, und ob du sie überhaupt selbst kennst.« Maria wandte den Blick ab, hinaus auf die Gardedirektion 21. Ein Sonnenstrahl verirrte sich durch die Wolkendecke, spiegelte sich in der Glaskuppel und blendete sie für einen Augenblick, bevor wieder ein Wolkenschatten über das Glas kroch.

Warum hatte sie das mit Jannah sagen müssen? Warum ihn zum Nachdenken bringen? Er hatte seine Entscheidung getroffen, ihr zu helfen, und darüber war sie froh. Und vielleicht würde er sich im Zweifelsfall für Paul entscheiden. Malek war im Herzen ein guter Mensch. Er würde sicher einem Kind die Zukunft schenken, wenn er konnte, oder nicht? Sie würde es auf jeden Fall. Sie würde ihr Leben geben, um Paul eine Zukunft zu ermöglichen. *Und ich würde Malek opfern.*

Der Gedanke brannte zwischen ihren Rippen, doch es war die Wahrheit. Als sie im Morgengrauen zu dritt das Hotel Poseidon betreten und das nikotingelbe Grinsen des Portiers am Eingang hinter sich gelassen hatten, war ihr das klar geworden. Da konnte er noch so sehr wie früher sein und ihr seine Hälfte des Betts anbieten, sich selbst in den fleckigen Sessel des Hotelzimmers lümmeln und versuchen, im Sitzen zu schlafen – es war nicht mehr wie früher. Maria hatte ihn schließlich ins Bett geschickt, zu seiner Flamme, und sie selbst hatte im Sessel Platz genommen. Sie hatte Malek zwei Stunden lang betrachtet, und was sie dabei gefühlt hatte, war zwar Wärme, aber die einer erlöschenden Glut. Dahinter lauerte eisige Abgebrühtheit. *Malek gegen Paul.* Sollten alle Stricke reißen, würde Maria ihn opfern und hoffen, dass Dominik sein Wort hielt. *Hab ich je mein Wort gebrochen, Maria?*, hatte Malek gefragt. Nein, das hatte er nicht, aber das hatte Dominik genauso wenig …

»Da kommt sie.« Malek klang seltsam abgeklärt und nickte Richtung Straße.

Der Rotschopf überquerte gerade eine Ampel und kam direkt auf das Gebäude zu. Jannah schlängelte sich durch die Menschenmassen, betrat das Café, marschierte an die Theke, bestellte sich einen Salted Caramel Cappuccino und kam mit dem schaumigen Getränk in den hinteren Bereich zum letzten Seitenfenster, neben dem sie saßen.

»Neunundvierzig Mann Besetzung.« Sie schlüpfte aus ihrer Jacke, hängte sie über die Stuhllehne und gesellte sich zu ihnen an den schmalen Tisch. Die Cappuccinotasse klimperte auf dem Unterteller. »Die Direktion ist kleiner, als ich erwartet hatte. Ich war sogar im Empfangsbereich. Es ist unglaublich. Die Warteschlange für Beichten war ellenlang. Als gäb's kein Morgen mehr.« Sie rührte ihren Kaffee um und schien das Gesehene nicht glauben zu wollen.

Malek wartete einige Sekunden, bevor er ihr ein leeres Notizblatt samt Stift über den Tisch schob. Auf dem Papier prangte das wasserblaue Logo des Hotels POSEIDON. »Kannst du den Grundriss aufzeichnen?«

Jannah schleckte den Löffel ab und nickte. Zügig skizzierte sie ein längliches Rechteck, verstärkte Außenmauern und zeichnete grob Innenmauern ein. Das Rechteck wurde so der Länge nach gedrittelt. In den Vorderteil des mittleren Drittels schrieb sie EMPFANG und zog eine Trennlinie. In das Feld dahinter ERFASSUNGSSTATION. In das Drittel links daneben BÜROS.

»Hier kommt man rein«, erklärte sie und deutete auf den zentralen Empfang. »Der ganze Bereich samt den Büros links besteht aus Glas. Der Bereich rechts aus Beton. Hinter dem Empfang gibt es eine Schleuse, wieder viel aus Glas. Dahinter erkennt man die Erfassungsstation für Personen, die Beichten ablegen.«

»Bleiben also zwei Bereiche, in denen die Zellen liegen können.« Malek tippte auf das große, unbeschriftete Rechteck rechts der Erfassungsstation und auf den Bereich links hinter den Büros. Er rümpfte die Nase. »Zwei Optionen sind scheiße. Wir müssen es genauer wissen. Und was ist überhaupt der Gebäudeteil dahinter? Du hast nur den vorderen Teil gezeichnet.«

»Was das da hintendran ist, wüsste ich auch gern«, sagte Jannah. »Ich habe so was bei keiner Direktion bisher gesehen. Es könnte der Zellenbereich sein.«

»Wäre ein ganz schön großer.«

»Vielleicht eine Sammelstation«, sagte sie, »oder etwas ganz anderes. Eine Art Stadtgarage für Gardefahrzeuge? Ich habe auf der Rückseite beim Vorbeilaufen ein Rolltor gesehen. Es könnte echt alles sein. Bisher ist uns so etwas noch nicht untergekommen.«

Maria räusperte sich und tippte auf die rechte Seite der Zeichnung. »Die Zellen werden vermutlich hier sein.«

Malek wandte sich ihr zu. »Du hörst dich ziemlich sicher an.«

»Es ist nur logisch. Die Büros sind links. Man wird in der Nähe einen Aufenthaltsraum, eine Küche und Sanitäranlagen gebaut haben. Das soll die Öffentlichkeit sicher nicht sehen, aber Kehlis will Effizienz. Also kurze Wege.« Sie nahm Jannah den Stift aus der Hand, markierte den Bereich links hinten, indem sie ihn durchstrich. »Außerdem kommt jemand, der sich selbst und nicht jemand anderen beichtet, direkt von der Erfassungsstation nach rechts in den Zellentrakt. Vermutlich gibt es dort auch Verhörräume. Alles andere wäre organisatorisch sinnfrei.«

Jannah betrachtete die Zeichnung. »Da hat sie recht. So einen ähnlichen Aufbau habe ich auf Bauplänen anderer Direktionen schon gesehen, nur spiegelverkehrt.« Sie klopfte mit dem Zeigefinger auf die mittig liegende Erfassungsstation. »Das ist der Knotenpunkt. Es gibt einen Hintereingang für die Garde und den Haupteingang über den Empfang. Je nach Anliegen gehts rechts in die Zellen, links zu den Büros oder direkt nach hinten.«

»In das ominöse Gebäude.« Malek strich sich durch den Bart. »Wir sollten wissen, was es ist.«

»Wird schwierig. Im Netz stand dazu nicht, und man kommt nicht rein.«

»Ein unwägbares Risiko also. Wie wird nachts die Besetzung sein? Gibt es Erfahrungswerte?«

Jannah wackelte mit dem Kopf, ein uneindeutiges Jein. »Jede Direktion hat eine gewisse Anzahl an Dedu-Teams. Die bestehen aus je fünf Personen; einem Fahrer und vier Gardisten.«

»Dedu-Teams?«

»Frei übersetzt: Abholteams. Dedu ist die Abkürzung für

deducere. Ist lateinisch und bedeutet so viel wie *geleiten*. Kehlis bedient sich viel der sakralen Sprache. Konfessoren, Beichten, Dedu-Teams. Übrigens: Der Gruß *In Kehlis* stammt ebenfalls aus dem Christentum. Dort gibt es den Gruß *In Christus* oder *In Christus verbunden*.«

Malek schaute angeekelt. »Und diese Dedu-Teams sind nur dazu da, Leute abzuholen, die gebeichtet haben? Warum sind sie so groß? Bei polizeilichen Verhaftungen reichten zwei Beamte aus. Intolerante sind doch auch nicht gefährlicher.«

»Das nicht, aber Kehlis will, dass die Außenwirkung entsprechend ausfällt. Es muss ja zu seiner Geschichte mit dem Grippevirus und dem Aggressionspotenzial passen. Was wäre da besser, als einen Betroffenen gleich von vier Personen abholen zu lassen? So wirken sie gefährlich.«

»Und wie viele Teams hat so eine Direktion etwa?«

»Bei der Besetzung hier vermutlich sechs Teams in üblicher Dreierschicht.«

»Dann sind also immer zehn Mann im Einsatz und mit Pech vor Ort. Was ist mit den restlichen neunzehn Personen?«

»Einer am Empfang, einer an der Erfassung, einer als Wärter für den Zellentrakt. Ebenfalls Dreierschichten. Bleiben zehn übrig. Vermutlich Bürokräfte oder Angestellte für das dahinten und ein Konfessor, der die Direktion leitet.«

»Im besten Fall sind also nur drei Personen vor Ort.« Maria rieb sich die Faust. »Das ist ein Kinderspiel.«

»Du vergisst deinen Freund«, bemerkte Malek. »Nummer Elf gehört sicher nicht der Dienststelle an. Wir haben also mindestens vier Mann vor Ort, eher neun, wenn eines der Dedu-Teams da ist, im schlechtesten Fall sogar vierzehn Mann, eventuell sogar noch ein oder zwei Innendienstler, die Nachtschichten schieben. Wir sind zu dritt.«

»Immer noch eine akzeptable Quote«, erwiderte Maria. »Eins zu fünf hatten wir früher auch schon.«

Malek erwiderte nichts, tauschte stattdessen mit Jannah einen langen Blick, die an ihrem Cappuccino nippte. Dann lehnte er sich in seinem Stuhl zurück, kreuzte die Arme hinter dem Kopf und atmete lange aus. Beim Anblick der Decke huschte etwas über sein Gesicht. Er fragte Jannah: »Weißt du, wie hoch die Räume in der Direktion sind?«

»Wie bitte?«

»Die Raumhöhe im Erdgeschoss. Circa zwei Meter fünfzig? Drei Meter? Vier Meter?«

»Eher fünf. Die Empfangshalle war richtig luftig. Ein Palast. Warum fragst du?«

»Fünf Meter«, grübelte Malek, »und viel Glas.« Er schürzte die Lippen. »Dann hätt ich vielleicht 'ne Idee.«

Die beiden Frauen musterten ihn neugierig, während er weiterhin die Decke anstarrte.

»Nun sag schon!«, drängte Maria.

Drei Minuten später hing jeder seinen eigenen Gedanken nach und stellte sich Maleks Plan vor, bis Jannah mit einem leichten Tremor in der Stimme fragte: »Wann wollen wir es durchziehen?«

»Bald.« Maria schaute wieder zur Gardedirektion hinüber.

»Heute Nacht«, schlug Malek vor. »Je früher wir Paul rausholen, desto besser für ihn und uns.«

Jannah trank den Rest ihres Cappuccinos und schlüpfte im Sitzen in ihre Jacke. »Dann sollten wir los. Es gibt viel zu tun.«

»Ja, das stimmt.« Malek wandte sich an Maria. »Was ist mit Nummer Elf? Sollen wir ihn anrufen?«

Damit du erfährst, dass er dein Bruder ist? »Nein.«

»Ein paar Fehlinformationen könnten hilfreich sein.«

»Nein«, wiederholte Maria. »Es wird ihn nur warnen, vorsichtiger machen.«

»Und wenn ihr beide miteinander telefoniert? Er hört sicher deine Anrufe ab. Dann könnte Jannah dir als unbekannte

Dritte Unterstützung anbieten, aber auch eine Verzögerung vorspielen. Es könnte ihn von heute Nacht ablenken.«

»Oder genau darauf aufmerksam machen.« Maria schüttelte den Kopf. »Er ist ein Konfessor. Er ist schlau. Er wird das durchschauen.«

»Außerdem weiß er dann von mir.« Jannah schloss den Reißverschluss ihrer Jacke. Auch für sie war das Thema durch.

Nur für Malek noch nicht. Maria sah es in seinem Gesicht. Fehlinformationen waren ein mächtiges Werkzeug, wenn man es richtig einsetzte. Deshalb setzte er abermals an: »Aber wir könnten …«

»Nein!«, sagten beide Frauen synchron.

Malek hob abwehrend die Hände, grinste. »Das erste Mal, dass ihr euch einig seid. Wie schön.«

Ja, wie schön, dachte Maria und strich sich eine Haarsträhne aus der Stirn, um den Angstschweiß unbemerkt wegzuwischen.

Maria war noch keine Sekunde auf der Toilette des Cafés verschwunden, als Jannah Malek am Arm packte und ihn vor dem Ausgang im Gastraum zurückhielt. »Hast du gesehen, wie sie geschwitzt hat?«

»Ist auch warm hier.«

»Nein! Sie hat erst geschwitzt, als du den Anruf bei Nummer Elf vorgeschlagen hast! Ich sags dir, Malek, da stimmt was nicht.«

»Und was bitte soll das sein?«

»Ich weiß es nicht, aber vertrau meiner weiblichen Intuition! Sie wollte nicht, dass du anrufst.«

»Du auch nicht.«

»Weil ich das Überraschungsmoment viel wichtiger finde als eine Fehlinformation! Ich habe einen Grund, sie hat Angst!«

»Angst?« So wie er es sagte, glaubte er ihr nicht.

»Ja, vielleicht steckt sie mit Nummer Elf unter einer Decke und will nicht, dass wir es herausfinden. Keine Ahnung.«

Er schüttelte den Kopf. »Du hast selbst gesagt, dass ein Deal seinerseits schon völlig unpassend ist, was wäre dann die Zusammenarbeit mit einer Intoleranten?«

»Ich weiß, was ich gesagt habe, und ich kann es mir auch nicht erklären. Ich weiß nur, dass mit ihr was faul ist.« Jannah hoffte, er würde es einsehen, doch er tat es nicht. Also löste sie sich von ihm und ging zurück durch den Gastraum.

»Wo willst du hin?«, rief er ihr irritiert hinterher.

»Für kleine Mädchen!«

»Jannah …«

»Keine Angst, ich behalte meine Sorgen für mich.«

Selbst die Scheißhäuser des JK's-Cafés waren schick. Vollständig gefliest mit ausladenden Rechtecken; erdfarben am Boden, sandfarben an den Wänden. Eine schmale Leiste von Natursteinen durchzog auf Augenhöhe die Wände, vermittelte noch mehr Natürlichkeit. Es gab unglaubliche acht Toiletten. Jannah blieb am Eingang stehen, schloss leise die Tür hinter sich. Maria war nirgends zu sehen, doch aus der hintersten Kabine drang das Geräusch der Spülung. Die Tür ging auf, und sie trat heraus. Sie bemerkte Jannah, verharrte einen Augenblick, nickte ihr schließlich zu und wusch sich die Hände. Der Seifenspender quietschte. Sie sagte nichts.

Viel zu abgebrüht. Jannah ging langsam an ihr vorbei, den Augenkontakt mithilfe des Spiegels über dem Waschbecken haltend, und betrat die vorletzte Kabine. Sie schloss hinter sich ab. Die Toilette war verdreckt, völlig mit Urin verspritzt. Angeekelt drehte sich Jannah herum, als würde sie sich setzen, öffnete den Knopf ihrer Jeans und zog den Reißverschluss hinab. So verharrte sie und wartete, bis Maria das Wasser abstellte, Papierhandtücher zog, zum Ausgang schritt und schließlich die Tür öffnete. Für einen Moment wehte die Geräuschkulisse des Cafés herein, dann wurde es still.

Jannah zählte noch bis zehn, dann schloss sie ihre Hose und verließ unverrichteter Dinge die Kabine. Maria war wirklich gegangen. Schnell huschte Jannah in die letzte Kabine. Auch diese war völlig verdreckt. Hier war Maria sicherlich nicht aufs Klo gegangen. Aber was hatte sie dann gemacht? Telefoniert? Mit Nummer Elf?

Jannah blickte einige Sekunden nachdenklich ins Klo. Etwas Weißes schwamm im Wasser, zeigte sich wie ein scheuer Fisch unter der Keramikbiegung des Abflusses. Sie beugte sich hinab, um den Gegenstand besser erkennen zu können. Es war eine Visitenkarte. Darauf standen eine Elf und eine Mobilfunknummer. Das Blut am Rand der Karte löste sich im Wasser und stieg auf wie rosa Rauch.

Kapitel 42

Berlin

Kühle Luft drängte zum Fenster herein, strich Malek über den Oberkörper. Seine Hände waren auf die Fensterbank gestützt. Er blickte vom siebten Stock des Hotels hinaus auf die Lichter der Stadt und spürte das Pulsieren der anbrechenden Nacht. Es konnte das letzte Mal sein, dass er ein Lichtermeer sah. Er genoss den Anblick und den Moment der Ruhe und Freiheit, auch wenn beides einen bittersüßen Geschmack hinterließ.

In knapp acht Stunden, gegen vier Uhr morgens, würden sie die Rettungsaktion durchführen. Alles war vorbereitet, sie hatten zu dritt den ganzen Nachmittag hantiert, geplant und Besorgungen erledigt. Jetzt hieß es warten, Kraft tanken.

Maria war seit einer Dreiviertelstunde unterwegs, um Abendessen zu besorgen. Sie hatte betont, dass es locker eine Stunde dauern würde, bis sie mit dem Essen zurück sei, weil der Italiener namens Alfons nicht der schnellste Koch sei. Malek hatte nicht Nein gesagt.

Er neigte leicht den Kopf, als Jannah aus dem Badezimmer tapste und hinter ihn trat. Sie schmiegte sich an ihn. Er spürte ihre Brustwarzen an seinem Rücken.

»Seit dem Café bist du anders«, stellte sie leise fest. »Irgendwie distanziert. Was ist los?«

Er öffnete den Mund und schloss ihn wieder. Ihn wunderte nicht, dass sie seine innere Zerrissenheit spürte. Maria hatte ihm im Café die Augen geöffnet. Jannah konnte nicht bei ihm bleiben, auch wenn er sich das wünschte.

Er sagte: »Du weißt, dass der Einsatz äußerst riskant ist.«

»Dumm bin ich nicht.«

»Keinesfalls.« Malek schloss für einen Moment die Augen, dann sagte er: »Ich möchte nicht, dass du dabei bist.«

Zu seiner Überraschung löste sie sich nicht von ihm. »Ich wusste, dass du so was sagen würdest, aber du wirst mich nicht so schnell los.«

Er schloss das Fenster und drehte sich zu ihr herum. Sie war heiß, wie sie nur mit Slip bekleidet vor ihm stand. Wie eine Fackel in der Nacht. Am meisten leuchteten ihre Augen.

»Ich will nicht, dass du dein Leben für eine Sache riskierst, die nicht deine ist«, gestand er.

»Sie ist auch meine.« Sie ergriff seine Hände. »Es ist unsere, Malek. *Unsere*. Vielleicht können wir neben Pauls Rettung auch etwas über die Direktionen herausfinden. Mich würde zu sehr interessieren, was das für ein Gebäudeteil ist.«

»Und dann? Was bringt uns diese Information? Rein gar nichts. Ohne Ressourcen sind wir nichts. Du hast heute gesehen, wie wir improvisieren müssen, weil wir so beschränkte Mittel haben. Wenn du erfolgreich rebellieren willst, dann nur mit Vitus' Macht.«

Sie senkte den Kopf. Im Raum schien es dunkler zu werden. »Ich weiß. Deswegen werde ich Maria und ihren Sohn in die Basis bringen, vorausgesetzt, wir können ihn rausholen.«

Er schaute sie nur an.

»Kein Einwand?«, fragte sie. »Kein Widerspruch?«

»Ich weiß von dem Deal zwischen dir und Maria.«

Ihre Stimme kühlte ein paar Grad ab. »Hat sie ihn verraten?«

Kopfschüttelnd deutete er zum schmalen Schreibtisch des Hotelzimmers. Darauf lagen die beiden Funkohrstöpsel.

Sie brauchte nur einen Moment, bis sie begriff. »In der Tanke? Als du Bier holen warst?«

Er nickte.

»Du Arsch! Warum hast du nichts gesagt?«

»Wozu? Du traust ihr nicht, und das würde ich an deiner Stelle auch nicht. Dass du mich aber beschützen willst, indem du ihr einen Deal anbietest, ist … keine Ahnung … Wahnsinn.«

»*Wahnsinn?*« Sie stieß schnaubend die Luft aus. »Ich hätte ihr den Deal doch nicht anbieten sollen.«

»Zu spät.«

Ihr Mund verzog sich. »Weißt du, dass du dich gerade wie ein ziemliches Arschloch anhörst? Sie zu den Rebellen zu bringen ist das einzig Sinnvolle. Das brauche ich dir nicht zu sagen.«

»Nein, das brauchst du nicht.«

Jannah streifte sich ihr Shirt über. Sie strich sich widerspenstige Haare aus der Stirn und fragte schließlich: »Du wirst definitiv nicht mit zurückkommen?«

»Deine Mutter wollte mich umbringen. Sie wird ihre Meinung kaum geändert haben.«

»Außer du schließt dich uns an!«

Ja, außer ich schließe mich euch an und mache mich zum Sklaven eines Freiheitskampfes, der nicht meiner ist. Eine Stimme in seinem Kopf, die sich stark nach Vitus Wendland anhörte, widersprach: *Es betrifft Sie sehr wohl, Wutkowski. Ohne einen Sieg der Rebellion werden Sie in Löchern wie diesem hausen, von Versteck zu Versteck kriechen und kontaminierten Müll fressen. Sie werden völlig übermüdet im Sitzen schlafen, die geladene Knarre auf den Oberschenkeln, weil Sie jede Sekunde Angst haben, von einem Konfessor überrascht zu werden. Es wird keine Freiheit für*

Sie geben, solange Kehlis herrscht. Und Marias Stimme wiederholte ihre Worte vom Morgen: *Als ob Abgeschiedenheit die Lösung wäre. Irgendwann holt dieser Dreck alle ein. Weltweit. Das sag ich dir. Darauf wirds rauslaufen. Erst Deutschland, dann Europa, schließlich die Welt.*

Malek fragte: »Seit wann stehst du eigentlich wieder auf der Seite der Rebellion? Vor zwei Tagen konntest du noch herzlich auf sie verzichten.«

»Ja, vor zwei Tagen.« Jannah setzte sich aufs Bett. »Aber du hast recht mit dem, was du über unsere Mittel sagst. Um Erfolg zu haben, brauchen wir Vitus' Geld und Einfluss. Ohne seine Ressourcen sind wir von vornherein zum Scheitern verurteilt. Aber so wie bisher werde ich nicht weitermachen. Diese Passivität der Rebellion ist falsch. Wir könnten zum Beispiel ein Sondereinsatzkommando gründen. Wir könnten konkrete Nadelstiche setzen, wie ich es vorgeschlagen habe. So könnten wir viel mehr erreichen!«

»Ja, vielleicht«, war alles, was er dazu sagte. *Aber nicht mit mir*, war außerdem das, was er dachte. Da blitzte ein kitschiges Bild vor seinen Augen auf: eine Almhütte, dahinter ein spiegelglatter See, die Hügel ringsum saftig grün bewaldet. Gipfel standen kopf, Wolken zogen doppelt dahin, und in seinem Nacken spürte er Moos, feucht und kühl, angenehm in der Sommerhitze. Irgendwo summte eine Frau eine Melodie. Es klang verdammt nach Jannahs angenehmem Alt.

Mit einem Ruck war Malek neben der Tür des Hotelzimmers und kramte in den Einkäufen herum. Er fand, was er suchte: drei Glasflaschen, zwei davon groß, eine klein. Mit einem Feuerzeug öffnete er die beiden Biere und tat, was er tun musste.

Mit den Bieren ging er zu Jannah zurück, reichte ihr eines. »Ich hab da noch was ganz anderes.«

»Und was?« Auch wenn sie das Bier nahm und einen ersten Schluck trank, war ihr Tonfall kühl. Vermutlich hatte sie gehofft, dass er die Idee mit einem Sondereinsatzkommando innerhalb der Rebellion begrüßen würde.

»Etwas über deinen Vater.«

Die Worte vertrieben die Kühle aus ihrer Stimme. »Kanntest du ihn?«

»Nein. Aber Fossey hat etwas gesagt, das deinen Vater betrifft.«

»Fossey?«

»Ja, in der Besprechung nach seiner Befreiung. Etwas wegen der Nanos.«

»Was weißt du über meinen Vater?«

»Nicht viel. Er soll sich beim Versuch der Rückkonditionierung das Leben genommen haben.« Malek trank von seinem Bier. Aus dem Augenwinkel musterte er ihre Reaktion.

Sie blickte ihn durchdringend an, forschte in seinem Gesicht, dann trank sie ebenfalls. »Weiter«, forderte sie schließlich, und ihre Stimme klang belegt.

»Ihr habt vermutet, dass es eine Art Schutzmechanismus seitens der Nanos war.«

»Der Suizid als eingespeister Ausweg, ja.«

»Die Vermutung war falsch.«

Sie saß ruhig da, schlang die Hände um die Bierflasche und trank.

»Fossey sagte, dass ein nanoherbeigeführter Suizid in der Bevölkerung ausgeschlossen sei. Sie hätten die Schreiber in den Nanos so programmiert und mit Fallbacks versehen, dass dies unmöglich sei.«

»Du willst mir also sagen, dass er sich freiwillig umgebracht hat?«

»Ich will damit gar nichts sagen, Jannah. Ich kannte deinen Vater nicht. Die Nanos waren nur nicht direkt für seinen Tod verantwortlich. Das ist alles, was ich weiß.«

»Und warum erzählst du mir das jetzt? Ist das so ein Arschlochversuch, mich zum Aussteigen zu bringen?«

Er schüttelte den Kopf, blickte traurig auf das Bier in ihren Händen. »Nein. Ich wollte nur, dass du die Wahrheit kennst. Ich an deiner Stelle hätte es wissen wollen.«

Einige Minuten später sagte sie schließlich: »Danke«, und er nickte nur und leerte sein Bier.

Dann erhob sie sich, ein wenig ungelenk, und gähnte ungeniert. »Mann, haut das eine Bier rein.« Sie leerte den Rest in einem Zug. »Ich glaub, die Marke merk ich mir.« Sie las das Etikett, und noch einmal. Dann begann sie ganz langsam mit dem Kopf zu nicken und wurde immer schneller. Im gleichen Takt wippte sie mit dem Fuß und ließ lasziv die Hüfte schwingen. Beinahe wäre sie dabei gestürzt, doch sie lachte nur, richtete sich auf und sagte: »Heidi hei.«

Malek war schon an ihrer Seite, nahm ihr die leere Bierflasche aus der Hand. »Ich glaube, du gehst jetzt besser ins Bett und pennst ein paar Stunden vor. Heute Nacht müssen wir fit sein.«

Sie kicherte und griff ihm in den Schritt. »Willst du noch mal ficken?«

»Später.« Er schob sie aufs Bett. »Ich muss erst noch aufs Klo.«

»Dann mach hin. Meine Brosche juckt.« Sie rülpste laut. Ihre Augen blickten an ihm vorbei. »Sind das da hinten Luftballons an der Decke?«

»Gut möglich.« Malek deckte sie zu, strich die Bettdecke glatt. Noch bevor er damit fertig war, ging Jannahs Atem ruhig und regelmäßig. Sie war weggenickt.

Malek atmete tief durch, sank neben ihr aufs Bett, fuhr ihr durch das störrische rote Haar. »Es ist nur zu deinem Besten«, flüsterte er.

Er erhob sich, zog sich an und packte seinen Rucksack.

Dann suchte er in Jannahs Sachen nach ihrem Handy. Das Gerät war seit ihrer Flucht aus der Rebellenbasis deaktiviert, damit man sie nicht orten konnte. Er schaltete es ein, stellte es stumm und vergewisserte sich, dass es sich ins Netz einwählte. Dann verschickte er eine Textnachricht bestehend aus drei Ziffern: 708. Das Mobiltelefon legte er neben sie aufs Nachtschränkchen.

Dann verließ er das Zimmer, hängte das Bitte-nicht-stören-Schild an den Knauf, sperrte ab und ging mit gesenktem Haupt und einem vermehrten Drang zu blinzeln zum Fahrstuhl. Eine Hand war um den Schlüssel geballt, die andere um das braune Fläschchen Ketamin, das er unterm Ladentisch vom zahnlückigen Portier gekauft hatte.

Maria wartete in der Hotellobby auf ihn. Sie hatte Abendessen für zwei besorgt.

Kapitel 43

Irgendwo

»Mein liebes Kind.« Seine Stimme drang von irgendwoher zu ihr.

Jannah tastete sich mit ausgestreckten Armen durch die Dunkelheit. Sie schien das schon seit einer Ewigkeit zu tun. Ihre Beine schmerzten, der Boden war eiskalt, und sie fühlte glatte Fliesen unter ihren Fingern, unterbrochen von rauen Fugen, wo ihre Fingerkuppen stoppten.

»Hier, mein Kind.«

Die Stimme kam jetzt von rechts, und Jannah wechselte die Richtung. Mit der linken Hand an der Wand schob sie sich vorwärts, bis sie sich schmerzhaft das Schienbein an einer Kante stieß. Sie unterdrückte einen deftigen Fluch – man fluchte nicht in Anwesenheit Erwachsener – und tastete nach dem Hindernis. Es war aus Holz, eine Art Pritsche. Darauf lag etwas Weiches, Flaches. Jannah befühlte es, drückte es, knautschte es, ließ ihre Finger darüber wandern. *Eine dünne Schaumstoffmatratze.*

»Warm, Mädchen, ganz warm.« Die Stimme war nah.

Jannah schluckte ihre Aufregung herunter. Sie krabbelte auf die Pritsche, glitt mit den ausgestreckten Händen Zentimeter um Zentimeter weiter vorwärts, folgte einer sanften Vertiefung im Schaumstoff, stieß auf ein weiteres Hindernis.

Dieses war warm und weich und hatte fünf Zehen. Ein nackter Fuß.

»Da bist du ja. Komm, leg dich zu mir.«

Jannah folgte, befühlte das Bein, das in einer flauschigen Flanellhose steckte, ertastete eine Hüfte, einen Bauch, dann Rippen und eine starke Brust. Der Arm des Mannes war seitlich ausgestreckt, sodass sie sich an seine Seite kuscheln konnte, den Kopf in seine Armbeuge gedrückt.

»Vater«, traute sie sich endlich zu sagen. »Ich kann nicht einschlafen.«

»Ich weiß, mein Kind.« Seine Brust vibrierte sanft, wenn er sprach, und eine angenehme Hitze strahlte von ihm ab, wärmte ihre kalten Füße.

»Mein Bett ist so groß und leer«, sagte sie.

»Ja, ich weiß.« Seine Hand strich ihr über den Kopf, durchs wirre Haar und blieb dort liegen, warm und tröstlich.

»Das ist schön«, sagte Jannah.

Er seufzte nur und drückte sie ein wenig fester an sich.

So lagen sie da, und Jannah lauschte seinem ruhigen Atem, genoss die Wärme und döste ein.

Schlaftrunken fragte sie: »Kann ich jetzt wieder öfter zu dir kommen?«

Er antwortete nicht, und seine Hand war auch gar nicht mehr auf ihrem Kopf.

»Vater?«

Irgendetwas stimmte nicht. Die Matratze unter ihr war nicht mehr bequem, sondern wulstig und zerrissen. Und auch die Wärme war verschwunden.

Entsetzen packte sie. *»Vater? Wo bist du hin?«*

Ein Licht flackerte. Kurz blitzte es auf und verwandelte die Dunkelheit zu einem Raum in Mintgrün. Henry Sterling lag nicht mehr neben ihr auf der Pritsche, sondern vorm Heizkörper auf dem Boden. Er trug eine schwarz-rot karierte Schlafanzughose. Sein Oberkörper war nackt. Das Licht zeigte den Schimmer grauer Haare auf der Brust.

»NEIN!«

Jannah presste schnell die Augenlider zusammen, verdrängte das Bild, wie seine Beine ausgestreckt auf dem Boden lagen, die Hände schlaff an seiner Seite, das Gesicht blau angelaufen von der Schlinge um seinen Hals, die er aus dem Matratzenüberzug gefertigt hatte.

Irgendwo donnerte es – hart und kurz. Mehrfach hintereinander.

»Nein! Nicht so!« Jannah weinte ungehemmt, rollte sich auf der zerstörten Matratze zusammen, bis die Tür der Zelle aufflog und Arme nach ihr griffen. Sie packten sie, zerrten an ihr, fort von ihm, fort. »Vater! NEIN!«

Stiefelsohlen pochten. Männer und Frauen rannten umher. Und irgendwo kreischten die Götter. Sie schrien, sie schrien, sie schrien: »Jannah! Wach auf!«

Der Schwall Wasser war so eisig, dass er ihr den Atem raubte. Sie keuchte, fuhr auf und tauchte aus der Erinnerung ins Zimmer 708. Die Götter waren da, umringten das geblümte Doppelbett, allen voran die rothaarige Mutter des Krieges.

Barbara Sterling stieß vor Erleichterung ein Seufzen aus und drückte ihre Tochter an sich. Ihr standen Tränen in den Augen. Ein seltener Anblick. »Jannah«, wisperte sie. »Mein Gott.«

Und Hendrik fragte: »Wo ist er?«

»Wer?« Ihre Stimme war ganz heiser. Das Bild ihres toten Vaters war noch da, so frisch und grausig, genauso präsent wie seine Hand auf ihrem Kopf.

»Na, der Cowboy!«

Wieder fuhr ihr Eiseskälte ins Gesicht, diesmal ohne einen Schwall Wasser. »Wie viel Uhr ist es?« Sie befreite sich aus der Umarmung ihrer Mutter.

»Kurz nach drei.«

»Scheiße!« Jannah schwang die Beine aus dem Bett, musste kurz innehalten, als das Zimmer sich drehte. Sie fokussierte den Blick auf die beiden leeren Bierflaschen, die auf dem Fensterbrett standen, und bemerkte dann das Fehlen seiner Sachen. Und ihr Mobiltelefon auf dem Nachtschränkchen. Sie griff danach. »Nein«, keuchte sie. »Er hat mich betäubt!«

»Sediert?« Wut glitzerte in den Augen ihrer Mutter, die sich wieder gefangen hatte. »Hat er dich misshandelt?«

»Nein!« Hilfesuchend sah sie zu Hendrik auf, hob das Handy. »Ihr habt mich darüber gefunden, oder?«

Er nickte.

»Das war er! Versteht ihr! Er will mich schützen, aus der Schusslinie nehmen.«

»Aus welcher Schusslinie?«

»Nummer Elfs!« Jetzt schaffte es Jannah aus dem Bett, bückte sich nach ihrer Jeans, die am Boden lag. »Elf hat Marias Sohn entführt, um so an Malek ranzukommen. Sie wollen ihn befreien. Jetzt gleich! Um vier! Wir müssen los!«

Der feste Griff ihrer Mutter legte sich um ihren Oberarm. »Du wirst nirgends hingehen, Fräulein.«

»Aber wir müssen ihm helfen! Zu zweit schaffen sie das nicht! Er wird sterben oder in die Hände des Konfessors fallen!«

»Das«, sagte die Majorin, »ist aber nicht dein Problem.«

Kapitel 44

Berlin

Laut der Armaturenanzeige war es kurz vor vier Uhr früh. Die Straßen waren beinahe verlassen. Nur vereinzelt schoss ein Taxi vorbei. Ansonsten war es in diesem Viertel Berlins so ruhig, wie es nur sein konnte. Die Schaufenster am Straßenrand waren dunkel, ab und an von Notbeleuchtungen erhellt. In einigen Bars brannte noch Licht. Dort standen Menschen vor den Kneipen, tratschten, rauchten und lachten.

Malek steuerte den Wagen und beobachtete das Nachtleben nur am Rande. Er konzentrierte sich auf die Straße, auch wenn es kein Problem darstellte, Maria im zweiten Fahrzeug zu folgen. Seine Hände ruhten auf dem Lenkrad, spürten die sanften Vibrationen des Motors. Ansonsten war es still. Die Funkohrstöpsel, über die er sich mit Maria verbunden hatte, schwiegen. Es war alles gesagt. Es war Zeit zu handeln.

Trotzdem drängte sich immer wieder der Gedanke in den Vordergrund, ob es richtig war, was er tat. Seine eigene Ehre gebot ihm, sein Versprechen zu erfüllen, aber wie viele Männer waren aus Ehrgefühl in den Tod gerannt? Was konnten sie sich danach von ihrer Ehre kaufen?

Maria setzte den Blinker, bog nach rechts in eine zweispurige Straße ab. Malek folgte. Weitere Häuser, dunkle Läden und Straßenschluchten zogen an ihrem kleinen Konvoi vorbei.

Es verlangte ihn nach Musik. Das Radio wollte er nicht einschalten, um keine Nachricht von Maria zu überhören. Also brummte er das erste Lied, das ihm einfiel. Tymons Lieblingssong. Er kannte nur den Refrain:

»A cricket sings on the wayside,
I try to poise on the white lines.
Lying down, the sky is full of shimmer,
then light, a shout, and a happy dying sinner.«

Danach schwieg er. Es zogen drei, vier, fünf Straßenlaternen vorbei.

»Scheiße«, sagte Malek. Auch er war auf der Straße, die weißen Markierungen huschten neben dem Lkw dahin, und bei Gott, er war auch ein Sünder. Würde er heute Nacht unter dem Sternenhimmel sterben?

Ein leises Klicken drang aus den Funkohrstöpseln. »Noch siebenhundert Meter bis zum Ziel. Wir sollten beschleunigen. Bist du bereit?«

Nein. »Klar.« Malek verlagerte sein Gewicht, um das Gaspedal weiter durchzudrücken. »Maria! Wir holen ihn raus. Versprochen.«

»Ja«, erwiderte sie nur. Die Funkverbindung wurde unterbrochen, und die fünfhundert PS brummten, die Spiegel vibrierten, die Tachonadel kletterte auf fünfundfünfzig Stundenkilometer. Achtundfünfzig. Sechzig.

Dann leuchteten wieder die Blinker des zweiten Lastwagens mit der Aufschrift SPEDITION MÜLLER auf, den Maria steuerte. Sie zog den Laster auf die linke Spur und beschleunigte noch einmal. Maleks Tacho zeigte bereits fünfundsechzig Stundenkilometer an. Die Geschwindigkeit müsste dreimal reichen, wenn sie nicht sogar schon zu viel war.

Zeit, darüber nachzudenken, blieb ihm nicht. In etwa einhundert Metern Entfernung tauchte über Marias Lkw die deaktivierte Ampelschaltung der Zielkreuzung auf. Schräg dahinter die Gardedirektion 21. Der Glas-Beton-Bau war trotz der späten Nachtstunde hell illuminiert. Alle Glassegmente glühten in sattem Gelb. Wie eine heilige Zuflucht in all der Dunkelheit. Kehlis' Botschaft an seine Bürger.

Marias Lkw röhrte hörbar. Offenbar hatte sie einen Gang runtergeschaltet und Bodenblech gegeben. Ihr Vierzigtonner schwenkte in voller Fahrt nach links auf die Kreuzung, hielt direkt auf den Vorplatz der Gardedirektion zu. Malek kurbelte am Lenkrad und folgte. Für eine Sekunde sah er Jannah, wie sie ihm vor wenigen Wochen im Wohnwagen gegenübergestanden hatte, in ihrem Fransenponcho, die Haare nasse rotbraune Strähnen. Sie öffnete den Mund, um etwas zu sagen, doch nun ging alles Schlag auf Schlag.

Marias Lkw prallte gegen aus dem Boden ragende Metall-Stopper, die mit Ketten miteinander verbunden waren und Fahrradfahrer am Einfahren auf den Vorplatz hindern sollten. Einem beladenen Vierzigtonner hatten sie nichts entgegenzusetzen. Sie wirbelten links und rechts durch die Luft, die Ketten peitschten durch die Nacht. Marias Lkw rauschte unbeirrt vorwärts, brachte die gut dreißig Meter Vorplatz hinter sich und brach durch die Glasfront in den Empfangsbereich.

In einem Regen aus Glas wühlte sich der Lkw hinein, demolierte die Theke, pflügte weiter auf die Metallschleuse zu. Der untere Teil des Führerhauses, verstärkt durch den aufpolierten Kuhfänger, riss sie ohne die geringsten Probleme aus ihrer Aufhängung. Metall barst. Noch mehr Glas splitterte. Es war ein einziges gewaltiges Geräusch der Zerstörung.

»A happy dying sinner!«, rief Malek mit zitternder Stimme, und sein Lkw rollte ebenfalls über die niedergewalzte Fahrrad-Absperrung. Das Führerhaus rumpelte heftig, ließ ihn im

Wageninneren auf dem gefederten Fahrerstuhl auf und ab hüpfen, die Hände fest am Lenkrad.

Sein Adrenalinpegel schäumte hoch, und er brüllte irgendetwas, dann krachte er seitlich von Marias Lkw ins Gebäude.

Der Aufprall war heftiger als erwartet, obwohl Marias Lkw die meisten Hindernisse schon beiseitegeräumt hatte. Malek blieb auf dem Gas, hörte, wie die Lichter des Lkw explodierten, die Stoßstange davonflog. Ein Gardist kam von irgendwoher in den Empfangsbereich gerannt. Er erblickte das Verhängnis und erstarrte vor Schreck auf halbem Weg. Malek walzte ihn einfach nieder, krachte drei Meter weiter in die zertrümmerte Empfangstheke und brach ebenfalls bis in den Raum dahinter durch. Die Windschutzscheibe explodierte. Zerborstenes Metall kreischte und schepperte.

Malek trat hart auf die Bremse. Mit einem lauten Zischen und einem heftigen Ruck kam der Lkw zum Stehen, auf gleicher Höhe wie Marias. Malek stöhnte. Er hatte sich den Kopf am Lenkrad angeschlagen und sich auf die Zunge gebissen. Er schmeckte Blut. Durch das intakte Seitenfenster sah er zu Maria hinüber. Sie lehnte hinterm Steuer, blinzelte benommen, dann öffnete sie die Tür und kletterte hinaus.

Malek löste den Gurt und stieß seine Tür ebenfalls auf. Er hatte schon seine Beretta in der Hand, als er sich aus dem Führerhaus schwang. Seine Stiefelsohlen landeten in einer grünen Flüssigkeit. Sie floss aus dem Motorraum, verteilte sich auf dem Boden. Es stank nach Kühlerpisse. Irgendwo entwich zischend Dampf.

»Erst nach rechts!«, rief Maria und spähte um die zerstörte Front ihres Lkw herum zum vermuteten Zellentrakt. Ein zweiter Gardist kam ihnen von dort entgegengerannt, erblickte sie und ihre erhobene Waffe und blieb abrupt stehen. Entsetzen verwandelte sich in Unglauben, als Maria ihm zwei Löcher in die Brust stanzte. Er ging zu Boden, und sie rannte weiter. Malek folgte, die Pistole ausgestreckt vor sich. Glasscherben knirschten unter seinen Sohlen. Aus dem vermuteten Zellentrakt drangen Schreie.

Malek sah ihn zuerst. *»Mann links!«*

Der Gardist eröffnete sofort das Feuer.

Malek brachte sich hinter einer Säule in Deckung. Maria sprang in die andere Richtung, schrie und feuerte wild auf den Kerl. Er schrie ebenfalls, doch vor Schmerz. Dann erstarb der Schrei abrupt.

»Die ist irre«, stieß Malek hervor. Dann: »Maria! Warte!« Sie rannte schon wieder. Er fluchte und folgte, um ihr Rückendeckung zu geben. Als sie durch eine Metalltür huschte, verschwand sie aus seinem Blickfeld.

Sofort erfüllten Schüsse die Luft, bis Malek ebenfalls durch die Tür war. Es war tatsächlich ein Zellentrakt. Auf einem Stuhl hinter einem Computer, von dem man offenbar die Zellen überwachte, saß ein Gardist. Er streckte Arme und Beine von sich, den Kopf weit in den Nacken gelegt. Von seinem Hinterkopf tropfte Blut auf den Fliesenboden. Auf seiner Stirn war ein drittes rotes Auge. Glatter Kopfschuss. Daneben lag ein zweiter Gardist am Boden. Seinen Oberkörper zierten zwei Einschusslöcher. Maria hatte saubere Arbeit geleistet. *Sie ist eine Mutter auf einem Amoklauf.*

Sie schritt schon die vier Zellen entlang und stieß bei der letzten einen heiseren Fluch aus. »Er ist nicht hier!« Sie trabte zurück. »Dann muss er in dem großen Bau sein!«

Malek packte sie am Arm. »Fahr runter, Maria! Wir müssen zusammenbleiben. Wie ein Team!«

Sie riss sich los. »Du hast gesagt, es muss schnell gehen!«

»Aber nicht Kamikaze!«

Sie strich sich Schweiß und Blut von der Stirn. Offenbar hatte sie sich beim Aufprall eine Platzwunde zugezogen. Etwas wie Einsicht flackerte in ihren Augen. »Ja, ich weiß. Sorry. Wollen wir weiter? Als Team?«

Mehr Vernunft würde er nicht kriegen.

Sie nahmen die Pistolen der beiden Gardisten an sich, verließen gemeinsam den Zellentrakt, und zu Maleks Zufriedenheit bewegten sie sich nun koordiniert vorwärts. Er deckte die linke Flanke ab, sie die rechte. Schnell erreichten sie wieder das hell erleuchtete Foyer, das als Verteilerknoten diente. Die beiden Lkw dampften und zischten. Die Betonwand gegenüber gab ihnen Rückendeckung. Schräg davor lagen die Türen zu den Büros. Sie waren geschlossen, was nichts heißen musste. Sie bestanden aus mattiertem Glas.

Gemeinsam schoben sie sich an der Wand entlang. Aus dem Augenwinkel bemerkte Malek eine Bewegung in einem der Büros, ein menschlicher Schemen. Ein Krawattenträger riss die Tür auf und sprang mit gezückter Waffe heraus – direkt in Maleks Schussfeld. Er streckte ihn mit drei Schüssen nieder.

Fünf zählte er in Gedanken.

Ohne Vorwarnung feuerte Maria in die andere Richtung. Die Beretta donnerte zweimal, dann abermals zweimal. Malek sah zwei weitere Gardisten zusammenbrechen. Sie waren aus einem breiten Flur gestürmt, der zum hinteren Gebäudeteil führte. *In den Risikofaktor.*

»Waren da mehr?«, fragte er, die breite Doppeltür im Blick, deren rechter Flügel offen stand.

»Ich hab nur die zwei gesehen.« Maria steckte ihre Beretta ein, nahm die Pistole eines Gardisten. »Wollen wir?«

Er nickte, und sie übernahm kommentarlos die Führung. Mit drei Schritten war sie an der Tür, huschte hinein und rief: »Sicher.«

Malek folgte in den überschaubaren Flur. Am Ende befand sich eine weitere Doppeltür, diesmal geschlossen. Daneben fielen ihm Vertiefungen in den Wänden auf. Sie sahen aus wie Brandschutzschleusen. Im Falle eines Brandes konnte man vermutlich die beiden Gebäudeteile voneinander trennen. *Oder uns abriegeln.* Er spürte ein Kribbeln in der Magengegend. Das gefiel ihm nicht.

Maria hatte die Tür erreicht und sich zum Sturm positioniert. Malek drückte sich rechts von ihr an die Wand, gewahrte die massive Brandschutzschleuse, atmete hart, schluckte sein Adrenalin hinunter und gab ihr schließlich das Zeichen zum Sturm. Sie stieß die Klinke hinab, die Tür auf, und Schulter an Schulter drangen sie in den hinteren Gebäudeteil ein.

Es war ein ungewöhnlicher Bau. Der kurze Flur führte zu einem einzigen, grell erleuchteten Raum, locker fünfundzwanzig Meter lang, fünfzehn Meter breit, drei Stockwerke hoch, versehen mit zwei teilvergitterten Galerien, die auf jeder Etage die Wände umspannten. Bis auf das nächtliche Oval der Dachkuppel war alles in Weiß gehalten; weiße Fliesen, weiße Wände, und auf allen drei Etagen waren Türen: glänzend weiße Metallschleusen mit kopfgroßen Fensterklappen. Zellen; locker achtzig oder eher hundert Stück. Und aus etlichen der Fensterklappen blickten ihnen blasse Frauen, Kinder und Männer entgegen. Sie waren in einer Art Gefängnis gelandet.

Dann sah Malek die zwei Gestalten in der Mitte des Raums. Seine Brust zog sich zusammen, sein Rücken wurde feucht. Es war nicht der Konfessor in Schwarz, der ihn entsetzte, eine Hand auf der Schulter eines Jungen, die andere an seiner Pistole.

Es war nicht die Ähnlichkeit des Buben mit Tymon, die ihm den Atem raubte.

Es war das Gesicht des Konfessors.

Es gehörte seinem toten Bruder.

Und wie in einem Albtraum sprach der Konfessor mit Dominiks Stimme: »Kurz nach vier. Fast pünktlich. Wie schön, dass ihr meiner Einladung gefolgt seid.« Seine Finger massierten sanft Pauls Schulter, während der Lauf seiner Pistole seitlich in dessen Halsbeuge ruhte. Der Junge wirkte apathisch. Seine Augen blickten starr und glasig geradeaus. Er nahm seine Mutter nicht mal wahr.

»*Paul!*« Maria zitterte wie unter Hochspannung, doch die Waffe am Hals ihres Sohnes hielt sie zurück. »Mein Gott! Was hast du mit ihm gemacht?«

»Gar nichts, meine Liebe. Wir haben ihn nur in eine der Zellen hier gebracht und vorbildlich behandelt. So wie ich es versprochen habe.« Dominik wandte seine Augen bei den Worten nicht von Malek. Er musterte ihn. Forschend. Durchdringend.

Malek ließ die Pistole ein wenig sinken. »Dominik«, flüsterte er heiser. Dann sah er die Lifewatch an dessen Handgelenk und die eingravierte schlichte Elf. Zu Maria sagte er: »Du hast es die ganze Zeit gewusst.«

Maria trat einen Schritt auf Dominik und Paul zu. »Lass ihn gehen! Wir hatten einen Deal!«

»Malek gegen Paul, ja.« Der Konfessor nickte andächtig. »Lasst die Waffen sinken, und wir besiegeln ihn.«

»Dominik«, wiederholte Malek, der es nicht fassen wollte. Sein Bruder lebte. *Sein Bruder lebte!*

»Höre ich da Sentimentalität? Schade, aber damit kann ich nichts anfangen. Kommt. Beenden wir den Firlefanz. Legt die Waffen nieder. Es muss kein Blut innerhalb der Familie fließen.«

»Du zuerst!« Maria schob sich noch einen halben Schritt vorwärts, stand nun auf Maleks Höhe. Sie hielt ihre Beretta mit gutem, beidhändigem Griff. Trotzdem zitterte der Lauf.

»Damit du mir eine Kugel verpassen kannst?« Dominik

schüttelte den Kopf. »Ich muss mein Bruderherz zu meinem Herrn geleiten, und das werde ich. Also: Waffen runter.«

Malek tat das Gegenteil. Er hob seine Pistole, zielte erneut auf den Konfessor, nahm dessen Kopf direkt ins Visier. »Ich werde nirgendwohin geleitet.«

»Ich glaube, schon.« Dominiks Blick wanderte nach oben, vermutlich auf die Galerie über ihnen, und überall ertönten Geräusche. Sowohl im Erdgeschoss als auch im ersten Stockwerk gingen Zellentüren auf, und heraus traten Gardisten mit Gewehren. Sie legten auf Malek und Maria an. Es waren locker dreißig Mann.

Es war ein schmerzhaftes Gefühl, dass Jannah recht gehabt hatte, und gleichzeitig fühlte Malek Erleichterung, dass sie jetzt nicht neben ihm stand, sondern friedlich in einem Bett schlummerte. Er sagte: »Du musst ganz schön Schiss vor uns haben.«

»Ich weiß nur, was ihr könnt.«

»Du Arschloch!« Maria drängte nochmals zwei Schritt vorwärts. »Ich mach dich fertig! *Wir hatten einen Deal!*«

»Den ich bisher nicht gebrochen habe.« Dominik blickte an ihnen vorbei zum Flur, aus dem sie gekommen waren. Als Malek Schritte hinter sich hörte, wusste er, dass es endgültig vorbei war. Gardisten traten zwischen sie. Er spürte die Gewehrläufe im Rücken.

»Malek gegen Paul«, sagte Dominik, nachdem sie beide entwaffnet waren. »Du weißt, dass ich immer mein Wort gehalten habe, Maria.« Dabei steckte er seine Waffe weg und ließ den Jungen los.

Paul schien trotz seiner Apathie zu begreifen, was er zu tun hatte. Er lief unbeholfen auf seine Mutter zu und fiel ihr um die Hüfte. Sie schluchzte laut, drückte ihn an sich. Malek hörte ein gemurmeltes *»Paul!«*. Immer wieder: *»Paul! Paul! Paul!«*

Dominik betrachtete das Schauspiel fast neugierig, dann fokussierte er Malek und befahl: »Bringt ihn in den Verhörraum.«

»Und die Mutter und das Kind?«, fragte einer der Gardisten.

»Wohin wohl?«, entgegnete der Konfessor. »Natürlich in eine der Zellen. Sie sind intolerant.«

Kapitel 45

Berlin, Gardedirektion 21

Der Verhörraum lag im Erdgeschoss des hinteren Gebäudeteils. Er hatte keine Fenster. In der Mitte stand ein Tisch, die Beine am Boden festgeschraubt. Darüber an der Decke brannte eine Lampe, grell und weiß, wie ein Auge Gottes. Darunter saßen sich auf zwei Stühlen die Wutkowski-Brüder gegenüber. Der eine mit Handschellen im Rücken gefesselt, der andere die Hände auf dem Tisch gefaltet.

Es war ein stummer Austausch, den die beiden seit Minuten führten.

Schließlich fragte Malek: »Du wusstest, dass sie mir deine Identität nicht verraten würde, oder?«

Dominik zuckte mit den Schultern. »Du sitzt hier. Das allein zählt. Hast du Durst?«

»Durst…« Malek schnaubte. »Geht dir echt alles andere am Arsch vorbei?« Er setzte noch eins drauf: »Du hast mit ihrer Angst gespielt. Sie war nah am Wahnsinn. Wir reden von Maria. Wenn ich mich recht erinnere, warst du damals so ein ganz kleines bisschen in sie verknallt.«

Es folgte keine Gefühlsregung. »Man sagt doch: Der Zweck heiligt die Mittel«, erwiderte Dominik. »Außerdem sind Mutter und Sohn wieder vereint. Sie kann sich nicht beschweren.«

Malek fehlten die Worte. Es war noch schlimmer als gedacht.

Dominik holte ein Handy aus der Tasche und legte es auf den Tisch. »Ich muss Nummer Eins informieren«, sagte er. »Davor sollten wir beide klären, wie wir vorgehen.«

»*Wir?*«

»Ja, wir. Ich weiß, dass du mit diesen Rebellen zusammengearbeitet hast. Du wurdest bei Fosseys Entführung gesehen. Ich meine, du kannst uns alle Informationen, die du über diesen Aufstand gesammelt hast, freiwillig geben, mit uns kooperieren, und ich kann dafür sorgen, dass es nicht auf eine Hinrichtung hinausläuft. Immerhin bist du mein Bruder.«

»Auf dem Papier vielleicht.« Malek hätte am liebsten ausgespuckt. »Du weißt, dass ich keinen Auftraggeber verrate.«

Dominik seufzte. »Immer noch der Alte. Da ist sie wieder, diese Ehre, die dir treu an der Pelle hängt und dir schon immer ans Bein gepisst hat. Du weißt doch: Jeder Mensch ist eine Hure. Es hängt nur vom Preis ab.«

»Und was willst du mir anbieten, mir, einem Intoleranten? Du kannst mich nicht gehen lassen, du kannst mich nur exekutieren oder wie die Leute da draußen einsperren. Und spätestens mit diesen neuen Nanobots ist Letzteres hinfällig. Du versprichst mir also jetzt eine Zukunft, aber in absehbarer Zeit werde ich genauso hörig sein wie alle anderen auch.«

Dominik verzog anerkennend den Mund. »Ich bin immer wieder erstaunt, wie du an deine Informationen kommst. Hast du Fossey gefoltert, dass er so schnell gezwitschert hat?«

»War gar nicht nötig.« Malek wusste, dass er besser den Mund halten sollte, aber mit gefesselten Händen vernünftig zu bleiben war unmöglich. »Fossey ist intolerant. Er war ganz froh, dass wir ihn aus der Gefangenschaft befreit haben.«

»Intolerant? Aus der Gefangenschaft?« Auf Dominiks Gesicht trat ein fragender Ausdruck. »Fossey war nie in Gefangenschaft. Er stand freiwillig unter Sicherheitsbeobachtung, in Absprache mit Kehlis und Nummer Eins. Er hat seine Verlegung in den neuen Bunker selbst arrangiert. Er hat das ordentlich vorangetrieben und überwacht. Aber was rede ich da? Das solltest du besser mit dem Herrn und dem Obersten besprechen.« Dominik griff nach dem Handy, hielt es vor sich, wählte jedoch keine Nummer. »Deine Chance, Malek. Hast du mein Angebot kapiert?«

»Schaut's so aus?«

»Na, du warst nie so ein Schnellchecker wie ich. Also anders: Wie wäre es mit einem Platz an meiner Seite?«

Malek schien sich verhört zu haben. »Als Konfessor?«

»Ja. Jeder kann das Prozedere durchlaufen. Stell dir vor: die Wutkowski-Brüder gemeinsam auf der Jagd. Wir wären unschlagbar.«

»Und ohne Gefühle. Ohne Herzblut. Ohne den Nervenkitzel.« Malek würgte die Worte voller Bitterkeit hervor. »Wo wäre da der Spaß?«

Zu seiner Überraschung zuckte das linke Augenlid seines Bruders bei dieser Frage sichtlich. Er kannte dieses Zucken von früher. Er hatte den Finger in eine Wunde gelegt, doch wie konnte ein Konfessor einen wunden Punkt besitzen?

Dominiks Finger tippten bereits eine Nummer ein, als Malek sagte: »Warte!«

Dominiks Daumen verharrte in der Luft. »Du änderst deine Meinung?«

»Sag mir, was damals passiert ist. Wie konntest du überleben? Warum bist du so geworden?«

Der Konfessor ließ das Handy sinken. »Es gibt kein Warum. Nach dem SEK-Sturm damals bei Chimära erwachte ich in einem Krankenhaus. Ich war noch im Delirium der Narkose, aber ich erinnere mich an Männer, seltsame Männer. Sie redeten mit dem Arzt, der mich irgendwie zusammengeflickt hatte. Sie füllten ein Formular aus und spritzten mir etwas. Dann war ich in einem Aufzug, der tief in die Erde fuhr. Es war ein völlig anderes Gebäude, Kehlis' Bunker, wie ich heute weiß. Dort wurden Männer wie ich umfassend mit Nanos behandelt. Verbrecher, Todgeweihte, Verrückte. Die erste, berühmte Testreihe CY. Leider kam es zu Komplikationen. Unsere Gehirne wurden irreparabel geschädigt. Statt uns aber zu beseitigen, gab uns der Herr eine zweite Chance. Wir wurden seine Konfessoren. Die erste Generation. Folgsam bis in den Tod.«

Malek starrte seinen Bruder an, der den Blick senkte, sich die Lippen mit der Zunge befeuchtete und an seiner Lifewatch herumfummelte.

Ein ungeheuerlicher Gedanke manifestierte sich in Maleks Gehirn, und er flüsterte: »Ich weiß, wie sie abgeht.«

Dominiks Kopf kam ganz langsam nach oben, und in seinem Gesicht lag etwas, das Malek tief ins Herz traf. Hoffnung.

Ein dumpfes, lauter werdendes Knattern zerstörte den Moment. Dominik neigte sofort das Haupt und lauschte. Das Geräusch wurde deutlicher, und er sagte überflüssigerweise: »Ein Hubschrauber.«

Im gleichen Atemzug ertönte ein Stakkato heftiger, klirrender Explosionen. *Maschinengewehrfeuer?*

Dominik war sofort an der Tür und verlangte, dass sie geöffnet wurde. Ein Gardist gehorchte.

Da vibrierte der Boden. Es folgte ein markerschütterndes Bersten, und in der Gefängnishalle rannten Menschen schreiend durcheinander.

Auf sie ging ein tödlicher Scherbenregen nieder.

Die Glaskuppel war explodiert.

Kapitel 46

Berlin, Gardedirektion 21

Nutze Gelegenheiten, hatte Tymon gesagt, und Malek reagierte, noch während die Scherben vor der Tür im Donnern des Hubschraubers niederprasselten. Er sprang vom Stuhl, verdrehte die Schultern und stieg durch seine gefesselten Hände, damit er sie nicht mehr im Rücken hatte.

Dominik wirbelte zu ihm herum. Er zog seine Pistole aus dem Schulterholster, doch Malek war einen Tick schneller und schlug ihm die Waffe mit beiden Fäusten aus der Hand. Sie flog davon, klackerte zum anderen Ende des Verhörraums.

Die Handschellen klirrten, als Malek einen Schlag seines Bruders zur Seite lenkte. Dieser setzte sofort nach und rammte ihm die Faust gegen das Kinn. Es lag nicht alle Kraft in dieser Linken, sonst wären ihm die Lichter ausgegangen, so jedoch grunzte er nur und trat nach Dominik. Er traf ihn irgendwo an der Hüfte, was den Konfessor stöhnen ließ.

»Hör auf!«, keuchte Dominik und blockte einen weiteren Tritt. »Du kommst hier nicht raus.«

Malek trat ein drittes Mal nach seinem Bruder. Er wollte ihn nur von der Tür wegdrängen, um hinauszugelangen. Sein Bruder schien das zu begreifen und wich in die entgegengesetzte Richtung aus, um ihm den Weg zu versperren. Doch plötzlich taumelte er vorwärts und schrie vor Schmerz.

Über das Knallen der Rotorblätter hinweg vernahm Malek einen Schuss, und Funken stoben aus dem metallenen Türrahmen.

»*Malek!*« Es war Jannah in einer schusssicheren Weste, die auf ihn zurannte und feuerte. »*Hier!*«

Malek sprang an seinem stürzenden Bruder vorbei und ihr entgegen, schaute jedoch im Türrahmen noch mal zurück. Dominik war auf den Knien in den hinteren Bereich geschlittert und lag am Boden. Blut sprenkelte die Fliesen, doch er lebte, denn seine linke Schulter zuckte sichtbar, und ein Stöhnen drang aus seinem Mund.

Jannah war fast bei ihm, als er die massive Tür des Verhörraums von außen ins Schloss wuchtete und die Verriegelung automatisch einrastete. Neben der Tür saß ein toter Gardist, ihm fehlte die linke Stirnhälfte. An seinem Gürtel steckte eine Pistole – und ein Handschellenschlüssel. Malek schnappte sich beides und befreite seine Hände.

»Wir müssen Maria und Paul rausholen«, war alles, was ihm einfiel, als er sich erhob. Dann rief er über den fauchenden Lärm der Rotoren hinweg: »Gutes Timing.«

»Vermutlich«, erwiderte sie trocken und deutete zum Ausgang. Hendrik kam ihnen von dort entgegengerannt. »Wir müssen raus hier.«

»Wie viele seid ihr?« Malek überblickte die Situation in der Halle. Überall am Boden lagen oder saßen verletzte Gardisten herum. Viele schienen benommen zu sein, getroffen von faustgroßen Scherbenstücken, die mit Millionen kleinen alles bedeckten. Geschützt unter den Galerien, feuerten ein paar Rebellen auf eine Gruppe Männer, die sich in einer Zelle verschanzt hatte. Aus den anderen Zellen brüllten die Eingesperrten um Hilfe und Befreiung. Hände griffen nach draußen, zuckten durch die Luft.

»Zu wenige.« Jannah zog ihn Richtung Ausgang. »Der Heli

muss gleich abdrehen, die Garde rückt an. Wir müssen weg hier!«

»Aber Maria und Paul!«

Jannah wollte etwas erwidern, doch Hendrik fragte: »Weißt du, wo sie sind?«

»Nein, aber der da.« Malek deutete auf einen der benommenen Gardisten, den er erkannt hatte, und eilte zu ihm. Er zerrte ihn auf die Beine und verpasste ihm eine schallende Ohrfeige. Der Kerl rollte mit den Augen, die Pupillen glasig. Malek bellte ihn an: »Wohin habt ihr die Mutter und das Kind gebracht?«

»Die Mutter und das Kind?«, fragte er lallend.

»*Wohin?*«

»Ich glaube, in die Sieben.«

»Du glaubst?« Es folgte ein zweiter Schlag, und der Gardist spuckte Blut.

»Ja, in die Sieben.« Der Kerl war eindeutig nicht bei sich, doch er deutete auf eine Zellenreihe, und dort erspähte Malek die schimmernde Nummer auf einem Hochglanzschild neben der Tür.

»Danke«, sagte er und wollte den Typ fallen lassen, doch der lächelte schief und meinte: »So einfach … werdet ihr die nicht aufkriegen.«

»Was?«

»Die Türen. Du musst entweder an die Steuerkonsole im Büro« – er schielte zum ersten Stock empor –, »oder du hast den Schlüssel.«

Malek zog den Typen zu sich, so nah, dass er ihn hätte küssen können. »Wo ist der Schlüssel?«

»Hier.« Der Kerl hob eine Hand und zeigte Malek seinen Daumen, dann wurde er aschgrau, als Hendrik ein Messer zückte.

»N-n-n-ein!«, stammelte er. »D-d-das könnt ihr nicht.«

»Doch«, entgegnete Hendrik grimmig. »Hältst du ihn?«

Malek nickte, und Hendrik schnitt.

So schnell es der mit Scherben übersäte Boden ermöglichte, bewegte sich das Trio durch die Halle. Zwei Gardisten griffen sie unterwegs an; Jannah und Malek schossen sie nieder. Hendrik diktierte derweil die neuen Erkenntnisse in seinen Funk. Als sie die Zelle mit der Nummer sieben erreichten, sprach Hendrik immer noch, Jannah gab ihnen Rückendeckung, und Malek widmete sich der Tür. Das etwa drei mal drei Zentimeter kleine Sensorpad seitlich davon war nicht zu übersehen. Der Daumen des Gardisten ließ eine LED grün erblühen. Die Tür sprang nach innen auf.

Maria und ihr Sohn Paul drängten sich an die hintere Wand der Zelle. Als Maria ihn erkannte, lachte sie und drückte ihren Sohn fester an sich. »Du wirst mir wahrscheinlich nicht glauben, wie sehr ich dir das danken werde.« Sie kam auf ihn zu, drückte ihn kurz und fest.

»Ich lass mir schon was einfallen. Kommt!« Malek dirigierte die beiden aus der Zelle.

Hendrik winkte bereits ungeduldig. »Schneller! Schneller! Der Heli meldet, dass mehrere Gardefahrzeuge unterwegs sind. Wir haben keine Zeit mehr!«

»Und das andere Team?«

Die Majorin stürmte gerade mit zwei weiteren Rebellen die Galerie im zweiten Stock. Zwei andere liefen die Galerie im ersten Stock entlang.

»Die versuchen, die Zellen zu öffnen. Dann nimmt der Heli sie auf, aber …«

»Mit einem Kind zu riskant«, vollendete Malek den Satz. »Also zum Fluchtauto?«

»Ist es schon abfahrbereit?« Jannah sah sich hektisch um.

»Nein.«

»Dann mach ich das«, sagte Hendrik. »Jannah hat mir alles erzählt. Ich weiß Bescheid.«

Die vier Erwachsenen nickten synchron, und gemeinsam eilten sie zum Ausgang; Hendrik sprintete vorneweg und verschwand durch die Tür, um den Fluchtwagen vorzubereiten. Malek nahm den apathischen Paul auf den Arm, die Frauen sicherten nach allen Seiten.

Sie hatten den Ausgang fast erreicht, als Maria zischte und auf den Glassplittern ausrutschte. Malek stoppte, stellte den stummen Jungen ab, um Maria aufzuhelfen.

»Verdammt«, keuchte Maria und stemmte sich allein wieder hoch. Ihre Hände waren voller Blut, zerschnitten von den Scherben. Sie griff nach ihrer verlorenen Waffe, und Malek wollte ihren Sohn wieder hochnehmen.

Da spritzten vor Paul Glasscherben durch die Luft.

»MALEK!« Der Schrei kam aus Richtung des Verhörraums. Dominik stand neben einem keuchenden Gardisten in der Tür. Er hielt seine Pistole in der Hand, zielte auf Paul. »Ergib dich, oder der Junge stirbt!«

Jannah eröffnete sofort das Feuer, doch sie verfehlte den Konfessor knapp, und dann war ihr Magazin leer. Sie fluchte und lud nach, doch Dominik nutzte die Chance und schoss seinerseits. Er war immer ein ausgezeichneter Schütze gewesen.

Malek stieß Jannah zur Seite. Betonstaub stob hinter ihnen aus der Wand. Maria kreischte. Malek brüllte. Irgendwo ertönte ein Alarmsignal, und alle Zellen sprangen gleichzeitig auf.

Und Dominik schoss abermals.

Maria brach über ihrem Sohn zusammen.

Ein kurzer, spitzer Kinderschrei erfüllte die Luft.

Dann knallte wieder Jannahs Pistole, zwang Dominik in Deckung, verschaffte ihnen ein Zeitfenster. In dem bekam Malek den Jungen zu fassen, der unter seiner Mutter hervorkroch, und riss ihn an sich. Weitere Schüsse krachten jetzt von woandersher, schlugen um sie herum ein. Überall waren plötzlich Menschen. Sie rannten in Panik durcheinander. Gardisten waren auf der ersten Galerie. Sie stürzten in Deckung. Das Team der Majorin deckte sie von oben mit Kugeln ein, während der Heli wie ein wütendes Insekt über allem schwebte und Seile mit Karabinern herabließ.

Malek nutzte die Chance. Er drückte sich Paul gegen die Brust und packte Maria, zog sie aus einer Lache Blut. Es quoll in Fontänen aus ihrem Hals, sprudelte über ihre Brust. Ihre Lippen waren rot.

Sie wollte etwas hervorwürgen, doch nur noch mehr Blut quoll aus ihrem Mund. Ihr Blick fand den von Malek, dann verdrehte sie die Augen und lag still. Ihr Brustkorb hob und senkte sich kaum merklich.

Malek wuchtete sie sich über die Schulter, zerschnitt sich an Glasscherben die Hand und brüllte: »*Zum Fluchtwagen!*« Er stolperte mit Paul auf den Durchgang zum vorderen Gebäude zu, hörte überall Schreie und Schüsse und auch Dominik wieder. Er glaubte, ein, zwei Kugeln um seine Beine schwirren zu fühlen, doch trafen sie ihn nicht.

Dann waren sie durch die Brandschutzschleuse und aus Dominiks direkter Schusslinie. Jannah gab ihm Rückendeckung. Malek stolperte den Flur entlang, zerrte Paul mit sich. Blut sprenkelte den Weg vor ihm. Es war viel Blut, verdammt viel. Marias Blut. Und seines. Es machte die Fliesen glitschig, aber Malek schaffte es, ohne zu stürzen.

Er erreichte den ersten Lkw. Das Heck war noch fünf Meter entfernt. Zwei Gardisten kamen ihm vom Vorplatz entgegengerannt. Dort blitzten Blaulichter in der Nacht, zuckten über Hausfassaden. Sirenen heulten, vermutlich schon länger.

Jannah ballerte die zwei Gardisten nieder. Sie schrie, feuerte auf ein weiter entferntes Gardeauto. Zwei menschliche Schemen stürzten in Sicherheit.

Dann war unvermittelt ein schwer keuchender Hendrik neben ihm. Das Heck des Lasters stand offen, die Klappe war heruntergefahren. »Schnell!« Schon kletterte er nach oben, packte Paul und hob den Jungen zu sich ins Innere. Er war wie eine Puppe, die Augen weit aufgerissen, die Arme und Beine aus Gummi.

Malek hievte Maria auf die Ladefläche. Alles war feucht und rot vom Blut. Auch Jannah kletterte nach oben, half Hendrik mit den beiden Verletzten.

Dann war da wieder der Schrei: »MAAALEEEK!«

Dominik erschien hinkend in der Tür zum hinteren Gebäudeteil, hielt sich die rechte Schulter mit blutbeschmierter Hand, streifte mit ihr die Wand und hinterließ eine dunkelrote Spur. Mit der unverletzten Hand schoss er auf die Reifen des Lkw. Einer davon platzte. Mit einem Zischen entwich die Luft, und der Lkw sank ein paar Zentimeter herab. »Du kannst nicht entkommen! Ich kriege dich!«

Malek schoss zurück, zielte aber nicht ernsthaft auf seinen Bruder. Er wollte sich nur Zeit verschaffen.

Und die bekam er. Dominik wich in den Flur zurück. »Du kannst nicht entkommen!«, wiederholte er.

»Hör nicht auf ihn!« Jannahs atemlose Stimme in all dem Irrsinn. Sie hatten Maria in den Laderaum geschleift. Dort stand der Mietwagen billigster Kategorie. Die Motorhaube zeigte Richtung Heck. Die Türen der Fahrerseite standen offen, soweit es der Laderaum zuließ.

Malek sah in diese grünen, grünen, grünen Augen, knurrte und zog sich nach oben in den Laderaum. Er stieß die beiden Metallrampen hinunter, die eine Abfahrt ermöglichen sollten, dann half er Jannah, Maria auf die Rückbank zu bugsieren. Paul saß bereits aufrecht auf Hendriks Schoß. Er bemerkte sie nicht. Er bemerkte gar nichts, glubschte nur geradeaus, den Mund zu einem O geformt.

»Ich fahre!« Jannah schob Malek grob über die Mittelkonsole auf den Beifahrersitz. Ihm fehlte das Aufheulen des Motors, denn das E-Auto surrte nur. Die Scheinwerfer flammten auf, und Jannah gab Gas.

Der Mietwagen machte einen Satz auf die Heckklappe zu, flog scheppernd aus dem Lkw hinaus auf die beiden Rampen. Die Reifen quietschten gotterbärmlich, während der Wagen polternd etwa einen Meter hinabrauschte, mit der Front auf den Boden knallte, was den Frontspoiler abriss, bockte, in die Federn ging und schließlich geradeaus schoss.

Malek stieß mit dem Kopf gegen das Dach, was ihm kurzzeitig Sterne vor den Augen bescherte. Dann sah er durch das Fenster seinen Bruder neben dem Lkw stehen. Er war blass, lehnte an der Seitenwand und blickte ihm hinterher. Die Pistole hing schlaff in seiner blutigen Hand. Er schoss nicht. Auch Malek schoss nicht. Die beiden Brüder blickten sich nur an.

Dann rauschte der Mietwagen durch die zersplitterte Glasfront in die Nacht hinaus. Mehrere Gardisten kauerten hinter einem Einsatzfahrzeug und deckten sie mit Schüssen ein, aber sie hielten das Auto nicht auf. Zwei weitere Gardewagen rasten ihnen mit blitzenden Blaulichtern entgegen. Jannah schleuderte den Pkw in einem engen Bogen dreist zwischen ihnen hindurch, riss hart am Lenkrad und driftete fast elegant auf die Straße.

»Wir sind gleich aus dem Gefahrenbereich!«, rief sie und spuckte Blut. Offenbar hatte sie sich auf die Zunge gebissen.

Malek nickte nur und wandte sich zu Hendrik, Maria und Paul um. Was er sah, schnürte ihm die Kehle zu.

Paul starrte entgeistert auf seine Mutter.

Und sie starrte auf ihren Sohn, doch ihre Augen waren tot.

Kapitel 47

Südlich von Berlin

Sowohl im Rückspiegel, in den Seitenspiegeln als auch vor ihnen auf der verlassenen Straße war seit Minuten kein Gardefahrzeug mehr zu sehen. Die Nacht war so still geworden, als lägen die Ereignisse in der Gardedirektion bereits in weiter Ferne.

»Ich glaube, wir haben sie abgehängt.« Jannahs Stimme klang auch in ihren Ohren deplatziert. Seit Marias Tod hatte keiner im Wagen gesprochen. Es surrte nur der Elektromotor, und beim Lenken nach links quietschte vermutlich ein Bremssattel.

Malek saß schweigend auf dem Beifahrersitz und hielt in seiner Faust zusammengeknüllte Taschentücher, um die Blutung der Scherbenschnitte zu stoppen. Die Wunde in seiner Hand war sicherlich weniger schlimm als die unsichtbare. *Ihr Tod hat ihn schwer getroffen.*

Vom Rücksitz wehte ein leises »Dort vorne müssen wir rechts« heran.

Jannah bog ab. Auf einem Straßenschild war ein stilisiertes Flugzeug zu sehen. Sie fuhren zu einem kleinen Privatflugplatz südlich von Potsdam, zu dem Vitus aus seiner aktiven Zeit als Vielflieger und Privathubschrauberbesitzer Kontakte pflegte. Es war ihr Treffpunkt. Dort waren Hendrik und die Majorin bereits gelandet, um den Hubschrauber für den Rückflug in die Rebellenbasis zu betanken. Es war ein bewaldeter Fleck im Nirgendwo. Der Ausgangspunkt in Jannahs altes, neues Leben. Jannah fragte sich, wie es zwischen ihr und ihrer Mutter weitergehen würde. In den paar Minuten vor der spontanen Rettungsaktion hatten sie nur über die Gegenwart gesprochen, nicht über die Vergangenheit. Sie würde sie bald einholen. Noch interessanter würde das Zusammentreffen zwischen Barbara und Malek werden. Würden sie sich zu einem Waffenstillstand durchringen? Er wollte nicht mit zurück, und doch saß er neben ihr, um genau dorthin zu fahren.

Wie von selbst wanderte Jannahs rechte Hand vom Lenkrad auf seinen Oberschenkel. Sie drückte ihn sanft. Er senkte den Blick, betrachtete ihre Hand, dann strich er mit seiner unverletzten sanft darüber. »Danke«, sagte er.

»Eine Entschuldigung wäre mir lieber«, entgegnete sie.

»Zu Recht.« Malek nahm die Hand wieder von ihrer und begutachtete die Schnitte in seiner anderen. Im rötlichen Licht der Fahrzeugarmatur sahen sie ziemlich hässlich aus. »Du weißt, dass es nötig war.«

»Wirklich? Hätte sie dich nicht mit der Identität deines Bruders belogen, wäre alles anders gelaufen.« *Auch für sie selbst.*

»Oder wenn ich auf dich gehört hätte.« Malek lächelte freudlos und streckte die Finger. Es war ein trauriger Anblick. »Woher wisst ihr es überhaupt?«

Jannah pulte aus ihrem linken Ohr einen Funkohrhörer, wie ihn auch Malek gehabt hatte. »Nachdem Hendrik und ich meine Mutter überzeugt hatten, dass wir dich zu unserer eigenen Sicherheit retten mussten, haben wir uns in den Funk eingeschaltet. Es waren ja Geräte von uns.«

»Und was habt ihr gehört?«

»So einiges«, sagte Hendrik von hinten und klang seltsam

gerührt. »Du hättest uns tatsächlich nicht verraten. Danke, Mann.«

»Schon okay.« Malek ballte die zerschnittene Hand wieder zur Faust und schwieg. Blut tröpfelte von seinem kleinen Finger in den Fußraum, wo sein Rucksack lag, den er vor der Befreiungsaktion dort platziert hatte.

»Ich weiß, was du denkst«, sagte Jannah, nachdem sie an einer weiteren Kreuzung abgebogen war. Die Straße führte sie aus der Stadt heraus und durch ein finsteres Waldstück. »Du fragst dich, wie es weitergehen soll.«

Er erwiderte nichts, schaute nur hinaus in die Dunkelheit.

»Komm mit uns, Malek«, drängte Hendrik. »Wir brauchen dich.« Er griff sogar über die Rückenlehne nach vorn und berührte ihn kameradschaftlich an der Schulter.

Malek schnaubte Luft durch die Nase. »Ich glaube eher, ich brauche euch als Babysitter.« Er drehte sich zu Hendrik um, deutete auf Paul, der an Hendriks Schulter eingeschlafen war. »Was wird aus ihm?« Sein Blick schrie es hinaus: *Seine Mutter ist tot! SIE IST TOT!*

»Wir nehmen ihn mit in die Basis«, sagte Jannah vorsichtig. »Wir können für ihn sorgen. Die ganze Truppe.«

»Oh ja, und ich nehm ihn auf den Schoß und lese ihm Gutenachtgeschichten vor? Ich, der gute Onkel Malek?« Malek wandte sich wieder nach vorn. Sein Atem kam schnell und hart, und bitter fügte er hinzu: »Ich konnte ja nicht mal auf seine Mutter aufpassen.«

»Das stimmt nicht«, begann Jannah erneut. »Ihr Tod ist nicht deine Schuld. Dein Bruder hat sie erschossen.«

»Schon klar«, sagte er. »Mein Bruder wollte aber eigentlich den Jungen erschießen, um *mich* zu reizen, um mich zu einer Dummheit zu bewegen. Wegen mir ist sie tot, verstehst du? Wegen mir ist er jetzt eine Waise. Hätte Dominik mich nicht gesucht, wäre das alles nicht passiert.«

»Und wenn Kehlis keine Nanos entwickelt hätte, säßen wir alle nicht hier. Das ist keine Argumentation, Malek.«

Ein weiteres Flugplatzschild tauchte im Lichtkegel der Scheinwerfer auf. Jannah bremste sanft ab und bog von der Straße in einen besser ausgebauten Waldweg ein. Links eröffnete sich ein Feld, rechts lag weiterhin der dunkle, finstere Wald. Vor ihnen in einiger Entfernung flackerten ein paar Lichter hinter Buschwerk. Der Flugplatz.

»Halt an und lass mich raus«, sagte Malek plötzlich. »Ich verschwinde.«

Jannah beschleunigte.

»Okay«, sagte er. »Verstehe.« Er sank wieder in seinen Sitz und schwieg.

In die folgende Stille hinein hörte Jannah leises Gemurmel. Es kam aus ihrem Ohrstöpsel, den sie herausgenommen hatte. Noch bevor sie ihn wieder ins Ohr stecken konnte, sagte Hendrik von hinten: »Deine Mutter ist in ein paar Minuten hier. Sie mussten ein Ablenkungsmanöver unterm Radar fliegen.«

Jannah nickte nur.

Zwei Minuten später erreichten sie das Flugplatzgelände. Es bestand aus einer Handvoll halbrunder Hangars, einem Bürogebäude und einem Parkplatz. Der war verlassen. Jannah fuhr darauf, ließ den Motor jedoch laufen.

»Malek«, sagte sie, »ich weiß, was du willst. Du willst deinen Bruder wiederhaben.«

Im Rückspiegel sah sie, wie Hendrik stumm gestikulierte, dass er mit Paul aussteigen würde, und kurz drängte kühle Luft herein, bevor er leise hinter sich die Tür schloss.

Zurück blieben sie zu dritt. Maria saß tot auf der Rücksitzbank. Ihrer Anwesenheit war sich Jannah nur allzu bewusst.

»Ich weiß, dass du glaubst, ihn befreien zu können. Du glaubst, er würde noch etwas fühlen. Ich konnte deine Gedanken fast hören, als du gesagt hast: *Ich weiß, wie sie abgeht*. Du hast die Lifewatch gemeint.«

Langsam wandte er den Kopf, sah sie an.

»Mach mir nichts vor«, fuhr sie unbeirrt fort. »Ich weiß, wie du dich fühlst. Ich habe bei meinem Vater das Gleiche gedacht, und dann …« Ihre Stimme brach, als sie einen Hauch Wärme auf ihrem Kopf spürte. »Du kannst ihn nicht mehr ändern, Malek. Sein Gehirn ist kaputt. Er ist und bleibt ein Konfessor.«

»Und was ist, wenn ich ihn nicht retten, sondern umbringen will?«

Jannah schluckte. »Dann helf ich dir. Wir können es gemeinsam tun. Malek, ich brauche dich.« Sie ergriff seine unverletzte Hand, drückte sie fest. »Wir brauchen dich alle, selbst meine Mutter wird das einsehen! Wir haben endlich Fossey, wir können mit ihm Kehlis schlagen, aber nur mit jemandem wie dir zusammen.« *Außerdem brauche ich dich aus einem anderen Grund*. Sie sagte es nicht, küsste jedoch seine Fingerspitzen.

Er rang mit sich, blickte nach hinten zu Maria, und das gab wohl den Ausschlag. Er entwand sich ihrem Griff, schnappte seinen Rucksack, der im Fußraum lag, und öffnete die Beifahrertür. Er stieg aus. Sie ebenfalls. Vor der Motorhaube trafen sie sich. In der Ferne ertönte das Knattern eines Rotors. Der Helikopter. Ihnen blieben noch einige Herzschläge.

Jannah ließ den Blick in den Himmel wandern, dann zu Hendrik, der Paul in Richtung Landeplatz trug, und zuletzt schloss sie die Augen. Sie spürte ihn vorbeigehen, drei, vier Schritte. Sie atmete durch und öffnete die Augen wieder.

Er stand an der Fahrertür, ein Bein in den Wagen geschwungen. Er blickte sie an, ein bittender, trauriger, schmerzerfüllter, aber entschlossener Blick.

Er sagte: *Danke*.

Und er sagte: *Es tut mir so leid.*

Und er sagte: *Halt mich nicht auf. Bitte.*

Und Jannah tat das, was sie beinahe zerriss: Sie nickte kaum merklich und wandte sich mit einem Ruck ab, um Hendrik zu folgen.

Hinter ihr ertönte das Surren des Elektroautos.

Es wurde sehr schnell leiser.

Kapitel 48

Berlin

Nummer Elf stand inmitten des Irrsinns in den Trümmern der Glaskuppel und versuchte, die Informationsströme irgendwie zu bändigen. Rennende und brüllende Gardisten, wieder eingesperrte schreiende Intolerante, Sanitäter, jammernde Schwerverletzte. Sirenengeheul. Am Himmel mehrere Helikopter. Dazu das Knirschen von Glas. Es war zu viel. Sein Kopf wollte zerspringen. Ihm wäre es ganz recht gewesen, aber dieser einfache Ausweg war ihm verwehrt.

Ein besorgtes Oval über einer grellroten Jacke tauchte vor ihm auf. »Konfessor«, sagte es. »Sie sind verletzt. Sie müssen behandelt werden.«

Nummer Elf nickte, doch als der Sanitäter ihn berührte, stieß er ihn von sich, als wären dessen Finger aus glühendem Stahl. »Nicht jetzt!« Durch die abrupte Bewegung tropfte stärker Blut von seiner Hand. Die Schussverletzung an seiner Schulter war heftig. Sein ganzer Arm war feucht und brannte höllisch. Er sollte ihn unbedingt versorgen lassen. Trotzdem musste er erst den Obersten verständigen. Er fand sein Handy in der Hosentasche. Während es klingelte, schluckte er Luft hinunter. Sein Mund war ganz trocken. Er hatte Durst; vermutlich aufgrund des starken Blutverlusts.

Der war schlagartig vergessen, als Nummer Eins in der Leitung war. Er wusste bereits in groben Zügen Bescheid. Nur über das Verschwinden von Malek wusste er nichts.

»Verzeihen Sie, Nummer Eins«, sagte Nummer Elf. »Ich hatte ihn beinahe, aber er ist mir entwischt.« Und leiser fügte er hinzu: »Ein unentschuldbares Versagen.«

»Ja, das mag sein«, entgegnete Nummer Eins, »aber nicht nur Ihrerseits, sondern von der ganzen Gardedirektion einundzwanzig.«

»Ich werde dafür die volle Verantwortung übernehmen.«

»Ja, das würden Sie selbstverständlich, aber wie soll das aussehen? Wollen Sie sich mit der Lifewatch das Leben nehmen? Das wäre in den Augen des Herrn sicher die richtige Entscheidung, aber für mich als obersten Konfessor ist das kein Ausweg, Nummer Elf. Ich brauche Sie wie alle anderen Konfessoren auch, um diese Rebellion zu stoppen. Ihr Bruder wird Wendland vermutlich weiterhin unterstützen, nachdem sie ihn befreit haben.«

»Wendland?«, fragte Nummer Elf. »Sie haben einen Namen?«

»Ja, Vitus Wendland, der Datenbaron. Unter den gegebenen Umständen kann kaum ein anderer hinter dieser Verschwörung stecken. Ich bin auf das Filmmaterial der Sicherheitskameras aus der Gardedirektion gespannt. Sie sagten, es war eine junge Frau mit rotem Haar, die Ihren Bruder befreit hat?«

»Ja.«

»Wir werden sie und die anderen Teilnehmer der Befreiungsaktion identifizieren und aufspüren. Wir haben einen toten Rebellen?«

»Ja.«

»Sehr gut. Sorgen Sie dafür, dass er schnellstmöglich identifiziert wird. Und sehen Sie es nicht als Niederlage, sondern als Fortschritt. Wir haben ein weiteres Puzzleteil in diesem Komplott gegen den Herrn gefunden, jetzt muss es nur ins große

Ganze eingefügt werden. Dafür brauche ich Sie an meiner Seite. Kommen Sie umgehend zurück.«

Nummer Elf hatte den Kopf gesenkt und den Worten des Obersten gelauscht. Er betrachtete dabei, wie das Blut von seiner zitternden Hand tropfte und auf dem Boden eine dunkelrote Lache bildete. »Wie Sie wünschen.«

»Nicht wie ich es wünsche«, berichtigte der Oberste, »sondern wie ich es verlange. Und Nummer Elf, lassen Sie sich verarzten. Ihre Lifewatch meldet die Parameter eines hohen Blutverlustes. Ich brauche Sie bei Kräften, wenn wir die Jagd auf diese Verbrecher offiziell eröffnen.«

Eineinhalb Stunden später hatte ein Sanitäter Nummer Elf weitestgehend verarztet. Die Blutung war gestoppt, eine Infusion war geflossen, ein sauberer Verband angelegt und ein kreislaufstabilisierendes Mittel gespritzt. Auf Schmerzmittel hatte Nummer Elf verzichtet. Er wollte sich nicht betäuben. Er wollte sein Versagen auf ganzer Linie spüren.

Und so saß er in einem der Hubschrauber und wurde nach Bayern zu Kehlis' Bunker geflogen. Er war der einzige Passagier im Heck. Seine Hände ruhten in seinem Schoß, während er starr aus dem Seitenfenster hinaus in die Nacht blickte. Sie überquerten gerade den Potsdamer Wald, wie der Pilot erklärte.

Nummer Elf hatte dafür keinen Blick übrig. Seine Lippen bewegten sich. Die Worte waren leise. Immer wieder betete er sie herunter, immer und immer wieder, und mit jeder Wiederholung wanderte eine der kleinen Holzperlen des abgegriffenen, blutverschmierten Rosenkranzes weiter durch seine Finger.

»Gegrüßet seist du, Maria, voll der Gnade, der Herr ist mit dir …«

Eine Träne kroch dabei über seine Wange.

Kapitel 49

München, 44 Stunden später

Jost Lerzer schlenderte den Flur entlang zum Kühlraum. Seine weißen Clogs zwitscherten über das Linoleum. Es war kurz vor 3 Uhr morgens, und er hatte die Leichen für die Sektionen am nächsten Tag herauszuholen, damit sie bei Arbeitsbeginn nicht mehr so kalt waren. Es war seine zweite Woche als Nachtwächter im Rechtsmedizinischen Institut. Die Bezahlung war außerordentlich, und er hatte wenig zu tun. Verdammt wenig. So blieb ihm genug Zeit, um für sein Medizinstudium zu lernen. Eine Win-win-Situation für ihn und seinen Geldbeutel.

Er bog nach rechts in den Kühltrakt ab, passierte eine Zwischentür und erreichte wenig später den Kühlraum. Dessen breite Tür war vorschriftsgemäß verschlossen. Durch das mattierte Glas fiel ein Schimmer der Nachtbeleuchtung.

Jost strich sich das Haar aus der Stirn, schnappte sich einen der mintgrünen Kittel von der Ablage neben der Tür und schlüpfte hinein. Als er die Schnürung am Hals zusammenband, hörte er Gummi auf Linoleum quietschen.

Er fuhr herum. Der Flur war verlassen.

»Sehr witzig«, rief er. »Den Mist könnt ihr euch sparen! Habt ihr gehört?«

Gleich in seiner zweiten Nacht hatten die Präparatoren ihn

auf den Arm genommen, und er hatte fast einen Herzinfarkt bekommen. Sie hatten *geklingelt*.

Geklingelt wurde nur in äußersten Ausnahmesituationen; und zwar, wenn im Leichensammelraum jemand nachts aufwachte. Drei Mal sei das in den letzten zwanzig Jahren vorgekommen. Der Glückliche konnte an einer roten Schnur ziehen, die den Nachtwächter mit einem schrillen Klingeln weckte. Der durfte dann nachsehen, wer von den Toten auferstanden war.

Jost hatte nachgesehen. Er war mit rasendem Puls den Flur entlanggestürmt und in den Leichensammelraum geplatzt, wo eine der Leichen hinter der Tür hervorsprang.

»Präparatoren«, murmelte Jost und schüttelte den Kopf. Er zog sich Nitrilhandschuhe über, kramte den Schlüssel aus der Hosentasche und sperrte den Kühlraum auf. Als er eintrat, quietschte wieder Gummi auf Linoleum.

»Ja, ja«, sagte er, ohne sich umzudrehen. »Ihr könnt mich echt mal.«

Er schaltete das Hauptlicht ein. Einundzwanzig Meter voller rechteckiger Edelstahlklappen wurden erhellt; immer drei übereinander, Spalte um Spalte. Die Eingangstür rastete dank der automatischen Schließanlage ein.

Jost holte seinen Notizzettel aus der Gesäßtasche. Drei Leichen hatte er herauszuholen. Das würde nicht allzu lange dauern. Danach konnte er noch eine Session Biochemie pauken.

Das gedämpfte Knarzen der Zwischentür im Flur ließ ihn aufblicken. Wollten die Deppen ihn wirklich wieder ärgern?

»Nicht mit mir«, murmelte er und schlich zum Eingang. Das Glas war zwar mattiert, aber die Beschriftung KÜHLRAUM war ausgespart und in klaren Lettern zu lesen. Jost spähte hindurch.

Nichts. Keine Präparatoren. Der Flur war verlassen, wie er um diese Uhrzeit sein sollte.

»Einbildung ist auch 'ne Bildung.« Seufzend widmete er sich wieder seinem Zettel, als ihm ein Kühlfach ins Auge fiel. Die Klappe war nicht ordnungsgemäß geschlossen, nur angelehnt. Das durfte nicht sein. So konnte die Leiche temperieren, und dann hatten sie die Sauerei. Jost steckte seinen Zettel weg und ging zur Klappe.

An der war wie an allen anderen mit einer Klammer ein Datenblatt befestigt, das Auskunft über den eingelagerten Leichnam gab.

Verstorben vor mehr als vier Wochen.

Jost rümpfte die Nase, öffnete die Klappe, um zu überprüfen, ob schon ein Schaden entstanden war, und erstarrte.

Die Kühlkammer war leer.

Der Name des Verschwundenen lautete: TYMON KRÓL.

Abseits einer Forststraße stand unter freiem Himmel ein weißer Mietwagen am Rande eines Holzplatzes. Die Lichtkegel erhellten ein Bett aus aufgeschichtetem Brennholz. Darauf lagen eine Frau und ein Mann, die Hände ineinander verschränkt.

Malek Wutkowski stand vor dem Scheiterhaufen. Schweiß stand ihm auf der Stirn, und sein Atem stieg als grauer Dunst empor. In einer Hand hielt er eine Flasche Bier, die letzte des Sixpacks. In der anderen ein Feuerzeug.

Lange lauschte er der Stille des Waldes. Baumkronen knarrten, Blätter raschelten.

Irgendwann öffnete er mit dem Feuerzeug das Pils und trank. Bitter und süffig war es. Er leerte die Flasche zur Hälfte, dann stellte er sie zur Seite ins Gras neben seinen Rucksack.

Daneben wartete ein voller Kanister auf seinen Einsatz. Der stechende Geruch von Benzin erfüllte die Lichtung. Es waren gute zwanzig Liter, die Malek über und um die beiden Toten schüttete.

Als er fertig war, bückte er sich abermals nach dem Bier und betrachtete das kühle Glas in seinen Händen. Dabei blitzten Erinnerungen auf – wie er mit Maria und Jannah nach dem Einsatz beim Observationsteam eines getrunken und wie er vor zwei Tagen Jannah mit dem Bier und einem Schuss Ketamin betäubt hatte. Ihm kam beides wie aus einem vergangenen Leben vor.

Mit einem Ruck leerte er den Rest des Biers. Es war an der Zeit.

Er holte abermals das Feuerzeug aus der Hosentasche und entzündete das Rinnsal, das er vom Scheiterhaufen aus gegossen hatte. Blau und gelb züngelte es durchs Gras, bis mit einem *Wosch* das aufgestapelte Holz in Flammen aufging und sich die Lichtung mit grausigem Knistern füllte.

»Flammen, Funken und Asche.« Malek schluckte, und das Feuer wurde zu flüssigem Gelb. Wenigstens dieses Versprechen hatte er eingelöst. Ein lahmes Versprechen angesichts Marias Leichnams an der Seite ihres Bruders.

Fünf Minuten später hatte sich sein Blick geklärt. Die Flammen hüllten die Toten vollständig ein. Es knackte und zischte, Holz barst, und Funken flogen in den Himmel. Das Feuer lachte.

Wie Jannah. Malek dachte an sie, an ihr rotes Haar, obwohl er sich vorgenommen hatte, es nicht zu tun. Es war ein vergeblicher Versuch. Sie war in seinem Kopf, sie hatte ihn berührt. *Und sie hat gesagt, sie braucht mich.*

Beinahe konnte er Tymon aus dem Feuer heraus lachen hören. *Nimm sie einfach, Malek,* sagte er. *Wenn sie auf dich steht und du auf sie, was soll falschlaufen?*

Malek ballte die Hände zu Fäusten. Die aufgebrochenen Schnittwunden bluteten stärker. Er starrte noch einige Sekunden in die Flammen, dann bückte er sich nach seinem Rucksack. Er kramte darin herum und holte zwei Gegenstände hervor; die beiden Teile von Fosseys Lifewatch. Er hatte sie nicht weggeworfen, wie Wendland gefordert hatte, sondern eingesteckt. Man wusste nie, wozu man solchen Krempel brauchte, und jetzt war der Krempel genau das, was er für seinen Plan benötigte.

Er schlang das Armband um die leere Bierflasche. Dann nahm er das abgeschraubte quadratische Display vorsichtig zwischen die Finger und drehte es um neunzig Grad im Uhrzeigersinn auf die Halterung des Armbands. Das Display rastete ein. Es wurde rot, gelb, grün. Fosseys Lifewatch war aktiviert.

Malek stellte die Bierflasche auf den Boden, schön sichtbar vor den Scheiterhaufen, damit man sie auf jeden Fall fand.

Nicht *man*, sondern *Dominik*. Er würde sie finden, und er würde verstehen.

Malek schulterte seinen Rucksack. Er warf einen letzten Blick auf das lodernde Feuer. Maria und Tymon Król waren nur noch wabernde Schatten in den Flammen.

»Wir sehen uns«, sagte er, und dann verschwand Malek Wutkowski in der Dunkelheit.

Nachwort

Das ist nun mein Verlagsdebüt. Der Wahnsinn. Ein Kindheitstraum ist mit diesem Buch in Erfüllung gegangen. Dafür waren viele Jahre harter Arbeit und eine hohe Frustrationstoleranz nötig, aber am Ende wiegen die schönen Momente, die grandiosen Höhepunkte und vor allem die tollen Menschen, die mich bis hierher begleitet haben, das alles auf. Denen möchte ich von ganzem Herzen danke sagen.

An erster Stelle einem meiner besten Freunde, Arne Burkert, talentierter Dramaturg und Filmfreak, ohne den dieses Buch ein völlig anderes geworden wäre. Ich werde das Fachsimpeln über Plot, Twists und Character Development vermissen.

Mein zweiter Dank geht an Elisabeth Botros von der Literaturagentur Michael Gaeb, die das Projekt federführend betreute und zusammen mit dem Gaeb-Team an Penhaligon verkaufte. Was für eine Erfolgsstory. Ihr seid die Besten! Applaus, Applaus!

Genauso verneige ich mich vor dem Spitzenteam bei Penhaligon und Random House. Vor Beatrice Lampe, Eléonore Delair, Kathrin Wolf und allen, die an der Entstehung dieses Buchs beteiligt waren, wie Vertrieb, Marketing, Presse, Grafik. Euch allen sage ich: Danke, danke, danke!

Dann freut es mich besonders, auch einer alten Bekannten und mittlerweile Freundin danken zu dürfen: Hanka Jobke, die die Redaktion übernahm und fleißigst ihre Röntgenaugen auf den Text warf, um Fehler zu eliminieren. Spitze wie immer.

Wissenschaftlich gab es Hilfestellung von Hanzey Yasar vom Department of Drug Delivery (DDEL) des Helmholtz Institute for Pharmaceutical Research Saarland (HIPS). In einem Interview erfuhr ich von ihr Spannendes über Nanotechnik und konnte nur staunen, wie nah und fern meine Vision doch ist.

Praktisch war es auch, dass mein eigener Vater einmal Hubschrauberpilot bei der Bundeswehr war. Das hat mir sehr viel Recherchezeit erspart. Danke, Vater, für die Unterstützung in jeglicher Hinsicht. Das gilt auch für meine Mutter, die als Testleserin, Kritikerin und Buchverkäuferin meine Schreibkarriere tatkräftig unterstützt. Und das mit siebzig. Man ziehe den Hut!

Da ich schon bei der Familie bin, sei auch meine Schwester Regina erwähnt, die ebenfalls die Rohfassung las und mich animiert, unbedingt eine Fortsetzung zu schreiben. Wir werden sehen. Danke, Regina.

Dann möchte ich mich noch bei Mathias Meyer von der gleichnamigen Buchhandlung aus Weißenburg bedanken, der meine Autorenkarriere von Beginn an mit Rat und Tat unterstützte, genauso wie Paul Theisen, Jan Stephan und Doris Wieland. Geholfen haben auch Autorenkollege Michael von Benkel, der Autorenkreis Ingolstadt, Jonathan F. Kromer, Manuel Kilger, Johannes zum Winkel, Margarete Gilgenreiner, Prof. Regine Havekoß-Franzke (post mortem) und der große Marc Elsberg. Und möge ich im Eifer des Gefechts jemanden vergessen haben, so fühle sie oder er sich hiermit herzlich aufgezählt!

Mein letzter und größter Dank geht an meine Lebensgefährtin Kathrin Dörfler. Für bisher zehn Jahre. Für alles. Danke.

Bis zum nächsten Buch!
Euer
Timo Leibig